베스트셀러 작가들의 영업 비밀

그들은 어떻게 글을 쓰고 책을 냈나

베스트셀러 작가들의 영업 비밀

그들은 어떻게 글을 쓰고 책을 냈나

Beautiful writers

린다 시베르트센 지음

심혜경 옮김

세스 고딘, 제인 구달, 셰릴 스트레이드, 로버트 맥키, 메그 월리처,
톰 행크스, 앤 라모트, 딘 쿤츠, 애비 웜백, 아리아나 허핑턴 등
60여 명 작가들의 책 쓰기 노하우

하나의책

"아름다움은 그저 보는 것이 아니었다. 이룰 수 있는 것이었다."

토니 모리슨, 『가장 푸른 눈』

작가에게

돌아보면 나는 줄곧 책을 쓰고 싶어 했다. 당신 역시 그런 사연이 있었을 테니 공감할 수 있으리라. 세상을 바꿀 만한 아이디어가 당신의 머릿속을 스쳐 지나간다. 어쩐 일인지 그동안은 무심히 보아 넘겼던, 삶의 한 자락에 대한 독특한 관점이, 이야기가 그칠 줄 모르고 마음속에서 펼쳐진다. 그 꿈, 글을 쓰고 싶다는 열망은 기억하는 것보다 더 오랫동안 당신의 심장 속에서 고동치고 있었던 거다. 그런데도 시간, 자신감, 일상 등 그 무언가가 당신의 발목을 잡는다.

나중에 알았지만, 내가 느꼈던 이런 좌절감을 대부분의 작가들도 경험했다. 오래전, 터번을 두른 구루가 내 눈을 한참 응시하더니 나를 지금까지 살아 있게 하는 이유가 글쓰기라고 했다. 하지만 그건 나에게 너무 앞서가는 얘기였다. 내가 작가가 될 수 있으리라 생각할 이유가 전혀 없었기에, 구루의 부추김에 감사할 뿐이었다. 내 성적은 내가 '범생'이 아니라는 확신을 심어 줬다. 몇 번의 민망한 상호작용 경험이 이를 뒷받침했다. 그 내용은 이 책에서 밝히려고 한다.

온갖 역경을 이기고 첫 번째 책을 써서 팔았고, 전국적으로 많이 알려졌다. 트레이더 조 마켓에서 변기 청소를 하다가 CNN 작가 프로그램에 출연한 저자는 아마도 나밖에 없을 듯하지만, 출판은 나에게 수많은 문을 열어 줬다. 지난 23년 동안 실수도 많았고 어리석은 짓도 했다. 그래도 꾸준히 책을 썼다. 대필 및 공동 저술로 11권의 책(『뉴욕 타임스』 베스트셀러 2권 포함)을 집필했고, 40건 이상의 잡지 기사를 작성했으며, 글쓰기 코치로서 수백 권의 책이 탄생하도록 도왔다. 그래서 나는 당신의 열망을 상당히 잘 이해하고 있다.

책을 써서 출판하고 또 출판하고, 그리고 가능하면 빠르게 출간하면 좋겠지만 적어도 죽기 전에 좀 더 쓰고자 하는 열망으로 가슴 뜨거워지는 게 어떤 심정인지 안다. 베스트셀러 작가 캐서린 우드워드 토머스와 나는 10년간 책 한 권 내지 못하는 것이 마치 10년간 9,000㎏의 아이를 배고 있는 것과 비슷하다는 농담을 하곤 했다. 아직 태어나지 못한 책의 무게가 당신을 짓누르고 있다.

의구심이 결심을 갉아먹고 무력감을 낳는다고 생각한다. '그걸 할 수 있을까? 그러니까 정말 그걸 하라고? 처음부터 끝까지 원고를 완벽하게 쓰라고? 그랬다손 치더라도 그게 훌륭한 작품이 될 수 있을까?'

위대한 책들이 당신을 변화시켰다. 당신 역시 위대해지고 싶어

한다.

당신이 천직이라고 여기는 일이 실현되지 못할 수도 있다는 생각을 하면 두려워진다. 당신이 이미 위대하며, 창작을 하려고 이곳에 있다는 사실, 창작할 수 있는 충분한 역량이 있다는 사실을 받아들이는 것 역시 두렵기는 마찬가지다. 그렇다 해도, 다 괜찮다. 하피즈가 말한 대로 "지금 당신이 있는 이곳은 바로 신이 당신을 위해 지도에 동그라미 표시를 해 둔 곳이다."

내 말이 의심스럽다면 고상한 방식으로 사물을 보는 관점에서 벗어나 실재하는 시간을 존중한다고 가정해 보라. 「디스 아메리칸 라이프」의 진행자이자 프로듀서인 이라 글라스의 견해를 빌리자면, 작가로서 우리에게는 좋은 취향이 있다. 그런데 무엇을 쓰고 싶은지 아는 것과 그것을 원하는 방향으로 써 나가는 것 사이에는 간극이 존재한다. 이를 메우려면 시간과 노력이 필요하다. 그런데 대부분은 노력이 더 이상 헛발질이 아니라는 느낌이 올 때까지 기다리지 못하고 그만둔다. 자신의 자질을 파악할 수 있고, 그에 도달하려는 욕망을 가지고만 있어도, 노력과 야망의 만남을 목격할 수 있는 예술가라고 믿는다. 당신의 내면에는 그런 위대함이 있다.

1991년 한밤중, 꿈에 책 여섯 권이 한꺼번에 나타났을 때(당신에게도 그런 날이 온다), 나 자신에 대한 기대도 그에 비례해서 부풀었다. 그래서 가장 공략하기 힘든 대상이라고 생각되는 뉴욕 출판계와 할리우드 셀럽의 세계에 마음과 열정, 그리고 형편없는 문법 실력까지 몽땅 쏟아부었다. 성벽의 도시? 누가 그런 말을? 이미 눈이 머리 꼭 대기에 올라가 붙었는데 벽 따위에 무슨 신경을 쓴담? 어쨌든 나는 마법 같은 햇살이 비치는 캘리포니아 '레프트 코스트'에 살았다. 멋진 미래가 자기 것이 될지 안 될지를 스스로 결정만 하면 된다는 걸 모두가 알고 있는 곳. 그러니 내겐 갈고리 로프만 있으면 된다. 저 성벽을 기어오를 준비가 다 됐단 말이지! 꿈에 본 책들을 어떻게 만드는지 몰랐다. 얼개를 짜고, 편집하고, 출판하고, 판매하고, 홍보하는지 전혀 모른다는 사실은 아랑곳하지 않고, 모든 걸 걸었다!

그런데 그런데 그런데…, 당신은 책을 쓸 줄 모른다! 기억하라. 당신은 머리카락이나 만지작거리며 시간을 낭비하느라 바빠서 글쓰기 강의를 끝까지 들어 본 적조차 없다. 당신이 쓰는 문장은 문법에도 맞지 않는다.

이런 젠장. 저항의 목소리는 컸다. '하지만 쓸데없는 소린 집어치우라고! 나는 역사적 사명을 띠고 있거든. 첫 책은 여섯 달 안에 끝낼 거야. 아니, 아홉 달로 해 두자!'

그때부터 이 책에 등장하는 대가들이 말하는 글쓰기와 출판에 관해 공부하기 시작했다. 그리고 빠져들어 버렸다. 줄리아 캐머런과 앤 라모트, 윌리엄 스트렁크와 엘윈 브룩스 화이트의 책은 글쓰기를 계속할 수 있다는 자신감을 일깨워 줬다. 출간 제안서를 쓰고 에이전트를 구하는 법과 출판계의 시스템도 가르쳐 줬다. 문법, 특히 구문론 지식과 편집 기교를 높여 주기도 했다. 실질적인 훈련, 열정 그리고 원고를 채워 꾸준히 투고하기. 글쓰기 수업을 단 한 번도 받지 않고도 글쓰기는 좋아졌다.

첫 번째 책, 『매혹적인 삶: 특별한 사람들과의 친밀한 대화Lives Charmed』는 아홉 달을 훌쩍 넘긴 뒤에야 출판되었다. 그 과정에서 받은 거절 편지를 전부 모으면 화장실을 도배할 수도 있을 거다. 그 이야기를 처음부터 끝까지 이 책에 공유하려고 한다. 황당하고 우스꽝스럽게, 마술을 부리듯 무대 뒤에서부터 기다시피 해서 무대 중앙으로 나가게 된 경험까지도. 장애물을 만날 때마다 걸려 넘어졌다. 줄곧 고꾸라지고 엎어졌다. 『뉴욕 타임스』 베스트셀러가 되기를 기대하며 공동 저자와 집필했던 첫 작품이 나를 빚의 구렁텅이에서 구해주리라는 희망에 부풀던 바로 그때, 19년을 함께했던 남편이 다른 여자에게로 떠나갔다. 고작 8주 만에 8만 개의 추가 단어를 출판사에 넘겨야 했을 때 남편의 고별사는 이랬다. "당신 책~들하고 재밌게 놀기를! 어차피 당신이 원한 건 그게 다였잖아!" 아, 나의 공동 집필자는 감옥에 갔다. 이게 무슨 일이람. 그런 좌절에도 대처했다. 하지만 드라마틱한 사건은 나를 비껴가지 않았다.

지금부터 들려줄 이야기에 등장하는 작가들은 하나같이 믿을 수 없을 만큼 어마어마한 좌절을 겪었다.

- 스티븐 프레스필드는 단행본 한 권을 팔기까지 17년 동안 글을 썼다.
- 세스 고딘은 한 해에 수백 권의 책 기획 아이디어를 제안했다. 그리고 30개 출판사에서 각각 25번쯤 거절당했다.
- 마사 벡은 중증 섬유근육통으로 대부분의 시간을 글씨를 쓰거나 손을 사용할 수 없었지만 하버드에서 박사학위 과정을 밟았다.

• 질리안 로런은 첫 번째 소설이 거절당하면 자살할 것이라고 단언했다. 그리고 거절당했다. 감사하게도, 질리안은 자살하지 않았다.

세상에서 가장 사랑받는 베스트셀러 작가 가운데 많은 이들이 처음 시작할 때 나만큼이나 고난을 겪으며 허우적거렸다. 그들의 고생담을 미리 들어 알고 있었다면, 나만의 글쓰기 여행을 힘차게 시작할 수 있었을까? 지름길을 택했다면 정신적 고통이 줄어들지 않았을까? 분명히 누군가 그런 '모범 사례'들을 축적해 놓았을 거야, 그렇겠지? 브로맨스 서점, 반즈 앤 노블, 보리수나무 서점에 들러 서가를 훑어보고 점원들에게 물어봤다. 하지만 완벽한 안내서는 찾지 못했다. 회고록이나 글쓰기 책도 마지막 페이지까지 읽었다. 95%는 좋은 내용이었지만, 이런 생각이 들었다. '그런데 지지고 볶는 중간 과정들은 어디에 있을까? 내가 겪는 일들에 관한 이야기는 없을까?' 그렇게 중간을 생략한 관점에서 보니 유명 작가들에게는 성공이 무척 이르게 찾아온 것 같았다. 하지만 그 작가들은 고통 속에서 버르적거렸다. 그다음엔 바로 대박이 났을까! 아니었다.

책 속 이야기들이 영화처럼 펼쳐지면서 나의 우상인 작가들이 책갈피마다 아름다움을 표현하기 위해 어떻게 극적인 사건, 거절 편지, 배고픔과 궁핍을 밀어젖히고 통과했는지 보여 주기를 바랐다. 어떻게 아이디어를 얻었는지, 그다음에는 어떻게 저지선을 돌파해서 날이면 날마다, 해를 거듭하여 계속 책을 출간할 수 있었는지 구체적인 정보를 갈망했다. 몇몇 작가들이 이런 책을 내놓았고, 그 이야기들을 탐독했다. 그래 봤자 그들은 나와는 너무 동떨어진 삶을 살고, 다른 장르의 글을 쓰고 있었다. 그 이상의 것을 원했다. 걸신들린 사람처럼 좋아하는 모든 작가에게서 현장감 있는 솔직함을 원했다.

그러던 어느 날 갑자기 아이디어가 떠올랐다. 글쓰기에 대한 팟캐스트 채널을 개설하면 베스트셀러 작가들에게 직접 이런 질문들을 해 볼 수 있지 않을까? 『매혹적인 삶』의 출판은 작가이자 북 코치라는 보람 있는 직업의 문을 활짝 열어 줬다. 덕분에 작가와 에이전트를 연결해 줄 수 있었고, 많은 책 계약과 베스트셀러의 양산이라는 결과를 가져왔다. 그런데 책 출간이 아닌, 팟캐스트를 통해 여태 경험하지 못했던 일들을 배울 수 있었다.

〈아름다운 작가들 팟캐스트〉의 공동 작가이자 공동 진행자로 베스트셀러 작가 대니엘 라포트와 합을 맞췄다. 몇몇 소중한 작가 친구들을 초대해 성공부터 슬럼프에 빠지지 않는 방법에 이르기까지 다양한 이야기를 팟캐스트에서 나눴다. 팟캐스트는 2015년 10월 데뷔와 함께 아이튠스에 6위로 진입했으며, 그 뒤로 매일같이 문학(현재는 책) 부문 톱 팟캐스트 목록에 머물렀다. 대니엘이 팟캐스트를 떠난 뒤에는 글레넌 도일과 마사 벡, 로버트 맥키, 리자 기번스, 대니 샤피로 등 출연했던 게스트들을 다시 모아서 베스트셀러 소설, 회고록, 스릴러, 자기 계발서, 창작 논픽션 등을 쓰고 있는 작가들의 인터뷰를 돕는 공동 진행자로 영입했다.

팟캐스트는 즉각 많은 공감을 받았다. 청취자들은 톰 행크스, 아리아나 허핑턴, 반 존스, 마리아 슈라이버 같은 출연자들의 이야기를 듣고 있으면 '창조적 글쓰기 전공 석사과정'을 밟는 것 같다고 말했다. 출연한 작가들은 뮤즈 영접하기, 보람 맛보기, 창의적인 습관 들이기, 시간과 밀당하기, 두려움 정복하기, 질투심 극복하기, 네트워킹, 원고 수정 멈추고 전송하기, 다양한 기량의 편집자들과 작업하기, 에이전트와 신뢰 쌓기, 책 계약하기, 불신자와 비방자 다루기, 새로운 시각으로 마케팅에 도전하기 등 자세한 노하우를 소개했다.

청취자들도 나와 마찬가지로, 열일곱 번째 책을 홍보하기 위해 출연한 앤 라모트가 글을 쓰기 전에 드리는 기도를 공유했을 때 마법에 홀린 듯했다. 메리앤 윌리엄슨이 첫 책으로 『A Course in Miracles』를 채택하기 전까지, 그 책이 자신을 스토킹하는 것처럼 보였다고 말할 때도 그런 반응을 보였다. 장르 불문하고 폭발적인 인기를 얻은 회고록 『먹고 기도하고 사랑하라』의 엘리자베스 길버트를 대니엘과 함께 인터뷰할 때는 기도가 얼마나 힘들었는지 엘리자베스가 고백하자 차를 마시다 사레들려 뿜을 뻔했다. 엘리자베스 본인은 물론, 누구도 예상치 못했던 고백이었기 때문이다.

팬들은 그래도 충분치 않다며, 팟캐스트 방송을 몰아서 듣고 싶다고 했다. 우리와 함께 커피를 마시는 기분이 들었으며, 메모해 두려고 운전 중에 차를 세웠다고도 했다. 또한 몇 번이고 되풀이해서 정보를 검토하고, 세부 사항을 쉽게 이해하고 기억하며, 필요할 때마다 언제든 팟캐스트의 스토리와 가르침을 얻을 수 있는 정리된 방식을 원했다. 그래서 이 책을 만들게 되었다.

당신은 이제 곧 방송에서는 들어 본 적 없는 보석과도 같은 내용을 포함한, 모든 글쓰기 마법의 세계에 접속하게 된다. 작고 실제적인 것에서부터 이상적인 것에 이르기까지. 문학계의 슈퍼스타들은 당신을 사유하게 만들고, 웃게 할 것이다. 당신이 걸어갈 출간의 길을 단축시켜 줄 것이다. 만약 당신의 형편이 더 나빠지더라도 계속 나아갈 수 있도록 때맞춰 도울 것이다. 팟캐스트를 못 들었을 경우, 백지 원고를 앞에 두고 붓방아질만 하다 수렁에 빠지기도 하기 때문이다. 그리고 출판계에서의 일은 이보다 더 심하다.

나는 당신이 이 복잡한 시대에 세상의 많은 이야기를 공유하기 위해 태어났다고 믿는다. 쓰고 싶어 한다는 사실만으로도 이유는 충분하다. 푸른 하늘과 잔잔한 바다가 앞에 펼쳐질 거라고 말할 수는 없지만, 이 책에 있는 수많은 팁과 사연은 당신의 길을 더 수월하게 해 줄 것이라 약속한다.(힌트: 당신이 더 이상 피를 흘리지 않을 때 출판하라. 피를 흘리고 있을 때는 글을 쓰라.) 마음의 중심을 잃지 않게 해 주는 격려, 풍부한 경험에서 우러나오는 조언, 그리고 당신이 마침내 책이나 블로그 또는 사업을 시작할 용기를 얻도록 돕는 업계 종사자의 성공과 실패 이야기로 가득한 이 책은 내가 줄곧 읽고 싶어 했던 글쓰기 책이다.

대가를 바라지 않고 스스로 좋아서 몇 년 동안 만든 이 책에서 가장 똑똑하고 관대하고 사랑받는 현직 작가들의 지혜를 발견할 것이다. 당신의 문학 영웅들은 허심탄회하고 발랄한 유머로, 수십 년 동안 터득한 노하우로 영감을 불어넣고 즐겁게 해 주기 위해 여기에 있다.

『베스트셀러 작가들의 영업 비밀』은 영감을 주면서도 실용적이며, 손에 땀을 쥐게 하는 스토리가 담긴 글쓰기 회고록이다. 격한 비틀기와 신비로운 반전으로 점철되어 있다. 또한 자신을 드러낼 용기와 분별력을 가진 작가들의 글 쓰는 삶에 대한 통찰이 가득 담겼다. 문장 하나에 매번 쉼표를 여섯 개나 찍었던, 학위도 없고 아무것도 모르던 초짜가 어떻게 전업 작가로 변모했는지 그 솔직한 이야기가 곳곳에 포진해 있다. 글쓰기가 '넘사벽'이라고 느껴지거나 '그들만의 리그'에 속하는 미지의 존재라서 두렵다면, 전업 작가가 되기 위해 내가 품었던 꿈과 모험, 사건 사고가 당신에게도 자신만의 길이 있다는 믿음을 주고 그 길을 찾도록 도울 것이다. 책에서 소개한 대가들의 지혜는 생생함과 공감을 더한다.

당신이 어떤 과정에 있든, 걸작을 창작하고 마무리할 수 있으리라 믿는다. '백수'인 사람조차도 이렇게나 커다란 야망을 품고 있는 경우를 수없이 봐 왔다.

간절함이 있다면 필요한 건 다 갖춰진 셈이다. 이 책을 아름다운 작가 클럽의 공식 환영사로 생각하라. 당신이 우리 클럽에 들어와서 정말 기쁘다.

계속 쓰라!

린다 시베르트센

Chapter 2
도구들과 드림팀: 깊이 파고들기의 핵심

Chapter 3
인내심이 바닥일 때: 의심이 많거나 헐뜯는 사람 다루기

Chapter 4

출산하기: 작품을 세상에 내놓기

일러두기

이 책에서 소개한 도서 중 국내 미출간 도서는 원서 제목을 적었다. 단 미출간 도서라도 본문의 내용 이해를 위해 필요한 경우에는 원서 제목과 번역한 제목을 병기했다.

Chapter
1

뮤즈에게 구애하기:
일과 놀이의 시작

환영! 이번 챕터에서는 스스로에게 권한을 부여하는 과정을 다룬다.
흐름에 박자 맞추기, 자신의 동기와 연결하기, 정신적 괴롭힘 잠재우기,
기교와 자신감을 끌어낼 자질 짜 맞추기, 시간 활용하기 그리고
조용하게 시간 보내기 등. 가장 중요한 점은 스스로 설정해 둔
전문 작가로서의 최고 기준에 맞춰 가는 것이다.

1

학위가 없어도 문제없다:
작가가 되는 수많은 방법

"인간의 두뇌는 특수하다.
일어나자마자 작동하기 시작해 학교에 갈 때까지
멈추지 않는다."

*밀턴 벌**

---

* "만약 기회가 당신의 문을 두드리지 않는다면, 문을 만들어라."라는 말로 유명한 미국
의 코미디언-옮긴이

작가가 되고 싶은 마음은 간절한데 관련 자격증이 아무것도 없다면 어떨까? 학교 신문에 기사를 써 본 적도 전혀 없다. 재능이 있다고 말해 주는 교사도 없었다. 국어에서도 좋은 점수는커녕 오히려 성적이 나빴다. 답안지에는 빨간 펜 자국이 무수했다. 재능이 '없다'고까지 말한 선생님도 있었다. 글쓰기 동아리 멤버들은 첫 작품을 보고 키득거렸다.

출판사에서는 당신에게 "본업에 충실하라."라고 말할까? 글을 쓰기 위해서는 학교에 가는 것이 중요할까? 이제라도 학교에 돌아가야 할까?

만약 나와 비슷한 생각을 하고 있다면, 당신은 대학 시스템을 맹신하는 사회에서 자란 사람일 것이다. 아마도 수업 외 활동으로 추가 학점을 따고, 전 과목 A를 받고, 대입 준비반 수업을 듣고, 가능한 한 많은 AP Advanced Placement를 활용하라는 이야기로 세뇌당했을 것이다. 목표는 입학사정관 심사 통과하기. 대학 수업료를 내기 위해 장기를 파는 한이 있더라도 말이다.

우리를 둘러싸고 있던 신뢰할 수 있는 시스템이 무너지면 아무것도 믿을 수 없게 된다. 학교를 좋아하기도 하고 싫어하기도 하는 일개 학생에 불과한 나로서는 그야말로 아무것도….

"린다!" 스페인어를 가르치는 고메스 선생님이 수업 중에 고함을 질렀다. "넌 수업에서 가장 우수한 학생이야. 그런데 산만하구나. 집중하지 않고 있어! 도대체 왜 그래?"

딴짓하다 허를 찔린 나는 의자에 얼어붙은 채, 남자 친구 제프에게 쓰던 연애편지를 책상 서랍 속으로 밀어 넣었다. 얼굴을 붉혔던 기억은 있는데, 11학년이었던 내가 줄곧 존경했던 선생님에게 뭐라고 대답했는지는 생각이 잘 나지 않는다.

나는 쉬는 시간에 학생들로 붐비는 복도에서 마주친 선생님에게 큰 소리로 "안녕하세요. 세뇨르 G!"라고 인사하곤 했다. 하지만 선생님이 나에게 관심이 있었다면 뒷줄에 앉은 너무 귀여운 제프를 내가 무척 신경 쓰고 있다는 사실을 알았을 거다. 흥!

나는 책벌레였다. 여동생 캐럴처럼 손전등을 들고 이불 속에 숨어 숙제해 본 적은 없다. 캐럴이 공부를 하고, 영어 우등반에서 과제를 하느라 여념이 없는 동안, 나는 방과 후 스포츠활동에 온 힘을 다 바쳐서 진이 빠졌다. 엄마는 모차르트 협주곡 선율에 맞춰 저녁을 준비하고, 아빠는 새벽 4시 반에 출근했다가 저녁에 퇴근해 잠시 눈을 붙이고 있을 때, 나는 서재에 누워 서가에 꽂혀 있는 양장본들을 보며 군침을 흘리곤 했다. 그곳에서는 점성술, 임사 체험, 고대 그리스, 투탕카멘의 이집트, 중세 갑옷, 르네상스의 위대한 화가들, 잃어버린 도시 아틀란티스, 「봉 아페티」 잡지에 나오는 치즈 도마들이 살아났다. 나는 구겐하임 인쇄기가 정교하게 새겨진 가죽 제본판 1910년 브리태니커 백과사전의 표지를 펼쳐 얄따란 반투명 내지의 냄새를 맡고, 인쇄기 장비가 삐걱거리는 소리와 황홀경에 빠진 독자들을 상상하곤 했다. 그리고 시간의 시련을 견뎌 낸 이런 책들과 내 운명이 관계 맺기를 소망했다.

겨우 철자법을 익힌 실력이었는데도, 친구들은 나에게 짝사랑하는 남자애들에게 보낼 편지를 써 달라고 했다. 마치 연애편지를 대필했던 시라노 드베르주라크가 된 것만 같아 자랑스러웠다. 학교생활과 운동이 즐거웠다. 10단 기어를 넣고 달려 올라갈 언덕이 있고, 육상 트랙 경기가 있고, 치어리딩을 하면서 응원할 미식축구가 있고, 이겨야 할 테니스 경기가 있는데 어찌 가만히 앉아 있을 수 있겠는가. 숙제? 좋아서 배우고 싶은 것이 있는데 그런 게 왜 필요한가?

유치원 때부터 나는 "가만히 앉아 있기 힘들어한다.", "말이 너무 많다."라는 꼬리표가 붙은 아이였다. 이런 상태에서 글쓰기처럼 분별력 있고 점잖으며 조용하고 지적인 세계로 들어가는 꿈을 이루기 위해 당신이라면 어떻게 하겠는가? 학교 공부에 전념하면 도움이 될까? 나는 공부가 영혼을 파는 위험을 감수할 가치가 있는지 확신하지 못했다. 어머니가 스탠퍼드 대학에서 일하고 있을 때 나를 파티에 데리고 간 적이 있었다. 나는 수다스럽게 불평불만하는 박사들과 잡담을 나눈 다음, 그 자리를 떠나면서 생각했다. '학풍이 대단하다고?' 스탠퍼드 대학조차 즐거워 보이지 않았다.

나는 가까스로 대학에 들어갔다(USC에 다니는 장난기 많고 귀여운 수구water polo 선수 남친에게 정신이 팔렸음에도 불구하고). 하지만 3학년이나 되어 학교 상담사와 면담을 하고 나서야 깨달았다. 어떤 과목은 연달아 수강했어야 했다. 그러지 않으면 공부한 내용이 머릿속에서 곧바로 빠져나가 결코 따라잡을 수 없게 된다. 그리고, 허걱! 전공으로 선택한 심리학에는 미적분과 통계학이 필요했다. 대수 시간에 배운 내용을 기억하지 못해 각기 두 번씩이나 낙제했던 과목이었다. 어느 교수가 심리학 학위를 가지고 밥벌이를 하려면 앞으로도 4년이 더 필요하다고 말했을 때 심리학 공부를 그만뒀다. 세 과목만 더 수강하면 졸업이지만, 난 사업을 하면서 작가가 될 거야. 나에겐 그것이 다 보였다. 왜 부모님 돈을 더 낭비해?

영원한 내 뒷배인 엄마와 아빠는 자신만만했다. 특히 아빠는 "난 네 걱정 전혀 안 한다. 넌 언제나 오뚝이처럼 일어나잖아."라고 했다.

글을 쓰고자 하는 평생의 꿈은 해를 거듭할수록 치열해졌다. 마침내 '때'가 되었음을 스스로 감지하고 계획을 세우느라 신이 났다. 그런데 작은 문제가 하나 더 있었다. 훈련 부족이나 관련 자격증이 없는 건 둘째 치고, 글 쓰는 '방법'을 몰랐다. 다듬어지지 않은 재능도 문제였지만, 글쓰기 기술은 생각보다 익히기 힘들었다. 어린 시절에도 애늙은이 같았던 여동생과는 달리 난 진짜 어린애였다. 잠도 안 자고 책상에 웅크리고 앉아 있는 동생을 보면서, 시간이 지나면 자전거 타기나 달리기, 테니스 스매싱을 잘하게 되는 것처럼 언젠가는 나의 실제 경험을 자연스럽게 글로 쓸 수 있을 거라고 믿었다. '우리에게는 시간이 있다. 어쨌든 우린 모두 성공할 거야!'

글쓰기를 위해 학교로 다시 돌아가고 싶지는 않았다. 그 마음은 확고했다. 스스로 해결할 테다. 나의 DNA에는 책이 있었다. 어린 시절 책꽂이는 책들로 몸살을 앓았다. 엄마는 북클럽의 창립 멤버로 오랫동안 활동했으며, 북클럽의 회장을 10년이나 했다. 엄마의 친한 친구인 케이 스프링켈 그레이스는 여러 권의 책을 쓴 유명 작가이

며 비영리단체 기금 모금자다. 그분이 쓴 책 가운데 한 권은 우리 부
모님께 헌정한 것이다. 아빠의 가장 친한 친구인 찰스 세일러는 수백
만 부가 팔린 『뉴욕 타임스』 베스트셀러 작가다. 캘리포니아의 환상
적인 벨 에어 지역에 사는 그는 영화 대본을 쓰고 TV 쇼를 히트시
켰다. 캐럴과 나는 찰스 아저씨와 함께 리무진을 타고 그의 책 『The
Second Son』 북 투어를 따라갔다. 할리우드의 거물급 스타인 폴
뉴먼, 로버트 레드퍼드, 실베스터 스탤론이 그 책을 얼마나 영화로
제작하고 싶어 하는지를 보고 놀랐다. 팬레터 수만 통을 담은 불룩
한 우편물 자루들이 그의 집으로 배달되는 걸 보고 더욱더 눈이 휘
둥그레졌다. 그리고 생각했다.

'내가 그와 같은 작가가 될 수 있다면, 이 세상에 도움을 줄 거야!
글쓰기가 그렇게 어려울 리가 없어. 다들 쓰고 있잖아!'

하지만 얄미우리만치 좋은 성적으로 고등학교를 1년 앞당겨 졸업
하고, 18세에 캘리포니아주에서 주는 저널리즘 상을 받으며 USC에
저널리즘 전공으로 입학한 캐럴은 나의 첫 원고를 보고 코웃음 쳤다.

"언니, 왜 문장마다 쉼표를 '여섯 개씩이나' 찍었어?"

"사람들이 숨을 멈출 때마다 하나씩 찍은 거야."

"그런 문법은 없어. 사람은 숨을 멈추면 안 된다고!"

다행히도 내 별자리는 사자자리다. 사자자리인 사람은 추진력이
엄청나고 거창하기까지 하다. 나는 임무를 수행 중이다. 해결할 수
있다! 그리고 수행했다. 비록 학교를 그만두면서 상당한 수치심과 죄

책감을 이겨 내야 했지만. 감사하게도 아빠는 내 첫 책의 출간을 볼 때까지 장수하셨다. 아빠가 가지고 있던 책 표지에 그려진 티셔츠 위에는 "내 딸의 책을 벌써 갖고 있다고?"라는 문구가 선명하게 적혀 있었다. 하지만 아빠는 4기 암 진단을 받은 상태였다. 엄마를 병으로 먼저 보낸 지 5년밖에 되지 않았을 때였다. 대학에 입학하면서 부모님께 했던 약속, 즉 졸업하겠다는 약속을 지키기 위해 아등바등하던 때이기도 했다. 학장을 설득해서 모종의 거래를 하면 되리라 생각했다. 아주 간단해 보였다.

내가 마침내 졸업식 무대를 밟을 것이라는 확신을 줄 수 있다면, 아빠가 오랫동안 기다렸던 그 획기적인 사건을 축하하기 위해서라도 삶을 지속하실 것이다. 놓쳐서는 안 될 특별한 행사에 참여하기 위해 거의 죽음에 도달한 사람이 벌떡 일어났다는 등의 이야기는 익히 들었다. 만약 아빠가 행사를 직접 보기에 너무 늦었다면, 적어도 아빠와 엄마의 희생이 헛되지 않았다는 사실만은 알고 무덤으로 가셔야 한다.

대학에서는 때로 실습 경험을 학점으로 인정해 준다. 내가 출간한 책, 출판이 논의됐던 글들은 미처 채우지 못한 하잘것없는 세 과목의 학점을 틀림없이 상쇄할 것이다. 대학에 도착해 백미러에 비친 얼굴을 보면서, 내가 예외에 해당하기를 기도했다.

학장이 성적증명서를 검토하고, 나의 첫 책을 꼼꼼히 살펴보고, 잡지 기사를 훑어보는 동안 난 거의 숨이 멎을 지경이었다.

"저는 두 번째 책을 절반쯤 마무리했어요. 어느 시각장애인 경찰에 관해 공동 집필 중인 책이죠." 정적을 깨고 내가 말했다. "그 경찰은 고속도로에서 마약을 단속하다 얼굴에 총을 맞았어요. 그는 박사이자 경찰, 소방관, 군인을 위해 일하던 임상 치료사였습니다. 그래서 여기에 심리학 과목에서 배운 수업 내용을 많이 활용하고 있어요."

학장은 고개를 숙이더니 가로저으며 안경을 벗고 눈을 감았다.

"미안해요, 린다. 당신이 스페인어로 수학책을 출판했다거나, 심리학 교재를 썼다면 아마도 학점으로 인정할 수 있을 텐데…"(스페인어, 수학, 심리학은 내가 낙제했던 과목이다.)

"상당히 심리학적인 측면에서 쓴 글이기에 학점을 취득할 수 있을 거라고 기대했습니다."

학장은 미안하다는 말을 거듭하며, 내가 펼쳐 놓은 잡지들을 가지런히 정리하기 시작했다. 그러고는 30분에 걸쳐 졸업에 필요한 학사 요건을 갖출 방법을 늘어놓았다. 설명은 내가 사각모를 쓰고 졸업 가운을 입을 것인지 여부를 생각해 보기도 전에 이미 수만 달러의 수업료를 내고 몇 년 동안 지도 교수에게 시간을 투자하는 데까지 이르렀다.

패배감으로 멍하니 캠퍼스를 걸었다. 1930년대에 지은 USC 도헤니 도서관의 벽돌처럼 바로 그렇게 늙어 버린 기분이었다. 유명한 트로이 병사 토미 동상의 발치에 앉았다. 몇 년 전 그곳에서 1998 USC 학생 선물 카탈로그의 표지 모델로 사진을 찍은 적이 있다. 엄마와 아빠가 무척 기뻐하셨다. 아빠는 휴대전화 발신자 번호에 내 이름이 뜨면 늘 이렇게 말하곤 하셨다. "좋은(good) 얘기 좀 들려 줘." 내가 '신의 전화번호(good=god)'를 갖고 있다고 믿기 때문이었다. 휴대전화로 아빠에게 전화를 했다.

"아빠." 아빠의 목소리가 들리자 목이 메었다. "나 지금 USC에 있어. 학위를 받아야겠어."

"나를 위해서 그러려는 게냐?" 아빠가 물었다. 떨리는 목소리였다. 아빠가 주방에서 전화받는 모습을 떠올렸다. 지난번에 턱과 입을 수술해서 말하기가 쉽지 않으실 텐데.

"응. 하지만 나도 원하는 일이야." 거짓말을 했다.

잠시 침묵. "린다, 안 돼. 나를 위해서 그러는 거라면 됐다. 네가 대학에 가는 걸 아빠가 원했던 이유는 네가 행복하고 성공한 사람이 되길 바라서였어. 그래야 네가 잘될 수 있을 테니까. 너는 이미 내가 아는 사람 중에서 가장 행복하고, 성공했고 잘나가는 사람이란다." 이번만큼은 아빠에게 대답할 수가 없었다. '아직도 이따금씩 청구서를 결제하느라 아등바등할 때가 있다는 사실을 아빠에게 알려 드려야 하나?' "게다가," 아빠는 말을 이었다. "그러려면 몇 년이 걸릴 거야." 아빠 말이 옳았다. 학장의 말에 따르면 적어도 삼 년은 더 걸린다니.

"그리고 그동안, 너는 책을 쓰지 못하잖니? 얼마나 많은 사람에게 도움이 될 책인데." 두 눈에서 소리 없이 비가 내렸다. "주위를 둘러봐." 아빠가 말했다. "지금 캠퍼스에 학생들이 몇 명이나 보이니?"

재빨리 학생들의 수를 헤아리지 못했다. 수천 명은 되는 것 같았다. "그들 중 몇 명이나 책을 쓸 것 같니? 대부분 졸업은 하겠지만, 다른 사람의 인생을 바꿀 책을 쓸 사람이 그들 중 몇이나 될까?"

"그건 모르지, 아빠."

"이젠 내 품에서 놓아 보낼게, 우리 딸. 그 정도면 됐다."

바다 너머로 지는 해를 뒤에 두고 집으로 가는 패서디나 고속도로를 달렸다. 곧 캐럴을 만나 아빠의 마지막 며칠을 함께 지켜보아야겠지만, 그래도 감사한 일이다. 고작 몇 시간 전만 해도 내가 받은 교육과 부모님이 어렵게 번 돈을 허비해서 부모님을 실망시키고, 교육 제도에서 낙오하고, 나 자신을 실망시켰다고 믿었다. 이제, 아빠의 미쁨 덕분에 대학 시절을 떠올리며 다시 한번 미소 지을 수 있다. 그리고 아빠와 달리 나에게는 자신이 누구이며 무엇을 할 수 있는지 새롭고 산뜻하게 이야기를 고쳐 쓸 시간이 있었다. 내가 아빠에게 선물을 드릴 거라고 생각했는데, 아빠는 이미 나에게 훨씬 더 값진 선물을 주셨다는 걸 비로소 깨달았다.

지혜를 얻거나 글쓰기, 꿈을 추구하는 유일한 장소가 학교만은 아니라는 걸 아빠는 이해하셨다. 마크 트웨인의 말처럼. "나는 결코 학교 교육이 나의 배움을 방해하도록 하지 않았다." 하지만 많은 사람에게 고등학교나 대학은 부끄러움과 낙심의 근원이었다. 어떤 사람은 학위가 부족해서 글쓰기를 만나러 가는 꿈을 접었다. 어떤 사람은 성적표로 자신의 가치가 환산되는 걸 받아들였다. 또 누군가는 학위가 재능과 출판에 이르는 더 쉬운 길을 열어 줄 것이라는 희망으로 글쓰기 수업을 듣거나 MFA(인문학 석사) 학위를 취득하기도 했다. 그리고 이따금 그 희망이 이루어졌다. 이 책에 등장하는 성공한 작가들은 학위가 없는 사람부터 대학에서 강의하는 사람에 이르기까지 다양하지만, 한 가지 공통점이 있다. 바로 마음속에 있는 것을 공유하고자 하는 보편적인 욕망이다.

최근에 대학에 등록했거나 갈 계획이라면, 대학이 당신에게 더 많은 힘이 되리라는 건 말할 필요도 없다. 아들이 영화학교를 그만두 겠다고 협박할 때마다 나는 빚이 쌓여 감에도 불구하고 절대 받아 들이지 않았다.

"하지만, 엄마!" 아들이 징징댔다. "엄마와 아빠는 대학을 안 마 쳤잖아!" 맞다. 하지만 아들은 사람들의 기대에 걸맞은 자리로 가기 위해 체계가 잡혀야 하는 청년이었다. 새로운 인맥과 철학이 필요한 젊은이였다. 그로부터 8년이 지나고, 강요에 의해 학교를 마친 아들은 일주일이 지나도록 내게 고맙다고 하지 않았다.

과거나 지금이나 많은 사람이 대학 문을 두드린다. 『세상과 나 사이』에서 타네하시 코츠는 말한다. "나는 교실이 아니라 도서관에 최적화된 사람이었다. 교실은 다른 사람들과의 이해관계가 얽힌 지옥이었다. 도서관은 누구에게나 개방적이고, 언제나 무료였다." 도서관에서 10년 넘게 온갖 책을 읽은 레이 브래드버리(로스앤젤레스 고등학교 졸업-옮긴이) 역시 대학 교육에 진심인 편은 아니었다. 교사들은 편견을 갖고 있지만, 도서관은 다르다고 그는 믿었다. 하지만 시골이나 개발도상국의 사람들에게는 고등 교육이 시간, 성취동기, 기회, 창조적 추동력을 앗아 가는 가난에서 벗어나는 가장 믿을 만한 티켓이 될 수 있다는 사실은 부인할 수 없다.

대학원에서 석사 과정을 공부할 생각은 추호도 없다. 독학하면 시간이 훨씬 더 걸릴 수도 있지만! 대학 문제에 관한 한 정답은 없고 오답만 있을 뿐이다. 당신이 글을 쓰려면 학위를 따야만 한다는 믿음이 바로 오답이다. 학위가 있든 없든 하나의 진실을 믿는다. 작가들은 나아가야 할 길이 있기 때문에 자기 이야기를 공유하기를 갈망한다. 겁내지 마시라. 글쓰기와 출판에 두려움을 느끼고 있다면, 당신은 결코 혼자가 아니라는 사실을 이제 곧 알게 될 거다. 아빠가 내게 준 믿음을 당신에게 언제든 빌려 줄 수도 있다. 그 믿음은 이미 나에게뿐만 아니라 도처에 널려 있고, 모두에게 충분할 정도로 많으니까.

학위에 대한 작가들의 생각

세스 고딘[*] 우리 문화는 꿈을 꾸는 데 문제가 있다. 그 문제는 대체로 학교 교육 체제에서 비롯되었으며 점차 악화하고 있다. 학교에서 꿈 꾸는 사람들은 위험하다. 꿈꾸는 사람들은 참을성이 없으며, 두루 두루 원만한 상태가 되는 것을 달가워하지 않는다. 무엇보다도 꿈꾸 는 사람들은 기존 체제에 적응하기가 어렵다.

우리에게 필요한 꿈은 남에게 예속되거나 의지하지 않고 스스로에 게 의존하는 꿈이다. 있는 것이 아니라 있을 수 있는 것에 바탕을 둔 꿈이다. 유일한 해결법은 꿈을 꿀 수 있는 사람이 지도를 만들어 주 는 것이다.

'연결의 시대'에 읽기와 쓰기는 비약적인 결실을 거둘 가능성이 큰 기술이다. 혁명적인 연결의 시대에 효율적인 작가는 자신의 아이디 어를 무수한 사람들에게 퍼뜨릴 수 있다. 글쓰기는 (누구나 플랫폼 하 나는 가지고 있기에 조직 내에서 공개적으로든 사적으로든) 아이디어를 확산시키기 위해 사용하는 도구다. 글쓰기는 두뇌의 가장 지적인 부 분을 활성화하고 생각을 체계화한다.

---

[*] 『마케팅이다』, 『트라이브즈』, 『보랏빛 소가 온다』, 『린치핀』을 포함한 베스트셀러 20 권을 낸 작가. 교사이자 마케팅 전문가.

정보 접근은 갈수록 더 쉬워지지만(MIT 강좌들을 집에서 수강할 수 있게 될 것이다), 대학 문화는 기숙사나 경기장 혹은 캠퍼스에서만 연결될 수 있다. 바로 그 대학이 10대 대다수가 자신을 발견할 수 있는 최후이자 최고의 빠른 선택이다. 성장하는 것 말고는 선택지가 없는 상황에서 말이다. 등록금을 내고 시간을 들여 학교에 가는 이유가 여기에 있다. 그러다 보면 앞으로 나아가는 길밖에 없는 어두운 골목에 자신이 서 있다는 사실을 알게 된다.

♡

셰릴 스트레이드* 산 정상에 도달하는 데는 여러 길이 있다고 한다. 대학은 제각각의 이유로 모든 사람에게 중요하다. 나는 미국 시골의 노동자 계층 가정에서 자랐다. 주위에 책을 쓴 사람은 아무도 없었고, 책을 읽는 사람조차 그리 많지 않았다. 그래서 대학은 내가 거쳐야 할 엄청 중요한 관문이었다.

『와일드』로 대성공을 거둔 뒤에 기자들은 한결같이 말했다. "인생이 크게 달라졌겠어요." 나는 "그렇지 않다."라고 대답하고 싶다. 『와일드』를 출간하면서 인생에 주목할 만한 변화가 있다면 전보다 훨씬 수월하게 청구서를 결제할 수 있다는 정도였고, 크게 달라진 건 없었다. 인생에 진정한 변화가 온 시기는 대학에 갔을 때였다. 이 세상

~~~~~~

* 『뉴욕 타임스』 베스트셀러 회고록 『와일드』의 작가. (『와일드』는 리즈 위더스푼 주연의 영화로 만들어짐.) 『안녕, 누구나의 인생』, 『그래 지금까지 잘 왔다』, 『Torch』를 썼다.

에는 그림을 그리고 글을 쓰고 행동하는 사람과 과학자, 수학자들이 있다는 사실을 그때야 깨달았다. 어느 순간 내게는 그 모든 것이 넘볼 수 있는 존재가 되었고, 작가가 될 중요한 이유 중의 하나가 되었다.

사람들은 한 번에 책 한 페이지, 한 번에 한 문장을 쓴다. 첫 번째 책을 쓰기 전까지는 나도 몰랐다. 일을 해 보고, 그 일이 어떤 것인지 스스로 터득해야 한다. 그러는 데 배움이 있다. 나는 많이 배웠다. 하지만 새로운 사회의 일원이 되는 법을 배우는 건 마법 같은 일이었다.

♡

메그 월리처[*] 스미스 칼리지와 브라운 대학에서 글쓰기 과목을 수강하고 자신감을 얻었지만, 그렇게 되기까지 시간이 꽤 걸렸다. 당신은 귀에 딱지가 앉도록 듣고 또 들어야 한다. 누군가 "그 문장 정말 좋아."라거나, "그건 별로 감흥이 없어."라고 하는 말들을. 그런 다음에야 연결 고리를 만들어 낼 수 있다. "앗, 잠깐! 문장이 감흥을 주지 못하는 이유는 사람들이 지난번에 어떤 문장이 별로라고 말했을 때와 똑같은 짓을 반복하고 있기 때문이군." 패턴이 보이기 시작하는 거다. 열두 번쯤 그렇게 하고 나서 열세 번째에야 비로소 그 짓을 그

---

[*] 『여성의 설득』, 『더 와이프』, 『The Ten-Year Nap』 등의 소설을 펴낸 『뉴욕 타임스』 베스트셀러 작가. 『더 와이프』는 동명 영화로 만들어져 비평가들의 호평을 받았다. 월리처는 어린 독자들을 위한 글도 쓰고 있으며 그림책 〈Millions of Maxes〉를 펴냈다.

만둘 수 있다.

❧

제인 구달[*] 내 스승이자 과학자인 루이스 리키는 내가 '대학에' 다니
기를 원했다. 동물행동학자들의 환원주의 이론에 내가 물들지 않았
기 때문이다. 동물에게 인격과 마음, 감정이 있다고 말해서는 안 된
다는 이야기를 들었을 때 나는 교수들이 틀렸음을 알았다. 하지만
케임브리지 대학에서 논리적이고 과학적으로 사고하는 법을 배운
덕에 당시로서는 약간 혁명적이었던, 즉 동물을 각각의 인격체로 이
야기하는 일을 지속할 수 있었다. 그때까지의 동물행동학 연구에서
는 이루어지지 않았던 일이기에, 논리적으로 사고하는 방식을 적용
해 보고자 했던 것이다.

이 경험이 글쓰기에 도움이 된 것 같다. 매사에 주의 깊고 신중하게
생각하고 이해할 수 있어서 유용했다. "음, 내가 이 단락을 말했는
데, 사실 내가 전에 말했던 내용과 모순되는 것이니 이들 두 단락을
종합해서 이해하자."

❧

---

[*] 동물행동학 박사이며 영국 왕실의 데임 서훈을 받았다. 제인 구달 연구소의 설립자이
자 유엔 평화 사절. 구달은 60년 이상 이어 오고 있는, 탄자니아 곰베 지역의 야생 침팬
지 생태에 관한 획기적인 연구로 유명하다. 『희망의 이유』, 『희망의 책』 등 어른과 아
이 모두를 위한 책을 썼다.

톰 행크스[*] 아직도 나는 6학점이 부족해서 졸업하지 못한 사실에 늘 마음이 찝찝하다.[**] 친구 하나가 고등학교를 졸업할 무렵이었다. 친구에게는 삼촌이 있었는데, 삼촌이 친구에게 물었다. "대학에 갈 거라고? 정말이냐?"

친구가 대답했다. "아무렴요. 대학에 갈 거예요."

"좋아!" 삼촌이 말했다. "이렇게 하자. 네가 원하니 대학에 갈 수 있도록 삼촌이 돈을 대 줄게. 그리고 내가 지금 말하는 거 잘 들어 둬. 뭐냐면 넌 대학을 떠나는 순간부터 평생 매일 일해야 한다는 거야." 이봐요, 내가 아직 학위를 취득하지 못한 건 6학점이 부족해서 그런 거라고요!

♡

가브리엘 번스타인[***] 스스로에게 "난 그다지 똑똑하지 않다."라고 말하며 앞으로 나가지 못하게 방해하던 확고한 신념이 있었다. 초등학교 6학년 때 어떤 애가 나에게 멍청이라고 했고, 그 말은 운명의 지침을 돌려놓았다. 그 일은 트라우마가 됐고, 결국 내가 예술 쪽에서

---

[*] 타자기 애호가, 오스카상 수상 배우이자, 시나리오 작가, 감독, 프로듀서, 음악인. 『뉴욕 타임스』, 『배니티 페어』, 『더 뉴요커』에 에세이를 발표했다. 단편소설집 『타자기가 들려주는 이야기』도 펴냈다.

[**] 톰 행크스는 캘리포니아주 헤이워드에 있는 섀벗 커뮤니티 칼리지에서 연극을 전공하고 캘리포니아주립대 새크라멘토 캠퍼스로 편입했으나 중퇴했다. 2010년 타임지는 톰을 '톱 10 대학 중퇴자'의 한 명으로 선정했다.

[***] 『뉴욕 타임스』 베스트셀러 『우주에는 기적의 에너지가 있다』, 『그냥 오는 운은 없다』, 『판단 디톡스』, 『May Cause Miracles』, 『Happy Days』를 쓴 작가.

성과를 내도록 인도했다. BFA(공연예술 학사) 학위를 따고는 학문 세계에 등을 돌렸다. 내가 학문적인 방향으로 계속 발전할 사람이 아니라는 걸 확인했을 뿐이다. 나의 문학 교육은 중학교 2학년에서 끝났다. 그게 다였다. 간신히 문장을 얽어매는 수준이었고, 최악의 문법 실력에 철자도 제대로 쓸 줄 몰랐다.

종종 이런 생각에 잠긴다. '내가 어쩌다 작가 세계에 발을 들여놓게 된 걸까?' 오늘만 해도 "아, 진짜 내가 작가라는 실감이 나지 않아."라고 중얼거렸다. 사람들은 이렇게 말하겠지. "농담이죠? 당신은 일곱 권이 넘게 출간했잖아요." 그다음에는 인생의 지침들이 하는 말을 듣는다. 나를 둘러싸고 있는 지침들과 짧지만 멋진 대화를 나눈다. 그들은 이런 말을 건넨다. "자신을 이겨 내요. 당신은 작가입니다!"

문학에 눈이 밝지 않다고 스스로 인정할지도 모르는 사람들에게, 그들 자신이 작가임을 알 수 있다는 걸 내가 증명하고 있어 자부심을 느낀다. 사람들은 이렇게 말할 것이다. "아, 중학교 2학년 영어 실력을 가진 번스타인이 한다면 나도 할 수 있어."

♡

애비 웜백[*] 다른 사람을 기쁘게 한다는 점에서, 언젠가 나는 '대학으로' 돌아가 엄마와 했던 약속을 지키고, 학위를 받고 싶어 하는 게

---

[*]   축구의 전설(미국 여자 축구대표팀 선수, 2015년 은퇴-옮긴이). 올림픽 금메달 2회 수상. 『뉴욕 타임스』 베스트셀러 『우리는 언제나 늑대였다』의 저자. 회고록 『Forward』도 썼다.

맞다. 복학해서 대학 교육을 마치면 과연 내가 극적으로 변화할 수 있을까? 십중팔구 아닐 것 같았다. 그때 생각의 갈피를 잡았다. 그러지 않아도 괜찮을 것 같았다. 아내 글레넌 도일*의 도움으로 많은 사람이 각각 다른 길을 걷고 있으며, 다른 길보다 뛰어난 성공에 이르는 방법이 하나가 아니라는 사실을 깨달았다.

그때로 돌아가서 생각해 본다. 스스로의 자부심과 자아존중감에 좀 더 가까이 다가가고 싶다고 생각했던 이유는 아마도 엄마에게 했던 약속에 매였기 때문이었을 것이다.

♡

마사 벡** 내가 하버드대 학위를 세 개나 받은 이유는 사람들에게 "말도 안 돼. 이런 건 필요 없어!"라고 말하기 위해서였다는 생각이 든다. 뭔가가 있다고 해서 가 본 산이 있다. 사람들이 그 산에 숨겨진

~~~~~~~~

* 글레넌 도일은 10살 때 식이장애 때문에 폭식과 토하기를 반복하다 알코올 중독과 약물 중독으로 방황하던 중 어느 날 자신이 임신했음을 알게 된다. 그때부터 과거의 삶을 청산하여 결혼하여 세 아이의 엄마가 되었다. 중독을 극복한 경험을 바탕으로 쓴 『Love Warrior』, 『Carry On, Warrior』가 베스트셀러가 되면서 유수한 작가의 반열에 들어선다. 그러다 거듭된 남편의 외도로 실망하던 차에 우연히 도서 홍보를 위한 도서전에서 애비 웜백을 만나 사랑에 빠진다. 둘은 마침내 결합하는데 그 과정에서 겪은 우여곡절과 생각을 가감 없이 쓴 책이 『언테임드』다. 『언테임드』는 단순한 페미니즘, 동성애 옹호론이 아니다. 본질적인 자아를 실현하고자 하는 여성들을 포함한 모든 인간의 근본적인 욕구를 담고 있다. 젠더, 양육, 인종, 불평등 같은 모든 사회적 고통이 있는 곳에 글레넌 도일의 『언테임드』가 닻을 내리고 있다-옮긴이

** 『뉴욕 타임스』 베스트셀러 작가이자 인생 코치. 저서로는 『아담을 기다리며』, 『Leaving the Saints』, 『Finding Your Way in a Wild New World』, 『Diana, Herself』와 오프라 북클럽 선집인 『어두운 숲길을 단테와 함께 걸었다』 등이 있다.

게 있다는 곳을 샅샅이 뒤졌지만 아무것도 없었다. 그러니 다른 이들이 뭐라고 하건 원하는 대로 하라. 글쓰기를 시작하거나 글쓰기 코치가 되려는 사람들에게 내가 늘 해 주는 말이 있다. 당신이 르 코르동 블뢰 요리학교를 마치고 5성급, 혹은 미슐랭 스타 레스토랑의 셰프가 되었다면 내가 감동을 받았겠지만, 당신이 요리를 내왔는데 맛이 별로라면 나는 당신의 학위를 신경 쓰지 않을 거라고.

"아, 마사 벡은 하버드에 다녔지."라는 말을 듣게 해 준 학위 덕분에 내게는 이런 말을 할 수 있는 자격도 생겼다. 글쓰기를 수행할 수 있는 티켓은 있지만, 그것이 꼭 대학 학위여야 하는 건 아니다. 솔직히 말하자면 최소화해야 할 구시대적 제도라고 생각한다.

대학이나 연구소의 누구도 당신이 인류에 이바지하는 데 필요한 진솔한 메시지를 줄 수 없다. 사람들을 지켜보고 관찰하며 알게 된 건, 세상을 향해 말할 중요한 것이 있다면 세상은 당신에게 멍석을 깔아 주고, 말할 기회를 제공하게 되리라는 것이다.

♡

토미 아데예미[*] 하버드대에서 나는 대단한 교수들에게 배웠는데, 2년 반 동안 소설 작법 과목을 다섯 번 연속으로 수강 신청했지만 매번 거절당했다. 담당 교수를 찾아가 거절한 이유를 물었다. 그는 얄팍

---

[*] 나이지리아계 미국인 소설가, 『뉴욕 타임스』 베스트셀러 『피와 뼈의 아이들』, 『정의와 복수의 아이들』의 저자, 타임지 선정 2020년 가장 영향력 있는 100인.

한 문법 지식, 편집 및 교열로 해결할 수 있는 쉼표 등의 비본질적인 이유를 잔뜩 지적했다. 다시 질문했다. "좋습니다. 하지만 교수님이 말씀하시는 건 모두 피상적인 수준의 이유군요. 제 콘텐츠가 어떤지 피드백을 해 주실 수는 없습니까?"

그는 말했다. "글쎄, 학생이 이런 실수를 하고 있다면, 학생에게 글 쓰는 법을 가르칠 수 없어요."

이제 나는 작가들에게 분연히 떨치고 일어나는 순간을 위해 살라고 말한다. 탈탈 털렸다고 말하며 글쓰기 현장을 떠날 때, 특히 당신이 하찮은 존재 같다는 기분이 들 때, 그런 순간이 올 것이다, 그때를 기대하시라. 학교에서 작법 수업을 배웠던가? 못 배웠다. 그 문턱을 넘는 데 필요한 열정과 인내, 그리고 격렬함을 유지할 만큼 화가 치밀었느냐고? 물론!

하버드에서의 경력이 여러모로 마음에 든다. "글을 쓰려면 하버드에서 영문학을 공부해야 할까요?"라고 묻는 메일을 받기도 한다. 그런데 나는 하버드대에서 글 쓰는 법을 배우지 않았다. 스스로 배웠다. 하버드대에서는 나에게 글을 못 쓴다고, 글쓰기 쪽으로는 미래가 없다고 했다. 고등학교 시절에는 내가 나중에 맥도널드 매장에서 프렌치프라이나 튀기고 있을 거라고 말한 사람도 있었다.* 사람들은 아

---

* 토미는 스물세 살에 폭스, 디즈니, 루카스필름과의 영화 제작 판권 계약을 포함한, 사상 최대 규모의 영 어덜트 출판 계약을 따냈다. 지금은 파라마운트 픽처스가 이 시리즈물(『피와 뼈의 아이들』, 『정의와 복수의 아이들』을 비롯한 오리샤의 후예 3부작 시리즈-옮긴이)의 영화 제작권을 확보하고 있으며, 토미가 시나리오를 쓰고 경영진에서 각색을 하기로 했다.

무엇도 모른다. 무엇을 배울지는 당신이 결정하라. 어떤 사람이 될 것인가도 당신이 결정하라. 그다음에 그것을 하라. 그리고 무슨 일이 있어도 그것을 해내야 한다면, 더욱 멋지다.

2

월세 마련하기:
글쓰기로 돈을 벌기 전까지 먹고살기

"당신의 직업에 감사하는 가장 좋은 방법은
직업이 없는 자신을 상상하는 것이다."

오스카 와일드

먹고살기. 글을 쓰는 동안 우리는 생계를 꾸려야 한다. 편한 인생이 있을 수도 있겠지. 하지만, 현실로 돌아가자.

비판적으로 보는 사람에게는 집에서 일하는 것이 팔자 좋은 신선놀음 같을 수도 있다. 하지만 먹는 것도, 눈을 깜박거리는 것도, 숨을 쉬는 것도 잊고 몇 줄을 끄적이느라 씨름하면서 능력치를 최대한 발휘해야 한다. 이는 희극 같기도 하고 비극 같기도 하다. 당신의 '진짜' 직업이나 부업이 의자에 앉아 머리를 심하게 쥐어짜야 하는 일이라면 습작 과정에서 어려움을 겪을 것이다. 남의 돈 벌기는 쉽지 않다. 하지만 많은 작가가 이미 과부하가 걸린 머리를 더 복잡하게 만들지 않으려고 육체적인 직업(돌봄 노동, 목공, 청소, 운전, 배달, 서빙, 개 산책 도우미 등)을 선택한다. 심지어 어떤 이들은 온 세상이 출근 카드 찍기에 바쁜 낮에 집에서 글을 쓰기 위해 야간작업(경비, 창고 및 식료품점 재고 조사, 잡역부 등)을 더 좋아하기도 한다.

글쓰기가 당신을 소환할 때, 오직 이야기를 판돈 삼아 도박판에 뛰어들기 위해 본업을 그만두고 싶을 것이다. 하지만 아직은 아니다. 겉보기에 '장래성이 없어 보이는' 그 일은 누구도, 심지어 당신 자신도 예측할 수 없는 방식으로 성공 보수를 지급할 수도 있다.

1988년 겨울.

"취직을 하라고, 젠장!" 남편이 10주째 눈에 불을 켜고 언성을 높였다. 나는 말을 할 수도, 몸을 움직일 수도 없었다. 그의 관자놀이 부근이 벌떡거리는 것을 보면서 그가 더 이상 나를 사랑하지 않는다는 것을 확신했다. 구석에 웅크리고 앉아 눈물을 쏟다가 무너져 내렸다.

"온 우주가 두 사람이 부부가 되는 걸 축하하는 것 같아." 여동생이 우리 결혼식에서 말했었다. 나비들이 머리 위로 날아다니고, 개구리들이 근처 개울에서 개굴개굴 울고, 고양이 한 마리가 주례 목사의 발목에 몸을 비벼 댔다. 전남편인 제시*와 내가 알고 지낸 기간은 그리 오래되지 않았다. 생식을 고수하는 채식주의자인 우리는 건강식품 매장의 농산물 코너에서 만나 첫눈에 반했다. 스물아홉의 그는 플레이보이 노릇에 진절머리를 내고 있었고, 스물셋의 나는 첫눈에 반한 사랑을 믿는 이상주의자였다.

대학에서 막 결별한 나는 치유와 혼자만의 시간이 필요했다. 그리고 금발의 푸른 눈에 키가 188㎝인 전직 모델과 결혼했다. 아무도 나와 식생활이 같지 않았는데 그는 같았다. 그는 나를 먹여 살리겠다고 약속했다. "당신이 하고 싶은 게 뭔지 찾아낼 때까지 생활비는 내가 책임질게." 사실 그는 부자였고, 내가 신랑을 알아 가는 동안 밥벌이 걱정을 하지 않아도 될 충분한 시간을 주었다. 그의 통장에는 18,000달러가 있으며, 그는 공중파 광고에도 출연하는 배우였다!

하지만 나는 다단계 조직 판매원이라는 '직업'에서 얼른 발을 뺄

---

* 전남편의 이름은 제시가 아니다. 하지만 서부의 무법자 제시 제임스라는 이름이 잘 어울린다. 그는 우리 이야기를 마음껏 써도 된다고 말해 주었다, 친절하게도. 고마워, 여보! 하지만 이 책을 집필하고 홍보하는 동안 전남편의 이름을 계속 쳐다보고 있으려니…. 그래서 미안하지만 내 정신 건강상 유연하게 대처하기로 했다.

수 없었다. 집에는 유통기한이 지난 모발 복원 영양제가 쌓여 썩어 가고 있었다. 쓰레기 같은 제품이었기에 '사업' 동료이자 가장 친한 친구인 다이앤과 나는 한 병도 팔 수 없었다. 근면성이 없으면 쓰레기 같은 제품은 특히나 팔러 다니기 어렵다.

"내가 없는 동안 고양이 밥 잘 주고 집세만 내면 돼." 제시가 현금을 주며 말했다. 〈하울링 5: 부활〉을 찍기 위해 부다페스트로 떠나는 그를 공항까지 태워다 주었다. 제시가 인조 보철 목을 물어뜯으려고 하는 늑대인간을 피해 도망가는 척하는 동안, 나는 다이앤과 멜로즈 애비뉴로 '윈도쇼핑'을 하러 갔다. 거기서 만난 짙푸른 하늘색 터키석 목걸이에 지갑을 열고야 말았다.

제시가 촬영을 마치고 집에 돌아왔다. 집주인에게 줘야 할 현금의 절반이 사라진 것을 내가 어떻게 둘러댔는지는 기억에 없다. 하지만 아빠 계좌에 기대어 살다가 곧바로 제시 계좌로 갈아탄 데다가, 한 번도 은행 잔고를 확인해 본 적이 없었던 나로서는 자초지종을 들은 신랑이 왜 그렇게 화를 내는지 도저히 이해할 수 없었다. 어떻게 싸구려 보석 하나에 우리 계좌가 그 정도로 축날 수 있지?

"아마 은행의 실수겠지?"

제시의 기분은 나아지지 않았다. 그때 나는 깜빡하고 말하지 못했던 또 다른 사소한 문제로 슬쩍 넘어갔다. 바로 학자금 대출 상환액 12,000달러.

'취직을 하라고, 젠장.'

'취~직?'

사실 나는 우리 부부가 합심해서 살아가는 데 재정적 기여를 하지 못하는 것이 부끄러웠다. 남자라면 모름지기 여자를 먹여 살려야 한다는 마음속의 생각을 피난처 삼아 이용하고 있었다는 사실에 놀랐다. '그런 생각이 대체 어디서 온 거지?' 「미즈 매거진」 잡지의 구독자이자, 수년간 정규직으로 일하며 여성 노동인구의 권리를 옹호했던 엄마에게 물려받은 게 아니라는 건 확실하다.

나는 후원자를 잃었다. 치명타였다. 하지만 후원자가 꼭 있어야 한다거나, 내가 후원받을 자격이 있다는 건 아니다. 난 당시 작가도 아니었다. 비록 언젠가 시도할 용기가 나기를 늘 바라고 있기는 했지만. 그러는 사이 볼 장 다 봤다. 돈을 벌어 올 것인가, 내 남자를 잃을지도 모를 위험을 감수할 것인가. 선택할 시간이었다. 그런데 누가 나를 고용해 줄까?

고등학교와 대학 시절에는 옷값이 언제나 수입을 웃돌았다. 다시 그때로 돌아가지 않기 위해 발버둥을 쳤다. 그러던 내가 매일 즐겨 찾을 수 있는 유일한 곳은 보디 트리 서점이었다. 이미 100명이 근무하고 있었기에 서점 주인 스탠 매드슨과 필 톰프슨은 새 직원이 필요 없었다. 내가 읽은 50권의 자기 계발서와 신뢰할 만한 책에 대한 찬가, 그리고 서가의 책을 모두 팔아 치우겠다는 확언을 듣기 전까지는 그랬다.

근무 시간에는 가게를 열어도 충분할 만큼 책과 크리스털 제품 그리고 향을 구입했다. 그러면서 늘 하던 대로 목표를 위해 기도하면서 소득에 보탬을 주기로 작정했다. 형식을 갖춘 경건한 기도는 아니었다. '신은 나의 가장 친한 친구이시니, 내가 원하는 것을 함께 원하리니.' 이런 생각을 하는 태도였다. 베벌리힐스를 걸어가다가 문득 돈 많은 유명 인사의 '개 산책 도우미'라는 영화 같은 환상이 떠올라 갑자기 걸음을 멈췄다. 그러고는 신이 만든 아름다운 녹색 지구에서 최고의 직업을 찾아냈다고 생각했다. 돈벌이로 강아지 운동시키기. 나는 그 일을 실제로 해낼 수 있고, 이보다 더 좋은 일이 있을까! 홍보 전단을 만들기 위해 집으로 달려갔다.

"내 평생 들어 본 이야기 중 가장 미친 소리야." 내가 만든 전단을 보여 주자 제시가 한 말이다. "당신은 사람들이 개를 산책시키려고 시간당 10달러를 낼 거라고 생각해?"

"아니. 난 25달러를 줄 거라고 생각해." 내가 대꾸했다. 그리고 쉬는 날 멜로즈 애비뉴의 애완동물 매장 매니저와 거래를 트러 갔다. 매니저는 서점 비번인 날에 새로운 사업을 현장에서 홍보할 수 있도록 나를 고용했다. 급여는 푼돈이었지만 말이다. 내가 그 일을 할 수 있는 자격증이 없다는 점은 신경 쓰지 마시라. 만약 내가 만든 명함을 봤다면 그런 말은 못 할 거다. 어느 누가 콜리(양치기 개)의 머리 위에 앉아 있는 태비(줄무늬 고양이)의 매력을 거부할 수 있을까?

그 목소리는 결코 잊을 수 없을 것이다. 8주 동안 애완동물에게 건식 사료 주는 일만 하고 있을 때였다. 폴 윌리엄스가 애완동물 매장에 왔다. 그의 얼굴과 목소리를 단박에 알아챌 수 있었다.

나는 엄마와 TV에서 폴 윌리엄스와 조니 카슨의 장난기 어린 정담을 밤늦게까지 시청하곤 했다. 엄마는 금발에 키가 아주 작은 배우이자 작곡가인 폴 윌리엄스의 열렬한 팬이었다. 그의 1970년대 히트곡 〈We've Only Just Begun〉, 〈Rainy Days and Mondays〉, 〈Evergreen〉(영화 〈스타 이즈 본〉의 주제가. 그는 주연 여배우인 바버라 스트라이샌드와 함께 부른 이 노래로 1977년 아카데미 주제가상을 받았다.)은 우리 집의 배경음악이었다.

"강아지 추이와 타샤는 잘 지내고 있죠?" 고참 직원인 레니가 계산대에서 폴과 이야기를 나누고 있었다.

"아주 좋아요. 평소처럼." 폴이 대답했다. 그때 나는 애완동물 돌보미를 찾는 고객을 상대하고 있었다. 그때까지도 반려동물이란 그저 상상 속 존재에 불과했다. 하지만 폴을 본 순간, 임시직 신분증을 부여잡고 더없이 순수한 믿음을 갖고 하늘을 올려다보았다. "감사합니다, 하느님." 한낮의 태양을 보고 미소를 지으며 말했다. "여기서 이토록 놀라운 손님들을 만나도록 허락해 주셔서요. 내 인생을 바꿔 줄 마법 같은 사람들 말이죠."

그런데 나는 왜 폴과 레니가 이야기를 나누고 있을 때, 작업복의 끈을 만지작거리며 벼룩·진드기 제거용 샴푸들 뒤로 숨었을까?

LA에서는 일상에서 불쑥 유명인을 만나는 일이 종종 벌어진다. ATM 혹은 동네 베이커리에서 줄을 설 때, 바로 앞에 가장 좋아하는 셀럽이 서 있을 수도 있기 때문이다. 어떤 친구는 브래드 피트 바로 옆의 소변기에서 일을 본 적도 있었다(그는 절대 곁눈질하지 않았다고 맹세하지만, 경쟁심이 강한 사람이라서 나는 그 말을 믿지 않는다).

아무리 유명 인사라 해도, 그들의 일상에 무턱대고 끼어드는 일은 생각만 해도 질색이다. 나 스스로 연출하는 작품의 단역으로 불쑥 나타나 그들에게 만감이 교차하는 표정을 짓게 만들 권리가 내게는 없다. 어쨌든 폴은 급하게 서두르는 것 같았다.

이틀 뒤 애완동물 매장의 전화벨이 울렸다.

"여보세요. 폴 윌리엄스입니다. 좀 먼 곳에 다녀와야 해서 허스키들을 맡길 곳이 필요해요. 애완동물 잘 돌봐 주는 곳을 알고 있습니까?"

내 기도에 응답해 주신 하느님께 마음속으로 감사를 드리며 가장 우수한 업체 전화번호를 알려 줬다. 그러면서 한마디 덧붙였다. "있잖아요, 폴. 나도 전문 개 산책 도우미예요. 그리고 허스키들을 무척 좋아한답니다!"

"우리 집까지 얼마나 빨리 올 수 있어요?"

제시와 나에게 문을 열어 준 폴은 헝클어진 머리에 지치고 울적해 보였다. 어린 시절 심야 TV에서 봤던 모습과 달라 보였다. 25년 후 다프트 펑크의 〈랜덤 액세스 메모리스〉로 2014 그래미상 올해의 앨범상을 받던 모습과도 달랐다. 〈슈퍼 소울 선데이〉에서 자신의 베스트셀러 『습관의 감옥』을 소개하며 오프라 윈프리와 인터뷰하던 모습도 아니었다. 1989년 그날의 폴은 장기간의 약물 및 알코올 중독으로 바닥을 치고 나서 막 스스로 재활원에 들어가려던 참이었다.

폴의 시베리아 허스키들과 할리우드 힐스의 좁은 벼랑길을 달린 후, 제시와 나는 개들을 무릎 위에 올려놓고 주방 타일 바닥에 폴과 나란히 앉았다. 그리고 기적과 치유에 관한 이야기를 나눴다. 모든 결정이 순식간에 이뤄졌다. 폴은 자신이 맑은 정신을 찾으러 집을 떠나 있는 6주 동안, 우리가 그의 저택에 들어와서 집과 개들을 돌봐 주었으면 했다. 악마와 한판 겨루려는 그를 우리가 도와준다고 생각하니 기분이 묘했다.

별 볼 일 없는 셋집에 살다 폴의 집에 들어가 하루아침에 록스타 같은 삶으로 넘어가려니 참으로 살 떨리는 기분이었다. 새 침실은 영국식 정원과 연결되어 있고, 하얀 나무 울타리 너머로는 도시의 불빛을 받아 아른대는 바다가 보였다. (당시에는 귀했던) 무선 전화를 갖추고, 가정부의 시중을 받으며, 고급 식료품점에서 폴의 이름으로 외상을 달아 놓고 유기농 키위와 파파야 등을 먹을 수 있었다. 우리는 이주자들이 천사의 도시(로스앤젤레스)에 도착하면서 은근히 기대하는 로또에 당첨된 셈이었다. "그래! 난 유명 인사를 만나서 그의 가장 친한 친구가 될 거야!"

폴이 재활원에서 돌아왔을 때 그의 집은 갓 자른 싱싱한 장미가 담긴 꽃병과 난로 위에서 보글보글 끓고 있는 수프 냄새가 가득한 곳으로 바뀌어 있었다. 폴은 우리 부부에게 제발 무한정 머물러 달라고 부탁했다. 아빠가 응석받이로 키운 딸과 결혼했다며 속을 끓였던 우리 남편. 이렇게 내가 시작한 일이 성황을 이루어 안정된 결과를 얻게 된 다음, 그가 안도하는 모습을 상상해 보시라.

일이 없는 동안에는 홍보 전단을 집집마다 돌렸다. 두 달이란 짧은 기간에 고객 명부를 확보했고, 종아리와 허벅지 근육은 바윗덩이처럼 단단해졌다. 어느새 매주 벌어들이는 현찰이 가방에 차고 넘쳤다. 돈 문제는 한 번씩 땀을 흘리며 언덕을 오르면 단번에 해결됐다. 아듀, 애완동물 가게여!

"너희 실력을 인정해야겠어, 귀염둥이들." 우리가 양치기 개 보더콜리 브로디와 피넛을 고객의 애완견 풀장에서 수영시킨 후 수건으로 물기를 닦아 줄 때 제시는 감탄 어린 눈을 반짝이며 말했다. "너희들이 공원에서 각종 기록을 깼다고!"

개 산책시키기는 깜짝 놀랄 정도로 잘되었다. 그런데 하필 그때 여동생 캐럴이 나의 완벽한 영업 활동에 찬물을 끼얹었다.

"내 친구들과 나는 이러다 언니 머리가 굳을까 걱정돼." 보정이 필요 없는 빅토리아 시크릿 속옷 모델과 그녀의 프랑스인 가수 남편이 키우는 맬러뮤트-로트바일러 한 쌍을 우리 안으로 몰아넣고 있는 내게 캐럴이 말했다.

"무슨 뜻이야?" 출생 서열이 늦어 항상 나를 올려다보던 동생이 지금 막 내 우주의 균형을 뒤엎었다는 사실에 충격을 받았다.

"어, 오해는 하지 마." 캐럴이 말했다. "언니가 단단한 몸을 만든 건 놀라워. 하지만 언니는 아주 똑똑한 사람이잖아. 언니가 온종일 개들과 시간을 보내는 것보다는 더 나은 일을 해야 한다고 우리는 생각해." '우리는 생각해'라니. 마음이 답답해졌다. 절대 조금이라도 내게 상처 주려고 하는 말이 아님을 알았기에 억지로 웃었다. 하지만 내 직업이 기대에 미치지 못한다고 동생이 뒷담화를 해 왔다니, 머리를 걷어차인 기분이었다.

동물들에게 기쁨과 안식을 주는 것으로는 충분치 않다고? 버디의 모습이 눈에 선했다. 매일 아침, 내가 도착하기 몇 시간 전부터 외출용 목줄을 찾아 입에 물고 문가에서 기다리는 여덟 살짜리 골든레트리버 고객, 버디. 근처의 고층 빌딩 사무실에서 근무하면 더 가치 있는 일을 할 수 있을까? 게다가 나는 개를 원래 좋아했다. 고객 중에는 커크 더글러스, 키퍼 서덜랜드, 캐서린 옥센버그 등 유명인도 있었지만, 내가 사랑하는 것은 그들의 네발 달린 동물이었다.

엄마와 아빠는 내가 열 살이 될 때까지 애완동물을 집에 들이지 못하게 했다. 그래서 나는 보석 털이범처럼 이웃집 담장을 기어 넘었다. 보호자가 일에 매달리거나 여행하느라 외롭게 남겨져 울부짖는 개들을 돌보며 갈망을 달랬다. 스스로 만들어 낸 이 직업은 줄곧 해 왔던 일의 연장선일 뿐이지만, 지금은 경보기 해제 코드를 누르고 도어 키로 현관문을 들어가면서 돈을 받는다. 천국이 따로 없다.

캐럴은 내가 이 꿈같은 직업을 포기해야 한다고 말하려는 걸까? 그건 그렇고, 높은 연봉을 주는 기업에서 자리 잡은 동생의 건방진 고학력 친구들은 무엇을 기대했던 걸까?

그런데 내 마음이 조금씩 흔들리기 시작했다. 한시도 쉬지 않고 이 일을 해 온 지 5년. 월요일부터 금요일까지 단골로 일정은 꽉 찼다. 주말과 공휴일은 더욱더 바빴다. 개들의 털과 침으로 범벅이 되지 않고 크리스마스를 보낼 수 있다면 얼마나 좋으랴!

'나는 주역이 아닌 건가? 내게 주어진 진정한 운명을 못 본 척하고 있는 걸까? 내 잠재력을 허비하고 있나?' 내 앞에 펼쳐지는 모든 일과 그 단계들을 즐기면서도 이런 질문이 나를 계속 괴롭혔다.

사람들이 선망하는 유명인들의 집 앞에서 강아지의 키스 세례를 받으며 운동하는 일보다 훨씬 열악하게 생계를 유지하는 방법이 세상에는 수백만 가지나 있다. 캐럴이 나를 지칭하는 용어인 '동물 배설물 기술자'는 쏟는 노력에 비해 사랑을 듬뿍 받는 일이었다. 게다가 새로운 무언가를 시도해 보겠다는 생각을 하는 것만으로도, 능력을 보여 줘야 한다는 공포감이 엄습했다. 지금까지 이룩한 사업상의 성취가 스마트한 산업 분야에 대한 자신감을 강화하지는 못했다는 증좌였다.

살아오면서 개만큼이나 좋아했던 대상은 책과 글쓰기뿐이었다. 하지만 작가는 그림의 떡에 불과했다. 아홉 살 때 내가 글을 쓰고 그림을 그려서 만든 어린이용 책들이 생각난다. 아빠는 그 책들을 보고 마냥 찬사를 퍼부었지만, 사실 그건 '누워서 떡 먹기'였다. 정식 작가가 된다고? '아서라, 말아라.' 하느님이 나를 위해 문학적인 계획을 세웠다면 그건 문자 그대로 불가항력적인, 내 힘으로는 저항할 수 없는 일로 등장해야 한다.

그때는 깨닫지 못했지만, 낮에 개를 돌보는 일은 정확히 작가로서의 경력이 시작된 지점이었다. 밤에 글을 쓰면서도 낮에는 시간제 일을 계속했다. 석 달이 채 안 되는 기간에 개를 돌보며 돈을 벌고, 폴의 집에서 그곳 냉장고의 식재료를 먹으며 돈을 절약했다. 그러는 사이, 나는 우리 부부의 생계에 제시만큼이나 기여하고 있었다! 이래도 뭐라 할 건가요, 바깥양반들!

전두엽을 힘들게 하지 않고 나를 먹여 살린, 영혼이 없어도 되는 개 돌보기는 궁극적으로 두뇌의 알짜배기 부분을 책에 사용할 수 있게 해 줬다. 몇 년 후, 스티븐 킹의 회고록 『유혹하는 글쓰기』를 읽다가 웃음이 났다. 그 책에서 스티븐 킹은 작가와 작가 지망생은 글쓰기가 밥벌이가 되기 전까지 '영혼 없는' 일로 돈을 벌면서 원고지를 위해 지적인 힘을 비축하라고 제안했다.

쓸데없어 보이는 일에 몇 달, 몇 년 동안을 '허송세월'했다거나, 누군가를 위해 일하느라 의무적으로 출퇴근 카드를 찍고 있다는 몹쓸 기분이 들 때는 2장에서 소개하는 사례를 기억하라. 다음의 전설적인 에피소드 중 한 가지를 떠올려도 좋다. 하퍼 리는 항공사 예약 안내원이었다. 스티븐 킹은 고등학생들에게 영어를 가르치고 부업으로 주유소 직원과 경비원(스티븐 킹이 쓴 『캐리』 원고는 그의 아내가 쓰레기통에서 찾아냈다!)으로 일하기도 했다. 존 그린은 어린이 병원의 목사였다. 마야 안젤루는 시인, 회고록 작가, 인권 운동가가 되기 전에는 튀김 전문 요리사, 나이트클럽 댄서였다. 존 스타인벡은 대학을 중퇴하고 막노동자가 되었는데, 이는 그의 퓰리처상 수상작인 『분노의 포도』*에 영향을 주었다.

~~~~~~

* 스타인벡은 애견인이었다. 『찰리와 함께한 여행』은 그가 강아지 찰리와 함께한 장거리

사람은 먹어야 산다! 다른 작가들처럼 만약 식당에서 일하게 된다면, 앞으로 쓰게 될 대화와 인물을 염두에 두고 손님들의 특징과 대화에 눈과 귀를 열어 두자. 거기에서 노다지를 발견할 수 있을 것이다.

자료를 조사하고 글 쓰는 시간을 어떻게 확보할지, 혹은 돈을 어떻게 벌어야 할지 조언할 수정 구슬이 내게는 없다. 하지만 기대하시라! 적절한 때와 장소에서 사람이나 강아지와 만나 즐기는 '우연한 만남' 외에도, 온갖 종류의 추가 마법을 당신의 뮤즈가 만들고 있을지 모른다.

자동차 여행기이다. 그의 개 토비 역시 작품에 지대한 영향을 미쳤다. 토비가 『생쥐와 인간』의 유일한 초고를 잘근잘근 씹어 버리는 바람에 스타인벡은 원고를 모두 다시 써야만 했다.

먹고살기 위한 작가들의 삶

조이 하조[*] 열여덟 살 때 미니 서브 가스 마트에서 주유원으로 일했다. 당시 여성에게는 웨이트리스와 같은 실내에서 하는 일이 적합하다고 여겨졌지만, 주유 일은 밖에서 하는 일이었다. 나는 그 일이 좋았다. 사람들과 이야기하는 게 즐거웠다. 셸 오일 정유사를 상징하는 색상으로 미니스커트를 만들었고, 차량들이 줄을 서기 시작했다. 나는 노출 없이 주유하는 법을 알고 있었다. 그곳은 인기 만점의 명소가 되었다. 내가 일을 그만둘 때 사장이 말했다. "당신은 지금까지 내가 고용한 사람 중 제일가는 일꾼이야. 앞으로 일자리가 필요하면 다시 와요."

딘 쿤츠[**] 두어 권의 페이퍼백 소설과 다수의 단편소설을 출간했지

---

[*] 아메리카 인디언 여성 시인, 미국의 23대 계관시인, 음악가, 극작가, 작가, 무스코기 인디언 부족 출신. 9권의 시집, 문학상을 수상한 어린이책 2권, 회고록 『Crazy Brave』와 『Poet Warrior』를 썼다.

[**] 전 세계에서 5억 권 이상의 책을 판매한 베스트셀러 작가. 공포, 판타지, 공상 과학, 미스터리, 유머를 결합한 수많은 서스펜스 스릴러를 썼다. 『사일런트 코너』, 『어둠의 눈』, 『구부러진 계단』 등이 대표작이다. 그의 책 대부분은 『뉴욕 타임스』 베스트셀러 목록에 올랐다.

만, 생계비는 여전히 빠듯했다. 아내는 "내가 5년 동안 뒷바라지할 게. 5년 안에 성공하지 못하면, 앞으로도 기회는 오지 않을 거라고 봐."라고 말했다. 기한을 7년으로 연장하기 위해 아내와 타협을 시도했다. 하지만 그녀는 다혈질이어서, 협상 때마다 이길 수가 없었다. 관대한 아내는 부양 책임을 떠맡아 줬는데, 그건 그녀의 천성이기도 했다. 약속한 내용을 수행하는 데 꼬박 5년이 걸렸다. 그런데 그 기간이 끝나, 다니던 직장을 그만둘 수 있게 된 아내는 내 저작 활동과 연관된 사업 및 투자, 그리고 해외 저작권 관리 업무를 시작했다. 그녀는 이 일을 하게 된 것이 자신의 판단 착오일지도 모른다고 말한다. 다른 사람을 위해서 일할 때는 일주일에 40시간밖에 일하지 않아도 되었기 때문이다.

♡

로라 먼슨[*] 책에 코를 박고 연극 영화학을 공부하던 대학 생활의 막바지였다. 내가 작가라는 것을 깨달은 순간, 공부는 아무런 재미도 없고 해야 할 이유도 모르게 돼 버렸다. 반짝이는 커다란 성공의 기회를 눈에 띄는 족족 치워 버린다는 의미였으니까. 연금과 의료보험 혜택이 있는 광고계의 손쉽고 보수 좋은 직업은? 됐어. 맨해튼에 있는 고급진 미술관의 멋진 직위는? 미안. 부모님께 보답할 수 있도

~~~~~~~~~

[*] 『뉴욕 타임스』 베스트셀러 『믿을 수 없는, 행복』, 『Willa's Grove』의 저자이자 글쓰기 코치. 2009년 『뉴욕 타임스』의 'Modern Love' 칼럼에 댓글이 빗발쳐 『뉴욕 타임스』 웹사이트가 다운된 적도 있다.

록 내가 서점을 시작하게끔 링컨 파크에 점포 자리를 주고 싶다고? 어…, 그럼 공짜 점심은 있는 건가? 하지만 어쨌든 고마워. "첫 소설을 쓰고 있어서, 주의 집중을 방해하는 그 어떤 짜릿함도 받아들일 수가 없거든. 아마 시간이 좀 걸릴 거야."

'배움의 훈련exercises in learning'으로서의 글쓰기가 몇 년간 이어졌다. 나는 석사 과정을 밟지 않았다. 인생 경험을 쌓고 싶었다. 스무 살짜리 와스프WASP가 이제 막 성년이 된 겁쟁이 반항아 이야기 말고는, 인생에 대해 무엇을 알겠는가? 나는 한동안 가슴 저미게 아름다운 지구의 여기저기를 들이받아 볼 필요가 있었고, 그 과정을 글로 썼다. 그렇게 첫 번째 소설이 나왔다. 그리고 두 번째 소설. 이후 15년 동안 계속해서 감성과 이성과 글솜씨가 교차하는 지점에 앉아 글 쓰는 삶을 살았다.

생활고를 해결하면서 계속 글쓰기 생활에 전념할 수 있다면 무슨 일이든 하겠다고 맹세했다. 글쓰기는 내게 강박 관념과도 같은 일이었다. 그 밖에 필요한 건 풍성한 유머. 화려한 사립 고등학교와 사립 리버럴 아츠 칼리지(LAC, Liberal Arts College) 교육을 이수한 사람이라면 자신과 부모 그리고 작가가 아닌 지인들에게 다음과 같은 이력서 내용을 납득시킬 수 있겠는가? 택배 기사, 칵테일 웨이트리스, 청소부, 유모, 바리스타, 개 산책 도우미, 생일 파티 뮤지션, 추모 연설문 작가, 전화 교환원, 아파트 관리인, 꽃집 배달원, 그리고 내가 가장 좋아했던 시애틀의 히피 카페에서 어둑한 새벽 5시에 능숙하게 후무스와 팔라펠을 만드는 아침 식사 준비 '요리사' 경력을? 나는 그해에 채소를 엄청 많이 썰었다. 지금도 채소 썰기는 식은 죽 먹기다.

♡

스티븐 프레스필드* 어렸을 때는 작가가 되고 싶은 생각이 전혀 없었다. 뉴욕에서 첫 직업은 광고 일이었다. 사수가 하는 일을 그대로 따라 하는 견습생 비슷했다. 사수인 에드 해니벌은 직장을 그만두고 쓴 소설이 크게 히트했다. 그때 나는 스물두 살이었고, 이런 생각을 했다. '그래, 젠장, 나도 그렇게 하겠어!' 그리고 30년 후 마침내 그렇게 했다.

모든 과업은 영웅이 겪는 고난의 여정과도 같다. 당신은 사명을 받고, 그 사명을 거부한다. 조지프 캠벨이 묘사한 대로 영웅의 여정을 처음부터 끝까지 통과하는 첫 번째 문턱 넘기. 당신은 끊임없이 적들과 싸운다. 나는 늘 그런 식이었다.

♡

수 몽크 키드** 서른 살이 되어서야 글쓰기를 시작했다. 나는 열 살 때부터 주위 사람들에게 작가가 되겠다고 말하면서 자랐다. 『제인 에

---

* 로버트 레드퍼드가 만든 영화 〈베가 번스의 전설〉의 원작자. 『불의 문』과 『최고의 나를 꺼내라!』(미국 육군사관학교에서 교재로 사용)를 비롯해 창의성에 관한 많은 책의 저자이기도 하다.

** 『뉴욕 타임스』 베스트셀러인 『The Book of Longings』, 『날개의 발명』, 『인어 의자』, 『The Dance of the Dissident Daughter』, 『벌들의 비밀 생활』의 저자.

어』를 읽고 정신없이 빠져들었던 일이 기억난다.

하지만 그때 내가 살던 곳은 페미니즘 세례를 받기 이전의 남부 지방 조지아주에 있는 인구 3천 명의 작은 동네였다. 여자는 교사, 사서, 간호사가 되어야 교양 있다고 여기는 곳이었다. 그래서 대학에 갈 나이가 되었을 때 간호사가 되었다. 여러 번 말한 바 있지만, 그건 내게 용기가 없어서였던 것 같다. 열여덟 살의 나는 스스로의 일을 할 수 있는 힘을 찾기 위해 나를 길러 준 문화에서 걸어 나갈 만큼 충분히 성장하지는 못했다는 말이다.

그 힘을 찾기까지 십 년이 더 걸렸다. 서른 번째 생일날, 미래의 내 모습이 너무도 그리운 나머지 향수병에 걸릴 정도였다. 그렇게나 글이 쓰고 싶었다. 내가 많이 늙었다는 생각이 들었다. 걸음마를 시작한 두 아이와 시리얼을 먹으며 앉아 있던 남편이 기억난다. 그때 나는 세탁실에서 빨래를 하고 있었다. 그리고 방으로 들어가 선포했다. "난 작가가 되겠어."

물론 그때까지 한 번도 글쓰기를 공부한 적이 없었고, 글쓰기에 대해 아는 것도 전혀 없었다. 하지만 나는 시작했고, 결코 뒤돌아보지 않았다.

♡

앤 패칫[*] 수 몽크 키드와 마찬가지로 나는 페미니즘 이전 시대의 남부 출신이다. 하지만 12년 동안 수녀원에서 운영하는 학교에서 교육받으며, 사회 제도에 완강히 저항하는 직업여성인 수녀들 사이에서 자랐다. 딸이 수녀가 되는 걸 기뻐하는 사람은 아무도 없다. 수녀는 힘든 길을 걸어야만 한다. 그리고 반석 같은 믿음과 관련된 선택을 한다. 그러므로 (하늘의) '부르심'을 받는다는 건 개인의 선택을 넘어서는, 좀 더 위대한 선택이라는 사실을 자라면서 믿게 되었다.

수녀님들은 늘 우리에게 "하느님이 너희에게 말씀해 주실 거야."라고 말했다. 아마 그분께서는 결혼해서 아내가 되어야 한다고 말씀하실 것이다. 그리고 종교적인 소명 의식을 가져야 한다고 말씀하실 것이다. 그리고 교사가 되어야 한다고 말씀하실 것이다. 나는 생각했다. '음, 그렇지. 하느님은 내게 작가가 되어야 한다고 말씀하셨어.' 마음속에서 그렇게 완벽하게 정리가 되었다. 그러자 결혼하지 않는 것, 아이를 낳지 않는 것도 허락이 되었다.

---

[*] 파나서스 서점(Parnassus Books) 공동 소유자(앤은 내슈빌에 서점을 열고 지역 서점을 위해 노력하고 있다-옮긴이)이자, 『더치 하우스』로 2020년 퓰리처상 픽션 부문 최종 후보에 오른 소설가. 소설 『벨칸토』로 2002년 펜/포크너상을 수상했다.

3

승인과 예언:
누군가의 믿음이 당신을 자극할 때

"어떡해서든 나의 외모와 능력에는
어울리지 않는 자신감을 가질 수 있게 키워 준
부모님께 감사드리고 싶다."

티나 페이

'내가 해낼 수 있는지 어떻게 알아? 왜 내 이야기를 하고 내가 얻은 교훈을 공유해야 한다고 느끼는 것일까? 그건 그렇고, 나는 도대체 나를 어떤 사람이라고 생각하는가?'

이런 생각이 들면 작가는 괴롭다, 적어도 처음에는. 그리고 서가에 저서와 수상작이 가득할 때조차도. 인간으로서 우리 대부분은 자아 인식에 한계가 있으므로 외부의 격려가 필요하다. 글쓰기를 시작할 때나 글을 쓰기도 전에 우리를 믿어 주는 사람, 혹은 재능을 알아보고 "당신에게는 지금 대단한 게 있다니까!"라고 선언하며 정열에 불을 붙여 주는 사람 말이다.

"뭔가 아주 대단한 일을 위해 곧 이직하게 될 겁니다."

유명한 힌두교 베다 점성가인 드루 로런스가 나의 별자리 차트를 펜으로 톡톡 두드리며 말했다. 나는 의자에 앉아 안절부절못했다. 배우인 남편이 자신이 받을 스포트라이트를 내가 독차지하려 애쓴다고 생각할까 봐 걱정돼서였다.

나는 드루가 제시에게 슈퍼스타가 될 것을, TV의 고정 출연과 주연을 따낼 것을 예언할 것이라고 장담했다. 그렇게 남편을 설득해서 끌고 간 자리였다. 아직 발현되지 않은 재능이 있는데도 제시는 결혼 전부터 광고 계약을 하지 않고 있었다. 긍정적인 말과 비전 보드로 우리가 '빈곤하다는 생각'을 덜어 보려고 노력했지만 힘들었다. 제시는 그보다 내가 돈을 아끼기를 원했다. 그래도 제시는 한 번에 108달러(15만 원)나 되는 복채에도 불구하고 드루에게 점을 보러 갈 때 잔뜩 기대한 듯했다. 적어도 드루가 나에게 미래 직업에서 성공하리라는 점괘를 풀어놓기 전까지는 그랬다.

"그래요? 난 애 엄마인 데다가 개 산책 도우미로 일하느라 아주 바빠서 말이죠."

드루는 고개를 가로저었다. "그것은 당신의 운명이 아닙니다. 당신은 6하우스(점성술에서 하우스는 별자리가 만든 '행성의 집' 개념-옮긴이)에 있는 목성이에요. 그래서 동물의 치료자가 된 거죠. 하지만 앞으로는 훨씬 더 많은 일이 있어요. 대중을 상대하는 일을 하게 될 겁니다."

남편을 곁눈질해 보았다. 지금까지 만난 사람 중 가장 이해하기 힘든 인간형에 속한 제시. '드루는 내가 추상적인 개념의 인간은 사랑하지만, 견딜 수 없는 사람을 알아보는 눈도 가졌다는 사실은 모르는 게 분명해.' 제시와 나는 알게 된 지 두 달 만에 결혼했기 때문에 똑같은 시각으로 사물을 보는 일이 정말이지 놀라울 정도로 거의 없었다. 식탁을 치우고 '몇 시간' 뒤에야 우리의 시각이 때로는 일치한다는 걸 알게 됐을 뿐이다. 서로 사랑하긴 하지만, 우리가 일주일 동안 싸운 횟수가 내가 평생 다른 사람들과 싸운 횟수보다 많을 것이다. 게다가 아장아장 걷는 아들 토시가 천방지축으로 나대기까지 하자 나는 단출한 우리 가족을 건사하는 것만도 힘들 지경이었다. 내가 대중에게 받아들여진다니, 완전 엉망진창 같은 소리로 들렸다.

"그렇군요. 하지만 당신은 일하지 않는 시간에는 사람들과 잘 지내고 있어요." 드루가 차트의 어떤 상징 그림을 가리켰다. "이건 수성인데. 소통의 행성이죠. 당신의 별은 강력해요. 그런데 역주행하고 있어서 남다르게 생각하는 면이 있어요. 다른 사람이 못 보는 걸 봅니다. 그러면 때로 외로워질 수 있지요. 특히나 젊을 때는 당신이 어떤 일에 잘 어울릴 수 있다거나, 참여하고 싶다는 느낌이 잘 들지 않을 겁니다." 그가 미소를 지었다. 나도 웃었다. '와, 이 사람, 점성술사 맞아? 독심술사 아냐?' "당신이 앞으로 가지게 될 직업은 사람 그리고 글쓰기와 연관이 많아요, 두 요소가 완벽한 균형을 이루고 있네요. 대단한 에너지입니다. 당신의 차트는 지금까지 본 것 중 제일 강해요."

'잠깐만, 뭐~어~라고?' 나는 그 직업이 무엇인지 헤아릴 수 없었지만, 가능성을 생각하는 것만으로도 현기증이 났다.

"당신의 운명은 반드시 그렇게 될 겁니다." 드루가 말을 이었다. "당신이 세상 어디에 있든 무슨 일을 하든 상관없습니다. 이 새로운 일이 곧 당신을 찾아올 거예요."

머리가 어지러웠다. "그때가 언제일 거라고 생각하시나요?" 내가 물었다.

"지금부터 15개월 내외입니다." 그는 차트의 첫 페이지로 되돌아갔다. "행운의 기회가 오는 8월부터 내년 8월까지 계속 다가올 텐데, 땅속으로 들어간다 해도 피할 수는 없을 겁니다."

'8월! 앗, 겨우 12주밖에 안 남았잖아!'

초등학교 시절에는 범죄와 맞서 싸우느라 일어난 소동을 주제로 삼아 타자기로 글자를 쳐서 만든 책 『바나나 그루플』로 부모님의 칭찬을 받기도 했었다. 하지만 어른이 된 지금, 글쓰기라는 희미한 빛을 발하는 내 꿈을 응원해 주는 사람은 아무도 없었다. 어린 시절의 목표에서 한 발짝도 앞으로 나가지 못할 때, 누군가에게 입을 열어 '말했다면' 도움이 됐을지도 모른다. 아니! 내겐 권위 있는 대가가 은근슬쩍 조언해 줘야 했을 것이다.

제시의 점성술 차트는 좀 더 정신이 번쩍 들게 했다. 그의 아버지가 베트남으로 떠났던 해, 부모의 이혼에 관한 구체적인 이야기. 그리고 가장 최악은 내가 제시를 아무리 열렬히 사랑한다 해도 나의 무조건적인 사랑을 그가 전혀 느낄 수 없는 이유를 정확하게 예언한 것이었다. '기가 막히는군.' 집으로 돌아오는 차 안에는 보통 때와 달리 정적이 흘렀다. 나는 심령술사나 점성가, 구루에게 의지하는 사람들이 점괘가 뒤죽박죽일 때 취하는 행동을 따라 해 보기로 마음먹었다. 기분 좋은 건 받아들이고 나머지 찜찜한 것들은 무시하기. 절망적인 상황에서 지푸라기라도 잡아 보자는 심정이었다.

다음 날, 나는 창의력을 끌어내는 데 도움이 되는 안내서의 고전, 줄리아 캐머런의 『아티스트 웨이』를 샀다. 다가올 미래에 직업 운의 기적을 공동 창조하는 데 참여해 노력하고 있다는 걸 온 우주에 증명하기 위해서였다. 12주 과정인 워크북의 모든 연습 문제를 끝내기로 다짐했다. 그리고 제시를 위해 책을 하나 더 샀다.

"이거 재미있을 거야! 함께 하자고." 내가 밀어를 속삭였다. "당신은 이미 예술가이고, 드루 생각에는 나도 예술가일지 모른다잖아."

모험을 좋아하는 제시가 동의했다. 뜨거운 터키식 홍차를 머그잔에 담아 커피 테이블 위에 올려놓고, 우리는 책의 1장을 펼치고 들이팠다.

일단 12주 동안 연습 문제를 완결한 다음, 줄리아 캐머런이 직접 지시하는 주간 '아티스트 데이트'에 빠짐없이 참여하면서 일기에 '모닝 페이지'를 휘갈겨 쓸 것이다. 아마도 그러고 나면 상서로운 기운이 펼쳐지는 8월이 될 것이다. 드루 로런스의 예언이 틀렸다 한들 아무런 해악도 없으며 반칙을 한 것도 아니다. 난 강아지 고객들을 사랑했다. 하지만 드루가 옳다면, 대중을 찾으리라. 내가 간다!

6주 후.

"언니! 내가 얼마 전에 만난 마성의 남자를 언니도 좋아하게 될 거야!" 캐럴이 숨도 쉬지 않고 말했다. "내 말 들어. 그에게 상담 예약을 해!"

시크교 지도자이자 치유사이며 요가 지도자인 구루 싱에 대한 말이었다. 최근 나쁜 남자와 결별한 캐럴은 구루에게 딱 맞는 영적 처방을 받고는 울고불고하던 자신을 진정시켰다는 이야기를 했다. 그 처방에 하느님께 감사한다. 전에는 어떤 처방도 백약이 무효였기 때문이다.

흠. 내가 치유받을 필요가 있나? 드루의 점성학적 예언을 구루가 확인해 주면 어쩌지? 내가 상담을 받기로 결정한 건, 그가 월간 「로스앤젤레스 매거진」에서 그때 막 'LA 최고의 구루'라는 타이틀을 얻었기 때문이었다. 그래? 그야말로 라라랜드La La Land(로스앤젤레스의 별명. '환상의 세계' 또는 '꿈의 나라'라는 의미도 있다-옮긴이)잖아.

상담 시간에 맞춰 구루가 있는 웨스트 할리우드의 건물에 들어서니 재스민 향기가 은은했다. 땡그랑거리는 풍경風聲 소리는 무지막지한 산타아나 바람의 계절이 올 거라는 때아닌 경고처럼 들렸다.

구루가 나를 맞으러 나왔다. 큰 키에 미소를 짓고 있었다. 길게 기른 검은 수염, 반짝이는 푸른 눈, 머리에 두른 터번부터 샌들을 신은 발끝까지 온통 순백색이었다. 손가락에는 황수정과 월장석 반지들을 끼고, 한쪽 팔에는 은팔찌를 겹겹이 두르고 있었다. "당신을 기다리고 있었습니다." 마치 오래전부터 신성한 약속을 잡아 두기나 한 듯, 낮게 울리는 목소리로 말했다. 아니면 아마 내가 5분 늦었다는 사실 때문에 그렇게 들렸을 수도 있다.

그의 사무실 문 앞에서 신발을 벗었다. 향내와 흙내가 감도는 바닥에는 커다란 방석들이 놓여 있었다. 구루와 그의 치유 공간은 상상하던 그대로였다. 소프트볼만 한 커다란 수정 구슬들이 여기저기 굴러다녔다. 한쪽 벽에는 바닥에서 천장까지 거울을 설치하고 라벨 프린터로 직접 출력한 수백 장의 스티커로 장식해 놓았다.

"끼워 맞추려고 하지 마세요. 당신은 스스로에게 완벽하게 어울립니다."

"상대방을 기꺼이 당신 자신처럼 받아들여요."

"영원이란 절대 논리적으로 생각할 수 없는 겁니다."

"시간은 늘 영원히 여기 있고, 그건 언제나 바로 지금입니다."

그의 요가 수업에서는 '공중 부양'을 해야 할 거라는 「로스앤젤레스 매거진」의 기사 내용과는 달리, 우리는 바닥의 널따란 러그 위에 편안하게 책상다리를 하고 마주 앉았다. 갑자기 구루가 미소를 거두고 눈 깜빡임도 멈추고는 나라는 존재를 평가라도 하는 듯 내 눈을 응시했다. 거의 1분이 지났다. 나는 초조한 마음으로 고개를 끄덕였다. '내 미래가 얼마나 축복받았는지 구루도 볼 수 있을까? 내 기품이나 분위기에서 드루가 봤던 것과 같은 운명이 드러나려나?'

"도대체 그 온갖 개들 뒤에 숨어서 무얼 하는 거요?" 구루가 꾸짖었다.

예상 밖의 일이었다. '앗, 내가 개 산책 도우미로 일하는 걸 어떻게 알았지? 캐럴이 이야기했나?' 그는 꼼짝도 하지 않고 내 눈을 뚫어지게 바라봤다. 잡아먹을 듯한 그의 눈빛에 바늘방석에 앉은 것 같았다. '음, 나 혼나고 있는 거야? 대체 무슨 말을 하는 거야, 온갖 개들 뒤에 숨어 있다니?'

"당신은 작가가 될 겁니다. 적어도 당신이 죽은 후에 150년은 기억될 그런 작가 말입니다." 내 마음을 읽고 있는 듯한 그의 목소리가 우렁우렁 귓전을 울렸다. "언제까지 운명을 피해 다닐 셈이오?"

'운명? 작가? 잠깐만! 아무도 모르는 문학에 대한 꿈을 어떻게 알고 있지?' 나는 그에게 아무 말도 하지 않았다. '캐럴이 말해 준 게 틀림없어. 잠깐만, 그건 캐럴도 모르는 일인데!' 무척이나 마음이 들뜨면서 동시에 깊은 안도감을 느꼈다.

"그런데 내가 뭘 써야 하죠?" 나는 구루가 모든 사람에게 똑같은 예언을 하지 않았기를, 그리고 내 질문의 답도 가지고 있기를 기대했다. 내게 동기를 준 유일한 주제는 엄마가 가르쳐 준 환경 문제를 사람들에게 교육하는 것이었다.* 하지만 환경 문제는 대중의 흥미를 끌지 못했다. 게다가 나는 전문가 축에 끼지도 못했다. 대학 졸업장도 없는 평범한 여성인 내가 어떻게 그런 주제로 많은 이들을 즐겁게 하겠는가?

"사람들을 치유하는 이야기. 당신은 인류를 치유하는 이야기를 쓸 겁니다." 구루가 선언했다.

아, 그게 다야? 별거 아니잖아. 간절히 원하던 일이긴 하지만. 모든 말이 터무니없이 거창하게 들렸다. 특히 식료품 쇼핑 목록보다 긴 글을 오랫동안 써 본 적 없는 사람에게는 더욱 그랬다. 구루의 말이 이어졌다. 한 마디 한 마디가 나의 가장 큰 바람, 어린 시절부터 나를 떠나지 않았던 소망이었다. 앞에서도 이야기했듯이 그때의 나는 어린 시절 우리 집을 아름답게 장식했던 금박 두른 백과사전과 같은, 시간이라는 시련을 견딜 책들을 언젠가 쓰게 되기를 간절히 바랐다.

끙, 나는 신음과 함께 두 손으로 눈을 가리며 고개를 저었다. "두려워요, 구루. 해낼 수 있을지 모르겠어요!"

"그런 말은 그만둬요! 당신도 그게 허튼소리라는 건 알고 있잖소!" 구루가 이글거리는 눈빛으로 노려보고 있었다. 아니면 꿰뚫어 보고 있다고 해야 하는 건가. 어느 쪽인지 잘 모르겠다. 그는 정말 화가 난 것 같았다. 나는 남자들의 꾸짖음에 익숙하지 않았다. 음, 제시와 결혼하기 전까지는. '이런, 캐럴은 구루가 아주 동정심이 많다고 했는데. 언제 그 동정심을 발휘할까? 그는 내게 상서로운 기운이 올 때까지 아직 6주가 남았다는 사실을 알까? 샤머니즘 종사자들은 이런 정보를 교환하지 않나?'

구루는 붙박이장만 한 작은 방으로 나를 이끌었다. 그러고는 자궁 모양의 기울어진 마사지 의자처럼 생긴 곳에 앉으라는 시늉을 했다. 등을 기대고 앉자 그는 내 몸에 묵직한 흰색 모포를 덮고 달걀 모양의 차가운 수정을 두 손바닥에, 더 큰 수정을 심장 위에 올려놓았다. 수정 안에서 움직임이 느껴지고 빛이 나는 걸 보니 전극 같은 것에 연결된 듯했다. 백단향에 감각을 집중하자, 구루는 커다란 검은색 헤드폰을 내 귀에 씌우고 부드러운 천으로 눈을 가렸다. 나는 영락없이 고치 속에서 잠자는 누에였다.

헤드셋에서 벨 소리, 새소리, 폭포 소리 그리고 우주의 진동이라고밖에 표현할 수 없는 소리가 생생하게 들렸다. 구루는 손에 마이크를 들고 그 신비한 소리의 교향악과 잘 어우러지는 강력한 긍정의 말을 하기 시작했다. 그가 내 의식에 주입하는 여러 계명을 기억하려고 애썼지만, 그 말들은 들리는 즉시 사라져 버렸다. '긴장을 풀고 그냥 믿자.' 마음속으로 중얼거렸다. 호흡이 깊어져 갔다.

한 시간 뒤 희미하게 울리는 공gong 소리에 깨어났지만, 얼마만큼의 시간이 지났는지 짐작도 할 수 없었다. "눈을 감고 발가락을 움직여 봐요." 구루가 라벤더 오일을 뿌린 티슈 한 장을 내 손바닥에 올려놓은 다음 그 손을 내 코에 갖다 대며 말했다. 효과는 즉각 나타났다. 나는 금세 전신의 감각을 완전히 되찾았다.

"잘했어요!" 구루가 말했다. 그의 목소리는 이제 부드럽고 다정했다. 그는 눈을 가린 천을 치우고 이머전-C 비타민 음료를 건네주며 옆에 앉았다. "이제 더 큰 삶에 발을 들여놓을 준비가 됐죠?"

"그래요!" 나는 그의 시선을 놓치지 않으려고 조심하면서 대답했다. '이제 혼나지 않는 건가?'

"바퀴는 이미 굴러가고 있습니다." 구루가 윙크하며 말했다. 내 팔에 소름이 돋았다.

인간은 모두 집단의 일원이다. 우리는 지지와 응원을 갈망한다. 알고 보면 우리는 모두 스스로가 주도적으로 지휘하는 프로젝트에 올인할 때 자신에게만 의지할 수는 없다. 대부분은 누군가 뒤에서 결과를 기다리고 있을 때 가장 일을 잘 처리한다.

내게는 반가운 소식이다! 프로젝트를 달성하기 위한 조치를 취하지 않고 있다는 이유로 걱정할 필요가 없다. 신념을 강화하기 위해서 영적으로 신실한 사람을 받아들이고 그들과 교류할 필요가 있다는 사실은 전혀 부끄러워할 일이 아니다. 생각해 보라. 나는 점성가인 드루 로런스와 구루 싱을 '고용했다.' 그들이 길모퉁이에서 나를 붙잡아 성수를 들이부었던 게 아니다. 직접 그들에게 전화했고, 예약을 잡고, 극심한 교통체증 속에 시내를 가로질러 부랴부랴 차를 몰았던 덕분에 100달러짜리 지폐에 그려진 벤저민 프랭클린의 얼굴에 걸맞은 가치의 기적을 찾았다.

물론 그들의 말이 의미가 있었던 이유는 내가 이미 원하고 있었던 바로 그것을 예언했기 때문이다. 드루 로런스나 구루 싱이 천체물리학자가 운명이라고 선언했다면, 나는 씩 웃어 주고 그대로 걸어 나왔을 것이다. 그리고 다시는 그들을 만날 일이 없었을 테다. 그런데 두 사람은 내 마음속 욕망을 들여다보고 있었다.

좋은 소식은 당신은 구루를 찾을 필요가 없다는 것이다. 당신이 승인을 원하면 내가 지금 바로 해 줄 수 있다. 준비됐는가? '열망을 믿으라.' 당신에겐 그럴 만한 자질이 있기에 열망하는 것이다. 무언가를 원하고 있다는 그 사실만으로도 이유는 충분하다.

욕망은 당신을 움직이게 하는 유일한 근거이다. 스물여섯 살의 나는 정신적인 지도자들의 승인이 필요하다고 믿었다. 위험 부담은 대단히 크고 경험은 너무 적었기 때문이다. 자신감이 없었다. 내 말이 가슴에 와닿는다면 지금 당장 당신을 알아볼 수 있는 누군가를 찾아서 연락해 보라. 당신이 이어 갈 수 있는 하나의 신성한 관계. 만약 그런 사람이 없다면 어떻게 자기 관리를 하면서 그런 사람을 찾을 수 있을까? 코치, 멘토, 그룹 그리고 용기를 북돋우는 친구는 세상 '모든 곳'에 있다. 그들은 당신을 이해하고 믿어 주고 당신에게 없는 비전을 가진 사람들이므로 찾아내면, 그들 옆에 바짝 붙어 있자.

책과 등장인물, 이야기에는 영웅이 있다. 때로는 그 영웅이 당신 내부의 잠재력을 알아내기도 한다. 가끔 그 영웅은 '당신'이 되기도 한다.

가장 중요한 건 '아름다운 글'이 나온다는 사실이다. 스스로를 작가라고 믿으면 가능하다. 출발해서 계속 달릴 동력을 얻을 것이다. 비록 '자격'을 취득하지는 않았지만, 자신과 타인의 승인을 받고, 자신의 것으로 만들고, 열심히 달렸기 때문에 꿈이 실현될 것이다.

승인과 예언에 대한 작가들의 생각

반 존스[*] 엄마는 아주 일찍부터 내게 글을 쓰라고 권했다. 나는 운동을 즐기는 편이 아니었다. 나는 괴짜였다. 친구도 그리 많지 않았다. 제대로 잘하는 게 별로 없었지만 읽기와 글쓰기, 그림 그리기를 좋아했다. 엄마는 그것들을 격려하고 권장했다. 공립 고등학교에서 타자와 사무관리 과목을 가르치던 엄마가 타자기용 흰 종이를 가져올 때마다 나는 마냥 기뻤다. 종이를 채울 수 있었기 때문이다. 거기에 이야기를 쓰고 그림을 그리곤 했다. 그래서 나는 일찍부터 글쓰기에 제법 자신이 있었다.

♡

넬 스코벨[**] 초등학교 3학년 때, 학부모회 모임에서 담임선생님은 엄마에게 내가 수업 중에 농담을 너무 많이 한다고 불평했다. 선생님은 엄마가 내게 수업에 집중하도록 주의를 줬으면 했다. 엄마는 그 얘기를 내게 전달하겠다고 했다. 그리고 엄마는 그것을 나의 마흔

---

[*]   CNN의 방송 해설자, 변호사, 운동가, 꿈 봉사단 설립자. 『뉴욕 타임스』 베스트셀러 『그린칼라 이코노미』, 『Rebuild the Dream』, 『Beyond the Messy Truth』의 저자.

[**] TV 코미디 작가, 프로듀서, 감독이자 『뉴욕 타임스』 베스트셀러인 셰릴 샌드버그의 책 『린 인』의 공동 연구자. 회고록 『Just the Funny Parts』는 수십 년 동안 넬이 창작하거나 제작에 참여한 〈심슨 가족〉, 〈미녀 마법사 사브리나〉 등에 관한 기록이다.

번째 생일날에 얘기했다! 3학년 때 담임선생님이 내 성격을 지적했다는 이야기를 하기 위해 엄마는 32년을 기다렸던 것이다. 내가 인정받는 코미디 작가가 될 때까지.

엄마의 무조건적인 사랑은 내가 여러 해 동안 그토록 비판받고 거절당해도 버텨 낼 수 있었던 이유 가운데 하나였다.

♡

사바 타히르* 처음 책이라는 걸 한번 써 봐야겠다고 생각했을 때가 스물한 살이었다. '사막에서 자란 과정을 회고록으로 쓸 거야.' 하지만 나는 스물한 살이었다! 아무것도 알지 못했다. 책을 쓰는 중에, 혹은 쓰려는 중에 계속 엄마에게 전화를 걸어 툴툴거렸다. 마침내, 아마도 내 투정이 지겨웠는지 엄마가 말했다. "판타지를 쓰지 그러니? 너 판타지 좋아하잖아!"

"판타지는 쓸 수 없어." 내가 말했다. "아무도 나를 진지한 사람으로 생각하지 않을 테니까!"

엄마가 말했다. "무슨 소리! 네가 책을 끝마치지 않으면 그때부터 사람들이 너를 진지한 사람으로 안 볼 게다!" 이민을 온 엄마들은 자식들에게 돌직구를 날린다. 절대로 봐주는 법이 없다.

---

* 『재의 불꽃』과 『A Torch Against the Night』를 쓴 『뉴욕 타임스』 베스트셀러 작가. 두 작품은 「타임」지 선정 100대 최고의 판타지 소설에 포함됐다.
사바의 『All My Rage』는 발매하자마자 『뉴욕 타임스』 베스트셀러 1위를 기록했다. 이 작품으로 『뉴욕 타임스』 판타지 및 현대 소설 부문 청소년 도서 목록에 오른 최초의 파키스탄계 미국인이 되었다.

토스카 리[*] 대학 1학년의 봄방학. 즐겨 읽는 책에 관해 아빠와 대화를 나눴다. 위대한 소설들에 나오는 온갖 우여곡절과 감정 기복이 마치 롤러코스터 같다는 이야기를 하던 중이었다. 그러다 불쑥, "생각해 보니까 난 책을 쓰고 싶은 것 같아!"라고 말했다. 다른 사람들이 즐길 수 있는, 그런 롤러코스터를 내가 만들 수 있는지 알고 싶었다.

그해 여름, 은행 출납계에서 일하기로 되어 있었다. 뭐랄까, 나는 숫자에는 젬병이어서 수입과 지출의 잔고 관리에 매우 서툴렀다. 아빠는 "좋아, 이렇게 하자. 이번 여름에 너의 첫 번째 소설을 쓰는 데 전념한다면, 은행 창구 직원으로 벌 수 있는 돈을 내가 대신 주마."라고 했다.

나는 그 일에 매진했다! 신석기 시대 스톤헨지 거석기념물 유적을 남긴 사람들에 관한 역사소설에 도전하고 있었기에 이를 샅샅이 조사해야 했다. 진짜 힘든 작업이었다. 이듬해 여름, 원고를 뉴욕의 문학 에이전시 라이터스 하우스에 투고했다. 그 책을 집필하고 투고하기까지 온갖 실수란 실수는 다 저질렀지만, 출판사에서는 내게 자상하고 너그러운 거절의 편지를 보내왔다.

바라던 결과는 아니었다. 그래도 얻은 것이 있다면, 이 일을 다시, 계

---

[*] 『뉴욕 타임스』 베스트셀러 작가. 11권의 역사소설과 『솔로몬과 스바의 전설』, 『라인 비트윈: 경계 위에 선 자』, 『The Progeny』, 『A Single Light』 등의 스릴러를 썼다.

속할 거라는 사실이다! 생각해 보면 아빠가 나를 생각해서 그런 식으로 내게 투자한 건 상당히 멋진 일이었다. 영원히 감사할 것이며, 아이들에게도 마땅히 그렇게 할 것이다.

♡

딘 쿤츠 학창 시절 영어 선생님은 위노나 개브릭이라는 여선생님이었다. 2차 세계대전 때 육군 부대 여군으로 복무했던 선생님은 아주 유쾌한 사람으로 키는 152㎝ 정도였다. 키가 그렇게나 작았는데도 축구팀 선수들은 선생님을 두려워했다. 내가 9학년이었을 때 내 글을 마음에 들어 한 선생님은 12학년까지 내 글을 봐주었다. 내가 대단한 글쓰기 능력을 가지고 있을 뿐만 아니라 귀하게 쓰일 인재일지도 모른다는 느낌을 갖게 한 사람은 삼촌을 빼면 선생님이 처음이었다. 우리 가족에게서는 내가 소중한 사람이라는 느낌을 받지 못했다. 그래서 선생님은 내 가슴속에 영원히 자리 잡고 있다.

♡

메리앤 윌리엄슨[*] 1983년에 강연을 시작했다. 5년쯤 지났을 때, 샌프란시스코에서 제리 잼폴스키와 저녁을 먹었다. 그는 『기적 수업』의 원리를 대중에게 설명하는 책을 처음으로 썼다. 그가 그날 밤 내게

---

[*] 정치 활동가, 영적 사고 지도자, 14권의 책 저자. 그중 『사랑의 기적』과 『Healing the Soul of America』를 포함한 4권은 『뉴욕 타임스』 베스트셀러에 올랐다.

말했다. "당신은 책을 써야 합니다."

나는 "글쎄요, 다른 사람들도 그런 말을 하더군요. 그런데 정작 나는 책이 내 안에 들어 있다는 느낌이 없어요."라고 답했다.

"필요한 모든 정보는 당신의 강연 내용 속에 이미 있습니다. 녹음테이프들을 가지고 있을 텐데요."

"하지만 나는 말을 글로 옮기는 법을 몰라요."

"그렇다면 지금부터는 세상 어딘가에 당신의 말을 글로 옮기는 데 도움을 줄 수 있는 사람이 있다는 사실을 알고 계세요. 그리고 그 작업도 합시다."

그로부터 이틀 후, 로스앤젤레스에 있을 때였다. 강연이 끝난 뒤 누군가 다가오더니 문학 에이전트사에서 왔다고 했다. 전화번호를 주었지만 끝내 연락은 받지 못했다.

그리고 닷새 뒤 전혀 이름을 들어 보지 못한 에이전트가 또 접근했다. 다시 며칠 뒤 뉴욕에서도 또 다른 문학 에이전트가 내게 말을 걸었다.

"책을 쓰겠다는 생각을 해 본 적이 있습니까?"

"사람들이 계속 그러라고 말은 하는데, 글쎄요. 책에 담을 내용이 가득하다는 느낌이 들어야 하는데 그런 게 없어요."

"음, 그 내용은 강연 녹음테이프 속에 있어요."

"녹음테이프를 종이에 옮기는 법을 몰라요."

"그건 제가 도와드릴 수 있습니다."

그렇게 내 강연은 책이 되었다.

캐럴 앨런[*] 지난 몇 년간 내가 몸담은 업계 관련 책은 절대 쓰지 않겠다고 고집해 왔다. 점성술 분야에는 일반적으로 두 종류의 책이 있다. 하나는 학문적인 밀도가 높아서 별점을 공부하는 학생에게나 필요한, 나로서는 쓸 수 없는 넘사벽 수준의 책이다. 다른 하나는 대부분 '팝 점성술'(고대부터 이어져 온 점성술이 아닌, 인스타그램이나 텀블러 같은 온라인 플랫폼에서 주로 성행하는 점성술-옮긴이)의 예언과 풀이를 담은 가볍고 트렌디한 책이다. 이런 책은 전통적인 점성술이 담고 있는 경이로운 지혜를 반영하지 못하기 때문에 쓰고 싶지 않았다. 이미 훌륭한 작가와 책이 아주 많았고, 거기에 모든 것이 다 나와 있었기에 나는 새로운 소재를 찾지 못했다.

그래서 결코 책을 쓰지 않겠다는 고집을 15년 동안 지켰다. 그러다가 어느 날 내 멘토 중 한 분을 만났고, 처음으로 함께 점심을 먹을 때 그분이 말했다. "당신이 하는 일에 관한 책을 써야 합니다."

"그럴 수 없어요." 나는 앞서 말한 것과 같은 이유를 늘어놓았다.

"왜 사람들이 당신을 찾아올까요? 그리고 점성술은 그들에게 어떤 도움을 주는 거지요?" 그분이 물었다.

나는 눈에 불을 켜고 점성술이 사람들의 관계를 밝히는 온갖 방법을 설명했다. 점성술은 우리 모두 백만 번은 들었을 일반적인 '별자리 궁합'을 훨씬 뛰어넘는다. 나는 그에게 다음의 주제를 이야기했

---

[*] 세계 최고의 관계 코치 겸 베다 점성술사. 또한 이 책과 현실에서 나를 쥐고 흔드는 나의 여동생이다. 『Love is in the Stars: The Wise Woman's Astrological Guide to Men』의 저자. 캐럴의 흥미진진한 뉴스레터는 수백만 명이 읽는다.

다. '사랑의 계절'이나 '고독의 계절'이라고 불리는 시기, 별자리 출생 차트에서 자신과 '인연이 닿는 사람'이 누구인지, 너무 좋은 조건이어서 오히려 의심해야 할 사람은 누구인지를 보여 주는 관계 '가능성'을 보는 법, '점성술에서 보는 고통의 원인', 즉 아무리 궁합이 잘 맞더라도 누군가의 훌륭한 파트너가 되는 걸 방해하는 뿌리 깊은 선천적 성격 결함을 가진 사람이 많다는 슬픈 사실 등등.

멘토가 물었다. "그 모든 것에 대한 책이 있습니까?"

그러자 불현듯 그런 책이 없다는 생각이 떠올랐다. 멘토는 그 자리에서 바로 그의 온라인 사업체에 나를 고용해서 책을 쓰도록 했다. 전자책으로 판매하기 위해서였다.(그 전자책은 캐럴에게 그동안 수십만 달러를 벌어 줬다.) 놀라운 일이었다. 15년 동안이나 그렇게 글쓰기를 시작할 수 없다고 장담했건만, 한 시간의 대화로 책 한 권을 온전하게 기획해 냈다.

아니타 무르자니[*] 다양한 기업의 직원들에게 문화에 대해 강연하는 파트타임 컨설턴트로 일했다. 암에 걸려 병원에서 임사 체험까지 하였으나 스스로 치유했다. 나는 '아니타 M'이라는 이름으로 의학 블로그에 당시의 경험을 글로 쓰는 데 많은 시간을 들이고 있었다. 컨

---

[*] 국제적인 연설가. 임사 체험을 겪고 스스로 암을 완치한 기록인 『뉴욕 타임스』 베스트셀러 『그리고 모든 것이 변했다』, 『두려움 없이, 당신 자신이 되세요』, 『나로 살아가는 기쁨』의 저자.

설팅을 받는 사람들이 내가 암에 걸렸다는 사실을 모르기를 원했기 때문이었다. 의사가 아니기에 내가 겪은 일을 외부에 공개적으로 말할 엄두를 내지 못했다.

친구가 두바이에서 치유 센터를 운영하는데, 강연을 해 달라며 나를 초청했다. 그런데 내키지 않은 발걸음으로 갔던 두바이에서 내면에 변화가 일어났다. 내 이야기가 물리적, 정신적으로 사람들에게 미치는 영향을 보고 느꼈던 첫 번째 시간이었다. 사람들이 울고 있었다. 병원이 희망을 앗아 갔다고 말하는 4기 암 환자들이었다.

'세상에! 내가 온 목적이 바로 이거였어.' 그날 밤 잠자리에 들면서 이런 생각을 했다. '이 일이 앞으로 어떻게 전개될지 모르겠군. 우주에 맡겨야겠어. 그걸 알아내는 건 내 영혼이 하겠지.'

다음 날은 마침 내 생일이었다. 아침에 일어나 이메일을 확인했더니 헤이 하우스 출판사에서 보낸 메일이 있었다. 웨인 다이어 박사가 내 사연을 듣고는, 출판사에 부탁해서 내가 책을 쓰는 데 관심이 있는지 알아봐 달라고 했단다. 그리고 출판사에서는 내 책을 기꺼이 출판하겠다는 내용이었다. 나는 울기 시작했다.

"당신을 찾아내려고 얼마나 고생했는지 알아요?" 내 책의 서문을 쓰기로 한 웨인이 말했다. "당신의 이야기를 알게 된 때부터 헤이 하우스 출판사가 당신을 찾을 때까지 다섯 달이 걸렸소! 당신은 홍콩에 살고 있다고 했고, 우리가 아는 건 그게 전부라 이렇게 되기까지 애를 좀 먹었어요."

치유 센터를 운영하는 친구가 나에게 기회를 줬다. 웨인과 헤이 하우스 출판사도 나에게 기회를 줬다. 하지만 모든 것은 스스로 준비해야 하는 일이기도 하다. 나는 이것을 내면 보기inside-out view라고 부른다. 사람들은 밖으로 나가서 열심히 마케팅하고 다른 사람들을 공략해야 한다고 생각한다. 하지만 아니다. 그건 내면에 있다. 준비하고 계시라. 그러면 온다.

♡

톰 행크스 『타자기가 들려주는 이야기』는 아내와 아이들에게 바치는 책이다. 하지만 그 책은 '노라 때문에' 썼다고도 할 수 있다. 영화 〈시애틀의 잠 못 이루는 밤〉에 관해 이야기하려고 노라 에프론을 처음 만났을 때, 나는 정말 기고만장한 사람이었다. 내가 중요한 인물이라고 생각했다. 그때까지 노라는 단지 영화 〈행복 찾기〉* 한 편을 만든 감독일 뿐이었다. 그 영화는 아내 리타가 추천해 함께 봤다. 노라와 만날 때 나는 '이건 파워 미팅이고 나는 커다란 영향력을 가진 사람이다' 하는 생각으로 무장하고 그녀를 대했다. 노라는 영화 대본을 써서 직접 감독하기 시작했고, 나는 "음, 대본이 정말 마음에 들어요, 걸리는 부분이 좀 있기는 하지만, 당신 대본이 마음에 듭니다."라고 말했다. 오만불손하게 사람을 대하는 이런 태도를 고치는 데에는 상당한 시간이 걸렸다. 우리가 정말로 영화를 만들기로 하면서 노라와 그녀의 여동생 델리아 에프론이 영화 대본을 썼다. 원래

---

* 영화의 원작은 메그 월리처의 초기 소설 『This Is My Life』-옮긴이

제프 아치라는 작가가 쓴 작품인데, 영화로 만들 때면 다시 쓰는 경우가 빈번하다.

우리는 둘러앉아 이야기를 나눴다. 내가 연기할 캐릭터와 영화의 줄거리를 두고 아마 세 시간쯤 회의했던 것 같다. 나는 망가질 수밖에 없게 되어 있었다. 그들이 아버지와 아들의 관계에 대해 썼기 때문이다. 나는 문제를 제기했다. "두 분은 아버지와 아들에 대해 아무것도 모르고 있소. 아무것도 모른다고요! 당신들은 여자잖소. 엄마의 입장이란 말이오!"

노라가 말했다. "그럼 아버지들은 어떻게 하는데요?"

"아버지라면 아들을 보고 이렇게 말할 겁니다. '넌 내가 이번 주말에 어떤 여자랑 눈이 맞아서 떠나 버리는 걸 원하지는 않겠지? 안됐구나! 난 (여자를) 자빠뜨리러 갈 거야! 네 생각은 어떠냐?' 그게 아버지가 아들에게 이야기하는 방식이라고요."

그 버전은 결국 영화에 들어갔다. 영화가 개봉했을 때 노라가 말했다. "당신이 저 장면을 썼어요."

"아뇨, 내가 쓴 게 아니에요. 난 미팅에서 불평만 했습니다. 그건 완전 다른 얘기죠."

"아뇨, 당신이 쓴 거예요. 나와 델리아는 그렇게 쓸 수 없어요. 당신이 와서 이렇게 말했죠. 거의 말해 준 그대로나 다름없어요."

영화의 다른 장면에서도 이런 곳이 두어 군데 더 나온다. 노라는 나와 같은 분야에서 일하는 영화 제작자 중에서 "당신은 영화 제작자일 뿐 아니라 작가이기도 합니다."라는 말을 처음으로 내게 해 준 사람이었다.

정말로 글이 쓰고 싶어졌을 때, 노라가 거기에 있었다. 처음 썼던 글은 『뉴욕 타임스』에 기고한 '나를 늙게 한 사람The Man Who Aged Me' 이었다. 19년 동안 내 분장을 담당했던 대니 스트리페크가 은퇴했을 때 그에 관해 쓴 글이다. 노라에게 글을 보여 줬더니 "아직 조금 부족하긴 하지만 좋은 글이에요. 당신이 해야 할 건 여차여차…"라고 했다. 그 가르침을 매일 되새겼고, 『타자기가 들려주는 이야기』의 모든 단편마다 시도해 봤다.

가르침의 핵심은 목소리였다! 주제도 중요하고 플롯도 중요하다. 인물, 대화, 이 모든 것이 열쇠다. 하지만 당신만의 목소리가 없다면 관점이 없는 셈이다. 자신만의 시점이 없는 것이다. 노라는 "작가가 되고 싶다면 당신만의 목소리를 개발해야 해요. 오직 이 한 가지가 다른 모든 것으로 이어질 거예요."라고 했다.

끝내주는 재능과 창의력을 가진 사람들이 승인을 기다리고 그 과정에 초대받아 들어가기를 기다리고 있다는 말이다. 하지만 그런 일이 성사되는 경우는 거의 없다. 하루 스물네 시간 당신의 예술을 추구해야 한다. 항상 이야기를 생각하고 내면을 표출할 수 있는 자신만의 수단을 만들고 있어야 한다.

엘리자베스 길버트[*] 열 살 때 〈모나의 증거〉란 단막극 대본을 썼다. 열 살이었으니 딱 내 능력만큼의 작품이었다. 출연 배우는 몽땅 친구들이었다. 내가 연출하고 제작도 한 뮤지컬이었다.

〈이리 운하 15마일〉의 곡조에 맞춰 노래 가사도 썼다. 내가 아는 유일한 노래였기 때문이다. 시간을 거슬러 돌아가는 소녀에 관한 내용인데 아무도 그녀를 믿지 않는다는 이야기이다. 우리는 그 괴상한 작품을 만들었다. 몇 달 동안이나 작업해서 학교 체육관 무대에 올렸다. 의상을 준비하고 포스터도 학교 곳곳에 붙였다. 부모님은 그날 휴가를 내고 보러 오셨다. 그리고 그것은 정말 좋았다. 나는 지금도 그 작품에 애착이 간다.

"내가 한 건 했어. 봐! 내가 해냈다고!" 그때 처음으로 떠오른 생각이었다. 〈모나의 증거〉라는 극이 예전엔 없었지만, 이제는 있다. 모두가 증인이 되었다. 사람들을 전부 끌고 와서 꼬박 10분 내내 지켜보게 했기 때문이다. 하지만 연극은 대단했다. 날강도 같은 짓이었지만, 우리는 해냈다.

몇 년 뒤, 고등학생이 된 나는 연극 〈무엇이든 상관없어〉에서 대역으로 무대에 섰다. 등사판으로 제작한 소규모의 고등학교 연극 홍보 전단에 출연자들의 약력을 써야 했는데, 내 약력은 이렇게 적었다. "엘리자베스 길버트는 세계를 여행하고, 「뉴요커」지에 글을 기고하

---

[*] 『뉴욕 타임스』 베스트셀러 『먹고 기도하고 사랑하라』(줄리아 로버츠 주연의 영화로도 만들어졌다), 『결혼해도 괜찮아』, 『빅매직』, 『모든 것의 이름으로』, 『시티 오브 걸스』 의 저자.

게 될 것이다." 깜찍하게도 「더 뉴요커」는 아직 내가 쓴 글을 하나도 싣지 않았다. 그들은 나에 대해 써야 했지만, 내가 그들을 위해 쓰게 하지는 않았다.

일찍이 아주 어릴 때부터 나는 '글쓰기와 여행'이 내게 매우 중요하다는 생각을 했다. '나는 이런 사람이 될 거야.' 훨씬 이전부터 다른 누구보다도 자신을 철석같이 믿었다. 내가 살아오는 동안 안 된다고 했던 사람이 많지는 않았다. 내가 알기로는 그렇다. 자신을 믿는 구석이 있어야 스스로를 입증할 수 있고, 그래야 다른 사람도 그걸 알게 된다. 당신을 믿어야 할 첫 번째 사람은 자신이다. 그러지 않으면 당신조차 스스로에게 신경 쓰지 않을 것이다. 그 믿는 구석의 핵심은 무엇일까?

나는 동네 고등학교 연극 홍보 전단에 내 광고 글을 썼으니, 자신의 첫 번째 홍보 담당자였던 셈이다. "전도유망한 이 젊은이를 보라!" 월트 휘트먼 같은 대가도 그의 첫 번째 시집을 출판할 때 그렇게 했다. 그는 가명으로 자기 시집의 서평을 써서 뉴잉글랜드에 있는 모든 신문사에 보냈다. "이 사람은 당대의 가장 위대한 시인이다."라는 내용이었다. 아니나 다를까, 그가 옳았다. 하지만 그때까지 그 사실을 아는 사람은 아무도 없었다. 오직 자신뿐이었다. 그는 자신의 책을 직접 출판해야만 했다.

나는 스스로의 삶에 원대한 비전을 가진 사람들을 인내심을 가지고 진득하게 지켜본다. 나 자신의 삶에도 원대한 비전이 있기 때문이다. 우리 모두는 다른 사람에게 들려줄 이야기를 가지고 있다. 30년 후 누군가의 회고록에서, 주인공이 천재였다는 사실을 알아보지 못한 멍청이로 등장하는 사람이 당신이길 원하는 건 아니지 않은가.

♡

로버트 맥키[*] 누가 나를 믿었는가? 나다! 나는 나를 믿었다. 여덟 살 때부터 이것이 내 인생임을 알았다. 그리고 한 번도 후회한 적이 없었다.

---

[*] 작가, 전설적인 강연가. 각종 상을 받은 『시나리오 어떻게 쓸 것인가』, 『시나리오 어떻게 쓸 것인가 2』, 『로버트 맥키의 캐릭터』 등을 썼다. 서던캘리포니아 대학의 교수로, 그의 학생들은 70개 이상의 아카데미상을 받고 300개 이상의 작품을 후보에 올렸다.

4

꿈을 엮는 사람:
영감의 첫 불꽃

"꿈을 믿으라,
그 안에 영원에 이르는 문이 숨겨져 있으니."

칼릴 지브란

글을 쓰고 싶다. 하지만 창조의 샘은 말라 버렸다. 혹은 창조의 샘이 간헐천처럼 갑자기 단어들을 분출해 소방 호스에서 나오듯이 거세게 쏟아지는 단어에 압도되기도 한다. 다작하는 작가들은 새로운 아이디어를 어르고 달래며, 집중력을 발휘한 후 어떻게 아이디어에 생명을 불어넣을까?

번쩍이는 번개. 자연스러운 깨달음. 꿈 내려받기. 창의적인 일이 쉬워 보이는 소수의 '행운아'에게서 들은 이야기들이다. 그들이 거리를 걸어갈 때, 쿠~웅! 영화로 만들어도 좋을 만한 스토리가 머릿속 화면을 스쳐 지나간다. 출판사와 할리우드 영화 제작자들이 문턱이 닳도록 드나든다. 하지만 당신이 이런 일이 일어나지 않을 99.999%의 작가에 속한다면? 최고의 책에 번쩍이는 영감을 불어넣기 위해 어떤 비법과 요령을 사용할 수 있을까?

나는 마술적인 사고에 익숙하다. 출판사와 할리우드 영화 제작자들이 내게 연락하지는 않았지만, 그다음에 일어난 일은 너무도 초현실적이어서 여전히 불가능한 사건이라고 느껴진다. 마치 스티븐 스필버그 영화에서 서서히 밝혀지는 기적의 한 장면처럼.

나는 벌떡 일어났다. 보름달이 환하게 빛나는 가운데 벽과 바닥, 방의 건너편에 드리워진 필로덴드론 화분까지 모두 쥐 죽은 듯 조용했다. 이곳은 지진대, 그중에서도 샌안드레아스 단층 지역이었다. 나는 지진의 전조를 알았다. 그런데 흔들리고 있는 건 나 하나였다.

침대 옆 테이블 위의 시계가 오전 3시 1분을 가리키고 있었다. '도대체 뭐지?' 침대 헤드보드에 기대앉으니 여섯 권의 책이 어둑한 빛 속에서 잠깐씩 차례로 보였다. 도대체 어떻게 이것이 가능한가. 제목, 표지, 본문, 구성 방식, 문장 들이 뉴스 화면의 자막처럼 왼쪽에서 오른쪽으로 흘러갔다. 어떤 책은 초점을 맞추려고 멈추거나 심지어는 확대해서 보여 주기까지 했다. 꿈인가? 나는 원래 꿈을 거의 기억하지 못한다. 하지만 이 단어들은 '생생'했다.

'세상에!' 나는 어제 『아티스트 웨이』의 마지막 연습 문제를 막 끝냈다. 마침내 열두 번째 주, 그리고 그날은 8월 1일 아니었나? 점성가가 내게 말했던 '상서로운 기운'이 펼쳐지는 날 말이다. 나는 어안이 벙벙한 채 앉아 있었다. 구루 싱이 개들 뒤에 '숨는 짓'을 그만두라고 훈계하고는 초자연적인 주문으로 나를 멍석말이한 때부터 겨우 6주가 지났다. 아, 맞다. 작가로 예정된 내 운명 속으로 발을 들여놓아야 한다고 주장했었지. 이게 바로 그가 예상했던 건가?

나는 제시와 토시가 깨지 않게 조심하면서 일어났다. 테이블 서랍에서 손전등과 메모 패드를 집어 들고 살금살금 옷방 안으로 들어가 글을 써 내려가기 시작했다. 바닥에 놓인 부츠와 운동화와 눈을 맞추며, 심장이 마구 뛰는 걸 느끼며 격하게 받아 적었다. 손에 쥔 파란색 펜에 마법 잉크라도 들어 있는 듯 술술 글이 써졌다. 곧바로 생기를 불어넣어 휘갈겨 쓴 60장 넘는 종이가 카펫 위에 쌓였다.

"어떤 책이 나를 가장 행복하게 만들어 줄까?" 나는 느려지지 않을 것 같은 문장들의 속도에 압도당할까 겁나서 다른 사람에게 들릴 정도로 소곤거렸다. 구체적인 가르침이 필요했다. 어디서부터 시작해야 할까? 나는 이미 책들의 제목에 유대감을 느끼고 있었다. 공황 상태에 빠지기 일보 직전이었다.

머릿속에서 들리는 목소리가 방향을 잡아 주었다. "『매혹적인 삶』으로 시작하라. 유명인들의 허심탄회한 이야기는 『영혼의 자리 The Seat of the Soul』에서 이미 다뤘던 주제니까, 환경 문제에 대해 예상 밖의 반전이 있는 자기 계발 교본이 좋겠어."

'좋아, 그렇다면…'

부끄럽지만 그 목소리에 이미 모두 편집되어 있었다. 하나씩. 하나씩. 이야기가 '주어지고' 머릿속에서 영화처럼 펼쳐지며, 불쑥 나타난 등장인물들이 깊이 있게 이야기를 끌어가며, 줄거리도 거의 완벽했다는 소설가의 경험담을 들으며 시샘해 본 적이 있는가? 나는 그런 적이 있었다. '뭐라고? 어떻게 그런 일이 일어나!' 하고 생각했었다. 그랬던 내가, 이번에 정확하게 경험했다. 주인공은 '나'였다!

나는 평소처럼 아주 '매력적인' 고객들의 집으로 걸어 들어갔지만, 그들의 개를 운동시키기 위해서가 아니었다. 나는 리얼리티 쇼를 위해, 무대 뒤에서 일어나는 사건들의 내막을 듣기 위해 그들을 인터뷰하고 있었다. 그들의 집에서 매일 목격한 것들, 한 번도 공개되지 않은 이야기들이었다. 명예, 부, 사랑, 마약 중독, 엄청나게 부끄러운 실수들, 교훈 그리고 가장 중요한 건 환경운동이었다. 이것이 '열쇠'였다. 이 책을 아우르는 포인트인 '혼자서는 결코 만들어 낼 수 없었던 흥미진진하고 천재적인 부분'은 친환경 이슈를 멋지고 근사하게 그리고 수익성 있게 만들자는 거였다!

이런 일이 정말 가능할까? 그 시절은 아직 세계가 완전히 연결되지 않은 인터넷 초창기였다. 나는 친환경 운동을 하는 명사들과 인터뷰를 하면서 세상을 치유하기 위해 그들이 실천하고 있는 혁신적인 일들과 환경 문제의 연결점을 알 수 있었다. 식물과 동물, 토착민과 소외된 사람의 목소리를 전하는 매체나 방송 확보가 필요하다는 생각도 했다.

신성한 환경보호 운동(tree-hugging, 과도한 벌목 위기에 놓인 나무를 에워싸 삼림 파괴를 막는 등 환경보호를 위해 적극 행동하는 환경운동-옮긴이)! 바로 이거야! 꿈꾸던 삶이 눈앞에 펼쳐졌다. 눈을 크게 뜨니, 그동안 세계를 구하기 위해 자연보호에 관해 알음알음 배우고 있던 나의 독자들-맙소사, 독자들이 생긴다니!-이 일제히 환경보호에 관한 극적인 사건과 성공 비법에 관심을 가지고 참여하려는 모습이 보였다.

무슨 근거로 그런 일이 가능하리라고 믿었는지 묻지는 마시라. 고객의 사료를 주던 사람에서 그들의 가장 깊이 숨겨진 비밀을 번역하는 사람이 되는 일이 무리라는 생각은 머릿속에 눈곱만큼도 없었다. 이러한 상상에는 두 다리가 달려 있고 신의 섭리가 있다는 사실을 알아차렸다. 내 몸은 벌집에 기댄 듯 부산스러웠다. 하지만 맘속 깊은 곳은 차분했다. 내가 가진 것이 무엇인지를 나는 알았다. 무언가를 확실히 알고 있는 한, 글쓰기는 내게 〈찰리와 초콜릿 공장〉에 등장하는 윌리 웡카의 '황금 티켓'임이 확실했다.

스탠퍼드 대학에서 상사를 위해 보이지 않는 곳에서 열심히 비서 겸 편집자로 일하는 아름다운 우리 엄마가 떠올랐다. 엄마는 우리의 귀중한 지구를 돕기 위해 내가 글을 쓴다는 사실을 특히 자랑스러워할 것이다. 지구의 해수면 수위가 높아지고 온도가 상승하는 문제에 오래도록 관심을 가졌던 건 엄마 덕분이었다. 돈벌이에는 한 푼의 보탬도 되지 않은 대학 학위를 취득한답시고 학비로 부모님의 돈을 허비했지만, 베스트셀러가 나오면 빨리 갚을 수 있을 것으로 생각했다.

'부모님을 모시고 축하 턱을 내는 차트 하우스 레스토랑의 테이블에는 초가 반짝이고 있다. 떨리는 손으로 엄마는 내가 건넨 봉투를 연다. 안에는 내가 부모님의 주택 담보 대출을 다 갚았다는 내용의 쪽지가 들어 있다.'

대박! 난 작가가 될 거야! 두 눈에 감사의 눈물이 가득 고였다. 나는 엎드려 카펫에 입을 맞췄다. "하느님 감사합니다. 어머니 지구시여, 이 임무를 맡겨 주셔서 감사합니다. 실망시키지 않을게요. 할 일을 가르쳐 주시기만 하면 됩니다. 가족을 챙기는 시간만 빼고 틈날 때마다 공부할게요. 나를 온전히 당신께 바치겠습니다." 가슴이 벅차올라 심장이 튀어나올 것만 같았다. 학교 다니는 기간 내내 쓸데없는 데 정신이 팔려서 고급스러운 일에 두뇌를 쓴 적이 없었다. 내 영혼은 기량과 열정 그리고 인맥을 투입할 적절한 시기를 기다리고 있었다!

침대를 살짝 돌아봤다. 채광창으로 달빛이 비껴들었다. 제시와 토시는 이제 우리 앞의 '모든 것'이 바뀌었다는 사실을 전혀 모른 채 여전히 깊은 잠에 빠져 있었다. 입가에서 미소가 내내 떠나지 않았다. 지금 막 천국의 문이 열렸다.

"그런데 너는 전에 책을 써 본 적이 없잖아. 글쓰기 수업을 들어 본 적도 없으면서." 거머리처럼 성가시게 달라붙는 목소리를 떨쳐 냈다. 무엇보다도 하느님이 불러 주는 것을 받아쓰는 일인데 얼마나 힘들겠는가? 게다가 그 책의 생명력과 조산사로서의 내 역할을 보고 느낄 수 있었다. 잠에서 깨어난 제시는 기적과도 같은 상황을 100% 완벽하게 이해했다.

"어디를 가든 사람들이 당신에게 인생사를 털어놓으니 당신은 이 일의 적임자야!"

맞는 말이었다. 우선 쉽게 닿을 수 있는 대상을 잡을 것이다. 그러니까 첫 인터뷰로 내가 가장 좋아하는 고객, 폴 윌리엄스와 유명 드라마 〈다이너스티〉의 스타이자 모델인 캐서린 옥센버그와 함께 시작하는 거다. 그러면 환경에 관심을 가진 스타들을 더 잡을 수 있을 게 틀림없다.

처음에는 모든 일이 순풍에 돛을 단 배 같았다. 아무리 늦게 자는 한이 있어도, 몇 달 동안 새벽 3시까지 쓴 글을 들여다봤다. 몸과 마음은 타오르고 있었다. 작가 블라디미르 나보코프가 '잉크는 마약'이라고 정의했듯, 나도 심하게 그 영향권 안에 있었다. 고맙게도 남편과 아들 토시는 같이 잘 붙어 있었다. 덕분에 나는 출판 에이전트를 만나고, 유명 인사들에게 인터뷰를 제안하고, 그들을 설득할 충분한 시간을 확보했다. 작가가 되기 위해 나서는 작은 걸음 하나하나에 가속도가 붙었고, 하나씩 성사될 때마다 우리는 축배를 들었다.

11개월이 지났을 때 나는 쉼 없이 공부하고 글을 쓰기 위해 개 산책 도우미를 그만두었다. 사명을 찾은 건 황홀했지만, 돈을 벌지 못하는 건 고통스러웠다.

"대부분의 이혼은 두 가지 문제, 그러니까 돈 문제와 양육을 둘러싼 의견 차이에서 시작돼." 여동생의 말은 미국 심리학 온라인 사이트 '사이콜로지 투데이'에서 다룰 법한 주제처럼 들렸다. 제시와 나는 두 가지 모두에 해당했다. 그는 내가 유기농 오렌지 주스를 사는 데 30달러를 '낭비'할 때마다 문자 그대로 끙끙 앓았다. 그런 제시가 나는 지겨웠다. 나를 위해서라면 결단코 유기농 오렌지 주스 따위에 30달러를 낭비하지는 않을 테니까. 캘리포니아 마마인 나는 아무리 비싸도 아이에게는 100% 유기농을 사 주려고 했다! 어머니 지구의 군대에 몸담은 전사로서, 캘리포니아 마마는 이 일에 대해 딱 중간 지점에서 타협했다. 나는 그렇게 확신했으므로 그대로 밀고 나가기로 했다.

글쓰기에는 생초보임에도 불구하고 나는 동시다발적으로 기적과도 같은 경험을 했다. 여러 길로 가는 문이 열렸고, 매일은 아니더라도 매주 문법 실력이 엄청나게 향상됐다. 그렇다고는 해도, 그 길은 순탄하리라는 내 장담과는 거리가 멀었다. 무엇 하나 쉬운 일이 없었다. 글쓰기, 홍보, 결혼 생활, 심지어 수다 떨기조차도. 그래도 나는 결코 벗어나지 않을 길을 걷고 있었다.

꿈에서 책을 선물받는 일은 드물다. 지금까지 인터뷰하면서 나와 똑같은 경험을 한 작가를 만나지 못했다. 하지만 아이디어를 얻고 글쓰기의 길로 나아가는 방법은 수없이 많다. 누군가에게는 영감이 찾아와 가만히 속삭이고, 누군가에게는 왔다 말다 하고, 누군가에게는 기분이 내킬 때까지 늑장을 부린다. 사람마다 그 길은 다르다. 천둥소리처럼 크게 들리지 않는다고 스트레스를 받지 마시라. 거듭 말하건대 당신이 시작하는 데는 욕망만 있으면 족하다.

몇 년간 돈을 들여 예술가들을 만나고, 드루 로런스와 구루 싱에게 다녀온 사실을 아는 작가 지망생들이 물었다. '마법의 책 꿈'을 위해 돈이 들지 않는 다른 일은 무엇을 했는지를. 이는 8장에서 다룰 예정이다. 그런데 지금 소개하고 싶은 정서적 요소가 하나 있다.

'행복한 아이로 키우고 싶은 마음에 줄곧 긍정과 행운에 대해 곰곰이 생각하고 있다. 아주 많이.'

혹시 우연히라도 자기 계발 행사에 참여해 보면 아마도 수준 높은 질문의 중요성을 듣게 될 것이다. 당시에는 자각하지 못했지만, "사람들이 나를 매력적이라고 부르는 건 무슨 의미인가? 나는 왜 그리 행복할까? 축복을 받으려면 어떻게 해야 하지?" 등의 질문들을 반복하면서 아마 수준 높은 답변을 내놓을 수 있도록 무의식과 경험 세계를 만들고 있었던 듯하다. 스스로 마법을 찾고, 기다리고, 끌어당기는 훈련을 하면서.

팟캐스트에 출연한 디팩 초프라에게 나의 '책 꿈'을 이야기하자,

그는 나의 경험에 확신을 심어 주었다. "깊이 사색하는 질문만이 창의성에 접근할 수 있는 유일한 방법입니다." 그러면서 그는 이런 선문답 같은 말을 덧붙였다. "질문은 답이오. 그러니 당신이 질문하는 삶을 살고 있다면 당신은 대답으로 들어가게 됩니다."

우리가 질문하며 살아간다면, 타고난 낙천주의자이자 동시에 하늘이 무너진다고 종말을 고하는 예언자도 될 수 있다고 믿는다. 예를 들어 글을 쓰고 있을 때, 대략 1시간 정도면 머릿속에서 이런 극과 극의 시나리오가 펼쳐진다.

1. **종말의 린다:** 세상이 불타오르고 있어. 어머니 지구의 대지가 열을 받아서 대지진이 일어나려고 해. 이제 우리는 모두 죽는 거야?

   믿음의 린다: 곧 알게 되겠지. 그래도 지금 여기에 있는 우리는 안전해. 주위를 봐. 효과를 볼 수 있는 조치를 다섯 가지만 얘기해 봐.

2. **종말의 린다:** 나는 적어도 사기꾼들이 워싱턴을 떠나기 전까지는 절대 다음 책을 끝마치지 못할 거야. 내 시간과 뇌는 정치가 모두 장악해 버렸어. 어떻게 다른 일에 신경을 쓸 수 있겠어?

   믿음의 린다: 정치는 늘 엉망진창이었어. 앞으로 한 시간은 신경 꺼. 다른 일을 하기 전에 네가 다뤄야 할 '한' 문장은 뭔데?

3. **종말의 린다:** 난 4장을 절대 못 끝낼 거야. 그건 완전 재앙 덩어리야. 고칠 수는 있을까?

   믿음의 린다: 네가 방법을 알고 '있다면' 어떨까? 펜과 종이를 들고

조용한 곳에 앉아서, 뭐라고 쓰면 좋을지 책에게 물어봐.

4. **종말의 린다:** 아이디어가 넘쳐서 그 속에서 허우적거리고 있어. 내가 주의력 결핍증에 걸린 걸까? 그게 좋은 일이긴 해?

   믿음의 린다: 상관없어. 아이디어가 차고 넘치잖아. 지금 네게 회심의 미소를 짓게 하는 아이디어는 뭐야? 그걸 해.

5. **종말의 린다:** 출판사들이 나를 거들떠보지도 않으면 어떡하지? 그래도 행복할 수 있을까?

   믿음의 린다: 네가 좋아하는 걸 써. 그리고 네가 쓴 것을 사랑해 봐. 제대로 된 사람이라면 역시 그걸 좋아할 거야. 오늘은 뭘 좋아할래?

창조적 영감이 더 높은 곳에서 나온다고 믿든, 잠재의식에서 나온다고 믿든, 당신에게는 영감이 있다. 어떻게 묘사하든, 그런 '관계'를 만들면 창조의 수문이 열린다. 한번 해 보는 게 어떨지. 한낮의 꿈과 자는 시간에 수준 높은 질문의 씨앗을 뿌리고 해답이 스며드는 것을 지켜보시기를. 나는 지금도 종종 잠들기 전에 꿈속에서 구체적인 가르침을 받게 해 달라고 기도한다. "내가 기억하고 이해하고 실행할 수 있는 것을 주세요." 우주 질서에 빠져들면서 되뇌는 말이다. 그리고 무슨 일이 일어났는지 맞혀 보시라. 지금도 나는 가끔씩 새벽 3시에 통찰력에 전율하며 벌떡 일어나곤 한다.

영감을 만난 작가들

톰 버거론[*] 오래전에 책을 썼다. 그 책은 최근 미국에서 훌륭한 배움에 대한 비전을 몇 가지 제시하고 있다. 지난 몇 년 동안 초월명상을 하면서 명상에 관한 책을 쓰고 있었다. 순간에 집중하기 위한 작업이었다. 이 책에서 밝힌 개인적인 이야기와 일화는 독자를 유인하기 위한 방법이었다.

♡

그레첸 루빈[**] 내가 어디 있었는지, 빛이 어떤 모습이었는지 정확하게 묘사할 수 있을 정도로 책에 대한 아이디어가 떠오르면 문자 그대로 나는 '번개'를 맞는다. 난 그저 그런 때가 오기를 기다려야 한다. 그런 일이 다시 일어나리라 믿는다.

♡

---

[*] 코미디언, 배우, 게임 쇼 진행자, 에미상 수상. 최고 인기 TV 쇼 〈댄싱 위드 더 스타〉, 〈아메리카 퍼니스트 홈 비디오〉, 〈할리우드 스퀘어〉의 진행자. 회고록 『I'm Hosting as Fast as I Can!』은 할리우드에서 참선을 통해 맑은 정신을 유지하려는 내용을 담고 있다.

[**] 『뉴욕 타임스』 베스트셀러 『Outer Order, Inner Calm』, 『나는 오늘부터 달라지기로 결심했다』, 『무조건 행복할 것』, 『집에서도 행복할 것』, 『The Four Tendencies』를 비롯한 여러 권의 책을 썼다.

앤 패칫 직접 문을 두드리는 아이디어는 하나도 없다. 아이디어는 공상 속에서 완전한 모습으로 도착하지 않기 때문에 밖으로 나가 찾는다. 나는 아이디어를 찾으러 간다.

체계나 순서를 따라가면서 지나치게 힘껏 붙잡지 않는 능력이 있는 것 같다. 아이디어가 떠오르면 오랫동안 가만히 놓아둔다. 그것이 다른 아이디어로 바뀌고, 또다시 다른 아이디어로 바뀌게 마련이기 때문이다. 그리고 무언가를 쓸 때 결국 그건 내가 처음에 시도했던 것과는 전혀 관련이 없어진다.

♡

롭 벨* 라틴어에 이런 구절이 있다. Ex nihilo('무에서부터'라는 뜻-옮긴이). '생각'에는 이처럼 무에서 비롯되는 창조적인 속성이 있다. 제리 사인필드는 그의 조크가 어디서 나오느냐는 질문에 이렇게 멋지게 대답했다. "전혀 모르겠습니다. 진짜 정말로 아무것도 몰라요."

왜 만들었고, 왜 썼으며, 왜 감정을 느꼈는지 물으면 분명 솔직한 답이 있을 것이다. 하지만 난 모르겠다. 나는 이어지는 일련의 질문을 뒤따라갔다. 다음 문장을 쓰고 나면 그다음 문장이 나왔다. 그리고 공부했고 열심히 일했다. 훈련을 받았고 연구도 했다. 당신은 시간을 쏟아붓고 있지만, 자신이 엄청나게 불확실한 일에 노출돼 있다는 사

~~~~~~~~~~

* 『뉴욕 타임스』 베스트셀러 『너는 나를 누구라 하느냐』, 『사랑이 이긴다』, 『What Is the Bible?』, 『Everything Is Spiritual』을 비롯한 많은 책의 저자. 〈더 롭캐스트〉로 팟캐스터상을 수상했다.

실 또한 알고 있다.

♡

폴 윌리엄스* 스물두 살 때, 어떤 친구가 챈슬러스라는 새로운 밴드에 악기와 장비를 가지고 와 달라고 나를 불렀다. 밴드에 가기 전날 밤, 두 곡을 작곡했다. 내 첫 번째 곡이었다. 그 일을 해낼 수 없을 거라는 생각은 하지 않았다. 앉아서 그 곡들을 썼다. 그러고 밴드에 가서 연주했다. 피아노를 칠 줄 몰랐기에 가사를 만든 다음에는 머릿속에 들어 있는 악보의 멜로디에 맞춰 불렀다.

어느 날 로저 니콜스와 나는 크로커 뱅크의 상업 광고용 노래를 써 달라는 요청을 받았다. 우리는 그 노래에 "우리는 이제 막 시작했어요"라는 제목을 붙였다. 로저가 멜로디를 쓰고, 나는 흰색 레이스 드레스와 언약으로 새 출발을 하는 젊은 한 쌍에 대한 가사를 썼다.

신예 그룹 카펜터스가 우리 광고를 보고 전곡을 원했다. 그 노래가 1위로 치솟고 역대급 수입을 올린 노래 중 하나가 되었을 때 깜짝 놀라서 뒤집어졌다. 상상해 보라. 그 노래의 로맨틱한 시작 부분이 전부 은행 광고였으니까! 배우가 되기를 간절히 원했으나 일거리를 얻지 못하고 결국 와야 할 곳으로 되돌아왔다. 그제야 나의 진짜 재능을 발견하게 된 것이다.

~~~~~~~~~~

*   명예의 전당에 오른 작사가, 배우, 오스카상을 수상한 작곡가, ASCAP(미국 작곡가·작가·출판인협회) 회장. 『뉴욕 타임스』 베스트셀러 『습관의 감옥』을 트레이시 잭슨과 공동 저술했다. 마약 중독 재활 치료를 받은 후 현재 32년 동안 마약을 끊었다.

캐서린 옥센버그[*] 늘 책을 쓰고 싶었다. 하지만 『Captive』와 같은 작품이 첫 번째 책이 되리라고는 전혀 예상하지 못했다. 큰딸 인디아의 삶을 구하고 내 삶을 지키기 위해 그 책을 썼다. 나는 엄청나게 강력하고 위험한, 내게 앙심을 품고 보복하려는 컬트 집단과 맞닥뜨렸다. 그리고 그들은 가차 없이 나를 무너뜨리려고 했다. 나는 인디아가 자기 계발 컨설팅 업체로 이름을 알리며 성매매, 성 노예화를 일삼던 미국의 넥시엄NXIVM이라는 컬트 집단에서 극한 위험에 빠져 있다는 것을 알아냈다.

하지만 그 애를 자유롭게 해 주려는 시도는 하나도 성공하지 못했다. 달리 어찌해 볼 도리가 없게 되자, 딸아이를 언론에 노출시켜야겠다는 고통스러운 결단을 내렸다. 나는 그 집단의 탈세, 공갈, 돈세탁, 신분 도용, 집단 내 성매매의 증거로 보이는 것들을 밝혀냈다. 인디아의 목숨이 위태로울 뿐만 아니라, 그 애가 자신도 모르는 사이에 법을 위반하도록 강요당할 수 있다는 사실이 두려웠다.

처음에는 젊은 여성 몇몇을 그 집단에서 나오게 설득할 수 있었다. 그들이 몸에 낙인을 찍을 것이라고 경고하고, 정부가 급습할 거라는 정보를 전했기 때문이다. 위협 전술이었지만, 실제로 몇 달 후에 그

---

[*]　영화배우, 시나리오 작가, 왕족. 첫 책 『Captive: A Mother's Crusade to Save Her Daughter from a Terrifying Cult』를 써서 작가가 되었다.

일들이 벌어졌다. 나는 토크쇼, 신문과 방송 뉴스, 잡지에 전격 출연했다. 『뉴욕 타임스』가 이 사건을 커버스토리로 다룰 때도 도움을 주었다. 얼마 지나지 않아 수사 기관이 개입하면서 더 이상 나 혼자 짐을 짊어지지 않아도 된다고 했다.

그 집단의 지도자인 키스 라니에르가 멕시코로 도주했을 때 생각했다. '과거에 이 사건을 수사했던 사람들이 증거를 가져오라고 했을 때처럼 이번 수사도 용두사미로 끝나면 이 컬트 집단의 진실을 무슨 수로 폭로할 수 있을까? 어떻게 해야 우리 딸과 연락이 닿을 수 있을까?' 내 평생 그렇게 무서웠던 적은 없었다.

나에게 책 제안서를 쓰라고 권유했던 문학 에이전트 이팻 레이스-젠델과 계약했다. 사이먼 & 슈스터 출판사와는 저술 계약을 위한 협의를 계속했다. 그러려면 커다란 신뢰가 있어야만 했다. 내 에이전트는 '기적을 행하는 사람'이다.

사건 전개에 따라 실시간으로 글을 쓰고 있어서, 다음 페이지에 무슨 이야기가 나올지는 나도 몰랐다. 인디아가 나와 연락하기를 거부하고, 나를 제1의 적으로 여기는 바람에 무척이나 고통스러웠다. 1월에 글을 쓰기 시작했고, 그와 동시에 넥시엄은 무너지기 시작했다. 키스 라니에르는 3월에 체포되었다. 내 책은 2018년 8월에 나왔는데, 7월 26일까지도 여전히 그 집단의 다른 고위 인사들이 체포되고 있었다. 내막이 드러나면서 전개해야 할 이야기가 이어졌기에 계속 출판사에 전화를 걸었다. "한 가지를 책에 더 추가할 수 있나요? 하나만 더!"

사법 당국은 사건을 잘 마무리했고, 마침내 범죄자들은 법의 심판을 받게 되었다. 선고가 떨어지자 한 FBI 요원이 다가와 힘차게 나를 끌어안았다. "고마워요, 캐서린. 당신이 끝낸 겁니다! 당신은 다른 누구보다도 먼저 무슨 일이 일어나고 있는지 알고 있었어요!" 우리 가족의 악몽은 희망과 인내, 사랑의 승리를 증명하는 이야기가 되었다.[*]

조이 하조 내가 만든 것 중 가장 좋은 노래를 최근에 썼다. 간주와 후렴까지 완벽한 본격적인 스토리텔링 노래였다. 어쩌다 이런 일이? 거의 본능적으로 마음이 아파 왔다. 거기에는 뭔가가 있었다. 그걸 다스리려면 글을 쓰는 방법밖에 없다는 사실을 알았다.

쓰기 시작할 때는 이런 생각이 들었다. '아, 이건 따분한 일이야.' 그리고 정말 그랬다. 초고는 그렇게 되기가 일쑤다. 믿음을 가져야 한다. 하지만 일을 끝내고 난 뒤에 나는 깨닫게 됐다. '오! 이런저런 이유로 내게 필요했던 노래잖아.'

내가 뭘 알고 나아갔던 건 아니었지만, 창의적이고 직관적인 과정은 이렇게 작동한다. 문명 세계에서 사람들은 당신에게 무언가를 뒤쫓아 밝혀내고 맞붙어 싸워 이기라고 가르친다. 물론 그걸 녹여서 형태를 잡아 굳히는 과정까지도 있다. 자기 일을 하고, 수행 능력을 기

---

[*] 인디아 옥센버그는 풀려나 치료를 받고 작가가 되었으며 약혼도 했다. 키스 라니에르는 120년 징역형을 선고받고 복역 중이다. 캐서린 옥센버그의 책은 여러 TV 쇼의 테마가 되었다. 당신의 성공을 묘사하는 글쓰기에 관해 이야기해 보라!

르고 지식을 쌓아야 기회를 잡고 다른 문을 열 수 있다. 하지만 궁극적으로 당신이 도움을 요청할 수 있고 영감을 받을 수 있는 분야에서 일하고 있다면 불가사의한 일이 일어난다.

♡

스티븐 프레스필드 어떤 책의 아이디어가 떠오를 때면 언제나 깜짝 놀라곤 한다. '내가 그런 주제에 관심이 있기는 했던가? 난데없이 무슨 소리야?' 하는 생각이 들기 때문이다. 그다음에 떠오르는 생각은 늘 이랬다. '음, 세상 누구도 이 문제엔 관심 없을 거야. 이건 내가 들어 본 것 중 가장 멍청한 아이디어야. 상업성이라고는 찾아볼 수 없으니 어디에 내놓지도 못할 거고 팔아먹을 수도 없겠군.' 영웅의 여정에서처럼 당신이 신의 부름을 받고 귀를 기울일 때, 나는 '신의 부름을 거절'하는 단계에 있다.

그러다 두어 달 뒤에 우연히 그 파일을 발견하고는 '이런, 아주 괜찮은 아이디어네' 하고 생각한다. 그때가 바로 계획을 세울 때다. 내게 이런 아이디어들은 전혀 의외의 곳에서 나온다. 그런 이유로 나는 뮤즈를 믿으며, 이해할 수 없는 어떤 힘에 의해 우리가 아티스트로서 이끌리고 있다고 믿는다.

그 순간 나를 사로잡아 믿을 수 없이 빠르게 완성된 책이 『배거 밴스의 전설』이다. 나는 그 책을 약 넉 달 만에, 완전히 본능적으로 써 내려갔다. 그렇게 되려고 30년 동안 노력하면서 소설을 써 왔지만 줄곧 실패했다. 그 책을 썼던 때의 일을 기억도 못 하지만, 결국 힌두교 경전 바가바드기타의 구조를 훔쳐 왔던 거였다. 이 책은 다양한 방식으로 어떻게든 나를 먹여 살리는 책 중 하나다. 어느 순간부터 나는 아이디어가 떠오르면 이렇게 생각하게 됐다. "와, 이건 소설로서 대단한 구조로 되어 있군. 이걸 훔쳐다가 다른 무대로 옮겨야겠어."

나는 '훔치기'에 진심인 사람이다. 당신이 『햄릿』이나 『모비 딕』 혹은 다른 작품에서 뼈대를 훔쳐 올 수 있다면 대단한 거다. 물론 누군가의 소유물을 빼앗겠다는 의미가 아니다. 플롯이 많은 것 같아도 한계가 있다. 『로미오와 줄리엣』이나 다른 고전 작품이 당신에게 와닿는다면 그것을 사용하는 것이 좋다. 본보기로 삼고, 그 위에 당신의 것을 얹으시라.*

❦

로버트 맥키 특정한 분위기의 글을 쓰고 싶다는 생각은 수많은 불꽃을 번뜩이게 해 주는 영감이다. 내게 처음 떠올랐던 아이디어가 잘 기억나지는 않는다. 다만 심리적으로 흥미로운 스릴러물을 쓰고 싶었다는 건 안다. 그리고 어떤 캐릭터가 마음속으로 들어왔다. 그 인

---

* 스티브는 중요한 것을 알아냈다. 셰익스피어의 『로미오와 줄리엣』은 그 이전의 다른 작가들, 특히 마수치오 살레르니타노, 마테오 반델로, 윌리엄 페인터, 프랑스 작가 피에르 보에스튀오의 시와 연극에서 '영감을 받아' 리메이크한 작품으로 1594년에서 1596년 사이에 쓰였다. 보에스튀오가 쓴 『The Tragicall Historye of Romeus and Juliet』는 1562년 아서 브룩이 영어로 번역했다. 이로 미루어 보면 셰익스피어가 형식을 훔친 것은 물론 본질적으로 똑같은 구성과 이야기를 당대의 현대판 마스터 2.0 버전으로 세공한 것이라고 주장할 수도 있겠다.

물을 한 걸음 한 걸음 착실하게 문제 속으로 밀어 넣고 괴롭히면서 끝까지 곤경에 빠뜨렸다. 하지만 그 영감은 아주 단순해서 '나는 영화 대본을 쓰고 싶다. 그리고 내가 제일 좋아하는 장르의 글을 쓰겠다'는 정도였다. 그다음 단계는 좀 논리적이다.

사람들은 글을 쓰겠다고 결심한다. 그리고 자리에 앉는다. 장르와 캐릭터 등을 고른다. 그리고 종이에 적어 내려가기 시작한다. 내가 신봉하는 글쓰기 이론이 있는데, 이야기는 이미 쓰여 있다는 것이다. 작가는 자신만의 방식에서 벗어나기만 하면 된다.

작가의 잠재의식 속에는 자신이 완성하고자 하는 무언가가 이미 자리 잡고 앉아 있는 듯하다. 신비체험 같은 건 아니다. 어떤 종류의 갈망, 뭐라 이름 지을 수 없는 욕구이다. 당신이 원하는 건 바로 욕망이다. 그때 시작하라.

♡

샘 베넷[*] 『독거 예술가, 세상 밖으로』의 아이디어를 얻은 직후, 나는 거의 손을 놓은 상태였다. 쓰고자 하는 이야기가 어떤 장르의 책이 될지 알 수 없었기 때문이다. 워크북? 고객 성공 사례? 선형 혹은 비선형? 글쓰기를 시작하기 전에 머릿속에 완전히 담아 두어야 할 것 같았다. 그러자 이런 생각이 들었다. '어떤 책이 될지 내가 결정하면

---

[*] 소설가, 연설가, 창의성·생산성 전문가, '조직적인 예술가 연대' 설립자, 『독거 예술가, 세상 밖으로』, 『Start Right Where You Are』의 저자.

왜 안 될까?'

그때부터 색인 카드를 들고 다니기 시작했다. 책에 넣으면 좋을 아이디어가 떠오를 때마다 카드에 적어 책상 위에 '천재'라는 제목의 라벨을 붙인 서류 봉투에 보관했다. 한 달 후 모은 카드를 식탁 위에 죄다 쏟아 놓고 주제별로 분류했다. 아니나 다를까, 대략의 구조가 드러나기 시작했다. 무엇을 쓰고 싶은지 생각이 떠오르지 않을 때마다, 그 봉투에 손을 집어넣어 카드를 뽑았다. 그리고 무조건 카드에 적힌 내용을 주제로 글을 쓰곤 했다. 글쓰기 과정이 아주 멋진 '마법의 운세'를 따르는 듯한 느낌이었다.

5

두려움이 크다고?: 마음 안팎의 훼방꾼 다스리기

"나에게 못되게 굴면,
난 그걸 노래로 만들 거야. 그럼 넌 좋아하지 않겠지."

테일러 스위프트

당신은 재능이 있다. 놀라울 정도로 강하다. 당신은 지난 열흘 동안 다른 사람들이 평생 극복한 것보다 더 많은 것을 극복했다. 무엇을 아는지 파악하고 있으며, 잘하는 것을 잘 해내고 있다. 당신은 임무를 수행 중이다! 그런데 막다른 골목에 서 있는 것 같은 이 두려움은 뭐지? 과거에도 당신을 헐뜯던 사람들이 머릿속에 똬리를 틀고 있나? '나는 풋내기야. 엉터리야. 준비가 덜 됐어.' 어쩌면 당신은 전에 책을 낸 경험이 있을지 모르지만, 앞으로 더 나아가지 못하는 걸 두려워하는 것일 수도….

이제는 자신의 거짓말, 한때 당신이 무능력하다고 선포한 무지한 사람들의 거짓말을 침묵시킬 때다. 모든 사람에게는 초보자인 시기가 있다. 프로들이 '가면 증후군'을 어떻게 극복하는지 살펴보고 부정적인 목소리를 잠재울 준비를 하라. 적절한 책을 읽고 배우면 마법과도 같이 자신감을 키워 줄 것이다. 내가 이미 겪고 하는 말이니 믿어 보기를. 부정적인 목소리가 너무 커서 내겐 도움이 절실했다!

"SAT 점수가 어떻게 되니, 린다?" '아악!'

책을 쓰겠다고 생각한 초창기, 신이 나거나 열정이 생기기보다는 '못된 여고생들의 유령'이 떠오르곤 했다. 바로 내 꿈에 반대하는 존재다.

장소: 로스알토 고등학교 교정

시기: 3학년

분위기: 개떡 같음

점심시간이 끝날 무렵, 친구들과 졸업생 인기투표를 하러 대강당에 들어갈 시간을 기다리며 어슬렁거리고 있었다. 부자 동네의 윤똑똑이 여고생 네 명이 거드럭거리며 앉아 있었다. 그들은 내 SAT 성적이 뛰어나지 않다는 것을 잘 알고 있었다. 분명 좀 전에 게시판에 붙여 놓은 학년별 석차를 봤을 것이다. 후세에 남을 그 기록에 내 이름은 끝에서 세 번째에 있었다.

'내 SAT 점수? 감히, 그딴 허튼소리를! 980점(SAT 만점은 1,600점이었으나 2017년부터 2,400점으로 바뀜-옮긴이) 받았다고 하면 안 돼! 이름만 제대로 써도 400점 정도는 받잖아?'

"1,253점 받았어." 대수롭지 않은 듯 대답하며 '내' 편인 사랑스러운 부적응자 무리에 합류하려고 어슬렁어슬렁 발걸음을 옮겼다. 뒤에서 웃는 소리가 들려 돌아보니 혼자만 잘났다고 떠들어 대는 여학생들이 머리를 가로젓고 있었다. 한 여자애가 벌떡 일어나더니 다른 쪽으로 달려갔다. 재미로 못된 장난을 즐기는 그 애들은 떼 지어 다니기 좋아하는 자고새들처럼 잔디밭에 무리 지어 있었다. 자고새 무리 모두가 나를 보더니 일제히 배꼽을 잡고 웃었다. '아흑, 이거 느낌이 좋지 않은데.'

어디서 실수했지? 조금 전의 순간을 슬로모션으로 재생하며 말과 표정을 하나하나 되살려 보았다. 그들의 질문에 태연한 척, 재빨리 대답했는데…, 아니었나?

지적인 천재로서의 내 진면목은 당연히 의심받을 것이다. 그런데도 나는 전혀 그런 생각을 하지 못했다. 곱슬머리와 비뚤어진 이를 감추려고 무의식적으로 노력하고 있다는 사실을 고작 열여섯 살짜리가 어떻게 알았겠는가? 그러니까 나는 대학에 들어갈 때까지 치아 교정을 받거나 자기 계발서를 읽지 않았다는 얘기다.

나는 늘 자존감이 높았다. 그럼에도 졸업생 인기투표에서 내가 '가장 왕성한 파티광'으로 뽑힐 확률은 매우 낮다는 사실을 알았다. 그래도 내가 투표 대상이 될 수도 있다는 점은 염두에 뒀어야 했다. 20분 후, 나는 우리 학년 '최고의 뻥쟁이'에 뽑혔다. 그제야 SAT 점수는 한 자릿수가 아닌, 10단위로 끝난다는 생각이 퍼뜩 떠올랐다. '내가 왜 1,253점이라고 말했을까? 1,260점이 아니고!'

그렇게 나는 우리 학교 '최고의 뻥쟁이'가 된 것이다. 그 사건에 크게 실망한 이유는 아빠의 믿음을 지켜 드리지 못했다는 죄책감 때문이었다. 20대 때부터 진실이 아닌 건 절대 입 밖에 내지 않겠다고 맹세했던 아버지였다.

체면을 세우기 위해 정직하겠다는 아빠와의 약속에 부도수표를 날린 것도 괴로웠는데, 거짓말이 들통나기까지 했다. 완벽한 '파파걸'로서, 아빠의 무조건적인 사랑을 당연한 것으로 받아들이고 싶지 않았다. 특히 내가 수학 시험 전날 새벽 2시까지 『당신의 별자리』를 읽느라 D 학점을 받은 것과 같은, 말도 안 되는 짓을 했을 때 그랬다. 내가 매일 아침 6시에 웃으면서 일어난 것이 아빠에게 희망을 줬을 것이다. 올 A를 받는 캐럴을 침대에서 끌어내리려면 네 개의 알람 시계를 동원해야 했기 때문이다. 아빠가 나를 꿋꿋하게 믿을 수 있다면,

그럼 제기랄, 나도 그럴 거야.

　부모님의 지원과 신비로운 힘의 도움은 나의 글쓰기 운명을 감싸주는 방패막이라고 느껴졌다. 그런데 내 안에 남아 있을지도 모르는 정신적인 훼방꾼을 누를 지적 자신감은 어떻게 강화한담? 아빠는 크게 성공한 사람들에게는 공통점이 하나 있다고 했다. 대단한 독서가였다는 것. 어쩌면 내가 알아야 할 모든 건 단지 읽지 않은 책의 어떤 페이지에 있었던 것일까? 벤투라 대로에 있는 북스타 서점에 근무하는 머리가 비상한 점원의 도움으로 '린다 대학' 독서 목록에 올릴 세 권을 골랐다.

　얄따란 책이지만 권위를 인정받은 글쓰기의 모범 가이드북인 윌리엄 스트렁크와 그의 제자였던 엘윈 브룩스 화이트의 『영어 글쓰기의 기본』은 내게 하이픈(-)과 대시(—)의 차이점을 알려 줬다. 아무 의미 없이 채워 넣는 말(그래서, 그냥, ~같이, 저, 정말, 매우, 참)로 문장을 늘어지게 만드는 초짜의 실수를 피할 방법도 선물했다. 글쓰기의 실질적인 방법을 밤낮으로 캐냈고 이 구절은 20번이나 읽어야 했다. "문장에는 불필요한 단어가 들어가서는 안 되고, 단락에는 불필요한 문장이 들어가서는 안 된다. 그림에 불필요한 선이 들어가서는 안 되고 기계에 불필요한 부품이 들어가서는 안 되는 것과 똑같은 이치이다." 이크! 내가 아직도 이런 문제와 씨름하고 있다는 걸 알면 당신은 놀랄까?

　널리 인정받는 글쓰기 매뉴얼 중 하나인 『The Chicago Manual

of Style』은 말줄임표에서 볼 수 있는 간결함의 중요성을 강조했다. 축약어와 인용문의 구두점 찍는 법에도 중점을 두었다. 아라비아 숫자를 쓸까, 아니면 숫자를 수사로 쓸까? 이 책을 보면 0부터 100 까지는 숫자로 표시한다. 101부터는 수사를 사용한다. 숫자가 섞여 있을 때, 예를 들어 한 문장에서 어떤 숫자는 101 이상이고 어떤 숫자는 100 이하라면 어떻게 쓸까? 그때는 모두 아라비아 숫자로 표기해야 한다.(파티에서 이런 이야기를 화제에 올려 보시라. 사람들이 좋아한다.)

앞서 언급한 줄리아 캐머런의 『아티스트 웨이』 내용에 따라 나는 프렌치 카페, 서점, 공원에서 열리는 정기 수요 예술가 데이트에 참여했다. 모임에서 주관하는 자신감 의식도 치렀다. 몇 시간 동안 일기장, 가장 좋아하는 파란색 볼펜, 그리고 앞으로 기록해 나갈 여행 일정표 등으로 무장한 나는 줄리아가 책에서 지시하는 대로 장난기를 발휘해서 기발한 아이디어를 펼쳤다. 나는 예술가가 돼 가고 있었다!

영감을 단 하나도 놓치지 않겠다는 일념으로 자동차, 욕실 수납장, 침대 옆, 파우치 등 '모든 곳에' 종이와 펜을 두었다. 세상은 나의 캔버스였고, 단어는 나의 신실한 벗이었다. 매시간 독학을 하면서 살아가는 동안에 작가로서의 자부심은 꽃을 피웠고, 마음속에서 들리던 그 옛날 못된 여고생들의 목소리는 점점 희미해졌다.

어쩌면 이것이 베스트셀러 작가들이 사용했던 방법 중 하나인지도 모른다. 그들은 두려움이나 고통, 혹은 부끄러움을 연료로 삼아 요령을 터득하고 승률을 높였다. 나는 책으로 눈을 돌려 샅샅이 읽음으로써 책 쓰는 법을 배운다는 아이디어가 좋았다. 하루하루 더 똑똑하고 용감해지는 걸 느꼈다. 의욕을 잃지 않고 계속 앞으로 나가다 보면 성공은 당연히 온다는 이치도 깨달았다.

　해마다 30만 권 이상의 책이 미국의 전통적인 출판사에서 나오고 있다. 그 외에도 백만 권의 책이 자비로 출판되고 있어서 적어도 그만큼은 정신적 괴로움이 덜하다고 믿는다. 고교 졸업 20주년 기념 동창회에서 벌어진 사건으로 돌아가 보자. 윤똑똑이 여고생 중 가장 못된 아이가 깜짝 놀란 통쾌한 장면으로.

　놀라운 반전이 일어났다. 3학년 학생회장이었던 존이 고교 동창생들에게 단체 메일을 발송했다. 고등학교 졸업 20주년 동창회에 '참가해야 할 18가지 이유'라는 제목이었다. 마지막 항목("당신이 거기 온다면 당신의 인기도 높아질 것이다.") 앞에 '나'에 대한 언급이 있었다! 존은 내가 '저명한 연설가이며 베스트셀러 『매혹적인 삶』의 저자'라고 소개하면서, 내 웹사이트 주소를 덧붙였다. 임종 직전의 아빠가 환호할 일이었다.

　제시와 나는 동창회가 열리는 호텔의 대연회장에 들어섰다. 사람들이 다가와 진로를 방해하는 바람에 자리에 앉기도 힘들었다. 춤도 출 수 없었다. 먹을 수도 없었다. 마치 결혼식장의 신부나 초대를 받고 방문한 고관대작이라도 되는 것 같았다. 어느 순간 동창들이 내게 다가와 악수하거나 포옹하기 위해 늘어선 줄이 세 겹이 되었다. 내가 지적인 담론을 나눌 수 있는 똑똑한 여고생으로 지금 세상에 살 수 있게 된 걸까? 위가 아래가 되고, 낮이 밤이 되었다! 윤똑똑이 여고생들까지 와서 나를 축하했다. 딱 한 명만 빼고.

"어, 린다." 내가 인사하러 다가가자 그녀가 말끝을 흐렸다. "그러니까 말이지, 네가 출판사의 책을 쓸 때, 원고를 끝마친 다음 출판사에서 네 글을 깨끗이 다듬을 사람을 고용하는 거니?" 그녀의 두 눈동자가 핀볼처럼 이리저리 쉴 새 없이 구르고 있었다. 분명 이런 속내일 것이다. '그런데 난 네가 책은 고사하고, 학기 말 리포트를 쓰기에도 너무 무식하다고 생각했지 뭐니!'

"음, 책마다 교열 단계를 거쳐. 내 책을 포함해서 모두. 하지만 나도 그런 일을 해 봤어. 출판사에서 다른 사람의 글을 다듬었지." 내 말에 윤똑똑이 여고생은 입을 벌린 채 이마를 찌푸렸다. 내가 자신의 말을 이해하지 못했다는 듯이 다시 물었다.

"아니, 내 말은…. 출판사 원고를 쓸 때, 네가 글쓰기를 끝내고 나면 너의 글을 다듬어 주는 사람들이 있을 거야, 그렇지?"

맙소사. 그렇게 오랜 시간이 지났는데도 내가 무식하다는 사실을 증명하려고 여전히 애쓰고 있었다! 그러다 문득 떠오른 생각. 내 역사를 새로 쓰고, 한계를 뛰어넘고, 다른 사람이 나를 믿으려 하지 않을 때 나 자신을 믿기 위해 그렇게 아등바등 일했던 건 그녀의 비판 때문이기도 했다. 그렇게 노골적으로 뻔하게 자기 속을 들여다볼 수 있게 해 준 그녀에게 감사하고 싶었다. '네가 나를 믿지 않는다는 거 인정해. 힘들게 얻은 나의 자존감을 보여 줄게, 친구야.' 낮은 SAT 점수에 대한 부끄러움이 싹 날아갔다. 마치 전체 삭제 키를 누른 것 같았다.

그런 동창회에 가 보시라. 어떻게 될지는 아무도 모른다.(그렇지만 이렇게 써 놓고 보니 미래에 어떤 동창회에 가게 될지 살짝 긴장되기는 한다!)

기억하자. 모든 베스트셀러 작가는 자신의 망설임을 극복했기 때문에 성공했다.

자신감이 높아진 것은 얄궂게도 나의 최저 임금 일자리에서 시작되었다. 유명한 종교 서점인 보디 트리 서점에서는 이름난 작가를 초빙해 파티나 사인회를 개최하는 게 일상이었다. 그들을 보면서 내가 위축되었을 것이라고 생각할 것이다. 하지만 멋대로 굴어도 된다는 생각으로 형편없이 행동하는 자기 계발 업계의 스타들을 보고는 현실과의 괴리가 너무 커서 내 눈을 믿을 수가 없었다. 돈방석에 앉아 있으면서도 쓰레기 같은 차 안에서 일을 처리하는 많은 구루들. 그리고 대중에게 낱낱이 밝혀진 불쾌한 이혼 절차를 늘 또다시 밟고 있는 수상쩍은 '관계 전문가'들. 참으로 우스꽝스러운 일이며 누구의 말을 믿어야 할지 판단하기도 어렵다.

나는 여전히 무엇을 쓰고자 하는지 알지 못했지만, 말과 행동이 일치하고, 꿈을 실현하고 있는 사람들에게서 점점 더 매력을 느끼고 있었다. 작가가 되려는 열망도 점점 더 크게 자랐다.

"수천 권을 서가에 배열하고, 여기서 많은 유명 작가를 만나면서 깨달은 게 있어요." 어느 날 보디 트리 서점의 공동 경영자 중 한 명인 스탠에게 말했다.

"뭘 깨달았다는 거죠?"

"내가 책을 쓸 만큼 똑똑하다고는 생각하지 않았어요. 그런데 서가에 꽂힌 3만 권의 책을 보니 나보다 더 똑똑하거나 재미있거나 그럴듯한 인물이 썼을 리가 만무한 거예요. 통계상으로 봐도 그건 도저히 불가능해요!"

스탠이 껄껄 웃으며 말했다. "당신 말이 100% 옳습니다."

많은 시간이 흐른 지금까지도, 그곳에서 일하면서 출간하려고 애썼던 내 책 『매혹적인 삶』의 저자 사인회가 보디 트리 서점 40년 역사상 '가장 큰 판매 행사 중 하나'로 남아 있다고 스탠은 말한다.

스스로 자격이 없다고 느낄 때가 오면 내 이야기를 잊지 마시라!

자신감 수준은 우리가 우선순위를 매기고 있는 것, 즉 꿈과 계획, 혹은 그 꿈과 계획을 다른 사람들이 어떻게 생각하는지에 따라 결론이 난다. 못된 여고생들이 나를 졸업생 인기투표 타임캡슐 안에 불멸의 존재로 만들었지만 나는 살아남았다. 고통스러웠냐고? 음, 자연분만으로 아들을 낳을 때보다 조금 더. 하지만 그 애들이 내가 성공하지 못할 거라며 제시한 근거는, 내가 성공해야 하는 이유에 온전히 집중하는 데 도움이 되었다. 그들의 치졸함이 나에게 더 큰 이유를 줬다. 당신은 최근에 왜 그런지 생각해 본 적이 있는가? 우선 무엇 때문에 글을 쓰려고 했는지 다시 생각해 보는 것도 좋다.

사실 당신은 사람들이 말하는 것에 대해 발언권이 없다. 하지만 누구에게, 무엇에 당신의 에너지를 쏟는지 확실히 할 말이 있다. 글 길이 막힌다는 느낌이 들 때마다 계속 공부에 몰두하라. 당신이 가장 좋아하는 작가들의 지혜가 당신의 두려움을 덜어 주는 데 일조할 것이다. 그리고 스스로에게 질문을 해 본다.

"나는 어디에 역점을 두고 있는가?"

"내 글에 대한 나의 믿음은 어떠한가?"

"나는 아직도 이 일을 사랑하는가?"

당신의 원고가 더 이상 당신을 즐겁게 하지 않는다면, 즐거웠던 마음으로 돌아가기 위해 무엇이 필요한지 생각해 보자.

생애 첫 번째 책을 쓰고 출판하는 단계마다 나의 이유, 즉 어머니 지구를 위한 전사가 되기를 한 번도 잊지 않았다. 어머니 지구에 대한 나의 약속과 믿음은 다른 사람들의 의심을 간단히 제거했다. 당신은 '말은 쉽지. 책을 6권이나 쓰겠다는 말도 안 되는 꿈을 꾸다니' 하고 생각할 수도 있다. 하지만 사실이다. 모여 있는 그 책들을 보면서 믿음의 세계가 펼쳐졌다. 하느님이 직접 출동 명령을 내리는데, 누가 대체 못된 여고 동창생 따위에 신경을 쓰겠는가? 당신에게도 행군 명령이 있다. 당신의 욕망이 어디에서 비롯되는지 한번 물어보기를.

그런데 어떻게 믿음을 가질 수 있을까? 당신의 마법에 주력하면 될까? 자신감을 넘치도록 충전하면 될까? 나는 구루 싱의 영적인 비타민 B12 주사로 믿음을 강화했다. 엉덩이가 무감각해질 때까지 명상하기, 환경 전사들을 연구하고 그들의 용기에 경탄하기, 기교에 관한 책을 너무 많이 읽어 거의 사팔눈이 되기(게다가 편집 코치도 고용해서 앞으로 더 많은 것에 대비하기), 그리고 원고를 계속해서 다시 쓰기. 안전하다고 느끼는 사람들에게게만 내 작업을 공유했다. 이런 일을 계속할수록 입지는 그만큼 더 단단해졌다.

일단 당신의 이유에 집중하고, 설레게 하는 일과 다시 연결되면 글은 더욱 거침없이 술술 나올 것이다. 과거든 현재든 괴롭히는 목소리는 체체파리만큼 작아질 것이다. 당신은 못된 사람들의 말을 들으려고도 않을 것이다. '아직 안 끝났니? 나 바쁘거든.'

끝내주는 집중력을 자신과 꿈에 맞추다 보면, 당신의 글을 믿고 의지할 수 있는 자신감과 준비 과정에 필요한 영감을 얻게 될 것이다.

두려움을 떨치는 작가들의 방법

디팩 초프라* 나를 헐뜯던 사람들과 논쟁을 벌이곤 했지만, 이제는 내려놓기로 했다. 당신을 괴롭히는 사람 혹은 비열한 비평가의 목소리가 머릿속에 맴돌 때, 비판에 휘둘리지 않으려면 아첨에도 초연해야 한다. 두 가지 모두 위험하기는 마찬가지이기 때문이다. 타인의 인정에 전적으로 매달리게 되면, 즉시 우쭐해지거나 아니면 두고두고 불쾌한 기분으로 지내야 한다. 그런 건 잘 사는 방법이 아니다.

♡

리자 기번스** 당신을 싫어하는 사람들을 정말로 사랑해야 한다. 그냥 그러면 된다. 세상에는 늘 당신을 이해하지 못하거나, 의도적으로 기분을 나쁘게 하려고 애쓰는 사람이 있게 마련이다. 도중에 실수하곤 했지만 나는 언제나 이렇게 제자리로 돌아왔다. '나는 나를 믿는다.' 부모님은 내게 두 분 모두 나를 믿고 있으니, 나 역시 스스로를 믿어도 된다고 말씀하셨다. 당신이 하는 일을 못 미덥게 여기는 사

---

* 『Quantum Healing』, 『성공을 부르는 일곱 가지 영적 법칙』, 『메타휴먼』을 비롯해 92권의 책을 출판한 작가이자 미국 내과 의사회 회원.

** 에미상을 수상한 토크쇼 진행자, 라디오 진행자. 미국 연예 매체 〈엔터테인먼트 투나잇〉과 〈엑스트라〉의 할리우드 통신원이며, 『뉴욕 타임스』 베스트셀러 『Take 2』, 『Fierce Optimism』의 저자.

람들, 비전을 보지 못하는 사람들을 분명 만난 적이 있을 것이다. 그들에게 당신을 받아들이는 법을 가르치지 않았을 것이다. 어쩌면 당신도 아직 자신의 참모습을 인지하지 못했으므로.

♡

넬 스코벨 창조적으로 앞으로 나아가는 유일한 방법은 자신을 평가받도록 허용하는 것이다. 그럴 때 사람들은 남성보다는 여성에게 더 딴죽을 거는 경향이 있는 것 같다. 일반적으로 사람들은 비판받는 걸 좋아하지 않는다. 그래서 다른 이가 조언을 구할 때 나는 언제나 이렇게 말한다. "피드백을 비판으로 받아들일 것이 아니라 건설적으로 보도록 노력하라. 피드백을 이용해 당신을 더 훌륭한 작가로 만들거나, 작업이 원하는 반응을 불러일으켰다고 더욱 확신할 수 있도록 하라."

원고의 빈 페이지를 두려워하는 것은 빈 개 밥그릇을 걱정하는 것과 같다. 그냥 매일 채워 주면 되는 것이다. 글쓰기로 수입이 생기기 시작한 1981년부터 나는 전업 작가이다. 하지만 솔직히 나의 첫 원고가 얼마나 형편없었는지를 생각하면 아직도 불가사의하기만 하다. 당신은 내가 지금쯤이라면 그 단계를 넘었을 것으로 생각하겠지만, 내가 깨달은 건 그것이 과정이라는 사실이다. 결과물이 나올 리 없는 소설과 희곡, 영화 각본과 파일럿 프로그램, 기사 작성을 위한 아이디어로 내가 얼마나 많은 공책을 가득 채웠는지 이루 말할 수 없다. 그렇지만 그 과정을 즐긴다면 당신은 게임에서 이기고 있는 거다.

♡

셰릴 스트레이드 글쓰기를 시작할 때 내가 치르는 몇 안 되는 의식 가운데 하나를 소개한다. 거의 매번 책장을 훑어보고 책을, 대개는 시집을 한 권 꺼내 조금 읽는다. 한 구절, 한 페이지, 두어 편의 시를 읽으며 생각 머리를 페이지 위에 언어를 만들어 내는 공간 속으로 옮기는 것이다. 그러면 정말 도움이 된다.

작가에게는 서로가 필요한 것 같다. 우리는 우리보다 먼저 도착한 작가들의 뒤에 서 있다. 독서가 없다면, 좋아하는 언어를 읽을 때 마음속에 형성되는 공간이 없다면, 글을 쓸 수 없다는 생각이 든다.

♡

팀 그랄* 모든 친구에게 스티븐 프레스필드의 『최고의 나를 꺼내라』를 사서 읽으라고 권했다. 글쓰기로 고심하는 사람들의 이야기를 언어로 표현한 책은 처음이었기 때문이다. 나는 지금까지 몇 년 동안 심리 치료를 받아 왔다. 그러면서 이름을 붙일 수 없는 문제는 해결할 수 없다는 사실을 배웠다. 문제를 꺼내 테이블 위에 올려놓아 이야기하고, 자신의 내면이 엉망이라는 느낌이 사라질 때까지는 아무것도 고칠 수 없다.

~~~~~~~~~

* 『Story Grid Universe』의 객원 편집자, 출판인. 『Your First 1000 Copies』, 『Book Launch Blueprint』, 『Running Down a Dream』과 성장 소설 『The Threshing』의 저자.

스티븐의 책은 내 문제에 '레지스탕스'라는 이름을 지어 주었다. 그가 들려주는 이야기는 이런 생각이 들게 했다. '이것이 바로 나를 파괴하고 있는 거로군!' 그리고 내게 해결해야 할 문제를 주고, 내가 덜 발광하고 덜 외롭다고 느끼게 했다. 왜냐하면 나는 정신적 괴롭힘 대마왕이기 때문이었다. 내 머릿속에서는 누구든 괴롭힐 수 있다.

♡

가브리엘 번스타인 글쓰기를 위해 특별히 읽었던 유일한 책은 『How to Write a Book Proposal』이었다. 일부러 글 쓰는 법에 관한 이야기는 피해 왔다. 내가 말하는 대로 표현하고 나의 목소리로 쓰는 것이 가장 중요하기 때문이었다. 그 외 다른 것에 애쓰기 시작하는 순간, 책을 훌륭하게 만드는 뭔가를 잃고 말았다. 그런 까닭에 내 책들은 문학적으로 걸작은 아니지만, 내가 진실이라고 알고 있는 것과 나를 통해 들려오는 것을 전달한 것이다.

♡

제인 구달 셰익스피어를 좋아한다. 곰베 국립공원에 가지고 간 두 권의 책 중 하나가 셰익스피어 작품이다. 책을 읽을 시간이 많지 않았다. 오전 5시 30분에 일어났고, 어두워지면 돌아와 밤 깊도록 랜턴 불빛에 의지해 현장 관측 기록을 상세히 기입했기 때문이다. 하지만 셰익스피어가 없는 곳에서 지내고 싶지는 않았으므로 그의 책을 들고 갔다.

♡

스티븐 프레스필드 같은 책을 반복해서 읽는다. 위대한 책들은 건강에 매우 유익한 채소 주스 같지만, 나쁜 책들은 정크 푸드 같다. 그래서 나는 똑같은 영화를 다시 보고 똑같은 책을 다시 읽는다. 왜 그러는지는 나도 모른다. 아마도 상상력의 결핍 때문인 것 같다. 내 작품 대다수가 고대 그리스인들에게 신세를 지고 있다. 그들 가운데 아무 이름이나 소환해 보시라. 투키디데스, 헤로도토스, 플라톤, 에우리피데스, 크세노폰. 하나같이 너무도 명석한 존재들이다. 그들의 세계에는 노이로제 혹은 현대의 독극물 따위는 전혀 들어 있지 않다.

책 세상에서 가장 큰 영향을 준 두 명의 작가는 어니스트 헤밍웨이와 헨리 밀러이다. 래리 W. 필립스가 쓴 『헤밍웨이의 글쓰기』라는 책이 있다. 헤밍웨이의 지혜를 모은 책인데, 『파리는 날마다 축제』를 비롯해 헤밍웨이의 다른 책들에서 가치 있다고 생각되는 것들을 추려 냈다.

헨리 밀러는 나의 영웅 중 한 명이다. 그는 오랫동안 고생하며 자신의 탁월함과 독창성을 지켜 냈다. 나는 타자기 앞에 자리를 잡고 밀러와 헤밍웨이의 책들을 그야말로 완전히 베끼곤 했다. 엄청 많은 양이었다. 그들이 무엇을 했는지, 어떻게 했는지, 그리고 진정한 목소리를 지닌 작가의 감각을 느껴 보기 위해서였다.

♡

질리안 로런* 매주 나 자신에게 회의를 느낀다. '나는 이 일을 할 수 없어. 계속해 나갈 수 없을 것 같아. 이건 내가 원하던 일이 아니야.' 나에게 자기 회의란 글쓰기 과정에서 늘 일어나는 소음의 일부였다. 이는 작가와 예술가에게는 아주 흔한 일이라고 생각한다. 나는 이렇게 말하는 법을 배웠다. "당신의 조언에 무척 감사드립니다. 오, 사랑스러운 내 두뇌여. 나는 그 조언일랑 지금 당장 떼치고 오늘 해야 할 일을 할 겁니다."

♡

앤 라모트** E. L. 닥터로가 아주 멋진 말을 했다. "글쓰기는 헤드라이트를 켜고 달리는 야간 운전과 같다. 앞에 펼쳐지는 길을 조금만 볼 수 있을 뿐이지만, 당신은 그런 식으로 전체 여정을 끝까지 달릴 수 있다." 나는 극도의 불안 장애가 있어서 그런 말은 절대 믿지 않는다. 내가 결국 어디에 이르게 될지, 그 길을 따라가면서 무엇을 보게 될지, 단계마다 어떻게 느낄지 알고 싶다. 그리고 도대체 나는 언제 집

~~~~~~~~

* 소설가이자 『뉴욕 타임스』 베스트셀러 회고록 『Everything You Ever Wanted』와 『Some Girls: My Life in a Harem』의 저자. 스트리밍 서비스로 구독할 수 있는 스타즈 TV 시리즈 〈연쇄살인범과의 대결〉은 질리안의 최근 책 『Behold the Monster』가 원작이다.

** 성공한 글쓰기 책 가운데 하나인 『쓰기의 감각』의 저자. 다른 베스트셀러로는 『가벼운 삶의 기쁨』, 『우리를 살아가게 하는 것들』, 『마음 가는 대로 산다는 것』이 있다. 이 외에 다른 몇 권의 소설도 썼다.

에 도착할 수 있을까. 내가 남모르게 영원히 있고 싶어 하는 유일한 장소는 어디인가.

삼십여 년 전에 술을 끊었다. 그리고 처음 사오 년 동안은 자살하겠다는 생각, 자살을 참자는 생각, 혹은 그런 마음을 고쳐먹어야겠다는 생각이 들지 않도록 훈련하는 기간이었다. 나는 심각하게 곱슬거리는 머리카락 때문에 극도의 괴롭힘을 당한 피해자였다. 나는 지나치게 똑똑했고 너무나도 예민했다. 할 수 있는 거라고는 최대한 꼭꼭 가리려고 무언가를 덮어쓰거나, 외양을 번드르르하게 꾸미는 게 전부였다. 그것이 내게 주어진 유일한 행동 지침이었다.

차츰 우리가 모두 한배에 탔다는 사실을 깨닫기 시작했다. 처음 금주를 하면 "자신의 내면을 다른 사람의 외모와 비교하지 마라."라는 말을 듣게 된다. 하지만 그 말을 믿게 되기까지는 몇 년이 걸렸다. 내가 비단결 같은, 길고 보드라운 머리카락이나 아름다운 치아를 가지고 있는 사람들을 보려고 했기 때문이다. '당신의 머리카락이 저렇게 보인다면 어떤 문제가 발생할 수 있을까?' 나는 다른 사람이 나의 가장 깊은 곳에 있는 진실한 내면의 자아를 볼 거라는 두려움에 사로잡혀 있었다.

언제나 자신만의 출판 코드를 가진 것 같은 사람들을 모방하려고 노력했다. 처음 작가가 되려고 했을 때 이사벨 아옌데, 앤 비티, 존 업다이크처럼 쓰고 싶었다. 그 코드를 갖고 있던 작가들이었기 때문이다. 네 번째 책 『All New People』은 술을 끊고 쓴 첫 번째 책이었다. 그즈음 나는 얼굴을 찡그리고, 입을 앙다물고, 외양을 화려하게 꾸며, 실제의 나보다 더 성숙하고 똑똑한 척할 필요가 없다는 것을 깨달았다. 나는 『쓰기의 감각』에서 내 목소리로 있는 그대로를, 진실을 말하고 싶었을 뿐이다.

♡

마리 폴레오* 나는 창작 기계다. 내 일부를 떼어 낸다 해도 나를 멈춰 세울 수 없다. 내 속도를 늦추려면 최근 받은 자궁절제 수술보다 훨씬 더 많은 것이 필요할 것이다. 말은 이렇게 했지만, 실상은 글에 자신이 없었다. 『믿음의 마법』을 집필하는 동안 도움이 된 것은 글을 쓰면서 자기 검열을 하지 않는 연습을 계속해 나간 거였다. 줄곧 자신에게 일깨워 주어야 했다. '마리, 괜찮아. 다 내려놔. 이 시점에서는 전혀 완벽할 필요가 없어. 비록 이 단락이 마지막 단락과 연결이 안 되거나, 작품을 마무리 짓지 못한다 해도 말이야.' 원고에 모든 것을 쓰도록 스스로 승인하면 할수록 더 좋아진다.

♡

사바 타히르 나는 '엠버'의 원고를 시리즈(『재의 불꽃』과 『A Torch Against the Night』)로 출간할 생각으로 내놓았다. 출판사를 위해 다른 책 세 권의 내용이 어떻게 진행될지 계획까지 세워 놓았다. 하

---

* 『뉴욕 타임스』 베스트셀러 『믿음의 마법』의 저자. 이 책은 오프라 윈프리 팟캐스트 〈오프라스 슈퍼소울〉에 출연한 자신의 콘셉트를 바탕으로 했다. 온라인 비즈니스 프로그램 비-스쿨, 마리 TV와 마리 폴레오 팟캐스트의 설립자.

지만 에이전트와 내가 요구하는 액수가 높았기 때문에 출판사에서는 한 권만 출간할 수 있다고 했다. 에이전트에게 이렇게 질문했던 기억이 난다. "당신 생각에 출판사에서 다른 책들도 살 것 같아요?" "내 생각은 중요하지 않아요. '당신'은 어떻게 생각해요? '당신'은 그렇다고 믿고 있나요?"

나 자신에게 물어야 했다. '나는 이 이야기를 믿는가? 내가 쓴 것을 믿는가? 6년 동안 내 영혼을 갈아서 만든 나의 책을 믿는가? 온갖 최악의 상황을 겪고 있는 책 속 인물들의 이야기를 믿는가? 그리고 젊은 독자들이 쉽게 접근할 수 있는 방식으로 이야기를 풀어 나갈 가치가 있다고 믿는가?' 깊이 생각해 봐야 했다. '잠깐. 믿지 않았다면 내가 6년을 허비했을 리가 없잖아. 나는 확신이 있어.' 그걸로 결론이 났다.

♡

로지 월시[*] 글쓰기는 매우 힘든 일이다. 사람들과 말을 섞지 않고 혼자 들어앉아서 많은 시간을 보내는 작업이다. 결정적으로 다른 이들에게서 피드백을 자주 받지 못한다. 하다못해 생계를 위해 화장실 청소를 하는 사람일지라도 누군가에게 고맙단 소리를 듣거나 팁을 받는다. 반면에 작가라면 아무에게도 피드백을 받지 못한 채, 몇 년

~~~~~~~~~

[*] 영국 다큐멘터리 프로듀서이자 국제적인 베스트셀러 『나는 그녀를 모른다』, 『전화하지 않는 남자 사랑에 빠진 여자』를 포함한 6편의 소설을 썼다.

까지는 아니더라도 몇 달을 보낼 수 있다. 난 그것이 사람을 아주 미치게 한다고 생각한다.

나는 자동차와 같다. 정비를 받아야 한다. 내게는 이야기를 나눠 보면 정말 도움이 되는 코치가 있다. 바로 며칠 전 우리는 새롭게 접근해 특정 시간대를 찾아냈다. 엄마로서의 경험이 없었던 내가 앉아서 글을 쓸 시간을 찾으려고 아등바등하고 있었기 때문이다. 그뿐만 아니라 우리는 자신감, 그리고 자기 자신에 대한 신뢰와 관련된 긍정의 말을 생각해 냈다. 이는 대부분의 작가가 해결해야 할 과제다.

마음속 깊은 곳에서 우리는 자신을 믿지 않는다. 예를 들면 글을 약간 들어낼 때, 나는 보통 들어낸 문장을 별도의 문서 파일에 붙여 넣는다. 어찌 보면 내가 다른 멋진 구절이나 은유를 생각해 내리라고 믿지 않는 것 같다. 하지만 다시는 그 문서에 들어가지 않으려고 한다. 그렇게 '믿음'이라는 말을 긍정적인 방향으로 사용하기 위해 노력하고 있다. 대개 나는 할 수 없다고 믿는 쪽이 기본으로 설정되어 있기 때문이다.

6

일정과 숨바꼭질하기: 글을 쓸 시간을 찾아서

> "이 세상이 지금까지 낳은 가장 큰 도둑은 미루는 버릇이고,
> 그것은 아직도 활개를 치고 다닌다."
>
> *헨리 휠러 쇼*[*]

---

[*] 19세기 미국의 유명한 유머 작가, 대중 연설가. 마크 트웨인과 친구 사이였으며, 두 사람은 자주 비교되곤 한다. 필명은 조시 빌링스─옮긴이

글을 쓰기에 너무 바쁘다면? 아니면 정신없는 와중에 집중을 해야 한다면? 당신은 원대한 뜻을 가득 품고 해뜨기 전에 일어난다. 하지만 오후 6시가 되면 고개를 젓는다. '또 못 했어. 아무런 성과도 없이 온통 산만한 하루를 보냈군! 난 언제 이 악순환의 고리를 끊을 수 있을까? 내 책이 관심을 끌 수 있을까?'

시간은 정말 의리가 없다. 아무도 살아서 빠져나오지 못한다. 알고 있는 작가들, 그리고 우리가 앞으로 알게 될 작가들은 모두 날마다 전투를 치른다. 가급적이면 삶을 파탄 내지 않고 이야기를 마무리하기 위해 블랙홀 같은 시간을 조정하는 전투. 다른 작가들보다 그런 일을 더 잘 처리하는 몇몇 작가들도 있다. 내가 아는 건강한 작가들은 마감이 가까워지면 1주일 내내, 하루 종일 분발할 수 있지만, 대부분은 그러지 않는 쪽을 택한다. 그들은 어떤 장소 어떤 상황에서도 빠르게 글을 쓰는 법을 터득했고, 가족들과 함께하는 저녁식사 시간도 거의 놓치지 않는다. 그들은 적어도 오랫동안 건강이나 행복을 희생하지 않고 '삶의 균형'을 어느 정도 이루었다.

그다음으로는 시간 빚쟁이들이 있다. 이를 악물고 머리를 쥐어뜯으며 모래 폭풍 속에서처럼 눈을 이글거리는 작가들로, 일정, 에너지, 관계의 한계를 끝까지 밀고 나간다. 이들 두 진영의 가운데쯤에 있는 나와 같은 부류의 작가들도 있다.

잠이 깬 건 분명 내 코와 거의 붙어 있는 우리 아이의 코 때문이었다.

"잘 잤니, 꼬마 친구." 내가 크게 움직이지만 않는다면 옅은 금발의 두 살배기 아들 토시가 다시 잠들 것이라 기대하면서 속삭였다. 그런 행운이 올 리 없지. 새벽 햇살이 한 줄기 들자마자 노트북을 닫고는 그대로 잠자리에 들었던 모양이다. 실눈을 뜨고 살펴보니 토시는 이미 득의양양한 표정으로 새로운 베이비 갭 셔츠와 스톤 워싱 청바지를 차려입고 있었다. 방금 도착한 택배 상자에 있던 옷이었다. 여동생 캐럴의 대학 여학생 클럽 회원 중 한 명이 보낸 선물이었다. 샌프란시스코에 있는 의류 회사 '갭'에서 기업 행사를 위한 강연을 한 덕분에 그녀는 저렴한 가격으로, 재정적으로나 유행 면에서 어려움을 겪는 사람들을 도울 수 있었다.

'세상에, 귀엽기도 해라,' 나는 아이의 가는 고수머리를 손가락으로 빗질하며 생각했다.

"엄마, 빨리! 공원!" 토시가 침대에서 뛰어내리며 명령했다. "엄마, 나 그리고 아빠!" 바로 그때 제시가 친정 식구가 선물해 준 핫핑크 미니 야구 방망이를 들고 나타났다. 아들은 홈런이라도 치듯 방망이를 열심히 휘둘러서 가끔은 울타리를 넘기기도 하는 귀염둥이였다. 이웃들은 우리 아들을 '밤-밤'(영화 〈고인돌 가족 플린스톤〉에 나오는 힘센 아기 캐릭터 이름-옮긴이)이라고 불렀다.

나는 토시를 잡아 베개 위로 넘어뜨렸다. "강타자 두 남성분은 나가서 재밌게 놀고 돌아와. 그리고 모두 이야기해 줘. 엄마는 공부해야 되거든." 둘을 한꺼번에 끌어안고 작별의 키스를 해 준 다음 내보냈다. 그러면서 너무 신나는 티를 내지 않으려고 신경 썼다. 일단 그들이 내 시야를 벗어나자, 나는 컴퓨터로 직행했다. 이거 실화임? 완벽하게 고요한 90분이 모두 내 시간이라니!

"같이 운동하러 가자!" 다음 날 아침 아디다스 가방을 든 제시가 농구화 끈을 매려고 몸을 구부리며 말했다. 토시는 아빠의 등을 타고 어깨까지 올라갔다.

내가 말했다. "근육맨들, 고마워. 그런데 엄마는 여기 남아서 세 번째 챕터랑 씨름해야 해." 제시가 얼굴을 찡그렸다. "괜찮아!" 나는 노래를 불렀다. "오늘 밤에 함께 팝콘 먹으면서 〈메리 포핀스〉 볼 거야!"

친구 켈리가 로스앤젤레스의 벤투라 대로에 있는 한 식당을 내가 좋아하는 걸 알고는 그곳에서 점심을 먹자며 늦은 시간에 전화했다. "그곳 이름이 뭐였더라? 네 얼굴 본 지 천 년은 된 것 같다!" 켈리가 징징거렸다.

"알아, 거긴 마멀레이드 카페야! 나도 너 보고 싶다! 하지만 다음에."

일상은 이렇게 돌아갔다. 살림의 여왕으로서 직무를 게을리하지 않고, 매일 세 끼 식사를 차려 냈다. 아침저녁으로 개들을 산책시켰고, 청소기와 세탁기를 돌렸으며, 화학비료를 쓰지 않고 호박과 바질을 키웠다. 그 바질로 페스토를 만들고, 아이가 뛰어다닐 만큼 클 때까지 모유 수유를 하며 키웠다. 뭔가는 포기해야 했다. 무슨 '일'인가는.

셀 수 없이 많은 요청을 걸렀다. 생일 축하, 디너파티, 더블데이트, 심지어는 가족 모임도. 하지만 『매혹적인 삶』 원고에서 가독성이라고는 찾아볼 수가 없었다. 그래서 책을 끝내려면 그리고 책을 쓰는 동안 일을 못 해 발생한 손실을 벌충하려면 맞춤법을 마스터해야 했다. 스토리 라인을 생각해 내야 하고, 인터뷰는 반드시 따내야 했으며, 녹음테이프는 녹취를 풀어 글로 옮겨 적어야 했다. 남편의 출연료 수입에 무한정 기대 살아갈 수 없다는 사실을 내가 분명하게 짚고 넘어갔었던가?

여기서 잠깐, 타이핑 속도에 관해서도 할 말이 좀 있다. 고등학교에서 배웠는데도 나는 완전 슬로러너였다. 두 시간짜리 인터뷰를 타이핑하는 데 몇 주가 걸렸다. 나의 편집증은 편집에 전혀 도움이 되지 않았다. 누군가 내 아이디어를 도용해서 출판 시장에 먼저 내놓을지도 모른다는 망상에 시달렸다. 단어 도둑이 우리 집 창문으로 기어들어 와 컴퓨터를 들고 달아나는 환각에 사로잡혔다. 화재, 도난, 소행성 충돌로 자료를 잃어버릴지 모른다는 생각에 집착했다. 언젠가는 우표 소인에 찍힌 날짜로 소유권을 증명해야 할 경우가 생길 것 같아 책 제목과 챕터의 아이디어를 담은 우편물을 우리 집 주소로 보내서 받아 두기도 했다.

컴퓨터가 고장 나서, 유난히도 어렵게 쓴 20페이지가 날아갔을 때, 나는 엄청나게 눈물을 흘렸다. 매일 오후면 중고 레이저프린터로 집필한 챕터를 모조리 인쇄했다. 안전하게 지키기 위해 소파 아래, 스테레오 뒤, 자동차 트렁크 속에 숨기려고. '집착이 너무 심했나?'

어떤 운 좋은 놈이 내 아이디어를 훔쳐 가기 전에, 작품을 완성하는 데 필요한 '시간 훔치기'가 다른 무엇보다도 중요했다. '훔치기'. 그건 내가 소중히 여기면서도 더 이상 함께할 짬을 낼 수 없었던 사람들, 취미 생활, 오락 등에서 시간을 떼어 내는 것과 비슷한 느낌이었다. 번번이 안 된다고 말할 때마다 죄책감이 들었지만, 내 책은 은밀한 정사를 벌이는 섹시한 이성처럼 유혹의 손길을 뻗쳤다. 가족들이 하루를 마치고 잠들어 다음 날 아침에 일어날 때까지는 글을 써도 별문제가 없는 것 같았다. 나를 위한 시간을 마련하고, 뒤이어 가족들과의 좋은 시간이 보장되면 아침부터 밤까지 미소 지을 수 있었다. 그렇지만 글을 쓰고 있는 내내 나를 평가하는 사람들에게서 내 정신을 온전하게 지켜야 했다.

"작가들은 이기적이야." 그해 여름, 참석했던 몇 안 되는 바비큐 파티 중 한 곳에서 친구 남편이 한 말이다. "그런 행동거지가 사람을 개차반으로 만든다니까."

글을 쓰면서 보낸 시간마다 내가 개차반이었던 건 아니겠지? 나는 시간이 얼마나 쏜살처럼 흘러가는지 잘 알고 있었기에 글쓰기에 집중할 수 있는 시간을 찾는 일에 매우 잘 적응했다. 그러면서도 의도치 않게 타인에 대한 배려심이 없거나 자기중심적인 사람으로 보일까 걱정스러웠다. 뮤즈는 말할 것도 없고, 가족들도 떠들썩하고 요구하는 게 많다. 그래도 사랑스러울 때가 대부분이다. 내 사람들을 사랑하면서도, 언제나 내가 작업하던 글로 돌아가고 싶어 한 건 이기적이었을까? 생각해 보면 아무도 속이지는 않은 것 같은데, 자리에서 일어날 핑계를 생각하며 문을 주시한 행동이 잘못된 것이었을까? 토시의 리틀 야구 리그 최종 연습을 지켜본 사람이라면 누구든, 스탠드에 앉아서 무릎에 올려놓은 원고 뭉치와 빨간 펜을 들여다보고 있는 나를 볼 수 있었다.

다른 일을 많이 하는 것보다, 소중히 여기는 사람들과 같이 있는 것보다는 차라리 더 자주 글을 써서 혼미한 정신에 어느 정도 체계를 잡아 더 빨리 평화를 찾을수록, 사랑하는 사람들과 더 많이 함께할 수 있을 것 같았다.

어느 날 오후 토시와 반스 & 노블 서점에 갔다. 그리고 거기에 그것이 있었다. 꿈에서 봤던 것과 똑같은 관계론 서적. 책 제목과 모든 것이 똑같았다! 밸런타인데이를 앞두고 하트 모양의 빨간색 판지로 장식한 화려한 중앙 매대 위에 그 책이 놓여 있었다. 물론 내가 인간관계에 대해 조언할 자격이 부족하다는 건 알고 있었다. 하지만 그래도…. 책 내용은 뭐야? '난 책 한 권도 다 못 읽었는데! 『매혹적인 삶』은 뭘 의미하는 거지? 다음 책을 내 주려는 출판사가 있을까?'

며칠을 공황 상태에 빠져 지냈다. 마약 중독자가 다음에 맞을 마약을 확보하려는 것처럼 시간을 쫓아다니며 훔치고 있었다. 그래도 하느님이 상황을 잘 통제하고 있고, 언젠가 우리 아이가 자라면 훨씬 수월해진다는 걸 알고 있었기에, 다른 사람들에게는 내가 세상의 모든 시간을 다 가진 것처럼 보였을 하루하루를 보냈다.

글쓰기 준비를 하는 데 어려움을 겪는 것과는 정반대의 상황도 경험했다. 앤 라모트는 이를 '두더지 게임'이라고 부르는데, 글쓰기가 아닌 다른 무언가에 주의를 기울이기 위해 앉아 있던 의자에서 일어나는 걸 말한다. 내게는 이런 현상이 총선 즈음해서 찾아온다. 그럴 때는 차라리 글을 쓰지 않고 뉴스를 보고 소울 푸드를 준비하면서 죄책감을 느끼는 게 훨씬 쉽다.

중요한 점은 시간은 아주 길지만, 데이러너 앱 그리고 아이캘린더 앱이 있음에도 불구하고 우리는 여전히 어떻게 시간을 보내야 할지를 고심하고 있다는 거다. 나는 테드 위민TEDWomen(세상을 바꾸기 위해 도전하는 창조적인 여성의 힘을 주제로 TED에서 주관하는 연례 테마 콘퍼런스-옮긴이)에서 '시간이라는 빚'을 주제로 강연하기도 했다. 우리 대부분이 시간 관리에 서툴러서, 자기 목표와 비전을 위한 시간은 적게 할애하는 반면 다른 일이나 사람에게는 시간을 과도하게 소비하고 있다는 이야기였다. 그러면서도 나는 여전히 시간을 관리하느라 애면글면하고 있다!

결혼하거나 아이를 갖거나 강아지를 키우기에 좋은 때는 결코 오지 않는다. 하지만 그런 일들을 해내면서 우리의 삶은 풍부해진다. 책을 쓰는 것도 이와 같다. 내가 보기에 여기서 기본을 이루는 핵심은 '집중'이다. 글쓰기 시간을 확보하는 데 '정도正道'는 없지만 아침이건 밤이건 가장 먼저 할 일이라는 것만은 확실하다.

모든 사람의 내부 시계가 똑같이 째깍거리는 건 아니다. 작가는 자신의 리듬을 찾아야 한다. 레이 브래드버리는 "누구든 작가가 되고 싶다면 하루에 적어도 1,000개의 단어를 써야 한다."라고 말했다. 반면에 앨리스 워터스에게 매일 쓰고 있는지 물어보면 가장 끔찍한 이야기를 들었다는 듯 "오, 세상에, 아니오."라고 말할 것 같다. 그건 머리를 쓰는 일, 개인적인 일, 그리고 나이의 일이며 세상사에 관한 일이기도 하다.

마감 시간 즈음해서 모든 것을 차단하고 고치를 짓고 안에 틀어박히는 작가 친구들이 있다. 반면에 나는 가장 친한 친구의 집 주방에서 아이들과 개들이 식탁 주위를 시끌벅적 뛰어다니고, 친구의 건장한 남편이 수프를 가져다주는 와중에 헤드폰으로 콜드플레이의 노래를 들으며 '초집중'해서 글을 썼다. 집중은 아주 쉽다. 진행 중인 이혼 회고록을 쓰기 위해 고통스러운 기억을 되살릴 때는 음악을 듣는다. 그렇다고 떠들썩하게 즐거운 일이 생기지는 않았지만. 그런 순간이면 나는 동이 트기 전의 어둑하고 조용한 시간에 작업실 침대 담요에 아늑하게 싸인 미라가 되는 것을 더 좋아한다. 그것은 치료보다는 못하지만 치유되는 느낌이다.

언제, 어떻게, 어디서 당신의 흐름이 최고에 도달하는지 파악하라. 그러고 나서 질문해 보자. "어떻게 하면 나는 이 신성한 시간을 가장 잘 지켜 낼 수 있을까?" 휴대폰과 알람은 끄고 타이머 사용을 고려하자. 헤드폰의 능력, 혹은 문에 붙이는 "방해하지 마시오" 표지판의 위력을 절대 과소평가하지 마시라. 선택지는 많다. 집중적인 글쓰기 시간을 위하여 특정 의식을 만들어야 하는가? 향을 피우면 순조롭게 성과를 올리는 데 도움이 될까? 글쓰기 시간을 검정색 펜으로 달력에 표시해 두는 것은 어떤가? 도우미를 고용하거나 이웃과 함께 육아 품앗이를 해야 할까? 한 시간 일찍 일어나거나 취침 시간을 더 늦추는 것이 효과가 있을까? 배우자에게 아이와 강아지들을 좀 더 자주 돌봐 달라고 부탁해 본 적은 있는가?

고객 중 한 명은 남편이 두 아기를 돌보는 토요일의 반나절 동안 도서관에 살짝 다녀오는 일이 얼마나 손쉬운지 알고는 놀랐다고 한다. "그 주말에 외출하면서 몇 년 동안 읽은 것보다 더 많은 책을 읽었어요." 그렇다고 그녀가 없는 동안 집이 폭탄을 맞은 것처럼 보이지 않는다는 말은 아니다. "토스터 위에는 양말들이 얹혀 있고, 신발 속에는 빵 부스러기들이 들어 있었어요! 어쩜 그럴 수 있죠?" 그녀는 나를 보고 울다 웃다 했다. 하지만 일단 남편이 자신처럼(혹은 다른 책임감 있는 어른들처럼) 부모 노릇을 할 것이라는 기대를 접자, 그녀는 말수도 늘고 행복 지수가 상승했다.

당신은 이기적이지 않다! 실력이 좋다! 화젯거리와 치유의 관점! 당신의 목소리는 당신과 당신의 뮤즈에게는 유일무이하다. 극복해 낼 수 있는 상황에 당신을 놓아두었다. 그리고 다른 사람들 또한 극복할 수 있도록 돕겠다는 꿈을 당신에게 주었다.

가장 일을 잘할 수 있는 업무 스타일을 찾아내자. 그다음에 삶을 그에 따라 적절히 설정하라. 하나의 일정이 두 달, 심지어는 이 년 동안 잘 굴러갈 수도 있고, 그러다 전혀 작동하지 않을 수도 있다. 자신만의 반나절, 주말, 한 달간의 글쓰기 휴가를 만들기 위한 단계별 지침이 필요하다면 내 블로그(BookMama.com/BWBookLinks)의 "글쓰기를 위한 멈춤의 기술Going Dark to Write" 포스트를 참조하시라.

오케이! 이렇게 하는 거야! 당신은 스스로 승인을 했고, 못된 사람들의 말문을 막았고, 동기를 찾았고, 그것을 잘 해냈다. 당신은 기량을 연마하는 데 전념하고 있으며, 모든 것을 책 출판 전략 일정으로 뒷받침하고 있다. 당신은 그야말로 이 일에 집중하는 데 진심이다. 일이 '정말' 재미있어지기 시작한다.

나만의 시간을 위한 작가들의 고군분투

수 몽크 키드 '자기만의 시간'을 가질 필요가 있다고 말하는 여성들의 이야기가 곳곳에서 들린다. 특히 젊은 여성들은 그 문제로 무척 고심하고 있다. 글쓰기를 열망하는 작가들의 관심 주제이기도 하다. 막 걸음마를 배우기 시작한 두 아이를 키우며 무척 힘들어했던 기억이 떠오른다.

어머니가 된다는 건, 본질적으로 갈등이 내재된 길을 걷는 일이라고 생각한다. 글을 쓰고 싶은데, 아이가 있다. 글을 쓰려면, 아이를 돌보며 써야 한다. 참으로 어려운 일이다. 다행히도 그 기간은 비교적 길지 않다. 당시에는 영원처럼 느껴지겠지만. 내 딸은 엄마가 자기를 학교로 데리러 올 시간을 까먹은 이야기를 화제에 올리기 좋아한다. 내가 작업실에서 글을 쓰고 있는 바람에 딸아이는 학교에 가장 마지막까지 남아 있어야 했다. 딸아이가 말한다. "엄마가 도무지 데리러 올 생각을 안 해서 나는 교무실 소파에 앉아 기다려야 했단 말이야!"

♡

마리아 슈라이버[*] 보통 이른 아침에 글을 쓰려고 노력한다. 명상을 마

---

[*] 언론인, 작가, 캘리포니아 주지사였던 영화배우 아널드 슈워제네거의 전 부인, 알츠하

치고 나면 뭔가를 생각하거나 누군가 내게 보낸 것을 보기도 하고, 뉴스를 시청하기도 한다. 이런 과정은 내 기억을 되살려 주거나 동기를 부여해 준다.

에세이 모음집인 『I've Been Thinking…』과 연설문 작성을 위해 나는 다른 글을 쓰고 정리하는 시간 계획을 짜서 스케줄에 구간을 표시했다. 그 계획을 나와의 약속으로 취급하지 않으면 끝마칠 수 없다는 사실을 깨달았기 때문이다. 아무도 방해할 수 없도록 스케줄에 "9:00 AM에서 12:00 PM까지"라고 적어 놓았다. 그러고는 아무도 나를 성가시게 하지 않기를 바랐다.

♡

조엘 스타인[*] 집에서 글을 쓰는 건 분명 커다란 실수다. 그건 그냥 멍청한 거다. 당신에게 아이가 있다면, 누군가가 있다면, 냉장고가 있다면, 집에서 글을 쓴다는 생각은 정말 좋지 않다. 나는 이런 것들을 참고 버텨 내지 못한다. 그래서 일에 전념할 수 있도록 재택근무 공간을 만들었지만, 아내가 그곳을 도자기 작업 공간으로 바꿔 버렸다. 샤워하고 옷을 갈아입고 어딘가로 나가는 것만으로도 큰 도움이

이며 옹호자이자 운동가. 『I've Been Thinking…』, 『Ten Things』, 『And One More Thing Before You Go』, 동화 『티미는 뭐가 잘못된 거야?』를 포함한 수많은 『뉴욕 타임스』 베스트셀러 작가.

[*] 『뉴욕 타임스』 베스트셀러 『믿을 수 없는, 행복』, 『Willa's Grove』의 저자이자 글쓰기 코치. 2009년 『뉴욕 타임스』의 'Modern Love' 칼럼 글에 댓글이 빗발쳐 『뉴욕 타임스』 웹사이트가 다운된 적이 있다.

된다는 게 내 생각이다.

♡

제니 로슨[*] 쓰고 싶은 내용을 적어 둔 작은 메모들을 보면 내 생각이 무엇인지 알게 된다. 그걸로 무엇을 만들어 똑떨어지게 어떤 챕터에 넣을 것인지 생각해 낼 때까지는 머릿속에서 맴돈다. 연대순이나 특정한 순서의 목록 형태로 넣어야 한다는 생각이 떠오를 때까지는 몇 달이 걸릴 수도 있다. '아! 어떻게 해야 할지 알겠어!' 그런 영감이 떠오르는 순간은 무척 드물지만 대부분 밖에서 걷고 있을 때다. 나는 집으로 뛰어 들어가 외친다. "아무도 말 걸지 마!" 무언가 방해하면 영감이 사라지니까. 완전히 사라진다. 운이 따른다면 15분 분량의 글은 쓸 수 있을 거다. 적어도 영감이 어떻게 보일지 짐작할 수 있다.

♡

질리안 로런 나는 엄마가 되어도 규칙적인 일정을 짤 수 있을 정도로 잘 단련되어 있다. 그리고 사무실이 있어서 밖에서 일한다. 가끔 요가 팬츠를 입고 집에서도 일하지만, 대개는 사무실로 나간다. 일상의 사소한 것에서 벗어나 거리를 두는 데 도움이 되기 때문이다.

~~~~~~~~~

[*] 『뉴욕 타임스』 베스트셀러 『살짝 미친 것 같아도 어때?』, 『Let's Pretend This Never Happened』, 『You Are Here』, 『Broken』의 작가. 나우히어 서점의 소유주. 제니의 블로그 'The Bloggess'는 '잔인하리만치 솔직한 팩트 폭력을 정신 질환을 앓았던 시기에 버무린 블랙 코미디'이며, 매달 200만 명이 방문한다.

그럴 때면 정확하게 시간에 맞춰 일한다. 일하기 전 이런 생각을 한다. '난 한 시간 반 동안 글을 쓰고 그다음에는 보상으로 아몬드를 좀 먹어야지.' 마음을 동하게 할 만한 작은 당근 하나를 스스로에게 주는 것이다. 일주일에 엿새는 글을 쓰려고 노력하고 있다. 한 단어를 적어 두고 그다음 또 다른 단어를 적고 또 다음에 또 다른 단어를 적어 넣으면 책 한 권을 쓰게 된다고 굳게 믿는다. 거기에는 마법이 개입할 여지가 많지 않다.

하루의 기틀이 튼튼하면, 실제로 일할 때 자유로워진다. 두서없으면서도 창의적이고, 천방지축이면서도 견고해진다. 소셜 미디어 또한 꺼 둔다. 당신이 없어도 인터넷은 잘 굴러간다.

♡

사바 타히르 일과 가족을 분리하기가 어렵다. 아이들과 집에 함께 있는 시간이 많은 것도 그 이유가 된다. 그래서 아이들이 주위에 있을 때도 글을 써야 한다. 다음 상황과 매우 흡사하다. "이런, 너 숙제는 다 끝낸 거지? 그러면 식탁 좀 차려 줄래?" 전투 장면을 쓰는 와중에 말이다.

아이들은 내가 옆에 없는 걸 언제든 알아챈다. 그러면 내게 와서 말한다. "엄마, 엄마, 엄마, 엄마!" 키보드를 두드리고 있는 것도 아니고, 그저 멍하니 허공을 바라보고만 있는데도 큰아들은 이렇게 말한다. "엄마 보니까 책에서 누구를 막 죽일 것 같은 얼굴이야!"

♡

리 차일드* 아침에 하는 일치고 가치 있는 건 별로 없다. 나는 느긋하게 일어나 커피를 마시며 빈둥댄다. 이메일을 두어 통 보내거나, 뉴스를 읽을지도 모른다. 그러고 나서 샤워하고 옷을 입는다. 이때가 보통 글을 쓰기 한 시간 전쯤이다. 당연히 늦게까지 일할 수도 있다. 필요하다면 12시간, 심지어는 24시간도 일했다. 하지만 일의 임계점, 즉 일종의 정신적 피로감을 느낀다.

글쓰기 생활과 애정 생활 사이에서 균형을 잡기는 어렵다. 허세를 부리려는 건 아니지만, 우리 작가들은 대중에게 예속된 사람이다. 독자들에게 매인 몸이다. 이는 배우자에게 난감한 상황일 것이다. 당신은 시간 투자와는 별개로, 해야 할 엄청 많은 일을 배우자에게 여러모로 분담시키고 있다. 그래서 그건 매우 다루기 어려운 문제다. 아내 제인과 45년을 함께할 수 있었던 건 행운이었다. 오 년마다 변화를 겪으며 아홉 번을 함께한 것 같은 느낌이다. 누구나 알다시피 인생은 변화한다. 내 생각에 사람들이 곤경에 빠지는 지점은 배우자의 삶이 변화하고, 당신은 그 변화와는 다른 방향으로 갈라져 갈 때다. 우리 부부는 매우 운이 좋아서, 우리가 하는 일에 몰두하며 5년을 하루같이, 아흐레를 보냈다.

우리는 강인한 사람이다. 그녀는 나만 바라보며 살지는 않는다.

♡

~~~~~~~~~

* 책 리처 시리즈의 창작자. 1억 권 이상 팔린 책 리처 시리즈는 「포브스」지에 따르면 '출판계의 가장 영향력 높은 브랜드'이다. 영화(톰 크루즈 주연)와 스트리밍 TV 프로그램으로도 각색되었다.

마리 폴레오 내가 모든 일을 다 해낼 수 있는 비결은 직접 그 일들을 하지 않는 것이다. 나는 'No'라고 말하는 데 선수다. 사람들을 실망시키기를 아주 좋아한다. 마음에 들지 않는 자리에서뿐만 아니라, 내가 많은 것을 해내기를 바랄지도 모르는 사람들에게 나는 우리팀의 실망시키기 여왕이다. 그들은 "이건 정말 대단한 기회입니다." 라고 설득하곤 한다. 아니거든요.

시간이 없다고 스스로에게 거짓말하지 않는 게 유용하면서도 중요하다고 생각한다. 살아오면서 내가 봐 왔던, 그리고 다른 사람들을 위해 관찰한 바로는 사람들은 자신에게 중요한 것에는 시간을 내고, 그렇지 않으면 핑계를 만든다.

지금 나는 수술 후 회복 중이다. 새벽 다섯 시에 일어나지도 않고, 글을 쓰지도 않으며, 일도 하지 않는다. 지금은 나를 치유하는 계절, 여기는 그 무대다. 무에서 유를 창조하는 일에는 어마어마한 에너지가 필요하다. 지금 당장은 내 몸에 집중해야 한다. 그래서 나는 사람들이 스스로를 벌하거나, 자신을 자동조종장치가 달린 생산성 높은 기계가 되도록 강요하는 건 동의하지 않는다. 하지만 우리 대다수는 경기에서 열심히 뛰다가도 어느 순간, "아, 난 정말 그러고 싶지만 시간이 없어."라고 생각해 버리는 것 같다. 열에 여덟아홉은 사실이 아니다.

♡

엘리자베스 길버트 나의 창작 주기는 계절을 탄다. 글쓰기의 계절이 있다. 농사 달력과 비슷하다. 어렸을 때 글을 쓰는 데 어려움을 겪곤 했던 이유 중 하나는 그 계절에 대한 이해가 부족했기 때문이다. 일을 시작하기 전까지는 모든 기간 내내 준비해야 한다는 사실 말이다. 어느 날 오후 자리에 앉아 있다 막연하게 "작가가 되고 싶어."라고 말했던 것 같다. 그리고 공책을 펼쳐 본다. "음, 아무것도 없는 빈 페이지네?" 지금의 나라면 절대 그러지 않을 거다.

나는 1940년대 뉴욕의 쇼걸들에 관한 소설(『시티 오브 걸스』)을 준비 중이다. 관련 자료를 1년 동안 조사해 왔고, 글쓰기 작업에 착수하기 전에 한두 해 더 조사하려고 한다. 할 수 있는 한 모든 자료를 수집할 생각이다. 1940년대에 출간한 책들 읽기, 전직 쇼걸들 인터뷰하기, 회고록 읽기, 당시 사람들이 어떻게 말하고 무슨 옷을 입었는지 알아내기 위해 1940년대의 옛날 영화 보기. 이른바 기초 공사인 셈이다.

색인 카드에 메모하는 것 말고는 글을 쓰지 않고 있다. 준비의 계절을 지내고 있기 때문에 글을 쓰지 않고 2년을 보낼 수 있다. 그러다 글을 써야 할 시간이 오면 또 다른 준비 단계가 있다. 일정을 정리하고, 공간을 비우고, 모든 것을 거절하면서 시간을 떼어 두는 것이다. 아무 계획도 없는 몇 달을 통째로 확보할 것이다. 그 계획을 짜는 데에도 몇 달이 걸린다.

수년간 쌓아 올린 준비 작업도 없이, 기분 내키는 대로 갑자기 어느 날 오후에 자리에 앉아 일을 시작하지는 않는다. 집을 구석구석 빈틈없이 청소한다. 깔끔한 공간에 앉아서 글 쓰는 게 좋아서다. 일단 작업에 들어가면 다음 한 해는 청소하지 않으리라는 것도 안다. 그러고 나면 집은 쾌적해지고, 메모 카드는 모두 상자에 들어 있다. 자료 조사가 완료되면 시간을 정한다. 그다음은 농부의 시간이다. 글쓰기를 시작하는 첫날 아침 5시 반에 일어날 때가 제일 좋은 순간이다. 필요한 일을 거의 마쳤고, 시작할 준비도 되어 있다. 그러므로 공책에는 아무것도 적지 않았지만, 내가 말하는 것들에 관해 무지한 사람은 아닌 거다.

그다음에는 진행 속도가 빨라진다. 사람들은 이렇게 말한다. "당신이 두어 달 만에 『모든 것의 이름으로』를 썼다니 믿을 수가 없어요." 나는 대답했다. "그 책은 내가 4년에 걸쳐서 쓴 책이랍니다." 글을 쓰는 데는 몇 달이 걸렸을 뿐이지만, 그건 몇 년 동안 준비 작업을 해왔기 때문이다. 그래서 막상 원고를 쓸 때는 빈칸을 채우고 번호 순서대로 숫자를 세는 것처럼, 어렵지 않게 작업할 수 있었다.

♡

테리 맥밀런[*] 나 자신을 위한 규칙이 있다. 작업실은 침실 바로 옆에 붙어 있었는데, 전남편은 작업실 문이 닫혀 있을 때는 나를 건드리면 안 된다는 걸 알고 있었다. 아들은 그때를 긴급 상황으로 생각했다. 작업실 문이 닫혀 있으면, 내가 있는 곳은 출입 금지 구역이 된다. 내가 문을 열어야만, 가족들이 나를 볼 수 있다. 다른 사람을 돌

---

[*] 『뉴욕 타임스』 베스트셀러 『Waiting to Exhale』, 『How Stella Got Her Groove Back』(각각 휘트니 휴스턴과 앤절라 배싯을 주인공으로 한 영화, 〈사랑을 기다리며〉와 〈레게 파티〉로 만들어져 히트했다)과 8권의 베스트셀러를 쓴 작가.

아보지 않는다면, 아직도 글을 쓰고 있다는 의미이다. 내가 무언가를 생각하고 있을 때는 아무도 말을 걸지 않는다. 심지어는 우리 강아지까지도 나를 성가시게 하면, 쓰다듬어 주지 않을 수도 있다는 걸 알고 있었다. 고양이 딜버트 역시 알고 있었다. 모두가 알고 있었다. "그녀가 우리 옆을 지나면서 우리를 알아보지 못하면 그녀를 건들지 마라."

나는 죄책감을 느끼지 않는 법을 터득했다. 전남편이나 아들에게 시간을 할애할 때는 모든 것을 아낌없이 쏟아붓는다. 그들은 내 일을 그냥 존중해 주면 된다. 나는 '소설가로서' 여기 앉아서 열심히 일하고 있다. 그리고 작품의 캐릭터들을 올곧게 살려 나가야 한다. 가끔 누군가가 끼어들면 문제가 복잡해진다. 나는 경로에서 이탈하고 싶지 않다.

그뿐만 아니라 사람들이 계속 바쁘기 위해서는 다른 할 일이 있어야한다. 나는 다른 이들에게 오락거리, 날것의 즐거움을 끊임없이 제공하는 존재가 되고 싶지 않다. 모든 사람, 모든 일에는 알맞은 시간과 장소가 있다. 어떤 사람들은 사무실로 출근하지만, 나는 잠옷 차림에 슬리퍼를 신고 얼굴에 마스크 팩을 붙인 채로 일할 수 있다는 점이 좋다. 나를 평가하는 사람은 아무도 없다. 낮잠을 자고 싶을 때는 낮잠을 잔다. 지금도 이 일이 끝나는 대로 바로 낮잠을 자려고 한다.

♡

로버트 맥키 디지털 현상의 하나로 밝혀진 인간의 본성은 사물에 대한 관심이 이것에서 저것으로 갑작스레 변화한다는 점이다. 인터넷은 우리에게 원시 사회 인류의 모습을 재현할 기회를 제공했다. 그래서 우리는 들판과 숲을 걸어가면서 이것에 주목하고 저것에 주목하고, 주목하고 주목한다. 원시인들은 어디에 먹을 것이 있는지, 어디가 위험한지 전혀 몰랐기 때문에 극도로 경계하며 살았다. 이것에서 저것, 저것에서 이것으로 수시로 주의를 전환하며, 어느 한 가지에 매혹되지 않도록 훈련을 받은 셈이다. 넋을 잃고 서 있다가는 무시무시한 것이 뒤에서 덮칠 수 있기 때문이다.

그러므로 스스로 주의를 산만하게 만드는 것이 인간이다. 그건 우리 유전자에 내재돼 있다. 작가는 훈련이 되어 있어야 한다. 작가라면 스티븐 프레스필드처럼 돼야 하지 않겠는가? 스티브에게 전화를 걸면 이런 메시지를 받을 것이다. "미안합니다. 글을 쓰고 있습니다. 번거롭게 메시지를 남기지 마세요. 앞으로 두 달 동안은 전화를 받지 않을 테니까요. 하지만 두 달 후에는 전화를 주십시오. 그때까지는 일이 끝났으면 좋겠습니다."

♡

스티븐 프레스필드 나는 삶을 단순화하기 위해 매우 노력해 왔다. SNS에 관해서는 더더욱 그랬다. 체육관에서 운동을 마치고 다른 사람들과 아침 식사를 하러 간다면, 나만 빼고 모두가 스마트폰을 꺼내 들 것이다. 나는 그러지 않는다.

나이가 들수록 나는 짧은 시간에 더 많은 일을 할 수 있다. 어림잡아 예전보다 지금 두 배는 더 많은 일을 하고 있다. 최근의 두 시간은 예전의 네 시간과 맞먹을 것이다. 그 이상의 시간은 정말 필요하지 않다. 사실 두 시간 넘게 일을 하면 완전 녹초가 된다. 이메일에 답장을 하고 책을 선물하려고 주문하는 등의 내가 '해야 할' 것들이 있고, 그다음에 '일'이 있다. 나는 앞엣것을 '허튼짓'으로 분류한다. 하지만 대부분의 사람들, 예를 들어 운동선수와 같은 이들에게는 어쩔 수 없는 현실이기도 하다. 그들은 스트레칭을 하거나 몸을 풀려고 체육관에 가지만, 그들이 경기해야 하는 현장에 도착하면 운동을 하는 시간은 기껏 두 시간밖에 걸리지 않는다.

일이 끝나면 작업실은 닫아 두는 게 옳다고 굳게 믿는다. 나는 머리 회전을 완전히 멈춘다. 다음에 작업해야 할 일도 전혀 걱정하지 않는다. 지구에 사는 대가로 내야 할 임대료는 지불했다고 간주하고, 하루의 나머지 시간을 즐기며 보낸다.

셰릴 스트레이드 우리는 어른이 되기까지, 왜 그런지는 몰라도 삶에서 쉬운 일을 하기보다는 어려운 일을 억지로라도 할 수 있어야 한다는 말을 들으며 자란다. 하지만 그건 어려운 문제다. 우리가 그 문제에 대응해 온 방식은 각양각색이다. 나에게는 그날그날이 모두 다르다. 어떤 날에는 이렇게 말하는 데 성공했다. "그 무엇도 '내 글쓰기를' 방해하게 두지 않을 거야. 난 이 일을 마치고야 말겠어." 그리고 다른 날에는 온종일을 흘려보내고 부끄러운 마음과 함께 잠자리에 들어야 했다. 의미 있는 일을 해야 했을 대부분의 시간을 전혀 그렇지 않게 보냈기 때문이다. 그렇게 나 자신을 실망시킨 것에 대해 용서하면서, 또한 스스로의 개인 신병 훈련소장이 되어 "오늘 너는 TV를 켜지 마."라고 말하면서 균형 잡는 법을 배워 가는 것은 나에게 매우 커다란 진전이다.

유감스럽게도 마감보다 더 효과적인 건 없다. 마감은 여러 번 나를 구원해 준 은총의 손길이었다. 누군가 뭔가를 얻으려는 기대로 나를 채근하기 시작하려고 할 때가 보통은 내가 일에 착수할 가장 안성맞춤인 때이다.

세스 고딘 사람들은 이런 '대답'을 좋아하지 않는다. 너무 간단하기 때문이다. 내 대답은 이렇다. 나는 어떤 모임에도 참여하지 않으며, TV도 안 본다. 그래서 대부분의 사람보다 하루 일고여덟 시간을 더 비축할 수 있다. 그 시간에 몇 가지 일을 한다.

하나: 이야기하듯 글을 쓴다. 이야기하듯 글을 쓰면 작가의 슬럼프에 대처할 필요가 전혀 없다. 이야기하는 사람에게는 결코 슬럼프가 찾아오지 않기 때문이다.

둘: 트위터를 하지 않는다. 페이스북도 하지 않는다. 나는 소셜 미디어의 소용돌이에 휘말려 들어갈 생각이 없다. 소셜 미디어를 해 봤자 다른 누군가가 이익을 얻을 뿐이다. 그 대신 내가 해내고 싶은 것(가르치기, 책, 블로그)을 결정하고, 그것을 할 수 있는 채널을 골랐다.

힘들어도 그 길을 고수했다. 자잘한 일을 많이 시도해 봤자, 몇 가지 큰일을 고수하는 것에 비해 큰 성과를 거두지 못한다.

♡

메그 월리처 남편 리처드 파넥 역시 작가이다. 일에 따라 다르기는 하지만 우리 부부는 2인조 팀으로, 아파트 청결에 서로 도움을 준다. 우리 중 한 사람이 어떤 일을 끝마치기까지는, 다른 한 사람은 상대방이 집안일을 소홀히 하는 걸 감수해야 한다는 것을 안다.

가끔 우리가 같은 법률 회사에 근무하는 직원 같다는 생각을 한다. "안녕, 짐. 안녕, 수." 현실의 우리는 아무 말 없이 서로를 지나친다. "안녕, 짐. 안녕, 수."라는 말도 하지 않는다. 낮 시간에는 서로를 못 본 척하는 것 같다. 우리는 저녁 시간에 함께하는 걸 좋아한다. 서로에게 작품을 보여 주기 위해서 그러는 건 아니다. 나는 보통 편집자에게 작품을 먼저 보여 준다. 작가끼리 결혼한다는 건 너무도 빡세고 폐쇄적이며, 낮에 하는 일이라고는 한시도 쉬지 않고 작품만 붙들고 있기 때문이다. 밤에 우리 부부는 보통 영국 TV 방송을 보는 걸 즐기며, 작품 생각을 하지 않는다. 비록 각자의 글쓰기 문제들을 이야기하고, 서로에게 해 줄 수 있는 조언이 많은 건 사실이지만.

나의 삶은 글을 쓰도록 세팅이 되어 있다. 사람들이 시간이 없다고 말하면 나는 묻는다. "당신이 쓰고 싶은 책은 무엇이며, 당신을 망설이게 하는 것은 무엇인가?" 친구 한 명은 다음과 같은 맹세를 했고, 첫 번째 책을 출간했다. "하루에 한 페이지씩 글을 써서 1년 후 책

한 권을 내겠다." 해낸 것이다!

♡

대니엘 라포트[*] 전화 한 통으로도 온 하루가 망가질 수 있다. 공간이 필요하다. 월요일은 내가 자유롭게 글을 쓰는 날이다. 그날의 일정 표를 쳐다보며 이렇게 말한다. "오! 아무 일정도 없네. 마스카라를 칠할 필요도 없겠어." 마스카라와 엮일 일이 없는 날이라면 일주일 내내 최상의 글이 나오게 될 거라는 걸 알고 있다.

집에서 보낼 시간이 필요하다. 『White Hot Truth』를 쓰던 마지막 석 달은 외출 기록이 제로였다. 잠수를 타느라 생일 파티들을 놓쳤고, 만나지 못한 친구들에게 사과했다. 요가 팬츠는 자주 입었지만, 요가 수업은 거의 가지 않았다.

♡

애비 웜백 아이들을 키울 때는 하루가 끝나고 아이들이 잠자리에 들어도, '스포츠계에서 무슨 일이 있을까?' 하고 궁금해할 여력이 없다. 이제는 스포츠 생중계를 거의 보지 않는다. 아이들의 생활 리듬과 스케줄이 그런 생각을 할 수 없게 만든다.

다음 주에 북 투어 일정이 하나 있고, 3주 동안 여행을 떠날 참이다.

---

[*] 오프라 윈프리의 '슈퍼소울 100'으로 선정되었으며, 〈뷰티풀 라이터스 팟캐스트〉의 공동 설립자, 『The Desire Map』, 『White Hot Truth』, 『The Fire Starter Sessions』의 저자. 대니엘은 나의 책 『크고 아름다운 책 기획』의 공동 저자이기도 하다.

장기간에 많은 에너지를 집중해야 하는 일을 마친 뒤, 글레넌과 나는 일 년에 몇 번 여행을 가기로 했다. 그렇게 해서 우리는 활기를 되찾고, 관계를 회복하고, 스파를 가고, 무수하게 마사지를 받을 수 있게 되었다. 이런 일들은 각자에게는 물론 결혼 생활에도 중요하다. 이 세상에서 우리는 서로를 발견하고 자신을 상대방에게 아낌없이 주고 있다. 열기가 식거나, 과도하게 많이 주기 전까지만 그렇게 많이 줄 수 있을 뿐이다. 우리는 결코 완벽하지 않다. 아직도 우리가 얼마나 많이 주는지, 그리고 얼마나 많이 재충전해야 하는지 사이에서 균형을 찾으려 노력하고 있다.

우리는 쉬지 않고 일을 하고 있다. 글레넌은 항상 글을 쓰고 있다. 그래서 우리는 휴대폰과 소셜 미디어에 접속하지 않을 수 있는 곳으로 휴가를 떠나, 원기를 회복하고 연료를 다시 채우는 시간이자 생명력을 충전하는 시간을 보낼 것이다. 우리는 또한 관심을 앗아 가는 이 휴대폰이라는 기계에 좌우되지 않는다는 사실을 확인하고 싶다. 나는 휴대폰에 대고 'Yes'라고 말하며, 내 옆의 살아 있는 생명체인 글레넌에게는 'No'라고 말한다. 생각해 보면, 인생의 지난 20년 동안 사람들을 만나 실제로 소통하고 교류하는 데 보낸 시간보다 휴대폰을 붙들고 보낸 시간이 더 많았던 것 같다.

♡

팀 그랄 나는 일정이 거의 비슷해서 가장 쉽게 살인의 대상이 될 수 있는 사람이라고 농담을 한다. 매주 같은 시간에 같은 일을 한다. 그래서 일정을 생각할 필요가 없다.

늘 동일한 장소에 열쇠를 수납한다. 그리고 딱 두 벌의 청바지에 같은 색의 티셔츠 열두 장을 가지고 돌려 입는다. 바보처럼 보이지만 않는 옷이라면, 옷차림에 신경 쓰지 않는다. 정한 기간에 작품을 끝낼 수만 있다면, 일정에 상관하지 않는다. 식생활이나 운동도 마찬가지다.

신경을 쓰지 않는 건 또 있다. 집 청소하기. 그런데 깨끗한 집에는 관심이 있다. 누군가를 고용하는 걸로 문제를 해결해서 걱정할 필요가 없기는 하지만. 고용된 사람들은 우리 집 열쇠를 가지고 있어서 2주마다 와서 청소를 한다. 지불할 여력이 있으면 당신도 그렇게 하기를 추천한다. 당신이 다다르고 싶은 곳에 도달하는 데 하나같이 도움이 되지 않는다 해도, 꼭 해야 하는 일이 있다면 그 일을 체계화하라. 중요한 일을 할 시간을 확보하기 위해 다른 일을 줄이거나 중단하라.

♡

그레첸 루빈 아침 여섯 시에 일어난다. 그런데 나 같은 아침형 인간에게는 특히 아침이 가장 창조적이고 활동적인 시간이라는 통념과는 반대로 간다. 이메일과 소셜 미디어를 샅샅이 보기 전까지는 무슨 일을 시작할 만큼 마음을 가다듬을 수 없다. 가족들이 일어나기 전에 이메일에 답하고 빈번하게 들어가 보는 소셜 미디어를 훑어보며 한 시간을 보낸다.

그다음에는 가족들을 깨우고 아침을 준비하고 딸을 학교까지 걸어서 데려다준 다음 체육관에 간다. 원고를 작업하고 있다면 글을 쓸 수 있는 3시간을 어떻게 확보할 것인지 궁리한다. 집에 있는 작업실에는 컴퓨터 모니터를 비롯한 3개의 전자 기기가 모두 인터넷에 연결되어 있어서, 책을 쓸 때는 종종 동네의 작은 도서관으로 간다. 우리 아파트에서 딱 한 블록 떨어져 있는데, 거기서 일하며 인터넷에는 절대 접속하지 않는다.

마감 일정을 잡는 데는 마라톤 선수와 단거리 선수의 방식이 있다. 많은 사람들이 자신의 본성을 부정한다. 나는 마라톤 선수 쪽이다. 스타트를 잘 끊어 초반부터 충분한 시간을 많이 확보하는 걸 좋아하는 사람인 것이다. 나는 꾸준히 일한다. 그리고 자주 일한다. 마라톤 선수는 마감 시간에 쫓기는 것을 싫어하고, 마지막에 여유가 있는 게 좋다. 그래야 창의성에 불이 붙는다. 우리 같은 사람이 시간을 두고 거듭 반추하면서 아이디어를 얻는 방식이다.

이와 달리, 단거리 선수에 속하는 유형은 마감 시간에 임박해 일하기를 선호하는 사람들이다. 그들은 마감 시간을 앞두고 분출되는 아드레날린을 좋아하고, 그때 아이디어가 나오며 생산성이 가장 높아진다고 느낀다. (이건 해야 할 일을 하기 싫어서 미루는 버릇과는 다른 문제이다.) 이런 사람들은 너무 일찍부터 일을 시작하면 기운이 다 빠지거나 흥미를 잃거나 비효율적이라고 느낄 수 있다. 그들은 '와, 2주 내에 마감해야 되는 게 아니군!' 하고 생각하고는 좀 빈둥거리는 것처럼 보이지만, 사실은 마감 직전에 바짝, 진지하게 그 일을 시작한다.

스스로가 어떤 사람인지 파악하는 것이 중요하다. 그러고 나면 당신에게 어떤 유형의 문제가 일어날지 예측할 수 있다. 만약 미루는 버릇이 있는 사람이라면 미뤄서 할 수 있는 일을 해야 한다. 그러면 상황은 180도 달라진다.

♡

딘 쿤츠 이번에 새로 집필에 들어간 시리즈에 등장하는 제인 호크라는 인물은 정말이지 너무도 생생하게 다가오는 캐릭터였다. 그래서 아침이면 책상에 앉고 싶어 근질거리고 하루가 끝날 때면 일을 그만두기 싫어질 정도였다. 돌아보면 일하는 시간은 늘 하루에 열 시간을 찍었다. 아침에 두어 시간 일하고 오후에 한두 시간 일할 때보다, 장시간 앉아 있을 때 좀 더 완벽하게 허구의 세계에 빠져든다.

아침에 일어나 개를 산책시키고, 6시 30분이나 7시에는 책상 앞에 앉는다. 그리고 저녁까지 계속 일한다. 평소에는 일주일에 6일간 일을 한다. 그 시간에는 허구의 세계가 현실이 된다. 등장인물은 소설의 모든 것이라고 할 만하다. 등장인물에 정신없이 빠져들지 않으면 아무리 신박한 이야기라도 잘 풀리지 않는다. 등장인물이 처음 몇 페이지에서 당신이 "이런 사람이 왜 이제야 우리 앞에 나타난 거지?"라고 말할 정도로 살아 있는 캐릭터이기를 바란다. 그런 인물이 바로 제인 호크였다. 제인의 태도, 불굴의 용기, 세상을 바라보는 시선이 너무 달라서 나는 서너 챕터도 못 가서 그녀에게 완전히 매료되었다. 제인이 등장하는 시리즈의 네 번째 책을 마무리하고 있는

데, 그녀는 갈수록 내가 예견하지 못했던 깊이를 더해 가고 있다. 그건 작가가 얻을 수 있는 선물 중 하나이다.

♡

대니 샤피로[*] 어떤 일을 20년 이상 해 오고 있는 사람과 오늘날 당신의 삶을 비교하지 말 것. 내가 각별하게 생각하고 있는 제자가 한 명 있는데 심리학자이며 에이즈 연구자로 두 아이의 엄마이다. 그녀는 가족들이 일어나기 전, 매일 아침 5시에서 6시 반 사이에 글을 써서 두 권짜리 첫 소설을 출판했다. 자신의 글을 완성하기 위해 극도로 절제된, '신성한 시간'을 만들어 냈던 것이다.

---

* 　베스트셀러 작가. 『계속 쓰기』와 회고록 『Devotion』, 『Slow Motion』과 『뉴욕 타임스』 베스트셀러 『Inheritance』의 작가. 글쓰기 교사. 〈Family Secrets〉 팟캐스트 크리에이터 및 진행자.

7

허니문 단계:
실행하고 추진력 얻기

"아름다움은 자기 자신을 받아들이기로 하는 순간 피어난다."

코코 샤넬

'이건 단지 초보자의 행운일 뿐'이라고 당신의 뇌는 주장한다. '이렇게 계속 쉬울 수는 없는 거야.' 당신은 글쓰기에 불이 붙어 평소보다 한 시간 일찍 일어나거나 훨씬 늦게 잠자리에 든 적이 있다. 때로는 두 가지를 다 한다! 그런데도 여전히 당신은 산소를 보충하지 않고도 히말라야 산맥을 등정할 수 있을 것 같은 기분이 든다.

글쓰기 버블 효과로 달아오른 당신은 이제 예전에 있던 수다스러운 꼬마 비평가의 다음과 같은 말을 거의 잊었다. "그런데 시작하고 끝내지 못한 다른 계획들은 기억하고 있어? 이번에도 시간과 돈을 낭비하는 또 다른 취미 생활이 아니라는 걸 어떻게 확신할 수 있지?"

글쓰기의 리듬을 발견하고 초기 추진력에 이끌려 가는 달콤한 허니문 단계를 즐겨라. 그 일은 신성하며, 심지어는 축복까지 받은 것처럼 보인다. 당신은 얼른 자리에 앉아 이야기를 풀어놓기 위해 글자와 단어와 문장을 엮는 기술에 몰두하고 싶어진다. 분명히 얘기하는데, 숙달하기까지는 쉽지 않을 거고, 발목 잡는 일도 가지가지이다. 하지만 이렇게 꿈을 실현하고 있는 기분을 느끼고 있지 않나.

"일이 잘되고 있군! 내 책이 정말로 만들어지고 있어!"

폴 윌리엄스를 만났을 때 나는 커피 테이블에 녹음기를 놓았다. 손이 살짝 떨렸다. 몇 년 동안 폴의 개들을 산책시키고는 있었지만, 정식으로 인터뷰한 적은 없었다. '나는 아무도 인터뷰해 본 경험이 없다!' 우리를 둘러싸고 있는 벽면의 목재 장식 선반 위에 놓인 아카데미 상패, 금과 백금의 트로피들은 창의성에 관한 한 레전드급의 인물과 내가 한마음이 되어 마주 보고 있다는 사실을 상기시켜 주었다. 나는 폴에게 글쓰기를 어떻게 하고 있는지 묻고 싶어 안달이 났다!

이렇게 맑은 날에는 할리우드에 있는 그의 언덕 위 튜더 양식 저택에서 샌타모니카에 이르는 길이 다 보인다. 태양빛이 사파이어들을 흩뿌려 놓은 듯 저 너머 바다에서 반짝일 때면 나는 태양과 바다가 이루는 뚜렷한 대비에 매혹됐다. 폴의 집은 수억 년 전에 형성된 태곳적 바다와 맞닿아 있는 대륙의 가장자리와 마주 보고 있었다. 그렇다고는 해도, 폴은 물론이고 휘황찬란한 틴셀타운(할리우드)에서 내가 인터뷰하려고 하는 사람들 모두 대단히 지혜롭고 적잖은 성취를 이루었음에도 불구하고, 바다에 비하면 곧 잊힐 것이다. 그의 집을 먼저 소유했던 영화배우 피터 로어와 영화감독 오손 웰스는 오늘날의 젊은 영화팬들에게는 거의 알려져 있지 않다.

그래서 나는 더욱 우리 둘에게 최선의 결과를 이끌어 내고 싶었다. 50년, 혹은 구루가 말한 150년의 세월에도 유의미하고 가치가 있을, 시대를 초월한 진실을 밝혀내기. 반짝 떠오르는 영감을 가지고 수십 년 동안 빌보드 히트곡, 그래미 어워드를 비롯한 다른 박수갈채로 바꿀 수 있었던 폴. 그가 추진력을 유지한 방법을 터득할 것. 나는 녹음 버튼을 누르고 빨간불이 켜졌는지 다시 한번 확인했다. 하루 온종일 오늘이 첫날인 것 같은 기분으로 숨을 내쉬며, 푹신한 안락의자에 자리를 잡았다.

"어린 시절의 마음가짐이 훗날 당신의 성공에 기여한 바가 있었는지요?" 내가 물었다.

폴은 아버지의 알코올 중독과 직면해 젊은이다운 패기를 보였던 기억을 소환하고는 따뜻한 미소를 지었다. "우리 가족들 사이에 떠도는 불안을 감당할 수 없었어요." 그가 입을 열었다. "불안할 때마다 의식적으로 거창한 생각으로 대체하곤 했던 일이 생각납니다. 그러면서 나는 아주 특별한 사람이므로 언젠가는 누구도 할 수 없는 일을 할 수 있으리라고 믿게 되었지요. 아시다시피 자신의 운명은 스스로 개척하는 거잖아요. 어찌 보면 나도 그걸 해낸 거죠. 두 개의 선택지가 있었습니다. 평생 다른 사람들을 두려워하는 소심한 사람이 될 것인가, 아니면 원하는 것이 무엇이든 단념하지 않는 힘센 사람이 될 것인가."

소오름. '나'는 원하는 것이 무엇이든 단념하지 않는 힘센 사람이 되기를 원했다! 녹음기를 슬쩍 엿보면서 이야기가 모두 제대로 녹음되고 있는지 확인했다.

키가 158㎝에 불과한 폴이 코카인에 손을 대는 바람에 한때 '돈을 벌려고 농구를 하고' 싶어 했다는 사연을 털어놓을 때 우리는 웃음을 멈출 수 없었다. 폴에 대해서라면 모르는 게 없는 줄 알았다. 우리는 카펫이 깔린 그의 집 계단에서 오래 이야기를 나누었다. 그는 결코 되찾지 못한 잃어버린 사랑 때문에 울었고, 나도 비슷한 아픔이 되살아났다. 하지만 그날 오후, 우리는 이야기와 인생철학을 공유했다. 그때 언뜻 떠오른 생각이 있다. 너무 바쁜 나머지 가족과 친구들에게 더 깊이 있는 '실제로 질문'하는 시간을 내는 경우가 매우 드물다는 것.

나의 질문 하나하나가 번개처럼 빠른 속도로 재기才氣를 이끌어 낸 것 같았다. 나는 왜 일상적인 대화에서는 이와 같은 순발력을 발휘하지 못할까?

그날 저녁 제시에게 말했다. "오해하지 말고 들어 주면 좋겠는데, 여보. 오늘 인생에서 가장 보람 있는 대화를 나눈 거 같거든." 새로운 모험에 대한 기대로 상기된 내 얼굴을 본 남편은 나를 격려해 주었다.

다음 몇 번의 인터뷰는 자연스럽게 흘러갔다. 마음 편하게 일이 진행됐다. 인터뷰 준비를 하는 건 공부가 아니라 놀이였다! 나의 인터뷰이들은 인터뷰를 하는 동안 나만큼이나 행복해 보였다. 왜 그렇게 편안한 거야?

"언니는 위대한 사랑에 몸을 던지고 있는 거야." 내가 반려동물과 사랑을 나눴던 것과 똑같다고 캐럴이 짚어 주었다. 특별한 이유는 없었지만 늘 딕 카벳, 머브 그리핀, 조니 카슨, 조앤 리버스, 필 도나휴, 오프라 윈프리, 리자 기번스, 바버라 월터스, 래리 킹, 데이비드 레터맨 등이 진행하는 토크쇼 에피소드를 시청하고, 그들의 책을 읽었다. 그러면서 오랫동안, 무심결에 인생의 상당 부분을 인터뷰 기술을 연마하는 시간으로 보냈다. 아마 그 '바보상자' 때문에 TV의 영웅 숭배 중심주의에 감염된 것일 수도?

성공은 그 자체의 추진력을 불러온다. 성공은 아이디어를 메모해 두거나, 노트북에 입력하거나, 휴대폰 음성 메모 앱에 녹음하는 것과 같은 움직임에서 시작된다. 미술관에 가거나 특정 장소를 여행하면 새로운 세계를 열 수 있다. 그러다 어떤 한 챕터나 분위기 전개를 위해 필요한 인물과 인터뷰 약속을 잡을 수도 있다. 관성의 법칙에 따르면 움직이는 물체는 계속 움직이려는 속성이 있다. 추진력을 키워라. 그러면 진보한 아이디어들이 살아나 당신을 앞으로 나아가게 한다.

글을 쓰면서 보내는 하루하루가 꿈속의 나날들처럼 느껴지는 동안, 그 꿈속에서 되지도 않을 일들이 일어나기도 한다. 길을 걷다가 느닷없이 5미터가 넘는 날개가 돋아 파리 상공의 하늘을 날다 에펠탑과 충돌하려고 하는 것이다. 인터뷰도 몇 건 경험해 봤으니 이제 걷는 건 잊어버리자! 나는 위시 리스트의 첫 번째 소원을 향해 날아갈 준비가 되어 있었다.

인터뷰를 꼭 하고 싶었던 리자 기번스는 매력적인 모습이었다. 아름답고, 모태 행복주의자이며, 전 세계 잡지 표지에 등장해서 '위대한 엄마'임을 분명히 했다. 리자는 두 개의 TV 쇼(주간 토크쇼 〈리자〉와 〈엔터테인먼트 투나잇〉을 오랜 시간 공동 진행함)에 출연하고 있으면서 라디오 방송에서의 존재감도 엄청났다. 딕 클라크나 케이시 카젬보다 더 많은 방송 시간을 기록할 정도였다. 리자를 책에 넣어야만 했다! 심지어는 내가 그녀의 토크쇼에 출연하며 TV에 데뷔할 것이라는 상상도 했다. 완전히 허무맹랑한 이야기는 아니었다. 제시는 리자의 남편과 카리브 제도에서 찍은 심야 드라마에 출연했고, 작년에는 우리와 식사도 했다. 게다가 우리는 그 부부의 전화번호를 가지고 있었다.

어찌 된 일인지 모르겠지만 리자 부부가 저녁 식사 초대에 응했다. 아마 초대 손님 명단에 있는 폴 윌리엄스와 당시 그의 두 번째 아내인 힐다*의 이름을 보고 관심을 가진 듯했다. 제시와 나는 폴의 집에 살면서 일하는 동안 돈을 넉넉히 모아, 밸리 지역의 침실 두 개가 있는 멋진 집을 빌려서 살고 있었다. 그날 밤 리자를 졸라 인터뷰할 계획은 없었지만 요청할 때 그녀가 기꺼이 좋다고 말할 수 있게끔 끈끈한 관계를 맺기를 바랐다.

식사를 하기로 한 날 아침, 뒤숭숭한 꿈을 꾸다 깨어나기라도 한 것처럼 갑자기 왜 청소에 집착하게 됐는지 이유를 전혀 짐작도 할 수 없었다. 셋집 바닥 구석구석을 빳빳한 솔로 문지르고 창틀까지 모두 칫솔로 닦았다. 약속한 날 저녁 6시가 되자, 집은 새로 맞춘 틀니 세트처럼 반짝거리고 있었다. 바닥에 깔아 놓은 인디언 블랭킷 러그 위에 앉아 손님과 식사할 계획이었으니 청소를 한 보람은 있었다. '아, 우리 집에는 아직 식탁이 없다고 말하지 않았던가? 걱정 마시라. 내가 직접 만든 피자는 군침을 흘릴 정도로 맛있었으니까 식

---

* 폴은 지금 세 번째 아내이자 작가인 마리아나 윌리엄스와 17년째 행복한 결혼 생활을 하고 있다.

탁은 중요하지 않을 거야.'

청소에 미친 내가 너무 지친 것 빼고는 아무런 문제도 없었다. 사람들이 모두 도착한 다음, 나는 잠깐 얼굴을 비치고는 주방으로 가서 페스토 피자를 마치 프리스비라도 되는 것처럼 날려서 오븐에 집어넣었다. 마사 스튜어트의 요리책을 몽땅 소장하고 있으며, 실제로 그 책들을 활용하고 있는 대단한 미식가 힐디는 버섯과 고추를 뜨거운 오븐 속으로 던져 넣는 나를 보고는 배꼽을 잡고 웃었다. "린다! 지금 뭘 하는 거예요? 채소를 오븐에 그렇게 던져 넣으면 안 돼요. 조리 과정을 제대로 지켜보지도 않는군요!"

"뭐라고요, 힐디?" 내가 말했다. "너무 지쳐서 아무 생각도 못 하겠어요." 힐디는 '정신 줄을 놓았구먼' 하는 시선으로 나를 쳐다보았다. 내가 정신 줄 놓은 거 맞다.

제시가 저녁 식사 시작을 알리는 종을 울렸다. 바닥에 앉아 러그 위에 차려 놓은 음식들을 먹기 시작했다. 이 마법과도 같은 순간을 연출해 내느라 이미 지쳐 있던 나는 불꽃 튀는 대화로 그나마 남은 에너지도 다 빼앗기고야 말았다. 하지만 우리는 〈엔터테인먼트 투나잇〉 방영 시간을 딱 맞춰 함께 시청할 수 있었다. 역시 바닥에 놓인 텔레비전으로. 그 TV 쇼의 오프닝에 리자가 있었다. 리자가 나를 좋아하든 싫어하든 더 이상 신경 쓰지 않고 화면 속의 리자를 지켜볼 때, 폴은 친절하게도 아무 문제도 없다는 듯 행동했다.

저녁 식사는 순식간에 끝났다. 상상해 보라. 일찍이 방송국의 부름을 받은 리자, 그리고 친해져서 베프가 된 다음 리자를 인터뷰하고자 했던 나의 시도가 아무 결실을 맺지 못한 것에 대해. 어째서 그런 기회를 보기 좋게 날려 버렸을까? 사람들은 내 속이 아주 쓰릴 거라고 생각했을 거다. 두뇌가 명석한 사람이라면 누구나 속이 쓰렸을 테니까. 그렇지만 나의 과업을 기억하라. 신의 의지에 따라 일하고 있다고 믿을 때의 이점은 어떤 상황에서든 구원받을 수 있다는 희망이다. 우리는 수많은 길을 어지럽힐 수 있지만 우주는 우리에게 유리한 방향으로 우주의 질서를 재편한다.

'영감'의 소용돌이에 휘말려 들어간 나는 리자에게 기획 의도를 설명하기 위해 밤잠을 줄여 가며 철자가 틀린 단어와 장광설이 넘치는 글을 가득 적어 보냈다. 리자는 전화를 걸어 고맙다고 말했다. 하지만 자신도 책을 준비하고 있기 때문에 인터뷰로 자기 이야기를 공개할 수 없다고 했다.

실패했지만 나는 결과를 받아들였고, 이전의 경험에서 여전히 추진력을 얻어 높이 난다고 생각했다. 좋아하는 것에 계속 집중하고, 연료가 있는 곳으로 줄곧 나아가고 있으며, 일이 잘 풀릴 것이라고 믿으련다. 저녁 식사 자리에서 내가 아무리 이상하게 보였을지라도, 부분적으로는 적어도 성공했다.

사나운 바람은 왔다 가고는 하지만, 추진력은 우리가 생각하는 것보다 더 일정한 흐름이 있다. 모든 것이 완전한 실패로 보일 때조차, 추진력은 꿈을 향해 예정된 방향으로 틀림없이 우리를 이끈다.

과거의 시간으로 돌아가 내가 스스로에게 얼마나 관대했는지 기억 속에서 되살려 보는 과정은 달콤했다. 다른 사람과 거의 말을 섞지 않고, 많은 시간을 들여 습작을 하고 마음껏 공부를 하면서 나만의 허니문 단계를 즐겼다. 학교 다닐 때 느꼈던 것과 같은 중압감은 전혀 없었다. 창조적 자아는 처음 노트북 사용법을 배운 날부터, 첫 인터뷰 대상으로 꼽은 세 명의 지인에 이르기까지 '약속의 땅'에 이르는 분위기 속에서 점점 커 나갔다. 그들 모두 내게 안전하다는 느낌을 주었다. 당시에 사실상 내게는 낯선 타인이었던 리자 기번스의 인터뷰부터 시작했다면 위험 부담이 매우 컸을 것이다. 리자의 'No'라는 대답을 듣고 당황스러워 어찌할 줄 몰랐을 것이다. 어쩌면 완전히 포기했을 수도 있다. 그러기는커녕, 나는 그 말을 듣고도 무덤덤했다.

글쓰기를 시작할 때 나는 쓰기 싫은 부분부터 쓰지는 않았다. 책을 쓰고자 하는 사람들은 이런 말을 종종 한다. "내가 회피하고자 하는 이야기를 적는 것부터 시작해야 한다는 걸 나는 알아요."

나는 대답한다. "누가 그런 말을 해요? 당신이 책상에서 도망치는 게 당연하죠!"

일을 하다 보면 여러모로 고통스러운 부분들이 있다. 잊었던 슬픈 기억을 떠올리거나, 고집불통인 인터뷰 대상자와 대화를 나눠야 하거나, 머리에 쥐가 날 것 같은 자료 조사를 해야 하는 등등. 도대체 왜 거기서 시작하려고 하는가? 달콤한 즐거움이 있는 곳으로 가라! 당신의 즐거움이 있는 곳으로. 행복한 감정을 켜켜이 쌓고, 자신을 신뢰하는 법을 배우자. 작은 추진력을 음미하시라. 그러면 인생 여정의 후반부에서 더 힘든 등반에 도전할 준비를 더욱 갖추게 된다.

드라마 부문 퓰리처상을 수상한 린마누엘 미란다가 〈해밀턴〉(45곡의 노래가 들어간 브로드웨이 뮤지컬)의 대본(및 작사, 작곡)을 쓰기 시작했을 때, 나는 그가 작곡가 스티븐 손드하임에게 먼저 제안하면서, 다음과 같은 이야기를 했다고 들었다. "내가 쓰고 싶은 곡을 가장 먼저 작업하고 싶은데, 그래도 됩니까? 스토리 진행 순서에 따르지 않고 말입니다."

손드하임은 아마 그렇게 하는 것이 그의 친구를 가장 행복하게 만들어 주는 '유일한' 방법이라고 확신한 것 같다. 두 거장이 이런 대화를 주고받는 모습을 상상하곤 한다. 미란다를 팟캐스트에 초대해서 그 일에 대해 확인하고 상세한 내용을 물어볼 작정이다.

〈해밀턴〉이 토니상 16개 부문에서 후보 지명을 받았을 때, 린마누엘이 걸작을 쓰는 동안 그의 핏줄을 타고 흐르던 기쁨과 즐거움이 그해 토니상 투표권자들에게도 전해졌을 거라고 나는 장담한다.

당신의 일 가운데 가장 보람을 느끼고 좋아하는 지점은 어디인가? 이야기를 잘 이끌어 나가기 위해 소소하게 할 수 있는 행동은 무엇인가? 자료 조사를 하면서 가슴이 뛰는가? 그렇다면 그 기세를 몰아 가까운 도서관에 가라. 아니면 할아버지의 고향으로. 아니면 당신의 주인공이 사랑에 빠지는 해변의 오두막으로. 당신이 만들어 내는 상상의 세계에 몰입하라. 명상을 하며 마음속 내레이션에 귀를 기울여 모든 것이 분명해지고 기분 좋은 상태가 된다면, 그렇게 앉아 있는 시간을 일정표에 넣으라. 최고의 문학 에이전트와 만나는 것만큼이나 신성한 마음으로. 작품의 개요를 작성할 때 메모 용지 카드에 얼개를 짜고 기록을 남기는 유형이라면, 장바구니에 카드를 가득 담아 두기를.

다시 한번 말하지만, 당신이 누구인지 알고, 당신의 스타일대로 필요한 걸 파악해 보라. 책을 쓰는 일은 긴 여행과도 같다. 초기 추진력을 유지해서 계속 날도록 하라.

추진력을 얻기 위한 작가들의 방법

조엘 스타인 예일대에 '포르노와 치킨'이라는 동아리가 있었다. 일주일에 한 번 포르노를 보면서 프라이드치킨을 먹는 모임이었다. 그들은 이름을 밝히려 하지 않았다. 그리고 어떤 언론도 그들에 대해 기사화하지 못하도록 막고 있었다. 나는 그들에게 전화를 걸었다. "내가 포르노 스타를 데리고 가면 당신들을 취재할 수 있게 해 줄 겁니까?" 그들은 좋다고 했다. 그래서 포르노 스타 한 명을 찾아내고 프라이드치킨을 좀 준비해야 했다. 그렇게 해서 나는 특종을 했다. 저널리즘이 돌아가는 방식은 그렇다. 그런 식으로 자신의 추진력을 만들어 내는 것이다.

♡

테리 맥밀런 인터뷰 기술을 연마하는 과정을 좋아한다. 하나에 이어 또 하나를 발견하는 행위이기 때문이다. 젊은 작가들에게 알려 주고 싶은 게 있다. 이야기가 어떻게 끝나는지 이미 알고 있다면 누가 머리를 싸매고 신경을 쓰겠느냐는 것. 만약 결혼을 하면 이혼할 줄 뻔히 알고 있다면 왜 고민을 하는가?
등장인물들이 내게 무엇을 써야 할지 알려 주면, 그걸 쓰고 나서 펜을 집어 던진다. 그 순간이 좋다. 등장인물들이 봐 주기를 원하는 것이 있다면 그것을 글로 썼다. 가끔씩 의자에서 벌떡 일어나 방을 서성이다 팔짝 뛰어오르기도 한다. 나는 "진짜 진짜 고마워!"라고 말한다. 결말이 아니라 여정이 중요하다. 여기에서 저기까지 어떻게 도달하는가. 모든 일은 그 사이에서 벌어지는 거다. 겉보기에만 그럴듯한 허접쓰레기 같은 걸 만들어 낼 수도 있다. 하지만 그런 건 관심이 없다. 비록 그걸 '이른바 나의 목소리'라고 받아들인 사람들이 "오, 그녀가 무척 우울하네."라고 생각하는 것처럼 보일 수도 있지만 말이다. 그들은 이해하지 못한다. 나는 이런 사람들이 하는 말, 이런 사람들이 듣고 싶어 하는 말이 무엇인지 귀 기울여 듣고 있다.

♡

찰스 세일러 한 작품에서 추진력을 키우기 위해 독자들이 모든 장면을 보고 느끼고 맛보고 냄새를 맡았으면 좋겠다. 생생한 묘사를 위해 모든 감각을 장면들에 담으려고 애를 쓴다. 나는 70년대에 〈록포드 파일〉, 〈코작〉, 〈미녀 삼총사〉를 썼다. 세상에는 언제든 그렇게 할 수 있는 아주 훌륭한 작가들이 있지만, 나는 원하는 만큼 화면에 시각적으로 구현할 수가 없었다. 책에는 추진력을 키울 공간이 아주 훨씬 더 많이 있다.

소설을 쓸 때는 가장 비중이 작은 등장인물일지라도 그들에게 특별

---

* 『뉴욕 타임스』 베스트셀러 『The Second Son』을 쓴 소설가. 할리우드에서 활동하며 〈코작〉, 〈록포드 파일〉, 〈기동 순찰대〉 등의 TV 드라마 대본을 썼다. 인기 드라마 〈미녀 삼총사〉가 첫 작품이다.

한 무언가를 부여할 수 있다. 비록 그들이 고작 한 페이지에만 등장하더라도 당신은 독자들이 "오! 그걸 보니 누군가가 떠오르네요!"라고 생각하거나 "엇, 전에도 그런 거 본 적이 있지 않나."라고 생각하기를 원한다. 등장인물에게 경의를 표하는 건 반드시 해야 할 일이다. 그들은 모두 개인으로서 설 수 있어야 한다. 우리 독자들은 그들을 보고 이해할 수 있어야 한다.

♡

패트리샤 콘월[*] 스토리텔러인 당신이 하고 있는 작업은 사람들이 가볼 수 없었던 곳으로 데리고 가는 것이다. 그곳이 성城이든 시체 안치실이든, 아름다운 곳이든 우리는 사람들을 이동시켜야 한다. 묘사는 가장 재미있는 것이기도, 가장 나쁜 것이기도 하다. 어떤 것이 어떻게 보일지 확신하지 못한 채 그 몹쓸 수송 차량에 타고 있을 때 특히 그렇다! "제기랄. 사람들은 또 차 안에 탔고, 나는 그들이 빌어먹을 차창 밖으로 무엇을 보고 있는지 묘사해야 한다."라는 상황인 거다.

글쓰기는 유리창과 같아서, 사람들은 당신의 말을 의식하지 않는 상태로 인지해야 한다. 당신이 사람들을 수송하지 않으면 방해가 된

---

[*] 스카페타 스릴러 시리즈만으로 일억 권 이상 판매한 세계의 최다 다작 작가 중 한 명. 실재하는 '여성 제임스 본드'로 묘사되기도 하는 작가다. 첫 법의학 스릴러 『법의관』을 썼다. 이는 영화, TV, 문학에 걸쳐 온갖 법의학 분야에 초점을 맞춘 엔터테인먼트가 폭발적으로 등장하는 데 기폭제가 된 작품이다.

다. 사람들이 당신의 말을 너무 의식해도 방해가 된다. 무엇을 묘사하느냐가 중요한 게 아니라, 어떻게 묘사하느냐가 중요하다. 운율, 문장의 리듬 등.

작가, 특히 소설가가 되고 싶은 사람에게 두 가지를 말하고 싶다. 하나는 시를 쓰라는 것이다. 시를 쓰고, 또 쓰라. 시는 이미지로 사고하는 법을 가르쳐 주며, 곧 산문의 음악이다. 다른 하나는 좋은 영화 대본을 읽으라는 것이다. 시나리오는 시각화에 적합하기 때문이다. 자, 영화 〈양들의 침묵〉에서 조너선 드미 감독이 연출한 것처럼 사람들에게 현장을 자세하게 보여 줄 수 있다면, 당신도 뭔가를 할 수 있다.

♡

딘 쿤츠 나는 개요를 짜지 않는다. 등장인물의 프로필도 만들지 않는다. 인물들이 등장하여 모양새를 갖추기 시작하면 로버트 맥키가 말한 대로 한다. 등장인물들에게 방해가 되지 않도록 비켜 주는 거다. "당신은 등장인물을 창조하고 있어요. 그 등장인물 때문에 놀라면 안 되는 거죠."라고 말하는 일부 초보 작가들에게는 이렇게 하는 게 이상하게 보일 테다. 그렇다. 놀랄 수 있다. 이 등장인물은 나를 당황하게 만드는 짓들을 한다. 그리고 가끔 코믹한 대화가 들어간 책을 쓸 때는, 마치 다른 사람이 하는 이야기를 듣고 있기라도 한 듯 크게 웃곤 한다. 그런 순간에는 등장인물이 실제 사람처럼 이야기하기 때문에 그 인물을 파악할 수 있다. 그들이 말하고 일을 이루는 방식, 그들이 하고 있는 것. 그건 고정적이거나 계획적인 것이 아니다. 그럴 때 당신은 픽션이 효과적이라는 사실을 알게 된다.

나만큼 오랫동안 활동해 온 동시대의 소설가인 마크 헬프린 (『Winter's Tale』의 저자)은 중요한 말을 했다. 많은 현대 소설이 우리가 살고 있는 세계, 즉 자연계와 우리가 만든 세계를 묘사하지 않기 때문에 자신은 흥미를 느끼지 못한다는 거다. 액션과 캐릭터에 대해 지루한 토론만 늘어놓고, 언어라는 도구 상자에 있는 도구들을 적절히 사용하지 않는다면 결정적인 것들을 놓치게 된다.

방 하나를 여섯 페이지에 걸쳐서 묘사하지는 않지만, 묘사하는 순간은 좋아한다. 하늘에 대해서, 눈이 온 풍경에 대해서 묘사할 때는 어떤 확실한 기능을 수행해야 한다. 그중 하나가 장면의 분위기이다. 그리고 각 장면은 한 등장인물의 관점에서 쓰는 것이므로, 등장인물이나 등장인물의 심리 상태를 아무리 작고 미묘한 것이라도 독자들에게 알려 줘야 한다.

♡

샘 베넷 글이 막힐 때 추진력을 유지하기 위해 사용하는 비책이 있다. 좀 모양 빠지는 일이지만, 나는 플레이스홀더placeholder를 사용한다. 훌륭한 교훈 이야기가 떠오르지 않으면, 그냥 '이 부분에 기막히게 교훈적인 이야기 삽입'이라고 적어 놓고는 계속 글을 쓴다. 무언가 제대로 표현하지 못했다는 건 알지만, 그 순간 그것을 정정할 대안이 없다면 '이와 같은, 그러나 더 나은 문장'이라고 쓴다. 이렇게 하면 마음이 가벼워 기분이 좋아진다는 걸 알았다. 그리고 그건 모든 문장이 쓰는 즉시 완벽해져야 할 필요는 없다고 상기시켜 준다. 나는 그저 뭔가 원고에 쓰려고 시도할 뿐이다. 그렇게 해서 무엇이 어떻게 진행되고 있는지 알 수 있고, 그러고 나서 한 바퀴 돌아온 다음 그 문장을 더 낫게 매만질 수 있다.

지금까지 책에서 읽은 가장 좋은 조언은 이거다. "모든 건 재미가 있어야 한다." 화학 교과서를 쓰고 있을지라도 재미있게 쓰라. 물론 이때의 '재미'가 반드시 우스운 걸 의미하지는 않는다. 글에 감성을 자극하는 매력이 있어야 한다. 적당한 리듬과 박자를 담아야 한다. 그리고 오픈 루프, 서스펜스, 버튼 등의 맛깔스러운 스토리텔링 기법도 잊지 말자. 오픈 루프는 이야기가 전개될 때 호기심을 자극하는 대답 없는 질문이다. 서스펜스는 독자를 붙잡아 두기 위해 사용하는 약간의 미스터리다. 버튼은 어떤 요소를 처음부터 다시 소환하면서 스토리를 제대로 마무리 짓는 장치다. 코미디에서 버튼은 장면이나 이야기를 끝내는 결정적인 구절이다.

마사 벡 글쓰기 모드에 있을 때는 최면에 걸리고 중독된 것 같지만, 일단 '끝났다'는 느낌이 들면 다시는 그 흐름을 타기가 어렵다. 그래서 어떤 챕터를 마무리 짓는 시점에 그날 하루의 일과를 끝내는 것은 피하려고 노력한다. 그렇게 되면 거의 일주일을 빈둥거리며 그곳으로 돌아가지 못할 것이므로. 글쓰기의 일관성을 유지하기 위해 머릿속에서 온갖 심리적인 트릭을 구사한다. 적어도 다음에 오는 새로운 챕터의 두 번째 페이지를 쓰고 있다고 생각하면, 여전히 글쓰기 모드에 있는 것처럼 느낀다.

♡

토스카 리 글쓰기는 시간을 들여야 한다. 글쓰기에 갇혀서 몰입할 때까지는 제자리에서 몸을 꼼지락거리기만 할 줄 아는 아기처럼 한동안 자리에 앉아 있어야 한다. 작가들은 무엇을 하고 있든, 시간 가는 줄 모르는 몰입 상태, 삼매경을 좋아한다. 사건은 자연스럽게 발생하고, 작가는 그걸 전달하는 것처럼 보인다. 하지만 늘 그렇지만은 않다. 가끔씩 글쓰기는 자신을 갈아 넣는 일이기도 하다. 황홀경을 느끼지 못하는 시간도 헤쳐 나가야 한다. 그래서 결국은 글이 제자리를 찾을 때까지 계속 의자에 묶여 몇 시간을 보내게 된다.

자료 조사에 걸리는 시간을 셈하지 않으면 보통 서너 달 안에 소설한 편을 쓸 수 있다. 글쓰기 속도를 높이는 게 정말 좋다. 그러지 않으면 생각의 흐름을 잃기 시작하기 때문이다. 글을 쓰다가 중간에 하루나 이틀 쉬면 흐름을 다시 잡기가 어렵다. 어렸을 때 발레를 했기에 글쓰기를 발레에 비유한다. 발레는 하루나 이틀쯤 훈련을 거르면 동작을 따라가기가 무척 어렵다. 다른 사람들은 아무런 눈치를 채지 못하지만 내 몸은 그걸 안다.

소설의 도입부에서는 많이 쓰지 못한다. 스티븐 킹은 잘 알려져 있다시피 매일 2,000단어를 쓴다. 어떤 소설을 시작할 때 나는 2,000단어 근처에도 못 간다. 이야기 속으로 빠져들게 될 때면 한두 단락에 좀 더 가까워진다. 꼬박 네 시간, 다음 날에는 여섯 시간 정도 작업을 할 수 있다면, 꽤 순조로운 거다. 마감일이 가까워질수록 날마다 시간을 늘리기 시작한다. 여덟 시간. 열 시간. 그리고 열두 시간, 열넷, 열여섯 시간. 나는 하루 2,000단어를 입력한다. 그다음엔 4,000단어. 아마 6,000이나 그 이상. 작업에 엄청나게 가속도가 붙어서 눈은 충혈되고 옷은 전날 입었던 그대로 일어난다.

8

뮤즈와 춤을:
창의성을 고양하고 계발하기

"나는 뮤즈를 통제할 수가 없다.
뮤즈가 나의 모든 일을 한다."

레이 브래드버리

하느님. 이게 웬일입니까? 글쓰기 기적을 기다리느라 안달이 나 있는데. 당신은 놀랍게도 조용하군요. 내가 뭐 놓친 게 있을까요? 뮤즈를 영접할 의식이나 주문, 기도 같은 거?

나의 팟캐스트에 두 번 출연했던 엘리자베스 길버트는 TED 강연 '오르기 힘든 창의적 재능이라는 나무'에서 말했다. 예술가들은 그들의 창의성을 구사하는 일을 자신들보다 더 위대한 힘의 덕택으로 돌려 왔다고. 만약 당신이 경외심을 불러일으킬 만한 것을 생각해 내느라 머리를 싸매고 있다면, 그것이 과연 당신에게만 찾아오는 문제일까? 누군가의 뮤즈가 일하다 졸음을 못 이겨 잠을 자고 있다고 해서 그 누군가에게 불이익을 준다는 건 있을 수 없는 일이다! 그리고 태어날 때부터 영감을 가진 사람이 있다면 이런 질문을 하고 싶어진다. 어떻게 하면 우리도 신의 총애를 받을 수 있을까요?

하늘과 뮤즈를 향해 영감을 기원하고 보상을 받게 해 달라고 애원하는 작가들이 쓴 책이 도서관을 가득 채우고 있다. 허니문 단계는 언젠가 결국 끝나지만, 살아 있는 작가 중 창작을 위한 그들의 노력이 계속되기를 원하지 않는 이는 없다. 그때 대부분의 작가는 힘을 얻기 위해 찾는다. 알라, 유일신, 영감의 원천, 스키틀즈 캔디, 우주, 그 밖에 뭐든지 말해 보라.

이왕이면 앞장서서 박차를 가하면 어떨까? 효과적인 글쓰기 일정을 마련하라. 자신만의 의식을 수행하고 기도하는 동안 글쓰기 여정을 돕는 사람들과 연락하는 것도 괜찮다. 다음 사례를 참고하라. 그러다 보면 비법을 알려 주는 사람이 나타나지 않아도 당신은 여전히 글을 쓰고 행동하고 있을 것이다. 그러는 가운데 추진력이 만들어진다는 사실을 명심하라.

아름다운 글쓰기가 어디에서 나오든 두 귀, 그리고 하느님이 주신 마음 사이에서 내부의 마법과 외부의 마법을 믿는다. 환경보호주의자로서 나무들을 끌어안고 어머니 지구에게도 간청한다. 혹시 모르니까 만일의 경우에 대비해서.

연기자인 제시는 이와는 달리 좀 더 극적인 방식으로 접근했다.

그 전화가 왔을 때 토시는 친구 집에서 놀고 있었다. 제시가 기다리고 있던 전화였다. 〈더 영 앤 더 레스트리스〉에서 새로운 러브 라인 설정을 두고 방송국의 스크린 테스트가 있었다. 그 결과를 제시의 매니저가 알려 주려고 연락한 것. 재빨리 제시 곁으로 달려갔다. 제시는 몸을 숙여 내가 수화기에 귀를 바짝 댈 수 있도록 해 줬다.

"관계자들은 당신을 아주 마음에 들어 했어요." 매니저가 말했다. "스크린 테스트는 끝내주게 잘했어요. 하지만 그 주인공 배역은 더 유명한 연기자에게 돌아갔어요. 정말 유감입니다."

제시는 고개를 떨구고 눈물을 흘리기 시작했다. 이런 일에는 시간이 약이라는 걸 알기에 나는 말없이 제시의 옆을 지켰다. 제작진은 이 배역을 두고 제시와 출연료 협상까지 했었는데. 우리는 계약상 적어도 3년 거주를 보장받고 LA의 이지 스트리트에 살고 있었다. 이윽고 제시의 얼굴이 분노로 달아올랐다.

"하느님, 대체 무슨 일입니까? 내 가슴팍에 '엿 먹어'라는 표적이라도 붙어 있는 건가? 요즘엔 진짜 되는 일이라고는 아무것도 없군. 아무것도. 이런 배역을 누릴 자격도 없단 말이지!" 제시는 고함까지 질러 댔다. "난 정말 좋은 사람이라고. 좋은 아빠. 좋은 남편. 가족을 먹여 살리려고 이렇게 기를 쓰고 있는데 하느님은 계속 엿을 먹이고 있잖아!"

"제시, 그만! 하느님께 그렇게 소리 지르면 안 되지! 끊어진 송전선에 부딪히거나 떨어지는 벽돌에 얻어맞을지도 몰라."

"젠장맞을 동네! 빌어먹을 할리우드! 지긋지긋한 하느님!" 제시가 절규했다.

"남펴언!" 나도 히스테릭하게 되받아 소리쳤다. 최근 우리는 이런저런 일들로 정신이 없었다. 제시가 맹장이 터져 복막염이 되는 바람에 간신히 살아났다. 수술 중에 죽다 살아난 그는 몇 달 동안 일을 하지 않았다. "제시, 상황이 더 악화되기를 바라는 거야?"

그는 천장을 향해 주먹을 휘둘렀다. "나는 이런 대접을 받으면 안 돼! 일자리를 잃으면 안 되거든! 하마터면 죽을 뻔해도 되는 사람이 아니라고! 내 마누라는 또 도대체 뭘 어쨌기에? 아내는 정말 이런 헛소리나 들을 사람이 아니거든!" '그렇지, 잘하네.' 제시의 넋두리가 계속되는 동안 나는 가슴에 성호를 그었다.

"신경 쓰지 마, 린다. 당신이 어떻게 생각하든 난 상관없어. 됐고! 나는 인생을 잘 통제해 왔고, 지금은 변화를 주고 싶어. 나는 재미를 원해. 재미를 줘! 지겨운 이 순간을 위한 빌어먹을 재미가 필요해!"

"아직 안 끝났어?" 나는 번개가 치지 않을까 싶어 하늘을 살펴보며 말했다.

"응, 알 게 뭐야. 끝났어." 그는 침실로 들어가 매트리스에 털썩 쓰러지더니 선잠에 빠졌다. 두 시간 후, 제시가 휘젓고 다니기 시작할 때 나의 휴대폰이 울렸다.

"린? 나 랜디예요!" 잡음이 들리는 걸로 봐서 해외에서 건 전화였다. 검은 눈에 긴 다리의 미녀 랜디를 우리는 세인트마틴에서 만났다. 랜디와 제시, 리자 기번스의 남편이 함께 일일 드라마에 출연했을 때였다.

"세상에, 잘 지내고 있는 거죠?" 내가 물었다. "지금 어디예요?"

"밀라노에 있어요. 모델 촬영이 지금 막 끝났어요. 요트에서." 그녀가 웃음을 터뜨렸다. "린다, 지금 내 삶을 보면 아마 믿을 수 없을걸요. 그래서 전화하는 거예요."

"그렇다면 여전히 인생은 아름다운 거죠?" 필라델피아 토박이인 랜디 잉거먼의 인생이 아름다워진 건 이탈리아로 이주한 이후부터였다. 멋진 가슴에 허리둘레가 내 손목만 한 랜디는 이탈리아어를 배우고 핀업 모델, 영화 및 TV의 스타가 되었다. 나는 랜디를 로마의 마돈나라고 불렀다.

"그럼요! 말도 안 되게 아름다워요. 그리고 당신 부부도 곧 그렇게 될 거예요. 여행 준비를 해요. 마이애미까지는 내가 비행기를 태워줄 거고, 경비를 전액 지원받는 9일 동안의 카리브해 유람선 여행을 떠나요. 내가 새로운 호화 여객선의 명명식을 진행하게 됐거든요. 당신은 한 시간 동안 나의 어시스턴트 역할을 하게 될 거고요. 메모 보드를 챙겨요. 메모는 한 페이지면 되고. 그게 다예요. 이미 두 사람 선실도 예약해 뒀어요. 이제 두 사람이 못 갔던 허니문 여행을 갈 때 예요. 당신도 그 대단한 재미를 좀 봐야 되지 않겠어요?"

너무도 신나는 일이었다. 아침 식사로 이탈리안 도넛인 봄볼로니를 비롯해 한밤중에 위층 갑판에 차려진 티라미수와 카놀리, 브리오슈들의 뷔페까지. 그런 이탈리아 음식들은 사랑해 줘야 된다. 제시와 나는 둘 다 5㎏씩 몸무게가 늘었다.

하느님께 한 푸념이 얼마나 잘 먹혔는지는 몰라도, 제시가 또다시 그런 식으로 반응하는 것을 그 이후로는 본 적이 없다. 나중에 친구 론다 브리튼의 말을 들어 보니, 제시는 그 순간 온전히 자신에게 몰입함으로써 우주의 힘을 소환하려고 했다는 거다. 하지만 자신의 미래를 걸고 하는 기도가 그렇게 '이단적'일 필요는 없을 것 같다. 나는 그럴 때 허브 스머지 인센스 스틱을 태우며 꿈의 씨앗을 뿌리는 일에 집중했다.

소파 쿠션을 뒤집어 동전이라도 찾아내야 할 지경이 되었을 때, 제시가 6개 주에 광고를 하는 미국의 한 자동차 회사 모델이 되었다. '세상에! 청구서를 지불할 수 있게 됐어!' 나는 제시의 품에 뛰어들었고, 우리는 함께 울었다. 이 일로 버는 돈은 우리에게 1년, 아니 그 이상의 시간을 벌어 줄 것이다. 내게는 다른 일을 구하지 않고도 글을 쓸 수 있는 시간을, 제시에게는 죄책감 없이 집에 있는 아빠가 되어 스포츠 센터를 들락거릴 수 있는 시간을. 물론 나는 언젠가는 부유한 작가가 되어 그의 모델 계약이 종료될 때 가족의 생계를 책임지는 걸로 그 은혜를 갚을 수 있을 거다. 아무리 재미있는 놀이공원에서도 재미있는 공연은 '모두' 끝나게 되어 있지 않은가.

그날 밤 첫 번째 인터뷰이 꿈을 꾸었다. 꿈속에서 나는 역사상 가장 큰 벽화로 기네스북에 오른 고래 벽화를 그린 화가, 로버트 와일랜드와 마주 앉았다. 그는 환경보호 활동가이기도 하다. 제시와 나는 지난여름에 모처럼 바다로 당일치기 여행을 갔다가 우연히 들른 캘리포니아주 라구나 비치의 와일랜드 갤러리에서 그의 작품을 보고는 경외감을 느꼈다.

"그 남자가 멋있긴 하지. 그런데 당신이 책 만드는 데 도움이 될 만큼 유명해?" 와일랜드의 홍보 담당자에게 보내려고 내가 타이핑해 놓은 제안서를 보고는 제시가 물었다.

아. 내가 두려워했던 '그' 질문. '내가 점찍은 인터뷰이들은 분명 핫피플일까?' 아무리 지혜와 경험이 많은 인물이라 해도 B급 혹은 C급, 생각하기조차 두려운 D급 리스트에서 인터뷰 대상자를 선택하는 일은 결단코 없다. 나는 이런 우려가 장차 출판사에서 논란을 불러일으킬 것이라 미리 짐작하고 있었고, 내 방어벽이 높아지고 있음을 느꼈다.

"와일랜드는 그렇게 유명한 사람은 아냐. 하지만 그래서 더욱 주목받을 만하지." 전 세계의 마천루, 스포츠 경기장, 그리고 대형 구조물에 실물 크기의 해양 벽화 100개를 그리겠다는 그의 대담한 목표를 알게 되었다. "고래 벽화를 통해 그는 바다 앞에서 우리 인간이 얼마나 연약한 존재인가를 깨닫게 해 주거든." 나는 말을 이었다. "그는 가능한 매체를 모두 동원해야 할 거야!"

제시는 내가 하는 말을 알아들었지만, 다른 사람들은 이해하지 못할 것 같았다. 시간도 부족했다. 1984년 USC 시절의 환경공학 교재에서는 '50년 내에 바다가 죽을 50가지 이유'에 대해 경고했다. 그게 벌써 십 년 전의 일이다! 붓을 휘두르는 이 몽상가에게 우리는 필사적으로 한 줄기 작은 빛이라도 비춰 줄 필요가 있다. 게다가 그는 영화배우가 왔다 울고 갈 외모였다.

나는 "나를 선택해 주기를!" 바란다는 내용의 제안서를 팩스로 보냈다. 지구 행성에는 고래만 한 전사들이 필요했고 와일랜드의 임무는 은하계만큼 거대했다. 하지만 그들은 나를 거절했다. 내가 보잘것없기 때문이었나? 그럴지도 모르지만, 그 사실을 받아들일 수 없었다. 나는 내가 원하는 게 무엇인지 알고 있었다. 그건 열정적인 고래 사나이가 내 책에 등장하는 것이다. '그런데 와일랜드가 원했던 건 무엇일까?' 모든 사람에게는 목표가 있다. 먹이사슬의 최상부에 위치한 셀럽이라 하더라도 마찬가지이다. 그들 각자의 목표에 닿을 수 있도록 돕는다면, 우리는 윈-윈 게임을 할 수 있으리라고 나는 생각했다.

확신이 없을 때는 실태 조사를 하라! 나는 와일랜드가 한 재단을 소유하고 있는 것을 알아냈다. 학생들이 바다를 좀 더 잘 관리할 수 있도록 교육하는 재단이었다. 경건하게 기도하며 잠자리에 들었다. "와일랜드가 인터뷰 제안을 받아들일 때까지 할 수 있는 일이 있다면 제발 그게 무엇인지 알려 주세요." 아침에 일어났을 때, 머릿속에는 미래에 출간될 책의 와일랜드 챕터에 들어갈 세 페이지 정도의 서문이 자리 잡고 있었다. 그 내용에 물리적인 형태만 갖춰 주면 될 일이었다.

나는 서둘러 그 내용을 적어 내려갔다. 그리고 팩스 전화기의 리다이얼 버튼을 눌렀다. 와일랜드의 용기 있는 환경운동에 바치는 나의 찬가는 일단 낚싯대만 던지면 대어를 낚을 수 있는 미끼였다. 그의 대답은 예스! 점심 인터뷰는 다음 주로 정해졌다. 나의 두뇌와 수호천사들이 무엇을 해야 하는지 알려 주고 있는 것 같았다. 그 지시를 따르다 보면 저절로 몰입하고 있다는 사실을 알게 되었다.

"정말 말도 안 되는 일이죠." 테이블에 앉은 와일랜드가 해변으로 밀려와 부서지는 파도를 내다보며 말했다. "하지만 벽화를 그리다가 돌아서면 고래나 돌고래가 물 위로 솟구쳐 내가 그림 그리는 것을 구경하는 장면을 여러 번 봅니다." 잠긴 목소리로, 물빛을 닮은 하늘색 눈으로 머나먼 곳을 바라보는 와일랜드의 표정 때문에 나도 덩달아 그곳을 쳐다보게 됐다. 나는 말없이 포크를 내려놓았다.

"인생에서 앞으로 내가 더 이상 유대감을 가지고 할 수 있는 일은 없다는 걸 알고 있어요." 그가 말을 이었다.*

~~~~~~~~

* 　2008년에 와일랜드는 그의 서사적인 100번째 고래 벽화를 마무리했다. 와일랜드의

190

'그래요. 나도 그 기분 알죠.' 이런 대화를 나누는 것보다 생동감을 느끼게 해 주는 건 없었다. 필생의 임무와 굳게 연결되어 있는 기분이었다. 그리고 머지않아 인터뷰이들만큼 나도 용감해지기를 기도했다. 와일랜드와 다른 사람들은 세상에서 '사명'을 받았을 때 어떻게 온몸과 마음을 다해서 응답할 수 있었을까? 그들의 믿음은 어디에서 비롯되었을까? 그들의 에너지는? 헌신하기 위해 하루하루를 바치는 힘은? 나도 그들을 닮은 지구력을 가질 수 있을까? '하느님, 간절히 바랍니다.'

감사하게도 우주는 나에게 계속 아주 귀한 것들을 선물해 주었다. 하지만 나는 아직 글을 쓰고 있다는 사실을 함구하고 있었다. 내가 성장하고 있으며 그 일을 해낼 수 있다는, 아직은 연약한 믿음을 보호하려는 것이 주된 이유였다. 그러던 어느 날, 이런 내 상황을 잘 모르는 친구 하나가 놀러 왔을 때, 나의 직감은 말을 하라고 계속 부추겼다. '지금 쓰고 있는 책에 대해 말해!' 그래서 나는 말을 했다. 일주일 후 친구에게 피어스 브로스넌과 곧 그의 아내가 될 킬리 브로스넌을 소개받았다.

말리부 해변에 있는 브로스넌의 집에 들어서자 부서지는 파도와 끼룩끼룩 우는 갈매기 소리가 그가 연기한 '제임스 본드'만큼이나 정신을 빼앗았다. 존재할지도 모른다고 상상만 했던 규모의 실제 해

거대한 벽화들을 찾는 관람객은 연 10억 명에 이른다.

양 행동주의자들에 대한 이야기에 푹 빠져들었다. 브로스넌과 킬리가 그들의 친구가 고기잡이배에 몰래 설치한 카메라로 돌고래들을 남획하는 장면을 기록한 동영상을 보여 줄 때 구토를 할 뻔했다.

브로스넌과 킬리는 의회가 돌고래 안전 어업법을 제정하게 만들려고 끊임없이 노력했고, 그 결과 1990년에 돌고래 보호 소비자 정보법이 만들어졌다. 두 사람은 또한 지구에서 마지막 회색 고래의 번식과 분만 장소인 산 이그나시오 석호 둑에 소금 공장 건설을 중단시키는 데에도 일조했다. 또한 2016년 브로스넌 부부는 다큐멘터리 〈포이즈닝 파라다이스〉를 제작했다. 이 작품은 하와이에서 위험한 성분이 든 농약을 테스트하기 위해 무분별하게 살포·방치해 바람이 불 때면 인근의 주민들을 독성에 노출시킨 독성 실험 현장을 고발해 상을 받았다.

킬리의 명민함과 용기는 나에게 힘을 북돋워 주었다. 새로이 인터뷰를 할 때마다 참호 속의 전사들에 대한 나의 사랑은 크기를 키웠다. 동식물에게 영향을 주는 사안들을 글로 계속 써야겠다는 사명감, 그리고 글을 써야 하는 이유가 더욱 분명해졌다.

몇 주마다 한 번씩 나는 구루 싱을 방문해 상담을 받으며 그에게 속마음을 들려주었다.

"나는 일정표, '해야 할 일' 목록, 그리고 인맥 관리에 진심이에요, 구루." 내가 말했다. "하지만 꿈속에서 몇 페이지나 되는 글을 보거나, 작가가 되고자 하는 가장 내밀한 욕망을 별로 친하지도 않은 사람에게 털어놓아야겠다는 직감을 따르지 않았다면 완전히 실패했을 거예요." 구루의 눈매가 깊어지면서 눈가에 잔주름이 잡혔다. "그건 하느님인가요, 나의 뮤즈인가요, 직관인가요, 아니면 그저 평범한 멋진 행운인가요?" 내가 물었다.

"물론 그건 하느님이오!" 그가 감탄조로 말했다. "그러나 그 분류는 중요하지 않소."

"나의 하느님 뮤즈가 변덕스럽지 않은 것에 감사할 따름이어요." 나는 말했다. 셀럽의 명성에 얹혀 가는 건 쉽지 않았지만, 그들의 이야기는 끝없이 이어지는 화젯거리를 제공했다. 언제나 도움의 손길을 내밀거나 마치 자식에게 맹목적으로 사랑을 베푸는 엄마처럼 느껴지는 뮤즈와 함께. 뮤즈에게 인정받기 위해 기꺼이, 행복한 마음으로 그 힘들고 지루한 일을 해냈다.

'제발, 어떻게 해야 할지 알려 주세요.' 양팔을 활짝 벌리고 하늘을 받쳐 들거나, 나무 둥치를 끌어안거나, 까치발을 뜨고 기도를 올렸다. 두 손 두 발을 꿇고 이 일을 하는 특권을 준 하느님께 감사하며 하루를 시작했다. 매일 밤에는 잠자리에 들기 전에 바닥에 머리를 대고 조아렸다.

'이번 주에는 누구의 이야기를 들려주기를 원하는지요? 누가 이 임무에 참여하게 될까요? 다음 순서는 어떻게 시작하면 좋을까요? 아침에 일어났을 때 분명하게 알려 줘서 감사합니다.'

구루에게 영감을 받아서 하고 있는 아침 명상의 중단과 지속을 반복하며, 응답과 가르침, 비전을 고맙게 받아들이고 할 일 목록으로 삼았다. 실제로 글쓰기를 위해 드리는 기도는 단순했다. "오늘 나를 통해 글을 써 주셔서 고맙습니다. 나무들을 돕는 데 나를 쓰세요." 그러한 목적을 달성하기 위해 글을 쓰는 동안 뮤즈와 어머니 지구가 나와 서로 관계를 맺는 것이라고 생각했다. 예상보다 훨씬 더 자주 유명 인사들을 설득하는 동안, 일을 하나씩 진행할 때마다 몇 주씩 외부로부터 나를 격려시키는 동안, 끝없는 자료 조사에 지쳐 침침한 눈으로 하루를 끝내는 동안 그러했다.

기도는 뮤즈를 달래 줄까? 하늘에 있는 높으신 분과의 관계는 창의성으로 넘어가는 문턱에 기름칠해 줄까? 지혜가 우리에게서 나오는 것이 아니라, 우리를 '통해서' 오는 것이라고 믿는 사람들은 "그렇다."라고 말한다. 우리는 절대 혼자가 아니다. 모든 노력이 우리 어깨에 지워진 것은 아니다.

AA^Alcoholics Anonymous의 두 설립자 밥과 빌은 성향이 전혀 다른 사람들이었지만 함께 『The Big Book』(원제목은 Alcoholics Anonymous, 1939년 초판의 두께 때문에 붙은 별명-옮긴이)을 출간했다. 역사상 가장 많이 팔린 책 중 하나다. 빌은 초신비주의자였다. 그는 중독에서 벗어나는 치료를 받는 동안 회복하는 중에 갑작스러운 하얀빛을 보고 행복감을 느꼈다고 했다. 밥은 초실용주의자이자 현실적이었다. 빌은 하늘에 있는 높으신 분의 권능이 그를 구했다고 말했다. 밥은 그를 구한 건 동료애와 알코올 중독자 치료 프로그램의 원칙들이었다고 말했다.

우리 자신의 개인적인 이야기가 대자연, 혹은 돌아가신 할머니나 6차원에서 온 요정, 아니면 수년간의 수련, 연구, 피와 땀과 눈물에 좌우된다고 생각하는지는 중요하지 않다. 존재를 계속해서 드러낼 수 있는 충분한 믿음을 갖는 것이 중요하다.

내가 첫 번째 책에 대한 꿈, 혹은 반드시 성공해야 한다는 맹목적인 믿음을 가진 까닭을 자신 있게 말할 수는 없다. 하지만 성경에서 '구하라'고 해서 구했다. 그리고 지금도 구하고 있다. 그럴 때 필기도구를 준비해 두면 쉽게 받아 적을 수 있다. 나는 힘들고 지루한 일에 관심이 많다. 하지만 신성한 의식도 좋아한다. 깔끔한 글쓰기 공간에서 시작하는 것이 이상적이다. 그다음에 촛불을 켜거나 향을 피우고, 숲을 보존하는 일에 도움이 되려고 나를 통해 역사役事하시는 하느님께 감사한다.

공간을 가능성으로 가득 채우고 신성한 곳으로 느끼게 만들기 위해 무엇이든 하라. 머리를 떨구고 고독에 잠겨 있어도, 시끄러운 음악에 맞춰 사무실을 빙빙 돌아도, 주문이나 찬송가를 흥얼거려도, 고양이가 잠들어 있는 책상 위에서 키보드를 두드려도 좋다. 이는 창작의 세계에 연결됐는지 감지하기 위한 과정이다. 즉, 이 신성한 일을 진지하게 받아들일 시간이라고 우주와 당신의 무의식에 신호를 보내는 것이다.

영감을 위한 작가들의 노하우

반 존스 미스터리한 일이다. 우리 모두 가상현실 속에 갇힐 수도 있고 완전히 다른 외계 종족일 수도 있다. 누가 알겠는가?

인간은 오감으로는 파악할 수 없는 것을 알고자 하는 경향이 있다. 게다가 의미와 위안, 심지어는 방향까지 찾을 수 있는 것 같다. 믿음 혹은 직관 아니면 뮤즈라고 부르든 간에 삶에서 그것의 공간이 넓을수록 삶이 더 좋아진다는 사실을 깨닫는다. 반면에 삶에서 그것의 공간이 좁을수록 삶은 더 나빠진다는 사실도 깨닫는다.

원리원칙주의자나 그 비슷한 사람이 되지 않더라도, 나는 자신에게 무엇이 효과적인지 말할 수 있다. 마음과 스스로를 더 커다란 목적을 향해 열 때 더욱 좋은 말이 나오며, 그런 말들이 더 유용하다.

그것을 뒤집어 보면 말할 게 있다고 밝히기까지는 오랜 시간이 걸렸다. 부모가 인권 운동을 한 데다, 이곳은 세상을 더 좋은 곳으로 만들고 싶어 하는 젊은 아프리카계 미국인들이 북적이는 현장이기 때문이다. 10년 넘게 일하면서 노동력과 친환경 에너지에 대한 참신한 아이디어들을 내놓다 보니 할 말이 좀 생겼다. 그러다 백악관을 떠나 CNN에서, 그리고 뉴트 깅리치, 프린스, 오바마 대통령과 함께 일하면서 또 다른 말할 거리가 생겼다.

스티븐 프레스필드 직업 전선에 나섰던 초기, 정말 힘든 시기를 보냈다. 뮤즈에게 이렇게 말하며 그 시기를 벗어났다. "당신을 따르겠소. 어떻게 해야 할지 알려 주면 그대로 할 것이오." 우리가 뮤즈에게 관심을 기울이면, 뮤즈가 찾아와 계속 머무르리라는 걸 믿는다. 관심을 기울이지 않으면 뮤즈는 실망한다. 중요한 건 관심이다. 늘 말하지만, 살면서 언제나 충실했던 유일한 여성이자 항상 나에게 충실했던 유일한 여성은 뮤즈이다.

작가와 예술가는 뮤즈를 섬긴다. 그러므로 뮤즈에게 명령을 내릴 수는 없다. 뮤즈를 소환하는 것만 가능하다. 카이트 서핑을 아는가? 머리 위에 파라세일parasail용 낙하산 비슷한 것이 있고, 물 위에서 낙하산에 매달린 줄을 잡고 따라가면서 서핑을 하는 거다. 작가로서 우리는 수면에 떠 있는 서핑보드에 선 것과 같다. 하지만 우리를 이끄는 힘은 서핑보드에 연결된 줄에서 내려오고 있다. 돛의 역할을 하는 연을 바람이 부풀리면, 연이 우리를 끌어당긴다. 작가로 일하면서 이런 과정을 내면에서 바라본다면 우리는 많은 일을 하게 될 것이다. 앨범이 하나 나오면 또 다른 앨범이 뒤이어 나오고, 계속 이어진다. 이런 일들을 뮤즈가 추진하는 프로젝트라고 본다. 하나의 프로젝트를 끝내고 다음에 내가 하고 싶은 일이 무엇인지 묻는다. 무엇을 하면 좋을지 뮤즈에게도 묻는다.

누구나 타고난 운명이 있다고 믿는다. 작가로서 지구에 존재하는 우리에게는 써야 할 작품들이 있다. 머리 위에서 뮤즈가 날아다니며 그런 태도를 지닌 아래 세상의 누군가를 보게 되면, 뮤즈는 매우 기뻐할 것이다. 뮤즈가 보고 싶어 하는 모습이 바로 그런 것이기 때문이다. 뮤즈는 묻는다. 이 사람은 나를 진심으로 섬기는 사람인가? 내 생각에 뮤즈에게 구애하는 최선의 방법은 당신의 일을 하기 위해 필요한 것은 무엇이든 기꺼이 하는 것이다. 한눈팔지 말고, 무슨 일이 있어도 계속하라.

♡

메리앤 윌리엄슨 내가 쓰는 글을 하느님께 바친다. 그것은 사랑을 의미한다. 유용할 수도 있고 도움이 될 수도 있을 것이다. 인생에서 깨달음의 순간에 감탄할 때마다 치유된다고 생각한다. 그건 모든 작가의 희망이다. 그러니 우리가 쓴 글에는 깨달음의 순간이 있을 것이다.

성공하기 위해서 '해야 한다'는 여러 이야기를 들을 때마다, 그런 건 무시하라고 조언한다. 마음의 평온 속으로 들어가 명상하고 기도하며 안내를 부탁하라. 그다음에 물론 전문가의 말도 들어 보라. 하지만 그들은 당신에게 컨설턴트가 되어 줄 뿐이다. 가장 중요한 의사 결정은 마음속에서 들리는 고요하고 작은 목소리에서 비롯한다.

그것이 창조의 과정이다! 말하기에 적절한 단어, 쓰기에 알맞은 단어, 칠하기에 적합한 물감을 찾으려고 할 때 거치는 과정이며, 책을 홍보하기로 작정할 때 하는 것과 똑같은 과정이다. 모든 과정이 신성하다. 아인슈타인이 말한 대로 "하나하나가 다 기적이다. 그게 아니면 기적은 없다."

♡

리자 기번스 어머니가 들려준 충고를 되뇐다. 무대에 오른 다음에는 최선을 다하고 나머지는 내려놓기. 하느님이 우리와 함께 역사하며 우리를 통해 역사한다는 믿음을 가지고.

토크쇼에서 청중 앞에 나설 때 언제나 음악을 준비한다. 그러면 매번 같은 타이밍에 살짝 점프하며 손뼉을 치기가 쉬웠다. 그 동작은 "좋아요! 지금 나가요! 시작하죠!" 하는 순간 나를 뭍에 내려놓기 위한 닻이었다. 그런 다음에 등장해야 했다. 일종의 신경언어학적 프로그래밍 같은 방식으로 공연 모드로 전환하고는 다른 모든 것은 놓아 보낸다. 손질을 제대로 하지 못한 손톱, 찾지 않은 세탁물, 어제도 먹었던 파스타를 오늘 저녁에 다시 먹는 것 등은 잊는다. 의식은 초점을 맞춰야 할 곳에 집중하고 하느님을 영접하는 데 도움이 된다.

♡

엘리자베스 길버트 글을 쓰기 전까지는 기도하지 않는다. 더 많이 기도하게 되면 좋겠지만 기도하는 습관이 없다. 대충 건성으로 명상 수련을 하고 있기에, 다른 사람에게 나를 본받으라고 가르치거나 조언할 계제가 못 된다. 나보다 훨씬 높은 수준의 명상 수련을 하고 있는 사람들이 많다고 생각하기 때문이다. 경쟁이 아니라, 정말 차고 넘치게 깊이 있는 명상과 기도를 하는 사람들이 있다. 때로는 부러운 마음으로 그들을 바라보며 이런 생각을 한다. '왜 내가 저걸 안 하지?'

문제는 내가 그걸 잊었다는 거다. 잊어버렸기에 기도하는 일이 매우 어렵다. 참으로 고약한 일이다. 절박하지 않을 때는 기도가 더욱 잘 안된다. 기도라는 건 나 자신이 바닥을 치고 있을 때, 앞으로 무엇을 해야 할지 알 수 없을 때, 상실감을 느낄 때 절박하게 애원하는 행위라는 생각에 여전히 매여 있다. 그럴 때는 기도가 생각난다. 하지만 기도가 그런 식이어서는 안 될 것 같다. 아마도 내가 살펴보고 탐구해야 할 일인지도.

참 이상하다. 즐거울 때조차 기도하지 않는다. 아주 기쁘거나 흥분에 사로잡힐 때도 잠시 멈추고 기도하는 게 힘들다. 글을 쓰기 전에는 기도하지 않는 반면, 글을 쓰고 있을 때면 나는 가장 진실하고, 가장 현실적이며, 가장 조화롭고, 가장 경건한 자아를 가진 사람이 된다. 그러고 보면 그게 나의 기도일 수도 있겠다.

나의 책과 나 사이에는 대단히 신비로운 관계가 있다. 책 하나하나에 오직 그것만의 영혼이 깃들어 있고, 책이 원하는 뭔가를 지니고 있다고 믿는다. 나의 임무는 책을 가지고 일하는 것이며, 책 스스로 되고 싶은 것이 되도록 옆에서 시중드는 일이다. 출판 시장이 원하는 책이 아닐 수도, 심지어는 내가 늘 쓰고 싶어 하던 책이 아닐 수도 있다. 책을 쓰다가 막히면, 수없이 그 책에 말을 걸고 묻는다. "너는 어떤 책이 되고 싶은 거니?" 일단 하나의 책을 끝내고 나면, 그 책을 원하는 독자가 있는지, 혹은 그 책의 내용과 모양새가 시장성이 있는지 알 수 있다.

♡

메리 카 글을 쓰기 전에 일종의 호흡 기도 수련을 한다. 15분에서 30분간 그저 호흡을 따라가는 것이다. 한낮에는 자주 무릎을 꿇는다. 오래전 헤밍웨이가 했던 말을 읊조릴지도 모른다. "그저 해야 할 일을 말하라." 무릎을 치고 욕을 해 대며 전등을 향해 손가락질하며 이런 말을 할지도. "이렇게 힘든데 당신은 왜 나에게 이 일을 하라는 건가요?"

하느님께 시끄럽게 헛소리하는 것 같지만 적어도 우리는 대화를 나누고 있다고 생각한다. 또한 '양심 검사'라고 이름 붙인 일을 매일 밤 하고 있다. 그날 하루를 되돌아보고 하느님의 증거를 찾는 일이다. 하지만 내가 정말 곤경에 처했을 때는 모든 성인의 이름으로 기도를 올리기도 한다. 모르긴 몰라도 아마 45분 정도는 걸리는 것 같다. 머리를 비우는 데 좋은 방법이다.

♡

---

* 수상 경력이 있는 시인이자, 비평가들의 호평을 받은 『뉴욕 타임스』 베스트셀러 회고록인 『The Liars' Club』, 『Cherry』, 『Lit』, 『The Art of Memoir』 그리고 5권의 시선집 저자.

대니엘 라포트 이야기들을 그러모아 글을 쓰고 있을 때, "내가 도움이 되기를. 나의 이야기가 유용했으면 좋겠어."라고 기도할 뿐이다. 그렇다. 기도는 언제나 똑같다. "나를 쓸모 있는 사람으로 만들어 주세요."

♡

엘리자베스 레서* 그것을 '영적 연습'이라고 부르는 데는 이유가 있다. 피아노를 치면서 음계를 같은 방법으로 반복해서 연습하면 지루하다. 음계만 훌륭하게 연주하는 사람이 되려고 연습하는 게 아니기 때문이다. 아들들은 농구를 할 때면 밖에 나가 공을 반복해서 튕기곤 했다. 우리는 예술가나 운동선수가 되기 위해 필요한 그런 단조로운 일들을 연습한다. 영적 연습을 할 때 우리는 잠재력과 다정함, 목적과 더불어 사는 삶의 기술을 연습하고 있는 것이다. 실제로 우리는 어딘가에 도달하기 위해 연습을 한다.

---

* 오메가 연구소의 공동 설립자이자 『뉴욕 타임스』 베스트셀러 『부서져야 일어서는 인생이다』, 『Cassandra Speaks』, 『Marrow』의 저자.

Chapter
2

도구와 드림팀:
깊이 파고들기의 핵심

성실한 친구들을 찾고, 시간 낭비를 극복하는 방식을 설계하자.
또한 진정한 서포트 모임을 만들 때인지 따져 보고, 그렇다면 모임에
참여하자. 이번 챕터에서는 생산성 향상 전략을 구조화하는 방안을
다룬다. 또한 비전을 분명히 하고, 터무니없이 떠도는 이야기에 현혹돼
우왕좌왕하는 일을 줄이도록 한다. 작품을 판매할 때가 되면 에이전트와
출판사에서 바라는 상품을 준비할 수 있도록 학습곡선을 단축하는 데
초점을 맞춘다. 어떤 일이 닥치더라도 집중하고 전진하는 데
도움이 되는 팁도 공유한다.
글을 쓰는 데 도움을 얻는 법부터 시작하자. 창작자의 연대는
그냥 이뤄지지 않는다. 양질의 피드백을 주고받는 일도 곧바로
일어나지 않는다. 함께 작품을 만들려면 요령이 있어야 한다.

1

공동의 믿음은 힘이 세다: 글쓰기 모임과 친구들

"불을 피우기 위해서는 부싯돌 두 개가 있어야 한다."

루이자 메이 올컷

사람들 사이에서 지칠 대로 지쳤기 때문에 혼자 있는 걸 좋아하는 가? 아니면 훌륭한 스토리텔러, 호기심 많은 독자와 어울리며 글쓰기 동아리나 북클럽 만찬에서 재충전하는 것을 좋아하는가? 아니면 중간 쯤인가?

나는 아무 방해를 받지 않고 날마다 글을 쓰는 걸 좋아하는 '집순 이'다. 그리고 다음과 같은 생각을 하고 있다. '글은 함께 쓸수록 더 좋 아진다.' '친구라면 자신의 친구가 혼자서 글을 쓰도록 내버려 두지 않 는다.' 올바른 지원 시스템이 있다면 피드백을 받는 곳이 하나든, 둘이 든, 열둘이든 글쓰기의 힘은 더욱 강력해진다. 검증하기, 다듬기, 승인 얻기. 외톨이든, 무도회의 최고 미인이든 "당신에게도 좋았는가?"라는 질문에 대한 답을 원하지 않는 사람은 없다.

우리는 읽기와 쓰기를 혼자 외롭게 애쓰는 작업이라고 생각한다. 하 지만 읽기와 쓰기의 작동 원리는 생각과는 다르다.

내리닫이 잠옷 차림으로 엄마 어깨에 머리를 기대고 소파 끄트머 리에 앉아 있던 나는 『꼬마 마녀 도리Dorrie the Little Witch』라는 그림 책에서 눈을 떼지 못했다. 마법에 걸린 꼬마 마녀 도리와 깅크라는 검은 고양이, 큰 마녀인 엄마가 나왔다. 엄마 마녀는 겁을 주지 않을 때는 힘이 세고 지혜로웠다.

매일 밤 잠자리에 들기 전에 엄마가 도리 시리즈를 읽어 줄 때면 나는 너무나도 도리가 되고 싶었다. 도리는 원대한 포부와 순수한 마음을 가졌지만 잘못된 마법 주문을 시전하고, 위험한 마법사들과 친구가 되며, 실수로 집주인 쿡을 파란색 말로 변하게 한다. 늘 자신과 깅크를 곤경에 빠뜨리지만 나는 도리의 실수는 전혀 신경 쓰지 않았다. "도리는 언제나 모자를 비뚜름하게 썼고, 양말은 매번 짝짝이였다." 공감할 수 있었다. 하지만 작가 패트리샤 쿰스가 아무리 위태위태한 상황에 맞닥뜨리도록 설정해도, 착한 성품의 도리는 잘 헤쳐 나갔다. 도리가 선동했거나, 도리에게 닥친 모든 난국은 마법처럼 때맞춰 저절로 해결되곤 했다.

엄마와 함께 마법의 목격자였던 나는 애간장을 태우는 도리의 철없는 장난을 보면서 나도 마법을 지녔다는 믿음에 탄력을 받았다. 도리의 이야기에 내가 웃거나 환호할 때면 엄마도 웃고 환호했다. 맥박이 빨라질 때면 다독여 줄 엄마가 있어서 괜찮다는 것을 알았다. 우리는 함께 그것에 빠져 있었다.

책은 부모님이 함께 누리는 가장 큰 즐거움이었다. 캐럴과 나에게 책을 읽어 주지 않을 때면 오디오로 바흐 협주곡을 틀어 놓고 가죽 안락의자에 앉아서 소설이나 「뉴요커」 잡지 또는 『샌프란시스코 이그재미너』 신문의 기사를 보다가 서로에게 읽어 주려고 쳐다보곤 했다. 부모님은 "여보, 이거 좀 들어 봐!"라고 서로를 큰 소리로 불렀다. 수없는 방해를 받으면서도 읽던 곳을 어떻게 그렇게도 잘 찾아내는지 도무지 알 수 없었지만, 두 분의 '혼돈 속 동지애'가 좋았다.

나는 도서관 가는 날인 월요일을 좋아했다. 캐럴과 나는 엄마가 운전하는 뷰익 리비에라에서 굴러떨어지다시피 내려서는 동네에서 가장 그럴듯한 마법의 집 정문으로 달려가곤 했다. 쓰러질 듯 쌓아

올린 책 더미를 들고 집으로 돌아온 우리는 책등에 적힌 제목을 훑어보며 시간과 공간, 장소를 넘나드는 여행을 시작하고 싶은 열망으로 부산스러웠다. 책을 음미하는 고독을 즐기고 싶으면서도, 동시에 우리의 모험을 큰 소리로 알리고 의견을 교환하고 싶어 했다. 엄마와 아빠처럼.

책을 쓰겠다는 꿈을 품은 지 1년이 지났지만, 여전히 출간 그 언저리에 머물러 있었다. 엄마는 570㎞나 먼 곳에 있고, 캐럴은 영적인 일들을 수행하느라 바빴다. 가장 친한 친구 다이앤은 NFL(미식축구 프로리그) 쿼터백과 결혼해 애리조나에서 살고 있었기에, 약간의 '혼돈 속 동지애'가 필요했다. 그리고 마법과 큰 마녀도.

새 친구 메러디스 브룩스는 길고 새까만 머리에 연녹색의 눈동자, 그리고 높은 광대뼈에 탄력 있는 상아색 피부를 지닌 깜짝 놀랄 만큼 아름다운 여성이었다. 제시와 함께 메러디스를 가게에서 마주쳤을 때, 바로 친숙하게 느껴졌다. 이미 메러디스를 알고 있었던 제시가 우리를 서로 소개해 줬다.

"수요일 저녁에 우리 집에 꼭 와야 해요!" 메러디스가 말했다. 여성 창작자 동아리 여남은 명(할리우드 콘티 감독 한 명, 프로듀서 한 명, 화가 한 명, 여배우 두어 명, 몇몇 사업가)이 심리적으로 응원하고 표현력을 더 키우기 위해 매주 만났다. 각자 마음의 짐을 내려놓는 방법이었다. 이렇게 하면 혼자서 견디지 않아도 되고, 삶과 목표에 긍정적인 활력이 생기고 건전한 생각을 하게 된다.

평소와 달리 자신이 없어서 나는 주저했다.

"힘내요!" 싱어송라이터인 메러디스가 말했다. 그 확언이 마음에 들었다. 메러디스는 나와 비슷한 연배인데도 힘이 넘쳤고 현명한 데다 엄마의 정까지도 느껴졌다. 메러디스는 내가 모르는 일들도 알고 있고, 나의 게임판을 키워 줄 것이라는 감이 왔다.

정말 그랬다. 처음 만났을 때부터 메러디스는 책을 써야 할 사람이라고 생각했다. 세상에서 가장 치열한 경쟁이 벌어지는 도시에서, 나는 마치 그 모임의 창립 멤버인 양 받아들여졌다.

수요일은 내가 가장 좋아하는 날이 되었다. 옷을 잘 차려입고 여느 때와는 달리 여성스러움에 둘러싸일 기회가 주어지는 날이었으니까. 멤버들은 모임에서 수년간 전문적 기술에 숙달되어 있었다. 하지만 그들은 이제 갓 글쓰기를 연마하기 시작한 내가 모유 수유 중이며, 늘 잠이 부족한 엄마라는 사실을 개의치 않았다.

메러디스는 타이머를 놓고 규칙에 따라 모임을 체계적이며 엄격하게 운영했다. 우리는 분별력 있는 어른답게 시계 방향으로 원을 그리며 순서대로 승리와 좌절을 나누고 피드백과 격려를 받았다. 나는 테이블 중앙에 놓인 걸스카우트 쿠키가 담긴 접시에 집착하는 티를 내지 않으려고 애를 먹었다. '다른 사람들 눈에는 내가 보고 있는 저 쿠키가 안 보이나? 저 몹쓸 꼬마 걸스카우트들!'

메러디스는 눈길을 끄는 유명 밴드 몇 곳에 몸담아 왔지만, 자신에게 좀 더 잘 어울리는 밴드를 찾고 있었다. 메러디스에게 말했다.

"당신은 거물이 될 거예요!" 그런 '감'이 왔으니까. 텍사스에서 LA로 이주한 신예 여배우 재닛에게서도 비슷한 느낌을 받았다. 홈 커밍 퀸이었던 재닛은 미식축구단 댈러스 카우보이의 치어리더였으며 항공사 승무원이었다. 그녀의 크레스트-화이트 스마일(크레스트 치약의 치아 미백 키트 광고의 미소-옮긴이)은 한동안 할리우드에서 볼 수 있었다. 다른 스타들과 맞붙었을 때 발 빠르게 퇴장한 많은 스타와 달리, 재닛은 도망치려 하지 않았다. 재닛의 머리 주위를 성공이 아우라처럼 둘러싸고 있었다. 성공은 단지 시간문제일 뿐이었다.

그리고 캐리 앤도 있었다. TV에서 보기는 했지만, 어느 프로그램에서 봤는지는 기억나지 않는 여배우였다. '무척 상냥하고 예쁘다.' 캐리를 만나자마자 든 생각이었다. 그녀는 최면에라도 걸린 듯 차분한 인상이었다.

어느 날 모임이 끝난 뒤, 강아지처럼 메러디스의 뒤를 따라가서 내가 들었던 표현 기법에 대해 물었다. 자신이 창작하려는 것의 일부만 상상해 보라는 말을 들었기 때문이다.

"그게 효과가 있을 것 같아?" 내가 물었다. "마음을 진정시키는 게 힘들어. 원하는 것과 반대의 경우를 상상하게 될까 봐 걱정도 되고."

메러디스는 웃었다. 메러디스는 빠른 해결책이나 '마법'을 찾는 사람이 아니었다. 대부분의 사람이 기피하는 감정 노동이나 육체적인 작업을 선호했다. 그러면서도 개방적이었고 호기심도 많았다.

대화를 나누면서 기타를 연주하는 메러디스의 현란한 손놀림이 인상적이었다. "앞으로 내달리려는 마음을 느리게 기어가는 속도로 늦추려는 노력이 도움이 될 거야, 린다." 메러디스가 눈웃음을 지으며 말했다. 긴장하고 있는 게 그 정도로 티가 났나?

"요즘 프로 운동선수들이 시각화에 관해 이야기하는 건 아주 흔한 일이 됐어." 메러디스가 대화 주제에 더 깊이 들어가는 이야기를 했다. "그러고 보면 하느님이 하는 일에 참견해서 전체 장면을 통제하려고 애쓰기보다는, 원하는 것 중 한 부분만 보라는 말이 이해돼. 네 마음이 너무 오랫동안 정처 없이 돌아다니게 두지 마."

그날 밤 감사한 마음을 가득 안고 집으로 운전해서 돌아오며 맹세했다. 책에 수록할 꿈같은 인터뷰 장면을 단 몇 초만이라도 마음속으로 그리기 위해 주기적으로 생각의 속도를 늦추리라. 마음속 화면에 한 이미지를 짧은 동안이지만 집중해서 붙들고 있다가 그 우주 속에 놓아주기로 했다.

처음으로 빗자루에 올라탔던 '도리'처럼, 나는 '마법의 주문'이 초짜의 손에서 얼마나 기형적으로 변하게 될지는 알지 못했다.

우리 서포트 모임의 여성들은 아직 실현하지 못한 큰 꿈을 안고 근근이 살아가고 있는 일부 멤버를 '진심으로' 돕기 위해 모였다. 모이면 마음이 편했다. 함께 어려움에 맞섰던 시기에 대해서는 할 이야기가 진짜 많았다. 나의 찌그러진 모자, 짝짝이 양말 취향은 모임 구성원들의 화려한 면모와는 비교할 바가 아니지만, 나는 그렇게 선택

받은 소수의 일원이라는 느낌에 한없이 기뻤고 감사했다. '딱 맞는' 모임과 함께하면, 여성들이 하나로 뭉치면 마법이 일어난다.

그들의 수련법과 응원의 놀라운 결과를 목격하기 전에 제시와 나는 다른 주로 이사를 하게 되었다. 하지만 몇 년 뒤에 우리 서포트 모임을 움직이는 동력 가운데 가장 좋아하는 부분을 새로운 글쓰기 모임에 적용했다. 23년이 지난 지금도 여전히 바위처럼 단단한 서포트 모임이다. 우리가 로스앤젤레스 벤투라 대로의 마멀레이드 카페에서 격월로 모임을 시작했을 때 다섯 명 가운데 나 혼자만 책을 한 권 낸 상태였다. 몇 년 동안 우리는 서로 도와 스무 권이 넘는 책을 내고, 무수한 과정을 거쳐 에미상 수상자도 한 명 나왔다. 나 역시 글쓰기 워크숍을 만들면서 두 그룹의 장점이 최대한 발휘되도록 했다. 그곳에서 수많은 꿈이 실현되었다.

요즘에는 서포트 모임을 생각하면 땅속 깊은 곳에서 뿌리가 얽히고설킨 채 서로 연결되어 있는 숲속의 나무가 떠오른다. 베스트셀러 『나무의 숨겨진 삶The Hidden Life of Trees』에서 저자 페터 볼레벤은 인간 공동체와 나무는 함께 일하는 이점을 가졌다는 점이 닮았다고 썼다. 한 그루의 나무는 숲이라고 하지 않는다. 혼자 서 있는 나무는 한결같은 상태를 유지할 지역 기후를 조성할 수 없기에, 바람과 날씨 앞에서 속수무책이라는 사실을 알게 된다.

책에서 볼레벤은 말한다. "그런데 나무들이 함께 모여 있으면, 극심한 더위와 추위를 완화하고, 많은 물을 저장하며, 높은 습도를 생성·유지하는 생태계를 만들어 낸다. 그리고 이렇게 보호된 환경에서 나무들의 수명은 아주 길게 연장된다." 서포트 모임도 마찬가지로 그들보다 더 오래 살아남을 작품을 창작하도록 그들을 양육하는 보호 환경을 만들 수 있다.

작가들은 내향적인 사람들이어서 수업을 함께 듣거나 단체에 소속되어 얻을 수 있는 이점을 놓칠 수 있다. 작가들은 또한 예민하다. 그래서 우리의 뮤즈들은 다른 이의 불친절한 말 한마디에 주눅이 들어 버리기도 한다. 우리는 나무처럼 두꺼운 껍질을 둘러야 할 필요가 있다. 쓸모가 없거나 불건전한 피드백은 무시하고, 도움이 될 지원을 요청하는 방법을 배워야 한다. 서로 다른 감성을 지닌 사람, 당신의 글과 연관성이 없는 장르의 글을 쓰는 사람, 수십억 년이 지나도 당신이 쓰는 책과 비슷한 부류의 책은 절대로 읽을 일이 없는 사람들이 주로 불건전한 피드백을 준다.

어디에 있든 고립된 느낌을 받는가? 책을 구상하고 이를 1인극으로 만들려는 아이디어가 외롭게 느껴지는가? 살짝 맛이 간 것처럼 보이기도 한다고? 글쎄, 내가 하는 이야기는 도움이 되지 않을 수도 있다. 적어도 지금은 그렇게 보일지 모른다. 하지만 나중에는 내게 고마워할 것이다. 다른 사람들이 그랬으니까.

친구, 심지어 가족조차도 당신의 책을 읽으려고 하지 않을 것이다. 아마도 절대로 읽지 않겠지. 가장 가깝고 소중한 이들도 그런 범주에 들어가는 경우가 종종 있다.

걱정하지 마시라. 당신이 특별해서가 아니라, 이런 건 우리 모두에게 일어나는 일이기 때문이다. 그들은 아마도 그 책을 좋아하지 않게 될까 봐 두려워하는 것일 수도 있다. 아니면 당신이 그런 이야기를 하는 것에 싫증을 내고, 그 일이 당신의 시간을 앗아 가는 것에 분개해서 그러는지도 모른다. 그들에게 시간이 부족해서 그럴 수도 있다. 혹은 당신을 이미 사랑하고 있기에 당신이 가치 있는 존재라는 사실을 더 이상 그들에게 납득시킬 필요가 없을지도 모른다. 어쩌면 그냥 형편없는 사람들이라서 그럴 수도 있다. 그럴수록 당신의 책에 적합한 출판사를 찾아야 한다.

읽기, 그리고 첫 글쓰기 스승으로부터 어쩌면 놀랄 만큼 훌륭한 글이라는 피드백을 받은 당신의 쓰기는 공동 작업에서 시작되었다는 사실을 기억하라. 이 글쓰기의 여정에 누구와 함께 갈 수 있는지 생각해 보자. 내리닫이 잠옷을 입기에는 너무 큰 어른이 되었을지 모르지만, 그렇다고 해서 기대어 책을 읽을 어깨가 필요 없다는 의미는 아니다. 글쓰기, 그리고 세상을 변화시키는 일은 친구나 모임과 함께하는 게 낫다. 더 풍부한 창의성, 더 순조롭게 뻗어 나가는 학습 곡선, 더 강력한 결과물을 얻을 수 있다. 보다 맑은 정신. 그리고 웃음. 글을 사랑하는 동료들은 당신이 과거의 무관심, 변명, 부담감, 그리고 글 길이 막히는 현상을 날려 버리는 데 도움을 줄 수 있다.

루이자 메이 올컷은 『작은 아씨들』을 집필하면서 앞부분 12개 챕터 분량의 원고를 출판사에 보냈다고 한다. 올컷과 출판사는 당시 그 원고가 지루하다고 생각했다. 다행히도 젊은 여성 독자들에게 원고가 '훌륭하다'는 피드백을 받은 덕분에 작가와 출판사는 자신감을 얻을 수 있었다. 『작은 아씨들』의 즉각적인 성공은 작가와 출판사 모두에게 놀라웠지만, 작품을 살려 낸 '젊은' 여성 독자들에게는 놀라운 일이 아니었다.

서포터, 글쓰기 친구, 서포트 모임을 찾으라. 모임의 규모 및 빈도, 소통 방식(대면, 비대면, 이메일) 등 고려해야 할 요소들이 있다. 구성원 한 사람의 작업에 집중할 것인가, 아니면 여러 사람의 작업을 동시에 할 것인가? 구성원이 작업해야 할 원고 분량은 얼마나 되는가? 각자에게 할당된 작업물을 모임에서 낭독할 것인지, 아니면 미리 읽고 메모해 모임에 참석할 것인가? 어떤 것이 가장 도움이 될지 알아내는 과정을 즐기라. 이 또한 궁극적으로는 당신의 창작물이다! 어떤 사람들은 건강에 좋은 약이 되는 경쟁, 그리고 많은 목소리가 있는 활발한 토론 환경에서 무럭무럭 자란다. 그런 사람들은 다른 멤버들이 최대치의 기량을 발휘하는 동안 자신들의 과제를 마치지 않은 상태로 모임에 나타나고 싶어 하지 않는다. 하지만 그로 인해 화장실에 숨고 싶은 마음이 들 정도라면, 훌륭한 코치를 찾아보는 게 어떨까? 아니면 좀 더 친밀한 워크숍이 이상적일지도 모른다.

확고하고 건전한 경계가 있는 서포트 모임의 목표 설정은 중요하다. 내 워크숍에서는 타이머를 사용한다. 그래서 멤버 모두가 원고를 읽고 의견을 표현하는 시간이 얼마나 걸리는지 알고 있고, 아무도 그 시간을 독차지하지 못한다. 모임을 시작할 때마다 기도하거나 모임 의도를 정한다. 모두가 최선을 다하고, 원하는 것을 확실하게 얻을 수 있는 신성한 공간임을 선언한다. 호흡이 느려지고 어깨가 이완되는 모습을 지켜본다. 작품을 읽기 전에 멤버들에게 어떤 종류의 피드백을 원하는지 말하게 하라. 어떤 사람들은 가차 없이 진실만을 듣고 싶어 한다. 어떤 사람들은 약간 부정적인 기미만 엿보여도 혼비백산한다.

많은 사람에게 효과를 보는 기법은 이른바 '피드백 샌드위치'라고 알려진 것이다. 다른 사람이 쓴 작품에서 마음에 들었던 부분을 언급하는 것으로 시작한다. 부정적인 비판을 하고 싶다면 "당신이 쓴 이 부분이 잘 이해되지 않았어요. 왜냐하면…"이라고 말하거나, "나는 당신이 말하고자 하는 ~이 어떤 의미인지 잘 모르겠어요."라고 말하는 등 건설적인 방식으로 제안하는 것이다. 그다음엔 긍정적인 발언으로 마무리한다.

앤 라모트는 다른 사람의 작품을 파괴하는 것에 '거의 극치의 즐거움'을 느끼는 사람들에 대해 경고했다. 아마 그들이 스스로의 작품을 창작할 수 있을 만큼 단단하지 못하기 때문일 것이다. 냉정한 피드백은 너무 가혹하게 느껴질 수 있다. 하지만 구체적이고 건설적인 비판이 없는 피드백은 당신을 작가로 성장시키지 못한다. 피드백을 받는 입장이라면, 피드백을 받은 채 그대로 그냥 앉아 있어도 괜찮다고 마음을 다잡아야 한다. 그 순간에 바로 응답해야 한다고 생각할 일이 아니다. 공감할 수 있는 내용만 받아들이고 나머지는 내려놓는다.

때로는 잘 맞지 않는 사람들과도 올바른 글을 쓸 수 있다. 다음의 질문을 던져 보라. '이들이 내 사람들인가? 기량을 최대한 발휘할 수 있게 해 주는가? 정기적으로 모임에 나가서 만날 정도로 그들은 중요한가?' 당신은 괜찮은데 상대방이 그렇지 않다면, 그들이 당신을 평가하고 있다고 느낄지 모른다. 그럴 때는 용기와 비전이 필요하다. "아뇨, 됐습니다. 이 작품은 그렇지 않습니다." 이렇게 말할 수 있는 자신감이 있어야 한다.

감정은 전염된다. 우리가 주변 사람들의 감정을 느낀다는 사실을 과학은 증명한다. '올바른' 사람들은 모든 것이 가능하다고 믿게 한다. 글쓰기 친구나 모임은 당신의 원대한 목표를 믿게 하고, 알지 못했던 선택지들을 볼 수 있게 도와줄 것이다. 그들은 계속해서 앞으로 나아가게끔 동기를 줄 것이다. 왜냐하면 다른 사람들이 나에게 보여 주는 것처럼 당신도 다른 사람들에게 보여 주기를 원하기 때문이다. 팀워크는 드림워크다.

작가들의 공동 작업

수 몽크 키드 내게 첫 번째 독자는 딸(앤 키드 테일러, 『엄마도 딸이었다』
의 공동 저자)이다. 딸은 탁월한 독자이며 훌륭한 피드백을 준다. 아
이가 얼마나 대단한 독자인지 알고서 매우 놀랐다. 그래서 작가가
되면 좋을 품성이라고 어렴풋이 생각했는데, 알고 보니 내게 가장
도움이 되는 거였다. 한 챕터가 끝날 때마다 그것을 딸에게 주고, 딸
은 읽는다. 읽고 나서 자신의 생각을 말해 주고, 좋은 제안을 하기도
한다. 『The Book of Longings』을 작업할 때 딸에게 말했다. "등장
인물인 예수님의 캐릭터를 살짝 장난스럽고 약간 유머러스하게, 그
리고 조금은 평범한 인물로 묘사하는 게 굉장히 중요해."

딸이 대답했다. "여주인공 애너가 예수님의 머리를 짧게 자르게 하
지 그래요?"

나는 생각했다. '그거 기발한 아이디어로군. 그렇게 해야겠다.' 그리
고 그렇게 했다.

♡

로라 먼슨 글쓰기 인생은 어렸을 때부터 나의 피난처였다. 20대 초반
에 작가로서의 경력을 쌓겠다는 각오를 밝히고 글을 쓰는 삶을 시
작했지만, 그때 나의 갈망을 이해해 주는 사람들과 함께 있어야 한

다는 사실을 깨달았다. 당시 시애틀에서 월요일마다 모이는 글쓰기 모임에 5년 동안 합류한 건 그런 이유에서였다. 모임에는 규칙이 있었다. 모임 이후에 차를 마시는 등의 친목 활동은 하지 않는다는 것. 내가 받았던 최고의 피드백 중 일부는 그 모임의 여성들로부터 받은 거였다! 서로 멀리 떨어져 살고 있지만, 여전히 매우 친하게 지내며 해마다 워크숍에 함께 가고 있다. 우리 모두 젊었고, 서로 커다란 꿈을 가질 수 있도록 도와줬기 때문이라고 생각한다. 그들의 지원 덕분에 꿈을 실현한 걸 생각하면 흐뭇하다.

♡

제니 로슨 비판에 귀를 기울이는 것은 힘들다. 그래도 비판 없이는 앞으로 나아갈 수 없다. 하지만 비판에 주눅 들지 않기 역시 힘들다. 남편은 더 이상 나의 책을 읽지 않는다. 기회가 있는데도 말이다. 나는 남편에게 말한다. "당신이 읽어도 돼. 그리고 뭔가 눈에 띄는 게 있으면 '아, 여기에 이 말은 넣지 마'라고 말해 줘." 하지만 남편은 그런 식의 비판이 내게 해롭다는 사실을 알고 있다. 그런 비판을 들으면 다시는 글을 쓰고 싶지 않고, 모든 글이 허접쓰레기 같은 기분이다.

대신에 내게는 책이 출간되기 전에 베타 테스트 독자인 세 명의 친구가 있다. 그중 한 명에게 전화를 걸어 책을 읽어 준다. 친구들이 제대로 된 포인트에서 웃어 주는지, 아니면 책 읽기를 멈추게 하고는 "잠깐, 뭐라고?"라고 말하는지 귀 기울여 듣는다. 친구들이 나를 격려해 주면서도 굉장히 솔직하게 말해 줄 것이라는 걸 알고 있다. 글을 수정하고 나서 일주일 후쯤 다음 친구에게 전화를 걸어 말한다. "한번 읽어 볼게." 그러면 친구는 묻는다. "내가 제일 먼저 듣는 거겠지?" "아, 물론! 당연히 네가 처음이지!" 나는 거짓말쟁이니까.

그 후 에이전트에게 원고가 전달되고, 그는 완전 친절하게 말한다. "정말 좋습니다, 좋은데요. 조금만 더…" 에이전트는 내게만 먹히는 '제니 랭귀지'를 알고 있다. 그런 다음 편집자에게 원고가 넘어간다. 책 한 권이 나올 때까지 얼마나 많은 사람이 "난 이거 별로야…, 별로야…, 별로야."라고 말하는지! 만약 당신이 자기 자신을 싫어하는 성격이라면 다른 사람들이 "당신의 문장은 너무 장황합니다."라고 비판할 때, "다시는 글을 쓰지 않겠어!"라고 말하기 십상이다.

♡

브론윈 살림베니[*] 사람들은 자신이 속한 커뮤니티에 너무 많이 매달려 있다. 내게는 커뮤니티의 돈독한 관계에서 오는 활력보다는, 작품과 결과물의 질이 중요했다. 물론 모임 멤버들은 서로 배려하고 공정해야 한다. 하지만 나는 결코 친목을 위해서 커뮤니티에 들어가지는 않는다.

글쓰기 워크숍은 강렬한 힘을 발휘했다. 마치 작가로 확인을 받는 '견진성사'를 치른 것과도 같았기 때문이다. '그래요, 나는 쓸 수 있습

---

[*] 175개 이상의 테드x, 테드글로벌, 테드 강연의 대본을 쓰고 감독 및 제작한 커뮤니케이션 코치, 블로거, 팟캐스터이자 연설가.

니다. 예, 나는 작가입니다.' 그 힘은 모임에 속한 뛰어난 여성들과 함께 느낀 친밀감과 연대 의식에서 비롯되었다.

욕망과 계획에 대해 확인받고 잘못을 깨닫자, 초조한 마음이 사라졌다. 이제는 의자에 붙박여 엉덩이로 글을 쓸 시간이었다. 그때 나는 수요일마다 비공개 페이스북 계정에서 '글쓰기'를 사용했다. 그 후 페이스북 활동을 접었지만, 정해 놓은 시간에 접속해 시작과 끝나는 시간을 확인하면서 몇 시간 동안 서로 설명하라고 채근하곤 했다. 천국이 따로 없었다.

글쓰기 모임에서 친목이나 그 어떤 인맥도 기대하지 않는다. 글쓰기 모임에 들어가는 것은 '나'는 작가이며, 작가의 역할을 진지하게 받아들여야 한다는 사실을 되새기기 위해서다. 타이머가 울리면 글을 쓸 시간이니 실행해야겠다는 것을 상기하기 위해서다. 이와 같은 나의 행동을 진지하게 받아들이는 사람들과 함께라면, 내가 비명을 지르며 의자에서 달아나고 싶을 때 글쓰기 모임에 들어가서 계속 함께 글을 쓸 수 있다.

스카이다이빙을 해 본 적이 없지만, 비행시간의 마지막 5분간은 침묵이 흐를 듯싶다. 각자 용기를 내기 위해서는 깊이 침잠해야 할 테니까. 비행기 안의 사람들은 함께 있으면서도 대부분 침묵한다. 그 위험한 순간에 가까이에 있는 서로의 존재는 선물과도 같다. 거기에는 대화도, 싸움도, 슬픔도, 뒷담화도 없다. 그저 모든 걸 내려놓고 낙하산 줄을 허리에 매고 뛰어내리는 것뿐이다. 이런 방식으로 운영되기에 나의 글쓰기 모임들을 좋아한다. 소속감과 책임감이 충분한 까닭에 지지를 받는 느낌으로 작업을 시작할 수 있으므로.

♡

로지 월시 글을 쓰면서 격리 상태가 되는 것과 피드백이 부족한 것이 정신 건강에 영향을 미친다는 것을 깨달았다. 그래서 글쓰기 파트너를 찾기로 작정했다. 믿을 만한 친구들에게 물어보았지만 다들 글을 쓰느라 너무 바쁘다고 했다. 막 포기하려 할 즈음 친구의 파티에서 한 여성을 만났다. 그녀가 물었다. "당신이 나와 생면부지인 건 아는데요, 내가 쓰고 있는 걸 한 번 훑어보고 올바른 방향을 말해 줄 수 있을까요?" 대박 아닌가. 그녀는 말을 이었다. "당신에게 무엇으로 보답해야 할지 모르지만 영어를 가르친 경력은 있으니까 기꺼이 당신의 글을 봐 드릴게요. 당신은 내 의견을 바라지 않을 것 같기는 하지만요."

상상 이상의 제안이었다. 우리는 서로에게 작업물을 보내기 시작했다. 한 사람의 원고에 한 시간쯤 잡아 두 시간 동안 만났다. 종종 수요일 아침에는 더 오랫동안 만나곤 했다. 그것은 변화의 계기가 되었다. 일과 힘겹게 씨름하고 있더라도 항상 그녀한테 도움이 되는 피드백을 줄 수 있다. 그러면서 내가 스토리텔러라는 걸 상기한다. 마찬가지로 내가 아무리 일과 힘겹게 씨름하고 있더라도 그녀는 늘 도움이 되는 피드백을 주었다. 그녀는 수많은 늪에서 나를 꺼내 주었다. 소설 『전화하지 않는 남자 사랑에 빠진 여자』에 등장하는 꽤 많은 멋진 아이디어들은 그녀의 도움 덕이다.

♡

테리 맥밀런 몇 년 전 할렘 작가 조합이 나를 받아 주었다. 단편소설 「Mama, Take Another Step」을 쓰던 시기였다. 조합 작가들 앞에서 그 작품을 낭독해야 했다. 이미 책을 출간한 작가들도 있었다. 너무 긴장한 나머지 시작 전에 테킬라를 두 잔이나 마셨던 걸로 기억한다. 그때까지 나는 누구 앞에서도 내 작품을 낭독해 본 적이 없었다.

작품을 읽자마자, 장차 나의 가장 친한 친구가 될 어떤 여성이 손을 들고 말했다 "저기, 그건 단편이 아닌걸요. 장편 소설의 첫머리예요. 마저 써서 끝내는 게 낫겠어요." 그 방에는 14명이 있었는데, 그중 몇 명이 "저분 말이 맞아요."라고 했다. 난 그때의 일을 결코 잊지 못한다.

"장편소설 쓰는 법을 몰라요." 내가 말하자, 그들이 대답했다. "배우게 될 거예요. 이 작품은 아직 덜 끝났어요."

그룹은 때때로 개인이 볼 수 없는 것을 본다.

♡

엘리자베스 길버트 운이 좋았다. 마리 폴레오의 책 『믿음의 마법』의 초고를 최초로 읽을 수 있었으니까. 자기 작품을 때 빼고 광내지 않은 단계에서 다른 사람들과 공유하는 건 딱 상처받기 십상인 행동이다. 신뢰를 얻어 그 일을 떠맡는 것을 나는 매우 진지하게 받아들인다. 출간 전 원고를 누군가에게 건넬 때의 기분을 알고 있어서다.

다른 이의 원고를 읽을 때는 늘 그 사람에게 질문을 해야 한다. "어떻게 도와드릴까요? 내가 도울 수 있는 게 뭐죠?" 출간 전 원고를 읽는 방법은 매우 다양하다. 어떤 사람들에게는 "참 잘했어요. 정말 자랑스러워요, 우리 귀염둥이!"라는 격려가 필요할 뿐이다. 수고했다며 토닥토닥하는 것. 내게 종종 필요한 게 그런 거다. 나는 친구들에게 말한다. "비판은 됐거든? 지금은 그냥 의지가 되는 말만 해 주면 좋겠어. 비평을 받아들일 준비를 아직 못 했어." 그리고 레이저가 될 수 있는 말이 필요할 때도 있다. 그러면 이렇게 말하는 것이다. "챕터 5에서 빠져나오는 방법 좀 알려 줘. 오도 가도 못하고 있어." 누군가 정말로 신뢰하는 사람이 있다면 이렇게 물어도 좋다. "전체적으로 훑어보니 어때?"

♡

아디티 코라나[*] 첫 번째 책 『Mirror in the Sky』를 작업하는 동안 나는 가까운 작가 친구 여덟 명과 캘리포니아주 팜스프링스에 있는 집을 일주일간 빌렸다. 우린 새내기 창작자들이었고, 글쓰기로 성공하기 위해 프리랜서로 잡다한 일들을 하며 근근이 생계를 유지했다. 그 집을 빌린 것은 우리 자신과 글, 그리고 서로에 대한 약속을 위해

~~~~~~~~~

[*] 전직 기자이자 할리우드 스튜디오의 영화 마케팅 임원. 『Mirror in the Sky』가 첫 소설이고, 뒤이어 고대 인도를 배경으로 한 페미니스트 역사 판타지 『The Library of Fates』를 출간했다.

서였다. 그 일주일을 연대하며 신뢰가 끝없이 넘치는 가운데 결연히 작업에 임했던 시기로 기억한다. 함께 요리하고 워크숍을 진행하고, 수영장에서 브레인스토밍을 했으며, 주방 테이블에 둘러앉아 서로가 쓴 단편들을 읽었다. 저녁이 되면 원고를 수정하고 읽는 동안 칵테일을 만들었다. 정말이지 빛나던 시간이었다. 지금도 나는 작가 친구들과 적어도 1년에 한두 번은 이런 시간을 보낸다. 창조적이며 영감을 얻을 수 있고, 끝내주게 즐겁다.

2

잠수하고 싶을 때:
작가들의 안식처

"외따로 서 있는 나무들은
어떻게든 자라기만 한다면 점점 강해진다."

윈스턴 처칠

고독. '명사.' "혼자 있거나 혼자 사는 상태, 은둔. 장소로서 거주지에서 멀리 떨어짐. 사람의 활동이 없음. 쓸쓸하고 인적이 드문 곳."(사전에서 '고독'을 찾아 보았다.)

쓸쓸한? 인적이 드문? 동의하지 않는다. 내가 아는 대부분의 작가는 그들의 작품 속에 등장하는 바쁘고 사람이 북적이는 이야기 속에서는 결코 외로움을 느끼지 않는다. '고독Solitude'이란 단어를 보면 '솔sol', 즉 '태양의 빛'이 보인다. 은둔은 글쓰기가 의존하는 힘의 원천이다. 고독은 우리의 이야기가 있는 곳 안에 머물고 있는 빛과 우리를 연결해 준다.

앞 장에서 보았듯 글쓰기 공동체는 중요하지만, 연결을 위한 시간과 은둔할 시간도 있는 법이다. 이야기꾼은 자신의 생각을 들어야 하고 그래서 평온과 고요가 필요하다. 세상에서 아이디어를 얻고 탐색하는 일의 대부분을 밖에서 하는 외향적인 사람들, 정치인들조차 어느 시점에 안으로 들어가 자기 안의 빛을 이용해야 한다. 고독을 추구하는 건 해 볼 만한 일이다.

쓸쓸한 평화와 고요. 폴의 저택에서 스튜디오 시티에 있는 임대 주택으로 이사할 때 우리가 찾으려고 애쓰던 것이었다.

할리우드에서의 살림살이 잔재를 떨어내는 데 몇 년이 걸렸다. LA 폭동이 일어나자 엽총을 휘두르는 시민들이 차량을 에워싸고, 로스앤젤레스 선셋 스트립 거리가 지옥으로 변했던 아침. 내가 브랜던 리의 샴고양이들을 돌보고 있는 동안 〈크로우〉 촬영장에서 비극적인 사고로 그가 세상을 떠난 사건 그리고 슬픔.* 제시와 내가 알아가고 있는 여자, 니콜 브라운 심프슨 살인 사건을 둘러싼 사랑하는 사람들의 싸움으로 매스 미디어는 흥미 위주의 보도를 이었다. 눈부신 스포트라이트 속에서 급속히 도시는 분열됐다.

온갖 소음과 광기가 난무하는 가운데, 내 안의 모성애는 우리 아들, 그리고 또 하나의 아기인 책을 키우기 위해 더 평화로운 곳을 갈망했다.

토시가 낮잠을 자고 있어 나는 몸을 담요로 돌돌 말고 책상에 앉았다. 제시는 미국 배우 방송인 노동조합 소프트볼 연습을 하고 있었다. 내가 아홉 번이나 수정한 단락이 잘 고쳐졌다. '심호흡을 하자.'

바로 그때 이웃집의 낙엽 청소기가 귀청이 터질 듯 돌아가고, 개들이 일제히 요란하게 짖어 댔다. 달려가 창문을 닫을 때 토시가 눈을 비비며 벌떡 일어났다.

먼지와 소음이 휘몰아치고 난 뒤 내가 '작은 도련님'을 다시 재우자마자 택배 트럭이 길 건너에 정차했다. 다시 한번 개들의 컹컹 소리가 난무했다. 매일같이 들리는 사이렌 소리, 자동차 소리, 대로변 가까이에서 날아다니는 경찰 헬리콥터 소리는 스트레스였다. 또다

---

* 배우 이소룡의 아들인 브랜던은 캐럴의 남편인 빌 앨런과 가장 친한 친구였다. 오랜 시간 영화계에서 활약해 온 배우이자 작가인 빌은 기막히게 멋지고 불손하면서도 신비스러운 회고록『My RAD Career』에서 브랜던에 대해 썼으며 그의 인생에 대한 다큐멘터리 제작에도 참여하고 있다.

시 글쓰기가 중단됐다. 이곳은 잔디밭 공원과 야외 카페로 이름난 산 페르난도 밸리에 둘러싸인 스튜디오 시티다! 어떻게 우리의 그림 같은 주거지가 이렇게 파괴적일 수 있을까? 내가 지금 글을 쓸 수 없다면 단잠 자는 시간 따위를 어찌 바라겠는가?

구루의 제안을 듣고 매일 명상을 했다. 정기적인 방문객이 나타났다. 검은 머리를 길게 땋고, 무두질한 가죽옷을 입고, 숯빛 눈에, 붉은색 반다나를 두른 미국 원주민 남자. 내가 눈을 감을 때마다 그가 보였다. '참고로 말하자면, 난 아무 데도 안 갑니다.'

그가 누구인지 전혀 몰랐다. 하지만 당시에는 캐럴의 남자 친구였던 빌이 토머스 원 울프라는 인디언 치료 주술사 이야기를 했을 때 오싹했다. 빌은 루 다이아몬드 필립스가 그들이 출연한 〈수 시티〉의 원주민 인디언 묘사를 감수하기 위해 토머스를 데리고 왔을 때 그를 처음 만났다.

"린다에게 그가 진국이라고 말해 줘."라고 루가 말했다. "그와 연락할 수 있다면 그는 린다의 책에 들어갈 일생일대의 인터뷰를 할 거야." 문제는 토머스와 연락할 방법이 없다는 것이었다. 그는 전화가 없다. 표지판도 없고 미로 같은 비포장도로에서도 외따로 떨어진 뉴멕시코주 북부의 숲속 어딘가에 살고 있었다. 게다가 그는 '다른 사람 앞에 정말 자신을 드러내지 않는' 사람이었다.

한밤에 글을 쓰기 위해 잠을 안 자는 일에 차츰 익숙해지고 있었다. 그러나 도시를 떠나 덜 복잡한 어딘가에서 다시 시작하고자 하는 제시의 욕망을 이해하게 되자 이상하게 마음이 다급해졌다. 제시가 비인간적인 오디션을 받는 것을 지켜보며 가슴이 찢어지는 듯했다. 남편을 꼭 닮은 남자들 40명이 있는 방에서 남편은 할리우드 총살형 집행 부대원 앞으로 불려 나가기를 초조하게 기다리고 있었다. 환상적인 연기를 하든지 아니면 서둘러 죽으라고 윽박지르며 무표정한 얼굴로 앉아 있는 캐스팅 감독과 프로듀서들 앞에서 말이다. 나중에 자기네 잔디밭에 똥을 누고 있는 우리 개를 노려보는 노부인에게 제시가 고함을 지르는 것을 보자, 그 사실이 분명하게 다가왔다. 제시는 대사를 외우고 시시껄렁한 대화를 나누고 운전까지 다 했건만 겨우 전화기 옆에 앉아 연락을 기다리는 신세였다. 또다시 다른 배우에게 그 배역이 돌아갔다는 소리를 듣고는 피폐해져 갔다.

하지만 더욱더 두려워한 것은 집에 있는 제시와 갑자기 단절된 느낌이 들기 시작했다는 사실이다. 익숙해진 내 책의 번잡한 세계에 들어가면서 매일 함께했던 우리의 세계가 점점 두 개로 갈라지는 느낌이었다. 그 세계는 내가 그리도 남편을 끌어들이려고 애면글면했건만, 제시에게는 알 수도 없고 닿을 수도 없는 곳이었다.

그래서 노스리지 지진이 일어난 새벽 4시에 우리가 침대 밖으로 튕겨 나가고 근처 아파트 단지에 사는 사람들이 죽었을 때 나는 뉴멕시코를 방문하기 위해 자동차와 강아지들을 챙겼다. 루 다이아몬드 필립스는 토머스 원 울프가 팔려는 땅이 있다고 했다. 토머스는 로키산맥 기슭의 미개간지에 있는 오두막에서 '땅과 가까이' 살고 있었다. 그 땅은 어머니 쪽으로 체로키 인디언의 피가 흐르는 나의 남편과 아들에게 꼭 필요할 것 같았다. 우리의 장거리 자동차 여행이 가족이 새롭게 시작하는 계기가 될 수 있기를 바랐다. 회계사도 우리가 거기 있는 동안 토머스가 내 책의 인터뷰에 나서기를 허락한다면 여행의 본전을 뽑을 수 있을 거라고 말했다!

토머스가 3,000에이커의 미개척지에 생각이 같은 이주민들의 공동체를 만들고, 꿈에서도 본 적 없던 궁벽한 곳을 찾아 기꺼이 차고 개폐장치와 수영장을 포기했다는 이야기를 다이앤에게 들려줬다. 다이앤은 너무도 놀라워했다.

"농담이지? 유명 인사를 인터뷰하는 책을 쓴다면서 로스앤젤레스를 떠나 시골로 갈 생각이야? 정신 나갔어!"

"그럴지도 몰라. 하지만 제시의 쉐보레 광고 출연료로 비용을 충당할 수 있으니 한번 해 보기로 했어, 다이앤. 제시는 여기서 못 견딜 거야. 느낌으로 알 수 있어. 그리고 내게도 숲이 필요해."

"나는 얼른 이곳에서 벗어나고 싶어." 제시가 동쪽으로 뻗은 고속도로를 달리면서 외쳤다. 우리는 친환경 함석 트레일러를 타고 있었고 브로디와 피넛은 토시 옆에서 웅크리고 자고 있었다. 우리는 도시에서 멀어질수록 더 기뻤다. 창문을 내리고 뉴멕시코의 들쭉날쭉한 사막을 통과하면서 자유롭게 풀려난 야생마가 된 듯한 기분이었다. 샌타페이 외곽의 산들을 굽이굽이 지났다. 파란 하늘에는 뭉게구름이 흐르고 땅에는 탁자 모양의 붉은 바위들이 장대하게 솟아 있다. 배드 컴퍼니의 노래를 목청껏 따라 불렀고, 우리의 영혼은 새로워졌다.

"차 세워!" 나는 우리가 토머스 윈 울프와 만나기로 한 트레스 피에드라스 식당에서 5㎞쯤 떨어진 곳에서 소리쳤다. 저 멀리 장엄한 로키산맥의 끝자락 계곡이 내려다보이는 언덕으로 뛰어 올라갔다. 한때 바다 밑바닥이었던 곳 위로 초록빛 숲이 우리 앞에서 파도처럼 일렁였다. 넓은 숲이 우리를 둘러싸고 있었다.

솔향기를 깊이 들이마시고 두 팔을 쭉 뻗고 하늘을 향해 손바닥을 내밀며 소리쳤다. "바로 이거야, 제시! 우리는 여기서 살아야 해! 여기가 우리가 있을 곳이야!" 제시와 개들이 빙긋 웃었다.

식당에 차를 대자 토머스 윈 울프가 걸어 나와 우리를 맞았다. '오 마이 갓.' 길게 땋은 검은 머리와 그을린 피부, 숯빛 눈, 빨간 반다나. 내가 명상할 때 보았던 그대로였다.

"잘 오셨습니다, 형제여! 환영합니다, 자매여!" 토머스가 우리를 포옹하며 말했다. 그리고 토시를 돌아보았다. "음, 꼬마 친구, 네가 여기 있는 동안 너랑 나랑 아주 재미있는 거 해 보자!" 토시는 차오르는 기대감에 풍선처럼 잔뜩 부풀었다.

토머스 윈 울프의 트럭을 따라 몇 킬로미터의 흙길을 달리고, 수세기 전부터 버려진 돌 움막을 지났다. 울창한 잣나무 숲에서부터 흘러 내려오는 메마른 개울가의 둑을 건너, 미래에 닥칠 '무분별한 개발'을 막기 위해 그가 확보해 둔 땅을 가로질렀다. 수만 에이커의 토지관리국 보호 숲속에 있는 단출한 토머스의 오두막에 도착했다. 그곳에서 그의 아내 셰리 윈 울프가 준비한 콩을 곁들인 토르티야로 점심을 먹었다. 제시와 나는 첫눈이 내리기 전에 소박한 오두막을 짓겠다는 계획을 세우고 있었다.

그 땅에 밤이 내리자, 렌트해 온 트레일러의 천장을 통해 1조 개의 별빛이 우리를 비추었다. 우리는 겨울잠에 들어간 곰처럼 잠을 잤다. 고향으로 돌아온 것 같았다. 다음 날, 아주 오래된 삼나무에 기대앉은 나는 지난 20년 동안 이룬 것보다 더 많은 것을 글쓰기에서 이루었다.

해발 2,600m에 이르는 뉴멕시코주 변경에서 우리는 드라마 〈초원의 집〉에 등장하는 삶을 살았다. 은하수 아래서 멋진 캠프파이어. 야외에서 요리하고 노래 부르기. 자연 관찰과 산책. 비전 탐구. 스웨트 로지(버드나무를 연결한 오두막 위에 풀이나 모피를 걸쳐 놓고 내부에서 신성한 나무를 태우거나 돌을 가열하여 몸과 마음을 정화하는 인디언의 전통 치유 의식을 치르는 곳-옮긴이). 우리 가족 공동체는 해와 함께 잠자리에 들고 해와 함께 깨어났다. 밤에는 인공 조명이 거의 보이지 않기 때문에 별이 빛나는 야경은 TV에 나오는 그 어떤 것보다도 더 흥미로웠다. 벽면에 플러그를 한 번도 꽂지 않고 첫해를 보냈다.

평화롭냐고? 자신 있게 말할 수 있다. 낙엽 청소기도, 택배 트럭도, 앰뷸런스도, 헬리콥터도 보이거나 소리가 들리지 않는다. 앞니 빠진 다섯 살배기 토시는 내가 늘 똑같은 곳에 있는데도 아침에 일어나면 큰 소리로 엄마를 부르곤 했다. 엄마가 늘 전망창 밖으로 펼쳐지는 풍광을 보며 아름다운 사막의 하늘 같은 아침 햇살이 그림자를 드리우는 식탁에 앉아 행복에 겨워 글쓰기에 몰두하고 있는

데도 말이다. 나는 침대에서 일어나기 전의 마지막 순간을 몰래 끌어다가 혼자만의 시간으로 만드는 걸 즐겼다. 가족이 깨면 무럭무럭 자라는 파란 눈의 아들은 꼬물꼬물 나의 품으로 파고들었다. 그러고 나면 가족들과 장작을 패고, 오두막을 짓고, 요리하고, 청소하고, 독서하고, 그림도 그렸다.

마을 사람들은 우리를 '할리우드'라고 불렀다. "헤이, 할리우드!"라고 말이다. 그들이 TV에서 제시를 보았을 때 우리가 꽤 거물로 보였기 때문인 듯했다. 하지만 그들은 왜 우리가 진짜 할리우드가 아닌지, 혹은 할리우드가 무척 '냉정하다'는 사실을 우리가 얼마나 잘 알고 있는지 몰랐다. 우리 아들을 부잣집 수준에 맞출 필요가 없는 곳에서 키울 수 있어서 얼마나 감사하게 생각하고 있는지도 전혀 몰랐다. 젠장, 이 구역에서는 우리 아들이 부잣집 아이였다!

'시골 아낙' 노릇은 '차도녀'의 하루를 다 잡아먹었다. 오두막 짓는 일을 마무리해야 했다. 지역 주민들을 만나고 식재료를 조달해야 했다. 타오스(뉴멕시코주 타오스카운티에서 가장 규모가 큰 도시-옮긴이)는 왕복 두 시간 거리였기 때문이다. 돌보아야 할 유기견들도 있었다. 장작 때는 난로에서 요리하느라 부산을 떨어야 했다. 제시는 의용 소방관이 되었고, 나는 유치원생들이 8학년생들과 한 반에서 공부하는 방 두 개짜리 학교의 일을 거들었다. 글쓰기 시간은 대부분 가족들이 잠든 오밤중과 동트기 전으로 밀렸다. 그 밖에 또 새로운 일이 뭐가 있더라?

놀랍게도 다이앤은 틀렸다. 책에 쓸 인터뷰를 위해 내가 제일 잘

한 일은 그 시골로 이사한 것이었다. 슬기롭게 사는 법을 알며 스웨트 로지 의식을 진행할 수 있는 토머스는 모든 것을 이루었기에 인생이 공허하게 느껴지는 사람들에게 아주 매력적인 인물이었다. 그의 가르침을 받기 위해 오지의 숲속 흙길로 용감히 나선 로스앤젤레스 사람들의 끊임없는 행렬. 우리 가족은 그 의식이 치러지는 곳의 맨 앞줄 가장 좋은 자리에 앉아 있었다.

사람을 고용해서 자신들의 허드렛일을 시키던 사람들은 내가 장작을 패고, 물을 긷고, 오두막을 짓는 모습을 보고 존경의 눈길을 보냈다. 한번은 내가 그들에게 우리의 '피스트 웨이'(토머스 원 울프 버전의 멋진 구식 포트럭 파티)에서 터키식 홍차를 대접하자 나를 더 대단한 사람으로 추앙하는 것 같았다. "이봐, 장작을 패던 이 여자 봐. 저 여자는 정말 말한 걸 행동으로 실천하는군!"

어렸을 때부터 아메리카 원주민들을 존경했고 내가 아메리카 원주민이라고 상상한 적도 있었다. 아빠는 아마 내가 '전생'에 아메리카 원주민이었을지 모른다고 말했다. 나는 교회를 좋아해서 혼자 가 기도하는 아이였다. 하지만 고대의 스웨트 로지 의식에서만큼 하느님과 나의 창의성이 연결됐다고 느낀 적이 결코 없다. 그때는 아직 90년대 초반이었고, '문화 차용'이라는 용어는 나에게는 아무런 의미가 없었다. 나는 처음부터 환영받지 못하는 곳에 가는 건 아닐까, 발을 들여놓을 곳이 아닌 신성한 곳에 발을 들여놓는 게 아닌지 걱정이 됐다. 누구도 화나게 하거나 공격하고 싶지 않았다. 원주민 조상들에게는 특히나 더더욱 그러고 싶지 않았다.

하지만 토머스 원 울프와 그람파 피트 콘차(토머스의 양아버지이자 인근의 타오스 푸에블로족의 정신적 지도자인 콘시크)는 그런 생각을 받아들이려고 하지 않았다. 그들은 자신들의 신성한 전통이 약속된 땅과 '두 발 달린 모두'에게 치유를 가져다주는 데 도움이 될 수 있다고 믿는 아메리카 원주민이었다. 그리고 그렇게 믿는 원주민이 늘고 있었다.

"너무 성글게 짠 직물은 튼튼하지 않아요."라고 토머스는 말하곤 했다. "우주라는 담요에서 모든 존재는 똑같이 중요합니다." 극히 위험한 시기일수록 어머니 지구를 치유하는 데는 인류라는 가족 전체가 이전에는 볼 수 없었던 수준으로 일치단결해서 협력해야 한다. 토머스는 선언했다. "게다가 의식은 내가 지켜 내지 않아도 돼요. 그것의 참된 의미는 시간이 흘러가도 인간에 의해 바뀌지 않을 겁니다."

나는 합류하게 된 것을 행운의 별에 감사할 따름이었다. 그들이 만든 공동체는 전보다 더 큰 평화를 누리게 해 주었다. 맞춤한 이웃사촌의 도움과 가족 품앗이, 며칠씩 우리 집 문을 두드리는 사람이 없는 넉넉한 호젓함 덕분에 마음은 기쁘고 글쓰기는 부쩍 커 나갔다.

자연 속의 삶은 우리를 잡아매고 제시와 나를 다시 연결해 주고 있었다. 하지만 나는 구루 싱과의 상담을 중단하는 것이 마음에 걸렸다. 구루가 자신감에 끼친 영향은 심대했다. 나는 그가 게임 체인저라고 확신했기 때문에 우리 가족이 도시를 떠나기 전, 나를 지지하는 모임의 여성 멤버들을 그와 연결해 줄 수 있었다.

다행히 이사하면서 구루와의 우정이 끊기지 않았다. 오히려 정반대로 구루와 그의 아름다운 아내 구루페카르마 카우르는 우리의 땅에 캠핑을 오기 시작했고 자신들만의 땅을 사기까지 했다!

뉴멕시코는 피난처였다. TV가 없기 때문에 한때 나를 정신 사납게 했던 끊임없이 흐르는 미디어 이미지 대신 목표에 자유롭게 집중할 수 있었다. 바라던 그대로 숲속에서 내 책의 소리를 듣기가 훨씬 더 수월하게 되었다. 밤마다 글쓰기를 마치고 나서 잠자리에 들기 전에 다음 날 아침에 일어나서 편집할 챕터 목록을 보고 다음에 무엇을 할지 정확하게 파악해 두곤 했다. 그 어느 때보다 더 집중해서 한곳에 초점을 맞추어 이 평화로운 곳에서 원고를 마무리할 작정이었다.

모든 사람이 자연 속에서 진짜로 은둔할 필요는 없다. 완벽한 고요 속에서는 절대 창조할 수 없는 작가들도 있으니까. 그런 사람들은 너무 조용하면 자신이 귀머거리가 되었다고 생각한다. 그들에게는 카페의 소란함과 음악을 연주하는 쿵쾅거리는 소리, 가까이에서 들리는 아이들의 웃음소리가 필요하다.

자신에게 효과적인 것, 내면의 빛에 주의를 기울이기 위해 세상에 귀를 닫는 방법을 찾아야 한다. 내가 생각해 낼 수 있는 최대치의 거리를 두고 LA와 떨어져 살면서, 백만 년이 지나도 절대로 만날 수 없을 거라 생각했던 훌륭하고도 창조적인 사람들을 인터뷰로 소개받게 되리라고는 상상도 못 하고 있었다. 또한 우리가 도시를 떠나면서 갑자기 할리우드의 파티마다 초대받는 게스트 명단에 이름을 올리게 될 줄은 꿈에도 몰랐다. 나는 살면서 모든 것을 '파악'하고 있어야 할 필요가 없다는 사실을 깨닫게 되었다. 편안하고 기분 좋은 느낌을 따라서 숲으로 난 길을 통과하기만 하면 된다. 그건 글레넌 도일이 우리 팟캐스트에 출연해 이야기했던, 〈겨울왕국 2〉를 보며 얻게 된 아이디어인 회복과 비슷하다. 이제부터 해야 할 일(〈겨울왕국 2〉의 OST 제목-옮긴이)만 하면 된다는 아이디어. 나에게 '해야 할 일'은 나의 남자를 그가 숨 쉴 수 있는 곳, 그리고 내가 들을 수 있는 곳으로 데리고 가는 것이었다.

작가들이 쉬는 곳

수 몽크 키드 창문이 없는 동굴 같은 글쓰기 작업실이 필요하다. 위층에 방이 하나 있는데 그곳을 내가 '서재'라고 부르는 곳으로 개조했다. 남편은 "거기서 무슨 공부를 하고 있어?"라고 묻는다. 그곳은 나를 위한 진짜 성역이다. 나는 이 은둔지를 좋아한다.

샌디와 나는 51년 동안 결혼 생활을 하고 있다. 우리는 멋진 리듬도 유지하고 있다. 그는 은둔지에서 내 시간을 가지라고 한다. 생각할수록 멋진 일이다.

♡

사바 타히르 택배 기사가 초인종을 울리는 등의 일로 방해받는 걸 반긴다. 내가 하잘것없는 인간이 아니라는 것을 상기시켜 주기 때문이다. 더 열심히 일하게 만든다. 감상에 빠질 때, 이야기에 깊이 빠질 때, 아들이 전화해서 책잡는 말투로 "피자 남았어요? 아니면 다 먹었나요?"라고 물을 때, 엄마가 전화해 뭔가 소리치고 있을 때, 나는 살아 있는 사람이라는 사실을 떠올리게 된다.

그 덕에 나는 내 등장인물의 인간성에 더 깊이 연결된다. 책을 쓰면서 생각하는 것 중 하나는 모든 책이 나쁘지는 않을 거라는 사실을 당신이 잊고 있다는 거다. 당신은 끔찍한 일을 겪고 있으면서도 글을 쓰고 있을지 모르며 당신의 등장인물들은 여전히 웃고 짝사랑하고 사랑에 빠지고 그들이 사랑하는 사람에게 짜증 낼 것이다. 어쨌든 삶의 훼방꾼은 생활의 리듬을 곧잘 일깨워 주는 것 같다.

♡

팀 그랄 나는 사업을 하고 있다. 사무실에 들어가 책상에 앉으면 업무를 보고 싶어진다. 그래서 카페에서 글을 쓰는 편이다. 카페에 있는 사람들이 도움이 된다.

사무실에 들어가 쓰려고 해 보지만 벽에 가로막힌 듯한 고독감이 밀려들기 시작한다. 카페에서는 헤드폰을 쓰고 세상과 담을 쌓는다. 밖에서 쓰면 글이 술술 나온다. 내 책상에 앉아 있을 때는 되지 않는 일이다. 보통은 사무실에서 반나절쯤만 보낸다. 그 외에는 카페를 찾거나 바깥 어딘가에 앉아 있다. 집중하게끔 해 주는 활력이 있는 곳이면 어디든.

이따금 스타벅스에 간다. 친구와 마주치면 인사를 하고는 "좋아. 나중에 이야기하자."라고 말한다. 이렇게 말하기도 한다. "이야기하러 여기 온 거 아니야. 일을 끝마치려고 여기 왔어. 나중에 이야기하자."

♡

마사 벡 쓰레기 더미 위에서 발견된 유색인종 아기에 대한 우화 『Diana, Herself』를 썼다. 그녀는 자신이 누구인지 알아내기 위해 문명을 벗어난 곳에 있어야 한다. 결국 그녀는 숲으로 가고 거기서 길을 잃는다. 그렇게 숲으로 은둔하는 건 해 본 일이다. 세미나를 아프리카의 미개간지, 혹은 캘리포니아의 산에서만 하기 시작했다. 어느 순간 사람들 주위에 있으면 내가 정말 누구인지 알 수 없다는 생각이 들었다. 지난 3년 동안 숲속에서 지냈다. 믿기 어려울 정도로 좋았다. 모든 여성이 사람들에게서 멀리 떨어진, 심지어는 사람 냄새가 나는 곳에서 멀리 떨어진 숲을 발견하면 좋겠다. 텔레파시가 통하는 작고 사소한 일들이 일어나고 있기 때문이다. 모두의 마음속에, 집 안에, 내면에는 숲이 필요하다. 문명에서 벗어나 자신이 어떤 사람인지 발견할 수 있는 숲이.

♡

찰스 세일러 작품이 가능한 한 순수하기 위해서는 외딴 산장에 있든, 번잡한 레스토랑에 있든, 클래식 음악 팬이든 아니든 간에 언제나 클래식 음악을 들으라고 추천한다. 그 곡들은 아주 감성적으로 흐르기 때문에 이야기를 이끌어 가는 데 도움이 된다. 배경 음악으로 가사가 없는 것을 선곡하라. 가사가 있으면 절대로 듣고 싶지 않다. 가사가 작품 구성을 방해하기 때문이다. 나는 교향곡 악보를 쓰는 것처럼 글쓰기에 대해 생각하기를 좋아한다. 단어들은 독자를 노래하게 만들고, 노랫소리는 점점 커질 것이다. 클래식 CD를 30장 정도 가지고 있다. 쓰고 있는 장면의 유형에 따라 이것들을 번갈아 듣는다.

♡

아리엘 포드[*] 아침 일찍 라호이아 해변을 산책하면서 최고의 아이디어들을 얻는다. 남편인 브라이언이 노숙자들과 조깅하면서 이야기를 나누고 새들에게 먹이를 주는 동안 나는 블로그 게시물이나 쓰고 있는 책의 줄거리를 구상한다. 바다 가까이에 살아야 한다. 파도소리와 바다 내음은 머리를 맑게 해 준다.

♡

로라 먼슨 글레이셔 국립공원 가까이에 있는 몬태나주의 화이트피시에 살고 있다. 30년 전에 누가 여기에서 내가 두 아이를 키우게 될 거라고 말했다면 "농담이죠? 나는 '차도녀'랍니다!"라고 대꾸했을 거다. 하지만 이곳은 나를 겸손하게 무릎 꿇게 한다. 우리는 이곳 먹이사슬의 일부에 속한다. 뒷마당에는 회색곰들이 어슬렁거리고 있다! 몬태나는 나의 뮤즈를 먹여 살린다. 놓아주지는 않을 것 같다.

사시나무 숲 전체가 하나의 유기체인 이유를 아는가? 숲을 산책하면서 그 이유를 몸으로 느낀다. 어떤 일은 항상 영감과 인식, 연결의 형태로 일어난다. 물론 집에서 창밖을 내다볼 때도 여전히 연결되어 있다는 걸 알 수 있을 것이다. 매일 숲속을 산책하려고 노력한다. 산책은 나와 뮤즈에게 새로운 느낌을 주고, 집으로 돌아가 글을 쓸 수 있는 영감을 준다.

~~~~~~~

[*] 『소울메이트 시크릿』, 『Wabi Sabi Love』를 비롯한 다작의 베스트셀러 작가. 디팩 초프라, 메리앤 윌리엄슨, 웨인 다이어, 닐 도널드 월시의 전 홍보 담당.

대니 샤피로 『Devotion』을 출간하고 오프라에 출연하고 나서 몇 년 간 상황이 정신없이 돌아갔다. 나는 "동굴로 돌아가야 해. 글쓰기는 동굴 속에서 해야 하는데."라고 말하곤 했다. 동굴에서 나오기는 쉽다. 눈만 깜박이면 된다. 밖은 환하고 아주 재미있다. 구경하고 즐길 거리가 사방에 가득하다! 동굴 안으로 돌아가기는 좀 어렵다. 오랫동안 밖에 있을수록 다시 들어가기가 더 어려웠다.

LA에 갔을 때 친구의 게스트 하우스에 묵었는데 그곳은 이상적이었다. 산더미 같은 일을 해치웠다. 전화벨이 울리더라도 내게 온 것이 아니므로 나를 성가시게 할 일은 아무것도 없었다. 시간을 함부로 흘려보내지 않을 방도를 찾기가 쉽지 않다. 방해받지 않는 게 필수지만, 방해 없이 집중하기는 갈수록 더 어렵다. 다가오는 4월과 5월, 사람들은 내가 쉬는 걸로 알고 있다. 아무런 계획을 잡지 않고, 아무리 유혹적이더라도 초대를 받아들이지 않고 그냥 'NO'라고 말하고 주변을 조용하게 만들면 엄청 많이 성취할 수 있다. 일이 중심이 되어야 한다. 그러면 다른 모든 일은 그에 따라 가닥을 잡아 나갈수 있다.

앤 패칫 하느님도 사랑하시는 나의 남편은 아침에 일어나 양복을 입고 일곱 시에 집을 나갔다가 저녁 일곱 시면 집으로 돌아오는 의사이다. 매일 깊이 몰입하며 일할 때의 나는 멋진 아내이다. 그를 보면 무척 기쁘다. 나는 혼자 여행하거나 고립되기를 원하지 않는다. 4시에 일을 끝내고 밤에는 글을 한 자도 쓰지 않는다. 아래층으로 내려가 저녁을 준비하고 남편과 식사하며 보내는 시간은 무척이나 황홀하다. 나의 머릿속을 비워 주고, 나를 붙들어 주고, 사랑해 주는 남편의 모든 것이 무척 고맙다.

내가 그를 미워할 때, 그리고 내가 형편없는 아내일 때는 글을 쓰고 있지 않을 때이다. 왜냐하면 글을 쓰고 있지 않으면서 글을 쓰고 싶어 할 때, 그를 탓하기 때문이다. "내가 당신에게 저녁을 만들어 줘야 할 필요가 없고, 내가 빨래하고 하수구를 고치고 당신의 생활을 아주 편하게 만들어 줄 일이 없으면 난 훌륭한 소설을 쓰고 있을 거야." 그럴 때 나는 나쁜 여자가 된다.

자, 이것이 만고의 진리다. 자기 자신에게 만족하면, 다른 사람들에게도 만족한다. 나이가 들수록 중요한 건 내면으로의 여행이라는 사실을 깨닫고 있다. 『오즈의 마법사』 끝부분에서 도로시가 하는 말이 있다. (내 마음이 원하는 것을 찾아 또다시 떠나고 싶어지면 다른 어디도 아닌 뒷마당을 돌아보겠다.)* 그것이 우리 집 뒷마당에 없었다면 애초에 잃어버린 적도 없었을 테니까. 비행기를 타지 않아도, 우리 집에서 8㎞ 이상 운전을 하지 않아도 괜찮다. 나는 내면으로의 여행을 하는 중이니까.

─────────

* 괄호 부분은 독자의 이해를 돕기 위해 『오즈의 마법사』 원작 부분을 가져옴-옮긴이

3

해내기:
생산성과 사고방식

"내가 자다 일어나서 구경할 만큼 아름다운 해돋이는 없다."

민디 캘링

무에서 아름다움을 창조하는 데는 에너지가 필요하다. 그러나 먹고 살기에 급급하다면? 토니 모리슨은 '하루의 가장자리' 시간을 찾아 글을 쓴 걸로 유명하다. 가장자리? 어느 가장자리? 데이비드 세다리스는 성공하려면 인생의 한 부분(일, 가족, 친구, 건강)을 희생해야 한다고 말한다. 대성공을 원한다면 두 부분. 장난하나?

문학의 역사는 마약으로 의식이 바뀐 상태에서 걸작을 낳은 스피드광과 알코올 중독자들로 가득 차 있다. 스티븐 킹은 그의 베스트셀러 『쿠조』를 코카인에 중독되고 술에 취한 정신으로 썼다고 말한다. 에인 랜드는 『아틀라스』를 쓰는 동안 며칠을 자지 않고 일하면서 엄청난 양의 암페타민을 복용했다고 시인했다. 폴 윌리엄스는 '1970년대의 히트송 중 몇 편'을 중독에 의존해서 썼다고 말해 줬다.

필멸의 존재인 우리가 세계적인 히트작을 연이어 쏟아 내면서 휴식과 회복을 포기하고 불멸의 존재처럼 살 수 있다면 멋지지 않을까? 하지만 그것이 과연 최선일까?

먹고 마시고 쉬고 살아가는 데는 정해진 방법이 없다. 텅 빈 원고를 채우기 위해 영양, 수면, 운동, 그리고 명상에 이르기까지 가장 잘 충전할 수 있는 각자의 능력치를 고려해서 균형을 유지해야 한다. 시간, 건강, 온전한 정신을 구해 주는 효율적인 꿀팁으로 자기 관리에 신경을 쓰다 보면 더 달콤한 노래가 나온다.

삐! 삐! 삐! 삐!

"린다! 그 망할 것 좀 꺼! 맙소사, 새벽 세 시야!" 제시가 투덜거렸다. "이렇게 일찍 알람을 맞춰 놓을 거면 젠장맞을 두 번째 알람은 꺼야지!"

"미안!" 나는 비명을 지르며 침대에서 벌떡 일어났다. 그 바람에 허리가 삐끗했다. "아야! 걱정 마. 난 괜찮아!" 알람을 끄며 노랫말을 중얼거렸다. "또 악몽을 꿨지 뭐야, 여보. 하지만 이번에는 실이 '다정'했어!" 다시 잠이 든 남편의 뺨에 키스하고 잠시 등을 기대고 앉아 꿈속에서 다정했던 실의 모습을 떠올리며 실마리를 찾으려고 애를 썼다. 이건 그 유명한 가수 실과의 인터뷰 가능성을 보여 주는 돌파구였다. 문학 에이전트를 구해도 될 만한 명분이 생긴다. 몇 달 동안 가장 좋아하는 그 록스타에 대한 꿈을 꾸고 있었다. 평소의 악몽에서는 할리우드 파티에서 그를 열광적으로 쫓아다녀도 밤하늘의 담배 연기처럼 사라지곤 했다. 이번 꿈에서만큼은 실이 나와 눈을 마주치며 짧게 "오! 안녕, 린다."라고 말했다. 꿈속의 실은 내 이름을 알고 있었다!

실의 데뷔 앨범에 실린 노래 〈크레이지〉가 3년 전부터 애창곡이 된 이후, 이 영국 출신의 싱어송라이터에 사로잡혔다. 한 번도 그를 만난 적은 없지만 목소리와 노랫말, 그리고 완벽해지겠다는 커다란 꿈을 향한 그의 헌신은 불굴의 의지를 심어 주었다.

실이 기적은 일어날 것이며 '약간 미쳐 버리지' 않고는 결코 살아남지 못할 것이라고 노래하고 있을 때는 나의 말도 안 되는 목표, 특히 나무숲을 구한다는 목표가 실현 가능한 것으로 느껴졌다. 적어도 깨어 있는 동안은. 그런데 밤이 되면 구상한 아이디어는 몽땅 헛

것이 되고, 나는 오빠부대가 돼서 스토킹이나 하고, 실은 실망스럽게도 금세 사라져 버리곤 했다.

그런데 이제 쫓아다니기만 하는 건 끝났다! 꿈에서의 일 보 전진은 분명 어떤 계시였겠지? 제시가 깨지 않게 살그머니 침대를 벗어나 까치발로 아래층의 책상으로 갔다. 가을의 보름달 빛이 MTV 뮤직비디오처럼 쏟아져 들어오고 있었다. '실은 내 책에 실리게 될 거야!' 나는 촛불을 켜고 감사 기도를 드리고 실의 매니지먼트사에 보낼 제안서를 쓰기 시작했다.

당신은 내가 이 한밤중의 무대에서 걸어 다니는 좀비가 되었을 거라고 짐작하겠지만 정반대로 활기가 넘쳤다. 지인들은 내가 잠도 잘 못 자면서 매일 장작을 패는 것을 보고 놀랐다. 하지만 사명감이라는 연료에 힘입어 불타오르는 것 외에는 하나도 신비스러울 게 없는 일이었다. 마음속에 끊임없이 솟는 힘은 사명감을 날것 그대로 유지한 덕택이었다.

"수박 킬러 등장이오!" 내가 '피스트 웨이' 포트럭 파티에 참가하려고 마당에 들어서자 토머스가 약을 올렸다. 스웨트 로지를 체험하고 나온 이웃들이 발갛게 달아오른 얼굴로 테이블을 세팅하고 있었다. 그들은 맥앤치즈, 콘칩과 소스, 콜슬로, 바비큐, 랜치 드레싱을 곁들인 미니 당근, 그리고 디저트로는 푸딩 젤리, 콘브레드, 오레오 쿠키 같은 걸 보통 먹는다. 그래서 나는 내가 만든 과일 샐러드를 먹는 게 나았다. 유리그릇에서 열대 과일들이 색색의 빛을 발하고 있음에도 불구하고, 아무도 나의 요리에는 손을 대려 하지 않았다.

"당신은 내가 아는 사람 중에서 가장 이상한 식습관을 가지고 있어요." 내가 스푼으로 파인애플과 망고를 입에 떠 넣자 토머스가 말했다.

"질투를 하고 있군요." 내가 말했다. "당신이 아무리 커피를 마셔대도 내가 포도에서 얻는 자연이 주는 최고의 영양분과는 비교할 수 없어요."

"여우의 신포도!" 토머스는 즉각 되받아치고는 그날 두 번째로 끓인 커피 주전자에서 내린 블랙커피 머그잔에 쿠키를 넣더니 내 면전에서 흔들며 큰 소리로 말했다. "티를 절대 안 마시는 사람은 절대 믿지 마시오!"

내가 단것을 먹지 않은 것은 아니다. 나는 독일의 빵집 주인 손녀로 누구보다도 빨리 스니커두들 한 접시를 흡입할 수 있었다. 하지만 시골 생활, 그리고 대도시의 꿈을 이루기 위해서는 에너지를 헛되게 쓰지 않고 비축할 필요가 있었다.

거의 완벽한 채식주의자에 가까운 나의 열량 공급원은 생과일이나 채소 같은 가공하지 않고 통째로 먹는 식품이다. 제시의 식단이 내 식단만큼 엄격했던 것도 도움이 되었다. 육류나 유제품, 술, 설탕, 탄산수, 커피, 약품, 담배, 마약 종류, 심지어 아스피린까지도 입에 대지 않는 우리 같은 사람은 이런 식습관이 유행하기 전인 90년대까지는 괴짜 취급을 받았다. 우리의 결혼 생활은 스무디와 샐러드에 대한 애정에 기반을 두고 있어 다행이었다. 엑스트라 버진 올리브

오일과 레몬즙을 듬뿍 뿌린 아삭한 채소라면 사족을 못 쓴다. 힘 좀 써야 되는 특별한 기간에 먹는 두유 치즈도 마찬가지.

직접 조리한 유기농 음식을 먹고 자란 내가 집을 떠나 USC의 델타 감마 여학생 클럽 기숙사로 이사하자 식단이 바뀌었다. 학교 음식은 지방과 설탕 범벅인 맛난 것들이 가득한 뷔페식이었다. 당연히 체중이 늘었다. 학교에서는 학생들이 무한 리필되는 시리얼, 와플, 에그 베네딕트를 적당하게 먹으리라 기대했을까? 이 모든 것을 정오 전에 먹었다. 나는 너무 지쳐 1교시 수업의 절반을 빼먹었다! 거의 모든 음식을 날것으로 먹기 시작하자 아침에 다시 기운이 펄펄 났다. 이후 학교 식단의 유혹에 넘어가지 않았고, 팬케이크 브런치나 심야 페퍼로니 피자 배달이라는 '어둠의 길'로 되돌아가지 않았다.

그러나 모든 마법의 묘약에는 대가가 따른다. 생채소가 가득한 가방과 엄청나게 긴 '할 것 & 하지 말 것' 목록을 들고 다니는 내가 어떻게 정상적인 데이트를 할 수 있었겠는가? 피크닉을 가도 밖에서 먹을 게 없었다. 까다롭게 손이 많이 가는 사람이 되기는 싫어 피크닉을 거의 가지 않았다. 이런 내 원칙에 부응하는 남자는 아무도 없었다. 그래서 제시와 내가 건강식품 매장에서 만나 농산물에 대한 열정을 발견했을 때, 첫눈에 반한 것이다.

뉴멕시코주에서 우리의 엄격한 식단은 성과를 올렸던 것 같다. 장작을 패고, 물을 긷고, 장맛비와 무자비한 봄바람 속에서 오두막을 짓는 동안 우리 가족은 매년 다 같이 걸리던 감기나 독감을 피했다.

그리 많은 수면 시간이 필요 없었고, 그러한 수면 패턴 덕분에 더 많은 자양분을 얻었다는 기분이 들었다. 그래서 알람이 새벽 세 시에 울리면 재빨리 아래층으로 내려가 원고 앞에 앉을 수 있었다. 마음을 달래 주는 실의 노래를 틀어 놓고 기적을 이야기하고 약간 미칠 수 있는 또 다른 기회가 내 앞에 있음에 감사드렸다.

사전에서 휴식의 정의를 찾아보았다. "긴장을 풀거나 기분 전환을 하거나 기운을 회복하기 위해 일이나 운동을 중단하는 행위."

"나는 당신이 어떻게 바닥에서 잠을 잘 수 있는지 모르겠어!" 제시가 담요를 들고 카펫 위에 있는 브로디 옆으로 파고드는 나를 보며 말했다. "침대에서 자고 싶지 않아!" 일을 끝내고는 아주 잠깐만 눈을 붙이고 싶었다.

시간을 허투루 보내고 싶지 않았던 나는 늘 일정 속에 너무 많은 일을 욱여넣으려고 애썼다. 낮잠? 어렸을 때도 아침형에 올빼미형 인간이었으니, 낮잠이 필요했겠는가? 육아로 눈꺼풀이 무거워지고 뇌 기능이 중단되면, 버텨 내는 것으로는 아무것도 해결되지 않는다는 것을 깨달았다. 자동적으로 잠의 가치를 존중하기 시작했다. 심지어는 잠을 자고 있다는 백일몽을 꾸기도 했다. 밤에 자는 잠 같지는 않아도. 내 글쓰기 시간을 방해하지 마시오! 하지만 매일 밤 10시간(!)을 자고도 졸았다는 이야기가 들리는 아인슈타인, 밤에 3~4시간의 쪽잠을 자는 수면 일정을 잡았던 에디슨 등, 잠에 관한 유명인들의 에피소드를 수집하면서 잠에 대해 더 많은 것을 공감할 수 있었다.

사람들이 모두 오후 중간에 일손을 놓거나, 휴식을 취할 수 있는 건 아니다. 하지만 나는 집에서 글을 쓰고 토시를 학교에 태워다 주고 데리고 오는 시간 사이에 쉴 수 있었다. 그래서 점심을 먹고 나서 한 시간 눈을 붙이면 상쾌해진다는 사실을 알게 되었다. 그러고 나면 최상의 컨디션이었다. 원고의 남은 부분을 채워 넣기 위해서는 과일 연료만으로는 충분하지 않았다.

에너지를 위해 낮잠을 자기는 하지만, 다른 곳에서도 에너지를 낭비하기 쉽다. 너무 많은 초대를 수락한 것이 글쓰기에 지장을 준다는 걸 깨닫게 된 순간 재빨리 정신을 차렸다. 사람들을 기쁘게 하는 일이 더 이상 보상 같지 않을 때 경계 설정이 쉬워진다. 심지어 가끔은 그 경계가 재미있기까지 하다!

글을 날마다 쓰는 건 어렵지 않았다. 글쓰기는 삶에서 결코 분리할 수 없는 습관으로 자리를 잡았다. 내게 천성이 된 또 하나의 습관은 자연 속으로 나가는 것이다.

"넌 아침 산책을 하면 기분 좋은 얼굴로 집에 돌아오더라!" 다이앤이 말했다. 침대 헤드에 기대 앉아 머그잔을 받쳐 든 다이앤의 얼굴 주위로 폭탄을 맞은 듯 부스스한 머리카락이 흘러내리고 있었다. 캘리포니아 사막의 라퀸타에 머물던 다이앤을 방문했던 때였다. 모두가 아직 잠에서 깨지 않은 시간에 나는 자줏빛 산맥의 기슭에 있는 골프 코스를 산책하면서 해돋이를 구경하기 위해 1시간 넘게 자리를 비우곤 했다.

"응? 내가?" 이렇게 되묻긴 했지만, 나는 밖으로 나가 걸으며 주위의 아름다움에 경탄하고 하느님께 감사하는 아침 운동 습관이 내면을 충만하게 한다는 걸 알고 있었다. 그래도 이렇게까지 표정에 나타날 줄은 몰랐다. 어떤 엄마에게나 가족과 떨어져 있는 시간은 필요한 법. 나는 우리 가족을 열심히 사랑했다. 하지만 제시와 토시는 언제나 활기찼다. 나는 아침마다 소란스러운 일상이 시작되기 전에 혼자만의 시간 속에서 고요함을 만끽하고 싶어 안달이었다. 그 시간은 몇 시간 동안 쓴 원고를 되돌아볼 기회이기도 했다.

"그래. 넌 항상 그랬어. 행복에 겨워 집에 돌아오는 거. 바로 너의 전매특허잖니."

최고의 잠꾸러기임에도 전문 선수 못지않게 운동하는 다이앤을 포함, 엔도르핀은 거의 모든 사람에게 필요한 물질이다. 심박수를 높이면 세로토닌이나 노르에피네프린 같은 신경전달물질이 넘쳐 나면서 혈액순환과 신진대사가 활발해진다. 이는 우울증 예방, 피로 회복, 스트레스 해소 등의 효과가 있다. 격렬한 운동 후 맛보는 황홀감 역시 짜릿하다.

하느님이 사랑하는 영원한 낙천주의자인 구루는 나의 명상 수련이 오락가락할 때마다 계속해서 명상 지도를 해 주었다. 하지만 나는 점점 글쓰기가 명상과 다름없다는 느낌이 든다고 주장했다. 구루도 동의했다. 이런 까닭에 지저귀는 새들밖에 없는 바깥세상으로 몸을 옮기는 것이 내가 가장 좋아하는 글쓰기 휴식이었다.

작업 시간을 지키려는 선택은 아마도 가장 의미 있는 결정일 것이다. 남들이 부러워할 만한 식습관, 수면 패턴, 자기 관리법을 갖는 것은 좋다. 하지만 시간 관리에 소홀하면 우리의 책은 끝이 나지 않을 것이다. 시간 관리는 1부의 '6. 일정과 숨바꼭질하기'에서도 다루고 있다. 하지만 습관과 시간은 떼려야 뗄 수 없으므로 이를 간단히 다시 살펴보려고 한다.

지난 15년 동안 400명 이상의 의욕 넘치는 작가들을 내가 진행하는 글쓰기 워크숍에서 만났다. 그들은 건전하고 박식하며 경험이 풍부했다. 하지만 잘 훈련된 작가라도, 시간 관리는 작업의 추진력과 흐름에 브레이크를 거는 커다란 변수다. 나도 그들과 마찬가지다.

자칫 잘못했다가는 오락에 빠져 시간 도둑에 끌려들어 가게 된다. 우리 집 근처에 살고 있는 아들은 최고의 영화를 죄다 꿰고 있어서 매일 영화를 보기 위해 온갖 이유를 댄다. 그러면 나도 덩달아 늦게까지 앉아 있어야 하고, 너무 많이 먹게 되어 창의적 생산성이 저해된다.

'그런데 시간 도둑들에 빼앗기는 시간이 글쓰기에 영감을 준다! 창의력을 채워 준다! 바깥세상에 뭐가 있는지 알아야 해! 가족의 유대감을 형성하는 시간!' 스스로를 점검하라는 뜻이다.

통계를 보면 만성적인 수면 부족에 시달리는 미국인은 매일 평균 다섯 시간 TV를 본다. 이는 중세의 농부보다 휴식 시간이 더 적은 것이다! 나도 몇 년 전까지는 '시간 채무자' 진영에 거의 속해 있었다.

익명의 채무자 모임에 참여하고 있던 한 친구는 내가 '모호성'이라는 불치병을 가지고 살고 있다고 말했다. 자기 자신과 상황을 명확하게 볼 수 없으며, 이로 인해 나쁜 습관과 방어기제가 생겨 수명을 단축할 수 있다는 얘기였다. 당시 나의 생산성을 죽이는 요소는 두 가지였다. 정각에 온라인 뉴스를 확인했고, 〈더 뷰〉와 〈오프라〉를 매일 시청했다. 이것들이 나를 죽이지는 않았지만, 그렇다고 나를 베스트셀러 작가로 만들어 주지도 않았다.

나는 운이 좋았다. 지금의 남편(내가 일어나기 전에 400개의 이메일을 체크하고 약속 시간에 평생 한 번도 지각한 적이 없는 사람이다)은 날린 시간을 부끄러워하는 나를 다독였다. 그러고는 하루를 15분 단위로 쪼개 그래프로 그리고 시간을 되짚어 보게 했다. 남편이 만들어 준 시간 추적 스프레드시트 사용법을 배웠다. 남편이 나를 가르치는 데 무려 세 시간이나 걸렸다. '넘사벽 수준의 능력자.' 고맙게도 지금은 같은 용도의 앱이 있다.

제시와 이혼한 뒤 나는 집과 아이, 그리고 커리어를 지키기 위해 60번이나 밤을 새웠다(관련 이야기는 이 책의 후속작에 쓸 것이다). 남편이 생각하기에 그것들은 내가 다시 겪어서는 안 될 일이었다.

나의 시간 추적 결과는? 이미 지쳐 있는 눈으로 화면에서 다른 사람들이 살아가는 걸 지켜보는 동안 삶의 많은 부분이 나를 스쳐 지나가고 있었다.

아들과 남편 그리고 나는 늘 하던 대로 우리 집에서 심야 영화 데이트를 하고 있다. 남편이 공동 창업한 사업체를 돕고 있는 토시도 이제는 우리 가족의 여가 활동이 포함된 일정이 좋다는 것을 안다. 외과의사는 생명을 구하기 위해 체크리스트의 지시 사항을 따른다. 프로 운동선수는 최고의 경기력과 눈부신 커리어를 유지하려고 기본적인 공부를 결코 중단하지 않는다. 자신과 시간, 작업에 신경을 쓰노라면 '휴식 시간'은 창의적인 활동의 하나가 된다.

생산성을 위한 작가들의 노하우

엘리자베스 길버트 아침부터 글을 쓰기로 마음먹으면, 전날 밤에 와인을 한 병도 안 마시겠다고 결심한다. 새벽 2시까지 드라마를 보는 짓도 하지 않기로 결정한다. 그렇게 다음 날 아침은 물론 다가오는 모든 아침마다 글을 쓰기로 작정한다.

♡

리 차일드 나는 육체적으로 느낄 수 있을 정도로 배가 고플 때 일이 제일 잘된다는 것을 알아차렸다. 나만 그런 거라고 생각했다. 그러다 우연히 새로운 연구 결과를 과학 잡지에서 읽었다. 배고플 때 뇌에 있는 창의력 센터에 불이 켜진다는 것이다. 그것은 진화의 유산이다. 100만 년 전 우리의 조상이 굶주리고 있을 때, 그들은 마주치게 될 울리 매머드를 잡기 위해 진일보한 계획을 생각해 냈다. 우리 뇌는 부지불식간에 먼 조상의 이러한 형질을 후대에 물려주도록 훈련되어 있다. 배고플 때 우리는 더 창의적인 사람이 된다. 예를 들어 내가 먹고 있는 중이면 나는 행복하다. 무언가를 사냥하러 쫓아다닐 필요가 없다.

지닌 로스[*] 갖가지 식이요법을 해 보았다. 채식주의자, 해산물 채식주의자(생선은 먹는다), 비건이었고, 매크로바이오틱도 시도했다. 사람들은 속에서 받지 않거나 알레르기를 일으키는 것을 먹고 있기 때문에 기분이 더 좋아질 수 있다는 것을 깨닫지 못한다. 균형을 유지하지 못하고 그때서야 깨닫는다. "아! 내가 기분이 좋지 않기 때문에 줄곧 뭔가를 갈망하는구나."

최근에는 생명력에 집중해 왔다. 무엇이 생명, 존재, 에너지, 활력, 얼굴의 광채를 증대시키는가? 그리고 무엇이 그것을 부진하게 하는가? 그러고 나면 무엇을 먹을지 결정하기가 훨씬 쉬워진다. 그 과정에서 자신에 대해 아주 많은 것을 배운다. 주의를 기울이기 때문이다. 자신의 진실, 자신의 존재를 존중하고 소중히 여기고 있는 것이다.

♡

아리아나 허핑턴[**] 나는 완전히 잠에 빠진다. 주어진 여덟 시간의 95%는 온전한 수면 시간이다. 그러면 정신이 아주 맑고 재충전된 느낌으로 일어난다.

~~~~~~~~~~

[*]   강박적인 식사와 다이어트를 개인적·영적인 문제와 처음 연결한 사람. 『뉴욕 타임스』 베스트셀러 『When Food Is Love』, 『Lost and Found』, 『음식은 자유다』를 비롯해 10권의 책을 썼다.

[**]   스라이브의 설립자이자 CEO, 『허핑턴 포스트』의 설립자. 출간하자마자 국제적인 베스트셀러가 된 『제3의 성공』과 『수면 혁명』을 포함한 15권의 저자.

지쳐 있는데도 난관을 극복해야 한다는 생각은 신화이다. 이것은 최고의 운동선수들에게 잠이 경쟁력 우위가 되는 스포츠에서 특히 많이 볼 수 있다. 아주 많은 사람이 잠이 부족해 불필요하게 고통받는다.

물론 정치 지도자들은 잠이 부족한 것을 자랑한다. 기진맥진한 것을 명예인 양 자랑하는 행태를 더 이상 찬양하지 말아야 한다고 생각한다.

♡

대니엘 라포트 밤 9시 30분 이후에 무슨 일인가가 벌어진다. 그때 나는 말한다. "아직 더 할 수 있어. 시간을 더 낼 수 있어." 최근에 이런 상황이 빈번해져서 눈여겨보는 중이다. 나는 "이번 주는 좋아."라고 말하길 좋아했다. 하지만 그건 사실이 아니다. 그러면 글쓰기 능력에 영향을 미친다. 스스로를 세뇌시키며 이렇게 말해야 한다. "잠을 자러 가면 내일 더 훌륭한 작가가 될 거야." 속임수가 아니다. 그것이 바로 사물이 실제로 작동하는 방식이기 때문이다.

적정한 수면이 글쓰기에 치유적 연료 공급 효과가 있다는 건 내가 보증할 수 있다. 일곱 시간을 충분히 자면 아이디어가 명확해진다. 이 정도면 아주 확실한 아이디어라는 걸 알 수 있다. 어디를 걷어 내야 할지 눈에 보인다. 그리고 더 오래 글을 쓸 수 있다. 오후 세 시가 되면 자연스럽게 집중력이 떨어지는 나른한 시간이 찾아온다. 충분히 휴식을 취하지 못했다면, 그때 하루의 일을 끝낸다. 잘 쉬었다면

물과 과일 한 조각만 있으면 된다. 그다음에 맑은 정신으로 다섯 시 반에서 여섯 시까지 글을 쓸 수 있다.

♡

구루 싱[*] 아내와 나는 저녁 9시에서 10시 사이에 잠자리에 든다. 나는 새벽 3시에서 5시까지인 신성한 시간에 최선의 글을 쓴다. 그 시간에는 여러 일을 할 수 있지만, 나머지 시간에는 방해 요소가 많아서 할 수 없는 일들이 있다. 무언가 하기 위해 일찍 일어나 본 사람은 그때 몇 배의 일을 할 수 있다는 걸 안다.

신성한 시간에는 별다른 일도 일어나지 않으며 태양의 가시광선이 비추지 않으므로, 생각하고 있는 온갖 것, 보고 있는 것, 관련되어 있는 것, 알고 있는 사람들에 대한 생각을 불러일으키지 않는다. 정신은 백지 상태에 가깝다. 많은 작가들과 음악가, 예술가, 위대한 과학자들은 다른 방법으로는 할 수 없었던 것을 성취하기 위해 새벽의 그 달콤한 시간을 이용한다.

자기 전에 물을 많이 마시면 소변을 보기 위해 일찍 일어나게 된다. 정말 실용적이다.

또 다른 비법 한 가지. 해가 지면 단것을 먹지 않는다. 단것을 먹으면 자기 전에 뇌 활동이 매우 활발해진다. 신성한 시간에 일어날 수 있

---

[*] 존경받는 교사이자 3대를 이어 온 요가 수행자, 영적 지도자. 회고록 『Buried Treasures: The Journey from Where You Are to Who You Are』를 포함한 많은 책의 저자.

을 만큼의 충분한 휴식을 이루지 못하게 되는 것이다. 사람들은 설탕과 탄수화물을 멀리하고 싶어 한다. 해가 진 뒤 먹는다면 녹색 채소나 녹색 음료를 먹어야 한다.

물을 많이 마시는 것, 요가와 같은 운동을 하는 것과 마찬가지로 식이요법은 매우 중요하다. 하지만 그에 못지않게 중요한 건 잠들기 전에 의지를 다지는 것이다. 그리고 스스로에게 꿈속의 시간에 수행할 과제를 준다. 일찍 일어날 것이며, 눈을 뜨면 바로 적어 둘 아이디어가 떠오를 것이라고 말하라. 줄리아 캐머런이 『아티스트 웨이』에서 매일 아침 '모닝 페이지'를 쓰라고 말하는 이유가 그것 때문이다. 이른 아침에는 보편적인 사고방식을 마음과 조율하여, 광대한 범위의 개념과 아이디어, 문제에 대한 답과 해법을 얻을 수 있다.

당신이 많이 지친 상태라면 더 일찍 잠자리에 들기를. 10분이나 15분 정도 일찍 잠자리에 들기 시작하면서 조금씩 목표를 늘린다. 다음 주에는 10분 더 일찍, 그다음 주에도 10분 더 일찍. 3주가 지나면 당신은 30분 일찍 잠자리에 들 수 있게 된다. 30분은 아주 많은 휴식을 준다. 지구가 자전할 때 태양의 에너지가 자정 이후에 당신을 향해 오기 때문이다. 하지만 자정 전에는 그 에너지가 당신에게서 멀어져 간다. 그러므로 자정 이전에 자면 이후에 자는 것보다 수면의 질이 몇 배 높다.

인공 조명도 문제다. 150만 년 동안 초기 인류는 해가 지면 잠자리에 들었고, 횃불이나 촛불을 켜고 일했다. 불빛은 그림자를 드리운다. 하지만 방을 백열등 빛으로 밝히면 그림자가 지지 않는다. 모든 조명은 밝다. 그림자의 세계에서 움직이는 것에 익숙한 뇌는 갑자기 혼란스러워진다. 뇌가 그림자의 세계에서 벗어난 건 고작 120년밖에 되지 않았기 때문이다. 아침에 일찍 일어나 눈에 보이지 않는 적외선 속에서 움직이기 시작하면 우리의 유전적 역사, 우주적 역사의 저 깊숙한 곳에 접근할 수 있다. 이때 진정한 창의성이 발현된다.

♡

엘리자베스 길버트 나는 신경쇠약에 걸릴 때까지 모든 일에 'Yes'라고 말했다. 시간을 다른 방법으로 확보할 수 있었으면 아주 좋았을 텐데. 아프고 쇠약해질 수밖에 없었다. 파산으로 무일푼이 되고 나서야 내가 아무에게도 도움이 되지 않았다는 사실을 깨달았다. 나는 '기쁨조'였다. 모든 사람이 그들의 생활 속에 내가 있음으로 해서 만족하기를 바라는 삶을 살고 있었다. 몇 년 동안 아무에게도 'No'라고 말하지 못했다. 사람들이 나에게 몹시 실망할지도 모른다는 끔찍한 두려움 때문이었다. 그들이 나를 그다지 좋아하지 않을 것이라는 두려움.

무엇을 발견했는지 아는가? 내가 가장 두려워했던 일이 완전히 사실이었다는 것. 내가 30년 동안 'No'라고 하지 않은 데는 이유가 있었다. 사람들은 싫어하니까. 거절하면 당신을 어느 정도까지는 존중할 수도 있지만, 대개는 화를 낸다. 내게 'No'라는 말을 하는 다른 사람들에게 내가 무척 화를 내는 것과 똑같다. "와, 저 여자 좀 못됐다. 자기가 우리보다 낫다고 생각하나 봐."

비결은 그 상태를 그냥 그대로 놔둬야 한다는 것이다. 그들을 실망에서 구하려고 애쓰지 말고 거절함으로써 뒤따르는 불편함을 감수해야 한다. "불편한 건 알겠어. 그래도 나는 당신을 불편하게 할 거야. 거절하는 이유는 인간으로서 내 능력과 유한한 삶의 한계를 알기 때문이야. 그리고 나는 모든 걸 다 해낼 수는 없어. 미안해."

그렇게 만들어 주는 것이 바로 근육이다. 근육을 키우는 건 정말 어려운 일이다. 그러려면 몸을 단련해야 한다. 아직도 쉽지가 않다. 하지만 반드시 필요한 일이라고 생각한다.

♡

샘 베넷 당신의 작품이 글로 옮겨지지 않은 채 머릿속에만 남아 있는 한, 그 작품은 당신을 제외한 누구에게도 영향을 주지 못한다. 그리고 도움이 되지도 못한다. 시간이 없다고? 사람들이 방해하고 있다고? 하루에 15분씩 모이면 산도 옮길 수 있다. 타이머를 맞춰 놓고 세상에 당신이 일할 수 있는 여유가 있다는 걸 스스로 증명하라.

♡

대니 샤피로 한 시간의 여유가 주어지면 신성한 시간으로 만들 것. 그리고 일과 관계되는 작업이라면 무엇이든 계속해 나간다. 매일 같은 시간에 그렇게 할 수 있다면 놀라운 일이 일어날 수 있다. 나는 첫 번째 소설을 쓸 때 하루에 3페이지, 일주일에 5일 동안 15페이지, 한 달에 60페이지를 작업했다. 소설 쓰기를 시작했던 초기의 책 몇 권을 이런 방식으로 써 나갔다. 이 규율을 고수하면 반 년 만에 소설 한 편의 초고를 마칠 수 있다. 그렇게 해서 소설 한 편을 쓸 수 있다면 하루에 3페이지씩 주 5일을 쓰는 것쯤은 아무것도 아니다.

가르치는 학생들에게도 나는 늘 그들의 프로젝트에 매일 손을 대라고 말하곤 한다. 그렇다고 하루 온종일 매달리라는 얘기는 아니다. 실제로 그렇게 했다가 최악의 날을 맞는 경우가 종종 있다. 내내 일만 붙들고 있다가 하루를 날려 버리는 것이다.

♡

켈리 누넌 고어스[*] 나는 자연의 단골손님이다. 아프거나 스트레스를 받거나 머릿속이 복잡해질 기미를 감지할 때마다 밖으로 나가 발을 접지한다. 맨발로 땅 위나 모래사장을 걷는 것이다. '접지接地'(또 다른 책과 다큐멘터리의 제목)는 매우 중요하다. 대도시의 지나치게 자극적인 환경 속에 있을 때 특히 그러하다. 땅이 지닌 음陰 전기적 성질은 인체의 혈압과 염증 지표를 낮추어 준다. 20분쯤 그러고 나면 건강에 놀라운 일이 일어난다. 스트레스에서 벗어나 휴식과 회복 상태가 되고 창의력이 솟아나는 바로 그 지점이 열린다.

♡

----

[*] 작가, 프로듀서, 감독, 상을 받은 〈치유〉 다큐멘터리의 주연, 〈힐 팟캐스트〉의 진행자, 책『치유-최고의 힐러는 내 안에 있다』의 저자.

디팩 초프라 명상은 창의성과 연결되도록 해 준다. 제대로 명상을 하면 그것이 생각 너머로 데리고 가기 때문이다. 명상은 생각의 원천에 이르게 한다. 이곳을 동양의 전통적 사상에서는 의식이라고 부른다. 의식은 '생각하기'라고 부르는 경험은 물론 인식, 정신과 관련된 다른 모든 경험을 가능하게 만드는 것이다. 명상은 정신적 활동을 줄어들게 하고 마침내 정신적 활동을 초월한다. 그 경지에 모든 창의성이 있다.

♡

앤 패칫 내 시간의 '비밀'은 텔레비전도 안 보고 소셜 미디어도 안 하는 것이다.(앤이 공동 소유하고 있는 파르나소스 서점의 공식 계정은 있다.) 우리 집에는 TV 한 대가 있지만 그걸 어떻게 써먹어야 할지 모르겠다. 나는 텔레비전을 싫어한다. 사람들은 내게 온갖 놀라운 TV 시리즈물과 우수한 작품들이 언제 넷플릭스에서 방영하고 있는지 말해 주는데, 정작 나는 『타임스』에서 리뷰를 찾아 읽는다. 하지만 이런 생각도 한다. 어떻게 하면 여러 개의 TV 프로그램을 빠른 시간 안에 관람할 수 있을까? 앞으로 취미를 가지게 된다면 안구 운동이 필요한 것이 아니길 바란다. 나의 안구는 번아웃 상태다. TV 시리즈를 보기 위해 독서를 중단하고 싶지는 않다!

4

우울, 권태, 장애물:
삶과 원고 사이에서 버티기

"가장 힘든 길이 정상으로 이어지는 경우가 많다."

크리스티나 아길레라

절대 끝내지 못할 것 같은 기분이 든 적이 있는가? 하프 마라톤 코스를 달리는 중인데 급수대는 안 보이고, 에너지바를 가지고 대기하겠다던 친구도 나타나지 않을 때의 느낌 같은?

사람들은 출발선에서 당신을 응원했다. 그들은 마지막에 당신을 축하해 줄 것이다. 마지막이 언제가 되든. 하지만 코스의 중간 지점에 있다면? 지루해하는 강아지, 산더미처럼 쌓인 청구서, 그리고 당신이 가졌던 그 말도 안 되는 것 같은 아이디어에 대한 믿음은 시들어 가고 있을 뿐. 마지막까지는 얼마나 남았을까?

스티븐 프레스필드가 예술을 전쟁이라고 부르는 데는 까닭이 있다. 출정식에 따라 나온 사람들이라면 열렬한 환송 행사에서 미군 위문 공연단 아가씨들이 아찔한 의상을 입고 사기를 진작시키는 광경을 볼 수 있다. 종전은 오색 종이가 어지러이 흩날리는 가운데 퍼레이드, 타임스 스퀘어에서의 키스, 기뻐 어쩔 줄 모르는 가족 재상봉으로 끝난다. 하지만 내 마음은 그 길고 고통스럽고 어수선한 중간 지점(참호와 지뢰, 빵 배급 줄)을 향해 달린다. 글쓰기를 전쟁에 비유하는 건 제정신이 아닌 것으로 보일지 모른다. 하지만 글쓰기에 고군분투하면서 아등바등하는 동안 패배를 겪고 있을 사람들에게는 전쟁이 아니라고 말하지 못하겠다.

시작할 때의 꽃길은 오래전에 사라지고 마지막은 어디에도 보이지 않는 어지러운 중간 지점을 터벅터벅 걷고 있는 자신을 발견할 때가 있는가. 그 심정을 알 것 같다. 나도 그랬다. 거의 모든 작가들이 그랬다. 이 또한 지나가리라. 종전에 이를 때까지 이번 이야기가 당신을 위한 야전 병원이 되기를.

엄마가 돌아가셨다. 그동안 엄마가 아프셨는지도 모르고 있었다. 어느 날 아침 엄마가 일어나 보니 눈과 피부가 바나나 껍질 색으로 물들어 있었다. 주치의들이 단정적으로 진단을 내렸다. "우리가 할 수 있는 건 아무것도 없습니다." 엄마의 췌장과 간은 제 기능을 잃어가는 중이었고, 두 장기가 몸속에서 벌이는 사투는 10주 이내라는 짧은 기간에 끝나게 되어 있었다. 캐럴과 나는 아빠에게 가 함께 힘을 모아 그 상황이 오는 것을 지켜봤다.

"행복하니? 정말로 행복한 거지?" 엄마가 지난번 어버이날에 내게 했던 질문이었다. 그 말속에 절박함이 담겨 있었다는 걸 시간이 지나고 나서야 뒤늦게 알아차렸다. 엄마의 시선은 투명함을 잃은 오래된 유리 뒤에서 바라보는 것처럼 이상하게 흐려 보였다. 엄마의 목소리에서 묻어나는 간절함을 절친한 친구와의 사이에 생긴 균열과 직장에서의 갈등 탓이려니 생각했다. 그때 쉰아홉이었던 엄마는 딸들이 일을 시작하고 전속력으로 자신들의 새로운 꿈을 향해 달려가는 걸 보면서 분명한 깨달음을 얻게 된 것 같았다. 엄마는 옷소매를 만지작거리며 말했다. "난 도서관 사서나 기자, 작가가 되어야 했어. 그런데 난 너무 겁이 많았지."

엄마의 희생 덕에 캐럴과 나는 용기를 낼 수 있었다. 엄마가 스탠퍼드 대학에서 상사를 위해 편집한 무미건조한 과학 논문이 아니라, 흥미진진한 스토리 라인을 다루면서 내가 경험하는 것과 같은 성취감을 느낄 수 있기를 간절히 원했다. 나는 도움의 손길이 필요했다! 잠재적인 인터뷰 대상자에 대한 자료를 도서관에서 조사할 시간이 없었다. 아쉬운 게 있다면 시간이 너무 빨리 사라지는 것과 스스로 설정한 글쓰기 목표를 달성하기가 굉장히 힘들었다는 것이다. 그래서 나는 엄마를 파트타임 조사 보조원으로 고용했다! 제안서를 눈에 번쩍 띄게 만들기 위해 엄마는 인터뷰하고 싶었던 셀럽들의 알려지지 않은 세부 정보를 찾으려고 대학 도서관을 샅샅이 털었다.

책에 코를 박고, 팔로알토의 영화관에서 주말에 영화를 보며 엄마 없이 어린 시절을 보냈던 소녀는, 허구를 믿게 만드는 매력적인 소수의 사람들에 대한 끝없는 퀴즈를 도서관에서 해결했던 것이다. '엄마에게 계속 아르바이트비를 주려면 돈을 마련해야 해.' 엄마가 없었으면 이 일을 해내리라 상상이나 할 수 있었을까?

"이건 내가 해 본 것 중 최고의 작업이야!" 엄마가 환경보호 전사인 우디 해럴슨에 관해 조사한 것을 한 무더기 넘겨준 후 나에게 백 달러짜리 수표를 받으며 말했다. 하지만 엄마는 그 수표를 결코 현금으로 바꾸지 않았다.

엄마의 추도식을 마친 뒤에 캐럴과 나는 아빠에게 ATM 사용법, 식사를 준비하는 방법, 세탁기 작동법을 알려 드렸다. 하지만 일단 뉴멕시코로 돌아오자 슬픔으로 무너져 내렸다. 아빠의 사무실로 전화를 걸었다. 아빠는 벨이 울리자마자 전화를 받았다.

"좋은 소식 좀 들어 보자꾸나!" 아빠가 밝은 목소리로 말했다. 전혀 반대되는 이야기를 전해 드리긴 싫었지만, 숨길 수 없었다.

"지금 당장은 그다지 즐거운 일이 없네요, 아빠. 제시와 나는 돈 문제로 다퉜어요. 아빠랑 엄마, 캐럴, 다이앤, 그리고 서포트 모임 친구들이 보고 싶어요. 『매혹적인 삶』의 출판이 생각보다 훨씬 더 오래 걸리네요. 콘텐츠는 정말 많이 가지고 있는데, 이름이 좀 더 알려지지 않으면 에이전트를 영영 구하지 못할까 걱정돼요"

"아이고, 우리 딸, 그건 숫자 놀음에 지나지 않아. 긍정적인 방향에만 집중하렴! 이제 끝이 보일 거야."

'숫자.' 나는 아빠의 말이 들어맞기를 기대했다. 애초 생각했던 대로라면 일 년 안에 나의 책이 서점에 진열됐어야 한다. 이미 몇 년 동안 밤낮으로 글을 써 왔다. 할 수 있는 일이라고는 오탈자만 몇 번이고 체크하는 일밖에 없었다. 염려되는 건 이미 진행한 잘 알려지지 않은 인물의 인터뷰를 앞으로 계약할 출판사가 막판에 자르지는 않을까 하는 것이었다. 나는 그들의 이야기가 아주 좋았다. 그리고 이미 확정된 인물들 외에 새로운 인터뷰이를 계속 추가하고 싶지도 않았다. 실이나 스팅(혹은 제니퍼 로페즈나 마이클 조던)처럼 초특급 셀럽의 섭외에 성공한다면 다른 슈퍼스타들도 그 뒤를 따라올 것이다. 그렇게 되면 나는 이 기다림의 지구전을 끝낼 수 있을 것이다. 너무 많은 시간을 낭비했다고 후회하는 엄마처럼 되지 않으려면, 내가 살아야 할 삶을 살아야 했다.

실의 측근들로부터는 연락을 받지 못했다. 밴드 활동을 하는 가수를 좋아했던 나는 실 대신에 아마존 열대림 보존 기금을 마련하기 위해 레인포레스트 재단을 설립한 스팅에게 재단을 통해 제안서를 다시 보냈다. 그의 홍보 담당자와 재단 이사 모두 내 책의 아이디어를 좋아하며 스팅과 그의 부인 트루디에게 내용을 확실히 전달하겠다고 장담했다. 하지만 몇 개월이 지났고, 그의 재단이 거대 석유 기업과 토착 원주민 부족 원로들 간의 조약을 협상하는 동안 카누를 타고 아마존강으로 가 스팅을 찾아가는 것 말고는 방법이 없었다. 출연 섭외 전화를 기다렸던 남편과 마찬가지로 나도 전화벨이 울리기만을 무기력하게 기다리고 있었다. 절대 뇌리에서 사라지지 않을, 영원한 걸림돌인 "글쎄요." 혹은 "다음에 연락드리겠습니다." 란 말을 듣게 되는 것보다는 차라리 "그럴 일은 없을 겁니다."란 말을 듣는 게 나았다.

먼지가 내려앉은 창문 밖으로 힐끗 시선을 돌리니 황량한 수평선이 내다보였다. 자연은 자신이 웃어야 할지 울어야 할지 결정할 수 없는 듯 보였다. '내가 못 보고 놓친 게 있었나? 잠깐! 내가 본 건. 이럴 수가! 책장에 쥐똥이 있잖아! 다음은 뭐지? 한타바이러스?' 젖은 스펀지로 그것들을 치우다가 메러디스와 함께 찍은 사진 액자를 발견했다. '메러디스에게 전화해야겠군. 캐리 앤에게도.' 재닛과는 그리 친밀하지 않았지만 그녀도 분명 나처럼 어려움을 겪고 있을 텐데. 어떻게 지내는지 궁금했다. '조만간! 시간 내서 곧 연락할게요!' 마음속으로는 이렇게 말하면서도 밖으로 드러난 건 고개를 흔들고 있는 나의 모습이었다.

지금 누구에게 농담을 하고 있는 거지? 깡촌으로 이사 온 뒤 지인들과 연락하며 지내는 일은 총체적 난국을 맞이했다. 나는 벌써 메러디스와의 당일치기 여행을 취소했다. 한 번은 피넛이 강아지들을 낳았을 때였고, 또 한 번은 스키 여행 일정을 변경했을 때였다. 얼마 지나지 않아 제시는 다큐멘터리 작업 제안을 잠정적으로 받았고, 우리는 또 일정을 취소했다. 메러디스가 실망하는 소리가 들리는 것 같았다. 하지만 오두막을 짓는 동안 자급자족하면서 아내 노릇과 엄마 노릇은 온종일 매달려야 하는 일이었다. 며칠에 한 번씩 캐럴과 다이앤에게 전화를 걸고, 일주일에 한 번 친정 부모님께 전화하기 위해 차를 몰고 시내에 가는 게 할 수 있는 유일한 일이었다. 틈나는 대로 원고를 손보았다. '일단 이 일이 끝나면 모든 사람, 그리고 다른 모든 일에 할애할 시간이 나겠지!' 시어머니가 당신을 위해서 시간을 넉넉히 내지 않는다고 울먹일 때는 눈물이 흘러내렸다. 그래도 나는 일 년에 축하 카드 몇 장을 보내는 것 외에는 한동안 내 방침을 바꾸지 않기로 했다(이때는 우리 부모님이 돌아가시고 나서 시간이 늘 우리의 친구는 아니라는 냉엄한 현실을 깨닫기 전이었다).

"훈련은 곧 탁월함이고, 탁월함은 자유를 가져다준다." 전 올림픽 체조선수에서 작가로 변신한 댄 밀먼의 말이 생각난다. 이 말은 좌우명이 되었다. 더 이상 다리 찢기는 못 하지만 나는 운동선수와도 같은 집중력을 가졌다. 아마 글을 쓰는 행위가 이기적이라서 사람들을 개자식으로 만든 건 아닐까?

'그런 말 하지 마요, 린다. 마음 써 주는 건 고마워요. 하지만 모두들 내게서 조금씩만 비켜 줄래요?'

머릿속에서 서포트 모임 친구들을 밀어냈다. 구루 싱이 곧 방문하기로 했다. 그가 오면 그립던 캘리포니아와의 유대감을 느끼게 해 줄 것이다.*

제시와 나는 차를 몰고 샌타페이로 갔다. 시즌마다 오페라 센터 근처에서 열리는 벼룩시장에서 엄마의 물건들을 팔아 여유 자금을 마련하기 위해서였다. 우리 옆에는 40대로 보이는 준이라는 여성이 자리를 잡고 있었다. 준은 혈색 좋게 그을린 피부에 금발로 탈색한 머리를 녹이 슨 헤어클립으로 올려 묶고 있었다.

"여긴 어떻게 왔어요, 아가씨? 처음 보는 얼굴이네!" 빠진 앞니 두 개를 드러내고 웃으며 준이 말했다.

"아, 잘 맞지 않는 옷들 좀 팔아서 돈이 갈수록 많이 드는 글쓰기 프로젝트 자금에 보태려고요"

"그래요? 멋지다. 어떤 글을 쓰고 있죠? 미스터리나 로맨스 소설 같은 거?"

"아뇨. 인터뷰 책인데, 환경 문제를 주로 다뤄요."

"오, 장난 아닌데!"

"네. 사람들이 대량 광고 카탈로그나 화장지 같은 시시한 물건을 만드느라 오래된 숲을 함부로 베어 내는 일을 멈추게 하려고요." 제시가 말해 봤자 입만 아픈 얘길 뭐 하러 헛심 쓰면서 하고 있느냐고

---

* 『Huddle』에서 브룩 볼드윈은 말했다. "허들은 여성들이 서로 돕고 함께한다는 사실만으로도 활력을 얻을 수 있는 곳이다. 허들은 성공하고 발전하며 놀라운 일을 해낼 수 있도록 서로를 북돋아 주는 곳이다." 젠장. 내가 해내고 싶은 놀라운 일이 있었다고! 내 삶에서 더 많은 훌륭한 여성들이 내 꿈을 열어 줄 열쇠를 쥐고 있었다는 사실을 그때 알았더라면 좋았을 텐데.

눈치를 줬다.

준은 잠시 딴청을 피우다 이마를 찡그리더니 새까만 손톱으로 팔에 난 딱지를 뜯어냈다. "내 눈에 흙이 들어가기 전까지는 그러지 못할걸!" 준이 언성을 높였다. "내가 지켜보는 한 안 돼. 단 하루라도 그들이 나무에게 그런 짓을 하는 걸 더 이상 허락하지 않을 거야. 그런 멍청이들은 '끝장'이야!" 준은 남자 친구의 손에 있는 담배를 잡아채서 한 모금 길게 빨아들이고는 접이식 탁자 위의 싸구려 장신구들을 다시 정리하며 연기를 내뿜었다.

'준은 정말 혼자 세상을 지켜 낼 수 있다고 확신하는 걸까?' 나는 할 말을 잃었다. 자신의 파괴적인 성향(글로벌 기업들에 비하면 훨씬 덜하기는 하지만)을 억제할 능력조차 없어 보이는 한 여성의 광기 어린 호언장담을 받아들여 보고자 애를 써 봤다.

차를 몰고 집으로 가면서, 다이앤이 환경 '수업'이라고 부르는 나의 작업물을 다른 사람들이 비웃지 않기를 기도했다. 머릿속에 서포트 모임 친구들이 다시 떠올랐다. 내가 이러한 사명감을 지니게 된 추진력을 제대로 이해하는 사람은 메러디스와 캐리 앤과 재닛이었다. 내가 얼마나 바빴기에 그런 우정을 시들어 버리게 놔두었을까? 어릴 때 할머니는 너무 자만하거나, 관계를 돌이킬 수 없게 만들면 안 된다며, "나이 든 사람들은 덴 상처를 마음속에 끌어안고 사는 사람들이란다."라고 말씀하셨다(할머니는 섬유질을 많이 먹고, 신용카드는 절대 사용하지 말고, 찢어진 청바지를 입는 사람은 아무에게도 사랑받지 못하는 것처럼 보인다는 말씀도 하셨다).

"친구들에게 전화를 걸어야겠어." 제시에게 말했다. "메러디스는 전화를 받아 줄 거야. 난 지금 완전히 갇혀 있는 기분이 들어. 끊임없이 움직이고 있는데도 그래. 창의적인 사람이 아무도 없는 비무장지대 안에 있는 느낌이야."

"이제야 내 입장을 이해하게 되었군." 그가 대답했다. "적어도 당신은 자신만의 작품을 쓰고 있잖아. 다른 사람이 쓴 시원찮은 대사를 읊어야 하는 데다가, 그럴 기회조차 얻지 못하는 상황을 상상해 보라고."

서포트 모임 친구들에게 전화하기로 마음먹은 날이었다. 아침에 일어나 보니 피넛이 낳은 강아지 중 한 마리가 숨이 멎은 채 차갑게 식어 있었다. 바로 전날 수의사에게 검진받았을 때만 해도 전혀 이상이 없던 강아지였다. 온 가족이 슬픔에 빠졌던 그때의 나는 우리가 머무는 좁은 세상 밖 저 넓은 세상을 잊은 상태였다. 한동안은 업무 관계든 친구 관계든 그 어떤 전화도 걸지 못했다.

구루가 타고 있는 흰색 플리머스 자동차가 우리 집 앞 긴 진입로 모퉁이를 돌았고, 그 뒤로 뽀얗게 먼지구름이 일었다. 매일 새벽 세 시부터 다섯 시까지 명상을 하고, 생명을 구하기 위해 동물성 식품을 먹지 않고, 정결함을 유지하기 위해 온통 흰옷만 입는 구루가 미친 듯이 운전한다는 사실을 누가 믿겠는가? 나는 그의 아이들이 어떻게 십 대까지 무탈하게 자라날 수 있었는지 궁금했다. 아마 기도 덕분이겠지.

"구루가 왔어!" 반가움에 겨워 목소리를 높이며 제시와 토시, 그리고 개들과 함께 현관 계단을 뛰어 내려갔다.

"안녕, 슈퍼 구! 멋져요!" 그의 품으로 뛰어들며 외쳤다. 그는 내가 슈퍼 구라고 부르는 걸 싫어했다. 또 '구 질라'로 자신을 부르는 것도 질색했다. 그가 우리 집 주위의 옹이투성이 삼나무들 사이로 걸을 때면 키가 무척 커 보여 딱 어울리는 이름인데. 그는 꾸짖곤 했다. "린다! '루'를 뺀 '구'는 어둠을 의미한다니까요, 참 나."

"메러디스에 대한 굉장한 소식 들었소?" 구루가 물었다. 눈가에 장난기가 스쳤다. 메러디스는 그의 사랑하는 고객이자 제자가 되었다. 1960년대 멕시코의 외딴 사막 지역 원주민 부족과 함께 공부하려고 문명 세계를 떠나기 전, 구루는 예술가였다. 재니스 조플린과 지미 헨드릭스 공연의 즉흥 연주자로 스타덤에 오르며 워너 브러더스 레코드의 가수 겸 기타 연주자로 활동했다.

"무슨 소식이오?" 내가 물었다.

"메러디스가 캐피틀 레코드와 꿈에 그리던 음반 계약을 맺었다더군요! 정말 크게 될 거요, 린다. 비틀스 이후 가장 큰 계약이오. 메러디스에게 전화해야 해요!" 구루는 눈도 깜빡이지 않은 채 자랑스러운 가족의 우두머리인 나를 바라보았다. 그는 항상 나와 메러디스가 같은 영혼 가족 출신이라고 말하곤 했다.

눈에 눈물이 맺혔다. 기쁨의 눈물, 질투의 눈물. 메러디스는 이런 일을 누릴 만한 자격이 있었다. 그런데 나는? 난 너무 오래 기다렸어! 젠장. 당장은 메러디스와 연락할 수 없었다. 다른 친구 누구에게도 마찬가지였다. 나는 기회주의자, 자기 좋을 때만 친구를 찾는 사람으로 보이겠지. 할리우드에 오래 살면서 그런 일을 많이 보았다. 유명인이 되면 너도나도 파티에서 한 자리 차지할까 기대하며 난데없이 나타난다.

'눈물을 보이지 마! 구루에게 우는 모습을 보이지 마!' 애써 숨을 골랐다. 내가 얼마나 메러디스를 자랑스러워하는지 그녀는 모를 거라는 사실이 무엇보다 가슴 아팠다.

"메러디스가 허름한 술집에서 5달러짜리 콘서트에 출연할 일은 더 이상 없겠네요." 나는 향수에 젖어 말했다. 메러디스의 공연에서 캐리 앤과 재닛, 그리고 내가 천 기저귀만 차고 테이블 위에서 몸을 흔드는 토시의 손가락을 붙잡고 있던 때가 눈에 선했다.

"아니, 메러디스가 소규모 공간에서 공연하던 시절은 이미 지나갔죠." 구루가 맞장구쳤다.

구루의 차가 먼지구름을 일으키며 시야에서 사라질 때까지도 나는 그가 들려준 이야기를 마음속에서 떨쳐 버릴 수가 없었다. '비틀스 이래 캐피틀 레코드 최대의 취입 계약?' 그게 맞는 얘기일까? 긴장감에 뱃속이 뒤틀렸다. '메러디스가 그렇게 크게 될 거라면 여기서도 그걸 못 볼 리가 없지.' 메러디스가 어디에서나 볼 수 있는 인물이 된다는데, 토머스는 어찌 그렇게나 확신을 가지고 내게 '초연'하기를 바란다는 충고를 할 수 있었을까?

어쩌면 내가 감당해 낼 수도 있겠다. 다이앤은 약지에 5캐럿짜리

다이아몬드 반지를 자랑스레 끼고 있었고 남편이 눈치채기도 전에 5만 달러까지 인출할 수 있었다(실제로 그랬던 건 아니지만, 그냥 그렇다는 말). 다이앤은 갖가지 유명세와 함께 살았지만, 그것이 나에게 영향을 미치지는 않았다. 원할 때 언제든 다이앤에게 전화할 수 있었다. 대학 다닐 때 둘 다 거덜이 나고, 모발 복원 영양제 판매 조직 때문에 무일푼이 되었는데. 이제는 다이앤의 집 현관에서 다이애나 왕세자비가 썼던 커피 테이블 중 하나를 보게 되었다. 희한하다는 생각이 들 때가 종종 있다. 하지만 우리는 여전히 자매였다.

지금 상황을 잘 파악할 필요가 있었다. 내가 메러디스와의 우정을 잃은 건 맞다. 나는 어떻게 하면 더 좋은 친구가 될까 끊임없이 숙고할 수 있었다. 하지만 그 어떤 생각을 해 봐도 메러디스에게 놀랍도록 대단한 천재성이 있었다는 사실에서 한 치도 벗어날 수 없었다. 메러디스는 성공하기 위해 평생 노력했다. 어릴 때부터 콘서트를 열었고, 작곡 기법과 다양한 악기에 능숙했다. 내면의 정신이 너무 진보적이어서 외국어로 말하는 것처럼 들리기도 했다. 밴드를 여러 차례 결성했고, 레코드 취입 계약에 실패하면서도 매일 일어나면 무대에 설 준비가 되어 있었다. 메러디스는 언제나 '잠재력'을 가지고 있었다. 일 년 안에 나올 것으로 예측했던 나의 책이 그 후 몇 년이 더 걸린 건, 메러디스가 보낸 수많은 세월에 비하면 아무것도 아니었다! 속 좁은 자아에서 벗어나 메러디스의 성공에서 얻은 영감을 곧바로 연료로 삼아야 했다!

'꿈에 집중해, 린다. 실력을 보여. 질투심에 사로잡혀 있으면 훌륭

한 작가이자 어머니 지구를 위한 전사가 될 수 없어.'

다음 날 새벽 책상에 앉아 있는 나의 숨결에 촛불이 일렁였고, 이 조용한 시간에 감사한 마음이 들었다. 나의 글과 나 사이에는 아무것도 없었다. 글쓰기는 순조로웠다. 오타를 확인하기 위해 원고를 꼼꼼히 살펴보는 게 좋았다. 하지만 A급 명사들을 확보하는 건 영영 물 건너갔다는 느낌이었다. 만약 다른 인터뷰이들을 더 확보하지 못한다면? 그들이 없어도 내 책은 충분할 것인가? 누가 뭐라 해도 나는 여기까지 오기 위해 해 온 모든 일을 믿어야 했다.

혼란스러운 중간 과정은 우리의 삶과 원고에서 지연 전술의 형태로 찾아온다. 어쨌든 지연과 후퇴는 계약에 이르는 거래의 일부분에 불과하다. 누구도 피할 수 없다. 스티븐 프레스필드의 '저항'(관련 내용은 285페이지 참고)은 론다 브리튼의 '두려움'(관련 내용은 347페이지 참고)과 똑같은 말이고, 여동생 캐럴이 말하는 "당신에게는 아직 천계에서 말하는 '성공의 계절'이 오지 않았을 뿐입니다."와 같은 얘기이다. 치료사들은 다 내면으로 들어가 자존감을 다질 수 있는 기회라고 주장하기도 한다. 하지만 대부분의 글쓰기 코치들은 단지 과정일 뿐이라고 말한다. 창작자의 삶으로 들어선 것을 환영한다. 훌륭한 작품을 만드는 건 어려운 일이다. 영원히 끝나지 않을 것처럼 느껴지기도 한다. 숙달되기까지는 시간과 노력이 필요하다. 각자의 길은 모두 다르니 계속 나아가라. 스스로를 위한다면 더 많은 작품이나 드라마보다는, 당신이 붙잡을 수 있는 가장 진실하다고 느껴지는 작품에 몰두하라.

전쟁 중도 아닌데, 저항이 일어나고 있었다. 이 혼란스러운 중간 단계와 이후의 단계에서 많은 작가에게 들었던 조언은 '왜'라고 묻는 것이었다. 가고자 하는 곳에 계속 초점을 맞추기 위해 '왜'라는 질문은 도움이 되었다. '어떻게' 그곳에 도달하려는지가 아니라 목표를 실현하는 재능을 알기 위해서였다. 목표에 도달하는 방법은 우리가 주관할 수 있는 문제가 아니다.

회고록 작가이자 소설가인 로라 먼슨이 나의 팟캐스트에 출연했을 때였다. 로라는 소설 열네 권을 쓰고 나서 출판하기 전 희망을 잃지 않기 위해 고군분투했던 이야기를 들려주었다. 어느 날 오후, 좌절에 굴복한 로라는 중심을 잡아 줄 '작가 임무 선언서'를 작성했다. 그 글을 컴퓨터 위에 붙여 놓았고, 여전히 거기에 붙어 있다고 한다.

"어둡거나 칠흑같이 캄캄한 구석에 빛을 비추어 나 자신과 다른 사람들에게 위안을 주기 위해 글을 쓴다." 스스로 작성한 이 말은 로라에게 글쓰기는 '나의 수행, 기도, 명상, 생활양식일뿐더러 때로는 내가 사는 방식'임을 확인시켜 주었다. 나는 명확한 임무 선언을 써 본 적이 없었다. 천 번을 썼다 지웠다 하기는 했다. 하지만 늘 두 가지 내용은 들어가 있다. 첫째, 독자와 작가, 출판인들의 마음을 사로잡아 그들이 더 지속 가능한 실천을 수용하도록 자연 세계에 대해 글을 쓰기. 둘째, 사람들에게 자신들이 마법 같은 힘을 가지고 있다는 것을 상기시키기.

그것이 언제나 결과물과 일정 때문에 받는 스트레스를 막아 준 건 아니다. 성취하지 못한 목표의 배경에 어머니와 서포트 모임 친구들을 잃은 것만 눈에 들어왔다. 그때는 내가 여정의 한복판에 있다는 걸 잊고 있었다. 나의 임무와 이유는 장기전인 여행인 것. 사람들은 인내는 종종 보답을 받는다고 말을 한다. 그렇게 온통 에너지를 가두고 있는 이면에는? 돌파구와 책 거래! 뚜벅뚜벅 우리의 이야기를 엮어 가다 보면 그것들은 마침내 출판 시장에 나갈 준비를 갖춘다. 그리고 행운이 따라 주면 당신이 시간을 할애하지 않았던 친구들 모두 당신을 용서할지도 모른다.

임무 선언서를 작성한다면 무엇을 담겠는가? 그것을 적어 진척이 없을 때 상기할 수 있게 어딘가에 붙여 놓으라. '젠장, 기억해, 너는 작가야. 그러니까 쓰라고!' 이런 생각이 든다면 손목에 '기억해'라고 문신을 하라. 나는 그렇게 했다. 물론 잠시 고통스러웠지만 공들여 선언서를 작성하는 것보다는 쉽다! 목표를 글자로 써 놓으면 가장 혼란스러운 중간 과정을 통과하도록 안내하는 시각적 GPS가 되어 줄 것이다.

난관에 대처하는 작가들의 자세

셰릴 스트레이드 글을 쓰려고 하면 겸손해지는 것이 내 평생 가장 잘한 일이다. "책을 쓰고 있을 때는 책을 쓸 수 없을 것 같다." 이 말을 입에 달고 살았다. 그러면서 글쓰기가 불가능하다는 기분은 글을 쓰면서 흔하게 겪는 경험임을 깨우쳤다. 이것은 창작 과정의 일부일 뿐이다. 무에서 유를 창조하는 일은 대단히 힘들다. 이것이 바로 우리가 글쓰기를 할 때 겪는 일이다. 무의 세계에서 우리는 단편소설이나 각본, 단행본을 창작해서 세상에 내놓고 있다. 그리고 그 일은 당연히 우리에게 많은 것을 요구한다.

바로 지금도 나는 작품집에 수록할 단편소설의 결말을 지으려고 노력하는 중이다. 지난 몇 주 동안 결말 부분을 끝내려고 애면글면하면서 보냈다. 내내 이런 생각을 했다. '그만둘래. 단편소설은 쓸 수 없어. 도저히 못 하겠다.' 그러다 깨달았다. 사실 그건 이미 단편소설을 쓰고 있다는 신호였음을.

나의 칼럼집 『안녕, 누구나의 인생』의 한 구절이 어제 생각났다. "인간 말종처럼 써라"라는 제목의 칼럼에서 나는 "음, 잘 들어 보세요. 원래 글을 쓴다는 것은 누구에게나 힘든 일이에요. 하지만 탄광에서 일하는 게 더 힘들지 않겠어요?"라고 썼다. 어제 난 깨달았다. "아닙니다. 그건 내가 잘못 생각한 거였어요!"

♡

니아 바르달로스[*] 키보드를 누를 때마다 줄곧 머릿속에 맴도는 소리가 있다. "나는 사기꾼이야."

무언가를 지금 쓰고 있다. 3막의 마지막 두 장면을 쓰다가 헤매고 있다. 그래서 그 부분을 출력해서 큰 소리로 읽어 볼 생각이다. 이리저리 걸어 다니면서 천천히 읽다가 용케 길을 찾을지도 모르겠다. 장담은 못 한다. 길을 찾지 못하면 실패에게 자리를 내주고, 길을 잃고 헤매는 느낌으로 잠자리에 들어야 한다. 그래도 괜찮다. 예전에도 길을 잘못 든 적이 있다. 헤어 나올 수 있다고 믿어야 하리라. 용기백배해서 말은 이렇게 하지만, 자신은 없다.

♡

앤 라모트 『쓰기의 감각』은 어린 시절 이야기다. 공부를 잘하지도 못하고 성적도 통 신경 쓰지 않던 오빠가 4학년 때 새에 대한 과제물을 써내야 했다. 오빠는 시작도 하지 않았다. 한 학기 내내 과제를 할 수 있는 시간이 있었는데도 말이다. 그리고 어느덧 마감일이 다음 날로 다가왔다.

우리는 그때 작은 오두막에 있었는데, 터프가이였던 오빠가 울기 시

---

[*] 영화배우, 〈나의 그리스식 웨딩〉으로 아카데미상 각본상 후보에 오른 작가, 『뉴욕 타임스』 베스트셀러 『Instant Mom』(이 책의 수입은 모두 입양 단체에 기부함)의 저자.

작했다. 오빠의 어깨를 감싸며 아빠가 말했다. "아들, 그저 새 한 마리 한 마리씩을 생각해 보는 거야. 넌 새에 대해서 조금은 읽어 봤잖아. 새에 대해 네가 배운 걸 아는 대로 적고 그다음에 그림으로 그리거나 사진을 오려 붙이면 돼." 그러더니 아빠가 덧붙여 말했다. "우리 박새부터 시작하자. 그러고 나서 펠리컨까지 계속 가는 거야. 조금씩, 한 마리 한 마리씩, 뭔가 너를 통해서 스스로 글이 나올 거야."

♡

세라 망구소[*] 줄곧 마음에 품어 온 창의성에 대한 조언이 있다. 시 전공으로 문학 석사과정에 입학했던 첫해, 신임 강사와 함께하는 워크숍의 첫날이었다. 나는 수업에서 가장 어렵고, 유일한 석사 1학기 참석자였기에 주눅이 들었다. 재능을 증명해야 했기에 시를 한 편 지었는데, 읽지도 않은 비트겐슈타인의 작품을 개작하려고 시도했던 것 같다. 위대한 사상가의 권위로 나를 무장하면 괜찮을 줄 알았다. 내가 하는 작업을 스스로 잘 알고 있다고 생각하게 하거나, 그들은 알지 못하는 걸 내가 알고 있다고 생각하게 만들어 속여 넘기려고 했던 거다.

선생님이자 뛰어난 시인 딘 영이 내 시를 읽었다. 작품에 대해 그런대로 합평을 마친 다음 선생님이 비트겐슈타인에 관해 한 가지 질문

---

[*] 구겐하임 펠로, 글쓰기 교수. 소설 『Very Cold People』, 논픽션 『The Two Kinds of Decay』, 『The Guardians』, 『망각 일기』, 『300개의 단상』 등 8권의 책을 펴낸 작가.

을 했다. 내용의 절반쯤은 논리적이었다. 하지만 나머지 절반은 내가 그곳에 있을 자격이 있다는 것을 증명해야 할 스스로의 필요에 따라 나온 거였다. 그는 잠시 숨을 고르며 한숨을 돌린 다음 말했다. "세라, 내가 40년이나 45년 정도밖에 살지 못한다는 것을 꼭 기억해야 합니다."

그것이 그의 가르치는 방식이었다. 즉, 읽을 시간은 있지만 그다지 많이 읽지는 않는, 필멸의 독자를 위해 글을 쓰고 있다는 사실을 깨우쳐 주는 것. 독자 대부분은 이런 가소로운 시도로 지어낸 시를 통해 내가 무엇을 말하려고 하는지 파악하려고 세 시간씩이나 투자하려 들지는 않을 것이다. 그 사건은 내 안의 지적인 체하는 가식을 몽땅 불태워 버렸다.

♡

사바 타히르 모든 책은 하나하나가 새로운 산이다. 산에 대해 아는 게 하나도 없지만 이상하게 등산을 다룬 다큐멘터리와 소설에 매혹된다. 모든 산은 각기 다르다. 각각의 산을 오를 때마다 각각의 어려움에 직면하게 된다. 만약 정상에 오를 수 있었다면, 그건 우리가 그 산에 적응할 수 있었기 때문일 것이다.

책도 그렇다. 지금 쓰고 있는 책에 맞게 발전하고 적응해야 한다. '이 정도면 됐다'는 생각이 들기 시작하면 뭔가 다르게, 더 잘하려고 스스로를 밀어붙이려는 노력을 덜 하게 된다. 그러면 글이 밋밋하고 단조로워질 수 있다. 더 노력해야 한다. 다른 방법으로 문제를 해결해야 하고, 더 창의적으로 플롯에 접근해야 하며, 다른 방식으로 자신을 다뤄야 한다. 그래야만 내부의 더 어두운 곳으로 파고 들어가 진귀한 것을 발굴할 수 있기 때문이다.

♡

스티븐 프레스필드 소설(혹은 쓰고 있는 것이 무엇이든)과 관련해 일어나는 창작 충동을 나무에 비유한다면, 창작 충동에 대한 저항은 나무 모양으로 나타나는 그림자라고 할 수 있다. 성장하면 언제나 저항이 뒤를 따른다. 좋은 아이디어가 없다면 저항도 없을 것이다. 나에게 어느 날의 글쓰기 과정은 차가운 물속으로 다이빙하는 것과 같다. 다이빙을 실행하는 데에는 저항이 따른다. 하지만 운이 따라줘서 다이빙에 성공해 물속에서 헤엄치게 되면, 은총이 나타나고 초기의 저항을 극복하게 된다. 저항과 은총은 손을 맞잡고 간다. 두 존재는 어떻게 보면 좀 이상한 뉴턴의 작용-반작용의 법칙에 따라 동일한 힘으로 정반대 방향에 있는 것 같다.

♡

켈리 누넌 고어스 우리는 스트레스를 받으면 싸우거나 도망간다. 이때 우리 몸은 살기 위한 에너지가 필요하기 때문에 대뇌의 인지기능과 창의성이 꺼져 버린다. 해독제는 '재미'다.

때로는 하루고 일주일이고 한 달이고 책에서 벗어나 완전히 마음을 비우는 것이 좋다. 재미가 당신을 창작 과정으로 끌고 가게 놔둘 필요가 있다. 창작이 의욕과 힘을 바닥나게 하고 있다면, 즐거운 일을 해야 한다. 나에게 웨이크 서핑은 즐거움을 생성하는 활동 중 하나다. 미소 지으며 마음을 비울 수 있는 일이면 무엇이든 하라.

♡

구루 싱 쉽게 성취하는 것보다는 성취하기 위해 애쓰는 과정과 노력에 더 깊이 공감한다. 창작을 위해 필요 이상의 에너지를 쏟아붓기 때문에 창작의 길은 성취감이 매우 크다.

작가는 모름지기 자신의 작품이 최고라고 믿어야 한다. 그래야 영감의 문이 열린다. 절망감에 빠져 있는데 글을 쓸 수는 없지 않은가? 절망은 '영혼 없이'라는 뜻이다. 영감은 '영혼으로'라는 뜻이다.

집필 과정에서 비참했으나 수백만 권씩 팔리는 책을 쓴 작가도 많다. 역대 베스트셀러 작가 중 일부도 그랬다. 그들의 집필 과정은 역대급으로 불행했다. 생각해 보라. 그들은 대개 술주정뱅이였다. 그들의 고통이 너무 강렬해서 사람들에게 이런 생각이 들게 한다. '내 불운은 저렇게 심하지 않지.' 집을 지을 때 부엌과 화장실은 필수 요소다. 화장실은 온갖 노폐물을 배출하는 곳이고 부엌은 온갖 영양소가 있는 곳이다. 모든 것은 균형을 이루어야 한다. 환희와 영감을 얻기 위해서는 고통과 비참함이 있어야 한다.

♡

토스카 리 자신의 이야기를 사랑해야 한다. 나에게 이야기가 그리도 지루한 것이라면 아마 내가 이야기를 충분히 사랑하지 않아서일 거다. 이야기에 충분히 도취하지 못하게 만드는 것이 있을지도 모르겠다. 그럴 땐 뒤로 물러나 검토하고 질문해야 한다. "어떤 부분이 지루하지? 어떻게 해야 더 맛깔스럽고 재밌게 만들 수 있을까?"

때로는 자신의 이야기와 애증의 관계를 맺을 수도 있다. 원했던 이야기 전개 방식이나 생각했던 기술 방식이 글쓰기에 들어맞는 방법이 아니기 때문이다. 혹은 자신이 느끼기에 너무 힘에 부치는 일을 하고 있다는 것을 문득 깨달을 수도 있다. 이럴 때는 가끔 모든 걸 뒤엎고 전선을 모두 뽑아 버려야 한다. 스스로를 의심하고 자신의 일거수일투족에 처음부터 끝까지 의문을 제기해야 한다. 그 지점에서는 자신과 능력을 넘어서는 무언가를 믿어 보는 수밖에는 선택의 여지가 없다. 그렇게 하는 게 편안하지는 않다. 이런 상황에 놓이는 게 매번 정말이지 너무 싫었다. 하지만 그럴 때 늘 최고의 작품이 나왔다.

♡

샘 베넷 머릿속에 이런 목소리가 들리는 걸 당연하게 생각하라. "이건 끔찍해. 허접쓰레기야. 아무도 이 글을 절대 읽고 싶어 하지 않을 거야. 망신당하기 전에 그만둬." 믿을 수 없을 정도로 커다랗고 설득력이 있는 이 목소리는 결코 사라지지 않는다. 나쁜 소식이다. 하지만 좋은 소식도 있다. 누구나 다 이런 목소리를 가지고 있다는 점이다. 자녀에게 마음껏 놀지 못하게 함으로써 아이들을 안전하게 보호하려고 애쓰는 과보호 부모의 목소리와 같은 거라고 보면 된다.

글에 미흡한 부분이 있다는 생각이 들면 다음 문장들을 떠올리는 것이 그 목소리의 응답에 도움이 된다는 사실을 깨달았다. 심지어 나는 일하면서 그 목소리에 큰 소리로 응답한다는 소문도 났다.

"그래, 이건 허접쓰레기일지도 몰라. 하느님이 그래서 편집자를 만들었겠지."

"그래, 이건 허접쓰레기일지도 몰라. 그래도 종이에 인쇄되기 전까지 이보다 더 잘 만들 수는 없을걸."

"그래, 이건 허접쓰레기일지도 몰라. 그래서 나는 글을 쓰고 나서 원하면 몽땅 삭제할 수 있는 권한을 갖고 있잖아."

"그래, 이건 허접쓰레기일지도 몰라. 난 판단할 입장이 아니야. 내 작품은 스스로 판단하지 못하거든."

"그래, 이건 허접쓰레기일지도 몰라. 어쨌든 난 여기서 조금 더 진도를 나가야겠어."

메리 카 일하다 막힐 때도 나는 마냥 일을 한다. 몇 시간이고 몇 시간이고. 나는 나보다 더 많은 재능을 타고난 사람들을 능가할 수 있다. 나는 꽤 유능한 편집자이다. 나는 편치 않은 상태에서도 오래 글을 쓸 수 있다. 나는 두어 시간 워킹 데스크(러닝 머신에서 걸으며 일할 수 있도록 고안된 책상-옮긴이)에서 일하며 걷는다. 그러고 나서 다른 책상으로 가고, 다음에는 테이블에서, 그다음에는 침대에 들어가 노트북으로 작업한다. 그 정도가 되면 열네 시간쯤 지난다. 다시 시작하는 중이라며 매번 스스로에게 거짓말을 하는 셈이다.

나보다 더 나은 다른 사람들의 좋은 글을 적어 두는 비망록을 작성하기도 한다. 그럴 때는 손이 저절로 그 페이지 위에서 좌우로 움직인다. 정말 막힐 때는 한 페이지에 한 시간으로 마감을 정한다. 이렇게 말한다. "하루나 다섯 시간 안에 한 페이지를 해야 해." 만약 조악한 글을 쓰고 있다면 한 페이지는 아득하게 많은 양이다. 그걸 채우려면 긴 시간이 걸리기도 한다. 어떤 때는 고쳐 보겠다고 열 페이지를 들어내다가 종국에는 열 페이지를 날려 버린다. 중요한 건 페이지 수를 늘리는 게 아니다. 글을 쓰다가 덜 좋은 글을 버리는 한이 있어도 시간을 채워야 한다.

나는 술을 끊고 나서도 한동안 불안과 초조함을 이겨 낼 수가 없어 영적인 시도를 했다. 그건 내가 포기했던 영역이었다. 그 모든 과정은 나의 책 『Lit』에 담았다. 지적, 화학적, 약리학적, 성기 관련 해결책을 시도했었다. 백만 가지 방법을 써 가며 고통을 떨치기 위해 노력했다. 그러다 생각했다. '내 문제가 영적인 데 있다면 어떡하지?'그 생각은 내 삶을 밝은 쪽으로 완전히 바꾸었다.

♥

리 차일드 내겐 두 개의 좌우명이 있다. 하나는 "나는 스트레스가 두렵지 않다. 스트레스가 날 두려워한다." 또 하나는 "나는 더 이상 재능을 키울 수 없다. 하지만 분명히 다른 사람보다 더 열심히 할 수 있다."

5

거물 잡기:
에이전트 만나기

"사기꾼조차 문학 에이전트와 엮여
한을 품으면 오뉴월에도 서리가 내린다."

프랭크 시나트라

에이전트는 출판계 입문의 마지막 관문을 지키는 문지기이다. 그들은 왕국의 열쇠를 쥐고 있다. 그들은 당신이 왕국 주위를 둘러싼 해자를 건너고 용들이 지키는 곳을 지나 왕족, 즉 당신에게 기사 작위를 내려 줄 수 있는 편집자와 출판인들 앞에 이르도록 안내한다.

에이전트와 작가는 결혼으로 맺어진 관계와 같다. 그들은 당신과 함께 아이를 낳는다! 그렇다고 해서 배우자처럼 에이전트가 당신의 문자에 답하고, 벗어 놓은 양말을 줍거나, 새벽 세 시에 수유를 도와주는 건 아니다. 가장 중요한 건 당신이 양육권을 얻게 될 것인가이다.(농담입니다. 농담.)

다음과 같은 농담이 있다. 어느 날 밤, 작가가 되려고 애쓰는 한 작가가 집으로 돌아오는 길에 보니 막다른 골목이 출입 금지 줄로 봉쇄됐다. 길은 경찰과 소방차 및 응급차로 가득했고, 그의 집은 몽땅 타 버렸다. 집 앞 진입로에 이르자 경찰관이 그를 따로 불렀다.

"이런 소식을 전하게 되어 유감입니다만, 당신의 에이전트가 집에 와서 미쳐 날뛰며 가족을 살해하고 불을 질렀습니다."

"농담이죠?" 그가 대꾸했다. "에이전트가 우리 집에 왔다고요?"

뼈 때리는 농담이다. 에이전트, 특히 유능한 에이전트는 바쁘기 때문에 작가들이 원하는 만큼 자주 소통할 수 없다는 말이다. 내가 인터뷰한 에이전트 몇 명도 그랬다. 이 책에 실린 작가들(그들의 책은 수백만 권, 심지어 수천만 권이 팔림)은 아마 예외일 것이다. 하지만 어떤 한 사람을 지나치게 신뢰하는 바람에 많은 꿈이 내동댕이쳐지기도 했다. 그래도 일이 잘 풀릴 때는 에이전트가 당신을 파티에 데려가고 비용도 부담해 줘서, 무대에 나가는 길에 주머니가 털리는 일은 없을 테다.

에이전트 없이 혼자 일하려면 스스로 성을 쌓아야 한다. 영화 〈작은 아씨들〉 2019년 버전에서 조는 에이전트가 되어 자신의 저작권을 따내기 위한 협상을 했다. 조와 가족이 향후 몇 년 동안 수익을 거둘 것을 보장하는 협상이었다. 멋지기도 해라!(이 영화의 감독 그레타 거윅은 루이자 메이 올컷 본인의 출판 협상 사실을 근거로 이 영화에서만 볼 수 있는 장면을 찍었다.)

나는 혼자 일할 수 있는 사람이 아니다. 아마 당신도 그럴 것이다. 그렇다면 안전벨트를 매시라, 초보 작가여. 당신에게는 대단한 에이전트가 필요하다! 미국만 해도 천 명 이상의 에이전트가 있고 미국 밖에도 또 다른 천여 명이 있으므로 작품을 보낼 곳이 많다. 매년 수십만 권의 책이 출판되고 있어서 그야말로 경쟁이 치열하다. 에이전트에게는 기회에 접근할 수 있는 권한이 있다. 유능한 에이전트는 혼란한 상황을 뚫고 작가와 딱 들어맞는 편집자 및 출판사를 연결시키는 데 힘을 보탠다. 대부분의 출판사들은 투고받은 원고는 잘 읽지 않으므로, 에이전트는 당신이 작가의 길로 들어갈 수 있는 입구인 셈이다.

이런 에이전트를 어디에서 찾고, 어떻게 윈윈할 수 있을까? 나에게는 그 일이 수월했다. 에이전트가 나를 땀 흘리게 만들기 전까지는….

드디어 마침내! 내 원고가 에이전트가 보기에 가치 있는 콘텐츠를 충분히 갖추었다는 쪽에 내기를 걸어도 될 만큼의 준비를 마쳤다. 30여 명의 매력적인 사람들(처음 원고의 절반 정도는 잘 알려진 인물, 나머지 절반은 잘 알려지지는 않았지만 특이한 스토리를 가진 인물)에 대한 인터뷰는 내 책의 장점이라고 확신했다. 그때까지는 실이나 오프라를 잡지 못했지만, 내가 낚은 최근의 거물이 특히 자랑스러웠다.

나는 게이 커뮤니티 옹호자를 소개하고 싶었다. 그런데 누구로 하지? 어느 날 저녁 따뜻하지 않은 오두막에서 촛불을 켜고, 「배니티 페어」 잡지의 '샌디의 성'이라는 10페이지짜리 기사를 펼쳤다. 그때 거의 모든 연예인을 발굴한 전설적인 매니저 샌디 갈린을 알게 되었다. 그는 비틀스의 〈에드 설리번 쇼〉 출연 계약을 도왔고, 돌리 파턴의 이름을 만인에게 알렸으며, 〈소니와 셰어 코미디 아워〉를 제작했다. 그 밖에 코미디언 리처드 프라이어, 바버라 스트라이샌드, 마이클 잭슨, 니콜 키드먼의 매니저였으며 에이즈 다큐멘터리로 오스카상을 받았다. 난 샌디의 해자를 건너뛰어 곧장 그의 왕국으로 들어가는 상상을 했다.

그런데 해자를 건너뛰기는커녕, 건너가야 할 도개교 다리만 들어올렸다! 크게 놀랍지는 않았다. 평생 네 번밖에 인터뷰를 하지 않은 그 남자는 나의 편지에 답장을 하지 않았다. 그를 머릿속에서 지울 수 없었다. 샌디의 가까운 친구인 돌리 파튼, 영화 제작자 데이비드 게펀 그리고 ABC·파라마운트 및 폭스의 CEO를 역임한 기업인 배리 딜러의 전기나 회고록 등을 읽기 시작했다. 그리고 다음으로 해야 할 일을 알아냈다.

샌디는 누군가와 관계를 맺고 싶을 때마다 이상한 말을 되풀이했다. "그들은 나를 죽일 수 있지만, 잡아먹을 수는 없어." 이 문장을 세 번째 읽었을 때 몸에 소름이 돋았다. 빙고! 삶에서 운명의 지침을 돌려놓는 일에는 단 한 번의 접속만 필요할 때도 있다. 나는 로스앤젤레스 여행을 예약하고, 캐럴의 집에서 머물며 동생의 차를 빌리기로 했다.

로스앤젤레스에 도착했다. 문구점의 엽서 코너 앞에 서서 성공 가능성을 저울질했다.

심판하는 린다: 해야 할까?

신뢰하는 린다: 정말 재밌다.

심판하는 린다: 그들은 더 멋진 글귀의 엽서를 가지고 있을 거야.

신뢰하는 린다: 아니, 샌디는 바보라고 생각하거나, 웃거나 둘 중 하나일 거야. 하지만 그 일로 날 미워하진 않을 거야. 적어도 반응은 하겠지. 잃을 건 아무것도 없어.

엽서를 계산대로 가져갔다. 예수님이 대형 나무문을 두드리고 있는 그림에 "들어가게 해 주세요"라는 글귀가 쓰인 그림엽서였다. 엽서에 이렇게 썼다. "당신은 나를 죽이거나 잡아먹을 수 없으므로 나를 만나 주는 게 좋을 겁니다."

그다음에는 내가 로스앤젤레스에서 가장 좋아하는 6번가의 마니스 베이커리에 갔다. 과일주스로 단맛을 낸 포 넛(튀기지 않고 구운 도넛-옮긴이)을 마이클 잭슨이 언론에서 극찬한 이후 가게 밖 도로까지 줄을 서는 곳이었다. 베이커리의 주인인 마니는 게이였고, LGBT 커뮤니티에서 많은 사랑을 받았다. 샌디가 이 베이커리를 모를 리 없었다.

그곳에서 샌디와 그의 어시스턴트들에게 줄 값비싼 초콜릿 크림 하트 쿠키를 여러 개 사 선물 가방을 채웠다. 아니나 다를까, 나를 들어오라고 하더니 선물을 보고 탄성을 질렀다. 30분 뒤 샌디의 수석 어시스턴트가 전화를 했다.

"그분이 당신의 엽서를 보고 배꼽을 잡고 웃었어요." 그녀가 말했다. 됐다! 그는 내가 보냈던 편지들을 읽었고, 이 마지막 행동으로 마침내 그가 해자 다리를 내렸다. 샌디의 핸드폰과 집 전화번호, 그리고 별장 전화번호를 입수할 수 있었다.

그러고 보니 예수님은 책의 구원자이시기도 하다.

"당신은 저에 대해 저보다 더 많이 알고 있네요!" 인터뷰가 끝났을 때 샌디가 말했다. "당신은 기자가 돼야 합니다." 그가 평생 본인의 사생활을 부끄러워하며 기자들을 피한 것을 알고 나니 그 말이 나에게 무척 소중했다. 그가 내게 감사하며 마무리하는 순간 나는 엄청난 감사의 물결에 휩쓸리며 천국이 내게로 열리는 느낌을 받았다.

「피플」과 「배니티 페어」에서 대작을 계약한 신인 작가들의 기사를 읽으며 4년 반을 몰두하는 동안 벌써 여기까지 왔다. 이제 나의 챔피언을 원했다!

여러 명의 에이전트에게 동시에 문의한다는 건 생각도 못 했다.

난 오직 한 사람에게 마음이 갔다. 그를 댄이라고 부르겠다. 업계 잡지에서 그에 대한 기사를 모두 읽었다. 그는 수많은 책을 판매한 데다 출판 사업에 관한 책들도 썼기 때문에 그 방면의 생리를 잘 알고 있었다. 그는 나의 MVP가 될 것이다. 셀럽의 힘을 빌려 책 계약을 성사시킬 생각이라면 두어 명의 유명 인사 인터뷰가 더 필요하다는 말을 그가 할 것 같았다. 그런데 댄이 그 일도 도와줄 수는 없을까?*

원고의 페이지가 모두 제자리에 있는지 확인하려고 목차를 세 번이나 점검하고는 콧노래를 부르며 400페이지에 달하는 인터뷰 내용을 택배 박스에 포장했다. 그렇게 하니 내용물이 더 중요해 보였다. 이웃인 85세 노인 스티의 소개 글을 공들여 썼다. 스티는 연약한 체구에 이 하나 없는 잇몸을 드러내고 미소를 지으며 우리 집 트랙터를 몰고 정화조 구덩이를 팠다. 창밖을 내다볼 때마다 노란색 트랙터에 있는 스티가 폭풍에 날아갈까 늘 걱정스러웠다. 이 트랙터에 얽힌 스토리가 댄을 유인할 미끼가 될 것도 같았다. 댄의 책에 트랙터에 관한 짤막한 노래를 썼다는 내용이 있는데, 에이전트가 안 됐다면 트랙터를 운전했을 거라고 했기 때문이다.

『매혹적인 삶』의 제목이 적힌 원고 위에 편지를 올렸다. 일단 문서로 정중한 한 장짜리 질의서를 먼저 보낸 뒤, 요청을 받기 전까지는

---

* 에이전트가 인맥 형성을 도울 수도 있지만, 가능성은 희박하다. 특히 에이전트와 계약을 맺은 초기에는 더욱 그렇다. 에이전트가 당신과 당신 책이 더 잘나갈 수 있도록 해 줄 거라는 기대는 하지 마시라. 에이전트를 물색하기 전에 어려운 문제와 씨름해 보고 '에이전트를 맞을 준비'를 갖춤으로써 에이전트와 출판인에게 매력적인 사람이 되기를.

원고를 보내면 안 된다는 사실을 전혀 모른 채로 말이다. 400쪽이나 되는 원고, 더군다나 계속 진행 중인 원고치고는 많아도 너무 많은 분량이라는 걸 어찌 알았겠는가? '초보자는 절대 따라 하면 안 된다!' 나는 질의서(관계의 첫 단추가 될 한 장짜리 문서)나 제안서(책 내용을 요약해서 보여 주는 데 필요한 기획서)에 대해서 들어 본 적도 없다. 아무튼 나는 '예측 가능한' 방식으로 일하는 건 별로 좋아하지 않았다. 포장을 끝낸 박스를 가지고 60여 킬로미터를 운전해 가장 가까운 페덱스 사무소에 갔다.

3일 뒤, 신발 상자만 한 무선 전화기가 울렸다. "린다, 댄입니다. 당신 책을 지금 막 읽어 봤는데, 당신의 에이전트가 되고 싶습니다." 그가 말했다. 통화 도중 차량의 경적 소리도 함께 들렸다. '맨해튼! 그는 진짜로 뉴욕에 있다!' 나는 날아오를 준비가 되어 있었다.

"정말 빠르군요! 월요일에 보냈는데." 내가 말했다.

"그런가요. 아무튼 내가 받은 편지 중 가장 재미있었어요. 최대한 빨리 계약을 체결할 거고, 우리는 이 책을 팔게 될 겁니다." 두근거리는 가슴을 안고 전화를 끊고는 부엌으로 뛰어 들어가 제시의 품에 안겼다.

나는 눈도 거의 깜빡이지 않고 있었다. 나의 에이전트가 우리 집으로 오고 있었다. 댄은 샌타페이에 결혼식이 있어서 들렀다가 타오스로 즐겁게 드라이브를 하게 될 거라고 했다.

"표지판도 없는 비포장도로를 몇 킬로나 지나야 해요." 그에게 주의를 주었다. "친구들 말로는 표범 대신 들개만 어슬렁거리는 사파리 여행 같대요. 그래도 우리는 당신만 좋다면 북미 원주민의 스웨트 로지 의식을 준비하려고 해요."

"몇 년 전부터 그 의식을 치르고 싶었습니다!" 그가 외쳤다.

그러고 보니 이게 바로 답이었다. 자신의 영혼이 하는 말을 따르고, 다른 사람들이 '이치'에 맞는다고들 하는 걸 다 내려놓고 나면, 그것을 모두 되돌려받게 된다는 것. 댄 앞에서 펄쩍펄쩍 뛰고 싶었지만, 겉으로는 침착함을 유지했다.

중요한 그날, 우리가 숲을 지날 때 발밑에서 솔잎들이 바스락거렸다. "당신 책은 경매에 부쳐야 할 것 같아요." 댄이 말했다. "아마 5만 달러쯤 받을 수 있을 겁니다." 세상에, 우리 집의 지출은 월 2천 달러밖에 되지 않는다. 5만 달러면 인생이 바뀔 거다!

'좀 전에 출판사들이 내 책에 입찰하기 위해 줄을 설 거라고 그랬지?'

우리는 토머스의 티피(북미 원주민의 원뿔형 천막-옮긴이)를 지나 이네피로 다가갔다. 토머스가 구부러진 나뭇가지로 뼈대를 만들고 담요를 덮어 이글루 모양으로 만든 구조물이었다. 토머스는 삽으로 한 번에 하나씩 로지에 들여온 화산석을 달굴 때 쓸 모닥불을 피워 놓고 우리를 기다리고 있었다.

댄은 어둡고 좁은 공간 안으로 들어서기 전에 운동복을 벗었다. 반바지를 걸친 그의 창백한 다리를 쳐다보지 않으려고 노력했다. 그러다 로지 문이 닫혔다. '세상에나, 내가 뉴욕에서 온 에이전트와 스웨트 로지를 하고 있다니!' 토머스는 우리 중에 출판계의 강자가 있다는 사실을 감안해 베테랑 멤버들에게 했던 것처럼 열기를 높이지는 않았다. 그래도 석탄이 워낙 뜨거웠기에 댄이 잘 견디기를 빌었다. 토머스는 북을 쳐 가며 원주민 기도문을 낭송했다. 토머스가 세이지와 라벤더, 향모를 간간이 화산석 위에 던져서 불꽃이 일 때마다 어둠 속 댄의 모습이 보였다. 하지만 바가지로 돌 위에 물을 뿌리기 시작하자 강렬한 수증기가 뿜어져 나왔고, 그때부터 댄은 머리 위에 수건을 늘어뜨리고 있어서 그의 모습을 볼 수 없었다.

"정말 대단했어요." 의식이 끝나고 나서 댄이 기진맥진한 목소리로 말했다.

"정말요? 기분이 어땠어요?"

"좀 어질어질한데 괜찮아질 겁니다." 댄이 비틀거리며 대답했다. 집으로 돌아와 우리는 저녁을 먹기 위해 자리를 잡았다. 제시와 나는 늘 하던 대로 접시에 샐러드를 수북이 담았다.

"난 수프나 조금 먹겠습니다." 댄이 창백한 얼굴로 힘없이 포테이토 리크 수프 한 그릇을 받아 들며 말했다.

"정말 괜찮아요?" 그의 뺨으로 땀이 줄줄 흘러내리는 걸 보고 물었다.

"아니, 사실은…." 그가 소매로 땀을 닦으며 말했다. "독감에 걸린 거 같습니다." 직감적으로 뭔가 잘못됐다는 걸 느꼈다. 손을 올려 그의 축축한 이마를 짚어 봤다.

"아, 힘들겠어요. 좀 누워 있으면 어떨까요?"

"아뇨. 어두워지기 전에 출발해야 할 것 같습니다." 몇 분 후 댄은 작별의 포옹을 하고는 안전벨트를 매자마자 타이어 타는 냄새가 나도록 흙길을 달려 불화살을 피하듯 쏜살같이 도망쳤다.

"너무 안됐군!" 제시가 말했다.

"그러게. 정말 안타까웠어." 그렇게 대답을 하면서도 속으로는 기꺼운 마음이 들어서 웃음이 나왔다. 경매라는 단어를 댄이 사용했다! 그건 입찰 경쟁을 한다는 뜻이다. 그가 생각했던 것보다 훨씬 더 높은 가격에 팔릴 수도 있지 않을까?

현실은 점점 혼란스러워져 갔다. 우리는 더 이상 〈초원의 집〉 놀이를 하지 않고 있었다. 글쓰기와 출판에 대한 꿈이 구체화되면서 더 큰 삶을 살기 위해 어떤 사람이 되어야 할지 잠시 의문을 가졌다. 제시와 나는 필요한 자질을 갖추었는가? 우리는 필연적인 변화를 통해 함께 성장할 것인가? 과연 나는 쉽게 동요하지 않을 수 있을까?

정말 '준비가 됐나?' 댄이 좀 말수가 많았으면 싶었다. 묻고 싶은 게 무수했기에.

댄의 컨디션이 회복되자 우리는 일을 시작할 준비를 했다. 댄이 다음 달에 자신의 부인과 포시즌스 호텔에서 열리는 미팅 참여를 위해 로스앤젤레스에 갈 예정이라며 점심 식사에 초대하고 싶다는 전화를 걸어왔다. 여행을 갈 수 있을까? 당연히 갈 수 있지! 포시즌스 호텔에서 점심을 먹어 본 적이 없었다. 소박한 컨트리룩 의상을 잘 세탁해서 입고 그곳을 접수하러 곧바로 갈 것이다.

"책을 팔기 전에 몇 가지 할 일이 있습니다." 댄이 말했다. "어쨌든 우리 쪽에서 다 준비해 드리겠지만!"

'몇 가지 일'이 무엇을 가리키는지 몰랐다. 하지만 원고는 거의 끝나 가고 있었다. 댄이 주도적으로 이끌어 가고 있었기에 그가 무엇을 염두에 두고 있건 괜찮았다.

한 고객이 나를 그녀의 '꿈의 수호자'라고 말해 준 적이 있는데, 나에게는 최고의 찬사였다. 어떤 이의 가장 큰 소망을 내가 들어주는 것보다 더 좋은 일이 있을까? 그게 내가 댄에게 바라던 것이었다. 즉, 거의 불가능에 가까운 임무의 큰 짐을 그가 짊어지고 절대 내려놓지 않는 것. 어떤 관계에서도 쉽지 않은 일이다.

그날 토머스의 로지에서 함께 신성한 땀을 흘리고 댄이 결국 내 책을 팔았다. 우리는 잘 맺어진 관계이기는 하지만 겉으로 드러난 표면적인 것 이상의 관계에는 이르지 못했다. 그때 나는 그를 몹시 좋아했고 지금도 좋아한다(나는 계속 그와 다른 고객을 연결해 주고 있으며, 그는 종종 그 고객들의 출판을 돕는다). 내 경력을 돌아보면 그 시절 나는 더 손을 잡아 주고 지도해 주기를 갈망했다. 작가와 에이전트 사이의 소울메이트 같은 관계에 열중하던 나였기에, 댄에게서 그런 모습을 더 이상 기대하지 말아야 한다는 사실을 깨닫기가 쉽지는 않았다.

에이전트를 찾는 일이 어느 때는 별나게 쉽고 빠르게 성사될 수도 있다. 하지만 토머스가 자주 입에 올리는 "일에는 시간이 필요하고,

큰일에는 긴 시간이 필요하다."라는 말이 여기에도 들어맞는다. 대형 에이전트를 구하는 데는 훨씬 더 긴 시간이 필요하다. 공들여 작성한 제안서를 에이전트에게 보내면 샘플 원고를 달라는 요청을 받을 것이다. 그때 부디, 당신이 살고 있는 세상에 대해 배우기를. 그리고 이 책이 도움이 되기를!

믿음을 가질 것. 당신의 팀이 나타나기를 기도하는 만큼 그들도 당신이 나타나기를 기도하고 있다.

함께 성장하는 작가와 에이전트

대니 샤피로 세라 로런스 칼리지에 입학했을 때, 대학원 학위를 받기 전까지 첫 소설을 완성해서 출판사에 원고를 팔겠다는 결심을 했다. 참으로 허술하기 짝이 없는 목표였다.

친구 중 한 명이 영향력 있는 뉴욕의 에이전트 두 명의 사진을 잡지에서 보았다. 뉴욕에서 가장 큰 에이전시 중 한 곳의 공동 대표였다. 친구는 말했다 "이 여자는 정신분석을 배운 사람처럼 보여. 그러니까 네 작품을 이해할 수 있을 거야."

하는 일마다 잘되는 게 없었다. 그래서 친구의 스마트한 조언에 힘입어, 전화기를 들어 그 에이전트에게 전화를 걸었다.[*]

그녀는 전화를 받더니 "무슨 일인가요?"라고 말했다. 나는 더듬거리며 이야기를 했다. 그녀는 "한번 보도록 하죠."라고 말했다. 사무실로 찾아가 작품 개요서와 함께 원고 상자를 직접 전달했다. 다음 날 전화벨이 울렸다. 그 에이전트였다. "내일 세 시에 와 줄 수 있나요?"

그 에이전트가 에스더 뉴버그였다. 첫 만남에서 나는 완전히 기가 꺾였다. 에스더가 말했다. "당신 책을 팔 수 있을 거 같아요." 그리고 에

---

[*] 대니의 전 에이전트인 ICM의 문학 에이전트 에스더 뉴버그(에스더가 관리했던 작가에는 톰 행크스, 토머스 프리드먼 등이 있다-옮긴이)는 업계의 전설이다. 대니가 한 일은 무명 배우가 스티븐 스필버그에게 전화로 영업을 한 것과 비슷하다.

스더는 해냈다, 그것도 단 며칠 만에. 나는 전혀 가망이 없으며 인생을 말아먹은, 밝은 미래라고는 찾아볼 수 없이 완전히 망가진 아이였다. 그러다 27살에 첫 소설을 내고 조숙하다는 평가를 받으며 이 모든 성취를 이루었다. 대학원 학위를 받고 강의도 시작했다. 인생에는 하나의 길만 있는 것이 아니었다.

제니퍼 루돌프 윌시(인터뷰 당시 대니 샤피로의 에이전트)와도 아름다운 관계를 유지하고 있다. 좋은 부모가 자녀를 위해 하는 일이고, 좋은 친구들이 서로를 위해 하는 일이며, 동반자들이 함께 삶을 살아가는 동안 하는 일들로, 에너지를 북돋워 주고, 할 수 있다는 자신감을 심어 주는 것이 바로 이런 것이다.

♡

제니퍼 루돌프 윌시[*] 구도자로서 자신의 삶을 펼쳐 나가고, 그 삶을 작품에 반영하는 사람과 함께하는 것은 특별한 여정이다. 내면에 있는 것, 일어나고 있는 일을 글로 쓰는 대니 샤피로 같은 사람과 나는 정말 궁합이 잘 맞는다. 대니가 하는 일이 때로는 내가 겪고 있는 일에 대한 마법의 치료제 같다.

사랑하는 대니에게 우리가 상호적인 관계라고 말하고 싶다. 에이전

---

[*] 『Hungry Hearts: Essays on Courage, Desire, and Belonging』의 편집자. 투게더 라이브의 설립자. 오프라, 브레네 브라운, 대니 샤피로 같은 유명 인사들이 소속된 에이전시이자 문학, 강연, 콘퍼런스 부서를 운영하는 윌리엄 모리스 엔데버의 전 이사 겸 글로벌 수석.

트와 작가의 관계에 대해 사람들은 대개 에이전트가 서비스를 제공하고, 작가는 서비스를 받는 것으로 생각한다. 그리고 에이전트는 그 관계에 대한 대가를 받는 거라고. 그건 사실이다. 하지만 서로 성장하고 발전하고 있다면 도움과 이익이 오고 가는 관계인 것이다. 마법의 효과는 상호 의존 관계 안에 있다. 우리가 관계를 맺은 20여 년 동안 대니가 변했고, 나도 많이 변했다. 나는 에이전트이며, '투게더 라이징' 투어를 제작하고 큐레이팅도 하고 있다. 이는 하루아침에 이루어질 수 있는 일이 아니다. 대니와 같은 사람이 손을 잡고, 나에게 진실을 비춰 보고, 수십 년 동안 내 삶을 증언하고, 내 아이들의 유대교 성년식에서 함께 춤을 출 때 이루어진다. 단순히 손을 붙잡아 주는 것뿐만 아니라, 실제로도 나를 특정한 방식으로 바라봐 주며, 가능성을 열어 준다.

♡

그레첸 루빈 계속 같은 에이전트와 일해 왔다. 그러다 친구의 친구를 통해 다른 에이전트와 이야기를 나눴고, 우린 함께하게 되었다. 그녀는 이 일을 시작한 지 얼마 안 됐었고, 나도 그때 일을 시작하려던 참이었다. 호감 100배의 파트너십. 그녀는 내가 해 온 모든 일에 커다란 영향을 미쳤다. 자신이 관리하는 작가가 쓰고 수정하는 책뿐 아니라, 소셜 미디어와 블로그에 대해 통찰력을 가진 에이전트가 있다는 건 행운이라고 생각한다. 그녀는 "당신은 블로그를 운영하고

싶어 하는 것 같군요."라고 말한 사람이었다. 그 말은 옳았다.[*]

♡

로라 요크[**] 이상적인 고객은 업계를 잘 알고 있는 사람이다. 과거에 어떠했는지가 아니라 현재 상황을 잘 알고 있는 사람 말이다. 에이전트와 편집자들은 투고받은 자료가 너무 많아서 과부하 상태이므로 소통에 한계가 있다. 이상적인 고객은 그런 과부하가 무엇인지 이해하지 못하더라도, 설명하면 귀담아듣고 그것을 받아들인다. 예컨대 에이전트가 당신을 대리할 것인지 답하는 데 몇 달이 걸릴 수 있다. 그다음에 출판사의 편집자들이 답을 주는 데 몇 달이 걸리기도 한다.

악몽 같은 고객은 이런 상황을 불평해 댄다. 거절당할 때 악몽 같은 고객은 자신의 글, 혹은 이미 출간된 다른 책들 때문일 수도 있다는 사실을 결코 받아들이려 하지 않는다. 천사 같은 고객은 이렇게 말한다. "힘써 주셔서 너무 감사해요. 늘 성공할 수는 없다는 걸 알아요." 이상적인 고객은 서로 대화를 주고받을 수 있는 사람이다. 모든 대화가 유쾌할 필요는 없으며, 솔직하고 개방적이면 된다. 고객은 당

~~~~~~~~~~

[*] 그레첸의 베스트셀러인 『무조건 행복할 것』은 같은 제목의 블로그로 만들어져 성공을 거두었다. 한쪽의 성공이 다른 쪽의 성공을 키우는 자양분이 됐다. 원윈!

[**] 열렬한 승마인이자 문학 에이전트. 퍼트넘 출판사로 옮기기 전까지 사이먼 & 슈스터 출판사 자회사의 베테랑 편집자이자 출판인으로 골든 북스 애덜트 트레이드 사업부를 공동 설립했다. 리건북스·하퍼콜린스의 총편집자로 활동했다.

신이 그를 위해 무엇을 하려고 하는지, 당신이 업계에 대해 무엇을 이야기하는지 들어 줄 것이다.

오지랖 넓은 사람처럼 보이겠지만, 나는 중매쟁이 역할을 한다고 생각한다. 글 잘 쓰는 작가를 저자의 위치로 끌어오고, 작가와 편집자도 연결해 준다. 그냥 보면 알 수 있다. 사람들을 올바르게 짝지어 주는 건 서로에게 모두 중요한 일이다.

6

출간 제안서:
제안서로 출판사를 매료시킬 것

"계획을 세우는 것만큼이나
소원하는 데도 많은 에너지가 필요하다."

엘리너 루스벨트

"무슨 뜻인가요, 내 책에 관한 책을 써야 한다는 게?" 거의 모든 작가 지망생마다 출간 제안서 이야기를 처음 들으면 되묻는다. 그들이 무슨 생각으로 그런 말을 하는지 알고 있다.

'사업 계획서는 사업하는 사람들이 쓰는 거 아닌가요? 나는 창작자이고 그런 것에 질린 사람이란 말입니다. 이런 쓰레기 같은 짓을 하지 않으려고 글쓰기를 시작한 건데요! 출판사에서는 원고만 그냥 읽으면 안 되나요? 따분하고 화려하기만 한 마케팅 카피를 기계적으로 써야 한다는 말인가요? 나 자신을 팔아야 한다는 사실이 싫어요. 그리고 만약 자비 출판을 하기로 결정했다면 어쩌라고요?'

그 두려움을 이해한다. 다시 먼 길을 가야 한다는 말은 듣기만 해도 진이 빠진다. 하지만 그 길을 계속 가야 한다. 내 말을 믿어도 된다. 제안서는 당신이 쓴 다른 글만큼이나 매혹적일 수 있다. 사실 그것이 제안서 채택이라는 문으로 들어가는 열쇠다. 만약 자비 출판을 결정하면 단계마다 계획을 세울 것이므로 책을 마무리하고 마케팅 전략을 펼치기가 훨씬 더 쉬워질 것이다.

자비 출판에 대해 솔직히 말하자면 나는 자비 출판 전문가는 아니다. 대니엘 라포트와 공저한 『크고 아름다운 책 기획』을 자비로 출판하면서 대니엘의 대규모 플랫폼에 마케팅을 활용한 것 외에는, 출판사에서 책을 내 주는 것을 선호해 왔다. 플랫폼 규모와 시간, 자료에 따라 자비 출판은 고통스러운 학습곡선이 될 수도, 아름다운 학습곡선이 될 수도 있다. 자비 출판을 하면 좀 더 빨리 시장에 진출할 수 있고, 작품을 통제할 권한이 전적으로 생긴다. 하지만 인쇄와 유통, 마케팅 전략을 세우는 것은 오롯이 당신 몫이다. 늘 새로운 출판 모델이 등장한다. 지금까지 나는 더 나은 작품을 쓰는 데 시간을 집중적으로 투입하고, 출판은 역량이 검증된 출판사와 긴밀히 협력하는 쪽으로 움직여 왔다. 하지만 어느 쪽을 선택해도 괜찮다.

출간 제안서라면 질색하던 내가 제안서의 열광적인 신봉자가 되기까지는 그리 오랜 시간이 걸리지 않았다. 계획도 없이 집을 짓지 않듯, 출판사도 계획 없이 책을 출판하지는 않는다. 제안서는 책의 성공 스토리를 대본으로 써 볼 기회다. 머릿속에 결말을 염두에 두고 제안서를 시작하여, 책이 살아가게 될 복잡다단한 세상 풍경을 스케치하다 보면 스토리가 풍부해질 뿐만 아니라 출판사에 책의 비전을 제시할 수도 있다. 제대로 작성한 제안서는 출판사의 마음을 사로잡아 장기적인 파트너십을 맺게 만든다.

곧 제안서는 당신이 인세를 받고 출판하게 해 준다는 거다!

당신의 책이 서가에 꽂히기까지는 대략 세 번쯤의 비약적인 발전을 이루어야 하고, 다섯 번 정도는 묻지도 따지지도 말고 믿어야 하며, 열 번의 큰 걸음과 더디고 느린 천 번의 아기 걸음마를 걸어야 한다. 제안서에 착수하라. 놀랄 만큼 멋진 제안서를 기획하라.

"우리 엄마 책 있어요?" 토시가 타오스 시내의 브로드스키 서점에서 직원에게 물었다.

"모르겠는데, 꼬마야." 여직원은 책 더미에 허리를 기대며 대꾸했다. "엄마 책 제목이 뭐더라?"

"『매혹적인 삶』이에요!" 토시가 까치발을 하며 말했다. 나는 직원에게 설명했다. 엄마의 책은 아직 컴퓨터에만 있지만, 책이 나오자마자 책방의 멋진 직원분께 알려야 하므로, 가장 열렬한 팬이자 미래의 홍보 담당자인 꼬마 아저씨를 데려왔다고. 직원은 웃으며 명함을 건넸고 토시에게는 공룡 스티커 한 세트를 주었다. 토시는 그걸 양팔에 덕지덕지 붙였다.

차를 몰고 윈드 마운틴으로 돌아오는 길에 토시에게 내가 LA에 가 있는 동안 아빠랑 둘이서만 지내야 하므로 불편할 것이라고 일러주었다. 여전히 엄마의 책을 생각하던 토시가 물었다. "엄마가 큰 비행기를 타고 가서 만날 그 남자가 엄마 책을 저 가게에다 갖다 놓나요?"

"아무렴, 귀염둥이. 물론이고 말고."

흥분해서 두근거리는 마음으로 댄을 만나러 간 나는 10분 일찍 포시즌스 호텔에 도착했다. 나의 시간 개념은 '천하태평'이라고 말할 수준이었으니 이는 참으로 대단한 일이었다. 평생 시간과 연애하듯 시계를 들여다보는 걸 좋아했던 아버지와 달리 나는 시계를 거의 착용하지 않았다. 약속 시간보다 몇 분 빠르거나 늦어도 거의 걱정하지 않았다. 그런데 이날만큼은 달랐다. 에이전트와 점심 식사를 하는 날이니까!

녹음이 무성한 테라스가 내다보이는 통유리창을 지나며, 외지인과 동네 주민 모두에게 인기가 있는 별장을 넋을 잃고 바라보았다. 바로 저 길 위로 올라가면 커크 더글러스와 캐서린 옥센버그 같은 고객들이 살고 있었는데. 예전에 개를 산책시키느라 늘 다니던 곳에 오니 감개무량했다. 배변 주머니를 넣고 다니느라 불룩했던 가방 대신 다이앤이 물려준 LA의 프리미엄 데님 브랜드인 세븐 진, 그에 어울리는 캐시미어 스웨터를 차려입었다.

여직원이 나를 안내했다.

"린다!" 댄이 자리에서 일어나 맞이해 주었다. 역시 문학 에이전트인 그의 부인 재닛도 소개했다. 냅킨을 펼치기도 전에 댄은 본론으로 들어갔다.

"출간 제안서를 쓰기 전까지는 『매혹적인 삶』을 출판 시장에 내놓을 수가 없습니다." 댄이 말했다. "하지만 그리 어렵지는 않을 겁니다. 전에 본 적 있죠?" 왜 진작에 그 말을 하지 않았는지 의아해하며 재닛을 힐끗 쳐다보았다. 재닛은 말없이 빵에 버터를 바르고 있었다. 사실 출간 제안서라는 걸 본 적도 없고, 그런 것이 존재한다는 사실도 몰랐다. 댄은 제안서 샘플이 들어 있는 폴더를 꺼냈다. 내가 살펴볼 수 있도록 가져온 것이었다. 그때 느낀 두려움이 얼굴에 드러나지 않기를 빌었다.

웨이터가 주문을 받으러 왔다. 주문을 마치고 댄이 말했다. "개요 부분이 들어가야 합니다. 책을 요약하고 당신이 그 책을 쓰기에 가장 적합한 인물이라는 이유를 간략하게 쓰는 거죠. 또 저자 소개 글도 들어갑니다. 당신을 더 자세히 설명하는 부분이지요. 당신이 쓴 글이 속한 장르의 베스트셀러들을 간략하게 비교, 소개하는 지면도 있고요." 그냥 듣기에도 이 일이 매우 어렵겠다는 말로 들렸다. 400

페이지의 원고를 쓴 것만 봐도 내가 얼마나 열심히 일했는지 인정할 수 있지 않나? 재닛이 불쑥 끼어들었다. 난감해하는 표정을 본 게 틀림없었다.

"동일한 장르의 상위권 책들을 읽고 당신 책과 어떻게 유사하고 다른지 간략하게 설명하면 돼요. 그리고…"

"얼마나 걸릴까요?" 내가 말을 끊었다. 머리가 빙빙 도는 듯했다.

"몇 주, 혹은 몇 달쯤." 댄이 말했다. '몇 달이라고?' "어쩌면 더 걸릴지도 모르겠네요. 하지만 제안서를 프로답게 작성하는 일은 시간을 들일 만한 가치가 있습니다."

재닛이 고개를 끄덕였다. "서두를 필요 없어요." 그녀가 말했다. '누가 그런 말을 믿겠나?' 제시라면 최대 3개월 정도 더 그럴듯한 이야기를 할 수 있겠지만.

"제안서를 출판업자들에게 내놓기 전에 한 가지가 더 필요합니다." 댄이 주변을 잠시 둘러보며 말했다.

"그래요?" 내가 물었다. 맙소사, 이번엔 또 무슨 얘기를 하려는 거지?

"또 누구 아는 사람 있습니까?" 댄이 바짝 집중하고 내 표정을 살피며 말했다. "더 많은 유명 인사들에게 접근할 수 있을까요? 출판사들은 유명한 이름이 몇 개 더 들어가기를 바랄 테니 말입니다."

"린다, 허둥대지 마!" LA의 버튼 웨이로 걸어 나오며 또 눈물을 글썽거리자 다이앤이 말했다.

"하지만 내가 아는 사람은 다 인터뷰했다니까, 다이앤! 틀림없이 저 호텔은 셀럽으로 가득할 거야. 내가 뭘 할 수 있겠어? 룸서비스 직원인 척하고 객실마다 돌아다녀 볼까?"

누군가를 감동시킬 만한 명성을 얻지 못해서 결국 글쓰기나 환경 문제에 대한 녹색 꿈들이 영원히 메마른 땅에서 벗어나지 못할 것이라는 두려움이 엄습했다.

"소설가였다면 필요한 이야기를 머릿속에서 나오는 것으로 쓸 수 있을 텐데!" 나는 우는 소리를 쏟아 냈다. 머릿속에서 여러 이미지가 빠르게 스쳐 지나가는 바람에 다이앤의 말은 거의 들리지 않았다. 제시와 토시는 실망해 더 이상 나를 신뢰하지 않았다. 환경을 보호하겠다는 약속을 지키지 못해 어머니와 어머니 지구를 실망시킨 나를. 집 뒤의 숲에 급속히 줄어드는 적설량과 번갯불로 인해 자주 일어나는 산불. 불이 날 때마다 사슴과 토끼들이 살기 위해 고속도로로 떼 지어 달려가는 광경. 다섯 해 전까지만 해도 굴뚝 높이만큼 바람에 날려 쌓였던 눈이 지금은 겨우 몇 센티밖에 쌓이지 않는다. 그런데 우리 숲에만 그런 일이 벌어지는 게 아니었다. 어디를 가나 숲에서 똑같은 일이 벌어지고 있었다. 서둘러야 했다!

"린다, 성공하지 않으려고 여기까지 온 건 아니잖아." 다이앤이 말했다. "7월 넷째 주 주말에 타호 호수의 시저스 필리스 호텔에서 우리 부부와 함께 지내자. 이스즈 명사 골프 대회가 열리니까 우리가 유명 선수를 소개해 줄게."

다이앤의 남편인 크리스 챈들러는 잔디 위에서 조그만 흰색 골프

공을 치는 데에도 능숙했다. LA 램스에서 휴스턴 오일러스 그리고 지금의 애틀랜타 팰컨스로 이적한 그는 최근 팰컨스의 선발 쿼터백으로 지명됐다. 그는 그 팀을 슈퍼볼로 이끌 것이다. 골프 대회에서 그들 부부 사이에 개밥에 도토리 신세가 된 덕분에 나는 선수 명단에 있는 NFL, NBA, PGA 또는 NHL의 슈퍼스타들에게 접근할 수 있었고, 갓 4개월 된 나의 대녀代女 리안 메이를 안아 보게 됐다.

"마음껏 가볍게 이야기를 나누면서 원하는 걸 얻을 수 있을 거야." 다이앤이 말했다. "그런데 이거 하나만 지켜. 너무 스토커처럼 굴어서 크리스를 난처하게 하지 말 것."

"젠장, 다이앤. 그건 장담할 수 없어!"

행운의 별들이여, 우리가 갔던 카지노인 타호 호수의 시저스 필리스 호텔 블랙잭 테이블에서 근처에 누가 앉아 있었는지 아는가! 에어 조던. 역사상 가장 위대한 농구선수, 마이클 조던! 어때, 댄? 마이클 조던은 그냥 슈퍼스타가 아니었다. 은하계 스타였다.

"다이앤, 저기 좀 봐." 마이클이 친구인 찰스 바클리와 함께 앉아 있는 테이블 쪽으로 내가 고개를 끄덕이며 말했다. "저 여자들 좀 봐."

통장 잔고가 빵빵한 '알파남'들의 주변을 서성이는 골드 디거(물질적인 이익을 위해 남자와 결혼하려고 하는 여자를 일컫는 말-옮긴이)들에 익숙한 다이앤은 능글맞게 웃었다. 조던은 적어도 50명 정도의 여자들에게 둘러싸여 있었다. 그 여자들은 그냥 거기 서서 그의 모든 움직임을 바라보고 있었다. 그녀들의 머리는 완벽하게 손질되어 있었고, 손톱은 네일 아트로 반짝였으며, 몸에 딱 붙는 외투와 하이힐 차림이었다. 그녀들은 매혹적인 자태로 임무를 수행하고 있었다.

"저건 아무것도 아니에요." 옆에서 엿듣고 있던 남자가 말했다. "아마 하루 종일 있을 거예요. 어제는 7시간 내내 서 있었어요."

"하지만 조던은 결혼했는데요!" 내가 말했다. "아이들도 있고요! 조던은 여자 중 아무에게도 관심이 없는 것 같아요. 웃고 있지도 않잖아요. 주위에 여자들이 있는지도 모르고 있는데요!" 다음 생각이 나를 두렵게 했다. '내가 저렇게 필사적으로 보이나?'

조던에게 인터뷰를 요청하는 것을 포기했다. 그는 너무 유명했고, 몸값도 매우 높았다. 하지만 별이 약간 덜 빛날 뿐인 농구선수 찰스 바클리는 그럴듯해 보였다. 난 그의 자서전인 『Outrageous!』를 읽었는데, 책에서 그는 어느 날 정치에 뛰어들고 싶어질 수도 있다고 말했다. 그래서 스포츠 방송 진행자들이 그를 칭하는 '찰스 경'이 좀 더 흔쾌히 받아들여진 것일지도?

그날 오후, 내가 PGA 셔틀을 타려고 줄을 서 있는 동안, 다이앤은 토너먼트에서 마지막 몇 홀의 경기를 치르는 존 엘웨이와 크리스를 보기 위해 남아 있었다. 그때 많은 사람 앞에서 재미있는 이야기를 들려주고 있는 키 큰 흑인 남자를 알아보았다. 찰스 바클리 경이었다!

"그래요, 난 그들에게 그것을 어디에 붙일 수 있는지 알려 줬어요!" 찰스가 큰 목소리로 말을 이었다. 군중이 함성을 질렀다. 버스가 사람들을 태우기 시작했고, 나는 그의 목소리가 잘 들리는 찰스의 뒤쪽 세 번째 줄에 앉았다.

"지금은 내가 공화당원이라는 사실을 어머니는 받아들이지 못했어요." 그는 셔틀 엔진의 윙윙거리는 소리를 넘어 외쳤다. "하지만 얘야, 너는 민주당원이었잖니. 어떻게 된 거야?" 그가 사랑하는 어머니 흉내를 냈다. "음, 엄마. 난 이제 부자가 됐잖아!" 주변 사람들이 또다시 웃음을 터뜨렸다. 이때 내가 대화의 물꼬를 텄다. 다이앤이 알게 되면 까무러칠 정도로 위험한 일이라는 걸 알았지만, 기회를 놓칠 수는 없었다.

"어머니는 당신이 가난한 민주당원이 되느니, 차라리 공화당원이 돼서 어머니의 전용 ATM이 되는 걸 더 좋아할 거예요!" 최대한 기억나는 대로 찰스의 책에 등장하는 대사를 외쳤다. 찰스가 배꼽이 빠질 듯 웃으며 뒤를 돌아보았다.

"정확해요! 지금 말한 분이 누구죠?" 미소 짓고 있는 나를 발견한 그가 앞으로 나와 하이 파이브를 했다. 휴, 위험했어. 하지만 그의 관심을 끄는 데 성공했다.

"제대로 웃었습니다." 내가 셔틀버스에서 내리기를 기다리던 찰스가 말했다. "적절한 말이었어요."

"고마워요. 당신의 책을 읽었다는 걸 아실 거예요. 당신은 굉장한 작가예요. 말이 나온 김에…."

"와!" 내가 찰스에게 딴 핸드폰 번호를 보여 주자 다이앤은 비명을 질렀다. "3점 슛을 성공했네!"

그날 저녁 식사를 위해 차려입은 나는 방에서 나와 엘리베이터에 올라탔다. 엘리베이터 문에 비친 모습을 바라봤다. 슈퍼모델이자 배우인 캐럴 알트와 신디 크로퍼드를 합쳐 놓은 듯한 다이앤처럼 슈퍼모델로 오해받는 일은 절대 일어나지 않을 거다. 그래도 웨이브가 있는 갈색 머리는 꽤 괜찮아 보였다. 피부도 여느 때와 달리 놀라울 정도로 잡티 하나 보이지 않았고, 심지어 윤기가 흘렀다. 엘리베이터가 29층에 멈췄다. 문이 열렸을 때 내 앞에 홀로 서 있는 사람은 지금까지 봤던 사람 중 가장 키가 크고 잘생긴 남자, 마이클 조던이었다.

"안녕하세요?" 시선을 한 몸에 받으며 엘리베이터를 탄 마이클이 인사를 건넸다. 유명 의류 회사 하네스의 광고에 등장할 때처럼 진주같이 하얀 치아를 드러내며 미소 짓고 있었다. 마이클을 보며 나는 몹시 긴장했다.

"좋아요, 고마워요." 내가 대답했다. 그가 어떻게 지내는지는 물어볼 필요도 없었다. NBA 세계 선수권 대회에서 5번째로 우승을 차지했다는 사실은 모두가 알고 있었다. 그는 휴가 중이었고 친구들과 함께 놀기 위해 이곳에 왔다. 그는 정말 대단했! 이 슈퍼스타가 섹시하며 아무도 흉내 낼 수 없는 미소를 다시 한번 보여 줬고, 이미 나는 다른 모든 사람처럼 그에게 사로잡힌 팬이 되었다.

'와우! 지금이 바로 내 이름을 널리 알리고 변화를 도모할 기회야.' 그래 봤자 뭐 얼마나 어렵겠어? 마이클은 세상을 구원하려는 나의 미션에 사로잡힌 관객이었고, 나는 신의 손에 이끌려 때맞춰 알맞은 장소에 와 있는 게 분명했다. 28개 층을 내려가는 동안 마이클과의 관계를 설정할 기회가 주어진 것이다. 27층, 26…, 23, 22, 21…. 나는 엘리베이터 바닥을 내려다보며 어색한 웃음을 머금고는, 면접관이나 영업 사원이 할 법한 말 중 가장 멋진 문장을 골랐다.

"음, 제가 쓰고 있는 책 관련해서 혹시 인터뷰하고 싶지 않으세요?"

11층, 10, 9….

"아뇨, 괜찮습니다." 7층, 6, 5…. "그래도 제안해 주셔서 감사합니다." 우리가 로비에 내릴 때쯤 마이클이 대답했다. 모름지기 예술가를 지망한다면 누구나 준비해야 한다는 '엘리베이터 스피치' 스타일로 전개된 대화는 결코 아니었다. 문자 그대로 '엘리베이터에서 스피치'만 하게 될 줄이야.

허무하게도, 완벽한 신호음과 함께 엘리베이터 문이 열렸다. 오, 맙소사. 마이클이 떠나고 있었다. 절박한 마음으로 내가 한마디를 덧붙였다. "당신의 절친인 찰스도 참여하고 있어요!"

"이유를 알 것 같군요." 그가 윙크하며 말하고는 사람들 속으로 섞여 들어갔다. 홍조를 띠고 있던 내 뺨은 이제 실패로 인해 붉게 타오르고 있었다.

'이건 뭐 완전 아무것도 못 했잖아.'

인생에서 가장 긴 저녁이 끝날 무렵, 제시에게 전화를 걸어 소식을 전했다. 그는 책을 위해 또 다른 여행을 떠나는 것에 대해 조심스럽게 낙관적인 견해를 내비쳤다. 내가 예정했던 작업 시간보다 훨씬 오래 걸렸고, 그는 최근 이 작고 척박한 동네에서 일자리를 찾아봐야 할 것 같다는 온갖 암시를 던지던 중이었다. 하지만 그는 찰스 이야기에 열광적인 반응을 보였고, 조던과의 만남을 두고는 나를 놀려먹었다. 내가 마이클을 둘러싸고 있던 여성팬들의 존재에 대해 불평하는 동안에도 말이다.

제시는 교수가 학생에게 강의하듯 이런 말을 했다. "허니, 당신은 그들과 부딪쳐 봐야 소용없어. 그들은 조던이 행복한 결혼 생활을 누리지 못하기를, 그래서 그 재산을 나눠 쓸 수 있게 되기를 바랄 뿐이야. 혼자서 그 돈을 다 쓸 수 없잖아! 그건 누이 좋고 매부 좋은 일이잖아, 여보. 찰스가 인터뷰 요청을 수락한 건 아마 당신과 자고 싶어서일지도 몰라."

글쎄, 확실히 그렇게 나쁘진 않네. 찰스와 나는 한 달 가까이 전화로 숨바꼭질하듯 통화가 엇갈렸다. 그렇게 흐지부지하다가 모든 에너지는 사라져 버렸다.

토머스의 친절한 가르침이 우리 삶의 방식에 계속 스며드는 동안 뉴멕시코에서 나의 상처를 보듬었다. 땔나무를 모을 때도 모든 관계에 감사를 표하고, 우리의 걸음에 사랑, 존경 그리고 존중이 있어야 한다는 점을 염두에 두었다. 흥미롭게도 나의 글쓰기 시간은 토머스의 '비전 아워'와 구루의 '신성한 시간'인 오전 3시에서 오전 5시 또는 오전 6시까지였다. 그들이 지구가 생각의 틀로부터 가장 자유롭고, 신이나 위대한 영혼에 접근하기 쉽다고 믿는 시간대였다.

다이앤은 크리스에게 우리 가족이 사는 집 왼쪽에 있는 80에이커의 미개발 토지를 구입하라고 설득했다. 다이앤 부부는 딸 리안이 이네피 로지에서 토머스와 그랍파 피트 콘차에게 세례 의식을 받게 하려고 비행기를 타고 날아왔다. 토머스가 어두운 스웨트 로지에서 더할 나위 없이 평화로운 아기 리안을 안고, 작은 천사를 위해 노래하고 기도했다. 그때 5살의 토시는 토머스에게 훈련받은 실력으로 로지 바깥에 있는 신성한 불을 돌봤다.

나는 틈새 시간을 쪼개 나만의 '린다 대학' 독서 목록에 추가된 책도 열심히 읽었다. 제프 허먼과 데버라 레빈 허먼의 『Write the Perfect Book Proposal』에서 책을 홍보하는 법을 배울 수 있었다. 한 개 또는 두 개의 문장만으로 홍보 문구를 만들어야 한다는 것이다. 도서 판매 담당자는 고객에게 책 설명에 할애할 수 있는 시간이 30초 정도밖에 없다는 것도 알았다. 놀랍지도 않은 사실이었다. 이것을 '엘리베이터 스피치 실패 사건' 전에 알았다면 좋았을 텐데!

책 내용을 깔끔하게 요약하겠다고 애를 썼더니 골치가 아팠다. 못해 먹겠어! 제시는 성공한 영화들에서 영감을 주는 로그라인을 찾아보자는 아이디어를 냈다. 로그라인은 '이야기의 방향을 설명하는 한 문장' 또는 '한 문장으로 요약된 줄거리'를 말한다.

"한 기상 캐스터가 자신이 이해 불가능하게도 같은 날을 계속해서 살고 있는 것을 알게 된다." -영화 〈사랑의 블랙홀〉

"한 삼류 복서가 자존심을 위해 끝까지 싸우는 시합에서 헤비급 챔피언과 붙을 수 있는 지극히 드문 기회를 얻는다." -영화 〈록

키〉

"식인 상어가 나타나 해변 마을이 혼란에 휩싸이자 지역 보안
관, 해양 생물학자, 늙은 뱃사람, 도합 세 명에게 상어 사냥 임무
가 떨어졌다." -영화 〈죠스〉

"무명의 현역 작가가 들려주는 창작 과정에 대한 가슴 따뜻한 이
야기, 그리고 우리가 사랑하는 전설적인 작가들이 전하는 영감과 조
언"- 뻥! 이건 이 책에 있는 내용이야! 책에도 로그라인이 있거든.

『매혹적인 삶』에 대한 엘리베이터 스피치는 한 번도 생각해 본 적
이 없었지만, 책의 부제는 거의 정해졌다. '특별한 사람들과의 친밀
한 대화.' 부제는 거의 그렇게 정해지는 듯하다.

그래도 댄이 살펴보라고 준 제안서에는 상상력을 자극하는 세부
적인 마케팅 계획이 있었다. 예를 들어, 나는 브로드스키 서점에 전
화를 걸어 내가 그 가게에서 사인회를 열어 홍보할 수 있도록 하겠
다는 내용의 편지를 출판사에 보내 줄 수 있는지 물었다. 동의를 얻
었다! 용기를 얻어 보디 트리 서점에도 동일한 요청을 해 봤다. 이번
에도 긍정적인 답변이 돌아왔다. 보디 트리 서점 주인인 스탠 매드슨
과 필 톰프슨은 매장에 『매혹적인 삶』 전용 진열대를 제공하고, 북
파티를 열어 줄 것이며, 4만 명의 구독자에게 보내는 카탈로그에 책
과 저자 사인회 행사를 홍보해 주겠다는 내용을 서면으로 보내 줬
다. 그것은 큰 도움이 되었다.

다음으로 캐서린 옥센버그는 그녀가 수록된 부분의 원고를 승인

했다. 쾌거였다! 배우 경력을 고려하지 않아도, 캐서린은 찰스 왕세자의 육촌이고, 그리스 올가 공주의 손녀이자 유고슬라비아 폴 왕자의 손녀이며, 러시아 대제 캐서린의 이름을 딴 유럽 왕족이라는 신분 때문에 파파라치와 타블로이드 신문의 날조 기사로 지쳐 있었다. 할리우드에서 회복하기 위해 받은 강력한 치유의 경험들로 인해 캐서린이 나를 신뢰하기까지는 오랜 시간이 걸렸다.

"수년 동안 내 이야기를 직접 쓰려고 했어요." 캐서린이 마침내 말했다. "하지만 너무나도 고통스러운 일이었습니다." 나는 캐서린이 인터뷰를 하지 않겠다고 할까 봐 숨도 못 쉬고 있었다. 캐서린의 열정은 나를 끝없이 흥분시켰다.

물론 다른 유명 인사들과의 인터뷰를 성사시키기 위해 '인터뷰하면 당신에게 무슨 이익이 있는지' 설득하는 편지를 많이 작성하는 일로 다시 돌아갔다. 하지만 댄의 샘플 제안서와 허먼 부부의 제안서 쓰기 책을 공부할수록 창의적인 생각을 키울 수 있었다. 할 수 있어. 이미 하고 있잖아! 다시 흐름을 탈 수 있었다. 추진력은 나의 동맹이었다. 내게는 에이전트도 있었다. 미션, 도움이 되는 친구들, 그리고 계획도. 머지않아 나는 출판사에 중요한 인물이 될 자격을 갖출 것이다!

제안서, 완료. 샘플 챕터, 준비. 다음 정거장은 책 경매! 댄은 『매혹적인 삶』을 경매에 올리고 있었고, 출판사들은 계약하려고 경쟁할 것이다. 나는 질문을 많이 하지 않았고, 댄은 말수가 적은 남자였기 때문에 그 과정을 잘 알지 못했다. 하지만 그날이 빨리 올 가능성이 충분하다는 건 알고 있었다!

기억하라. 당신은 그저 책이나 출간 제안서를 쓸 수 없을 거 같다고 느낄 뿐이다. 모든 위대한 사람들이 이렇게 느낀다. 하지만 제안서를 한 번에 한 섹션씩 해치우면, 끝나게 된다. 만약 당신이 아픔을 느낀다면, 그 아픔을 이겨 내는 데 필요한 자질을 가진 것이다.

대니엘 라포트와 나는 『크고 아름다운 책 기획』에서 이렇게 언급했다. 책은 '단순한 책' 그 이상이다. 책을 쓰면 앞으로 남은 인생에서 나아갈 길을 찾을 수 있다. 그것은 무한히 중요한 연결들, 다중 수익 흐름, 파생 상품, 혁신적인 아이디어와 국제적인 관계로 이어질 수 있다. 더 많은 일을 하도록 이끌어 갈 수 있다. 다른 사람의 삶을 더 나아지게 할 수 있다. 혁명을 일으킬 수도 있다.

신나는가? 두려운가? 아니면 둘 다? 이해한다! 제안서는 짐승이다. 하지만 그 짐승은 시간과 다정한 보살핌으로 쉽게 길들일 수 있다. 다행히 성공을 위해 계획을 세우면 창의성을 더 잘 발휘할 수 있다. 책을 쓰고 있지만 제안서와 씨름할 준비가 되어 있지 않다고 느끼는 작가들에게 다시 한번 말하겠다. "에너지가 있는 곳으로 가라." 책에서 가장 강렬하거나 매우 자세한 스토리 라인에 깊이 빠져들려면 온전한 집중력이 필요하다.

제안서를 쓸 때는 홍보 문구의 카피를 작성하는 것과는 다른 뇌 영역을 사용해야 한다. 만약 당신 이야기 속에 있다면, 그곳에 머물러라. 제안서 아이디어가 떠오르면, 최대한 빨리 음성 메모, 파일에 던져 놨던 종이 또는 컴퓨터 메모로 끄집어내라. 들어온 창의성에 경의를 표하고 다시 책 속으로 뛰어들어라.

제안서를 작성할 때, 스스로 마감일을 정하고 준수하기를 권한다. 시간이 계속 증발하는 '종말의 모호함'에서 살기는 쉽다. 계획을 세우는 과정에서 당신이 몇 시간 동안 힘들게 쓴 부분을 삭제할 것이고, 아이디어에 빠져들고, 돌파구를 위해 기도하고, 능력을 발휘하고 성장할 것이다. 책을 쓰는 것처럼! 당신이 그 과정을 좋아하게 될 것이라고 믿는다. 좋아하지는 않더라도, 적어도 완전한 혐오자는 되지 말기를.

좋은 옷이 모든 문을 열어 주는 것처럼, 좋은 제안서는 출판의 문을 열어 줄 것이다.

작가들의 출판사 공략법

세스 고딘 출판사의 편집자가 책을 선정하는 견해에 공감하기는 어렵겠지만, 공감하기 위해 노력해야 한다. 이 말은 편집자가 하루에 20여 개의 제안서를 읽어야 하며, 한 주에 한 권 혹은 한 달에 한 권의 책만 고를 수 있다는 점, 그 과정에는 단지 금전적인 것만이 아니라 다수의 사회자본이 관련되어 있다는 점을 염두에 두어야 한다는 의미이다. 제안서의 목적은 대단한 책을 썼다는 것을 입증하는 데 있지 않다. 편집자가 이 책을 선택하지 않으면 후회하게 될 것이라는 사실을 명명백백하게 밝히는 것이다.

대부분의 사람이 그러한 목적에 맞는 양질의 책을 쓸 수는 없다. 하지만 제안서를 보고 누군가가 그 책을 출판할 것이고, 출판하지 못하는 사람은 후회할 것이라는 점을 진솔하게 밝힐 때 제안서는 채택된다. 늘 유효한 방법이다. 하지만 이를 사실로 만들기 위한 작업은 힘이 든다. 실현하는 방법이 있다면 그건 바로 독자들이 잊을 수 없는 책을 쓰는 것이고, 그들이 이야기하지 않고는 견딜 수 없는 작품을 완성하는 것이다. 사람들은 실현이 어려운 이 방법을 외면하는 대신 더 나은 출간 제안서를 작성하려고 한다. 하지만 그것은 해결책이 아니다. 이 문제를 해결하는 방법은 자주 글을 써서 공유하고, 또 공유하고, 공유하는 것이다. 어느 날 문득 낯선 이들이 내 글을 원하고 있다는 사실을 알게 될 때까지.

일부 사람에게는 여전히 전통적인 방식의 출판을 권한다. 그 방식은 의문의 여지가 없다. 책 출판은 종이와는 아무런 관계도 없다. 인쇄와도 관계가 없다. 책 출판은 다른 사람의 아이디어를 가져와서, 그것을 접하고 알게 되면 꼭 듣고 싶어 할 사람들에게 전달하는 행위다. 그런데 책 출판은 정말 힘들고, 비용이 많이 들며, 시간도 많이 소요된다. 만약 재능 있고 열정적인, 그리고 당신을 위해 그 일을 해주면서 미리 돈까지 지불할 의향이 있는 누군가를 찾을 수 있다면, 그 아이디어를 탐구할 것을 강력히 추천한다.

♡

엘리자베스 길버트 요즘의 제안서는 20년 전의 제안서와는 전혀 다르다. 이제는 이렇게 말할 수 있다. "여러분, 이런 책을 쓰고 싶은데 나랑 같이 일해 볼래요?" 확실히 예전보다는 이런 말을 하기가 훨씬 수월해졌다. 왜냐하면 난 이미 시스템 안에 들어가 있기 때문이다. 아무도 나 때문에 손해를 보지 않기를 바란다. 그래도 탭댄서로서의 본능은 절대 잃지 않을 것이다. 한번 탭댄서는 영원한 탭댄서인 거다.

나는 『시티 오브 걸스』의 출간 제안서를 썼다. 당시 내가 『빅매직』의 집필을 완성했었는지 생각해 내려고 애써 봤는데 잘 기억나지 않는다. 『빅매직』 제안서는 따로 작성하지 않고 즉석에서 그냥 써서 『시티 오브 걸스』 제안서와 함께 건넸던 것 같다. 그래서 그 제안서는 대충 10~12페이지 정도의 1+1 패키지가 되었다. 제안서 내용이 길지 않았던 까닭은 그때까지 조사한 자료가 많지 않았기 때문이다. 그래도 책의 도입부를 적었다. 거기서 여주인공 비비안은 이렇게 말한다. "나는 19살의 얼간이였다. 뉴욕에서 극장을 운영하는 페그 고모와 함께 살기 위해 뉴욕으로 왔다." 나는 비비안이 바사 여자 대학에서 쫓겨나자, 어찌할 바를 모르던 부모가 비비안을 기차에 태우는 장면으로 제안서를 시작했다. 실제로 집필하면서 이렇게 말했다. "이런 내용으로 시작할 것이며, 거기서부터 이 사람들이 주요 인물로 등장하고, 이런 일들이 벌어질 것이다."

전체적인 스토리를 구상해 놓았더라도 계획대로 되지 않는 경우가 일상다반사였다. 자리 잡고 앉아 글을 쓰려고 할 때, 구상과 정확히 일치하지는 않았다고 해서 나가떨어진 건 아니었다. 일치하지 않았던 이유는 스토리에 나름의 특성이 있어서였다. 그래도 대략적인 아이디어는 꽤 비슷했다. 그 상황에서 당신이 만약 초짜 소설가였다면, 훨씬 더 많은 기대와 요구 사항이 있으리라는 것을 나는 안다.

♡

마리아 슈라이버 린다처럼 내가 마이클 조던과 엘리베이터에 탔다면, 무엇을 물어봤을까? 유명인들이 2% 부족하다거나, 충분히 얻지 못한다고 생각하는 것 중 하나는 평범한 질문들, 즉 유명인이 아닌 보통 사람이 될 기회라고 생각한다. 내가 엘리베이터에 있을 때, 나에게 중요한 의미를 가지는 것은 보통 "알츠하이머병 연구에 기여해 주셔서 감사합니다." 또는 "우리 엄마도 알츠하이머병에 걸리셨어요. 당신의 아버지도 알츠하이머라고 알고 있습니다. 좀 어떠신가요?" 같은 것들이다. 나는 저널리즘 경력을 쌓는 동안 글을 쓰면서 나중에 인터뷰를 통해 부족한 점을 보완했다. 언제나 인터뷰를 했다. 사람과의 관계에서부터 시작했던 것이다.

♡

토스카 리 작품의 로그라인을 작성하는 건 즐거운 일이다. 너무 짧아서인지 로그라인을 작성하는 게 정말 어렵긴 하다. 하지만 좋은 훈련이 된다. 당신의 이야기를 한두 줄로 요약해야 하기 때문이다. 책의 핵심적인 요소들만 추출해 보라. 나는 늘 TV 가이드를 떠올린다. TV 가이드를 살펴보면 거기엔 짤막한 설명이 붙어 있다. 아니면 『뉴욕 타임스』 목록을 펼쳐서 맨 위에 있는 책들을 보라. 책에 대한 아주 짧은 한 줄 요약이 있다. 『라인 비트윈』을 이렇게 묘사했다. "한 젊은 여성이 대재앙이 임박한 시점에 종말론 교파에서 쫓겨난다." 로그라인 뒤에 세일즈 포인트를 추가해도 좋다. 『라인 비트윈』의 경우 이렇게 썼다. "실제 사건의 헤드라인에서 영감을 받은 『라인 비트윈』은 무섭도록 사실적인 종말론 소설이다. 다면적인 등장인물들, 토스카 리가 쓰는 스릴러의 특징으로 알려진 무섭도록 빠른 속도로 전개된다." 마지막으로 훅을 추가한다. "알래스카 영구 동토층이 녹으면서 멸종된 질병이 다시 나타나 희생자들에게 광기를 불러일으켰다. 최근 종말론 교파에서 탈출한 윈터 로스에게는 이것이 바로 늘 들어 왔던 세상의 종말이다."

훅의 역할은 독자를 낚는 일이다. 세일즈 포인트는 영업부를 낚는 방법이다. 제안서가 출판사로 갔을 때 편집부뿐 아니라 마케팅 및 영업부도 통과해야 하기 때문이다. 세일즈 포인트는 그 책을 출간하는 일에 어떤 의의가 있는지를 알려 준다. 또한 작가로서 자신의 강점, 즉 "왜 내가 아니면 안 되는가?"를 설명하거나, "당신도 사실은 이 책을 읽고 싶어 한다."라고 설득하는 부분이다.

나는 언제나 제안서에 '어필'이라는 섹션을 집어넣는다. 그 섹션은 지금 왜 이 책이 출간되어야만 하는지를 말하기 때문에 중요하다. 그 내용에는 '마녀가 진짜로 있다'는 사실을 비롯해 어느 것이라도 들어갈 수 있다. 뉴스에서 시의적절한 내용이 언급됐기 때문일 수도 있다. 아니면 특정 인구 통계에 부합하기 때문일 수도 있다. 이런 책이 바로 지금, 왜 나와 줘야 하는지 피력할 기회이다.

Chapter
3

인내심이 바닥일 때:
의심이 많거나
헐뜯는 사람 다루기

불확실성과 좌절이 흔한 시대다. 다른 사람이 자신보다 훨씬 빨리
결실을 본다고 낙담할 수 있다. 많은 작가가 거절의 기미가 보이자마자,
심지어는 결승선을 지척에 두고 노트북을 닫아 버린다.
당신은 그런 사람이 아니라는 것을 확실히 해 두자!
이번 챕터에서는 부정적인 생각 그리고 시샘과 의심이라는 질투의 화신과
마주할 때 신념을 지키는 법을 제시한다. 팝콘 봉지의 마지막 알갱이처
럼 느낀 적 있는가? 나는 그랬었다. 이 또한 지나가리라. 인생에서
최고의 이야기 발굴하기, 메시지를 정제하기 위한 편집의 중요성,
절차에 승복하는 요령, 자연에 귀 기울이는 법에 관한 조언도 다룬다.

1

거절당할 때의 기분:
나중에 웃을 날 온다

"첫 영화인 〈벤자민 일등병〉은 제작사마다 모두 거절한 작품이었다.
마지막 영화사에 가기 직전까지 계속 생각했다.
왜 사람들은 히트할 영화를 못 알아볼까? 도대체 뭐가 문제지?"*

낸시 마이어스

---

* 〈벤자민 일등병〉은 1980년 최고 흥행작 중 하나였다.

'거절은 신의 보호 장치'라는 말을 들어 봤는가? 이 주문으로 영혼을 진정시켜 준 사람은 여동생 캐럴이었다. 어떤 상황에서 그랬는지 정확히 기억나지는 않는다. 아마 나의 또 다른 책이 연달아 거절당한 후였을 것이다. 하지만 그때 느낀 안도감은 너무 금세 지나가 버렸기 때문에 동생은 이후에도 여러 번 이 말을 들려주었다. 포기하고 싶을 때마다 동생의 정신적 영도자인 브레네 브라운이 상기시켜 줬다. '승부의 세계'에서 사랑과 인생에 온전히 몰두하는 사람에게는 거절당하는 경험이 드물지 않다고.

거절은 늘 정신적으로만 겪는 것은 아니다. 흐트러진 정신을 잡고 자아를 꺼내는 데는, 혼란에서 자존감을 다시 세우는 데는 시간이 걸린다. 창작자의 일 중 하나는 목표에 대한 믿음을 더 강하게 만드는 것이다.

많은 작가가 만약 할 수만 있다면 과거로 돌아가 그들이 처음에 냈던 책을 출판하지 않았을 거라고 입을 모은다. 당시에는 뚜렷이 보이지 않았던 세세한 것들이 더 나아지고, 잘 갖춰질 때까지 기다렸을 거라고. 나도 예전에 책을 한 권 냈는데, 잘 나가지 않았다. 낙심천만, 산산이 부서진 마음으로 캐럴, 다이앤, 대니엘 라포트에게 전화해 눈물을 쏟았다. 나는 온실에서 자란 화초였나? 세상에, 맞는 얘기였다! 그 책을 다시 살펴보았다. '손발이 오글거렸다.' 제대로 감수받지 않은 이야기가 세계 도처에서 떠도는 모습을 보고 싶은 생각은 추호도 없다.

아아, 지금 알고 있는 인내와 믿음, 그리고 적절한 타이밍을 그때 알았더라면 얼마나 좋을까. 교훈은 때가 되어야 깨닫는 법이니….

"뉴욕에서 온 편지네요!" 동네 우체국장인 주디가 우편물을 내밀었다. 눈에 익은 에이전트 사무실의 엠블럼에 눈길을 멈췄다.

"아, 안 돼." 나는 숨을 몰아쉬며 대답했다.

"비관은 금물!" 주디가 새된 소리로 말했다. "바로 이거예요! 어서 열어 봐요. 이번에 책을 팔았네요. 난 알아요. 척하면 착이죠!"

"좋은 소식이었다면 댄이 전화했겠죠." 난 한숨을 쉬었다.

"아." 자칭 은둔형 소설가인 주디가 울상을 지었다. "음, 내 촉이 좋은데 곧 대박 날 거예요. 힘내요."

하느님은 배려심 많은 주디를 사랑하신다. 주디는 우체국 사서함을 이용할 여력이 없는 사람들은 물론, 트레스 피에드라스 마을에 사는 주민 200명의 안부를 일일이 챙기는 일도 도맡는다. 온 마을 사람들이 나를 성원하고 있는 듯했다. 여든다섯 살인 버니가 어쩌다 한번 주디의 말들을 고속도로 근처에 풀어놓고 대낮에 잠옷 바람으로 로데오 광대처럼 올가미 밧줄을 던져 댄 사건 말고는 주변에서는 별다른 일이 일어나지 않았다. 내가 모임에 참가하려고 다른 도시를 갈 때마다 온 마을 사람들이 대리 만족을 느꼈다는 이야기만으로도 우리 동네에 대한 설명이 충분할 것 같다.

차로 가서 두근거리는 가슴으로 봉투를 뜯었다. 혹시 댄이 전화하는 것을 잊었나? 편지 두 통이 동봉된 것을 보자마자 굳게 마음먹어야 한다는 것을 깨달았다. 담담하게 큰 소리로 첫 장을 읽었다.

댄에게, 『매혹적인 삶』을 읽어 볼 기회를 주셔서 감사합니다. 흥미로운 주제를 다룬 원고라고 생각합니다만, 인터뷰집에 등장하는 인물들이 대단히 유명한 사람은 아니라는 점이 아쉽습니다. 유명인 없이 출판 효과가 있을 거라고는 보이지 않거든요. 작가의 필력은 대단한 듯하므로 그녀의 다른 작품들도 보고 싶습니다. 하지만 이번 책은 계약할 수 없습니다.

————, 세인트마틴 프레스 편집 주간

"그녀의 다른 작품들?" 정확히 어떤 걸 말하는 거지? 나의 첫 번째 책 꿈에서 구상하던 여섯 권의 책 가운데 세 권은 이미 다른 작가들이 출간했다. 만약 출판사를 빨리 잡지 않는다면 나의 새 원고가 어떤 위험에 부닥칠지, 얼마나 출판이 늦어질지 누가 알겠는가?

'유명인 없는' 원고의 복사본을 만들고 우편물을 발송하느라 타오스에 있는 페덱스 사무소에 셀 수 없이 드나들면서 얼마나 많은 눈물을 흘렸던가. 유명인들에게 '예스'라는 대답을 받아 내기까지 매번 얼마나 많은 문의를 했었는지 모른다. 테이프에 녹음한 인터뷰 내용을 원고로 작성한 후 마침내 그들의 승인을 받기 위해 수정본을 제출했던 횟수는 또 얼마나 많았는지. 얼마나 시간을 들여 조사하고 부단히 노력하고 수없이 통화를 주고받았던가. 미팅을 잡을 수 있을 때마다 얼마나 자주 로스앤젤레스로 갔었는지.

제시가 생각났다. 그는 무척이나 적극적으로 토시를 돌봐 주며, 작업에 많은 기대를 걸고 있었다. 제시는 정신적으로나 물질적인 면에서 가능한 한 나를 뒷받침해 주었지만, 더 이상은 편안해 보이지 않았다. 자기 확언과 좋은 환경에 의지하며 살아왔으나, 꿈은 이루어지지 않았고 우리 부부는 뼛속까지 지쳐 가고 있었다.

젖은 눈이 자동차 앞 유리에 쌓였다. 두 번째 편지로 눈을 돌렸다.

댄에게, 린다 시베르트센의 『매혹적인 삶』을 검토해 볼 기회를 주셔서 감사합니다. 우리는 독자들이 이미 유명하거나 부유한 사람들이 아니라 비범한 일을 하는 평범한 사람들의 삶을 궁금해할 거라고 생각합니다. 그러므로 이 책에 관한 작업은 진행하지 않기로 결정을 내렸습니다. 어디서든 행운이 함께하기를 빕니다.

_____, 펭귄출판사 편집 주간

잠깐만, 뭐라고? 내가 유명인을 너무 많이 넣었나? 아니면 너무 적었나? 책에 평범한 사람들이 비범한 일을 하는 이야기를 넣었다. 2년이 넘도록 댄이 처음부터 보고 좋아했던 바로 그 원고에 평범한 사람들의 가치 있는 이야기들을 강조하느라 시간을 보냈다. 출판사에서 더 많은 유명인을 계속해서 요구하자 나는 공들여 썼던 글 대부분을 마지못해 빨간 줄을 그어 삭제했다. 펭귄출판사 편집 주간은 그런 이야기가 포함되었다면 자신이 정말로 좋아했을지도 모른다고 말했을까? 그 부분들을 빼 버린 게 잘못이었을까? 다시 집어넣었어야 했나? 머리가 약간 어지러웠다. 차창 밖에 인기척이 느껴져 고개를 들었다. 토머스와 셰리가 떨며 서 있었다. 나는 창을 내렸다.

"차에서 읽어야 할 정도로 중요한 건가요?" 토머스가 물었다. "아침 식사하러 갑시다!"

"아, 고맙지만 사양할게요. 뉴욕에서 거절 통보를 또 받았거든요."

"흠, 그런 거 같았어요. 몇 번이나 그런 게 왔습니까, 열두 번째, 아니 열세 번째?"

"열세 번째요, 그런데 누가 그런 걸 세고 있어요?" 아랫입술이 떨리기 시작했다. "사람들은 대개 더 유명한 사람들을 원하죠. 줄리아로버츠와 톰 행크스 정도면 확실하려나." 듣고 있던 토머스가 얼굴을 찡그렸다.

그는 타고난 이야기꾼이자 영화광이며, 유명인이 방문할 때마다 디즈니랜드에 놀러 간 아이처럼 들뜨는 사람이었다. 하지만 '자존심 충만한' 내 유명 인사들의 책에 관해 이야기할 때마다 그런 반응을 보였다.

"자매님, 당신은 언제든 신에게도 마차를 끌게 할 수 있어요." 토머스가 말했다.

"아, 멋져라! 저를 위해 그거 준비해 줄 수 있죠?" 내가 이렇게 되받아쳐서 그를 웃게 했다.

"당신도 알다시피 원하는 것을 얻는다고 행복해지지 않습니다." 토머스가 어깻짓하며 말했다. "행복해지려면 당신이 되고 싶은 사람이 되는 겁니다."

무슨 뜻이지? 되고 싶은 사람이 되려고 노력하고 있었고, 그건 적어도 어머니 지구의 자연 파괴를 걱정하는 미국 원주민의 예언과 관련 있는 것처럼 보였다. '더 나은' 사람이 되는 건 토머스가 항상 경의를 표하고 있던 주위 생태계를 돕는 임무의 핵심적인 부분이 아니었던가? 나는 토머스처럼 욕망에서 벗어나기를 바랐다. 그는 결코 아무것도 요구하지 않았다. 자기 일을 어떻게 해야 할지 위대한 '신'이 말하는 걸 믿지 않았다. 유일하게 그가 드리는 기도는 단지 "감사합니다."뿐이었다.

"정말? 에이전트가 경매에 부칠 거라고 생각했어. 경매가 안 됐다는 말로 들리는데!" 다이앤의 굵은 목소리가 수화기 너머로 들렸다. 가장 친한 친구가 나를 걱정해 주는 게 느껴져서 고마웠다. 하지만 현실은 딴판이었다.

"에이전트가 경매에 부치겠다고 말하던 날 그에게 전화를 걸었는데 받지 않더라고." 내가 훌쩍거렸다. "그를 귀찮게 하고 싶지는 않아. 에이전트들이 세상에서 가장 싫어하는 게 잔소리라고 그랬거든."

"그런 말이 어딨어, 린다! 크리스는 궁금한 점이 있을 때마다 에이전트랑 통화할 수 있던데. 그게 에이전트가 하는 일이잖아. 그게 그 사람이 돈을 버는 방법이라고! 기다려 봐, 린다. 브리짓!" 수화기 저쪽에서 다이앤이 다른 사람에게 이야기하는 소리가 들렸다. "짐 꾸릴 때 하와이의 카우아이에서는 밤에 추워질 수 있다는 거 잊지 마. 그리고 여자애들에겐 수영복 말고도 더 필요한 게 있을 거야! 미안해, 린다. 어디까지 얘기했지?"

"나는 크리스 같은 NFL 쿼터백이 아니라고 말하고 있었어. 내 에이전트는 일을 봐주고 수백만 달러를 버는 게 아니라서 경우가 좀 다르다고 얘기하고 있었지."

"이봐, 그게 무슨 바보 같은 소리야. 저기, 다른 전화가 왔네. 마사지사가 막 도착했어. 전화 끊어야겠다. 사랑해!"

크리스 챈들러는 팰컨스(NFC 소속 미식축구팀)에서 연승을 달리고 있었다. 다이앤이 애틀랜타에 있는 500평이 넘는 저택에서 안락하게 앉아 있는 동안, 나는 일주일에 며칠씩 셰리와 공유하고 있는 두 대가 연결된 이동 주택 안에서 얼어 죽는 줄 알았다. 고속도로 옆에 있는 우리 '사무실'은 식당 뒤에 주차되어 있어 가끔 뜨거운 샤워를 하고 인터뷰할 수 있는 전화선과 팩스 같은 문명의 이기들을 이용할 수 있었다. 난방기가 그달에만 벌써 두 번째로 고장 나는 바람에 재킷으로 허리를 꽉 감싸고 있으려니 다이앤을 방문했을 때 받던 마사지가 생각났다. 마사지사가 손과 발에 벨벳처럼 부드럽고 따스한 장갑을 끼우고 양말도 신기고는 나를 극진하게 마사지해 줬었는데….

'떨쳐 버려, 린다! 너는 어린애가 하나지만 다이앤은 셋이야. 다이앤은 너보다 더 마사지를 받아야 한다고! 그리고 댄을 오해한 건지 모르잖아? 그가 경매나 제안이라는 말을 했어?'

혼란스러웠다. 벌떡 일어나 아빠의 오래된 스테레오 쪽으로 갔다. 아침 성가로 듣는 실의 비단결같이 부드러운 노래를 크게 틀었다. 창의적이고도 어른다운 충성 서약. '기적은 일어날 거야. 나는 이겨낼 거야. 하지만 내가 좀 더 미쳐야만….'(더 많이 미쳐야 하는 건가?)

책상 위에 놓인 토시의 사진을 보니, 엄마가 되고 글을 쓸 수 있는 시간이 주어진 것에 감사하는 마음이 폭풍처럼 밀려왔다. 모든 엄마에게 그런 축복이 있는 건 아니다. 물론 보상을 신경 쓰며 살기는 했다. 하지만 나의 여정에는 상당히 운이 따라 줬다.

실의 노래를 듣다 보니 할리우드 에이전트와 매니저에게 더 많이 전화하고, 위시 리스트에 오른 인물을 소개해 줄 수 있는 사람에게 홍보 편지를 쓰고 싶다는 의욕이 다시 솟구쳤다. 그들이 전화를 받거나 편지 읽기를 거절한다면, 음, 적어도 노력은 다했다. 실의 노랫말이 방 안에 울려 퍼졌다. "사람들로 가득 찬 하늘에서, 날고 싶은 사람은 오직 소수에 불과하지." 그의 노래가 흘렀다. 아무도 내가 노력하지 않았다고 말하지 못하게 하자.

몇 주 동안 내 전화를 피하는 것 같더니만 결국 댄이 전화했다. "못 해요. 경매가 성립이 안 돼요." 그가 말했다. "경매를 하려면 관심이 있는 출판업자를 적어도 두 명은 확보해야 하거든요." 아뿔싸. 조사란 조사는 다 했건만 나는 여전히 초보였다.*

"엄마!" 문을 열고 들어서자, 토시가 비명 지르듯 나를 불렀다.

"응, 안녕, 꼬맹이." 몸을 숙여 안아 주며 물었다. "아빠랑 뭐 하고 있는 거니?"

"엄마에게 프렌치토스트를 만들어 줄 거야!" 파란 눈을 반짝이는

---

* 댄에게 남긴 메시지가 몇 개였는지 기억나면 좋겠다. 두 개인지 다섯 개인지 모르겠다. 이제는 에이전트가 얼마나 바쁜지 아는 까닭에 속 좁고 감상적이고 순진했던 나 자신을 생각하면 고개가 절로 저어진다. 미안해요, 댄!

토시의 얼굴은 달걀 범벅이었다. 아들은 간단한 아침 식사를 저녁에 대접하는 시베르트센 가문의 전통을 가장 재미있다고 생각했다. 내 생각도 같았다. "엄마, 배고파?"

"공룡들은 숲에서 똥을 누니?" 내가 물었다.

토시가 입술을 핥으며 잠시 생각했다. 그러고는 배꼽을 잡고 웃었다. "아빠! 들었어요? 엄마가 웃겼어요!"

그때 나는 크게 실수한 것을 깨달았다. 최근 받은 거절 편지를 테이블에 올려놓았는데 제시가 그걸 보고 얼굴빛이 창백해진 것이었다. 우리는 토시를 개랑 함께 밖으로 내보내고 가장 큰 부부 싸움을 했다. 나는 '돈을 벌어 주지 않는 저 망할 에이전트'를 해고하고 멀리 타오스에서 '진짜 일자리'를 가질 수밖에 없었다. 인디언 담요를 못으로 박아 커튼을 대신했던 '정든 집'과 연을 끊어야 할 때가 되었다.

운 좋게도 제시는 곧 제임스 우즈가 주연한 존 카펜터 감독의 영화 〈슬레이어〉(결혼 후에 그가 출연했던 〈하울링 5: 부활〉과 비슷한 분위기의 영화)에서 흡혈귀에게 머리가 뜯기는 경찰 역할을 맡게 됐다. 그 수입은 쉐보레에서 자동차의 토막광고에 더 출연해 달라고 전화할 때까지 몇 달 동안 재정적 출혈을 막기에 충분했다. 나는 눈길 끌기, 즉 당사자에게 득이 될 수도 있는 유명인 인터뷰 요청 편지를 공들여 보냈다. 제안서를 다시 손보고, 기존 원고를 세밀하게 조정하며 책이 계약되기를 학수고대했다.

내가 보기에 우리 부부는 스트레스를 받고 무계획하기는 해도 꿈을 꿰맞춰 가며 발전하고 있었다. 패배는 바로 승리의 과정이지 않나? 거절은 값진 정보였다. 미흡한 것을 개선해 나가면 나를 멈춰 세울 수 있는 유일한 존재는 나뿐일 것이다. 그러나 그럴 일은 절대 없을 것이다.

거절은 힘이 세고 창의성은 연약하다. 우리는 자신과 서로에게 다정해야 하고 지옥처럼 강인해야 한다. 당신은 거절당해도 되는 존재가 아니다. 깊이 파고들어 자신과 교훈, 책에 대한 믿음을 찾으라. 아무렴, 우리는 어느 날 '함께' 이런 이야기를 하며 웃으리라!(이 이야기를 입력하는 동안 내가 책상 앞에 앉아서 코웃음 치는 모습을 볼 수 있으면 좋으련만.)

거절당한 작가들

반 존스 아무도 나의 첫 책 『그린칼라 이코노미』를 출판해 주려 하지 않았다. 때는 2007년, 캘리포니아주 오클랜드에서 도시 지역 저소득 청년들에게 태양 전지판을 설치하는 일을 얻게 해 주려고 애쓰던 중이었다. 공공-민간 파트너십인 오클랜드 녹색 일자리단이라는 프로젝트로 매우 단순했다. 하지만 당시에는 새롭고 급진적인 아이디어였다. 우리는 어느 정도 성공을 거두었다. 낸시 펠로시 하원 의장이 입법을 추진하도록 했고, 조지 W. 부시 대통령이 녹색 일자리법이라는 법안에 서명하도록 했다. 이 법안으로 내 프로그램을 본뜬 사업들이 전국으로 퍼져 나갔다.

그에 관한 책을 쓰고 싶었다. 그러나 출판업계에는 전범이 될 만한 책이 없었다. 세상의 결론은 이랬다. "흑인들은 녹색(환경보호) 책을 읽지 않는다. 백인들은 흑인이 쓴 책을 읽지 않는다. 흑인 환경운동가의 책을 내면 아무도 읽지 않을 것이다!" 나는 대형 출판사를 전부 찾아갔다. 가는 곳마다 모두 거절당했다.

그러나 운 좋게도 기디언 웨일이 있었다. 지금은 하퍼원이라고 하는 하퍼-샌프란시스코의 젊은 신입 편집자였다. 기디언은 내 얘기를 듣고는 잠재력을 높게 평가했다. 그는 모두가 열광할 것이며, 엄청난 독자를 확보할 것이라고 생각했다. 아니나 다를까 책은 대박이 났다. 지난해 『뉴욕 타임스』의 베스트셀러 목록에 올랐으며 6개 언어로 번역되었고 100개 이상의 미국 대학에 소장돼 있다.

작가로서 정말 새로운 것을 말하려고 한다면 트랙을 한 바퀴, 아니면 두세 바퀴 더 돌 수 있는 여분의 힘을 자신 안에서 찾아내야 한다. 누군가가 당신과의 접점을 찾을 것이다. 하지만 그러기 위해서는 당신이 말해야 하는 것을 믿고 전념해야 한다.

♡

패트리샤 콘월 처음 시체 안치소에 갔을 때는 기자 신분이었다. 취재하려고 갔는데, 그렇게 오래 걸릴 줄은 생각지 못했다. 결국 그곳에서 6년 동안 일하게 됐다.

첫 번째 책 『법의관』을 시작했을 때는 시체 안치소에서 일한 지 4년째였다. 아무도 원하지 않았던 책을 세 권이나 낸 데다가, 다시 언론계로 돌아갈 수 없었기 때문에 인생을 완전히 망쳤다고 생각했다. 그 무렵에는 기자로 일했던 것보다 시체 안치소에서 있었던 기간이 더 길었다. 『워싱턴 포스트』는 "우리 신문사에는 시체 안치소 지면이 없습니다."라고 말했다.

그렇게 해서 연습 책이 네 권 생겼다. 어떤 것들은 연습 책으로 남겨 둬야 한다고 굳게 믿는다. 감사한 일이다. 20페이지에 걸쳐 부검 장면을 보여 주는 책들은 출판하지 않는 게 마땅하다. 나는 배움이 더디긴 하지만, 포기하지는 않는다.

팀 그랄 거절을 많이 당해 보면 거절당할 때마다 받는 고통이 줄어든다. 2년 걸려 쓴 책에 대한 비판을 극복하는 것보다는, 500단어짜리 글에 대한 비판을 이겨 내기가 훨씬 쉽다. 나는 작품을 작은 단위로 소수의 독자에게 공개해서 더 단위가 크고 대담한 작품을 공개할 때 받을 비판에 대한 예방주사를 맞았다. 당신이 블로그에 게시물 하나를 올렸는데 사람들이 그것을 시시하다고 생각해 봤자 당신의 삶은 전혀 변하지 않는다. 모르는 사람 몇몇이 더 이상 당신을 좋아하지 않는 것뿐이니 괜찮다.

♡

스티븐 프레스필드 에이전트가 제대로 개입하기 전까지는 작가와 작품 사이의 문제만 있다. 작가는 그 뒤에 광기 어린 장삿속 세상에 들어간다. 작품을 거절한 사람 중 절반은, 아니 아마 99%는 읽지도 않았을 것이다. 나머지 1%는 바보들이다.

그저 소용없는 짓일 수도 있다. 작가는 알 수가 없다. 하지만 내가 판 책들은 거의 한결같이 단 한 명만 입찰했다. 다른 사람들은 다 거절한다. 그것이 내 경험이다. 거절은 철칙이자, 예외가 없는 것 같다.

나를 세상 속으로 들어가게 만든 책은 두 번째 작품인 『불의 문』이었다. 그 책은 현재 사업 동료인 숀 코인(스티븐 프레스필드는 2012년 에이전트인 숀과 함께 출판사 블랙 아이리시 북스를 시작했음-옮긴이)을 제외하고는 모두 거절했다. 그는 당시 더블데이 출판사(펭귄 랜덤 하우스의 자회사-옮긴이) 소속이었다. 숀이 없었다면, 나는 지금 뉴욕 택시에 앉아서 사람들에게 이런 이야기를 하고 있을 것이다. 앨런 알다가 그의 아내 알린이 없었다면 어땠을지에 대해 언젠가 말했던 것처럼 말이다.

♡

캐럴 앨런 출판계에는 야만적인 면도 있다. 내가 틀림없이 두 주 이내에 최소 다섯 자리 숫자의 선금을 받고 계약할 것이라고 생각한 에이전트가 있었다. 에이전트는 나를 뉴욕 대행사와 계약하게 하고는 곧바로 홍보물을 15개 출판사에 보냈다. 그러고는 아무런 소식도 듣지 못했다. 결국 한 작가 친구가 다그치는 바람에 그와 연락을 했다. 에이전트는 갑자기 이혼하고 일을 그만두었다며, 그동안의 일을 나 몰라라 했다.

언니 린다가 내가 꿈에 그리던 출판사의 인수 담당 편집장을 나중에 소개해 주었다. 편집장은 내 책을 읽고 점심 식사에 초대했으나 결국 내가 들은 말은 "책 내용을 이해하지 못했어요."였다. 내가 퀴노아 샐러드를 뚫어져라 쳐다보며 우리가 여기서 무얼 하고 있는지 의아하게 생각하고 있을 때 편집장이 한마디 덧붙였다. "책 내용이 별 것 아니네요. 즐거웠어요!"

그런데 생각해 보시라. 때는 바야흐로 21세기이며, 우리 작품을 세상에 내놓는 방법은 많다. 전자책으로 자비 출판한 그 책은 디지털 세계에서 장수하며 수십만 달러를 벌어 주었고, 내가 메이저 매체에 소개되는 데 발판이 되었다. 아마존 닷컴에 올린 적도 없는데 해마다 꾸준히 팔리고 있다.(물론 아마존은 수천 명의 작가와 그들의 프로젝트가 독자를 찾아내는 유효한 선택지 중 하나다.)

♡

세스 고딘 연이어 거의 800번 거절당했다(30여 개 출판사에서 25번씩). 편지마다 우표 한 장씩 붙은 800통의 내용은 한결같았다. "형편 없군요. 당신은 절대 아무것도 할 수 없을 겁니다. 그만두시죠." 내가 보낸 800통의 제안서가 스팸 메일로 분류되지는 않았던 것 같다. 거절 답신은 뉴욕의 출판사들에서 왔다.

내 사례를 보며 깨닫게 될 것이다. 계속 똑같은 일을 또다시 하지 않아야 한다는 것을. "그건 효과가 없었어. 다르게 해 보자."라고 말하게 될 것이다. 그러다 만약 여력이 있다면 계속해서 도전하면 된다.

♡

론다 브리튼[*] 거절을 대하는 첫 번째 주문은 이렇다. '나는 언제든 돌아가 레스토랑 서빙을 할 수 있다.'

우리가 책을 팔거나 심지어는 책을 쓰려고 시도하기 전에 갈피를 못

~~~~~~~~

[*] NBC의 〈다시 시작하기〉로 에미상을 수상한 라이프 코치. 두려움 없는 삶 연구소의 설립자이자 네 권의 베스트셀러 『Fearless Living』, 『Change Your Life in 30 Days』, 『Fearless Loving』, 『Do I Look Fat in This?』의 저자.

잡는 이유 중 하나는 그것이 특별한 의미를 지녀야 한다고 생각하기 때문이다. 그 의미는 중요할 것이다. 마침내 어머니에게 인정받는다는 의미일 수도 있다. 하지만 책을 쓴다고 문제가 해결되지는 않는다. 적어도 그 해결책이 책을 쓰는 목적이 되어서는 안 된다.

책을 쓴다는 것은 신성하고 영광스러운 일이다. 자신의 목소리로, 오로지 자신만이 할 수 있는 방식으로 말해야 하는 메시지를 지니고 있기 때문이다. 하느님은 당신의 책이 『뉴욕 타임스』 베스트셀러가 될 것이라고 장담하지 않는다. 당신이 그렇게 만들어야 한다. 물론 당신의 책이 내 첫 번째 책처럼 15만 부가 팔릴지도 모른다. 하지만 그러지 못할 수도 있다. 그런 까닭에 작품의 주제에 비추어 책을 쓰는 이유와 당신이 누구인지 명심해야 한다.

나는 누구인가? 사랑이다. 사람들이 두려움에서 자유롭기를 원한다. 오직 그런 때라야 사람들은 오롯이 듬뿍 사랑받고 있다는 것을 알고 그 사랑을 고스란히 줄 수 있다. 나만의 책을 쓰기 위해서는 기꺼이 웨이트리스가 되어야 한다. 당신의 세계에서 그에 해당하는 다른 일을 해도 좋다. 그럴 수 있다면 넛지(사람들이 더 좋은 선택을 할 수 있도록 유도하는 방법을 의미-옮긴이)에 충실하고 자신을 포함해 책을 읽는 모든 사람을 변화시킬 책을 쓸 수 있기 때문이다.

나 자신과의 약속은 한결같았다. '나는 부름받은 일을 하겠다.' 어느 날 다시 웨이트리스로 일하라는 부름을 받으면 그럴 것이다. 그런 일이 일어난다면 미소를 선사하면서 서빙하는 동안 재능을 발굴할 수 있는 흥미진진한 일이 있다는 뜻이리라. 그리고 그것에 관해 글을 쓸 것이라고 장담한다.

2

비교라는 언짢은 존재:
나만 없어, 성공

"나는 다른 사람들을 빛나게 하는 데 진심이다.
그래야 우리 모두가 더 밝게 빛나기 때문이다."

첼시 핸들러

질투, 누구나 가지는 보편적 감정. 아마 당신도 느껴 봤을 거다. 애인을 가장 친한 '친구'에게 빼앗겼을 때. 함께 사업을 시작한 직원이 더 많은 소셜 미디어 팔로어를 거느린 스타트업으로 떠났을 때. 절친한 친구가 성공해서 생기발랄한 온갖 새 친구들이 생기자 전화를 받지 않을 때.

작가들은 본래 감성이 예민하다. 우리는 비판에 재빠르고 예리하며 효과적으로 대응하는 데 있어 잘못된 행동을 하기 전에 신중하게 움직여야 한다. 그러나 역사를 보면 작가들의 오랜 불화, 경쟁 그리고 질투에 관한 이야기로 가득 차 있다.

어니스트 헤밍웨이 vs. 윌리엄 포크너

어니스트 헤밍웨이(또) vs. 스콧 피츠제럴드

어니스트 헤밍웨이(나 원 참) vs. 월리스 스티븐스

메리 매카시 vs. 릴리언 헬먼

존 키츠 vs. 조지 고든 바이런 경

존 업다이크 vs. 살만 루슈디

트루먼 카포티 vs. 고어 비달

A. S. 바이어트 vs. 마거릿 드래블(두 사람은 자매!)

계속 나열할 수 있다. 그들은 서로의 작품에 대해 통렬한 비평을 쓰고 상대방의 명성에 침을 뱉었다. 심지어는 서로에게 침을 뱉기도 했다. 실제로 한 파티에서 리처드 포드는 악평을 썼다는 이유로 콜슨 화이트헤드에게 침을 뱉었다. 그때 리처드가 한 말은 다음과 같다. "네가 내 책에 침을 뱉었잖아!"

부모님은 지칠 줄 모르는 응원군이었다. 매일같이 우리 자매는 무엇이든 될 수 있고 무엇이든 할 수 있다고 말씀하셨으니까. "너희들은 아주 똑똑하고, 특별하고, 재밌고, 예쁘단다. 그래서 사람들이 다 너희들을 좋아하지." 그 말의 의미는? "세상에는 '예스'가 차고 넘치고 세상은 '예스'를 제일 좋아한다." 다 좋은데, 엄마가 돌아가시자 아빠는 데이트 사이트를 통해 데이트에 빠졌고 우리는 미치는 줄 알았다. '세상에, 얼마나 많은 예스가 있었을까!' 잠깐 주제에서 벗어났다. 어릴 때는 엄청난 꿈들이 늘 모습을 드러내고 있었다. 다만 그 꿈들은 아직 내 것이 아니었다.

그러나 어떤 환경에서 자랐든 비난이나 오해를 받거나 버려졌다는 생각이 들면 상처받는 법이다. 사람마다 '브랜드'가 되어 최고의 자리를 차지하기 위해 경쟁하는 현대 사회에서 제구실하기는 힘들다. 사랑하는 사람이 사라질 수도 있다. '그 가엾은 사람들을 잊지 말자!' 라라랜드에서는 유달리 한 사람 한 사람 모두 눈물을 자아내는 이야기를 가진다. 자신을 응원하기 위해 애면글면할 때 갈가리 찢기기 쉬운 가슴은 어떤 희망을 가질까? 다행스럽게도 희망은 많다!

기적 중의 기적! 리자 깁슨에게서 편지가 한 통 왔다. 리자는 우리 엄마의 사망 소식을 듣고는 다시 생각해 봤다고 했다. "아직도 나와 인터뷰하고 싶다면, 그렇게 하세요." 게다가 리자의 토크쇼에서 『매혹적인 삶』 홍보를 고려해 보겠다고 제안했다. 감사의 눈물을 닦으며 가슴에 편지를 꼭 안았다. 고마워요, 엄마. 난 알아요, 이건 엄마가 하신 일이라는 걸.

내 에이전트는 요즘 나의 또 다른 엄마인 다이앤의 엄마 수 브로디가 활약해 준 덕분에 활기가 돌았다.

"아널드 파머를 인터뷰하지 그래?" 수가 다이앤의 손에서 전화기를 낚아채며 말했다. "그는 내가 알고 있는 멋진 유명 인사 중 한 명이야." 기쁨에 겨워 소리를 지르고 싶었다. 이 전설적인 골프 선수는 내가 책 꿈을 꾼 이래 계속 위시 리스트에 올라 있었다. 샌프란시스코 포티나이너스에서 쿼터백으로 뛰었던 다이앤의 아빠 조 브로디는 시니어 골프 투어에서 뛰기 위해 NBC 미식축구 해설자 자리에서 내려왔다. 그가 아널드와 친구라는 것을 알고 있었다. 그래서 용기를 내 수에게 소개를 계속 부탁하려고 했었지만, 그때마다 "사업과 우정을 절대 섞지 말라."라는 말이 맴돌았다. 나는 엄마 한 분을 여의었다. 또 다른 엄마를 잃을 수는 없었다.

"아, 린다. 아주 쉬웠어." 수가 나중에 말했다. "아널드가 토너먼트 휴식 시간에 이발을 하고 있더라고. 가방에 넣어 뒀던 린다의 편지를 곧바로 그에게 줬어. 아널드는 완전 친절하더라."

"당신이니까 친절했던 거예요, 수." 내가 말했다. "그가 다음 달에 베이 힐에 있는 집으로 나를 초대했어요! 나의 미래를 위해 누구보다 큰일을 해 주신 거예요."

"린다!" 다이앤이 소리를 빽 질렀다. "누가 아널드 파머를 안 좋아하겠니? 네 책은 이제 판매가 보장된 거나 다름없어!" 다이앤의 말이 맞기를 바랐다. 이제 나는 제시를 설득해서 플로리다로 가는 비행기 삯을 마련하면 그만이었다.

댄이 바로 응답 전화를 했다.

"잘했어요!" 그가 말했다. "일단 리자 깁슨과 아널드 파머 챕터를 다 쓰면 알려 주세요. 그러면 우리는 새로운 제안서 준비를 거의 마치는 겁니다. 유명인 한 명만 더 하면 돼요, 린다!" '한 명 더?' 항상 한 명 더였다.

다행히도 엄마가 돌아가신 후 원기를 회복하고 있었다. 엄마가 없는 세상은 어딘가 어긋나 있어서 어떤 것도 예전과 똑같이 보이거나 똑같은 느낌이 들지 않았다. 그래도 매일 장마철 소낙비처럼 쏟아지던 눈물 폭풍은 잦아들었다. 아이디어 하나! '메러디스에게 연락해야 할 때가 왔다.' 메러디스의 앨범이 곧 나올 거라고 짐작했다. 지금쯤 메러디스에게는 친구가 필요할 것 같았다. '예전에' 그곳에서 친구였던 누군가를. 어쩌면 메러디스가 댄이 원하는 그 '한 명 더'의 유명인일 수도 있었다. 어쨌든 나는 축하 편지를 보내야 했다. 한참 늦게 난데없는 편지를 보내며 메러디스가 같은 주소에서 살고 있기를 바랐다.

한 달 후, 메러디스의 답장을 받지 못했다. 트럭을 몰고 식료품을 사러 64번 고속도로를 타고 타오스로 가는 길에 리오그란데 협곡 다리를 막 건너다 라디오에서 메러디스의 목소리를 들었다. 귀에 익은 시그니처 기타 소리와 폭발적인 사운드가 들렸다. "난 여자야, 난 애인이야, 난 아이야, 난 엄마야…"

이런, 세상에! 메러디스! 저 목소리를 절대 모를 수는 없지. 이럴 줄은 알았지만 그래도 목소리를 듣자 기절할 것만 같았다.

갓길에 차를 세우고 볼륨을 높인 채 앉은 자리에서 춤을 추었다. 무릎뼈에도 소름이 돋는 기분이었다! 엔진을 켜 놓고 라디오를 크게 틀어 놓고 앉아 있으려니 진정한 골수팬으로 돌아간 기분이었다.

"메러디스 브룩스의 〈비치〉였습니다." 디제이 목소리가 왕왕거렸다. "얼래니스 모리셋과 셰릴 크로를 합친 것 같지 않나요? 이 곡은 엄청 날 겁니다, 여러분. 오늘 밤 나눠 드리려고 메러디스의 새 앨범 〈블러링 디 에지스〉를 한 박스 가득 준비했습니다. 전화로 참여하세요."

기쁨의 눈물이 볼을 타고 흘러내렸다. "얘, 너 좀 멋지다! 네가 해냈구나!" 소리를 질렀다. "해내다니 정말 기뻐!" 두려움과 슬픔과 외로움이 뒤섞인 감정이 올라오기 시작했지만, 그것들을 밀어냈다. 지금은 메러디스가 꿈을 실현한 모습을 보고 축하할 때였으니까. 곰곰 생각해 보라! 메러디스가 해낼 수 있다면 나도 할 수 있지 않겠어? 아마 우리 모두 할 수 있을 것이다. 비록 벤치에 앉아 있었지만 경기장의 내용을 속속들이 다 알고 있었다.

메러디스의 앨범은 비평가들의 극찬을 받았다. 여러 나라에서 플래티넘(음반 판매량 100만 장 이상)이 되었고 총 1,200만 장이 팔렸다. 〈비치〉는 전 세계 넘버원 히트곡이었다. 18개 주요 상(그래미 최우수 여성 록 퍼포먼스와 최우수 록의 2개 부문 포함)에 노미네이트되었고, MTV 어워즈와 피플스 초이스 어워즈에서 메러디스에게 레드 카펫을 선사했다.

"음, 그 일은 내가 확실히 잘못 판단했어요." 나중에 폴 윌리엄스를 만났을 때 그가 믿을 수 없다는 듯 고개를 저으며 말했다. 몇 년 전에 폴에게 메러디스의 데모 카세트를 들려준 적이 있다. 메러디스에게 도움이 되기를 바랐기 때문이다.(내가 메러디스를 몰래 폴의 집으로 데리고 들어가 그의 그래미상과 오스카상 트로피를 잡아 보게 하며 용기를 줬던 이후의 일이다.) "메러디스는 앞으로 엄청 클 거예요, 폴." 폴은 메러디스가 마음에 들며 기타 연주도 좋지만, 내게는 확실하게 보이는 것이 그에게는 보이지 않는다고 대답했다.

"메러디스가 함께 노래하자고 하면 내가 영광인 거죠!" 이제는 폴이 웃으며 말한다.

몇 달 후 「타임」지에 실린 미소 띤 메러디스의 사진을 봤다. 도심 지역 학교에 음악을 보급하는 메러디스의 재단 활동 기사도 읽었다. '메러디스는 세상을 구하고 있어!' 메러디스는 롤링 스톤스 같은 밴드의 오프닝 행사를 하고 셰릴 크로와 세라 매클라클런과 순회공연을 했다. 또한 획기적인 여성 뮤지션 음악 축제인 릴리스 페어 투어의 주역도 맡았다.

뉴스 영상을 보면서 우리가 함께했을 때 그랬던 것처럼 맨 앞줄에서 큰 소리로 노래를 부르는 캐리 앤과 재닛을 볼 수 있으리라 확신했다. 하지만 나는 한 치 앞을 내다볼 수 없는 상태로 수천 킬로미터 떨어진 곳에 있었다. 메러디스의 〈비치〉 뮤직비디오에서 발칙한 치어리더 의상을 입고 공중을 날고 있는 재닛을 볼 때마다 궁극의 훈녀 모임에서 내가 확실히 배제됐다는 느낌이 들었다.

"린다." 어느 날 댄이 전화했다. "관심이 많은 편집자가 있는데 그녀는 당신이 더 유명한 사람을 잡아야 한다고 생각합니다." 침묵. 내가 다섯까지 세자 그가 침묵을 깼다. "당신은 발판이 전혀 없어요. 대중 연설을 하지도 않고요. 기사 작성을 가르치거나 쓰지도 않지요. 라디오나 TV에 출연한 적도 없잖습니까." 아유, 이런 이야기는 일 년 전쯤에 했어야 하는 거 아냐? "소설을 쓰고 있다면 그건 그리 중요하지 않을 겁니다. 하지만 논픽션의 경우 편집자는 당신만의 스타 파워가 더 있어야 한다고 생각합니다. 더 유명한 사람들요. 인터뷰할 수 있는 다른 사람이 또 없나요?"

"아무도 생각이 안 나요. 메러디스 브룩스와는 가까운 친구 사이여서 편지를 썼는데…."

"그래요! 그 여자! 괜찮을 것 같군요!"

"우리랑 텔루라이드 영화제에 참가할래요?" 사귄 지 얼마 안 되는 재닛 양Janet Yang이 자신의 아파트와 올리버 스톤의 말 목장에서 열리는 사교 모임에 초대하며 물었다. '오케이, 좋았어!' 스톤의 제작 파트너로서, 재닛은 내가 변함없이 좋아하는 에이미 탄의 소설 『조이 럭 클럽』을 영화화하는 일을 맡고 있었다. 몇 달 전에 재닛의 인터뷰를 마쳤고, 재닛이 나와 친구가 되고 싶어 해서 기뻤다. 이 얼마나 멋진 반전이란 말인가!

"제시, 우리 갈 수 있지?" 나는 소리쳤다. "가족끼리 휴가를 거의 못 갔어. 텔루라이드는 가 본 적도 없어. 우리에게 도움 되는 사람을 만날지도 모르잖아."

재닛의 콘도에 차를 세우던 우리는 깜짝 놀랐다! 유명한 감독인 밀로스 포먼이 문 앞에서 인사를 나누고 있었다. 밀로스와 재닛은 우디 해럴슨과 함께 영화 〈래리 플린트〉를 막 찍으려던 참이었다. 재닛은 검은 눈을 반짝이며 우리가 묵을 방을 보여 주었다. 말을 하지는 않았지만 이것은 제시를 고용하거나 나와 인터뷰할 사람을 재닛이 우리에게 소개하는 방식이라는 감이 왔다. 할리우드에서 재닛을 '미소 띤 고정불변의 파워'라고 하는 말을 들었다. 어떤 일이 벌어질지 관심이 갔다.

"우디가 오는 중이야." 재닛이 말했다. '성모님이시여.' 미스터 대마가 온다고? 현존하는 가장 유기농적인, 친환경적인 스타! 이 사람도 가능할까? 만약 그가 인터뷰에 동의한다면, 나의 마지막 '유명 인사'는 환경운동가가 될 것이다. 여기서 당장 우디를 설득할 생각을 하며 이를 앙다물었다. 그런데 아빠가 뭐라고 하셨었지? "모든 건 단지 숫자 놀음일 뿐이야. '예스'는 질문을 잘해야 나온단다."

나는 우디가 좋아하는 식물인 대마가 1800년대 말까지 종이의 90%를 차지했다는 글을 읽고 있었다. 그게 지구상에서 가장 튼튼하고 빠르게 자라는 천연 섬유 중 하나였다는 것을 말하면 재밌지 않을까? 그리고 별들이 정말로 돕는다면, 혹시 우디가 자신과 제시가 태어나자마자 헤어진 친척이라도 되는 듯 제시를 영화에 캐스팅하지 않을까? 갑자기 용기가 나면서 든든한 백이 생긴 듯한 느낌이 들었다. 이런 건 '중견 배우'라면 누구나 가진 영향력이었다. 제시가 이런 거물들 주변에서 괜찮을까?

제시는 〈뻐꾸기 둥지 위로 날아간 새〉로 첫 번째 아카데미상을, 〈아마데우스〉로 두 번째 아카데미상을 받은 영화 제작자와 함께 있는 게 무척 편안해 보였다. 물론 밀로스는 제시가 출연한 공포 영화를 본 적이 없다. 하지만 나는 제시가 수줍음, 불안의 징후를 보이지 않는다는 사실을 밀로스가 알아봐 주기를 바랐다.

바로 그때 무대 왼쪽에서 토시 등장. 시골에서 불편하게 지내며 학교에 다니던 다섯 살짜리 '수도승'에게는 앞에 펼쳐진 풍요로움이 너무 낯설었다. 토시는 어렸을 때 우리가 살며 일했던 으리으리한 집들을 기억하지 못했다. 이곳에서 아이가 유일하게 비교할 대상은 아직 미완성인 우리의 짓다 만 오두막이었다.

"엄마, 아빠!" 토시는 전속력으로 복도로 달려가면서 숨넘어갈 듯 커다란 소리로 외쳤다. "집 안에 화장실이 있어요!"

우리는 아들에게 '실제' 세계에서 대부분의 사람들이 사용하는 건 옥외 화장실이 아니라는 사실을 미리 설명하는 걸 잊었다. 토시는 세면대로 달려가서 수도꼭지를 최대한으로 틀고는 기뻐서 소리쳤다.

"오오오오오오오! 물이 흘러나와!" 수도꼭지의 물을 콸콸 틀어 둔 채로 토시는 또 다른 세면대의 수도꼭지도 틀기 위해 달려갔다. "여기도 샤워실이 있어요!" 유리문을 두드리고 가장 가까운 침실로 전속력을 다해 돌진하면서 소리쳤다.

"옷장! 그리고 카아아페에엣!!!" 아이가 계단을 뛰어 올라가 식기 세척기, 전자레인지, 커피 메이커, 쓰레기 처리기를 보고 외치는 소리가 들렸다. 아이를 위한 크리스마스 선물을 특별히 포장한 것 같았다.

제시는 눈을 크게 뜨고 나를 바라보았다. 재닛의 입이 귀에 걸렸다. 내 기억으로는 밀로스 포먼 감독의 부모님은 나치 강제수용소에서 살해당했다. 그래서 밀로스는 친척이나 부모님 친구들 손에서 컸지만 주눅 들지 않았다. 역시 주눅 들지 않은 토시의 천방지축은 마음 푸근하고 귀여운 모습이었다. 우리는 48시간 후에 떠날 예정이었다. 재닛 말고는 아마 이번 주말 이후로 아무도 다시 볼 수 없을지도 모르지만, 우리 아들의 기쁨, 우리가 함께한 시간은 값졌다.

숲이 우거진 가파른 산과 깎아지른 높은 절벽으로 둘러싸인 협곡에 있는 텔루라이드는 알고 보니 악당의 재간이 서린 신비한 곳이었다. 버치 캐시디의 첫 번째 은행 강도 사건이 일어난 곳이자 마약 운반책들이 예전에 즐겨 찾던 장소다. 오래된 광산 마을의 악명 높은 과거는 우디 해럴슨과 함께 강도 행각을 벌일 수 있는 최적의 장소처럼 보였다. 그날 밤 할 일이라고는 올리버 스톤의 캠프파이어 주변에 우디를 몰아넣고는 그가 주로 과일과 마리화나를 먹는다고 놀려대는 게 다였다. 그리고 나를 타블로이드 언론의 스토커로 생각하지 않도록 그의 챕터에 대한 최종 편집 승인을 확인하는 거였다.

나는 우디의 밝고 선명한 푸른 눈에 매료되었다. 이 눈에 대해 전해지는 이야기는 많다. 올리버 스톤은 그 눈에서 폭력을 본다고 말하지만 그다음 날 그가 제시와 격한 일대일 농구 시합을 했을 때, 공격적인 모습은 전혀 보이지 않았다. 얼간이 같은 제시는 마지막 순간 우디를 이기기 직전에 작은 목소리를 들었다. "왜 우디가 이기도록 놔둘 수 없는 거야? 그 사람이 당신을 고용하는 걸 원치 않아?"

우디는 귀여운 것 빼면 시체였다. 그가 가르치고 있었던 요가 수업을 준비하자는 기발한 생각이 내게 떠오르기 전까진.

"린다! 파트너가 돼 줘요." 우디는 옆에 있는 매트를 가리키며 말했다. 그날 일찍 그가 개인 수업에 초대해 줘서 너무 기뻤다. 뉴멕시코의 창백한 피부를 따뜻한 캘리포니아의 코코아색으로 바꾸기 위해 가짜 태닝 로션을 발랐다. 내 태닝은 그렇게 가짜처럼 보이지는 않았지만 지독한 냄새가 났다. 나도 참을 수가 없었다. 그가 냄새를 맡지 않기를 바라며 거리 두기를 했다.

"그게 최대한 굽힌 건가요?" 우디는 이마가 무릎에 닿지 않는 것을 보려고 걸어오며 물었다. 그가 몇 초 전에 거뜬히 해낸 거였다. "정말 유연하지 않네요, 그렇죠?" 그가 웃으며 말했다.

"음, 토시를 가진 이후 요가를 해 본 적이 없어요." 내가 대답했다. 그는 웃었다. 그러고는 우리에게 스트레칭과 자세 잡기 시범을 몇 번 보여 줬다.

"좋아요, 여러분, 분위기가 조금 뜨거워질 거예요. 이상해하지 마세요." 우디의 말에 모두 웃었다.

우디는 뒤에서 팔로 나를 감싸면서 코를 내 목에 대고는 자세를 도우려고 뒤에 앉았다. 냄새나는 목. '오, 누가 날 좀 죽여 줬으면.' 화학제품에 비판적인 우디는 숨을 깊이 들이마시더니 얼른 팔을 떨어뜨리고 목을 뒤로 젖혔다. 그리고 바로 다른 자세를 취하고는 수업이 끝나서 인사를 나눌 때까지 내게 한마디도 말을 걸지 않았다. 우디의 어시스턴트 정보를 갖고 있었던 게 다행이다! 결국 관건은 문지기였다.

내 직업의 목표 대부분은 여전히 망상으로 보였다. 밤이면 미국 최초의 대안적인 제지 공장을 짓고, 지속 가능한 출판 실천을 위한 세계 연합을 만드는 꿈을 꿨다(나는 웹사이트를 만들었지만 시간과 돈은 지속 가능하지 않았다). 귀여운 검은색 유기농 면 드레스를 입고는 어떻게든 설익은 주제들을 재밌고 힙하게 만들어 〈투나잇 쇼〉에 나가는 꿈도 꿨다.

물질 세계에 대한 포기는 몇 달간 이어졌지만, 지속적으로 기회가 찾아왔다. 예전 협력 단체의 친구인 재닛 건은 케이블 TV 히트작인 〈실크 스토킹〉에서 주연을 맡아 비밀 범죄 수사대원으로 스크린을 누볐다. 재닛은 값비싼 스포츠카를 운전하고, 섹시한 디자이너의 옷을 입고 호화로운 생활을 했다. 다음으로 나는 캐리 앤이 사이버 판타지인 〈매트릭스〉라는 제목의 A급 영화에 데뷔하기 위해 키아누 리브스, 로런스 피시번과 훈련 중이었다는 사실을 알게 되었다. 어쩌면 모두가 알고 있던 이야기인지도 모르겠지만 말이다. 캐리 앤 모스가 여주인공 트리니티 역을 맡을 예정이었다.

책 출간 이후에도 어디를 가든 그들이 성공했다는 징표가 보일 것 같았다. 쾅, 딕 클라크가 라디오에서 "자, 지금 미국에서 가장 인기 있는 노래는 모든 사람에게 화제가 되고 있는 메러디스 브룩스의 노래입니다!"라고 알릴 때 나는 텅 빈 시골길을 운전하면서 일을 걱정하고 있었다. 월마트 텔레비전 매장을 지나치면서 〈엔터테인먼트 투나잇〉의 메리 하트가 소리치는 것을 들었다. "오늘 주요 뉴스는 올해 최고의 수익을 올린 영화 〈매트릭스〉입니다." 메러디스, 캐리 앤 그리고 재닛의 실물보다 큰 이미지들이 광고판에서, 치과의사 사무실의 잡지 서가에서, 미용실에서, 심지어는 가끔씩 꿈에서도 나를 내려다보고 있었다. '이리도 사랑스러울 데가.' 낯선 사람들이 나를 메러디스로 착각했고 언젠가 한 남자는 나에게 캐리 앤과 친척이냐고 물었다.

'영혼 가족'이라고 구루가 말했다. 그래서 한번은 가족의 일부임을 느끼기 위해 캐리 앤의 액션 피규어를 여러 개 사려고 했지만 '세계에서 가장 인기 있는 미니어처 인형'은 품절됐다는 말을 들었다.

돌아본 곳마다 베스트셀러 작가들의 이야기가 있었던 것 같았다. 그들의 열렬한 독자들은 사인회에 참석하기 위해 몇 시간 동안 줄을 서 있었다. 그들의 책은 수십만, 심지어는 수백만 권이 팔리고 있었고 TV용이나 영화로 각색되고 있었다. 나는 충분히 훈련받지 않은 건가? 충분히 전념했나? 구루, '나의 구루'는 내가 놓친 무언가를 모든 사람에게 가르쳤을까? 내 것이 아니었던 성공담을 집어삼킬 듯 읽다 보면 내 가슴은 무너져 내렸다. 대니엘 라포트는 그것을 '종이에 베인 상처 비교점'이라고 부른다.

다행히도 스스로를 불쌍히 여기는 일에 싫증이 났다. 메러디스와 캐리 앤에게 썼던 편지에는 답장이 없었다(나중에 그들이 여행을 마치고 밀린 답장을 쓸 수 있게 되자 고맙지 않을 수가 없었다). 어느 날 아침, 밖으로 나가 나무둥치를 껴안고 엄마에게 큰 소리로 이야기하면서 이상한 자유로움을 느꼈다. 무언가가 나를 자유롭게 해 주었다. 마치 사랑이 담긴 화해의 손길을 내미는 것 같았다. 우리의 과거를 기리며, 그들의 노고에 대한 결실에 기쁜 감정을 공유함으로써 내 안의 어떤 안전한 장소를 치워 버린 것 같았다. 선의의 저장고 봉인을 해제했다. 커다란 안도감과 함께 생각이 마침내 바로잡히는 것을 보았다.

말하고 싶은 모든 것을 그 두 사람이 말하고 있었다. 그것도 더 멋지게. 그건 나 역시 점점 더 나아질 수 있다는 걸 의미한다. 나는 결코 그들이 가진 독자를 가질 수는 없을 것이다. 나만의 독자를 찾을 것이다. 왜 그들의 목소리가 그렇게 강렬할 때 계속 나아가야 하는 걸까? 우리는 합창단이고, 세상은 우리 목소리가 필요하기 때문이다.

우디의 어시스턴트에게 전화를 걸었다. 그녀는 "당신을 위해서 그 사람이 내게 '아저씨'라고 소리칠 때까지 그를 밧줄로 매어 놓을 거예요."라고 약속했다. 휴. 적어도 그녀는 잊지 않았고, 전화도 차단하지 않았다. 그의 인터뷰가 끝날 때까지 에이전트에게 말하는 걸 미루려고 했다. 그러나 더 희망적이었다. 롤러코스터에서 내리는 법을 배우고 있었다. 가짜 태닝, 제멋대로인 록 스타에 대한 빌어먹을 기대, 공공연하게 '매혹적인' 사람들에 대한 비교 등등 모든 것이 나를 그만두게 만드는 얄팍한 변명거리로 작동할 때마다 생각을 다른 곳으로 돌리는 법을 배웠다. 부끄러움과 질투는 보편적인 감정일지 모르지만, 더 이상 그런 감정이 나를 나쁜 X로 만드는 걸 허락하지 않게 되었다.

세라 망구소는 에세이집 『300개의 단상』에서 이렇게 썼다. "당신을 다른 사람과 비교할 때 생기는 문제는 다른 사람이 너무 많다는 사실이다. 다른 모든 사람을 비교군으로 삼으면 가장 끔찍하게 두려워하는 것과 가장 낙관적으로 바라는 것이 동시에 현실로 다가온다. 당신은 좋은 사람인 동시에 나쁜 사람인 것처럼, 비정상인 동시에 다른 모든 사람과 똑같은 사람인 것처럼 느껴진다."

'다른 모든 사람'은 '모든 사람'이 자주 하는 소셜 미디어를 생각나게 한다. 소셜 미디어를 다루지 않고는 '비교'를 논의할 수 있다고 생각하지 않는다. 나는 소셜 미디어에서 경험하는 연결감(그리고 오락!)을 소중히 여긴다. 거의 매일 아침, 때로는 하루에도 여러 번 글쓰기에 대한 단상을 써서 계정에 올린다. 삶을 긍정하는 모임 계정에는 좋아하는 책 추천, 팟캐스트 인용, 소중한 고객들에 대한 응원이 있다. 물론 재밌고 달콤한 사진과 강아지, 말에 대한 동영상이 수없이 들어 있다.(팔로우하고 모임에 가입하세요. 그리고 이 책으로 다시 돌아오세요!)

처음에는 소셜 미디어에 완강하게 저항했다. '진짜' 친구들과도 충분한 시간을 보내지 못했는데, '가짜' 친구들을 위한 시간은 얼마나 적었겠는가. 게다가 다른 사람들의 완벽하게 조작된 삶과 내 삶을 비교하기 싫었고, 질투로 고통받기 싫었다. 서포트 모임 회원들에게 계정이 있었다면 그들을 얼마나 염탐했을까. 그 난장판 같은 상황은 상상이 안 된다.

내가 안팎에서 해 왔던 치유 작업에서 이런 질투는 일시적이며 소셜 미디어를 통한 연결의 이점이 결점보다 크다는 것을 배웠다. 소셜 미디어는 놀라울 정도로 삶을 향상시켜 주었고, 우정을 넓혔으며, 사업을 만들고, 정보를 수집하는 데 최고였다. 어쩌면 소셜 미디어는 가는 길을 찾는 방법일 것이다!

만약 소셜 미디어 세상에 아직 익숙하지 않다면, 그 주제에 대한 책이 많다. 연결되어 있으면 당신 책의 소식을 독자들에게 퍼뜨리는 게 훨씬 쉬워진다. 이게 바로 출판사들이 당신의 '팔로어'를 선호하는 이유다. 만약 소셜 미디어 범위가 친구, 가족, 대학 룸메이트, 그리고 체육관 친구 정도밖에 되지 않아도 걱정하지 마라. 팔로어 수가 2,000명 미만인 계정을 가지고도 출판 계약을 하는 작가도 많다. 한 여성은 상위 5위 출판사와 백만 달러 계약을 맺었다. 핵심은? 그들이 거부할 수 없는 책과 제안서를 써라.

소셜 미디어에서 자신만의 길을 구축해야 한다. 가장 편한 플랫폼을 골라 한 개의 계정으로 천천히 시작해도 좋다. 우린 모두 0명에서 시작한다. 존경하는 작가들을 보고 그들이 삶과 책에서 삽화와 사진 그리고 작은 정보들을 어떻게 공유하는지 보아라. 빡빡한 스케줄에 억지로 포스팅하기보다는 적당하다고 느껴질 때까지 기다려라. 흥분과 다른 방식을 취하라고 경고하는 합당한 두려움 사이의 차이를 배우게 될 것이다. 아주 '낯선 사람들'이 소셜 미디어 세상에 뛰어든 당신을 정당화시키고, 사랑하는 친구이자 독자가 되는 것을 보게 될 것이다.

현재 버림받았거나 질투를 느끼고 있다면 꿈을 포기하거나 빛을 흐리게 하기보다는 좌절된 에너지를 로켓 연료로 바꿔라. 작가이자 동기부여 연설가인 멜 로빈스는 "질투심은 단지 막혀 있는 욕망일 뿐이다. 만약 질투심을 영감으로 뒤집는다면, 막혀 있는 상태는 사라질 수 있다."라고 말했다.

당신이 누구와도 비교할 수 없는 존재이며, 당신의 아름다운 감성은 꿈이 중요하다는 의미임을 확신하기 바란다. 누구보다 더 잘할 수 있는 모든 것을 가지고 있다. 어디에 있든 긍정적으로 사랑하고 계실 엄마, 아빠가 하셨던 것처럼 "당신은 정말 똑똑하고, 특별하고, 재미있고, 아름답고, 모두가 사랑해."라는 말을 전하고 싶다. 세상이 가장 좋아하는 단어는 바로 '예스'이다!

가장 끈질긴 응원자가 되어 보라. 그런 다음 당신을 위해, 당신으로부터, 당신대로 글을 쓰라.

작가들이 질투를 소화하는 법

토미 아데예미 일단 자신이 능력이 있다고 믿으면 더 이상 질투하지 않는다. 사바 타히르의 『재의 불꽃』을 읽기 전까지는 그걸 믿지 않았다. 나는 여전히 60번 이상의 거절을 피해 숨어 있었다. 글쓰기 목표는 숨기고 싶은 비밀 뒤에 가려져 있었다. 『재의 불꽃』을 읽었을 때 믿기 어려운 경험을 했다. '좋아, 이건 이제 교과서야. 공부해서 왜 그게 교과서처럼 느껴지는지 알아낼 거야.' 작품이 어떻게 만들어졌는지 궁금했다. 작가는 무엇에서 영감을 받았는가? 그러고 나서 '오, 와우! 이 작가는 놀라운 책 계약을 맺었어. 이건 내 꿈이기도 해. 더 들여다보자.' 하고 깨달았다. 비록 출판하려다 실패했지만, 불가능하지 않다는 사실을 알고 자신감이 조금 생겼다. 그저 더 나아지기만 하면 된다.

누가 혼란스러워하면 나는 보통 "누구를 질투해요?"라고 묻는다. 질투는 가장 좋은 나침반이다. 당신이 하고 싶어 하는 것을 하는 사람들이 질투의 대상이다. 그들을 연구하라!

『재의 불꽃』은 나도 장편 판타지를 쓸 수 있다고 생각하게 했다. 오늘날 일어나고 있는 일을 그 안에서 이야기하고 문화를 아름답게 짜 넣을 수 있다는 것을 가르쳐 주었다. 사바가 그것을 창작하기 전까지는 그런 이야기가 존재할 수 있는지 몰랐다. 그걸 알자마자 사바는 멘토가 되었다. 사바와 직접 이야기를 나누기 훨씬 오래전부터였다. 우리 같은 작가가 어떻게 작업하는지는 인터넷을 통해 알아낼 수 있다. 구글 검색을 하고, 전문가의 강의를 듣는 데 도움을 받을 수 있다.

♡

세라 망구소 아무리 노력하고 많은 목표를 세우고 달성한다 해도 그 위에 항상 무한한 목표들이 있다. 모든 것은 상대적이다. 완벽한 문장의 개수나 판매된 책의 부수 측면에서 겨뤄 보고 싶은 사람들이 많지만 그러고 나면 더 추악한 순간들이 온다. 이런 것에 대해 에이전트와 좋은 대화를 많이 나눈다. '다음 것'이 필요하다며 탐욕과 욕심을 부리기 시작할 때면, 그는 모든 사람에겐 '끊임없이 우러러보는 한 사람'이 있다고 일깨워 준다. 그러고 나서 그는 모든 상을 수상한 가장 유명한 백인 소설가의 이름을 늘어놓기 시작한다. 그는 말한다. "어떤 사람이 누군가를 보고 있으면 그가 갖고 있는 것을 원하게 될 거라고 장담해요. 당신을 존경한다며 저에게 편지를 쓰는 젊은 작가들도 있어요, 세라." 최고는 이것이 영감의 순환이 되는 것이다. 최악은 그것이 노골적인 질투의 순환이 되는 것이다.

3

내러티브를 연결하라:
당신의 삶이 최고의 콘텐츠

"기억하는 한 실제로 잃어버리는 일은 없다."

L. M. 몽고메리

"아는 것에 대해 쓰라." 이 오래된 격언을 들어 본 적이 있을 것이다. 쓰고 있는 것이 소설, 회고록, 학술 연구 등 무엇이 되었든 삶과 경험은 책에 색을 입히고 영감을 준다.

대중의 입에 자주 오르내리는 이런 말도 들어 봤을 것이다. "사실은 허구보다 더 허구 같다."(마크 트웨인) 너무도 기이하고 매혹적인 삶에 대한 기록을 남기는 건 당연한 일이 아닐까? 많은 작가가 꼼꼼하게 일기를 썼다. 버지니아 울프, 헨리 데이비드 소로, 11세부터 74세로 죽을 때까지 꾸준히 일기를 썼던 아나이스 닌 등이 대표적인 예이다. 오스카 와일드는 '기차 안에서는 늘 재밌는 읽을거리가 있어야' 하므로 일기장 없이는 결코 여행하지 않았다고 한다.

대부분의 작가는 삶의 황금기를 가장 잘 캐내고 기록하기 위해서 공책, 녹음기 혹은 휴대폰을 가까이 둔다. 또한 경험의 증거로 사진, 오디오, 비디오를 영구적으로 남긴다. 어떤 작가는 일기장, 기억할 만한 중요한 수집품으로 가득 찬 파일, 검색이 가능한 디지털 메모 기능을 컴퓨터에 탑재해서 모든 기기에서 접속할 수 있도록 동기화해 둔다.

찰스 세일러, 닐 도널드 월시, 힐러리 클린턴에게는 메모지에 글을 쓰는 것이 익숙한 습관이다. 이들처럼 손으로 쓸 수 없다고 해도 스트레스는 받지 마라. 기억력이 좋아서 머릿속 말고는 그 밖의 어떤 저장 장치도 필요 없는 사람일 수도 있으니. 운이 좋다는 뜻이다! 내 경우는 이렇다. 오래전에 훈련했던 정확히 묘사하고 내 것으로 만드는 습관이 없었다면, 인생의 재미있고 영향력 있는 대화 중 일부를 이렇게 다시 만들어 낼 수 없었을 것이다.

"다음은," 스포츠 전문 채널인 ESPN 아나운서의 소리가 거실에서 요란하게 울렸다. 주방에서 아침 식사를 준비하다가 그 목소리에 귀가 번쩍 뜨였다. "아널드 파머가 전립선암에 걸렸습니다."

"안 돼!" 제시와 나는 동시에 소리쳤다. 뉴스 진행자가 국민 선수인 아널드의 예후는 알 수 없으며, 암의 진행 상황도 불확실하다는 소식을 전하는 동안 우리는 놀라서 할 말을 잃었다. 아널드를 위해 마음속으로 기도했다. 다음엔 내 책을 위해.

'아널드가 빨리 낫게 해 주시고 인터뷰도 할 수 있게 해 주세요!'

우디 해럴슨의 어시스턴트는 우디Woody가 우드스터woodster라는 회사와의 분쟁으로 애를 먹고 있다는 식의 유머로 계속 나를 웃겼지만 우디는 여전히 모습을 드러내지 않고 있었다. "그게 내가 마지막으로 할 일이라면 당신을 위해서 그를 찾아낼게요." 그녀가 약속했다. 오, 그렇게 하기 전에 그녀가 그만두거나 해고당하지 않기를 열심히 기도했다.

도움이 될까 싶어 친구 아멜리아 킨케이드에게 전화를 걸었다. 아멜리아는 전직 공포 영화배우로, LA의 반려동물 심령술사로 변신해서 동물과의 대화에 대한 책을 쓰면서 목사 자격증을 준비하고 있었다. 나는 세 가지 문제의 답을 구하는 중이었다. ① 아직 출판하지 못한 작가로서 동료 작가의 관심을 받기, ② 나의 두려움과 상실을 더 영적으로 바라보는 방법, ③ 커리어를 업그레이드할 수 있는 아이디어. 놀랄 것도 없이, 아멜리아는 정성스럽게 차려 놓은 '신세 한탄 파티'에 말려들지 않으려 했다.

"너는 착각하는 거야! 제기랄, 진지한 척 그만해!" 아멜리아가 고함을 쳤다.

"뭐라고?" 나는 울어 버렸다. "좋은 사람이 되려고 노력 중이야. 왜 출판사에서 나랑 계약하려 하지 않는지 이해를 못 하겠다니까!"

"맙소사." 그녀는 텍사스인 특유의 말투와 목이 쉰 듯한 소리로 웃으며 말했다. "좋은 사람이 되는 건 그거랑 아무 상관이 없어! 마약 근처에는 얼씬거리지도 마! 할리우드와 뉴욕에선 사람들이 가진 기술에 보상을 해. 재능도 마찬가지야. 멋진 사람이 되거나 북극곰을 구하고 싶어서 바이올리니스트가 되는 건 아니잖아. 만약에 그 일을 하게 된다면 그건 네가 굉장한 바이올리니스트이기 때문이야. 세상은 사람의 선악을 판단하지 않아. 다른 사람보다 그 일을 더 잘하는 사람들이 돈을 받는 거야. 신이 메러디스에게 음반 계약을 맺게 해 준 건 메러디스가 선한 어린 소녀여서가 아니라 그럴 자격이 있기 때문이야! 그 〈비치〉는 엄청난 노래거든! 오지게 멋진 록을 하는 거라고! 신은 캐리 앤이 좋은 사람인지 아닌지 따위에는 신경 안 써! 엄청난 연기에 신경 쓰지!" 아멜리아가 나에게 손가락질하며 선홍색 곱슬머리를 흔드는 모습이 머릿속에 그려졌다. "너는 착한 소녀가 된 것에 대해 하늘이 보상해 주길 기다리는 중이니, 린다? 만약 그렇다면 네 신세 한탄은 영양가 없을 거야."

"모르겠어. 아마 그럴지도…." 나는 놀라 움츠러드는 목소리로 대꾸했다. 당황스러웠다.

달아오른 뺨을 식히고 나니 아멜리아의 말이 이상하게 힘이 되었다. 편집자들은 더 유명한 스타가 필요하기 때문에 더 유명한 스타가 필요하다고 말하고 있었다. 신의 판단이 아니었다. 만약 형편없는 원고를 보내고는 책 계약이 안 된다고 한다면 그건 신이 나를 벌주기 때문이 아니다. "하지만 진짜 열심히 했는데. 6년이나!" 울고 싶었다. 아무도 신경 쓰지 않는다. 얼마나 열심히 일했는지, 얼마나 오래 일했는지, 혹은 얼마나 의도가 선량한 것인지는.

아멜리아의 말투가 누그러졌다. "린다, 너의 영웅이 누구야? 누구보다 열정에 불을 붙이고 영혼을 불태우는 유명한 사람?" 아멜리아는 다녔던 교회에서 '열정으로 치료하기'라고 불렸던 기도의 일부를 설명했다. 아주 간절히 원하는 것을 이미 가지고 있다고 확신하면, 감사와 신명의 거대한 물줄기가 자석처럼 그것을 끌어당긴다는 내용이다. 아멜리아의 말을 들으며 데자뷔에 사로잡혀 메러디스의 작업실에 갔던 때로 돌아갔다. "그건 말 앞에 수레를 끌어다 놓고 정신적으로 먼저 모든 짜릿한 느낌을 불러일으켜서, 자신이 원하는 것을 자신에게로 끌어올 수밖에 없도록 만드는 것과 비슷해."

"자 어서!" 아멜리아가 재촉했다. "세상에서 가장 존경하는 스타가 누구야? 그리고 이렇게 덜떨어진 작가 지망생 역할에 안주하지 마. 중간은 건너뛰고 바로 전능하신 하느님께 직행해!" 그녀는 어디서 이런 것을 알았을까?

"나의 영웅은 실이야." 내가 픽 웃으며 말했다. "그 사람이 몇 년 동안 내 위시 리스트 맨 위에 있었어."

"자, 그러면 실의 존재를 분명히 떠오르게 해 봐! 정말로 원하는 걸 이루기 위해서 안에 있는 신의 힘에 접근해 보는 거야. 그리고 기억해, 린다. 하는 일이 수천 가지나 잘못될 수도 있지만, 그게 의도된 일, 즉 신이 막으려고 한다는 의미는 아니야. 집요하게 진드기처럼 달라붙어서 버텨야 한다는 뜻이야, 젠장!"

좋아, 그러면….

나는 시각화를 시작했다. 그 습관에서 벗어났지만 지금은 그렇게 해야 할 때였다. 의자에 등을 기대고는 눈을 감았다. 그리고… 실이 있었다! 앞에 있는 그를 보는 건 아주 쉬운 일이었다. 시각화에 뒤따라 나오는 것들은 시도할 때마다 그랬듯 그리 많지는 않았다. 실의 경직된 팔, 나의 어색한 웃음, 그리고 그가 한쪽 팔로 등을 두드리는 장면들 사이에서 시각화는 엉망이 되어 버렸다. 그럼에도 불구하고 아멜리아의 충고는 얼어붙은 내 정신을 일깨워 줬다.

친애하는 독자 여러분, 내가 이 장에서 당신을 '낚기' 위해 어떤 노력을 기울였는지 눈치챘는가? 나는 아멜리아 특유의 생생한 대화를 사용해서 불같은 정신적 스승을 살아 움직이게 했다. 실제의 삶에서 내가 그랬던 것처럼 여러분도 아멜리아를 기억에 남는 호감형 인물로 봐 주기를.

로버트 맥키는 『시나리오 어떻게 쓸 것인가 2』에서 '대화를 위한 귀'를 가지고 있다는 말의 의미를 설명한다. "작가의 인물들은 각자가 맡은 캐릭터 외에는 아무도 사용하지 않을 구문, 리듬, 어조로 그리고 가장 중요한 요소인 단어를 선택해서 말한다."

몇 년 후에 아주 선명하게 대화를 떠올릴 수 있을 만큼 내 귀가 특별히 좋을까? 가끔은 그런 것도 같다. 하지만 그보다는 토론의 중요한 고비를 포착하고는 펜을 들어 기록하거나, 아이폰이나 줌의 음성 메모 앱으로 녹음하는 깃이 나의 재능이다.(예전에는 손바닥 크기의 소니 카세트 레코더가 그 역할을 했기에, 마치 비상용품처럼 지니고 다녔다. 아멜리아와 통화할 때도 테이프 레코더의 어댑터를 연결했었다.)

요즘도 저녁 식사 자리에서 친구와 나 사이에, 차 안에서 내 남자와 나 사이에 에너지가 뿜어져 나올 때면 "이거 녹음해도 될까?"라고 묻지 않을 수 없다. 가끔은 눈을 치켜뜨거나 "어림도 없는 소리!"라는 대답을 듣기도 한다. 하지만 종종 미소 지으며 자세를 고쳐 앉아 익살을 추가하고 목소리를 높이는 사람들도 있다. 그들 역시 자신의 입에서 나오는 이야기를 즐기기 때문이다.

대니엘 라포트와 함께 쓴 『크고 아름다운 책 기획』 가운데 가장 좋아하는 섹션에는 당신은 사실 아무것도 없이 시작하는 게 아니라는 이야기가 있다. 당신의 삶이 콘텐츠다. 당신 책의 일부는 아주 잘 보이는 곳에 숨겨져 있을 가능성이 높다. 바로 고객 오디오 파일, 블로그 인터뷰, 이메일로 주고받은 아연실색할 대화 내용들, 카페에서의 짧은 대화, 입소문 난 게시물, 10대 잡지, 비전 보드와 워크숍 자료 속에. 인생이라는 보물 창고를 느긋하게 샅샅이 둘러보고는 점령하고 정복하라!

아멜리아의 고함 소리를 녹음해서 이 책에서 다시 살려 낼 수 있었던 행운에 감사를.

이번 장이 당신의 세계를 유일무이한 존재로 만드는 과정을 기록하고 발굴해 글로 옮기는 데 영감을 주길 바란다. 당신의 인생에 아멜리아는 없을지도 모른다. '제발, 나의 아멜리아를 데려가 주기를!' 그렇지만 무의식적으로라도 인생은 능력에 따라 열심히 일하고 많이 기도할수록 더 큰 결과물을 얻으리라는 생각에 사로잡혀 스스로를 채찍질할 필요는 없다. 이런 건 태고부터 존재해 왔던 함정이다. 그래서 많은 이들이 이런 종류의 사고에 빠져 있을 것이다. 그러므로 작가는 성모송, 만트라, 주술적인 의식 그리고 확언을 필요한 만큼 수행해야 깨닫는다. 하는 일을 정말 잘하는 것이야말로 앞날에 탄탄대로가 열리는 방법이라는 사실을 말이다. 그러는 데는 꽤 시간이 필요하다.

내러티브를 연결하는 작가들의 비결

로버트 맥키 독자의 관심을 낚고 유지하고, 마지막 페이지에서 그 관심을 만족시키고 보상하는 것이 관건이다. 독자가 관심을 갖는 한, 시간은 쏜살같이 흘러간다. 그들은 시간이 가는 줄도 모른다. 하지만 만약 관심이 없다면, 시간을 견디기 힘들어지고 독자는 "그만, 제발 그만!"이라고 소리치고 싶어진다.

관심은 종종 공감으로 귀결된다. 어떤 작품을 좋아한다는 건 독자가 등장인물에 공감했다는 의미다. 그래서 호기심으로 마음이 다급해지고, 결말을 알고 싶어 안달이 난다. 싫어하는 사람은 등장인물에 공감할 수 없고, 그래서 내용을 읽거나 보는 건 힘들고 지루하다. 만약 작가가 독자들의 공감을 얻지 못한다면 관심을 얻지 못한 것이므로 소용이 없다. 만약 당신이 공감을 얻고 또한 그들의 호기심을 사로잡을 수 있는 아름다운 이야기를 만든다면, 그러면 성공이다.

우리는 집중력 지속 시간과 관심 지속 시간의 차이를 구분하는 법을 배워야 한다. 젊은 사람들은 집중력 지속 시간이 짧다고 말한다. 나는 그걸 믿지 않는다. 갑자기 집중력이 없어지려면 유전적 수준에서 (유의미한) 변화가 있어야 한다. 오늘날 사람들이 갖추지 못한 건 예전 사람들이 어떤 것에 정말로 관심이 없을 때도 관심을 기울이는 척하곤 했던 일종의 예의다. 이제 사람들은 관심이 없다면 외면해 버린다. 집중력 지속 시간이 잠깐이라는 사람이 주말 동안 열두 시간 혹은 열다섯 시간 장편 TV 시리즈를 정주행한다고 한다. 그렇다면 도대체 어느 정도의 집중력 지속 시간이 필요한 것일까? 만약 당신이 책장 넘기기가 바쁠 정도로 흥미진진한 소설을 읽고 있다면 소설의 길이는 상관이 없다.

♡

톰 행크스 항상 공책과 펜을 가지고 다닌다. 휴대용 MP3 녹음기로 녹음하려고 노력하고 있다. 차 안에 있을 때 그렇게 한다. 들고 녹음 버튼만 누르면 무언가 기억해 낼 수 있으니까. 녹음해서 적어 두지 않으면 영원히 잊어버릴 수도 있기에 계속 그럴 것 같다.

『타자기가 들려주는 이야기』 중 공산주의 유럽을 배로 탈출해서 결국 센트럴 파크에서 잠을 자는 한 이민자의 이야기를 썼다. 그 인물은 장인인 파푸를 바탕으로 만들었다. 파푸는 미국에 온 날 복권에 당첨되었다.

장인은 바텐더였다. 경마장과 여러 호텔에서 바텐더로 일하며 받은 팁 1센트와 10센트 그리고 25센트 동전을 모아 집을 샀다. 그 집에서 아내가 태어났다. 장인은 그 집을 손수 고쳤다. 그래서 배관이 엉망이다.

아들이 태어났을 때 우리는 함께 있었다. 그리스에서 아이가 태어나면 가족 친지들이 모두 와서 40일 동안 함께 머물기 때문이다. 파푸와 나는 일찍 일어났다. 다른 사람들은 전부 자고 있었다. 나는 "저기, 아버님, 그런데 어떻게 미국으로 오신 거예요?"라고 물었다. 장인은 불가리아 억양으로 말했고 내가 책에 쓴 내용과 매우 유사한 이야기를 들려주었다.

예전에 혼자 폭스바겐을 타고 미국을 횡단한 적이 있었기에 내가 정말 용감하다고 생각했었다. "오, 이런. 나는 콜로라도주 스팀보트 스프링스의 고지대에서 눈보라에 갇혔어요!" 그러자 파푸는 살던 나라에서 공산주의자들에게 고문을 당했던 그가 어떻게 탈출하고 친구의 탈출을 도왔는지 이야기해 줬다. 거의 한 시간 반 동안 나는 이야기에 빠져들었고, 흥미진진함과 동시에 놀라움을 느꼈다.

♡

마사 벡 열다섯 살이었을 때 고등학교 영어 선생님은 학생들에게 생활에서 일어나는 일뿐만 아니라 이야기와 시를 위해서 '일기 쓰기'를 하라고 하셨다. 나는 이야기나 시에 대해서는 아무 생각도 없었다. 그러나 가끔씩 겪었던 특별한 사건들을 검은색의 얇은 공책에 연필로 쓰기 시작했다. 이 일기가 인생에서 가장 중요한 물건이 될 줄은 꿈에도 몰랐지만 실제로 그렇게 되었다.

불안하고 신경질적인 10대 때 치료를 받아야 했다. 지나고 보니 공책은 훨씬 적은 비용으로 치료와 똑같은 기능을 많이 수행할 수 있다. 비밀 기록장에 생각을 적는 건 상처를 절개해서 치료하는 것과 비슷한 느낌이었다. 그렇게 종이 위에 문제를 잡아 두어 정신적인 압

박감을 줄여 주기에 잠시나마 그것들을 잊을 수 있었다.

대학에 입학할 당시 글짓기 공책이 많았다. 공책에는 진솔하고 자긋 빛인 청소년기의 삶으로 가득 차 있었다. 일어난 모든 일과 느낀 것을 기록했다. 마침내 많은 기대를 받고 있던 시와 이야기가 공책에 쏟아져 나오기 시작했다. 그러나 대부분은 그저 일어난 일을 기록했을 뿐이다. 이런 습관이 나를 (거의) 제정신으로 유지해 주었다.

10대 후반, 세상에는 다른 사람들이 있다는 것을 알아차리고 일기에 너무 많이 적는 일을 그만두었다. 그러나 스물다섯 살에 배 속의 아들이 다운증후군 진단을 받았을 때, 무엇을 해야 할지 알았다. 나가서 또 다른 비밀 기록장을 사자.

아들의 진단, 그리고 아들의 첫돌 사이에 열아홉 권의 일기를 썼다. 누군가가 그것을 찾아서 나의 가장 연약한 감정들을 읽을까 봐 노심초사했다. 그러다 지구상의 누구든 타인이 날마다 받는 고통에 대한 열아홉 권짜리 의식의 흐름을 읽으니 차라리 화형당하는 게 더 낫다고 여길 거라는 사실을 깨달았다. 하지만 일기장의 좋은 부분만 추린다면 사람들이 읽고 싶어 하는 이야기가 될지도 모른다는 생각이 떠올랐다.

그 일기들에서 발췌한 첫 번째 책 『아담을 기다리며』는 전국적인 베스트셀러이자 『뉴욕 타임스』 베스트셀러가 되었고, 새로운 경력을 시작하게 되었다. 여전히 일기를 쓴다. 장담하건대 내 일기들은 흙모래처럼 지겹다. 하지만 가끔은 상세하게 적은 일기장이라는 흙모래 속 어딘가에 선광되기를 기다리는 순금 덩어리가 묻혀 있다는 것을 발견했다.

♡

캐서린 옥센버그 책을 만들려고 글을 쓴 것이 아니다. 딸을 인질로 잡은 한 사이비 종교를 추적한다는 이유로 협박을 받고 있었기 때문에 자신을 보호하기 위해 글을 썼다. 어떤 이유에서인지 나는 공동 집필자에게 원고를 건네줄 때까지 500페이지에 달하는 분량을 일기에 기록하는 일에 극도로 신중을 기했다.

책은 2부로 구성했다. 1부는 쓰기가 훨씬 어려웠다. 어린 시절과 인도에서의 초창기 시절을 복원해야 했기 때문이다. 오래전 일을 떠올리는 건 힘들었다. 희미한 기억 속으로 뛰어들어 그것을 다시 깨우고, 입체적으로 구성하는 데는 많은 에너지가 든다.

2부는 메모를 많이 해 두었기에 매우 수월했다. 딸 인디아가 위험에 처했다는 말을 들은 순간부터 무슨 일이 일어났는지 아주 정확하고 상세하게 기록해야겠다고 마음먹었다. 기록이 아주 상세했기 때문에 공동 집필자와 그것을 옮겨 적는 건 식은 죽 먹기였다.

3부는 실시간으로 글을 쓰는 것이었다. 이야기가 전개되는 동안, 우리는 인쇄에 들어가는 마지막 순간까지도 그걸 옮겨 적고 있었다. 공교롭게도 키스의 유죄 판결 후 열흘째 되는 날에 책이 나왔다.

♡

세라 망구소 25년 동안 매일 일기를 써 왔다. 하루라도 빼먹는 건 상상도 못 할 일이었다. 병원, 버스 등 어디에서든 썼다. 전날 무슨 일이 일어났는지를 충분히 분석하거나 기록하지 않고는 그다음 날로 넘어가는 법이 없었다.

『망각 일기』는 일기의 마지막에 관한 것이다. 기록하고, 기록하고 또 기록해야 했던 근본적인 불안을 빠르고 충격적으로 지워 버린 기억과, 시간의 경험에 정확하게 어떤 일이 일어나고 있는지 설명하려고 노력한다.

♡

구루 싱 나의 책 『Buried Treasures: The Journey from Where You Are to Who You Are』에는 임사 체험 중인 여성이 나에게 말을 걸었던 일을 소개했다. 그것은 인생에서 강력한 경험 중 하나며, 책을 쓰게 된 이유가 된 사건이기도 하다. 여성은 "인생을 논리적으로 살지 말라. 신화적으로 살아가라."라고 했다.

그 말은 내가 역사라는 연극 속에서 신화적인 인물이라는 것을 의미했다. 그리고 다른 신화 속 인물들처럼 내가 마법의 힘을 가지고 있음을 알아야 한다는 메시지였다. 신화가 언제나 영웅의 여정을 탐구하는 것처럼, 인생의 과업은 내 안의 마법의 힘을 깨닫는 것이다. 그렇기 때문에 우리는 마법적인 힘을 찾기 위해서 위대한 도전들을 살펴보고, 찾아 헤매고, 경험하는 것이다.

하지만 논리적으로 행동하지 말라는 뜻은 아니다. 운전하고 있을 때 신화적이라면, 다른 차들은 내 차를 피해 도로에서 벗어나는 게 나을 것이다. 하지만 인생을 살아가는 동안 되고 싶은 것과 하고 싶은 것을 생각한다면, 최고의 삶과 최고의 콘텐츠에 가닿기 위해서는 논리 회로에 뭔가 엄청난 신화적인 요소를 추가하는 것이 좋겠다.

4

반복해 수정하고 더 쓰기:
글쓰기는 '다시 쓰기'다

"글을 고치고 다듬지 않는 건
속옷만 입고 집 밖에서 제멋대로 왈츠를 추는 것과 같다."

패트리샤 폴러

그럼, 거의 다 된 것 같은가? '한 번만 더 수정하면 된다!' 46페이지의 푸른 눈이 220페이지에서 갈색으로 바뀌지 않았고, 남부 사투리를 사용하는 그래디 삼촌의 말에서 사투리가 나타났다 사라졌다 하지 않는다는 것을 확인했다. 끝 & 끝!

다시 생각하라. '보내기'를 누르기 전에 몇 번 더 베타 독자나 전문 교열자, 디지털 맞춤법 교정 프로그램의 도움을 받을 수 있다.

아, 편집과 수정이라는 사소한 작업. 끝내길 원하거나 스스로 정한 마감일에 맞추고 싶어도 서두르지 말기를 바란다. "글쓰기는 다시 쓰는 것이다."는 재미있는 범퍼 스티커에 적힌 말이 아니다. 일단 알고 있는 내용을 썼는데, 소설보다 더 소설 같은 스토리 라인이 그럴듯하다면 수술용 메스를 꺼내 들 때다. 책의 본질을 잃지 않으면서 스스로 사정없이 고치기 위해서.

'올바른' 순서로 적절한 단어를 함께 묶는 훈련은 매력적이다. 좋아하게 될지도 모른다. 당신이 그렇게 되길 바란다. 글쓰기 워크숍 참여자 가운데 책 계약을 성사시킬 사람과 그렇지 않은 사람을 늘 가려낼 수 있다. 이는 편집에 대한 태도에 달려 있다. 프로들은 기꺼이, 심지어는 열성적으로 확대경까지 대고 원고를 들여다본다. 지름길로 쉽게 가고 싶은 사람들은 엉성한 부분을 대충 훑어보면서 자신이 왜, 어떻게 준비가 된 사람인지를 납득시키려고 노력한다. 그들은 "십 년 동안 글을 써 왔어요.", "나 자신을 마케팅하고 싶지는 않아요.", "소셜 미디어를 운영해 줄 사람을 고용할 예정이에요.", "나는 책 제안서를 싫어해요.", "심령술사가 말하는데…" 등과 같은 말을 한다.

모든 이가 다 수정할 필요가 있는 건 아니라고 말하는 사람도 봤다. 그들은 음표 하나도 바꾸지 않는다는 소문이 돌았던 모차르트나 잭 리처 시리즈에서 거의 한 문장도 바꾸지 않았다고 시인한 초대형 베스트셀러 작가 리 차일드와 같은 예외를 들이댄다. 여동생 캐럴은 이 범주에 드는 사람이라 할 수 있다. 심지어 모차르트의 생일에 태어난 캐럴은 자신의 뉴스레터를 아주 쉽게 만들어 낸다. 수십만 명이 구독하고 있는 뉴스레터를 거의 편집 없이 몇 분 내로 전송한다. 그 대담함이 좋다. 만약 항상 정확한 받아쓰기를 하는 방법을 알 수 있다면 그렇게 하시라. 하지만 모차르트나 리 차일드나 캐럴은 단지 한 명뿐이다. 몇몇 사람들은 천재다. 그 외 나머지 사람들은 고치는 법을 배우거나, 그걸 할 수 있는 사람에게 돈을 지불해야 한다.

이번 장에서는 쓰기 단계의 처음부터 출판에 이르기까지 다양한 편집과 수정 방법 그리고 편집자의 일을 자세히 설명하려고 한다. 우주에서 홀로 글을 만지고 있는 사람이라는 생각이 들 때를 대비해 당신이 좋아하는 책들 이면에 숨겨진 놀라운 이야기도 소개한다.

"모든 작가는 프리랜서 편집자가 필요하다!"라고 브로드스키 서점의 전단에 쓰여 있었다. '정말? 모두?' 편집자를 고용할 생각은 없었다. 제안서를 출판사에 전달해 주는 뉴욕의 에이전트가 있었지만 아직 별다른 성과가 없었다. 어쩌면 역량을 향상시킬 수 있을지도! 댄과 내게 미흡했던 부분을 만약 프리랜서가 잡아내고 원고를 더 단단하게 만들 수 있다면 투자할 가치가 있지 않을까? 나는 시간당

35달러에 박사급 지원을 약속하는 번호로 전화를 걸었다.

『The Chicago Manual of Style』을 자유의 여신상 횃불인 양 휘두르던 영어 전공자 데버라 서스웨인이 정신적 조언자가 되었다. 에이전트와 의사소통이 원활하지 않거나, 더 추가할 유명한 인물과의 인터뷰 약속이 잡히지 않은 건 더 이상 문제가 아니었다. 나는 상황을 앞서 주도하는 사람이 되었고, 끊임없이 흘러 움직이는 언어를 성배에 담아 마신 행복한 취객이었다. 최고의 편집은 드러나지 않는다고 한다. 아마 그럴지도 모르지만, 내게는 그렇지 않았다. 데버라의 능숙한 성형 수술로 나는 눈에 띄게 완전한 기교파의 추종자로 거듭나게 되었다. '몇 번의 수정으로 얼마나 큰 차이가 생기던지!' 나는 갈피를 못 잡고 있었다. 아니 내 글이 갈피를 못 잡았다. 그런데 미루나무 그늘이 드리워진 야외 카페에서 아이스티 몇 잔을 마시다 보면 그런 것들이 발견됐다.

데버라는 문법 오류를 잡아내고, 긴 문장을 쪼개고, 능동적인 서술을 사용하도록 훈련시켰다. 또한 편집하기 전에 완성된 초고의 한 챕터나 원고 전체를 읽는 것이 중요하다는 점을 가르쳤다. 하루 종일 샌타페이에 가서 이런 것을 배웠다. 집으로 돌아오는 길에 차를 세우고 플라자 스퀘어의 보도에서 엠파나다와 10달러짜리 나바호 터키석 귀걸이를 샀다. 가족에게 돌아가는 길에 감사 기도를 했다. 부모님과 나 자신, 내 주의력을 끌기 위해 노력했으나 실패했던 선생님들에 대한 일종의 보답이었다. 1마일을 갈 때마다 사명과 뮤즈에게도 감사했다.

몇 년 전과 마찬가지로 글쓰기는 매일 향상되었다. 하지만 이렇게 배운 글쓰기 기술이 인터뷰를 위한 원고에 얼마나 커다란 도움이 될지는 거의 알지 못했다. 또한 문학적 취향이 같은 사람을 프리랜서 편집자로 만나게 된 것이 얼마나 큰 축복인지도 모르고 있었다. 데버라는 인터뷰 대상자가 환경보호에 대해 말한 내용의 원고 여백에 작게 웃는 얼굴과 나무를 그려 준 환경운동가였을 뿐만 아니라 나를 웃게 만드는 사람이었다. "유명인 한 명만 더!" 데버라는 에이전트의 목소리를 흉내 내면서 몸을 숙여 주먹을 피하는 시늉을 했다. 책에 대한 데버라의 진정한 믿음을 느꼈다. 덕분에 책을 더 단단하게 만들겠다는 다짐을 두 배로 했다.

거기 그가 있었다! 우디 해럴슨은 금문교에 줄로 매달려 있었다. 제시가 TV 전원을 새로 설치한 태양 전지판에 연결해 두었기 때문에 화면에서 펼쳐지는 '극적인 사건'을 외면할 수 없었다. 교통이 양방향 모두 몇 시간 동안 완전히 멈췄다. 경찰차와 언론사 차량이 개미 떼처럼 많아 보였다. 슈퍼히어로 블록버스터에 나오는 환경 범죄 주모자처럼, 우디는 예정된 벌채로부터 6만 에이커의 삼나무 숲을 구하기 위해 줄에 인생과 경력을 걸고 있었다. 나는 꼼짝도 할 수 없었다.

만일 그가 나와 인터뷰하는 것을 원치 않는다 해도 더 이상 신경쓰지 않았다. 그는 그 일을 하고 있었다, 젠장. 나는 그의 어시스턴트에게 전화를 걸어 이젠 때가 됐다고 말했고, 그녀는 내가 지금껏 얼마나 참아 왔는지 안다고 했다. 우디는 몇 번의 인터뷰를 위해 샌타모니카에 있는 그가 가장 좋아하는 생식 전문 식당에서 점심을 먹으며 나를 만났다. 후무스 랩을 먹고 녹차를 마시며 우리는 절친이었던 것처럼 수다를 떨었다.

"당신이 성공하게 될 때 환경적 이상향을 잊지 않도록 신경 쓰세요, 린다." 눈 하나 깜짝하지 않고 우디가 경고했다.

"감사합니다, 무슨 말인지 알아요. 약속할게요." 그의 눈을 바라보며 말했다.

"환경 문제에 너무 신경을 쓰다 보니 가끔씩은 미칠 것 같아요." 그가 말했다. "나는 세계의 문제들을 먹어 치우고 있거든요. 엄청 많이!

"이하 동문이에요," 내가 독성 태닝 제품을 사용했다는 걸 그가 기억하지 않기를 바라며 그의 말에 동의했다. 우디는 '마법의' 삼나무로 이루어진 캘리포니아 북부의 헤드워터스 삼나무 숲을 보러 간다고 말했다. 2,000살은 되는 삼나무 중에 어떤 게 잘려 나갈지 식별하기 위해 파란 페인트로 표시해 놓았다는 말을 듣고 나는 입맛을 잃었다. 마음은 이미 우디의 챕터를 준비하고 있었다. 사람들은 이런 일을 전혀 모르고 있으니, 용기를 내야 했다. 내 미래의 출판사도 역시 그렇고.

"내가 있었던 지역이 더 이상 존재하지 않아요." 그가 콧등을 찡그리며 말했다. "거긴 완전히 파괴됐어요. 6만 에이커의 절반 이상이지금은 심하게 벌목된 그루터기 밭이에요. 수많은 고목이 쓰러지고 더 작은 나무까지도 많이 죽습니다. 큰 나무가 벌목돼 쓰러질 때 근처 나무들도 덩치에 눌려 죽어 버리는 거죠." 나는 캐럴의 집으로 돌아가는 차 안에서 인류에 대한 사랑과 증오로 울었다.

아널드 파머의 암은 완치되었다. 할렐루야. 인터뷰가 다시 시작됐다. 플로리다로 가기 전 몇 주 동안 모두 같은 말을 했다. "그가 가장 멋져요. 스포츠계에서 위대한 사람 중 한 명이에요. 당신은 그를 사랑할 거예요." 아널드는 수많은 자선 활동, 준비된 미소, 유머를 통해 명성을 얻었다. 50년대부터 그는 부자들의 영역이던 골프를 대중에게 가져다준 '스포츠계의 존 웨인'이다. 지금도 자신들을 '아니 아미Arnie's Army'라고 부르는 아널드의 팬덤은 너무나 충성스러워서 그린에서 벗어난 그의 공을 다시 그린 위로 차 넣을 정도였다. 극성스러운 갤러리들에게 록 스타 같은 존재였던 아널드는 골프 코스에서 치안을 위해 주 경찰이 필요했던 유일한 선수였다. 그리고 100개가 넘는 제품을 광고한 최초의 스포츠맨으로서 텔레비전이 등장해 영웅이 필요한 시기에 인기를 얻었다. 거물도 이런 거물이 없다. 아널드만이 2만 건 정도의 인터뷰를 했다.

그런데 2만 1번째 인터뷰가 매력적이지 않다면 어찌 될까? 비행기가 허리케인 경보 속에 착륙하고, 잘 달리지도 못하는 렌터카의 핸들을 손목이 하얘지도록 꽉 잡고 미끄러운 도로를 지날 때 비가 들이친 것은 무슨 징조였을까? '여기까지 왔으니 제발 무사히 가게 해주세요!' 더워서 땀이 나기 시작했다. 습기가 많아서 그런가, 아니면 긴장해서 그런가? 이제 곧 전설을 만나려는 참이었다. 끝내주게 멋진 그의 집에서! 그의 개를 산책시켜 본 적도 없으니 아널드는 내가 누군지 모를 거다. '그가 다시 개를 키우기는 할까?' 잠시 후 그곳에 도착했다. 집으로 들어가는 진입로, 큰 관엽식물과 흔들리는 야자수들을 등지고 선 하얀 건물들.

"아니라고 불러 주십시오." 내가 '파머 씨'라고 부르자 아널드가 말했다. 악수하는 그의 손은 단단했지만 시선은 따뜻했다. 그러나 곧 의식의 저변에 감지되는 어두운 느낌은… 지루함일까? "지겨워요."라고 토시가 북적이는 식당 바닥에 풋콩을 한 알 한 알 던지며 사탕을 달라고 조를 때 하던 말처럼? 아니는 사탕을 원했다. 창밖으로 사랑하는 사람과 다름없을, 푸르러 가는 습지를 그리운 듯 물끄러미 바라보는 그의 눈빛을 보고 알 수 있었다.

우리는 둘 다 선수였기에 속마음을 감추는 데 능숙했다. 그는 관심을 보이기 위해 최선을 다하고 있는 것처럼 보였으나 대답은 짧았고 자세한 설명은 없었다. 나는 날씨와는 달리 줄곧 명랑하고 밝았다. 그때 결정적인 순간이 왔다. 몸의 온갖 세포를 통해 이 일이 헛되다는 것을 느낄 수 있었다. '아널드는 지금 상황을 싫어하고 있다. 나는 단지 부탁을 하러 여기 온 것뿐이다. 에너지를 바꿔서 더 높은 차원의 본성을 사로잡아. 그러지 않으면 인터뷰는 폭망이야!'

"현대 사회의 낭비가 당신을 괴롭게 하는지요?" 그 질문 뒤에 숨겨진, 자료 조사에 걸린 시간을 자랑스러워하며 물었다. 아널드는 대공황이 시작된 그달에 태어났다. 그는 두 가지를 몹시 싫어했다. 식당에서 모자를 쓰는 것과 일회용 소비문화였다.

아널드는 내가 책상 위에 발을 올려놓기나 한 듯 차갑게 얼어붙었다. 그의 눈은 우리 사이에 서늘하게 식어 버린 공간을 쏘아보고 있었다.

"현대 사회의 낭비가 저를 괴롭히느냐고요?" 아널드는 고개를 저으며 윗입술을 깨물었다. "대체 당신이 그것에 대해 뭘 알겠어요?"

그랬다. 그는 내가 여기에 있는 것을 싫어했다. 겁을 먹지 않으려고 시선을 피하지 않았다. 덜떨어진 사람 취급을 받으려고 여기까지 온 게 아니었다. 이쯤 되면 잃을 게 없다. 덤벼들기로 했다.

"그런 문제라면 저도 많이 알아요." 차가운 눈빛으로 공기를 빨아들이며 말했다. "진통제 없이 서른여섯 시간 진통 후에 조산사의 도움으로 집에서 아이를 낳았고, 그 애가 세 살 반이 될 때까지 모유를 먹였어요. 우리가 벌목꾼으로부터 구한 뉴멕시코 북쪽의 365에이커 짜리 미개발 토지에 있는 오두막집에 사는 것도 선택했고요. 영하의 온도에서 옥외 화장실을 사용해요. 수도도 없고 전기도 없고 단열재도 없어요. 우리 오두막집은 태양열이거든요. 난방하려고 나무를 패고, 설거지하려고 항아리로 물을 길어요. 당신을 인터뷰하고 있는 이 책은 환경보호에 중점을 두고 있어요. 인간이 자연계에서는 역병 같은 존재라고 생각하기 때문이죠. 그래서 현대 사회의 낭비가 우리를 죽이고 있다고 생각해요."

아널드는 잠시 말이 없었다. 그러다 껄껄 웃었다. "농담하지 말아요!" 그는 뺨을 붉히며 소리쳤다. "제기랄! 난 당신이 돈깨나 있는 베벌리힐스 키드인 줄 알았잖아요!"

"아니에요." 내가 대답했다. "한때 저는 베벌리힐스에서 개 산책시키는 일을 했어요. 하지만 솔직히 부자들과 천박함이 우리 식구를 놀라게 해서 떠났어요."

그 뒤 한 시간 동안, 아니는 펜실베이니아주의 고향 마을을 소개했다. 거기서 그는 자랐고 골프장 관리인이었던 그의 아버지는 자신이 관리하던 골프장의 수영장 사용을 허락하지 않았다. "골프장을 사는 것보다 행복한 일은 없었어요." 그가 낄낄거리며 말했다. 그러고는 우리 가족이 문명에서 아주 멀리 떨어져 살면서 굶주릴 때를 대비해 토끼를 총으로 쏘아 잡기에 적당한 거리를 장황하게 설명했다. 그걸 도저히 할 수 있을 것 같지는 않았지만. 우리는 옥외 화장실의 특성을 비교하며 이야기를 나누었다. 볼일을 보려는 찰나에 천장 위에서 우당탕 우박 쏟아지는 소리가 들렸다는 대목에서는 박장대소했다.

그 후 몇 주 동안, 아널드의 인터뷰 원고를 수정하고 또 수정하면서 그의 참여를 보장할 만큼 오래도록 고집스레 책에 매달린 게 감사하고 뿌듯했다. '부디, 그의 챕터가 아니에게 승인받을 수 있도록 해 주세요!'

또 다른 기도가 응답을 받았다.

"린다!" 몇 주 후 수 브로디가 흥분해서는 말했다. "지금 막 경기에서 아니를 봤는데, 네가 했던 인터뷰가 '인생 인터뷰' 중 하나였대. 어쩌면 최고였을지도 모르겠다네."

여기서 팁 하나. 누군가 당신의 작품을 극찬할 때는 그 말을 책이나 마케팅에 사용해도 되는지 신속하게 허락을 구하라. 아니는 다른 사람 대신 나를 선택함으로써 다른 이의 감정을 상하게 하는 걸 원하지 않았다. 그렇지만 그는 우리의 인터뷰가 '최고 중 하나'였다고 말할 전권을 주었다. 그 내용은 『매혹적인 삶』의 뒤표지에서 영원히 살아 있다.

작가가 되는 것은 롤러코스터 위에서 사는 것과 같다. 곧 무너질 듯한 오래된 나무 롤러코스터는 하루도 더 버티지 못할 것 같고, 당신을 갈기갈기 찢어 놓을 듯이 보인다. 하지만 인생의 절정을 선물한다. 댄이 '마침내' 책 계약을 성사시켰을 때, 책이 나올 출판사에서 린다 시베르트센 팀의 열성 임원 중 한 명은 우연히도 아널드의 오래된 골수팬이었다.

어쨌든 아널드의 인터뷰 이후에는 세계적인 우상이 한 명 추가된 샘플 챕터와 제안서가 세계적 수준이었음을 확신할 수 있는 시간이었다. 이제는 유명한 편집 용어인 '내 사랑 죽이기'를 해야만 했다.

이 표현은 작가이자 비평가 아서 퀼러-카우치의 1913년 케임브리지 강연에서 처음 등장했다. 그는 작가들에게 "당신의 사랑을 살해하라."라고 가르쳤다. 즉, 좋아하지만 당신에게 도움이 되지 않는 이야기를 제거하는 데 무자비해지라는 것이다. 아서의 이 아이디어는 여러 버전으로 각색돼서 윌리엄 포크너, 오스카 와일드, 앨런 긴스버그, 체호프, 스티븐 킹을 포함한 소수의 작가가 한 얘기로 알려졌다. 이들은 이렇게 썼다. "너의 사랑을 죽여라. 그것이 자기중심적인 작가의 마음을 찢어지게 할지라도 너의 사랑을 죽여라."

새로운 절친 아니의 입에서 나오는 모든 문장이 '내 사랑'이었으니 그건 쉬운 일이 아니었다. 40페이지의 녹취록과 수백 페이지의 자료를 1인당 20페이지 정도로 요약해야 했다. 적어도 40페이지로 그의 원고를 만들고 싶었지만 만약 변덕을 부린다면 책의 균형이 깨지고, 제작비가 더 많이 들 수도 있었다. 다행히도 이미 몇 년 동안 살인적인 집필 열정을 불태우고 있었다. 난 해낼 수 있어!

모든 챕터에 넣을 개인적인 사진을 수집했는데, 아널드는 원하는 만큼 그의 사진을 사용할 수 있도록 전권을 주었다. 스무 장을 사용하고 싶었는데, 책의 균형과 비용(사진은 출판에 많은 비용이 들기에, 승인이 날지 누가 알겠나)을 고려해서 다섯 장으로 결정했다. 아버지 디크와 함께 있는 아널드, 가방을 들고 어린 여동생 로이스 진과 함께 골프를 치고 있는 사진, 아니와 잭 니클라우스가 경기에서 걷고 있는 사진, 그리고 그의 아내 위니와 딸, 손녀, 반려견과 함께 찍은 사진. 나는 사진작가들에게 서면 허가를 받았고 사진 출처의 철자를 세 번씩 확인했다.

다른 인터뷰이와도 그랬듯이 아널드에게도 그의 챕터에 대한 최종 편집 승인을 받았다. 대부분의 언론인에게 이것은 절대 금물이다. 신문사나 TV 방송국에서 인터뷰 대상자들에게 모든 것을 점검하는 기회를 주는 재앙을 상상할 수 있겠는가? 그러면 진짜 뉴스를 얻지 못할 것이다. 그러나 내 책은 뉴스가 아니었고, 명확히 해야 할 것들이 있었다. 너무 위험한 작업이기도 했다. 인쇄된 문장을 보면 누구든 마음이 바뀔 수 있다. 모든 인터뷰이의 팬인 나의 글이 완전히 아첨꾼 같은 말로 들리면 그들은 흥미를 잃을 수도 있다. 그것을 원치 않았다.

아널드의 최종 승인과 함께 두려움은 사라졌다. 한숨 돌린 후에는 최종적으로 비연예인 인터뷰이들을 잘라 내야겠다는 고통스러운 결정을 내렸다. 캐럴은 걱정했다. "언니는 그 원고에 무수한 시간을 썼어. 괜찮아?" 괜찮았다. 책 내용에 실망하지 않았다. 유명 인사들이 추가되면서 책의 가치가 더 높아졌기 때문이다. 싫었던 건 훌륭한 무명의 이야기꾼들을 실망시키고 있다는 점이었다. 그들이 해온 일들을 세상과 공유하는 데 열정적이었기에, 이런 소식의 통화를 하는 마음이 무거웠다. 하지만 이건 사업이었다. 감정에 휘둘려 시장에 나갈 준비를 하고 있던 기회를 방해할 수는 없었다.

좋은 점은 어떤 글도 결코 낭비는 아니라는 것이다. 매시간을 수정 기술을 연마하는 데 써 왔다. 피아니스트, 대통령 초상화가, 올림픽 아이스 스케이트 선수들이 연습 시간을 후회하던가?

원고에서 남은 인터뷰를 축소하고, 이곳저곳에서 사적 감정을 배제하고 나서 윤문을 위해 데버라에게 다시 보냈다. "빈 페이지 외에 어떤 것이든 고쳐도 돼요."라고 노라 로버츠는 말한다. 적어도 나에게는 페이지들이 있다! 친구들을 통해서 새로운 사람들도 알게 되었고, 편견이 없는 그들에게 피드백을 받기도 했다.

글쓰기와 편집에 압도되었는가? 당신이 좋아하는 모든 작가가 다 그러했다. 그들은 길을 찾았다. 당신도 그럴 것이다. 처음 시작했을 때 그걸 몰랐다. 그러나 편집에는 여러 단계가 있다. 편집은 많은 작가가 도저히 돌아오지 못할 깊은 이야기 토끼 굴로 빨려 들어가는 시간 낭비를 없앤다. 다음과 같은 큰 틀을 가지고 도와주니 얼마나 놀라운가! 책의 주제는 무엇인가? 어떻게 구성해야 하는가? 기승전 결은 어떻게 전개하나?

편집이 끝나면 문법과 철자가 정확한지 확인하는 교정 담당자의 유능한 손에 맡길 수 있다. 출판사에서 책을 작업한 후, 교정 담당자는 매의 눈으로 해야 하는 일을 교열 담당자에게 넘긴다. 교열 담당자는 한 글자 한 글자, 한 줄 한 줄 원고가 정확하게 타이핑되었는지 꼼꼼하게 확인한다. 만약 자비 출판할 계획이라면 교열 담당자 역할도 하는 편집자와 교정 담당자를 모두 고용하는 것이 좋다.

어떤 작가들은 출판 계약을 하면서 날카로운 매의 눈을 지닌 편집자를 얻는 행운을 가진다. 하지만 원고를 출판사에 제출하기 전에 외부 도움을 받는 것을 추천한다. 출판 계약 가능성을 높이기 위해서다. 나의 사내 편집자들은 형편없는 문법과 구두점이 제안서를 거절할 유일한 근거라고 말한다. 출판사들은 정확성에 대한 이러한 부주의와 자유방임적 태도가 다른 방식으로 책에 흘러 들어갈 수 있다고 우려하기 때문이다.

원고를 프리랜서 편집자인 벳시 라포포트, 출판사의 편집자 비쩐, (실제로 글쓰기에 훈수를 두는 조기 독자가 있어야 한다고 말하는) 여동생에게 보내기 전에 나는 편집 앱에 내용을 넣어 본다. 특정 앱을 홍보하려는 것은 아니고 앱을 잘 활용한다는 말이다. 내가 편집광이라고 해도 문법이나 구두점의 달인이 될 수는 없을 것이다. 데버라와 벳시, 비는 편집 전문가지만 나는 그렇게 될 필요가 없다. 스스로 점검할 앱이 있으니까! 물론 완벽한 것은 아니다. AI는 실수하기 쉽다. 올바른 편집 방법을 찾는 것은 데이트와 다르지 않다. 처음 보자마자 결혼을 원하지는 않을 것이다. 적절한 편집 방법을 찾기 위해서도 시간이 좀 필요하다.

에이전트들은 편집자가 아니라는 사실을 알아 두는 게 좋다! 운이 좋아 두 가지 일을 할 수 있는 사람을 만날 수도 있지만 깔끔한 원고를 제출하는 것이 우선이다.

모든 작가가 방에 홀로 앉아 화면을 응시하는 것을 좋아하지는 않는다. 많은 사람이 책을 쓰는 과정보다 책을 다 썼다는 사실이 더 즐겁다는 데 동의한다. 그러나 동생이 말했듯이, "서두르는 것보다는 정확한 것이 낫다. 서두르는 것보다는 쓰는 것이 낫다." 동생이 이 말을 어디서 따왔는지 궁금하다.

『매혹적인 삶』이 그렇게나 많이 거절당하는 바람에 생긴 예상치 못한 이점은 책을 수없이 편집하고 수정할 시간과 동기를 갖게 됐다는 거다. 할 수 있는 한 가장 깔끔하고 군더더기 없이 다듬었다. 글을 고칠 때는 독자를 믿어라. 기교를 너무 부리거나 과장해서 쓰지 않도록 하라. 깔끔하게만 쓰면 독자는 모두 당신의 의도를 안다.

나의 노력은 성과를 거두었다. 처음 계약한 출판사에서 최종 편집자였던 매튜가 내 원고를 정리하려고 앉아서는 자기가 할 게 정말로 없다고 말했으니. 고등학교에서 평균 C^+를 받던 학생이 쓴 글이었지만, 아무것도 고칠 필요가 없었다.

지금까지 진행한 가장 거물급 인터뷰는 완벽하게 수정이 끝나고, 두 번 정도 진행할 우디의 인터뷰도 첫 번째가 끝나서 마음이 들떠 있었다. 더욱더 큰일에도 준비가 되어 있었다. 분명 그것이 오고 있었다. 어쩌면 마법의 장소 같은 우리의 작은 숲에도 올지 모른다. 나는 시간을 들였다. 내부와 외부의 지시를 다 따랐다. 그리고 좋은 학생이 됐다. 모든 걸 제대로 했다, 그렇지 않은가? 달콤한 책 프로젝트는 분명히 매력이 있다.

작가들은 어떻게 수정했을까

캐럴 앨런 자기 계발서인 『Love is in the Stars』의 원고를 썼을 때, 동료, 교사, 멘토, 치료사, 고객, 글쓰기 코치 등 많은 분이 피드백을 주었다. 그 책이 정말로 도움이 되고, '준비'된 책이라는 사실을 확신할 수 있도록 말이다. 끝없는 수정을 거치기는 했지만 책이 완벽해지길 바랐고, 그래서 윤문 편집자를 한 명 고용했다.

"틀린 내용이 없는지 확인해 줬으면 좋겠어요." 내가 말했다. "이미 샅샅이 살펴봤고, 검수했으니 다른 편집 피드백은 원치 않아요. 단지 문법과 구두점만 봐 주세요." 편집자는 동의했다. 몇 주 후 편집자는 완벽하게 편집된 것을 주었으나 자신도 어찌할 수가 없었던지, 내가 두려워했던 지적들을 했다. 이전에 책 쓰기를 시도하지 못하게 했던 바로 그 내면의 목소리들. "이건 예전에 들어 본 적이 있는 거예요." "존 그레이(『화성에서 온 남자 금성에서 온 여자』의 저자-옮긴이)가 이미 책에서 이런 말을 했어요." "사람들은 이걸 알고 있어요." 지적들이 파란색 글씨로 사방에 적혀 있었다. 그런데도 편집자에게 돈을 지불하고 있었다! 내 글을 처음으로 읽은 그 낯선 사람은 친절한 말을 한마디도 하지 않았다.

편집자를 만나기 전까지는 내가 경험을 많이 했으며 훌륭한 사람들에게서 몇십 년 동안 사랑받고 격려받았다는 사실에 감사하고 있었다. 때문에 편집자의 말은 내 작업을 늦추지 못했다. 수천 명의 여성을 만나고 그들에게 도움을 주었던 사업과 경력의 토대가 된 그 책을 세상과 공유하는 걸 막지도 못했다. 하지만 그렇게 될 뻔했다. 자신의 편이라고 생각했던 사람들에게 받은 비판과 피드백 때문에 작업을 중단한 많은 작가를 떠올리면 지금도 몸서리가 쳐진다.

♡

세스 고딘 사람마다 다른 종류의 편집자가 필요하다. 교열 편집, 교정 편집, 기획 편집은 다르다. 교정 담당 편집자는 잘못된 세미콜론을 사용하지 않도록 하는 사람이다. 내겐 그런 사람이 한 명 있다. 우리는 한 번도 만난 적이 없다. 블로그 글을 쓸 때는 그녀의 도움을 받지 않는다. 하지만 최근에 썼던 책은 그녀가 교정했고 만족스러웠다. 교정 담당 편집자에게 원고 파일을 보내면 그 사람이 약간 고쳐 준다. 교열 담당 편집자는 훨씬 더 찾기 어렵다. 교열 담당 편집자는 당신의 의도와 같이 생각할 수 있어서 "이 여섯 문장을 재배열합시다."라고 말할 수 있는 사람이다. 만약 신뢰할 수 있는 교열 담당 편집자를 찾는다면 그와 영원히 일하게 될 것이다.

기획 담당 편집자는 가치를 매길 수 없이 대단히 귀중한 존재이다. 그들은 당신이 가지고 있는 것보다 더 많은 기획을 감당할 자격이 있을지도 모른다. 기획 담당 편집자는 유명한 영화배우이자 감독인 제리 루이스에게 "광대에 관한 영화는 만들지 마세요."라고 말하는 사람이다. 이 한 문장이 천만 달러 가치가 있다고? 나는 항상 그런 문장을 찾고 있다. 운이 좋아 몇 년 동안 통찰력 있고, 지혜롭고 다정해서 기획에 대해 허심탄회하게 이야기하는 파트너들과 함께 일하고 있다. 하지만 사실 실망할 때가 많다. 다른 사람을 위해 조언하는 것은 정말 어렵다. 그러니 스스로 그 일을 잘하는 것도 좋을 것 같다.

♡

니아 바르달로스 각본을 쓴 다음 신뢰할 수 있는 사람들과 한 공간에 모여 피드백을 주고받는 것도 각본을 쓰는 과정의 일부이다. 아이디어를 받아들이든 말든 공개적으로 논의하고 작품을 이야기하는 것이 좋다. 그 과정을 통해 우리는 더 가까워진다. 만약 누군가가 아이디어를 주었는데 마음에 들지 않는다면, 왜 마음에 들지 않는지 토론한다. 그러면서 내가 무얼 좋아하는지 깨닫고 결국 아이디어를 반영하기 때문이다.

♡

사바 타히르 만약 내 초고를 본다면 당신은 '사바는 자기 자신이 뭘 하고 있는지 모른다'고 생각할 것이다.
엘리자베스 비숍이 「One Art」라는 시를 몇 번이고 다시 쓴 과정을 담은 『The Writer's Home Companion』의 초판본이 있다. 그것을 읽은 기억이 난다. 열세 살이었을 때 오빠가 그 책을 줬다. 그리고 인생이 바뀌었다. 그 책이 나의 궤도를 글쓰기로 향하게 만들어 놓았다. 내가 좋아하는 시 중 한 편의 많고 많은 초안에 관한 챕터가 있는데 처음에 쓴 원고 중 일부가 얼마나 형편없는지를 보여 줬기 때문이다. 그걸 읽으면서 생각했다. '잠깐, 이걸 어떻게 출판하게 되었을까?'

뉴스에서도 자주 봐 왔던 경우였다. 워싱턴 포스트에는 퓰리처상을 수상한 기자들이 있었다. 그들의 초안을 봐 왔는데 아주 도움이 되었다. 취재 경쟁에서 최고라고 인정받던 사람들도 때때로 쓰레기를 내놓는다는 걸 알게 된 것이다. 그런 다음 그들은 며칠 혹은 몇 주에 걸쳐 원고를 완성하곤 했다. 이 얼마나 멋진 일인가. 우리 영혼을 위한 일종의 유예인 셈이다. 젊은 작가들이 이것이 진정한 과정임을 알기 바란다. 멋진 일은 그냥 이루어지는 게 아니다. 꾸준한 반복의 결과이다.

♡

아리아나 허핑턴 나는 한심할 정도로 느린 작가였고 끝없이 스스로를 뒤늦게 비판하곤 했다. 그러다 내가 종종 노트 없이 한 시간 동안 설명한다는 것을 깨달았다. 그래서 생각했다. 초안을 만드는 데 그 능력을 써 보는 게 어떨까? 그래서 받아쓰기로 글을 쓰기 시작했고, 생산성이 극적으로 향상되었다. 그다음부터는 교열을 할 수 있게 되었다. 난 교열하기를 참 좋아한다.

♡

로라 먼슨 『Willa's Grove』를 마감해서 출판사에 보내야 했지만, 백여 페이지를 자르고 다시 쓰기로 결정했다. 이런 방식을 추천하지는 않는다. 하지만 당신이 진정한 작가라면, 책이 스스로 당신에게 주어지도록 내버려 두라. 때로 이 일은 아주 끝까지 일한다는 걸 의미한다. 그러고 나서 손을 떼야 한다.

♡

메리 카 다 쓴 1,200페이지를 버렸다. 최종 원고를 출판사에 제출하기 전에 완성된 책 4권의 분량을 버렸기 때문에 정말 괴로웠다. 아파트를 팔아 출판사에 선인세를 몽땅 돌려줄까도 생각했다. 책을 끝내지 못할 거라고 자포자기했다. 어느 하나도 쓰기가 특별히 쉬운 책은 없었다.

원고를 버렸을 때, 내 글이 얼마나 형편없는지 알았다. 그렇지 않았다면 살렸을 것이다. 그것들은 끔찍했다. 나를 믿는다. 만약 누군가가 "그것을 어떻게 알아요?"라고 물으면 이렇게 말한다. "알죠. 밥벌이 수단이니까요. 삼십 년 동안 가르쳐 왔거든요. 나쁜 글이 어떻게 생겼는지 알아요." 누구나 따분한 작품을 만들어 낸다. 그것은 당신과 진실 사이에 놓여 있다. 그것은 정원을 가꾸기 전에 태워야 하는 덤불인 것이다.

마지막 순간에 원고를 내던져 버린 최악의 경험도 있다. 말하자면 또 다른 위기였다. 나는 원고의 마지막 뭉치, 700페이지나 되는 분량을 버렸다. 집에 앉아 닷새를 울었다. 아랫도리 속옷만 입고 돌아다녔다. 카레 배달원 빼고는 아무도 만나지 않았다. 그냥 울면서 〈오프라〉를 봤다. 도대체 어떻게 해야 할지 몰랐다. 운이 좋아서 알게 된 유명한 소설가 돈 드릴로에게 전화를 걸었다. 연신 손등으로 콧물을 훔쳤다.

"무슨 일이오?"

"정말 형편없는 책을 썼어요. 끔찍해요. 그게 얼마나 별로인지 믿을 수 없을 거예요."

그는 완벽하다 싶은 말을 했다. "근데, 누구는 뭐 안 그런 거 같소?" 나는 생각했다. '이 사람은 틀림없이 현존하는 최고의 영어권 소설가다. 그리고 그는 이렇게 말하고 있다.' "음, 물론 우리는 모두 형편없는 책을 써요." 7년 만에 처음으로 숨을 내쉴 수 있었다.

♡

토미 아데예미 초고부터 훌륭한 글을 쓰는 사람은 얼마 되지 않는다. 그러므로 신경 쓰지 않아도 된다. 글이 형편없기에 당신이 그걸 더 잘 만들 수 있다고 가정하고 이야기를 쓰면 된다.

♡

로지 월시 일언반구도 하지 않고 전에 썼던 것을 완전히 버리고는 4만 단어를 다시 썼다. 처음보다 작업 속도가 느렸던 것에 대해서 편집자에게 아무 말도 할 수 없었다. 어쨌든 편집자에게 원고를 보내며 "네, 좋아요."라는 말을 기대하고 있었다. 그러면 더 이상 작업하지 않아도 될 것 같았다. 편집자는 그렇게 말하지 않았다.

나는 일부만 쓴 원고로 출판 계약을 땄다. 편집자가 좋아했기 때문이다. 기분 좋은 일이었다. 그러나 그다음에 끝까지 쓴 원고를 보냈는데 편집자는 마음에 들어 하지 않았다. 끔찍했다. 편집자는 일부 원고만 보고 책을 계약하는 위험을 감수했기 때문이다. 그렇게 선구매하지 않는다는 출판사의 신조를 크게 뛰어넘는 것이었다. 이리저리 생각해 보니 편집자를 실망시켰다고 더 스트레스를 주는 것은 바로 강박 관념이었다. 편집자는 이런 생각을 하겠지. '세상에! 왜 내가 이 빌어먹을 작가와 계약했을까? 끔찍해!' 물론 이건 편집자의 생각이 아니었다. 그래도 나는 책을 돋보이게 만들고 싶었다. 편집자는 이메일로 생각을 보낸 게 아니라 "통화 가능한가요?"라고 보냈다. 젠장, 말할 필요도 없이 가슴에 와닿지 않는다는 것이었다. 편집자는 매우 친절했지만 단호하게 말했다.

4만 단어를 완전히 폐기해 버리고 다시 썼다. 편집자는 또 이메일을 보냈다. "채팅 가능한가요?" 같은 일이 벌어졌다. 세 번째로 다시 쓰고 있었다. 또다시 4만 개의 단어 안에는 건질 수 있는 이백 개가량의 단어가 있었다. 잘라 낸 글의 분량은 소설 3권 정도다.

근심 걱정을 하지 않는 법을 찾아야 한다. 마지못해 포기하고 다시 시작하면 무기력해진다. 어렵게 쓴 단어들을 버릴 때 드는 두려움은 심대하다. 영국 편집자인 샘 험프리스에게 깊이 감사해야 한다. 샘이 나를 또다시 원점으로 보내지 않았다면 『전화하지 않는 남자 사랑에 빠진 여자』가 전 세계에서 팔리지 않았을 것이다.

미국 편집자인 파멜라 도르만은 내가 바라던 것 이상이었다. 파멜라와 함께한 처음 6주간의 편집에서 8년을 전업으로 썼을 때보다 더 많이 배웠다. 파멜라는 예리하고 사려 깊었으며, 핵심을 파고들어 쓰레기를 모두 잘라 내는 놀라운 능력을 가졌다. 파멜라의 손을 거치면 결코 쓰레기처럼 느껴지지 않는다. '깨끗하다'가 가장 정확한 단어다. 파멜라가 일을 끝내면 깔끔해졌고 조화롭지 않은 단어가 하나도 없었다.

당신의 의도가 무엇인지는 중요하지 않다. 잘 짰다는 계획이 때때로 형편없다. 세세한 것들을 많이도 버렸다. 나는 그것들이 극적인 긴장감을 더한다고 생각했다. 그러나 다른 부수적인 인물들처럼 불필요했다. 긴장감을 떨어뜨렸다. 그런데 책을 구상할 때는 그것들이 중요하다고 느꼈다는 거다. 처음에 편집자들이 챕터 전체를 지울 때 가슴이 미어졌다. '세상에! 저 여자가 무슨 짓을 하는 거야?'

그런데 놀랍게도 술술 읽혔다. 글쓰기 파트너가 말했다. "당신이 그렇게 기꺼워하는 걸 믿을 수가 없어요. 어떤 걸 자를 때 너무 잔인해 보여요." 그러나 5권의 소설을 완성한 나를 보고, 수백 권의 소설과 많은 베스트셀러를 편집한 파멜라를 보면 나보다는 그녀가 돈을 더 벌겠다는 생각이 든다. 규칙은 이렇다. 편집한 원고를 며칠 그대로 놔두라. 예전 원고 생각이 떠나지 않으면, 그저 되돌리면 된다.

♥

가브리엘 번스타인 나는 연설가였고 뒤치다꺼리를 해 줄 편집자를 고용했다. 문장을 검토하고, 재구성하고, 재조직하고, 문법 오류를 수정하는 누군가가 있었기 때문에 해야 할 일을 정확하게 알았다. 글쓰기를 두려워할 필요가 없었고 자유롭게 몰입할 수 있었다.

최근에 유명한 작가와 친구가 되었다. 내가 말했다. "작가님! 어떤 일 하셨어요? 작가님은 책 쓰는 법을 아셨어요? 어떻게 그걸 하셨던 거예요?"

그녀는 말했다. "보니 B.에게 전화해요. 글쓰기 코치인데 글의 윤곽을 잡고, 어조를 찾고, 정리하는 것도 도와줄 거예요."

보니와 4개월 동안 일했다. 보니는 남부 억양을 가지고 하늘에서 내려온 천사였다. 보니는 "이유는 모르겠지만, 당신과 일해야 할 것 같아요."라고 말했고 나는 "좋아요, 무슨 일이 있어도."라고 했다. 보니에게 수표를 보내고 "해 봅시다."라고 말했다.

보니는 개요 작성법을 가르쳐 줬다. "있잖아요, 개비, 그냥 써요. 그러면 내가 당신풍으로 정리할게요." 보니는 내가 직접 수정하는 걸 원치 않았다. 그녀의 작업은 훌륭했고 나를 작가로 성공할 수 있도록 만들었다. 보니가 말했다. "말하는 식으로 쓰세요." 말하면서 너무 편안했다. 첫 챕터가 끝난 후, 성공 가도를 달리기 시작했다. 뒤에서 편집해 주는 사람이 있었기에 내가 무엇을 해야 할지 정확히 알았다.

그 과정에서 많은 자유를 찾았다. 그게 나의 첫 번째 책인 『Add More Ing to Your Life』였다. 이후 다섯 권의 책 작업은 다른 편집자인 케이티와 함께했다. 케이티는 글쓰기 동반자가 되었다. 책의 모든 단어를 내가 쓰지만 케이티가 정리해 준다. 내 뒤에서 챕터들을 청소해 준다. 나는 챕터 하나를 쓰면 절대로 읽지 않고 그대로 케이티에게 보내 수정하도록 한다. 그러고 나서 다음 챕터로 넘어간다. 일단 그녀가 수정해 주면, 첫 챕터로 돌아가 다시 읽으면서 사람과 사건들을 이리저리 옮기기 시작한다.

나는 원고 전체를 쓴다. 그런 다음 케이티는 그걸 조금 더 정리하고, 그러고 나면 남편에게 보낸다. 나보다 훨씬 나은 작가인 그는 원고를 재정비한다. 내용이 논리적인지 확인하고 문장을 이리저리 밀어 넣고 옮긴다. 출판사에 원고를 제출할 때쯤이면 다섯 번쯤 교열을 거친다. 다 끝났다, 아주 깔끔하게. 나의 편집자는 누구나 이렇게 말할 것이다. 개비 번스타인에게 가장 깔끔한 원고를 받는다고. 그것도 항상 제시간에.

♡

셰릴 스트레이드 다른 사람들의 관점을 듣는 것은 흥미로운 일이다. 만약 신뢰하는 편집자가 있으면 그 사람의 말을 열심히 들으려고 노력한다. 예를 들어, 나의 편집자 로빈 데서는 항상 현명한 말을 한다. 로빈이 제안하는 모든 걸 받아들이지는 않는다. 일부는 수용하고, 일부는 남겨 둔다. 그 일부를 다른 것으로 변용한다. 그래도 전반적으로는 다른 사람들이 말하는 것을 듣고 할 수 있는 범위에서 적용해 보려고 노력한다. 하지만 역시나 개인 취향을 설명할 방법이 없다는 건 인정한다. 역사상 모든 사람이 좋아하거나 모든 사람이 싫어하는 책이나 대본을 쓴 사람은 아무도 없다.

편집자분들께 감사드린다. 나는 편집자들을 좋아한다. 우리는 서로 겨루며 일하는 게 아니다. 『와일드』의 초고와 마지막 원고를 떠올리면 묵묵하게 작업해 준 로빈에게 감사할 따름이다. 그 책은 내가 다 썼지만, 로빈은 매우 중요한 크고 작은 것들에 대해 생각하도록 도와주었다.

5

다루기 힘든 상황:
여기에도 배움은 있다

"진정한 네트워킹에서 통용되는 화폐는
탐욕이 아니라 관용이다."

키이스 페라치

작가로 가는 길에는 당신이 필요하다고 믿는 무엇 혹은 누군가가 있고, 아직도 맞추지 못하는 퍼즐 한 조각이 있다. 결과를 볼 수 있고, '예감할' 수도 있지만 그것을 이루는 방법을 100% 확신하지 못한다. 그래서 거듭 계획하고 기도하지만, 무언가는 손이 닿지 않는 곳에 그대로 있거나 십중팔구 생각했던 것만큼 명확하지 않다는 것만 알게 될 뿐이다.

이때 특별한 성과에 매달리다 보면 정말 포기할 수 있다. 혹시 그 상황을 잘못 본 걸까? 너무 간절히 결과를 원해서 일이 엉뚱한 곳으로 갔을 때 일시적으로 자신을 알아보지 못했는가? 무언가를 강요하고 고꾸라지려고 했던 건 아닐까? 더 좋은 방법이 있다. 바로 항복. 핸들을 꽉 쥔 손의 힘을 풀고 방향을 틀고 기어를 바꾸면 기회가 있다. 하지만 이때 무언가를 내려놓아야 할지도 모른다. 아이디어, 일곱 개의 챕터, 당신의 자아, 사람, 약간의 위안 등. 쉽지는 않다. 그러나 모험을 약속한다. 그리고 장담하건대 사랑하는 사람들이 당신이 하는 모든 미친 헛소리에도 즐거워할 것이다. 일단 광기에 감사할 만큼 멀리 나가게 되면 당신도 또한 즐거워할 것이다.

"혼돈과 산산이 부서지는 것들 위에서 성장합니다." 리자 기번스가 인터뷰하면서 말했다. "항상 계획이 있어요. 그리고 항상 그 일이 잘될 거라는 것을 알아요. 하지만 매일 계획을 무산시킬 수 있는 일들이 벌어질 것이라고 예상합니다." 그러니까 그렇게 계속 혼란을 요리조리 회피했던 사람은 나만이 아니었다는 건가?

10초마다 리자 뒤의 미치도록 푸른 배경을 쳐다보는 것을 그녀가 눈치채지 못하기를 바랐다. '왜 이렇게 멋지지? 수도 요금은 얼마나 나올까? 샌디에이고 동물원 같아!' 여배우 조앤 크로퍼드가 한때 소유했던 리자의 사유지는 할리우드 힐스에 펼쳐져 있었다. 파도가 일렁이는 듯한 잔디밭, 광대한 숲, 그네, 양어장, 기다란 수영장, 나무 위 오두막이 있는 그곳은 평화롭게만 느껴졌다.

리자의 메시지를 받았을 때 나는 엄청 빠르게 이곳으로 날아왔다. 거실 바닥에서 우스꽝스러운 저녁을 먹은 지 2년이 지났다. 아마 추어처럼 보일 위험을 무릅쓰고 책의 상황에 대해 리자에게 때때로 연락해 왔다. 강요할 의도는 없었다. 그저 소설 『폴리애너』의 주인공 폴리애너처럼 나는 낙천주의자인 것이다. 다른 인터뷰이의 포섭이나 언론과의 연결이 리자에게 깊은 인상을 주어 마음을 바꾸길 기대했다. '나는 안다.'

그리고 다시, 나는 여기에 앉았다. 전세를 역전시키고 에미상 수상자 인터뷰를 하면서 리자는 나를 '여자 친구'처럼 대했다. 집사는 아이스티와 쇼트브레드를 가져다주었다. 끈기가 결실을 본 거라 추측한다! 리자의 토크쇼에서 우리가 나란히 앉아 있는 모습을 상상했다. '부디, 모든 선하고 거룩한 것을 위해, 리자가 그것을 계속하게 해 주세요!'

뉴멕시코로 돌아온 나는 주유소에서 우연히 토머스를 만났다.

"린다, 오늘 아침에 앤절라와 얘기했어요. 앤절라가 이번 일요일에 실을 데리고 온다고 전해 달래요."

"앤절라가 실을 데리고 '여기' 온다고요?" 진흙투성이 카우보이 부츠를 신고 땅바닥으로 뛰어내리며 소리쳤다. "어이쿠!" 모델이자 배우인 앤절라는 구루의 오랜 고객이었다. 몇 년 전에 구루가 소개해 줘서 친구가 되었다. 당시 앤절라가 방문하는 동안 우리와 함께 몇 번 머물렀다. 구루가 최근에 방문했을 때 앤절라가 실과 사귄다는 믿을 수 없는 소식을 전했다. 물론 나는 그에게 책을 홍보하고 싶어 죽을 지경이었다. 실 때문에 앤절라에게 전화해야겠다는 생각이 들 때마다 질문을 퍼붓고 싶은 마음이 진정되길 바랐다. 그렇게 시간을 끌고 있었다.

마음으로 행복을 비는 동안, 실을 만나는 것을 떠올리는 어설픈 시도에도 불구하고, 그건 여전히 효과가 있었다!

"앤절라가 땅을 좀 살 생각인가 봐요." 토머스가 말했다. "차에 그들을 태우고 스타힐의 당신 집과 체웨나의 천막 사이에 있는 80에이커의 부지로 갈 겁니다."

우주는 정말 스스로를 뛰어넘고 있었다. 이 일이 어떻게 진행될지 알 수 있었다. 스웨트 로지에서 함께하는 실. 모닥불을 피워 놓고 노래하는 실. 우리 현관에서 별똥별을 세는 실. 성스러운 대지에서 앤절라와 결혼식을 올리는 실. ~하는 실.

"그들이 내 오두막으로 올 겁니다." 토머스가 말했다. "네 시경에 당신 집에서 저녁을 먹고 일찍 나설 겁니다. 실은 다음 날 비행기를 타야 하니 짧은 여행이 되겠지요."

"좋아요, 아무렴!" 실이 우리가 사는 세상의 외딴 구석에서 평화를 느끼고 계획을 바꾸기를 바라며 말했다. 나는 모두가, 심지어는 트윙키를 좋아하는 토머스조차도 극찬한 염소 치즈와 올리브를 올린 펜네 파스타로 한 끼를 만들어야겠다. 만약을 위해서 내키진 않지만 유기농 치킨을 더 내놓고. 구루도 오겠지. 구루와 토머스는 오랫동안 헤어졌던 형제 같은 사이가 되었다. 우리 지붕 아래 두 정신적 멘토가 머문다. 채식주의자와 육식주의자, 향에 불을 붙이는 사람과 말버러에 불을 붙이는 사람.

이거였어! 일단 이 슈퍼스타에게 20여 페이지의 영혼 가득한 인터뷰 기사를 받으면, 에이전트는 마침내 내가 문학적 망각 상태에서 벗어나기 위해 필요했던 것을 갖게 될 것이다. 구글 시대 이전이었기에 배우 조합 도서관 연구원에게 실에 대한 50페이지의 정보를 서둘러 달라고 비용을 지불했다. 실의 실명이 헨리 올루세군 올루미드 아델라 사무엘이라는 것과 어린 시절 루푸스 발작으로 독특한 얼굴 흉터가 생겼다는 것을 알게 되었다. 내가 들었던 아프리카 부족의 절단 행위 소문만큼 이색적이지는 않지만 알게 돼서 다행이었다.

모든 것이 계획대로 되어 가고 있었다. 더 이상 메러디스와 캐리앤이 보고 싶지 않았다. 모든 꿈을 위한 크고 아름다운 공간이 충분히 있었다.

2층 사무실의 미닫이 유리문을 내다보니 보름달이 세이지를 황금빛으로 목욕시키고 있었다. 엄마의 유골이 묻힌 소나무가 늘어선 길을 바라보며 감사 기도를 드렸다. 엄마를 잃는 믿기 어려운 일에 직면했지만, 기적은 여전히 우리 집으로 오는 길을 찾고 있었다.

유명인이 포함된 책을 쓰는 데 더욱 힘든 과정은 인터뷰 내용에 대해 그들의 승인을 받는 것이다. 유난히 세심한 관리가 필요한 것은 아니다. 그 반대다. "정말 환상적이에요!" "브라보!" "실제로 제가 그렇게 좋게 들리나요, 아니면 당신이 일할 때 저를 더 훌륭하게 만들었던 건가요?" '예. 우리는 교열할 때 그러한 작업을 하죠.'

사실 확인을 요청하는 시간이 기뻤다. 다행히 평소 우리의 끊임없는 수다 덕분에 잘못된 세부 사항은 찾고 수정하기가 매우 쉬웠다. 하지만 전화 한 통에 몹시 놀랐다.

"린다, 아내가 당신 책을 무척 좋아해요!" 인터뷰이 중 한 명이 말했다.

"무슨 문제라도 있나요?" 그의 목소리에서 문제를 감지하며 물었다.

"네. 당신에게 말했던 것 중 장모님에 대한 부분이 문제가 좀 있어요. 출판하기에는 내용이 너무 개인적이에요. 죄송해요. 그걸 처리해야겠어요." 나는 이를 갈았다. 당황하지 않으려고 애를 썼다. 얼른 그에 관한 원고 내용을 떠올리고는 어느 부분 때문에 그러는지 궁금해하며 숨을 깊이 들이마셨다.

"괜찮을 거예요." 그가 말했다. "우리가 해결해 볼게요." 그가 나를 볼 수 없어 다행이라고 생각하며 고개를 끄덕였다.

다행히도 그는 약속을 지켰고 삭제된 이야기를 어떤 면에서는 훨씬 더 좋은 멋진 이야기로 대체했다. 죄책감이 아름다운 결실을 맺은 것일 수도.

실이 방문하는 일요일 아침, 까마귀들의 깍깍거리는 불협화음에 잠에서 깼다. 그 소리는 화재, 사냥꾼, 혹은 온통 불길한 기운이 덮칠 무서운 전조로 느껴졌다. 혼돈이 오기 전에 그런 경보가 수없이 울렸기 때문이다. 토머스는 칠흑같이 새카만 그 새들을 '변신술사들'이라고 불렀다. 미래를 예고하기 위해 동시에 한 곳 이상에 존재한다고 믿었기 때문이다. 하지만 하늘에서 보기에는 그렇지 않다. 그저 어리석고, 시끄럽고, 영광스러운 새들이었다. "안녕, 사랑스러운 아이들아!" 창밖에서 까마귀들이 크게 노래를 부르고 있으니, 하루가 채 지나기 전에 우리 집 앞 계단에 영광을 비추겠지!

집 안에서 먼지를 털고, 창문을 닦고, 파스타 소스를 만들며 종종걸음으로 돌아다녔다. 토시는 밝은색 버튼이 달린 유아용 소니 테이프 레코더를 움켜쥐고 아래층에서 부산을 떨었다.

"안녕히 주무셨어요, 엄마." 아이가 쪽 뽀뽀하며 말했다. "〈스페이스 잼〉 맨이 오늘도 나와요?" 토시는 '최고 중 최고 애니메이션'인 〈스페이스 잼〉에서, 스티브 밀러의 히트곡인 〈독수리처럼 날아라〉를 실이 리메이크한 주제곡에 빠져 있었다.

"그럼!" 내가 대답했다.

토시의 이마가 주름졌다. "엄마, 〈스페이스 잼〉 맨이 우리를 좋아할 거 같아요?"

"와, 재미있는 질문이네. 물론, 그는 우릴 기억할 거야! 그 사람 이름이 실이야. 엄마가 가장 좋아하는 가수란다."

"저도 가장 좋아하는 가수예요!" 토시가 아이다운 의리를 보이며 말했다. 아이는 TV로 걸어가서는 너무너무 사랑하는 영화를 100번째 보기 위해 VCR의 재생 버튼을 눌렀다. 공교롭게도 나의 '엘리베이터 친구' 마이클 조던이 주연한 영화였다.

4시 15분이 되자, 집은 깨끗해졌다. 개들도 빗질이 되었고, 토시의 머리는 잘 빗겨졌다. 가장 좋은 청바지와 부츠로 치장하고, 실의 혁혁한 성과에 대한 기록을 완전히 암기했다. 제시는 밖에서 나무를 베고 있었고, 토시는 앞쪽 창문 아래에 털썩 주저앉아서 바로 앞 지평선에 시선을 집중했다.

"앤절라의 차예요, 엄마!" 토시가 소리쳤다. "빨리 와요! 〈스페이스 잼〉 맨이 왔어요!" 그들이 진녹색 레인지 로버에서 내려올 때 맞이하려고 현관 계단으로 갔다.

"마마!" 내가 말했다. 실을 만나기 전에 앤절라와 일부러 연락을 했다. 앤절라는 지친 듯했고 머리칼은 생기가 없어 보였다. 실은 광채나 꽉 끼는 검정 가죽옷(그는 카키색의 헐렁한 티셔츠를 입고 있었다)만 빼면 사진과 똑같아 보였다. 그들 주위에 긴장감이 감돌았다.

"안녕." 앤절라가 심드렁하게 말했다. "만나서 반가워." 앤절라의 눈이 나를 피했다. 궁금했다. 운전으로 지쳤나? 앤절라의 남자를 소개해 줄 기미가 보이지 않았다. 그래서 직접 실에게 몸을 돌려 인사를 건넸다.

"안녕하세요, 실! 만나서 무척 반가워요. 린다예요." 포옹하려 나서며 말했다.

"안녕하세요." 실이 살짝 미소를 지으며 대답했다. 그는 망설이다

팔을 벌렸고, 우리는 건성으로 껴안았다. 바로 그때 진입로 제일 높은 곳에서 어렴풋이 음악 소리가 들렸다. 바다로 독수리처럼 날아가고 싶다고 노래하는 실이 나무 사이로 날고 있었다.

하늘이 날 도왔다. 토시의 테이프 레코더! 토시의 작은 파워레인저 테니스화가 우리 트럭 뒷바퀴 뒤에서 튀어나와 있는 것을 쳐다보고 알았다. 몹시도 수줍음 많은 아이는 차 뒤에서 우리가 음악을 잘 듣게 하려고 테이프 레코더의 스피커를 우리 쪽으로 해 놓고 쭈그리고 앉아 있었다.

무표정한 실만 그것이 재미있는 줄 모르는 듯했다. 그가 들었는지는 알 수 없었다. 토시의 세레나데가 있은 지 2분이 지난 후, 실은 토시 쪽은 힐끗하지도 않았다. 보는 건 고사하고, 별일 없다는 듯이 제시와 잡담을 나누고 있었다. 지금쯤이면 보통 토시를 안아 줬을 앤절라 이모조차 반응이 없었다. 제시는 나를 보고 어깨를 으쓱했다. "쳐다보지 마, 여보. 난 지금 아무것도 몰라."라고 말하는 듯했다.

음악은 더 이상 참을 수 없을 때까지 계속되었다. "맙소사! 저것 좀 들어 봐요!" 내가 떨리는 소리로 말했다. "너무 웃겨요!" 아무도 웃지 않았다. '이건 그렇게 재밌지는 않다.' "우리 아들이 가장 좋아하는 영화가 〈스페이스 잼〉이에요. 그리고 아이는 당신을 만나기만 고대했어요! 아이가 사운드트랙에서 당신 노래를 녹음했나 봐요. 그래서 자동차 타이어 뒤에 숨어서 당신을 위해 그걸 틀고 있는 거예요. 들리세요?" 쓴웃음을 지으며 토시 쪽을 가리키면서 물었다. "너무 귀엽지 않아요?"

"어쨌든," 실은 제시에게 마치 내가 자신의 말을 중간에 끊어 버리기나 한 것처럼 말했다. 실은 내 눈치는 보지도 않고 자신의 말을 끝내고 있었다. "며칠 동안 바빴어요. 저게 트램펄린인가요?" 그는 진입로에서 가장 먼 곳에 있는 대형 트램펄린 쪽으로 걸었다. 신발을 벗고, 위로 기어올라서는 뛰기 시작했다. 그의 점프에 관심이 생긴 토시는 테이프 레코더를 끄고 흙 위에 살며시 내려놓았다. 그러고는 초조하게 걸어와 실의 모든 움직임을 보면서 내 다리를 붙잡았다.

"아들, 너도 점프하고 싶어?" 내가 격려하자 토시는 트램펄린 위로 뛰어올라 그의 우상 옆에서 뛰기 시작했다. 실은 조용히 아이를 알은척했다. '마침내.'

"재밌어, 당신?" 제시가 웃으며 나에게 속삭였다.

"응, 재밌어. 따뜻한 아스파라거스 주스를 마시는 것처럼."

"당신은 이 만남을 너무 밀고 나갔어." 그가 속삭였다. "긴장 풀어."

눈을 가늘게 뜨고 그를 바라보았다. 그러고는 저녁 식사 준비를 끝내러 안으로 들어갔다.

"신이시여," 숨을 죽이며 속삭였다. "저를 위해 마차를 끌어 주실 수 있나요? 저는 혼자 할 수 없어요!"

올리브와 아티초크 주변에 있는 거품들을 보며 염소 치즈를 끓어오르는 마리나라 소스에 넣고 저으면서 궁금해졌다. 도대체 어떻게 해야 저 남자를 접대할 동안 토시의 풀 죽은 얼굴을 마음에서 지울수 있을까? 이성적으로 이 시점에서 결과에 매달릴 정도로 어리석지는 않았다. 그러나 감정은 현실이 나의 치밀하게 짠 계획에 미치지 못한다는 사실에 혼란스러웠다.

"저녁이 거의 다 됐어요!" 문밖으로 머리를 내밀면서 소리쳤다. 다들 어슬렁어슬렁 들어올 때, 음식들로 분위기가 바뀌길 감히 바랐다. 아마 그럴 테지! 갑자기 실은 그렇게 만나길 원했던 가장 관대하고 다정하고 사랑스러운 남자가 되었다. 우리 개에게! 구조된 100파운드의 셰퍼드 혼종인 어도비는 실의 열정의 대상이 되었다. 앉을 준비가 될 때까지 실은 바닥에 누워서 어도비를 안아 주었다. '개를 질투하는 게 이상한가?'

"오, 안 돼!" 실이 의자를 당기고, 수북하게 차린 파스타 옆에 놓인 앞접시의 프랑스빵 한 조각을 보면서 말했다. "밀 알레르기가 있어요. 이거 밀로 만든 건가요?"

"아, 네, 그래요." 나는 차분하게 말했다. "전혀 못 드시나요?"

"네, 못 먹어요." 실이 말했다. 아무도 숨을 쉬지 않았다. "어, 치킨을 골라 먹으면 되겠네요." 실이 포크로 그의 접시를 찍어 대기 시작했다.

제시가 스포츠 센터 얘기를 꺼내서 분위기가 바뀌었다. 그걸 듣고 실이 기뻐할 거라고는 전혀 생각을 못 했다. 10분이나 그것에 대해 이야기했다. 풋볼, 럭비. 더 많은 럭비. '농담하나? 제시는 심지어 럭비를 보지 않는다. 토시, 앤절라 그리고 나도 마찬가지다. 등잔 밑이 어둡다는 말에 주목하는 건 어떨까? 서부의 기온이 열흘 이상 영하로 내려가지 않기 때문에 딱정벌레가 자작나무와 소나무를 공격해

숲이 죽어 가고 있다. 가까이 있는 그 소식을 퍼뜨리려면 내 책에서 언급하면 된다!'

이제 열기가 목을 타고 머리카락 속까지 들어왔다. 머릿속이 땀으로 따끔거렸다. 세상에. 나무 난로가 벌게지는 것을 살펴보고는 마지막 통나무를 넣은 것을 후회했다.

"가장 좋아하는 유럽 팀이 어디예요?" 제시가 손님에게 물었다. 오, 빌어먹을. 나는 한 박자를 기다렸다가 끼어들지 않을 수가 없었다.

"요즘에 무슨 일을 하세요, 실?"

"새 앨범 작업이죠." 그가 대답했다. 놀람, 놀람.

"오! 당신 프로듀서인 트레버 혼과 같이하는 거죠? 믿기지가 않네요!" 나는 허튼소리를 해 댔고 실은 치킨 한 입을 깨물기 전 약간 고개를 흔들어 보였다. 그가 호의에 보답하고 나의 흥미진진한 경력을 묻기를 바라고 기도했다. 주사위는 없다.

저녁 식사가 끝나 갈 때까지 침울함이 지속되었다. 실과 앤절라가 각자 숨 쉴 때마다 서로서로 그리고 우리 가족과 멀어지는 것을 느꼈다. 끝이 임박했음을 감지하며 시간을 끌었다.

"디저트는요?"

"고맙지만 사양할게요." 실은 문 쪽을 바라보았다.

"차이 차 좀 더 드릴까요?"

"아니에요. 배불러요." 앤절라가 말했다.

"이제 가야 해요." 실이 분명히 말했다.

'어머나! 그에게 인터뷰를 요청할 기회조차 얻지 못했다. 그리고 에이전트의 신뢰도 잃게 생겼고!' 댄은 내 작품을 팔 수 있도록 기대하고 있었다. 그는 일 년 넘게 원고를 팔려고 노력했다. 그의 인내심이 바닥날까 봐 두려웠다. 지금껏 접했던 사람 중에 가장 잘나가고 대스타인 실과의 인터뷰가 보증된 것처럼 말해 놨는데….

"린다?" 실이 처음으로 관심을 갖고 나를 바라보며 말했다.

내 이름을 알다니. "네?" 가슴이 두근거렸다.

"화장실 좀 알려 주시겠어요?"

"오, 물론이죠." 나는 더듬거렸다. 제시와 앤절라가 차로 가자 나는 노련한 여행 가이드처럼 문 근처에 걸려 있던 손전등을 잡고 어둠 속을 헤치며 그를 안내했다.

하늘에는 조각달이 걸려 있고, 멀리서 코요테가 불길하게 울부짖는 밤에 실과 나는 밤길을 걷고 있었다. 저녁으로 먹은 것이 몸에 받지 않아 죄다 쏟아 내려고 걸어가는 피곤한 슈퍼스타와 그를 물고 늘어지는 기진맥진한 유명인 추격자인 나. 이건 환상적이다. 나이 들고 늙었을 때, 이 기분 좋은 순간을 자랑스러운 손주들과 나누며 한껏 즐기리라.

내가 열다섯 걸음 떨어진 곳에서 기다리는 동안에 실은 옥외 화장실의 손잡이를 잡았고 그 안으로 사라졌다. 이게 전부였다. 그는 3분 후면 사라질 테니까.

만약 그를 다시는 보지 못한다면? 만약 이것이 유일한 기회라면? 좋다. 지금 물어봐야겠다. 그의 바지가 발목까지 내려가 있는 동안에.

그는 너무 충격을 받아 거절할 수 없을 것이다. 할 수 없다! 지금까지 어떠한 친밀한 관계도 없었지만, 나는 믿을 만한 사람으로 보이려고 노력했다! 우리가 할 좋은 일을 보면 승낙한 것을 기뻐할 것이다.

앤절라의 차에 시동이 걸리는 소리가 났다. '안 돼! 나의 에이전트를 지켜야 해! 남편이 희망을 잃는 걸 막아야 해! 나무들을 구해야 해!'

"실?" 내가 소리쳤다. '맙소사. 내가 이러고 있다니 믿을 수 없다!'

"네?" 그가 화장실 문 뒤에서 조금 짜증 난 듯한 투로 대답했다.

'제발, 하느님…. 지금까지 중에 가장 멍청한 짓을 저지른 저를 용서해 주세요.' 그러나 나의 황금 거위는 모든 알을 갖고 막 떠나려는 참이다!

"음, 정말 죄송하네요. 하지만 뭣 좀 물어볼 게 있어요."

"하지 마요!" 그가 소리쳤다.

"뭐라고요?" 그가 농담하는 것이길 바라며 말했다. "뭘 하지 말라는 거예요?"

"묻지 말라고요." 나는 얼어 버렸다. 주변 공기는 완전하게 고요했다. "만약 당신이 묻지 않는다면, 내가 싫다고 말해도 기분 나쁘지 않을 테니까요!" 그가 소리쳤다.

'세상에! 이 사람 왜 저러는 거야?' 훌륭한 사람들을 많이 인터뷰했다. 플래티넘 기록을 세운 오스카상 수상자와 같은 집에서 살았고, 영국 귀족들을 인터뷰했다. 다이애나 왕세자비는 애정 어린 편지를 보낸 적이 있다. 물론 거절 편지였지만.(그녀는 왕실 집무실에서 편지를 썼다.)

세상에, 너무나 당황했고 이 사람은 내 역량 밖이어서 아무런 계산이 서지 않았다. '오, 잠깐만! 물론이다!' 앤절라는 여기로 오는 길에 그에게 나에 관해 이야기했던 것이다. 그는 그래서 무장을 했던 것이다. 지금 나는 어리둥절할 뿐만 아니라 상처를 입었다. 한 여자의 임무를 돕기 위해 짧은 인터뷰도 할 수 없나? 그가 떠나기를 기다릴 수 없었다.

다시 불편한 1분이 지나고, 더 이상 실이 움직이는 소리를 들을 수 없었다. '발을 들고 앉아 있는 건가? 나한테서 숨었나?' 오, 이 게임은 할 만했다. 그가 나오기를 기다리기로 했다. '여긴 내 마당이야, 친구. 당신은 손님이고. 거기서 나와야 할 거야.'

갑자기 화장실 문이 벌컥 열리며 벽에 부딪혔다가 움직임이 잦아들었다. 새로이 힘이 난 실은 그를 기다리는 차로 전력 질주하듯 뛰어갔다. 그가 경주에서 경쟁하듯이 팔을 흔드는 것을 보았다. 그래서 그들이 전속력으로 어둠 속으로 사라질 때 심드렁하게 잘 가라고 손을 흔들며 미소를 짓는 척도 하지 않았다.

"그가 작별 인사라도 했어?" 미등의 붉은 빛만 보이자 제시가 물었다.

"만약 그랬다 해도, 못 들었어. 고맙지도 않아." 나는 말했다. "그 사람은 내가 자기를 스토킹하고 있다고 생각하나 봐."

"우리 집 진입로에서?" 제시가 말했다. 우리는 웃으며 안으로 들어갔다. 차를 끓이고 〈투나잇 쇼〉에서 메러디스가 노래 부르는 모습을 볼 준비를 할 시간이 충분했다. 제이 레노가 사회를 보고 세계적인 복음성가 합창단이 백 코러스를 맡은 퀸 라티파와 그녀의 〈Lay Down〉 듀엣 공연이 너무 좋았다. 거기에 맞춰 춤을 추느라 스스로를 불쌍히 여길 시간이 없었다.

다음 날 앤절라가 사과 전화를 했다. 앤절라는 실과 그날 밤에 헤어졌다고 설명했다. 그때의 저녁이 그들에게는 최후의 만찬이었다.

이럴 수가. 실이 그 일에 적임자였을지라도 타이밍이 꽝이었던 것이다. 나의 임무는 내가 앞뒤 분간을 못 한 탓에 근본적으로 무시당했다.

"네가 어떻게 했다고?" 그다음 날 아멜리아가 소리를 질렀다. "어쩜, 린다. 배꼽 잡게 웃기다!" 나는 웃지 않았고, 아멜리아는 계속했다.

"네가 엄청난, 세계적으로 이름난 유명 인사라서, 어딜 가나 사람들이 한판 뜨고 싶어 한다고 상상해 봐. 너는 지쳤고 쉬는 날이 쥐꼬리만큼 짧은 단 하루인데 여자 친구가 촌뜨기들을 만나자며 시골 산간벽지로 끌고 가는 거야. 그 가련한 마지막 날에. 네가 원하는 건 오직 혼자 있는 시간인데도. 오두막에 도착하니 그들의 아이는 죽고 싶을 정도로 지긋지긋하게 느껴지는 노래를 틀고 있는 성가신 꼬마였어. 여주인은 형편이 어려운 언론인이라는 게 밝혀져. 네가 우연히 마주치고 싶은 가장 마지막 영혼이지. 그녀는 취잿거리를 얻으려고 신경 쓰느라 네가 못 먹는 음식이 있는지 물어보는 것도 생각 못 했어. 그렇게 그녀는 너를 아프게 하는 모든 것을 만들어 내는 거지."

이제는 내가 아프기 시작했다. 말로 혼쭐을 내며 아멜리아는 설명했다. 내가 "이봐요, 실. 좀 쉬어야 할 것 같아요. 좀 누울래요? 그리고 먹는 거 뭐 좋아해요? 당신이 뭘 하고 싶은지 몰라서 제가 선택지를 마련했어요."라고 말하면서 그들의 신호를 받아들였다면 서로 훨씬 편했을 것이라는 얘기였다. 나는 실이 우리 집에서 그에게 확실한 사랑을 보내며 아무런 의도가 없던 존재인 개에게 다가갔다는 것을 반려동물 심령술사인 아멜리아가 지적하기 전에 전화를 끊었다. 그리고 그가 화장실에 있는 동안 내가 소리를 질렀다는 것을 지적하기 전에.

아멜리아가 옳았다. 만약 더 큰 경기장에서 성공하고 싶다면, 사람들의 세계(그리고 마리아 슈라이버가 나중에 내게 말한 인간관계 확립)에 민감해져야 한다. 실은 빅 스타였고 나는 몇 가지 큰 가정을 했다. 그가 우리 집에 오기 때문에 나에게 빚을 졌다고 믿었던 것처럼. 아니면 나의 욕망과 휴식이 필요한 아이와 남편이 실의 욕망보다 우선한다고 믿었던 것처럼. 아니면 자연계가 죽어 가고 있었기 때문에 나에게 더 커다란 확성기를 건네줌으로써 녹색 꿈에 정당성을 부여하는 동시에 자연계에 생명 유지 장치를 설치하는 것을 실만이 도울 수 있었다고 믿었던 것처럼. 맙소사, 왜 누구든 유명해지고 싶어 할까?

물론 나는 여전히 신이 사람들을 통해 일하신다고 믿는다. 관계를 맺으러 가기 전에 그 사람들이 무엇을 원하고 필요로 하는지 멈추어서서 생각하려고 노력한다. '어떻게 하면 나에게서 필사적으로 도망치려 하지 않고 기꺼이 나에게 달려오게 할 수 있을까?' 젊었을 적에 화려한 자선 행사에 몇 번 갔다. 거기서 배운 교훈 중 하나는 사람들은 하나같이 유명인 먹이사슬이 아무리 높아도, 목표를 향해 항상 기어오르고 있다는 것이다. 장담하건대 그 공간 안에는 사람들이 애착을 느끼고 있는 누군가, 무언가, 결과가 있다. 심지어 당신이 혼자 남겨진다 해도 말이다. 나의 목표들이 일치하지 않는다 해도 상관없다. 다른 사람들과 친할 수 있다. 마음이 통하는 사람들도.

그러니까 다음번에 당신 인생이 한 방향으로만 간다고 생각한다면, 혹은 임무가 완전히 실패하거나 당신 책이 완전히 다른 이야기가 된다면 기억하라. 비록 실은 책의 주인공은 아니었지만(사실상 그는 『매혹적인 삶』에서 언급조차 되지 않았다.), 내가 해야만 했던 일은 26년 동안 그가 이 책의 스타 중 한 명이 될 수 있도록 완강히 버티는 것뿐이었다. 하! 도움이 안 된다고? 쓸데없는 걱정.

책은 생명력을 가진 존재다. 그 점이 글쓰기나 삶의 모험을 흥미진진하게 만드는 것은 아닐까? 당신에게서 교묘히 벗어나던 퍼즐의 조각들이 상상할 수 없었던 하나의 구상 속으로 빠져들고, 상황 해결은 항상 계획에 달려 있지는 않다는 걸 보여 준다.

때때로 이야기는 나름의 결론을 가지고 있고, 운명을 알고 있다. 가끔씩 이야기는 저절로 써진다.

덧붙이는 말: 이 챕터를 실에게 보내서 그가 관련 이야기를 나누고 싶은지 묻고 싶다. 구루 싱과 함께 팟캐스트 출연 계획을 잡을 수도

있다. 그들은 여전히 친한 친구들이다. 실과 친구들이 함께한 구루의 노래 〈I Am〉은 아주 멋지다. 실은 수년 전 우리의 황당한 저녁 이야기를 그의 편에서 들려줄 수 있다. 우리 집 옥외 화장실에서 도망쳤을 때의 생각을 들어 보고 싶다.

실, 나는 정말로 그러고 싶었지만, 편집자와 나의 양심이 당신에게 인터뷰 요청을 하지 않도록 말렸어요. 그들 모두 당신의 "묻지 마!"가 떠오르면 "묻지 마."를 존중하라고 상기시켰거든요. 어쨌든 나는 여전히 당신 음악을 좋아하고, 당신을 쇼에 출연시키고 싶어요. 언제든지 환영합니다.

다루기 힘든 상황을 만난 작가들

수 몽크 키드 『The Book of Longings』에 얄타 이모라는 인물이 있는데 인생에서 꼭 만나고 싶은 사람이다. 얄타와 함께 내 캐릭터인 애너에게 이런 순간이 있었다. 그때 그녀는 이런 취지로 말했다. "모든 게 잘될 거야. 삶이 네게 비극을 가져다주지 않을 거라는 말은 아니야. 바로 삶은 삶이라는 뜻이야. 하지만 네 안에는 너를 해칠 수 없는 신성한 장소가 있어."

그게 진실이라고 생각한다. 끔찍한 일들이 일어나지만 마음속에는 무슨 일이 일어나든 잘 지낼 곳이 있다. 그것이 삶과 직면할 수 있게 해 주고 내 안에 신성한 장소가 여전히 있다는 것을 알 수 있는 용기를 준다. 가끔은 그곳으로 가는 길을 찾는 것이 문제이다. 그것도 역시 삶의 일부이다.

♡

아디티 코라나 내 소설이 어떻게 끝날지 전혀 모른다. 악몽 같은 글쓰기 방식이다. 그 방식을 추천하지 않는다. 마음먹은 결말이 실제 책의 결말은 아니다. 나는 과정의 윤곽을 그려 가며 마지막 몇 챕터까지 플롯을 짠다. 때로 그것은 두 달이 걸린다. 얼마간은 앉아만 있어야 한다.

나는 자신을 미치게 만들고도 남는 사람이 아니다. 한번은 이런 생각이 들었다. '맙소사. 400페이지 소설을 썼는데, 지금 그걸 몽땅 버려야 해.' 그러나 일단 그것을 바탕에 두고, 플롯을 잘 짜면, 결론이 이치에 맞는다는 걸 깨닫는다. 그건 이미 유기적으로 들어 있다. 찾아내고 발굴만 하면 된다. 마치 곳곳을 다 탐방하고 기술적인 것들을 모두 갖추고 나서야 신기한 것들이 나오기 시작하는 고고학 실험과 같다.

$\heartsuit$

패트리샤 콘월 과감하게 가기를 바란다. 내가 따라가고 있을 때, 대담하지 않았다면 어떤 것도 얻지 못했을 것이다.

사람에게는 뭐랄까 절박한 힘이 작용한다. 만약 당신이 기자이고 지붕 위에 저격수가 있다면 사다리를 타고 올라갈 것이다. 나는 그랬다. 내가 그 이야기를 취재하지 못하면 다른 사람에게 넘어가고, 나는 곧바로 물먹는다. 나는 세 명의 사형수를 추적하느라 밤을 꼴딱 새웠다. 그들은 조지아의 감옥 창살을 쇠톱으로 자르고 탈출한 뒤, 동료 한 명을 살해하고 시신을 카타우바강에 유기했다. 그리고 마침내 노스캐롤라이나로 들어왔다.

경찰의 제보를 받아 여기저기 뛰어다니고 있다. 그 사람들을 찾고 있으며 경찰차를 타고 브레이크를 끼익 밟고 있다.

"씨x, 팻시! 너 무슨 생각하는 거야. 이 멍청아! 네가 그들을 잡으면 어쩔 거야?" 그들은 동료 죄수 한 명을 고문해서 죽였다. 운 좋게도 경찰보다 먼저 내가 그들을 찾을 수는 없었지만 당신은 그렇게 해야 한다. 누군가가 안 된다고 말하게 하지 마라. 옳지 않은 일은 절대 하지 마라.

♡

반 존스 언제나 '가장 작은 사람들'이라 불리는 소외된 사람들, 갇힌 사람들, 남겨진 사람들, 솔직히 대부분의 사람이 아무 신경도 쓰지 않는 사람들을 위해 다정한 목소리의 멋진 지지자, 대변자가 될 방법을 모색하려고 노력해 왔다.

그건 큰 사명이었다. 대중 연설을 하려고 노력했다. 텔레비전을 사용하려고 노력했고, 그런 목적을 위해 글을 쓰려고 노력해 왔다. 그 과정에서 수많은 실수를 할 수 있다. 초기에는 너무 독선적이고 교훈적이어서 동의하는 사람은 당신의 룸메이트와 전 여자 친구뿐이다. 다른 모든 사람은 "내게서 이 사람을 떨어뜨려야지."라고 말한다. 너무 날카로우며, 극단적이고, 지나치다.

사람들은 20대에 폭탄 투하자로 시작해서 40대 후반에 이르면 세상에 다리 건설자도 필요하다는 것을 깨닫게 된다. 때로 최고의 다리 건설자는 폭탄 투하자였던 사람이다. 나는 내 영역에서 가장 시끄러운 사람이었고, 대의를 위해 주장을 펼칠 때 가장 호전적인 사람이었다.

♡

애비 웜백 '실패를 연료로 삼는 것'은 직업 전선에서 내내 배우는 기술이라고 생각한다. 스포츠계 안에서 어느 정도의 명성이나 인기에 도달한 전직 프로 운동선수들이 일반적으로 밟는 다음 단계인 ESPN에서 일하려고 했다.

'좋아. 이거 멋지네. 한번 해 봐야겠어.' ESPN은 그들을 위해 일하라고 나에게 많은 돈을 지불했다. 그러나 나는 중계방송에 얼마나 많은 준비를 해야 하는지 이해하지 못했다. 남성 국제 경기에 대해 선수들과 그중 몇몇의 배경을 잘 몰랐다. 여러 해 미국 팀을 위해 경기하는 것은 좋아했지만, 축구는 내 생각에 경기를 보고 싶어 안달하는 것이 아니다. 나는 축구를 보면서 자라지 않았다. 축구를 하면서 자랐다. 둘은 매우 다른 것이다.

그렇게 해서 나는 빨간불이 켜진 자신을 발견했다. 인간으로서 나에 대해 아는 모든 것은 쓸데없게 됐다. 하고 있는 것에 대해 전혀 몰랐다! 신인이었고, 잘하지 못했다. 그게 정상이다. 잘했어야만 하는 이유는 없다. 그러나 만약 나쁘게 진행되지 않았더라면 아마도 계속 중계방송을 하려고 노력했을 거다. 그 길을 계속 갔을 것이다.

대전환은 중요하다. 때로 우리는 한 가지 결정을 내리게 만드는 하나의 상황을 스스로 발견한다. 그러나 신호를 올바로 읽지 못한다. 병에 걸리거나, 세상이 열려 있지 않거나, 당신이 되고자 하는 데 필요한 삶의 길 위에 있지 않다는 큰 징후들이 있다. 나에겐 긍정적인 방향으로, 특히 여성들을 위해서 세상을 변화시키고 싶은 큰 열정이 있다. 그래서 몇 가지를 파헤쳤고, 구체적인 방법을 알아냈다.

테리 맥밀런 모든 것이 항상 잘되지는 않는다. 하지만 후회할 필요는 없다. 하고 있는 것이 무엇인지, 왜 하고 있는지를 안다면 그걸 하라! 결혼했을 때 당신은 "어머나, 이게 5년, 10년, 혹은 20년 지속될까? 안 되면 뭘 해야 하지?"라고 말하지 않는다. 그렇게 생각하기 시작하면, 그것은 자기 방해 공작이다. 제 발등을 찍는 짓이다. 몇몇 일부 작가들이 하는 일이다. 그들은 이미 생각하고 있다. '만약 책이 출판되지 않으면 어떻게 될까? 아니면 내가 하면? 무슨 일이 일어날까?' 당신의 이야기에 전념하라. 일 자체를 결과보다 훨씬 중요시해야 한다. 그리고 궁극적으로, 만약 그런 방식으로 한다면, 즉 마음을 거기에 쏟는다면 효과가 있을 것이다.

Chapter 4

출산하기:
작품을 세상에 내놓기

결승선에 거의 다다랐다. 하지만 축하하기 전에
아름다운 마무리를 위해 약간의 도움이 필요할 수 있다.
그 도움이 어디서 오는지 알면 놀랄 것이다.
그리고 드디어, 당신 이름이 책등에! 갓 태어난 책은 서점 서가와 전화,
태블릿, 컴퓨터, TV 화면 곳곳에서 축복받으며 데뷔한다. 당신은 절을
할 것이다. 브라보, 아름다운 작가여. 결실을 보았다. 지친 눈을 쉬게
하라. 당신은 작가다! 이제 앞에는 많은 길이 펼쳐져 있다.

1

자연이 남기는 단서:
삶은 버팀목이 될 준비를 하고 있다

"한 잎 두 잎, 잎새마다 나에게 더없이 행복하다 속삭인다."

에밀리 브론테

체로키족 전설에 따르면 위대한 천둥은 번개와 무지개 옷을 입은 '천둥 소년'이라는 두 아들을 두었다. 그들에게 기도하면 비와 다른 축복(때로는 장난을 치기도 한다)을 내려 준다. 영성과 일상생활이 연결되어 있고, 물리적 세계와 정신세계가 하나이자 동일하다.

"봉납받은 공물을 영매를 위한 선물로 바꾸는 변화의 매개체는 불이었다."라고 피터 나보코프는 그의 책 『Where the Lightning Strikes: The Lives of American Indian Sacred Places』에 썼다. 불은 정화이며 광명이며 위대한 선물 수여자였다. 일부 원주민 부족에게 그 선물들은 스웨트 로지 의식에서 사용한 불에서 나온 증기를 통해 왔다. 어머니 지구의 '자궁'은 치유하고 소망하고 감사하고 질문하고 전쟁을 준비하고 통찰력을 받는 곳이었다.

창작자들은 오랫동안 자연에서 경이로움과 영감을 기대하며 신비한 메시지나 응원의 증표나 초자연적인 확증을 찾았다. 어떤 작가들은 정신 장애를 치유하기 위해 바다로 도피하거나, 여름 벼락이 칠 때 깨달음을 얻거나, 폭풍이 지나간 뒤 뜬 무지개의 빛깔 속에서 시를 본다. 토머스는 사방에 절을 하며 할아버지와 증조할머니 영혼에게 빌었다. 내 여정 가운데 이 부분을 위해 나는 하늘로부터 명령을 받았다.

이 챕터를 통해 마법이 만사를 일러 주고, 영감이 글쓰기 생활에서 당신이 소중히 여기는 모든 것에 힘을 불어넣어 주기를 바란다.

뉴멕시코에 있는 숲속 생물 모두는 조마조마했다. 일 년 내내 비가 오지 않는 괴이한 날씨 때문이었다. 화재가 끊임없이 위협해 우리의 '마법 같은' 나라가 마법에 걸린 느낌이었다. 빌 리처드슨 주지사마저 주민들에게 비를 내리게 기도해 달라고 호소하고, 뉴멕시코주에 있는 푸에블로족에게 긴급 기우제 행사를 해달라고 요청했다.

"심오한 깨달음에서 멀어지는 건 자연에서 멀어지는 길이라오." 토머스가 말했다. 우리는 깨달음 쪽으로 가려고 했다. 기도하고 듣기 위해 로지 속으로.

제시와 토시, 나는 뙤약볕 아래 가뭄에 시든 나무들 사이를 걸어 이네피 로지에 도착했다. 토머스와 그랑파 피트, 이웃들이 모여 있었다. 여기서 기원하면 이루어진다는 믿음을 안고 둥그런 자궁 같은 컴컴한 로지 가림막 자락을 열었다.

얼굴에 수증기가 훅 끼쳤지만 라벤더와 향모의 내음이 마치 향기로운 유토피아로 통하는 관문인 것처럼 그곳에 데려다주었다. 토머스는 원주민 수콰미시 말로 주문을 외우며 발갛게 달궈진 돌 위에 말린 허브를 뿌렸다. 향내 나는 반딧불처럼 불꽃이 탁탁 일었다.

45분간의 의식이 끝날 즈음 멀리서 들려오는 커다란 우르르 소리에 귀가 먹먹했다. '설마 저게… 천둥?' 또 다른 쾅 소리가 이어졌다.

"천둥소리를 들으시오." 토머스가 말했다. 애타게 기다리던 듣기 좋은 음악이 들렸다. 후두두 떨어지는 비! 둥근 로지 안에서 무릎을 맞대고 앉은 열두 명은 일제히 와~ 함성을 질렀다.

"여기 들어올 때는 구름 한 점 없었어요!" 이웃인 댈러스가 가림막을 열어젖히며 말했다. 하늘을 온통 뒤덮은 먹구름이 쩍쩍 갈라진 땅 위에 생명의 피를 마구 뿌려 대고 있었다. 모두 기쁨에 겨워 웃고 눈물을 흘렸다.

"믿을 수가 없어, 엄마." 토시가 말했다.

"나도 그래. 마법 같지?"

"증조할머니가 우리의 기원을 들어주셨어요." 토머스가 말했다.

신령한 기운이 충만한 느낌이었다. 앞으로 방향을 잡아야 할 일이 있다면, 바로 이거다.

"하느님, 지구 어머니, 어떻게 하면 제가 도움이 될까요?" 나는 속삭였다. 천둥은 땅을 흔들고 자연은 계속 소리와 빛의 쇼를 연출했다. 담요로 둘러친 벽 저쪽에서 우르릉거릴 때마다 명령을 따르라는 지시를 받는 듯한 느낌이 들었다. '하지만 무슨 명령?'

댈러스가 장막 자락을 내리고 의식을 재개했다. 토머스는 조상 대대로 내려온 노래를 불렀다. 일순간 머릿속 스크린 위로 영화 장면이 휙 지나가는 환영, 그것도 아주 구체적인 환영을 보았다. 전에 딱 한 번 본 생시의 환영보다 훨씬 더 드라마 같았다. 개 산책시키기가 직업인 줄 모르던 옛날에 내가 직업으로 개를 산책시키는 모습을 환영으로 보았다. 환영대로 그것은 아주 대단한 것으로 드러났다.

'쾅! 우르르!' 낯선 얼굴들이 보였다. 미래까지 이어지는 베스트셀러 작가들과의 친분 그리고 친근한 매체. 『매혹적인 삶』을 훨씬 능가하는 더 많은 책. 환경에 관한 책들. '와! 다른 것도 있나?'

양옆으로 숲을 끼고 흙길이 펼쳐졌다. 마음의 눈 속에서 앞으로 걸어갔다. 막 길을 떠났을 뿐인 봉사의 여정이라는 것을 알 수 있었다. "그 길은 쉽지 않을 거야."라는 소리가 들렸다. 머리카락이 쭈뼛섰다. 언제 저 사람이 와 있었지? "도전할 필요가 없다. 벌칙은 없을 것이다." 목소리가 알려 주었다. "아, 하지만 좋아요. 있을 거예요, 제 마음에는요." 그러자 갑자기 한 걱정이 들었다. 나에게 역량이 없으면 어떡하지? 갈 길은 정말 멀어 보였다. 하지만 마음은 평온해졌다. 엄마는 나의 기준으로 등불을 들고 앞서갈 것이다. 엄마는 당신이 가지고 있지 못한 용기를 나에게 주었다. 그러니만큼 나는 엄마가 하지 못해 후회한 일을 끝마치도록 도울 거야.

"나는 인생을 허비했어." 이 말을 남기고 엄마는 눈을 감았다. '아니야. 절대 허비하지 않았어, 엄마.'

환영은 이네피 로지 밖에 있는 작은 생물의 관점으로 옮겨 갔다. 대지와 하늘의 위험이 그들에게 얼마나 무시무시한 현실이 되었는지를 떠올렸다. 적어도 지금 내린 비로 이번만은 우리 땅 곳곳에 다람쥐와 새, 이름 모를 작은 생명체들을 위해 놓아둔 물그릇들을 채울 필요가 없게 되었다.

폭풍이 잦아들어 우리는 이네피 로지를 떠나 오두막으로 갔다. 발걸음은 무겁게 느껴졌지만 영혼은 가볍게 느껴졌다. 글쓰기와 나무 껴안기 여행을 평생 계속할 것이다. 실용적인 만큼이나 신비한 일종의 행군 명령을 받았다.

토머스의 이네피 로지에서 본 환영을 따라 이전보다 더 글쓰기에 열중했다. 하지만 『매혹적인 삶』을 본 출판사들에서 온 모순된 거절 편지들을 보면서 머리를 쥐어뜯을 수밖에 없었다. "책 속의 이름들은 참신하다. vs. 그 이름들은 이미 들었던 것이다." "신선하고 독특한 글이다. vs. 전혀 새롭지 않은 글이다." "환경문제는 중요하다. vs. 환경문제는 섹시하지 않다."

마지막 편지는 한 편집자의 상사가 보낸 것이었다. 그 편집자는 머리 위로 돌고래들이 뛰어오르는 꿈을 꾸었는데 다음 날 아침에 책상에서 내 제안서를 보았단다. 나는 돌고래 한 마리가 와일랜드의 머리 위로 뛰어오르는 사진 한 장을 제안서 안에 동봉했었다. 편집자는 그것을 좋아했다. 하지만 상사가 좋아하지 않았다.

'자비 출판할 수 있는 방법을 알면 얼마나 좋을까.' 하지만 방법을 몰랐다. 끝까지 나의 팀, 나의 사람들을 찾고자 했다.

어느 날 오후 어두워진 바다에서 원고를 들고 수영하면서 원고가 젖지 않도록 조심하다 익사할 뻔했다. 두 손으로 머리를 쥐어뜯으며 트레일러 사무실의 책상에 앉아 있을 때 캐럴이 전화했다.

"아, 언니, 진짜 정신없겠다. 언니는 무덤에서 기어 나와 창자를 열일곱 번 몸에 다시 집어넣는 좀비 대재앙을 일곱 번 겪었어. 책을 출판하겠다는 꿈은 6년도 넘었어. 그런데도 언니는 아직도 밤마다 추운 곳에서 자고 있지. 언니가 무척 자랑스러워. 목표에 거의 다 왔다고 믿어."

'여동생이 없었다면 어땠을까? 정신 나갔겠지, 미쳤을 거야.'

혼미한 상태로 운전대를 잡고 집으로 돌아오는 길에 눈물을 뚝뚝 흘리며 큰 소리로 기도했다.

"하느님, 제발! 이 책은 당신의 아이디어였습니다. 당신이 그 꿈을 꾸게 하신 분입니다. 만나는 사람들, 배우고 있는 것들은 최고의 선물입니다. 아무것도 바라지 않고 온종일 글을 쓰겠습니다. 하지만 작가에게는 독자가 있어야 하고 출판사가 없으면 독자들에게 다가갈 수가 없습니다. 다른 일은 할 줄 모릅니다. 세상에서 가장 좋아하는 일을 하면서 먹고살 수 있다고 믿는 것이 잘못입니까? 당신의 도움이 필요합니다!" 짜증 나는 먼 길에 단단해진 흙길의 고랑과 이랑 위로 픽업트럭이 덜컹거리자 저절로 핸들을 잡은 두 손에 힘이 들어갔다. 토머스의 말이 머릿속에 쟁쟁하게 울렸다.

"충분히 관심을 기울이면 온 자연이 당신을 돕고 길을 보여 주기 위해 일을 꾸밀 것이오. 자연은 당신을 여기로 데려왔소. 자연은 당신이 누구인지 알고 있소. 어머니는 자신의 아이들을 돌보고, 아주 살갑게 구는 아이들은 더 특별히 돌보는 법이지요." 평소라면 토머스의 논리를 전혀 이해할 수 없었을 것이다. 환경운동가에게 가장 중요한 건 자연에 가해지는 폭력이다. 하지만 지금은 아니다. 이제는 믿음밖에 없었다. 하나에 집중해야 하는 일은 들불을 진화하는 것만큼이나 시급했다.

'자연의 모든 것!'

윈드 마운틴의 꼭대기를 올려다보고는 차를 세워야겠다는 강한 충동을 느꼈다. 엔진을 끄지 않고 트럭에서 나와 차 문을 조금 열어 두고 토머스가 보여 준 대로 무릎을 꿇고 엎드려 따뜻한 찰흙 가루가 덮인 땅에 이마를 댔다.

"하느님, 지구 어머니, 제가 왔습니다. 불초한 딸이요. 이렇게 길이 좋고 날이 화창한 것에 감사합니다. 부디, 도움이 필요합니다. 계속 나아가기 위해 필요한 일은 무엇이든 하겠습니다. 하지만 신호가 필요해요. 제가 다섯 살이라고 치고 이해할 수 있게 답을 자세히 주세요. 제발, 하느님, '누가' 이 책을 출판해 줄까요?"

고개를 들어 청명한 하늘을 훑어보고는 한숨을 쉬었다. '무엇이든 제발! 잘될 거라는 단서를 조금이라도 주세요. 새 한 마리든, 회오리바람이든, 동물 모양의 구름이든. 그런 게 보이면 제가 그 뜻을 알아낼게요.'

아무것도 나타나지 않았다. 나는 기다렸다.

미풍이 부는 기미조차 없는데 구름 한 점 없던 푸른 하늘에 갑자기 하얀 뭉게구름들이 나타났다. 그러더니 동서남북에서 구름이 저속 사진 촬영하듯 서로를 향해 움직이기 시작했다. 눈도 깜박이지 않고 멍하니 작은 뭉게구름들이 합쳐져 큰 뭉게구름이 되는 광경을 지켜보았다. 테이블 위에서 밀대로 납작하게 밀어 버리기 전의 동그란 찰흙 덩어리 같았다. 믿을 수 없게 순식간에 뭉쳐진 구름은 빠르게 마천루 크기로 솟아올라 얇은 하얀색이 되었다. 번호판에 완벽하게 찍힌 것처럼 분명하고 깨끗한 글자, H와 C였다.

지평선 위 어디에도 구름 한 점 남아 있지 않았다. 혹시 궁금해할까 봐 하는 얘기인데 나는 평생 환각제 한번 해 본 적이 없다.

"하퍼콜린스HarperCollins!" 두려움에 다시 땅에 머리를 조아리며 외쳤다. 하퍼콜린스는 대중적인 명상 책을 출판하기로 유명했다. 우주는 상상할 수 있는 것보다 더 큰 마법을 지니고 있었다.

감사에 겨워 눈물을 글썽이며 어질어질한 몸을 트럭에 싣고 집으로 차를 몰았다. 이제는 에이전트에게서 기쁜 전화가 오기를 기대하며 계속 눈을 내리뜨고 손가락을 움직이는 것 말고는 할 일이 없었다.

캐럴의 지지와 구름의 마법 같은 춤이 실망스러운 거절 편지들과 버무려지면서 스위치가 켜졌다. '엿 먹어! 그건 전부 주관적이야. 모두 개인 의견일 뿐이야. 내 비전은 내가 내놓을 거야. 내가 읽고 싶은 책을 쓰는 거야. 나의 출판사, 하퍼 빌어먹을 콜린스는 나의 임무를 공유할 거야.'

이틀 후에 에이전트가 전화했다.

"당신 책 팔렸습니다!" 댄이 말했다.

"뭐어요? 정말로? 어디에요?" 활짝 웃으며 물었다. 물론 답을 알고 있었다.

"헬스 커뮤니케이션스요."

'잠깐, 뭐라고? 엉? 아~안 돼! 하퍼콜린스가 아니라고? 헬스 커뮤니케이션스가 뭐야? 나는 건강에 광적으로 관심이 있긴 하지만, 출판사로서는 별로야!'

"헬스 커뮤니케이션스가 괜찮은 곳인가요?" 실망감을 조금도 감추지 않고 물었다. '이럴 리가 없어! 그 구름들은 어쩌고? 어떻게 내가 틀릴 수 있어?'

"『영혼을 위한 닭고기 수프』 시리즈를 출판한 곳이에요. 엄청난 판매자들이 있습니다, 린다." 댄이 나긋나긋 말했다. 건넌방의 책꽂이를 쳐다보았다. 한곳에 『닭고기 수프』 시리즈 두 권이 꽂혀 있었다.

와…. 수백만 권의 책을 판, 출판사다운 출판사의 제안을 받은 것이다! 실제로 일어난 일이다. 평생 어느 전화보다 더 고대하고 할 말을 은밀히 연습했던 전화가 온 것이었다. 그리고… 오, 오? 오오오! 앞에 있는 공책에 방금 휘갈겨 쓴 머리글자를 내려다보았다. 헬스 커뮤니케이션스Health Communications. 그것이 있었다. H와 C! '내가 H와 C를 다른 단어로 짐작했구나.' 창밖을 내다보았다. 영혼 관련 책들을 충분히 읽었고, 세미나에 충분히 참여했고, 설교자와 연설가들의 얘기를 충분히 들었다. 때문에 더 큰 계획을 여기서 실행할 수 있다는 것을 알았다(하느님과 어머니 지구는 철자법을 알고 있었다는 것도).

"알았다! 네가 정말로 하느님의 전화번호를 갖고 있구나." 소식을 전하려고 전화했을 때 아빠가 말했다. 우리 모두 갖고 있지 않나? 어찌 그렇게 쉽게 잊었을까? 증거는 사방에 널려 있었다.

진흙투성이 장화 대신 부츠를 사서 신고 헬스 커뮤니케이션스의 담당 출판인인 피터 베그소와 게리 사이들러를 만나러 출발했다. 다른 사람들이 보지 못한 내 안의 것을 본 마법사들이다. 그들은 몇 년 전에 자신들이 내린 행군 명령에 따라 폭스바겐 비틀을 타고 토론토에서 플로리다주의 디어필드 비치까지 달렸다. 뉴욕 외곽에서부터는 방법을 바꿔 마약 중독 회복 팸플릿을 판매했다. 그러다 '내면 아이'와 '역기능 가정' 같은 용어를 유행시킨 재닛 워티즈의 〈어른 아이 알코올 중독자들〉, 조 브래드의 〈브래드쇼: 가족〉에 출연하며 상호 의존 운동을 다시 시작했다. 그들이 『영혼을 위한 닭고기 수 프』 시리즈의 작가인 잭 캔필드와 마크 빅터 한센을 만났을 때 헬스 커뮤니케이션스는 파산 직전이었다. 하지만 그들은 이전에 출간한 144종의 책(아무도 기분 좋게 느껴지는 단편 소설은 사지 않는다!)과 다 른 방식으로 도박을 했고 이겼다. 그들의 회사는 제일 큰 회사는 아 닐지라도 그러한 반열에 오른 페이퍼백 출판사가 되었다.

그들이 종이 공급처를 바꾸어 FSC 종이를 사용하게 할 수 있다 면! '한 번에 한 가지씩만, 린다! 긴 여정이야.'

출판사 로비에서 영웅 환영식 같은 것을 한 후, 한 무리의 사람들 이 활짝 웃으며 나를 데리고 공장 견학을 시켜 주었다. 나만의 퍼스 널 북(동화 등의 이야기 주인공을 자신이나 친구·가족 등의 이름으로 바꾸 어 주문 제작한 책) 공장 같은 기분이 들었다.

"여기는 『매혹적인 삶』을 찍을 곳입니다." 그들이 말했다. "그리고 여기는 책 상자들을 전국의 서점으로 실어 보내기 전에 쌓아 둘 곳 입니다." 놀라웠다. 미국에서 처음부터 끝까지 관리하는 제조 공정 을 보리라고는 전혀 기대하지 않았었다. 중국 인쇄소들이 많이 폐업 해서 그런가….

다음에는 줄지어 차 여섯 대에 타고 나의 새로운 출판 가족들 이 둘러싸고 있는 진수성찬 자리에 갔다. 그제야 왜 출판사가 '집

publishing house'이라고 불리는지 깨달았다. 정말 집이라는 느낌이 들었다.

"전체 팀원이 스무 명이 넘는데 만장일치로 당신의 제안에 찬성 표를 던졌습니다." 편집자인 매튜가 궁바오 덮밥 접시를 들고 환하게 웃으며 말했다. "그런 건 우리에게 아주 드문 일입니다. 거의 없는 일이죠."

"당신 작품을 우리의 다음 『영혼을 위한 닭고기 수프』 시리즈라고 보고 있습니다." 공동 설립자인 게리가 덧붙였다. "당신과 일하게 되어 기쁩니다." 내가 받은 선금은 아주 적었다. 겨우 5,000달러로 이미 쓴 우푯값도 안 됐지만 꿈은 현실이 됐다! 그 꿈에 더해 그들은 고액을 지불하고 최고의 외부 홍보 담당자를 고용해 함께 일하려고 했다.

운세가 어떻게 바뀌었는지 믿을 수가 없었다. 움직이는 기세를 유지하고 싶었다. 깊이 감사하는 마음을 표할 방법을 생각해 내느라 머리를 쥐어짰다. 아널드 파머의 어시스턴트에게 전화를 걸어 아널드 파머가 사인한 사진 한 장을 출판사 사무실에 보내게 했다. 사진은 반응이 뜨거웠다. 그리고 내 책에 등장하는 유명 인사들에게서 온 사진과 재미있는 손 글씨 메모, 서명을 정리해 우리 팀 사람들에게 줄 액자를 만들었다. 출판사에서는 어떤 작가에게서도 그렇게 소중한 선물을 받지 못했다고 한다. 다음에 방문했을 때 보니 내가 보낸 선물들이 사무실 벽마다 걸려 있었다.

진정 믿는 이들은 역사를 최고의 기도 습관으로 채운다. 구름에서 그렇게 분명한 답을 얻은 것은 나에게 전적인 믿음이 있기 때문이었을까? 벤저민 프랭클린은 "100년을 살 것처럼 일하고 내일 죽을 것처럼 기도하라."라고 말했다. 오체투지로 간구하는 기도는 내일 죽을 것처럼 하는 기도라고 여긴다. 1챕터 8장에서 소개한 제시의 "꺼져, 엿이나 먹어." 기도 역시 같다고 할 수 있다. 실제로 상대에게 욕을 하지 않았지만, 우리 가족이 욕 잔치에서 헤어나 마음이 놓였다.

작가들은 공감 능력이 있다. 아주 예민하다. 다른 사람들이 인식하지 못하는 것을 인식한다. 물론 어떤 사람은 무척 둔감하다. '구름, 구름이 어떻다고?' 그런 사람을 바꾸려고 하지 마시라. 내가 해 봤다. 우리는 우리다. 그리고 모든 사람이 자기만의 이야기가 있다.

시인이자 감성이 풍부한 창작자인 조이 하조가 내 팟캐스트에 출연했을 때 조이는 내가 뉴멕시코에서 살고 있는 동안의 생활에 대해 말했다. 보낸 이도 모르고 받은 선물에 대한 이야기! 나는 빌 리처드슨이 주 전역에 기우제를 지내 달라고 요청한 것을 정확하게 기억한다. 그것을 확인하고 싶어서 온라인으로 조사하고 있었지만 아무것도 얻지 못했다. 조이는 자신의 딸을 레이니 돈(비 오는 날의 여명-옮긴이)이라고 이름 지었다. 혹시 조이가 나에게 필요한 정보를 줄 수 있지 않을까?

"그때를 기억하다마다요!" 조이가 말했다. "인생의 대부분을 뉴멕시코에서 살았어요. 뉴멕시코에 살고 있는 사람은 누구든 알지요.

푸에블로족 사람들이 기우제 춤을 출 때, '구름이 몰려온다!'라고 외치던 것을요. 그건 소통입니다. 소통을 그런 식으로 하는 거지요. 거기에는 사람들이 존경하는 관계를 맺는다는 의미가 담겨 있습니다. 누군가와 맺는 관계처럼 그런 관계를 '만들어 가야' 해요. 그런 관계는 그냥 이루어질 수 없습니다. 관계에는 책임이 따르니까요."

감수성이 매우 풍부하든 않든 자연과 '관계를 맺기' 위해 시간을 투자해야 한다고 어느 때보다 더 굳게 믿는다. 자연의 메시지를 듣기 위해, 자연이 필요로 하는 것에 관심을 기울여야 한다. 이건 자연과 우리를 위한 일이다. 세상에 관심을 기울이고, 보이는 힘과 안내자는 물론 안 보이는 힘과 안내자와도 직접적인 관계를 맺을 때 깨달음이 온다.

폭풍우가 몰아치던 그날 이네피 로지에서 본 영화 같은 환영은 사실이었다. 가야 할 길은 멀 것이다. 이제야 내가 봤던 환영들이 조금씩 구체화되고 있다. 하지만 보람 있는 여행이 그렇듯 도중에 환희의 승리, 즉 의심과 노력 하나하나에 백 배 이상의 값어치를 매긴 사건들이 있었다.

'단서'를 만난 작가들

패트리샤 콘웰 당신이 질문을 받으면 할 일은 딱 두 개다. 기꺼이 하라. 하기로 돼 있는 것이 무엇이든 그것이 당신을 선택할 때 그저 기꺼이 하라.

괴상한 경험을 한 적이 있다. 열두 살 때로 기억한다. 엄마와 노스캐롤라이나에 있는 쇼핑몰을 걷고 있었다. 서점을 지나갈 때 환영을 보았다. 유리창에 내 이름이 박힌 책이 꽉 차 있었다. '그것 참 신기하다. 이상하다.' 테니스 선수가 되고 싶었기에 책과 관련된 것에 관심조차 없었다. 그 경험을 어머니에게 말하지 않았다. 아무 말도 하지 않았지만 결코 잊지는 않았다.

모든 것이 물리학과 관계가 있다고 믿는다. '마법'으로 보이는 것들까지. 에너지 장은 서로 끌어당긴다. 요즘 물리학의 사조는 공간이나 시간에는 시작이나 끝이 없다는 것이다. 아인슈타인이 말한 대로 시간이 없으면 모든 사건이 한 번에 일어날 것이다. 우리는 진짜 '현실'이 무엇인지 알지 못한다고 생각한다. 그런 까닭에 우리와 같은 스토리텔러가 매우 중요하다. 인생이 무엇인지, 우리는 누구이며 무엇이 되어야 하는지 정의하는 데 도움을 줄 테니까. 그러지 않으면 GPS가 없는 꼴이다.

나는 미래에 일어날 일을 보고 있었을까, 아니면 그것은 시작도 끝도 없는 우주에서 이미 일어났을까? 우리가 여러 이유로 일을 하도록 '선택됐을' 것이라고 생각한다. 그리고 기꺼이 그 일을 하려 한다면 선택되는 건 당연하다. 그렇다고 늘 쉽거나 행복하다는 말은 아니다. 하지만 적어도 내게는 마땅히 해야 한다고 생각하는 일에 최선을 다하고 있다는 마음속 평화가 있다.

♡

제인 구달 내가 자연에서 겪었던 가장 격한 경험은 전혀 예상하지 못한 것이었다. 그 경험들은 가끔 혼자 있을 때, 한번은 침팬지들과 같이 있을 때 왔다. 갑자기 당신이 더 이상 자신이 아닌 것 같다. 당신은 거기에 없다. 지금까지와는 전혀 다른 방식으로 자연을 느낀다. 설명할 길이 없다. 딱 본모습 없이 거기 있는 것이다. 그러니까 모든 것이 다르게 보인다. 그리고 나서 당신이 지구로 돌아온다. 아주 다른 기분이다. 그것에 관해서는 『희망의 이유』에 썼다.

한번은 파리 한 마리가 내 몸에 앉았다. 파리를 보고 생각했다. '파리 한 마리네.' 그리고는 우리가 무엇에든 꼬리표 붙이기를 얼마나 좋아하는지 생각해 보았다. 그 파리를 특별한 생물로 보기 시작했다. 아주 아기자기한 색깔을 띠고 있었다. 그런 파리를 본 적이 없었다. 마치 나를 가르치기 위해 누군가가 보낸 것 같았다. 꼬리표를 떼어 내면 어떤 것이 그것의 진정한 존재, 즉 본질과 실제 같다는 것을 깨달을 수 있다. 하지만 우리는 "저것은 파리, 저것은 말벌, 저것은 젖먹이동물, 저것은 나비, 저것은 들소."라고 잘도 특징지으면서 그들의 본질을 느끼지 못한다.

♡

마사 벡 인생의 모든 것, 건강과 돈, 가족이 산산이 부서졌을 때 비행기에 올라 창가 자리에 앉았다. 애리조나의 열기가 들어오지 않게 차양이 내려져 있었다. 너무도 두렵고 불안하고 서러워 꼼짝 않고 앉아 껌을 찾기 위해 여행용 배낭을 뒤적였다. 지난번 여행에서 누가 준 조그마한 명상 책 한 권을 발견했다.

손 가는 대로 그 책을 펼쳤는데 힘들 때 사용하는 시각화 지침이 눈에 띄었다. 첫 번째 단계는 눈을 감고 빛이 나를 둥글게 감싸고 있는 모습을 상상하는 것이다. 뻔한 얘기로 들렸지만 나쁘지 않았다. 상상해 보았다. 다음 단계는 주위의 그 빛이 좋아하는 색깔이라고 상상하는 것이었다. '하지만 나는 모든 색이 다 좋다.' 그래서 무지개가 나를 둘러싸고 있다고 상상했다. 그때 비행기가 이륙했다. 구름층을 뚫고 올라갔을 때 창문의 차양을 열어 보고 싶은 충동이 일었다. 창을 통해 본 것은 '광배'라고 알려진 드문 기상 현상이었다. 비행기가 원형의 거대한 무지개에 둘러싸여 있는 모습이었다.

♡

토스카 리 순전히 두려움 때문에 그리스도의 악명 높은 배신자인 유다 이스카리옷에 관한 일인칭 소설 『유다』 쓰기를 오랫동안 미뤘다. 작업량에 겁이 났고 역사소설에 밝은 독자들과 성경을 공부하는 학생들, 신앙인들이 어떻게 받아들일지 두려웠다. 나는 신학자도 아니고 역사가도 아니고 종교 전문가도 아니었다. 그저 자신이 던진 질문과 환멸로 허우적대는 한 여성이며, 무럭무럭 커야 할 경력을 짓밟을까 걱정하는 현업 작가일 뿐. 하지만 주위의 많은 사람을 포함해서 인생에서 모든 것이 어쨌든 그것을 써야 한다고 가리키는 듯했다.

일 년 반을 꼬박 조사해서 보완했다. 지식으로 보호벽을 쌓았다. 그 다음에 13만 단어로 덮어씌웠다. 초고는 900페이지가 넘었다. 나는 두 손으로 괴물을 잡고 있었다. 방대하게 뒤얽힌 세부 사항 속 어딘가에서 가장 중요한 것을 못 보았다. 이야기 중심에 있는 인간과 신의 신비.

갈릴리 호숫가에 서 보고, 가버나움의 유대교 예배당 안에 앉아 보고, 역사의 현장을 답사하며 이스라엘에 머물던 때를 회상했다. 아주 많이 배웠다. 하지만 이스라엘에 들어가서는 상실감에 빠졌다. 바위 사원으로 올라가면서 보니 첨탑과 모스크와 사원들이 하느님을 향해 뻗고 있는 수많은 손처럼 지평선에 솟아 있었다. 한순간도 신비를 '경험하지' 못했다는 것을 깨달았다. 눈물을 눌러 참으며 계단을 오르다 나이 든 거지에게 몇 세겔을 건네면서 마음을 추스렸다. 돈을 건네는 순간 노파는 두 손으로 내 손을 덥석 잡았다. 그 바람에 무릎을 찧을 뻔했다. '여기에' 하느님이 있었다. 두말할 나위 없이 이스라엘 곳곳을 여행한 것은 바로 그 손을 잡기 위해서였다는 것을 깨달았다.

결국 논문 세 편 분량에 해당하는 역사적 내용들을 집어던지고 신비와 인간의 접속으로 돌아왔다.*

---

* 『유다』는 다음 해에 소설 부문 올해의 기독교 서적상을 받았다.

2

기막힌 타이밍과 현실이 된 꿈:
이토록 늦어진 까닭을 알겠다!

"예술은 서둘러서는 안 된다. 스스로의 길을 가도록
놔두어야 한다. 스스로의 공간이 있어야 한다.
그러니 예술이 다른 곳으로 가는 길에 서두르거나
할 일을 일일이 점검해서도 안 된다."
라이언 홀리데이

온갖 지연, 폄훼, 삭제된 파일, 금전적 고통, 잠 못 이루는 밤, 작가의 슬럼프에도 불구하고 매년 많은 책이 나온다. 실제는 수백만 권이다. 그동안 읽은 책이 얼마나 많은지 생각해 보라. 현존하는 책은 어림해 유일무이한 책이 134,021,533권이니까 은하계의 별만큼이나 많다. 그것들을 일일이 세려면 눈이 아플 게다!

책 한 권을 쓰거나 출판하는 일이 쉽지는 않아도 과정은 간단하다. 거기에는 단계와 계획이 있다. 그 단계를 밟고 계획을 수행해 마침내 자신의 이름이 박힌 책을 받는 사람들의 온전한 세계가 있다. 그리고 언제나 하나 더 들어갈 여지는 있는 법이다! 우리는 절대 황홀한 이야기나 기억할 만한 인물, 인생을 바꿀 만한 정보에 대한 욕심을 멈추지 못한다. 우리는 물리지 않는다. 이야기는 인생에 의미를 부여한다. 뇌는 문자 그대로 이야기들과 연결되어 있다. 그렇게 우리는 인간다움을 체험하는 것이다.

수많은 시간을 꿈꾸고 기도하고 지칠 줄 모르고 읽고 쓴 끝에 '매혹적인' 출산이 이루어졌고 인터뷰한 모든 작가의 책이 나왔다. 그들은 처음으로 서점 서가에 꽂히거나 팔리는 자신의 책을 보거나 인생을 영원히 바꾼 다른 큰 '첫 번째 경험'을 회상한다. 나는 그때 그들의 잠긴 목소리를 들으며 눈이 반짝이거나 눈물 어리는 것을 보는 게 좋다.

"『먹고 기도하고 사랑하라』는 나를 아주 잘 돌보아 주었습니다." 엘리자베스 길버트가 한 말이다. 그 말에 아멘.

책은 태어날 때 우리를 축복해 줄 뿐 아니라 수많은 다른 꿈과도 동행한다. TED 토크, 라디오와 팟캐스트, 온갖 매체, 깊고 넓은 친분, 공동체 기여, 활기찬 대화, 국내외 여행, 신문과 잡지 기사, 확장된 사업, 후속 작품, 성장과 치유, 황홀한 서평 그리고 현금도. 이런 이야기들은 다음 책에서 다룰 예정이다. 하나만 명심하라. 계속하라. 글 쓰는 일과 출판하는 일이 내내 빙하처럼 차갑게만 느껴지지 않을 것이다. 일이 진행되면 준비 기간에 고마운 마음이 들 것이다. 당신 책은 그 자체의 운명이 있고, 뜻밖의 멋진 일이 당신을 기다리고 있다.

"축하합니다!" 헬스 커뮤니케이션스에서 온 홍보 담당자 킴 와이스가 로스앤젤레스에서 열린 행사에서 완성된 책을 나에게 건네주며 말했다. 아버지가 환한 얼굴로 내 옆에 서 있었다. 총 321쪽의 책. 제목은 『매혹적인 삶』. 7년 전 꿈에 나타났던 그대로였다. 회사 심벌 HCI가 책등에 찍혀 있었다. 내 이름은 커다란 글씨로 앞표지에. 인터뷰한 스타들의 컬러 사진과 추천 문구가 뒤표지에.

그것을 들고 생각했다. '안녕, 애야. 난 널 알고 있어… 내 생각엔.' 이 순간 구름 위를 걷듯 기쁨을 느끼리라 기대했었다. 그러기는커녕 이상한(다행히 금방 지나가는) 우울감을 느꼈다. 사람들이 실수로 다른 사람의 아이를 나한테 넘겨준 것 같았다. 주위에 책이 나왔다고 알리느라 야단법석을 떨었다. 그러면서도 몇 년간 내내 일하고 기대하고 집중하고 거절당하고 나서 마침내 손에 들고 있는 묵직한 물체의 느낌이 낯설다는 것을 깨닫고 놀랐다. 어머니들이 태어난 자기 아기를 보고 '너는 누구니? 넌 내 아이가 아니야!' 하고 생각했다는 이야기를 들었다. 토시를 낳고 그런 경험을 하지 않았지만 '책 출산' 후

우울증을 느끼고 있는 게 아닌가 의심되기도 했다.

다행히 북아메리카에서 가장 큰 출판계 콘퍼런스인 북 엑스포 아메리카에 참여하기 위해 시카고로 여행하기 전에 기분은 금방 풀렸다. 편집자인 매튜와 미시간 애비뉴를 걸어서 행사장 안으로 들어가 내 책을 만났다. 책의 만듦새와 첫인상이 무척 마음에 들었다.

"매튜, 나의 투사가 돼 줘서 고마워요. 너무 감사해요."

"저도 아주 기쁩니다." 그가 대답했다. "당신은 오늘 잘할 겁니다. 준비됐죠?"

"어, 그래요!" '겨우 7년 준비.'* 매튜는 나를 이끌고 시카고의 매코믹 플레이스 컨벤션 센터라는 미로를 통과했다. 2만 5,000명의 책판매원과 출판인, 작가, 팬이 사인회와 회의, 토론을 하기 위해 부스에 모였다. 나는 이제 앨리스 워커와 조지 스테퍼노펄러스, 피터 제닝스, 톰 울프, 캐서린 콜터 같은 작가를 포함한 문학 공동체의 일원이었다.

"눈을 감으세요." 매튜가 앞장서 한 모퉁이를 돌면서 말했다. 눈을 뜨자마자 숨이 턱 막혔다. 책 표지, 나의 아름다운 책 표지를 거대하게 확대한 이미지가 빛을 받고 있었다. 제시가 10㎞ 상공에서 찍은

---

* 당신의 시간표는 길 수도 짧을 수도 있다. 내게는 1년도 안 돼 빠르게 제안서를 쓰고, 에이전트와 계약하고, 원고를 판매한 고객들이 있다.(나는 그동안 챕터 2를 쓰고 있었는데…, 하!) 끝날 때까지 끝난 것은 아니지만, 당신과 책을 위해 시간표의 할 일 목록 제일 위에 올려놓아라.

사진 한 장을 이용해 그와 내가 디자인을 도와 완성한 표지였다. 세인트마틴 섬에서 그의 일을 마치고 집으로 돌아가는 중에 비행기 창밖을 내다본 적이 있다. 그때 가장 핑크빛답고 자줏빛답고 뭉게구름다운 구름층을 구경했다. 그 사진이 커다란 볼드체의 내 이름과 함께 조명에 빛났다. 엄마가 하늘에 세공해 놓은 것 같았다.

공동 발행인인 피터가 다가와 포옹했다. "우리의 스타가 오셨네!" 그가 말했다. "예뻐요, 린다. 멋지게 사인하세요. 당신이 와서 너무 기쁩니다!"

그러더니 바로 홍보 담당자인 킴이 나를 데리고 긴 테이블로 가서는 펜을 주고 몇몇 높은 책꽂이에서 책을 꺼내 건네주기 시작했다. 미소 띤 얼굴들의 줄이 끝날 줄 몰랐다. 아무도 알지 못했지만 사랑스러운 영혼 하나하나 다 껴안고 싶었다. 그런데 한 얼굴이 눈에 띄었다. 치킨 수프의 그 남자, 줄에 서 있다니! 『영혼을 위한 닭고기 수프』를 만든 출판사의 일원으로서, 사인한 책 한 권을 그에게 준 것도 믿을 수 없는 순간이었다.

엄마가 살아서 나와 함께 축하했으면 하는 마음이 간절했다. 하지만 엄마는 멀지 않은 곳에 계신다는 것을 느낄 수 있었다.

2년여 전, 엄마가 돌아가신 뒤 내 첫 번째 생일날에 메마른 땅이 비를 그리워하듯 엄마를 그리워하며 펑펑 울면서 밖에 있었다. 다이애나 왕비가 그날 아침 죽었고, 전 세계인이 슬퍼했다. 나에게 특별한 날이 앞으로 또다시 올까 회의하고 있을 때 풍선 한 개가 남쪽에서 날아와 머리 위에 떠 있었다. 가장 가까운 가게에서 35마일 떨어진 곳에 있었는데, 아무리 봐도 집 한 채 없었다. 머리 위로 늘어뜨린 '생일 축하' 글자가 바람에 춤을 추고 있었다. 콧물을 훔치며 깔깔대고 웃었다. 엄마는 환경을 생각하는 사람인데도 생일날 풍선 담당이었다. 아직도 아빠 이름을 프린트한 풍선들을 가지고 있다. 엄마가 주문한 것이다. 엄마 유품에서 발견했다.

우리 중 가장 책을 많이 읽는 사람인 엄마가 '내 출판사'의 부스 안에 서서 이 사랑스러운 장면을 죄다 내려다보고 웃음 짓고 있다는 느낌이 들었다.

HCI의 외부 홍보 담당자 조디 블랑코는 요술을 부리고 있었다.

"린, 너는 〈엑스트라〉(연예 뉴스를 다루는 미국 TV 프로그램—옮긴이)에 출연할 거야! 정말 믿을 수 없어!" 다이앤이 외쳤다.

"알아! 기적이야!" 내가 말했다. "우리는 폴 윌리엄스의 집에서 하루 동안 촬영할 거야. 그다음에 캐서린 옥센버그의 집에서 할 거고."

"정말 황홀해! 뭐 입을 거야?"

"모르겠어!" 나는 한 방 맞은 듯 기진맥진한 상태로 미친 사람처럼 웃어 대기 시작했다.

다이앤이 말했다. "정신 바짝 차려. 이틀 후에 〈엑스트라〉에 나간다고! TV에서는 시골뜨기 옷을 입으면 안 돼! 그리고 머리도 새로 해야 해. 그라놀라는 숲에서는 대단하지만 TV에서는 아니야!"('그라놀라'는 "그렇게 하고 대중 앞에 용감하게 나가지 마라!"라는 우리의 암호였다.)

시간을 절약하기 위해 다이앤은 남편 크리스가 팰컨스 선수로 뛰고 있는 애틀랜타에서 옷 한 상자를 당일 배송했다. 또한 다이앤은 자신이 좋아하는 LA 미용사를 고용해 로스앤젤레스에서 나를 만나게 했다. 기적 중의 기적인 〈리자〉 쇼 녹음에 대비하도록 말이다. 리자는 약속을 잘 지켰고 캐서린 옥센버그와 폴 윌리엄스, 나와의 인터뷰를 포함해 방송 시간 대부분을 내 책에 할애했다. 파라마운트 스튜디오가 리무진 한 대를 보내 제시와 토시, 캐럴 부부와 나는 옷을 갖춰 입고 재빨리 올라탔다. 무대에서 폴이 내 손을 잡고, 폴과 캐서린과 웃으면서 옛날이야기를 할 때 부러움을 사는 기분이었다. 전날 밤 무대에서 말해야 할 대사 한 줄을 꿈꾸었다. 마음이 안정되자 녹음하는 동안 그것이 생각났다. 자연스럽게 완벽한 순간이 왔을 때 주저하지 않고 말했다.

"리자, 믿을 수 있어요? 나는 폴과 함께 살면서 그의 집에서 일했어요. 그리고 폴은 아직도 나를 좋아해요!" 캐서린과 폴, 청중이 웃음을 터뜨렸다. 그러자 폴이 말했다. "아뇨, 우리는 당신을 '무지' 좋아해요."

책에 소개한 크리스는 위성으로 연결되어 있었다. 리자는 책과 나를 극찬했고 폴은 〈머펫 무비〉의 OST인 〈레인보 커넥션〉을 노래하며 쇼를 마무리했다.

"먼 훗날 우리는 찾게 될 거야. 무지갯빛 연결 고리를. 사랑하는 연인들, 꿈꾸는 이들 그리고 나."

앞으로 꿈꾸는 사람이 된 것을 후회하지 않을 것이다. 물론 나의 길은 힘들었지만 누구의 길인들 힘들지 않았겠는가?

　책은 사람과 똑같이 운명을 타고난다고 엘리 위젤은 말했다. 어떤 책은 슬픔을 초래하고, 어떤 책은 기쁨을 낳고, 어떤 책은 둘 다 가져온다. 책의 운명의 조각들이 어떻게 스스로 짜 맞추어 최대의 효과를 내는지 결코 알 수 없다.

　예컨대 엄마의 아주 친한 친구인 케이는 마치 엄마인 양 내가 피셔맨스 워프에 있는 반스 & 노블과 계약하자 북 파티를 열어 주었다. 파티는 샌프란시스코에서 바다가 내려다보이는 케이의 고층 콘도에서 진행되었다. 콘도 문을 열고 들어서자 박수갈채가 쏟아졌고, 때맞춰 통유리 창밖으로 누군가가 우연히 10월의 밤에 화물선 뱃머리에서 대형 불꽃놀이를 계획했다. 이것은 책의 운명이었을까? 특별한 축하 행사에 느낌표들을 찍어 대듯 실제보다 더 멋진 그런 행사에 때맞춘 이는 나의 엄마인가, 우연인가, 운명인가?

　엄마가 공동 설립한 북클럽인 스탠퍼드 대학의 ‘페이지 터너스’에 연사로 초청받는 건 어떤가? 팔로알토에 있는 아늑한 거실에 앉아서, 엄마와 30년 동안 다달이 하룻밤씩 시간을 보낸 여성들로 꽉 찬 집에서 나는 내 책을 드문드문 읽었다. 자신들의 열정을 이야기하고 엄마의 이야기를 나눌 때 우리는 울었다. ‘어떻게 이런 일이 일어났을까?’

　그리고 나서 LA 북 파티를 위해 보디 트리 서점의 연단에 서서 사람들이 꽉 들어찬 어느 집을 내다보았다. 어떤 사람이 손을 들고 질문했다. "틀에서 벗어난 생각을 하는 사람들을 인터뷰한 동기가 뭡니까?"

"USC에 다닐 때 놀라운 교수님이 계셨어요. 저는 졸업을 못 했지만 지역 심리학 교수님은 사회를 전체적으로 바라보라고 가르치셨습니다. 더 좋은 세상을 만들기 위해서 필요한 것을 생각하라고요. 그것이 인생을 바꾸었습니다. 이 책은 특별한 대화를 통해 더 좋은 세상을 만들기 위한 시도예요."

"나 여기 있어!" 한 남자가 사람들로 북적이는 방 뒤에서 외치는 소리가 들렸다. "여기!" 사람들 머리 위로 인파의 바다를 살펴보았다. 정말 그분이 있었다. 밀턴 월핀. 12년 넘도록 보지도 소식을 듣지도 못한 사랑하는 교수님이 머리 위로 두 팔을 흔들고 계셨다.

"뭐, 뭐~라고요?" 나는 소리치며 방을 가로질러 곧장 달려갔다. 우리는 꼭 껴안았다. 그러자 방 안에 환호성이 터졌다. 너무 기뻐서 웃으며 울며 화장이 지워지는 것도 신경 쓰지 않았다. 어떤 마술이 그렇게 완벽한 축하의 순간을 연출할 수 있을까?

"제가 여기 올 거라는 거 아셨어요?"

"사인회 광고를 봤으니 당연히 와야지."

운명. 책에는 운명이 있는가? 나를 '믿는 사람'이라 부르시라.

누가 당신의 작품을 읽을지 도통 모른다!

"당신의 매력적인 책을 좋아했어요." 캐리 앤 모스가 구루 싱의 집에서 열린 모임에서 나한테 말했다. 내 귀를 믿을 수 없었다. 영화

〈매트릭스〉를 좋아했다. 물론 그것을 보았다. 모든 사람이 그랬다. 캐리 앤이 내 작품에 관심을 갖고 있거나 읽었으리라고는 생각도 해 본 적이 없었다. 와, 그녀를 다시 보다니 너무 좋다! 캐리 앤은 내가 기억했던 것만큼 관심을 모았고 영적이었다. 그녀가 구루와 이야기하는 것을 지켜보면서 스타를 넘어 어떤 교육자일 거라는 느낌이 들었다.[*]

캐리 앤은 내 삶이 그녀의 삶에 긍정적인 영향을 준 몇 가지 방법을 숙고 끝에 받아들였다. 얼마나 쉽게 우리가 자신의 가치를 부정하는지를 보고, 또다시 왜 구루와 그가 만든 공간이 엄청난 치유의 원천이었는지를 깨닫고 놀랐다.

구루 싱의 또 다른 선물! 이것은 그가 사랑한 엄마, 티디의 죽음이 계기였다. 티디는 모든 이가 흠모했던 분이다. 삶의 찬양 예배(장례식)에 참석해 자리에 앉았을 때 메러디스와 재닛이 왼쪽에 앉아 있었다. 소곤소곤 이야기하면서 우리는 메러디스의 다이닝 룸으로 돌아가 시시콜콜 사는 얘기를 하듯 금세 정담에 빠졌다. 그중에서 가장 중요한 뉴스는 메러디스가 최근에 아들을 낳았다는 것이었다! 나는 메러디스의 베이비 샤워에 초대받았다. 많고 많은 곳 중에서도 하필이면 닥터 필의 저택으로(메러디스는 최근 닥터 필 토크쇼의 새 주

---

[*] 캐리 앤 모스는 '안나푸르나의 삶AnnaPurnaLiving.com' 설립자다. 이곳은 활기찬 공동체로 여성들이 삶에 힘을 불어넣고 변모시킬 수 있는 수단을 제공함으로써 지혜를 깨닫도록 이끈다. 기사와 무료 도구, 지원 공동체를 갖춘 온라인 과정은 힘을 불어넣는 이야기를 낳고 여성에게 평범한 것을 위풍당당한 것으로 바꿀 수 있는 전략을 제공한다. 완전히 에너지가 올라가는 일이다.

제곡인 〈SHINE〉을 작곡했다).

베이비 샤워에 가는 길에 포터리반에 들러 예쁜 나무 상자에 든 알파벳 블록을 샀다. 옛날 베벌리힐스 베이비 샤워에 끌고 갔던 250달러짜리 핑크 인조털 흔들 목마와 다르게 그 블록을 사는 데 28달러를 썼다. 메러디스는 라벨이나 가격표를 보고 코웃음 친 적이 없었다. 그 성품이 바뀌지 않았다고 생각했다. 게다가 나는 누구에게 애써 깊은 인상을 심어 줄 만한 경제적 위치에 있지 않아 소박한 선물로 만족할 수밖에 없었을지도 모른다.

'그 파티에 가려는 의도는 뭐지?' 스스로에게 물었다.

몇 년 만에 처음으로 VIP 행사에 참여하면서 앞세울 목표가 없었다. 참가하는 유일한 이유는 이 귀중한 시간에 메러디스를 응원하는 것이라고 결론 내렸다. 사랑이 유일한 계획이었다.

"닥터 필의 집에 가는 거지?" 친구 수전이 가는 도중에 말했다. 수전은 일 년 동안 자신의 책을 홍보하느라 애쓰고 있었고 조수석에 타고 싶어 몸이 달아 있었다. "오 마이 갓! 넌 그의 쇼에 출연해야 해. 책이 엄청 팔릴 거야!"

당신은 지금까지 내가 한 말들 때문에 수전의 의견에 내가 선뜻 동의했으리라고 생각할 것이다.

"난 그렇게 생각하지 않아." 베벌리 드라이브에 차를 대고 그 유명한 닥터 필의 저택 진입로를 찾으려고 샛길을 훑어보며 말했다. "옳은 것 같지 않아. 오늘은 엄마와 아기만을 위한 날이어야 해."

"정말?" 수전이 말했다. "설마 용기를 잃었다는 건 아니겠지!"

"아마 그럴 거야." 나는 핸드폰을 닫고 빙긋 웃으며 사이드 미러에 얼굴을 비춰 봤다.

닥터 필의 저택은 커크 더글러스의 저택에서 걸어서 5분 거리에 있었다. 커크의 개와 내 개를 데리고 천 번은 오갔던 길이다. 예상했던 대로 초호화 사진사들-파파라치? 확신은 못 했다-이 눈에 띄지 않게 마당 주위에 설치한 텐트 안에 있었다. 인기 있는 사람의 사진을 찍기 위해서인 듯했다. 자동차 열쇠를 주차원에게 건네고 안으로 들어갔다.

손님들은 큰 소리로 얘기하며 세련된 수다를 떨려고 기를 쓰고 있었다. 신나게 웃으며 사진에 찍히게 각을 잡으며. 그 이유를 이해했다. 몇 년 동안 인생은 유명하고 멋진 사람들과의 연줄에 달려 있다고 생각했다. 그리고 그것이 없으면 결코 바라는 성공을 하지 못하며 영향력을 가질 수 없다고 생각했다. 닥터 필과 10분 동안 같이 있으면 책이 「피플」과 「퍼블리셔스 위클리」의 '핫 딜' 섹션이나 「배니티 페어」의 '핫 타입'에 실릴 수 있다. 하지만 그 188㎝쯤 되는 인생 전략가와 두 발짝 떨어진 나조차 나를 소개할 필요성을 못 느낀 것에 놀랐다. 그와 반대로 메러디스에게 얼른 키스하고 몸을 돌려 마당 끝 쪽으로 걸어가 평범한 얼굴에 화려하지 않은 사람들과 함께 앉았다. 메러디스의 이웃인 메이크업 아티스트, 메러디스의 어릴 적 친구인 레즈비언 두 명이었다. 두 친구는 초대형 할리데이비슨 진동 '성인 용품'과 관련된 코미디를 연기하면서 엄청나게 즐겁게 해 주고 있었다.

"우린 오토바이를 타는 남성 역의 레즈비언이죠!"

그들이 좋았다. 이날이 좋았다. 유명 인사들의 테이블과 백만 마일 떨어진 세상에서 근심 걱정이 없으니 얼마나 축복받은 것인가.

선물을 여는 시간이 되었을 때 테라스에 있는 메러디스 주위에 모인 군중에게로 슬슬 다가갔다. 메러디스는 크고 비싼 선물 몇 개를 힐끗 보더니 눈을 반짝이며 내 것에 시선을 고정했다. 메러디스는 26개 글자 가운데 'U' 블록을 집어 들고는 밤마다 아기에게 불러 주었던 마법의 유니콘 노래를 부르기 시작했다. 아기가 천상의 유니콘 덕에 기다리고 있는 그들의 품에 안긴다는 4분짜리 자장가였다. 메러디스는 울기 시작했고 나도 그랬다. 마당에 있던 대부분의 사람이 눈시울을 붉혔던 것 같다.

메러디스는 나를 쳐다보고는 속삭이듯 "고마워."라며 두 손을 가슴에 모았다. 나중에 떠나려고 할 때 메러디스는 내 마음을 느낄 수 있었다며 함께 시간을 보내고 싶다고 말했다. 우리는 전화로 네 시간 동안 이야기했고, 그다음 주에 메러디스의 새 집에서 점심을 했다. 거기서 협업 가능한 책에 대해서 의견을 나누었다. 그러면서 나는 '메러디스의' 눈을 통해 지난 5년 동안의 과거를 보는 선물을 받았다. 하루에 3개국을 여행하고, 어머니와 통화하기 위해 전화를 예약해 놓았기 때문에 일본이나 유럽에서 집으로 거는 전화 요금이 300달러나 들었다고 한다. 그런 삶을 살아 보지 못한 친구들이 자격지심을 느낄 만했다. 하지만 나는 메러디스의 소중한 서클의 일원이라는 느낌 외에 다른 생각은 전혀 들지 않았다.

"그런데, 린다?" 메러디스가 말했다.

"응?"

"베이비 샤워에서 그렇게 차분하고 평화롭게 있어 줘 고마워. 네가 있어서 참 평온했어."

웃음이 터졌다. '평온?' 그 소리에 익숙해질 수 있었다.

전략이 없으면 세상을 통제하려고 노력하지 않는 것이 새로운 목표가 되었다. 글쓰기가 가장 좋아하는 활동이었기 때문에 이 여정을 시작했다. 말과 사명에 대한 믿음 속에는 단순함과 순수함이 있었다. 내가 책장에 등장하면 모든 것이 가능했다. 몇 년이 지난 지금 갈망했던 크고 작은 꿈 가운데 많은 것이 실현되고 있다. 하지만 토머스의 지혜는 다시 한번 예언자적 능력을 발휘했다. 나를 가장 행복하게 하는 일은 내가 되고 싶었던 사람이 되는 것이었다.

몇 년 뒤 '이' 책 작업을 하는 동안 서포트 모임의 여성들과 나는 과거와 우리의 개인적인 여정을 즐겁게 회상했다.

"정말? 출판사들이 더 유명한 사람을 넣길 바랐다는 걸 알았더라면 내가 도와줬을 거야!" 메러디스가 벙벙하더니 말했다. 그리고 〈비치〉 뮤직비디오를 찍는 동안 그 재미있는 것에서 쏙 빠진 기분이었다고 내가 말하자 메러디스가 대꾸했다. "아이고, 린다! 너하고 토시는 행복 에너지가 펄펄 넘쳐서 완전히 막춤을 추었을걸!"

여러분! 사랑하는 초심자들! 친애하는 나의 아름다운 독자 여러분! 창작의 자유로 가는 길에 불필요한 장애물을 놓지 않겠다고 '엄마 린다'에게 약속하라. 제발, 글쓰기 여행을 하는 동안 어느 시점에는 친구들과 연락하라. 당신의 취약함이 보상받을 것이라고는 장담할 수 없다. 그래도 나는 경험 덕에 다음과 같은 말을 할 수 있다. 당신이 없을 것이라고 생각하는 '뒷배'는 사실 당신이 그 파티에 참여하기를 기다리고 있을지도 모른다.

오랜 지인이자 멘토인 랜덤 하우스의 전 편집장 벳시 라포포트는 항상 그녀의 글쓰기 워크숍 참가자들에게 묻는다. "당신의 책이 얼마나 많은 인생을 변화시켜야만 온갖 노력이 보람 있다고 느끼겠는가?" 벳시의 말에 따르면 사람들은 보통 주저주저하다가 "하나의 인생이라도 바꾼다면 행복할 겁니다."라고 실토한다.

"좋아요. 그 인생이 당신의 인생이라면 어떨까요?"

글쓰기의 목표는 베스트셀러 목록에 오르는 것이 아니다. 당신의 목소리를 찾고 완전히 구체화하는 것이다. 그럴 수 있을 때 당신의 어느 부분이 더 좋아지지 않겠는가?

비록 처음에는 낯설어 보일지라도 두 손으로 인쇄된 당신의 책을 감싸 쥐거나, 서점 서가에 그것이 꽂혀 있는 것을 보거나, 화면에서 총천연색으로 이글거린다면 참으로 대단한 일이다. 그것은 당신을 바꾼다. 알지도 못했던, 여전히 치유할 필요가 있는 부분을 치유한다. 차분한 느낌일지 모른다. 그래도 축하할 일이다.

반들반들한 표지, 책의 페이지, 글꼴, 당신의 이름, 앞뒤 표지. 그건 갓난아기처럼 마법 같고 넋을 앗아 간다. 그러고 나면 스며든다. '당신의' 성과물이다. 살면서 한 노력, 커다란 뜻. 혹은 당신의 버터 바른 빵일지도. 어떤 방법으로, 어떤 쪽으로, 어떤 사람에게, 어딘가에 영향을 미치도록 유기적으로 이은 수천 단어들. 당신이 한 것이다! 샴페인을 터뜨려라. 아니면 나처럼 샴페인 잔에 주스를 따라라. 숨을 깊게 들이마시라. 마음 편히 즐겨라.

그 순간이 현실이 될 때, 혹은 이미 그랬을지라도 두 손으로 책을 들고 있는 자신을 사진으로 찍거나 비디오로 촬영해서 포스팅할 때 나를 태그하는 것도 생각해 보라. #베스트셀러작가들의영업비밀 #BeautifulWritersBook(이 책의 원제는 『Beautiful Writers』다-옮긴이)을 이용하라. 당신과 함께 축하하겠다. 그리고 공유할 수도 있다! 그 여정 중에 당신과 다른 사람들에게 동기를 부여하기 위해 작업을 하면서 '작업 중인' 자신을 게시할 수도 있다. 해시태그를 이용해 인연을 맺기를. 이런 과정을 통해 당신이 영감을 받아야 하는데 어떤 사람이 세상을 바꾸는 단어 사냥꾼인지 알지 못한다. 그러고 보니 나의 또 다른 좌우명이 생각난다. '친구들은 친구가 혼자 글을 쓰게 두지 않는다.'

인생은 바뀐다. 비록 큰돈이 없어도, 출판사에서 당신에게 와인과 식사 대접을 하지 않거나 홍보 담당자가 딸려 있지 않아도, 자비 출판을 하더라도. 불꽃이 모두 내부에 있을지 모르지만 틀림없이 유효하다. 그렇다. 아름다운 작가인 당신은 상을 받을 만한 사람이다.

꿈을 이룬 작가들

톰 행크스 책은 바로 개인의 물건이다. 당신은 그저 그 책을 잡고 쳐다보면서 생각한다. '이게 하늘에서 뚝 떨어졌나? 전송돼 왔나? 이 두꺼운 표지와 이 페이지에 들어간 모든 것을 쳐다봐.'

하지만 축하는 극도로 조용하게 이루어졌다. 축하하는 이는 나뿐이었다. 이봐, 난 시간이 가만히 서 있지 않았다고 말하는 게 아니야. 그건 서 있었다. 난 아마 책상을 굽어보며 그저 서 있었을 것이다. 손에 든 이 물건을 멍하니 쳐다본 게 두 시간 반이었을까, 아니면 2.2초였을까. 모르겠다. 어느 쪽이든 이해가 된다. 그게 당신의 것이기 때문이라고 생각한다. 책은 예쁜 아기이다. 당신은 책을 품에 안고 생각하게 된다. '이 아이의 등을 봐. 이 예쁜 글씨를 보란 말이야.'

♡

토스카 리 영화나 TV 프로그램에 대해 보도하는 「버라이어티」 혹은 「할리우드 리포터」에서 처음으로 내 이름과 책 제목을 보았을 때 '와우! 정말 이상하다'고 생각했던 게 기억난다.

그렇지만 우리는 이 순간을 위해 아주 오랫동안 준비해 왔고 이야기를 나누어 왔다. 그래서 어떤 면에서는 처음으로 책 위에 적힌 당신의 이름을 볼 때와 비슷하다고 할 수 있다. 그때 이런 말을 했다. "좋앉어. 와, 이건 현실이야. 정말 멋져. 그걸 가지고 있어!" 당신은 편집을 다 거쳤고 교정쇄를 다 읽었기 때문에 이미 백만 번이나 상상하며 그 일이 일어나는 것을 보았다.

♡

엘리자베스 레서 회고록을 쓰게 된 원동력은 쓰지 않으면 잊게 될 것을 늘 기억하려는 것이다. 만사를 잊으니 인상 깊은 경험을 쓰다 보면 기억력이 좋아지지 않을까. 여동생의 죽음에 대한 이야기 『Marrow』를 쓰고 있으면 나와 여동생의 영혼이 연결돼 걷고 있는 느낌이 든다. 우리는 피와 골수가 같았다. 그다음에 우리는 그 책에서 지칭했던 '영혼 골수 이식'을 했다. 그것은 영원할 것이다. 동생이 나와 함께 있으면 내가 이 세상에서 씩씩하게 걸어가도록 돕고 있다는 느낌이 든다.

♡

아리엘 포드 죽은 여동생 데비 포드는 이야기를 나누고 글 쓰는 것을 도와주는 뮤즈인 '천사 팀'이 있었다. 그들은 글로 쓰라고 한밤중에 동생을 깨웠고, 가끔은 동생이 그들을 나에게 보내곤 했다. 농담이 아니다! 그들은 나에게 보낼 메시지를 가지고 동생을 깨우곤 했다. 그리고 동생은 통역자가 되어 나에게 그들이 하는 말을 이야기해 줘야 했다.

♡

제니퍼 루돌프 윌시 이야기는 지구를 가로세로로 건너다닐 수 있다. 왔다가 가 버리는 아이디어에 열광하지만 나한테 이야기해 주면 절대 안 잊을 것이다. 당신이나 당신이 사랑하는 사람에게 일어난 일에 대한 이야기를 해 주기를. 일들이 한쪽으로 돼 가지만 다음에 전혀 엉뚱한 쪽으로 흘러갔다고 생각하는 사람. 그런 것은 심장에 문신을 남긴다. 그런 것이 나를 그 너머로 가게 만든다. 아이디어는 비상하다. 나는 아이디어 중독자이지만 그건 정크 푸드와 약간 닮았다. 먹는 순간은 좋지만 장기적으로는 우리를 양육하거나 부양하지 못한다. 하지만 스토리텔링에는 바로 우리를 변화시키는 능력이 있다. 즉, 우리 자신에 대해 믿는 것, 서로에 대해 믿는 것, 세상에 대해 믿는 것을 변화시킨다.

♡

톰 버거론 우리 각자가 하는 일의 본질에 대해 생각하고 있었다. 나는 텔레비전 생방송을 좋아한다. 그렇게 즉각적인 반응이 좋다. 댄싱 쇼 등에서 한순간에 생긴 일을 빌미로 당신이 700명의 폭소를 자아냈다면 그것은 돌발적이다. 나에게는 내가 한 것을 절대 시청하지 않는 이중적인 면이 좀 있다. 지금까지 〈댄싱 위드 더 스타〉가 방영된 몇 년을 통틀어 나는 겨우 한 회만 보았다. 그 일을 하는 순간을 좋아한다. 그리고 사람들이 나를 알아볼 때 종종 놀라곤 한다.

기억을 끄집어내야 하기 때문이다. '아, 맞아! 내가 텔레비전에서 그렇게 했지.'

♡

아디티 코라나 첫 번째 원고에 운명을 걸었다. 그리고 원고를 보낸 에이전트 거의 모두로부터 전체를 보내 달라는 요청을 받았다. 그러나 거절 답신이 돌아왔다. 거절 답신은 마음을 강타하는 것 같았다. 거절은 아주 원초적인 아픔이다.

결국 60번쯤 거절당했다. 더욱 두려운 것은 글을 쓰기 위해 직장을 그만두고 얼마 되지 않아 일 년 가까이 맺은 인간관계를 청산하고 집에서 나왔다는 사실이었다. 아무도 나에게 이것이 때때로 보이는 모습이라고 말해 주지 않았다. 당신은 위험을 감수하게 마련이다. 그리고 실패로 보이는 것은 실제는 새로운 길을 열기 위해 미완으로 다가오는 일생 중 일부다.

비탄에 잠겼던 기간이 끝나고 소설 『Mirror in the Sky』가 될 다른 책을 단 석 달 만에 썼다. 그 책은 상당한 가격에 팔렸다. 하지만 그 책을 쓰기 전에는 나를 성장시킨 조건들을 너무 많이 박탈당했기 때문에 책을 쓸 수 없었다. 재능이 충분하지 않았다. 직업윤리도 가지고 있지 않았다. 추진력이 없었고 예민했다. 어떻게 실패와 거절을 이겨 낼 것인가? 나는 투명 인간이었다. 그러니 어떻게 누가 나를 보겠는가? 나 같은 유색인종 이민자들은 그런 기회를 얻지 못한다. 큰 책 거래를 하지 못한다. 이것을 가질 수 있다고 생각하다니 도대체 나는 어떤 사람인가? 나 같은 사람은 책을 써서 먹고살지 못한다. 잘 못 생각했다. 나는 그랬다. 날마다 그러고 있었다.

내 책은 늘 씨름해 왔던 문제들을 다룬다. 이민자가 되는 것, 이민자의 자녀가 되는 것, 난민의 손자와 식민지 유산의 세계 시민이 되는 것, 여성, 페미니스트, 유색인이 되는 것. 나는 이야기들이 우리 자신과 사회에 대한 집단적인 인식을 어떻게 형성하는지, 바로 이런 이야기들이 새로운 세계의 질서를 위해 어떻게 바뀔 수 있는지에 대해서도 쓴다. 이처럼 세상에는 여전히 힘든 날들이 있다. 여전히 실패와 회의가 있다. 하지만 바뀐 것은 '나'이다. 나의 글, 나 자신에 대해 쓴 작품이다. 그 모든 실패가 거짓된 것을 벗겨 냈다.

거짓을 벗겨 낸 자리에는 기술과 재능에 대한 은근한 자신감이 자리 잡았다. 끈기와 추진력에 대한 자신감. 맞지 않는 아이디어는 뒤집을 수 있는 능력에 대한 자신감. 이것보다 더 좋아한 직업이 없었다. 그것은 직업이 아니다. 헌신의 대상이며 가장 헌신하고 있는 것이며 그것을 위해서는 어떤 일이든 할 것이다. 걸어온 길이 빨랐더라면 깨닫지 못했을 것이다.

♡

대니 샤피로『Devotion』이 출간되자 좋은 일이 많이 생겼다. 하지만 〈오프라〉는 전화하지 않았다. 실제로 '〈오프라〉가 전화할 것'이라고 한 번도 생각하지 않았지만 만약 그런 일이 벌어진다면 이때가 적기였을 것이다. 이곳저곳 많이 여행하면서 그 책에 대해 이야기했다.

교회에서부터 요가 무대, 사찰, 서점, 사람들의 뒤뜰에서까지. 그러고 나서 『계속 쓰기』 출판을 앞두고 있었다. 어느 날 뉴욕에 있으면서 그날 밤 강의를 할 참이었는데 전화가 울렸다. 에이전트한테서 온 전화라는 걸 알았지만 아주 울적했었기에 이렇게 생각했다. '아. 틀림없이 나쁜 소식일 거야. 그러니까 받지도 말아야겠어.'

몇 번 전화가 왔다. 그래도 '나쁜 일이 무엇이든 대꾸하고 싶지 않아' 하고 생각했다. 그러고서는 맨해튼에 있는 픽션 포 센터라는 곳으로 들어가 강의를 하려는 찰나 '이 일을 끝내고 말자'는 생각이 들었다.

에이전트가 말했다. "어디 계세요?"

"왜요?"

"좋은 소식 있어요. 〈오프라〉에 있는 사람들한테 들었는데, 〈슈퍼 소울 선데이〉에 당신을 초대 손님으로 모시는 데 관심이 굉장히 많대요." 그렇게 그 일이 시작됐다. 『Devotion』이 나온 지 3년. 그것은 『계속 쓰기』와 완벽하게 연결되지 않았다. 그들은 신간이 곧 나올 것이라는 사실도 모르는 듯했다.

마침내 프로듀서와 이야기했을 때 그녀가 한 첫 마디는 "당신은 한동안 우리의 레이더에 잡혀 있었습니다."였다. 그건 값진 교훈이다. 우리는 그러한 것을 모르고 있기 때문이다. 살면서 할 수 있는 일은 머리를 숙이고 한 발 한 발 내디디면서 다음은 무엇이 옳은가에 대한 본능과 느낌을 따르는 것이라고 생각한다. 무슨 일이든 제때 일어나게 내버려 두는 것이 전부이지 않을까.

질리안 로런 책을 출간할 때 가장 좋아하는 건 책이 갖는 스스로의 생명력이다. 작품을 세상에 내놓기로 하고 정말로 작품을 세상에 내줄 때, 당신은 그 책에 생명을 주고 사라진다. 그 책은 더 이상 당신의 것이 아니다. 작품이 숨을 쉬기 시작하고, 사람들이 책에 대해 이야기하고, 내가 보지 못했던 것들을 말해 줄 때가 좋다. 제일 좋아하는 부분이 그거다. 책이 바깥으로 나가면 모습이 바뀐다는 것. 더이상 내가 통제하지 못하기 때문에 어려운 부분이기도 하다. 하지만 책의 변신은 정말 분방하면서도 때로는 매우 아름답고 큰 보람을 안긴다.

로라 먼슨 출판하지 않은 소설 열네 권을 서랍에 넣어 두고, 첫 번째 책을 거래하는 큰 꿈을 이루고 첫 번째 낭독회에 가고 있을 때 생각이 난다. 맨해튼 가장 위의 동쪽이었다. 리무진을 타고 있었다. 출판계의 신들과 함께. 창밖을 내다보았다. 거트루드 스타인의 말이 옳다고 생각했다. "특별하다고 할 만한 게 없어. 진실성이 없어, 진실성이." 아주 여러 해 동안 스스로에게 많은 박수갈채를 받는 출판물을 내놓는 일에 자존감이 좌우된다고 말해 왔다. 「더 뉴요커」에 보낸 모든 에세이와 단편소설, 에이전트와 출판사들에 보낸 모든 책이 바로 그런 작품들이라고 여겼다. 그 모든 거절… 아주 기분이 나빴다. 얼마나 피곤하게 사는 인생이었던가! 그래서 펭귄 랜덤 하우스의 마케팅 및 홍보 수석에게 조언을 구하며 말했다. "이 책과 거기에 담긴 메시지를 위해 해 주신 모든 일에 감사드립니다. 앞으로도 나는 지칠 줄 모르는 메신저가 될 것입니다만, 삶을 지금까지 지탱해 온 완벽한 성공이라는 말은 신화에 불과했다는 사실을 방금 깨달았습니다. 그리고 그 말은 성공이 신화라면 실패 또한 신화라는 의미겠지요." 허무함을 느꼈고, 어깨는 축 처져서 아래로 내려앉았다. 나는 덧붙였다. "그러니 작가가 통제할 수 있는 건 작품을 쓰는 일뿐이라는 뜻이겠죠. 그렇다면 그건 좋은 소식이네요."

모든 작가에게 귀중한 정보이다. 당신이 작가라면, 다른 누구도 아닌 자기 자신에 기반을 두고 자신에게 맞는 글쓰기 습관을 들이는 것이 중요하다. 이 일에 설렘이 있어야 하며, 보상이 주어져야 한다. 그러지 않으면 그 일을 하지 않을 것이다.

♡

론다 브리튼 거래를 구걸하러 가지 마라. 아름다운 작가인 당신이 바로 상이다. 당신의 책은 가슴 찢어지는 아픔과 눈물과 승리로 가득 차 있다. 그리 쉽게 포기하지 마라.

당신은 먹을 것이 전혀 보이지 않는 키보드 위에서 기도하며 긴 밤들을 외로이 보낸 사람이다. 기진맥진하고. 환호작약하고. 절망하고. 당신은 페이지마다 채워 넣을 지혜를 축적하며, 그것을 모두 주고 싶기 때문에 넉넉히 주지 못할까 걱정하며 몇 년을 보낸 사람이다. 당신은 "이거 써."라는 조용하고 조그마한 속삭임을 들을 용기를 가지고 아무런 보장도 없이 그것을 따랐던 사람이다.

그런 노력과 몰입, 자신감은 멋지다. 심혈을 기울인 그 책은 그것을 받은 출판사와 협력할 만한 값어치가 있다. 그걸 좋아하는 이는 당신을 잡을 것이다! 제안서를 출판사들에 보낼 때가 되면 나의 메시지를 이해하는 출판사를 찾거나, '일고의 가치도 없어서' 자비 출판을 해야 한다는 것을 알고 있었다.

에이전트가 내 제안서를 보낸 13개의 출판사 가운데 12곳과 만났다. 9곳은 나흘간의 경매 기간에 『Fearless Living』에 입찰하려고 했다. 결국 출판사 3곳이 모두 처음 등장한 작가, 캘리포니아의 무명인에게 20만 달러를 제공하면서 크게 앞섰다.

자초지종은 이렇다. 시몬 & 슈스터 팀을 만나기 위해 자리에 앉았을 때 임원 중 한 사람이 자신은 빨리 일어나야 한다고 말했다. 나는 고개를 끄덕이고 나서 모든 미팅에서 출판사에 묻는 열 개의 질문을 꺼냈다. 질문은 다음과 같다.

1. 내 책에서 가장 좋아하는 부분은 어디인가?
2. 내 책과 제안서에서 미팅을 잡기로 결정한 동기는 무엇이었나?
3. 내 책과 당신에게 중요한 것은 어떤 관계가 있나?
4. 내 장르의 책으로 성공한 사례를 하나 들어 달라.

여기까지 묻는데 일찍 자리를 떠나겠다고 말했던 임원이 아직 가지 않고 있는 것을 알아차렸다. 그에게 말했다. "일찍 일어나셔야 한다고 했죠?"

"당신과 같은 작가와 회의해 본 적이 없습니다. 떠날 수가 없네요."

5. 내 책의 '집'을 찾고 있습니다. 프린터를 찾는 게 아닙니다. 내 책이 출판사를 위해 가지고 있는 장기적인 전략과 어떻게 부합한다고 보고 있습니까?

6. 내 책 『Fearless Living』은 당신의 인생을 어떻게 도울까요?

나는 계속했다. 그들이 인정할 것을 요구하지 않았다. 질문을 퍼붓기를 바라지 않았다(그러면 좋겠지만!). 내 사명을 이해하고, 두려움을 변모시키는 일에 동참하고, 기꺼이 그들의 소매를 걷어붙일 출판사를 찾고 있었다. 너무 많은 작가가 실망했다고 나에게 말했다. 그들은 책을 넘겨주며 편집자와 영업자가 기적을 일으키는 일꾼이기를 빌었다. 하지만 그렇지 않았다. 편집자는 자신의 경력을 걱정하며 대부분의 사람 손에 당신의 책을 쥐여 주기 위해 당신의 도움을 모두 이용하는 듯하다.

판매 팀은 편집자가 준 의견을 바탕으로 당신의 책에 신경을 쓸 뿐이다. 편집자가 영감을 줄 수 없고 실제 당신의 책을 이해하지 못한다면 판매 팀은 책을 뒷전에 밀어 둘 것이다. 그것이 바로 팩트다. 그래서 나는 모토를 이렇게 세웠다. '나를 돕는 당신을 돕기 위해 왔다.' 그것을 모든 출판사에 말했다.

나는 약속했다. 날이면 날마다 계속 말하겠다. 모든 정거장에서 책을 팔겠다. 책을 접할 수 있도록 블로그를 하고 게시물을 올리고 할 수 있는 일은 다 하겠다. 나는 이메일 목록을 가지고 있는데 이런 메일을 자주 보낸다. "지금 광범위한 작업을 하고 있는데 여기에 당신은 무엇을 추가하실 건가요?"

출판사는 그저 큰 구식 프린터가 될 수도 있고 파트너가 될 수도 있다. 사실 그들을 어떻게 보고 취급하느냐에 바탕을 두고 그들이 어떤 것인지 결정하는 사람은 당신이다. 출판사들은 당신을 필요로 한다는 것을 늘 기억하라. 그들은 기를 쓰고 다음의 베스트셀러나 아주 독특한 목소리를 찾고 있다. 존경하는 아름다운 작가인 당신이 바로 그런 사람이다. 그런 사람답게 행동하라.

♡

조엘 스타인 처음 돈을 받고 글을 썼던 때만큼 좋은 때가 없었다. 그때가 가장 좋은 순간이었다. 프리랜서 일을 할 자신이 없었다. 사람들이 나는 글을 쓸 수 있을 것이라고 말한 걸 보면 그 일은 딸 수 있었을 것이다. 자신감이 없어서 그 일을 해낸 적이 없었다. 하지만 처음으로 보수를 받은 글쓰기 일은 살아가는 데 필요한 건강보험과 책상과 성인용품이 딸린 직업이었다.

다른 일로도 보수를 받아 봤지만 이것이 직업 같다는 면에서 뭔가 느낌이 달랐다. 부업이 아니었다. 이것은 실질적으로 글쓰기에서 살아남을 수 있는 것이었다. 지금까지 그렇게 기분이 좋은 것은 없었다.

♡

로지 월시 한겨울 영국의 어둑한 1월 저녁이었다. 생수를 사려고 만삭의 몸으로 걸어서 편의점에 갔다. 그날 일찍부터 미국 에이전트인 앨리슨에게 보낸 원고를 생각하고 있었다. 몇 주 전에 앨리슨이 제안한 것을 모두 수정한 원고였다. 하지만 아무런 소식을 듣지 못했다. '오, 좋아. 아마 아무도 그 책을 사고 싶어 하지 않은 거야.'

계산대에서 전화기로 확인했다. 앨리슨이 이메일을 보냈다. 제목은 "오 마이 갓." 내용인즉 "오늘 뉴욕에 눈이 온다고 해서 어젯밤에 당신 책을 보냈어요. 편집자들에게 내일 종일 집에 있을 거면 엄청난 책이니까 읽어야 한다고 말했어요." 어안이 벙벙했다. 이메일은 계속되었다. "새벽 두 시부터 편집자들이 저한테 이메일을 보내고 있어요. 하나같이 당신하고 통화하고 싶어 해요. 그들은 엄청 흥분해 있어요. 언제 통화할 수 있어요?"

생숫값을 치르고 메일을 다시 읽고는 현실임을 깨달았다. 답장하기 위해 자판을 두드리기 시작했다. "지금! 지금! 지금 전화하라고 해요!" 그리고, 물론, 그 순간 배터리가 나갔다.

집까지 가는 데 40분이 걸렸다. 전화기를 충전하면서 보니 이미 서너 통의 이메일이 와 있었다. 내용은 "오 마이 갓. 출판사들과 관련 사람들이 당신과 얘기하고 싶어 해요. 일정을 잡아야 할 거예요." 그날 밤에 세 명의 편집자와 이야기했다. 한 명은 전설적인 편집자였다. 그녀와 통화하면서도 믿을 수 없었다. 앨리슨과 나는 줄곧 영상 통화를 하며 통화 중간에 소리를 지르고 있었다.

그날 전화로 이야기할 게 몇 건 더 남았을 때 앨리슨이 말했다. "이후 통화를 취소했어요. 도저히 무시할 수 없는 선매 제안을 받았거든요. 꿈에나 나올 일입니다. 느긋하게 지켜보시면 됩니다." 앨리슨은 전화번호를 일러 주었다. 나는 한동안 말을 하지 않았다. "그래요. 그런데 무슨 말이에요?" 앨리슨은 돈의 액수를 되풀이했다. 믿을 수 없을 정도의 금액이었다. 발을 질질 끌며 브리스틀을 돌아다니고 있는 이 통통한 임신부에게 그야말로 전에 없을 초대박 성과였다.

♡

메그 월리처 책을 한 권 끝마치면 절로 행복한 스누피 춤을 좀 춘다. 이 일을 끝냈다는 진정한 기쁨과 흥분감. 어떤 때 당신은 끝이 보이면 속도를 더 내 뛰어간다. 달리는 거리는 종종 당신이 생각했던 것보다 짧다. 모퉁이를 도는 순간, 당신이 차를 몰고 향하고 있던 목적지가 보이자 그곳으로 질주하는 것과 같다. 두말할 나위 없이 흥분된다. 속도를 높이고, 그 책을 끝내고, 중국 음식을 주문한다. 늘 다음에 그 책을 안 보겠다고 다짐한다. 이제 쉬겠다고. 하지만 침대에 들려고 불을 끄는 순간 컴퓨터를 연다. 바로 그 페이지들을 다시 보기 위해서. 당신도 똑같이 손을 놓지 못할 것이다.

책 편집에 들어가면 이 오랜 공정에서 손을 못 뗀다. 여전히 고치고 있지만 기분은 정말 좋다. 가끔 편집자에게 이렇게 말하곤 한다. "저걸 다 썼다니 믿을 수가 없어요." 이렇게 말하는 것과 비슷하다. "이걸 다 먹다니 믿을 수가 없어!"

내가 이걸 전부 썼다니 믿을 수가 없다!

"잊지 말아야 할 것을 쓰라."

이사벨 아옌데

때로는 내가 작가라는 사실을 잊는다

『매혹적인 삶』은 1998년 가을에 나왔다. 그리고 계속 노력했다. 2016년까지 워크숍과 대필/편집 사업을 운영하면서 몇 분이고 몇 시간이고 틈나는 대로 제시와 나의 이혼 회고록 작업을 하고 있었다. 자료를 얼마나 모아야 충분한지 몰라 너무 세세히 챙기다 보니 20만 단어 이상을 모았다. 마침내 '끝낼' 시간이라 믿고 바라면서 힘들고 매우 급하게 반을 편집했다. 하지만 내가 언제 마음이 동했는지는 전혀 모르겠다.

효율을 추구하다 보면 도취한다. 특히 내 사랑 죽이기, 나처럼 구조적으로 별난 사람에게는 황홀경이었다. 그러나 미친 듯이 달리면서 한 조각 한 조각 잃어버렸다. 함께 나눴던 마음과 순수한 의도, 본질의 일부를. 너무 많이 하려고 하는 바람에 전체를 완성하지 못했다. 더 이상 그것을 좋아하지 않았다. 하지만 되돌리기에는 너무 늦었다. 에이전트가 이미 주말에 출판사들과 미팅을 잡았다. 내가 더 이상 믿지 않는 책을 위해 LA 공항으로 가려고 가방을 꾸릴 때, 친구 마사 벡은 걱정에 귀를 기울이며 주저하는 마음에 공감했다. "가지도 마." 마사는 전화로 경고했다. "여행을 취소하라고!"

나에게 앞으로는 마사의 충고를 무시하지 말라고 상기시켜 달라.

"저는 출판 이야기들을 '좋아'합니다. 그런 것을 더 원해요." 한 출판사 사장이 외쳤다.

"하지만 그것은 글쓰기 책이 아니에요." 내가 말했다. "저는 성공하려고 애쓰는 두 예술가의 몸부림을 강조하기 위해 그런 이야기를 내내 한 거예요. 하지만 이건 정말 이혼 회고록입니다."

사장의 왼쪽에 앉아 있던 편집자는 골치 아픈 이혼 과정을 겪고 있었다. "결국엔 당신이 혼자 남았으면 좋겠네요." 편집자는 내가 러브 스토리로 책을 끝마치기를 바라지 않았다. 지금의 남편과 막 약혼한 상태였던 나에게는 어려운 과제였다. "해피 엔딩 이야기는 줄이고 글쓰기 대실패 이야기를 더 많이 쓸 수 있나요?"

'이런 망할.'

같은 날 만났던 다른 출판인이 말했다. "글쓰기 이야기는 줄여요. 저는 자세한 이혼 이야기가 더 듣고 싶어 죽을 지경입니다! 제시 사진을 온라인으로 볼 수 있을까요? 악동처럼 참 귀엽네!" 우리 넷은 컴퓨터 앞에 둘러앉아서 내 옛날 가족사진을 보았다. 실제보다 멋지다고?

과거에 『매혹적인 삶』을 거절당했던 경험에 비추어 보면 이 상황이 도통 이해되지 않았다. 비참해진 나는 훌쩍이면서 라과디아 공항으로 가는 길에 캐럴과 다이앤, 벳시, 대니엘에게 전화했다.

나무 사이를 지나면서 숲을 볼 수 없다면 얼른 그 숲에서 벗어나야 한다. 그 안은 덥고 건조하고 먼지투성이였다. 하늘도 볼 수 없다. 실망감은 다음 몇 주를 보내면서 책장과 화면에서 눈을 떼고 하늘을 보고 싶은 열망으로 바뀌었다. 얼굴 위로 지나가는 새와 구름을 보고 싶고, 옛날 친구들을 만나고 싶고. 또 어떨 때는…, 전혀 아무것도 하고 싶지 않고.

'무위.' 아무것도 하지 않는 것이 얼마나 좋은지 왜 누구도 말해 주지 않았을까? 내 책을 생각하지 않는 가운데, 날들은 금방 지나갔다. 나무 밑에 앉아서 날아다니는 곤충을 보고 낮잠을 잤다. 충격적이게도 어쩐 일인지 지금은 내 책을 놓아주었고 하느님, 나의 뮤즈, 에테르… 아무튼 누군가에게 돌려주었다. "너희들이 알아내서 나한테 알려 줘. 안 해도 좋고. 난 괜찮아."

"그 일이 '평생' 하고자 하는 일이라는 말이네?" 친구들이 말했다.

"응. 어쨌든 행복해지려면 그게 핵심이겠지." 다음 잔디밭 산책 약속에 나가기 위해 히비스커스차를 또 한 잔 따랐다. 아무도 어떤 말을 해야 할지, 어떤 것이 사랑스러운지 역시 몰랐다. 가끔은 계획을 세우지 않거나 알지 못하는 것이 떠도는 것 같다는 느낌이 들 때가 있다.

개들은 땅을 파헤쳤다. 산책 시간은 두 배나 길었다. 다이앤은 기뽐을 감추려고도 하지 않았다. 우리는 힐끔 봤던 시계에 아랑곳하지 않고 전화로 수다를 떨었다. 토시가 대학에 다니는 터라 시간상으로는 10대 때보다 더 자유로웠다.

캐럴은 당연히 최고의 반응을 보였다. 종종 나도 모르게 고객에게 하는 말이 있다. "글쓰기는 절대 허사가 아닙니다. 글쓰기는 당신의 이혼의 아픔을 치유했어요. 당신의 아이를 치유했죠. 그리고 당신을 치유했습니다. 그 덕에 당신은 더 훌륭한 교육자, 더 열정적인 사람이 됐습니다. 글쓰기를 믿으세요." 캐럴이 "아마 그런 임무는 다 마쳤지."라고 소곤거렸을 때도 나는 동의했다. 아마 그랬을 듯.

그 뒤로 더욱 삶이 가벼워지는 느낌이었다. 매일, 매시간, 거의 항상. 애초부터 이게 답이었나…. 글을 쓰지 않는 게? 허접쓰레기를 주지 않는 게? 숨 쉬는 일보다 더 소중하게 생각했던 것을 잃는 게? 이렇게 사람과 연을 끊고 말없이 지내는 '린다'가 존재한다는 사실을 미처 몰랐다. 하지만 그런 '린다'가 아주 많이 좋았다. 반년 동안 그녀의 얽매이지 않은 자아는 빈둥거리며 인생을 경탄할 만하게 만들었다.

어니스트 헤밍웨이는 글쓰기에는 아무것도 필요 없다고 했다. "당신은 타자기 앞에 앉아서 피를 흘리면 될 뿐이다." 글쓰기로 피를 흘리며 거듭나지 않았다면 새로운 나는 이 자리에 없을지도 모른다. 나에게는 완전히 잘된 일이다.

그러던 어느 날 머릿속에 맴돈 생각이 있다. '나는 작가였다. 그 열정은 영원히 사라졌는가?' '린다'가 그리워지기 시작했다.

나는 잊었다. 하지만 기억하고 있었다.

그러던 어느 날 아침이었다. '왜 내가 아침 5시에 일어났지? 아, 옛날에는 그렇게 살았지. 잠자지 않는 소녀. 그녀는 들떠서 글을 쓰고 있었어.'

그때 소리가 들렸다. 이야기들. 뒤이어 다른 사람들의 이야기들. 이야기들은 한 번도 떠난 적이 없었다는 듯 돌아왔다. 그리고 이상한 것은… 기분이 좋았다.

오! 주여. 여기 있네! 여기 있었네! 나 여기 있어! 그리고 나는 피를 흘리지도 않고 피곤하지도 않아! '만나서 반가워. 하지만 들어 봐. 계속 이러려면 우리는 일찍 잠자고 새로운 방식으로 놀아야 할 거야. 옛날에는 잠도 안 자고 친구 만날 시간도 없었지…. 물론 그때는 괜찮았지만, 이제 그러기에는 우리가 너무 늙었으니까!'

나는 빙긋 웃고 있었다. 정말 활짝. 멈춰 서서 어디에 있던 이야기들인지 물어볼 뻔했지만, 이미 책상으로 향하고 있었다. 그들은 그들의 비밀을 간직할 수 있었다. 글을 쓰고 싶은 욕망은 내가 필요로 하는 유일한 이유였다. 그들이 사라져 고마웠고, 그들이 돌아와 기운이 났다. 그들이 공유해야 할 것을 찾아내려고 안달했다. 끝내야 할 이야기가 있는 것 같았다.

촛불을 켰다. 심호흡하고 뮤즈에게 감사했다. 그리고 나서 숲속으로 들어갔다. 그리고 다시 시작했다.

'나와, 우리와 함께하느라 귀중한 시간을 내 줘서 고마워!' 그날 아침, 내가 돌아갈 줄 알았던 이혼 회고록이 사실 당신 손에 들려 있는 책의 원동력이었다니, 이 얼마나 놀라운 일인가.

작은 조각들도 제자리를 잡게 하려면 시간이 흘러야 한다. 하물며 전 세계라면 말해 무엇하랴. 이 책에서 공유한 중간부의 글쓰기 이야기에 이르기까지, 어렵사리 쓴 글의 많은 부분은 원래 이혼과 그에 따른 중년 인생의 혼란에 관한 회고록을 위해 쓴 것이었다. 『베스트셀러 작가들의 영업 비밀』이 나서서 자신을 소개하자마자 나는 이 책을 사랑했다. 당신도 이 책을 사랑하기를 기대한다.

시간이 걸려도 믿으라. 창의력은 신비하다. "끝날 때까지 끝난 것이 아니다."라고 당신의 책은 말한다. 글쓰기는 결코 시간 낭비가 아니다. 시간이 지나고 인내하노라면 당신이 달리고 있는 혼돈과 혼란, 막다른 골목이 이해되기 시작한다. 이렇게 저렇게 진퇴를 거듭하면서 더 발전한다. 뒤늦은 깨달음에 축하를.

『매혹적인 삶』은 약간의 빛나는 성공을 거두기는 했지만, 압도적인 베스트셀러가 되지는 못했다. 그것은 다음에 나올 책을 위한 롤러코스터 이야기였다. (우리가 그 좋은 밤을 조용하게 맞았을 것이라고 생각하지는 않기를. 내 베스트셀러 작가 친구들은 -몇 명은 다음 에피소드에 등장!- 출판한 뒤에 마법 같기도 하고 혼란하기 그지없던 여정을 공유하기 위해 돌아온다.) 하지만 첫 번째 책에 생명을 불어넣은 과정은 셀 수 없이 많은 문을 열어 줬고 나의 세계를 완전히 바꿨다.

먼저 그 책을 판촉하는 동안 나는 로스앤젤레스에서 장기 체류하며 트레이더 조 마켓의 변기 청소 일을 그만둬야 했다. 시급 12달러가 아니라 작가로서 생활비를 벌게 된 것을 고맙게 여겼지만, 그곳 손님들이 보고 싶어지곤 했다. 뜻밖에도 내 계산대 앞에 끊임없이 줄을 서 있던 사람들이 너무 소중하게 느껴져서 내가 인간을 깊이 사랑한다는 사실을 깨달았다. 책을 내지 않았다면 놓쳤을 또 다른 교훈이다.

책이 탄생하면서 내가 나를 보는 방법과 다른 사람들이 나를 보는 방법이 근본적으로 바뀌었다. 책을 냄으로써 전국적으로 인기 있는 매체에 초대되었고, 오랫동안 우상으로 삼았던 작가들과 친구가 되었으며, 몇 년 동안 한 잡지의 특집 편집자가 되어 내가 사용하던 영적이고 친환경적인 렌즈를 통해 유명인의 커버스토리를 쓰는 큰 기쁨을 누렸다. 오래지 않아 세계를 바꾸는 사람들의 베스트셀러를 대필하게 되었다. 너무 어려웠지만, 정말 재밌는 일이었다.

그리고 제시가 다른 사람과 사랑에 빠져 훌쩍 떠나 내가 아이와 '농장'을 구해야 할 때, 그런 인맥과 재정적 안정이 도움이 되었다. 어린 시절 가장 좋아했던 곳인 카멜로 돌아가 워크숍 사업을 시작했다. 다시 한번 다른 사람들이 자신의 이야기를 하도록 도우면서 아이와 농장 그리고 모든 것을 구원받은 사람이 되었다.

그 길을 걸으며 살았고, 사랑했고, 환경 관련 책을 출판했고, 음, 논리적으로는 최고로 보이는 아이폰 데이트 앱을 출시했고, 그 앱에 관해 TED 무대에서 연설했다. 그리고 우연히 팟캐스트를 진행하게 되면서 여러분과 만날 수 있었다.

지난날을 돌아보면 아직도 한때 대학 중퇴자가 되어 벌벌 떨던 생각이 나 눈물을 글썽이게 된다. 그때 나는 부모님을 실망시킬까 겁이 났었다. 하지만 요즘도 석사나 박사 학위를 가진 작가가 도움을 청하러 나를 찾아오곤 한다. 물론 그럴 때면 '어째서 하느님의 푸른 지구 위에서 나는 그렇게 운이 좋았지?' 하는 의문이 들기도 한다.

나는 열망이 있었고 그것을 이루는 데 필요한 것을 취했다. 그리고 당신도 그렇다.

감사하는 것 중 하나는 『매혹적인 삶』이 나를 토머스와 친구가 된 뉴멕시코주의 숲으로 이끌어 간 사연이다. 그 책을 쓰면서 스스로 느끼기에 가장 소중한 대의명분인 어머니 지구를 위한 메가폰으로서 목소리를 내는 법을 배웠다. 그 이후로 영감을 주는 사람들과 만나고 함께 일하고 인터뷰하는 특권을 누렸다. 그들은 말로 세상을 바꾸는 사람들이다. 그들의 목소리를 키우는 데 일조하면서(때로는 그들의 책에 환경과 관련된 주제를 추가하도록 영향을 주면서) 강한 펜은 잉크가 더욱더 많이 나온다는 사실을 깨달았다. "펜은 칼보다 강하다."라는 말을 얼마나 자주 들었던가? 당신의 말은 앞뒤 표지의 경계를 넘어 훨씬 멀리 가는 힘을 가지고 있음을 절대로 의심하지 마라.

이 책의 미국 출간본은 지속 가능하게 관리한 숲의 나무로 만든 국제산림관리협의회Forest Stewardship Council®의 종이에 인쇄했다. FSC 종이에 인쇄하고, 인세 일부를 FSC의 나무절약재단에 공동 기부하려는 욕망에 열정을 보인 출판사를 선택했다. 수년 동안 지켜봤던 FSC의 지인들이 나에게 FSC 홍보 대사가 되어 달라며 걸어온 전화는 평생 받은 연락 중에 가장 흥분되는 것이었다. 24시간도 안 돼 그들은 내 사진과 프로필을 웹사이트에 올리고는 말했다. 한 FSC 지도자가 나와 통화한 후 너무 고무돼 그날 밤을 거의 뜬눈으로 새웠다고 했다. 그 모습을 상상해 보라. 숲을 구하는 데 일조하기 위해 우리가 했던 브레인스토밍 때문에 그는 잠이 달아난 것이다. 그런 사람과 만나게 될 줄은 꿈에도 몰랐다. 비록 동지를 찾는 데 반평생이 걸릴지 모르지만, 그런 사람들은 반드시 있다. 다만 그러기까지 시간이 걸릴 뿐이다. 소셜 미디어와 BookMama.com에 있는 나무 끌어안기tree-hugging 체험을 따라 하길 바란다. 그리고 FSC 종이나 다른 친환경 용품으로 책을 찍는 것을 고려하기를 희망한다. 당신의 여정을 들을 수 있기를 고대한다.

이제 질문을 하나 하며 마치려고 한다.

당신은 종종 자신이 작가라는 사실을 잊는가? 아…. 윗배에 힘 빼고, 아랫배로 복식호흡을 하라. 그리고 언제든 용기가 필요할 때 나와 문장가 친구들이 이 책과 함께 대기하고 있음을 명심하라. 우리는 당신에게 심금을 울리는 진실을 상기시킬 준비를 하고 있다. 당신은 '아름다운 작가'다!

당신의 이야기는 생동감이 있다. 당신의 욕망에는 목적이 있다. 그리고 당신의 영혼은 그 욕망을 알고 있다. 작은 걸음으로 한 발짝씩 알고 있는 것을 따라가라. 어느 날 일어나면 당신에게도 필요한 것 모두가 환하게 보일 것이다.

글쓰기를 계속하라!

"책이란 참으로 놀라운 것이다. 책은 나무로 만든 납작한 물체로 부드러운 부분 위에 재미있고 구불구불한 것이 어둡게 많이 찍혀 있다. 하지만 책을 한번 보면 당신은 다른 사람의 마음속에 들어앉는다. 어쩌면 수천 년 전에 죽은 사람일지도 모른다. 수천 년을 건너뛰어 작가가 당신의 머릿속에서, 당신에게 직접 또렷이, 그리고 조용히 이야기하는 것이다. 글쓰기는 서로 전혀 알지 못하는 사람들, 먼 시대의 시민들을 한데 묶어 주기 때문에 인류의 가장 훌륭한 발명이라 할 만하다. 책은 시간의 족쇄를 풀어 준다. 책은 인간이 마법을 부릴 수 있다는 증거다."

칼 세이건

옮긴이 심혜경

매일매일 공부하는 할머니가 되기를 꿈꾸는 공부 생활자. 오랫동안 서울시 공공도서관에서 사서로 일했으며, 성균관 대학교에서 국어국문학과 상담교육학을, 한국방송대에서 영어, 중국어, 일본어, 프랑스어를 공부했다. 옮긴 책으로 『서툰 서른 살』, 『남자 없는 여름』, 『세이브 미』, 『시간의 주름』, 『글쓰기를 말하다, 폴 오스터와의 대화』, 『더 와이프』, 『비타와 버지니아』, 『마침내 런던』, 『타이난 골목 노포 산책』, 『여행자의 식사』, 『어느 날 집이 나에게 말을 걸었다』 등이 있고, 지은 책으로 『카페에서 공부하는 할머니』, 『언니들의 여행법: 일본편, 타이완』(공저), 『북촌 북촌 서촌』(공저) 등이 있다.

베스트셀러 작가들의 영업 비밀

초판 1쇄 2023년 11월 20일

지은이 린다 시베르트센
옮긴이 심혜경

펴낸이 원하나
교정·교열 김동욱
디자인 정미영
출력·인쇄 금강인쇄(주)

펴낸 곳 하나의책
출판등록 2013년 7월 31일 제251-2013-67호
주소 서울시 관악구 남부순환로 1855 통일빌딩 308-1호
전화 070-7801-0317 팩스 02-6499-3873
블로그 blog.naver.com/theonebook

ISBN 979-11-87600-23-7 03800